ANDREA SEYFRIED-ARTNER

Treppenlift nach Schottland

Suche nach den wahren Wurzeln

novum pro

Dieses **Buch ist** auch als

e-book

erhältlich.

www.novumverlag.com

Bibliografische Information
der Deutschen Nationalbibliothek:

Die Deutsche Nationalbibliothek
verzeichnet diese Publikation in
der Deutschen Nationalbibliografie.
Detaillierte bibliografische Daten
sind im Internet über
http://www.d-nb.de abrufbar.

© 2021 novum Verlag

ISBN 978-3-99107-468-7
Lektorat: Katja Wetzel
Umschlagfotos: Photowitch,
Maksim Prochan,
Julietphotography | Dreamstime.com
Umschlaggestaltung, Layout & Satz:
novum Verlag
Innenabbildung:
Andrea Seyfried-Artner

Gedruckt in der Europäischen Union
auf umweltfreundlichem, chlor- und
säurefrei gebleichtem Papier.

www.novumverlag.com

ATLANTISCHER OZEAN
ÄUSSERE HEBRIDEN
NORDSEE
SKYE
INVERNESS
LOCH NESS
KINGUSSIE
INNERE HEBRIDEN
MALLAIG
FORT WILLIAM
PITLOCHRY
DUNDEE
STIRLING
EDINBURGH
MELROSE
ENGLAND

*

Inhaltsverzeichnis

I

VERÄNDERUNG

Nachdenklich betrachtet Simone das Foto von sich und Ulrich, auf dem sie einander verliebt anlächeln. Sie hat es sich auf dem Sofa in seiner Wohnung gemütlich gemacht, um die sorgfältig geplante Schottlandreise nochmals zu prüfen. Ihre Mutter Lotte hat ihr die Liebe zu diesem Land vererbt, und in wenigen Wochen wird für Simone der Traum von Schottland zur Wirklichkeit. „Warum nur kann ich mich nicht darauf freuen?!", überlegt sie stirnrunzelnd und legt die Unterlagen beiseite.

Es liegt wohl an Ulrichs Zukunftsplänen, mit denen sie sich ganz und gar nicht anfreunden kann. Während des gemeinsamen Medizinstudiums war alles so einfach. Sie haben ein gemeinsames Ziel gehabt, ein gemeinsames Zuhause, eigentlich das von Ulrich, in dem sie sich aber sehr wohlfühlt – und das, obwohl die Altbauwohnung in der Stadt liegt, mit all dem hektischen Treiben, dem ungeduldigen Hupen nervöser Autofahrer sowie dem Quietschen und Rattern der Straßenbahn. Eigentlich sehnt sie sich schon lange nach einem Häuschen im Grünen, in ruhiger Lage mit abgasfreier Luft, wo sie ihrem Hobby, dem Laufen, nach Lust und Laune nachgehen könnte. Aber Ulrich hat sich gegen Ende des Studiums nur mehr für eine allgemeinmedizinische Praxis in Hietzing interessiert. Noch hält sie an ihrem Traum vom Wohnen auf dem Land fest, denn trotz der vielen leer stehenden Praxen in der Stadt – Wer will heute schon praktischer Arzt werden? – muss er erst einmal geeignete Räumlichkeiten in Hietzing finden.

Ulrichs Stimme reißt sie aus ihren Gedanken. „Schatz, ich habe endlich das Richtige gefunden und den Mietvertrag auch schon unterschrieben!" Ein breites Grinsen unterstreicht seine gute Laune und steht in krassem Gegensatz zu Simones Stimmung, die durch Ulrichs Nachricht weiter in den Keller sinkt. Sie löst sich aus seiner euphorischen Umarmung. „Und was wird aus unserer Schottlandreise?" Simones Blick richtet sich wehmütig auf die drei Reiseführer, die neben dem Routenplan und ihrem Laptop auf dem Tisch liegen. „Der ganze Aufwand soll umsonst gewesen sein?"

Etwas ärgerlich versucht Ulrich seiner Freundin nochmals klarzumachen, wie perfekt die Räumlichkeiten für seine Pläne geeignet sind. „Ich konnte mir diese Gelegenheit nicht entgehen lassen! Du weißt, dass ich Massage und Akupunktur dazunehmen will, da der praktische Arzt, wie ja allgemein bekannt ist, nicht zu den Spitzenverdienern zählt. Und diese Ordination hat genau die richtige Größe und liegt noch dazu in unmittelbarer Nähe unserer Wohnung. Etwas Passenderes, bezüglich Lage und der notwendigen Anzahl der Behandlungszimmer, wird sich nicht finden. Da musste ich einfach zugreifen und kann auf Schottland keine Rücksicht nehmen!" Womit Ulrich seine Teilnahme an Simones liebevoll zusammengestellter Reise endgültig vom Tisch kehrt.

Nun hat er es also doch geschafft, während sie noch immer an die gemeinsame Schottlandreise geglaubt hat, obwohl sie schon lange kein gutes Gefühl mehr dabei hatte! Eine Vorahnung, die nun eingetroffen ist. Dabei sollte ihr Berufsleben, das sich Simone seit geraumer Zeit schon etwas anders vorstellt als Ulrich, erst nach diesem Urlaub beginnen. Sie hat bisher gehofft, Ulrich mit weiblichem Charme doch noch für ein Landleben und den ungleich anstrengenderen Job des Landarztes zu gewinnen. Sie ist Idealistin geblieben und kann sich die mühseligen Hausbesuche und vor allem auch die Eigenständigkeit in diesem Beruf sehr gut vorstellen. Ulrich hingegen liebt die Teamarbeit und möchte seine Ordination mit Zusatzangeboten, die natürlich weitere Mitarbeiter erfordern, lukrativer machen als andere. Wenn es ihm so sehr um den Gewinn geht, hätte er ihrer Meinung nach allerdings eine Facharztausbildung machen und an eine Privatpraxis denken müssen. „Aber diese Reise sollte unser erster längerer Urlaub nach den wunderbaren, aber auch anstrengenden Studienjahren werden!" Noch will sich Simone nicht geschlagen geben, und der vorwurfsvolle Unterton in ihrer Stimme ist nicht zu überhören.

„Du kannst ja fahren, während ich die Renovierung der Ordination und alles Notwendige organisiere, um so rasch wie möglich starten zu können. Dein Bereich, die Akupunktur, muss ja nicht sofort angeboten werden", versucht Ulrich einzulenken.

„Meinen Bereich hast du also auch schon festgelegt und bestimmst damit schon wieder einmal über mich und mein Leben! Warum kannst du nicht akzeptieren, dass ich eigene Vorstellungen habe und den mir zugeteilten Aufgabenbereich vielleicht gar nicht will? Auch ich liebe den Beruf des praktischen Arztes, allerdings auch die Natur und das Landleben. Ich sehe meinen Wirkungsbereich daher nicht in der Stadt, was ich dir auch schon mehrmals klarzumachen versucht habe. Und von der Arztpraxis im Wienerwald, auf die mich mein Bruder aufmerksam gemacht hat, habe ich dir auch schon oft erzählt. Genau das wäre mein Traum! Daher habe ich deinen Überlegungen für mich niemals zugestimmt. Wir sind nun einmal zwei verschiedene Menschen mit unterschiedlichen Lebensvorstellungen", ereifert sich Simone. Ulrich hat schon immer gerne über sie bestimmt, aber jetzt geht er eindeutig zu weit.

Ulrich ignoriert ihre Worte aber komplett und macht weitere Pläne. „Wenn du zurückkommst, suchen wir ein Häuschen auf dem Land, damit du am Wochenende deine geliebte Natur genießen kannst. Solltest du allerdings meine Idee der Gemeinschaftspraxis ablehnen und dich für die Tätigkeit auf dem Land entscheiden, müssten wir eine Wochenendbeziehung führen, und das kann wohl auch nicht in deinem Sinne sein." Er verlangsamt seine ruhelosen Schritte und bleibt, mit einer hektischen Handbewegung durch sein Haar fahrend, am Fenster stehen. Liebevoll betrachtet er das Treiben am Hietzinger Platz. „Mein Zuhause ist nun einmal hier, und finanziell schaut es mit einer florierenden Gemeinschaftspraxis in der Stadt auch besser aus", träumt sich Ulrich weiter in seine Zukunft hinein.

Schon langsam platzt Simone der Kragen. Sie versucht ihren Freund aber trotzdem noch einmal zurückzuholen. „Wo ist nur mein Idealist von einst geblieben? Schade, dass du bereits jetzt den Gewinn und nicht mehr deine ärztliche Tätigkeit vor Augen hast. Es geht einfach nicht nur um das Wohnen, sondern auch um die Einstellung des Arztes zu seinem Beruf. Und da sind wir wohl auch sehr unterschiedlicher Meinung." Etwas nachdenklicher, als hätte sie sich gerade noch einmal alles durch den Kopf gehen lassen, fügt Simone hinzu: „Welche Gemeinsamkeiten – außer dem abgeschlossenen Medizinstudium – haben wir eigentlich noch? Oder hat es die nie gegeben?"

Ulrich ist weiterhin abwesend und schaut mit verträumtem Blick zum Fenster hinaus. Wahrscheinlich hätte er sowieso nicht verstanden, was sie ihm sagen will. Simone schüttelt resigniert den Kopf. „So kann das mit uns nicht weitergehen. Du lebst in deiner eigenen Welt mit deiner Vorstellung von einer gemeinsamen Zukunft, die nicht die meine ist. Wahrscheinlich bin ich dir nicht mehr wichtig genug, wenn du mich nicht ernst nimmst und mir nicht einmal mehr zuhörst! Sieht so das Ende unserer Beziehung aus?" Als wollte sie seiner Antwort zuvorkommen, folgt sie einer plötzlichen Eingebung und geht entschlossen mit ihrer Tasche unter dem Arm zur Tür. „Ich werde Dr. Marold noch heute zusagen. Er wird sich bestimmt freuen, eine Nachfolgerin für seine Landpraxis gefunden zu haben!"

Beim Verlassen der kühlen Altbauwohnung sind ihre Gedanken schon im Grünen, bei dem duftenden Kräutergarten rund um das idyllisch gelegene Häuschen von Dr. Marold und den lauen Sommerabenden, die sie in Zukunft nicht mehr in der Hitze der Stadt verbringen wird.

Simone kann es selbst kaum fassen. Sie hat tatsächlich den ersten Schritt getan und Ulrich mit seinen Zukunftsplänen allein gelassen. Es ist ihr überraschend leichtgefallen, sie fühlt sich gut und irgendwie auch befreit. Sie ist zwar ohne Zahnbürste aufgebrochen, aber da sie mit ihrem beige-metallic farbigen Mini Cooper unterwegs ist, kann sie unterwegs noch einkaufen. Das Angebot von Dr. Marold, einem netten älteren Kollegen, seine Praxis zu übernehmen, hat sie von Anfang an gereizt. Aber Ulrichs Plan, sich in Hietzing beruflich zu etablieren, hat sie zögern lassen, obwohl ihr der Gedanke an ein Leben in der Stadt nie gefallen hat. „Es hat sich alles schon länger angebahnt", erinnert sich Simone an die vielen Momente, in denen sie ihre Beziehung hinterfragt hat. Zuerst hat sie die Schuld bei sich gesucht, nun muss sich Simone allerdings eingestehen, dass sie beide ihren eigenen Weg verfolgt haben, bei dem das Wort „gemeinsam" immer öfter auf der Strecke geblieben ist. Dass sie die geplante Reise nach Schottland nun alleine antreten muss, hat das Fass zum Überlaufen gebracht. Statt der zu erwartenden Wehmut über das offensichtliche Ende ihrer Beziehung ist sie voller Tatendrang. Simone ist fast ein wenig stolz darauf, diesen Schritt getan zu haben. Ulrich hat sie damit bestimmt mehr als überrascht, denn Entscheidungen hat in ihrer Beziehung immer nur er getroffen. Sie lächelt, singt ihren Lieblingssong mit, der gerade im Radio läuft, und freut sich über die wunderschöne Landschaft. Die kleine Straße führt sie in ihre neue Heimat, zu ihrem neuen beruflichen Umfeld, zu ihren künftigen Patienten und dem heiß ersehnten Gemüsegarten, den sie im Geiste schon angelegt hat. Sie kann endlich ihrer Freude an Bewegung nachgehen und sieht sich schon jeden Morgen durch den Wald laufen. Das Angebot, in Dr. Marolds Gästezimmer zu ziehen, wird sie dankend annehmen. Es ist ein geräumiges helles Zimmer, das bis zu ihrer geplanten Schottlandreise ihr Zuhause sein wird. Der Arzt will noch bis zu ihrer Rückkehr bleiben, Simone aber schon vorab seinen Patienten vorstellen.

Bei ihrem letzten Besuch bei Dr. Marold ist ihr der Schrank im Gästezimmer zwar ziemlich klein für ihre umfangreiche Garderobe erschienen, aber es wird ja einen Keller geben, wo sie ihre Sachen deponieren kann. Außerdem zieht sie in die Nähe ihres Bruders, der in seinem Haus bestimmt auch Platz für sie hat. Der Gedanke, Paul räumlich näherzukommen, hebt ihre Stimmung noch mehr. Denn nach der gemeinsamen Schulzeit, während der Simone immer von ihrem älteren Bruder beschützt wurde, haben sich ihre Wege getrennt, was allerdings nichts an ihrem guten Verhältnis geändert hat.

An ihrem Ziel angekommen, stellt Simone erfreut fest, dass die Praxis gleich neben der Bushaltestelle liegt. Auch ausreichend Parkplätze stehen zur Verfügung, und schon belegt ihr Mini eine der freien Parklücken. Obwohl es bereits später Nachmittag ist, wirkt Dr. Marolds Haus hell, freundlich und einladend. Sie bleibt noch einige Zeit im Auto sitzen, um die Eindrücke in sich aufzusaugen. Verzückt betrachtet sie die grünen Fensterläden und die farblich abgestimmten Bumenkästen, deren Inhalte in ihrer bunten Pracht um die Wette zu eifern scheinen. Am Dachgiebel sitzt ein grüner Wetterhahn, und auch der Gartenzaun glänzt in einem satten Grünton, als wäre er frisch gestrichen. Ein riesiger rosafarbener Oleander unterbricht das Weiß der Hausmauer, die das grüne Garagentor mit der Eingangstür verbindet. „Wie habe ich es nur so lange in der Stadt ausgehalten?" Ungläubig über das bisher Versäumte steigt sie tief Luft holend aus dem Auto. Obwohl Hietzing wie eine kleine Vorstadt von Wien auf sie gewirkt hat, ist die Landluft schon etwas anderes. „Land ist eben Land", der Geruch eines Kuhstalls steigt Simone in die Nase, „und Stadt bleibt Stadt!"

Mit dieser lakonischen Feststellung macht sie die ersten bewussten Schritte in Richtung ihres neuen Lebens. Eine Mutter mit Kind verlässt eben die Ordination, gefolgt von einem alten Mann, der sich auf einen Stock gestützt die Treppen vor dem Haus herunterbemüht. „Da sollte ich vielleicht einen behindertengerechten Aufgang machen", plant sie schon etwaige Verbesserungen. Neben dem Gemüsegarten bereits der zweite Punkt, den sie in Angriff nehmen möchte, wenn sie aus Schottland zurück ist. Und schon schwirrt wieder das Problem des fehlenden Reisepartners in ihrem Kopf herum. Da sie sich ihre positive Stimmung nicht verderben will, schiebt sie die Gedanken zur Seite und öffnet die Tür zu Dr. Marolds Praxis. Die Sprechstundenhilfe, die Simone bei ihrem letzten Besuch kennengelernt hat, dürfte schon nach Hause gegangen sein, und der Arzt, ein rundlicher Mann mit ulkigem Schnauzbart, hat sich bereits den weißen Kittel ausgezogen und ist gerade dabei, den Computer herunterzufahren. Über ihr Kommen erfreut, betrachtet er sie mit forschendem Blick. „Wird es eine Ab- oder eine Zusage, meine Liebe?", begrüßt er Simone freundlich. Sie verändert ihren undurchsichtigen Gesichtsausdruck, setzt ein breites Lächeln auf und zeigt mit dem Daumen nach oben. „Ich bin fest davon überzeugt, Ihre würdige Nachfolgerin zu werden!"

Nach jenem denkwürdigen Tag meldet sich Ulrich noch mit einer Essenseinladung bei ihr. Er kann es einfach nicht glauben, dass Simone diese „kopflose" Entscheidung, wie er sagt, tatsächlich ernst gemeint hat. Mit einer Tischreservierung in ihrem Lieblingsrestaurant hofft er, Simone doch noch umstimmen zu können. Etwas wehmütig betrachtet Simone „ihren" Ulrich, der ihr immer noch das gemeinsame berufliche Leben schmackhaft zu machen versucht. Für Simone ist dieser Zug allerdings abgefahren. „Wieso begreifst du nicht, dass du meine Selbstständigkeit akzeptieren musst? Ich habe auch ein Recht darauf, meine Wünsche zu verwirklichen, und kann eine Beziehung nicht darauf bauen, dass ich meinem Partner zuliebe ein Leben führe, das ich nicht leben will", versucht Simone ihm nochmals ihren Standpunkt mit Nachdruck zu erklären. Aber Ulrich versteht ihre Einstellung nicht und weiß ganz genau, dass er seine Pläne ihretwegen nicht ändern wird. „Nach all den schönen Jahren soll nun wirklich alles zu Ende sein?", fragt er immer noch ohne jegliches Verständnis dafür, dass Simone seinen wunderbaren gemeinsamen Lebensplan ablehnt, um „sich selbst zu verwirklichen" und alleine auf dem Land zu leben. Da die Variante „Wochenendbeziehung" für beide nicht infrage kommt und weder Simone noch Ulrich von ihren Zielen abweichen wollen, erschöpft sich das Thema, sie haben sich eigentlich nichts mehr zu sagen. Simone drängt Ulrich daher bereits vor dem Dessert dazu, zu zahlen − und das, obwohl sie normalerweise keine Süßspeise auslässt! Ihre Trennung hat offensichtlich schon viel früher stattgefunden.

Simone bezieht das Gästezimmer in Dr. Marolds Haus. Sie vermisst Ulrich, aber sie genießt auch ihr neues Dasein auf dem

Land. Fernab vom Straßenlärm kann sie die Ruhe der Natur, die nur durch das Zwitschern der Vögel gestört wird, bei geöffnetem Fenster und während ihres morgendlichen Waldlaufs genießen. Nach dem Abendessen mit Ulrich hat sie sofort gepackt und die meisten ihrer Habseligkeiten aus der bis dato gemeinsamen Wohnung mitgenommen. Kopfschüttelnd und ungläubig hat Ulrich ihre Entschlossenheit zur Kenntnis nehmen müssen. Simone ist an diesem Abend klar geworden, dass das der einzig richtige Weg für sie ist.

„Aber wer soll mich nun nach Schottland begleiten?", fragt sich Simone ratlos. Sie hat keine Freundin, mit der sie sich während einer derart langen Reise ein Zimmer teilen will. Doris, ihre beste Freundin aus der Schulzeit in der Wenzgasse, einem Bundesrealgymnasium in Hietzing, hat sie aus den Augen verloren. Einerseits wegen Ulrich, der auf die dicke Freundschaft der Mädels eifersüchtig war und mit Doris auch sonst nicht so gut konnte, und andererseits wegen Paul, der ihre Freundin nicht „erhört hat", wo sie doch so verliebt in ihn war. Natürlich sind das alles Ausreden, denn in Wahrheit hätte sie eine derart schöne Freundschaft nicht vernachlässigen dürfen. Bleibt also nur ihre Mutter Lotte, aber die würde ihre Parfümerie niemals so lange alleine lassen. Noch weiß sie nichts von Simones Auszug aus Ulrichs Wohnung, die in unmittelbarer Nähe zu Lottes Geschäft liegt. Sie wird die Nähe zu ihrer Tochter vermissen, nachdem Simones Bruder Paul als Veterinär bereits aus der Stadt geflüchtet ist. Offensichtlich geraten beide Kinder nach ihrem Vater Georg. Als ehemaliger Verkäufer für die Luxusmarke Chanel hat er Lotte kennen- und lieben gelernt. Gott sei Dank ist sie auch naturverbunden, denn der Wald und die Jagd sind Georgs eigentliches Zuhause. Er hat schon Pauls Bestreben nach der Landpraxis unterstützt und wird auch für Simones Entscheidung volles Verständnis haben.

Vorerst macht sich die zukünftige Landärztin mit Dr. Marolds Ordinationshilfe, einer gemütlichen, aber auch bauernschlauen Einheimischen, vertraut. Simone ist sehr daran gelegen, ein gutes Einvernehmen mit der drallen Katharina zu finden, die sie schon allein wegen ihrer Kenntnisse über die Patienten behalten will. Und da Simone mit ihrem einfühlsamen und fröhlichen Naturell noch nie Schwierigkeiten im Umgang mit Menschen gehabt hat, kann sie auch Katharina sehr rasch für sich einnehmen. Spätestens mit dem Satz: „Ihr Kuchen ist einfach himmlisch!", der Belobigung von Katharinas Backkunst, an der Simone von nun an regelmäßig teilhaben darf, ist der Bann zwischen den beiden Damen gebrochen. Aber auch Dr. Marold ist um Simones Einführung bemüht, da er seine Schäfchen gut betreut zurücklassen will. „Schade, dass Sie sich nicht mehr auf Ihre langersehnte Reise freuen", meint der väterliche Kollege und tätschelt aufmunternd Simones Arm. „Aber Sie werden bestimmt eine Lösung finden. Und wenn Sie dann erholt zurückkommen, kann ich mich in mein Haus im Waldviertel zurückziehen", freut sich der gutmütige Dr. Marold.

Dermaßen gut angekommen in ihrem neuen Leben, macht sich Simone für das Essen mit der Familie zum 55. Geburtstag ihrer Mutter zurecht. Ihr Make-up fällt wie immer dezent aus, aber ihr lässig sportlicher, manchmal auch etwas schlampiger Stil hat sich seit Kurzem in einen eleganteren verwandelt. Und wie immer kommt Simone zu spät, trotz aller guten Vorsätze Die Tafel beim „Plachutta" in Hietzing ist natürlich für eine Person zu viel gedeckt, aber da Simone gerade richtig zur Geschenkübergabe kommt, geht ihr alleiniges Erscheinen vorerst komplett unter. Nachdem sich die erste Euphorie über ihr tolles Geburtstagsgeschenk gelegt hat, wird Lotte stutzig: „Wo hast du denn deinen Ulrich gelassen?" Simones Bericht über ihre neue Lebenssituation wird nur mit der Frage „Wer begleitet dich nun nach Schottland?" kommentiert. Anscheinend vermutet die Familie schon länger, dass sich das Paar auseinandergelebt hat. Die Übernahme der Praxis von Dr. Marold wird allerdings von allen freudig begrüßt. Besonderes Verständnis für Simones Übersiedelung aufs Land hat natürlich Georg, und Lotte scheint die zukünftige räumliche Entfernung zu Simone noch nicht realisiert zu haben. Umso mehr das tolle Geschenk ihrer Kinder. Sie haben die

Mutter, die sich während der vielen Berufsjahre im Verkauf ein chronisches Rückenleiden zugezogen hat, mit einem Gutschein für einen Treppenlift überrascht. Gott sei Dank ist noch keine Notwendigkeit dafür vorhanden, aber eine Erleichterung des täglichen Lebens, den Transport von Lebensmitteln und Getränken aus dem Keller betreffend, mit der Möglichkeit, sich ab und zu auch einmal selbst fahren zu lassen, bedeutet der Treppenlift bereits jetzt. Simone und Paul freuen sich über die gelungene Überraschung und sind voller Tatendrang. „Wir werden dir den Kasten am Fuß der Treppe entrümpeln, damit es keine Verzögerung mit der Montage gibt!", äußern sich die Geschwister euphorisch.

Nach dem Essen, die Jubilarin ist mit Georg bereits nach Hause gegangen, haben die Geschwister endlich wieder einmal Zeit, miteinander zu plaudern. „Schon komisch", sinniert Simone. „Jetzt wohnen wir so nahe nebeneinander und sehen uns trotzdem kaum. Wie schön waren doch unsere Studienjahre, als unsere langen Gespräche nur von Ulrich gestört wurden." Mit einem verschmitzten Lächeln antwortet Paul: „Jetzt kann ich es dir ja sagen, in Bezug auf Ulrich habe ich dich nie ganz verstanden." Simone ist nicht überrascht. „Das habe ich gespürt, da wir über Gott und die Welt miteinander reden konnten, dieses Thema aber immer sorgfältig vermieden haben. Mit Thomas war das ganz anders!" Ulrichs Vorgänger war ein sportlicher, beruflich ziemlich ehrgeizloser Charmeur, der nichts anderes als seinen extremen Bewegungsdrang in freier Natur liebte. Mit seiner Firma, in der er sich als Guide für Sommer-und Wintertouren anbietet, kann er sich bis heute nur so recht und schlecht über Wasser halten. Leider hat er eine große Schwäche für das gesamte weibliche Geschlecht, was schlussendlich zur Trennung führte. Aber mit dem naturverbundenen Paul hat er sich gut verstanden. Wieder einmal ist sich Simone bewusst, wie sehr sie mit ihrem Bruder auf einer Wellenlänge liegt. Nur ein Jahr älter als sie, hat er mit seinen 33 Jahren schon ausreichend „Landerfahrung" gesammelt und sich als gefragter Tierarzt einen Namen in der Region gemacht. „Somit gibt es kein Tabuthema mehr zwischen uns", freut sich Simone wohl wissend, dass dem nicht so ist. Pauls Freundin Ines, eine sehr hübsche, aber zickige Professorin für Deutsch und Geschichte, ist auch nie Thema zwischen den Geschwistern gewesen. Dass dem zurückhaltenden und feinfühligen Paul ein derart lauter Mensch wie Ines, der immer im Mittelpunkt stehen möchte, „den Kopf verdreht hat", ist Simone ein Rätsel. Wieder muss sie an Doris denken. „Die beiden hätten ein tolles Paar abgegeben, und verstanden hätte ich mich auch besser mit ihr!" Gott sei Dank musste Ines heute zum Begräbnis einer Kollegin. Denn neben der unangenehmen Lautstärke ihrer Stimme, sind noch die grellen Farben ihres Outfits und der Schminke zu erwähnen, die ihr Gesamtbild zwar stimmig, aber auch noch „lauter" erscheinen lassen. Ganz im Gegensatz zu dem dezent gekleideten Paul, der jegliches Aufsehen vermeiden möchte. Stoische Ruhe geht von seiner sportlichen Erscheinung aus, und dem wachsamen Blick seiner braunen Augen scheint hinter der markant-modischen Hornbrille nichts zu entgehen.

„Was machst du jetzt bezüglich deiner Schottlandreise?", reißt Paul sie aus den Gedanken und begutachtet interessiert ihren neuen Hosenanzug.

„Wenn ich das nur wüsste …", seufzt Simone und antwortet auf seinen neugierigen Blick: „Vorerst denke ich nur an meine optische Veränderung. Die Damen in meiner Boutique haben mich schon neu gestylt, nun ist noch mein Friseur an der Reihe. Aber du hast recht, schon langsam wird es eng mit der Abreise. In zwei Wochen legt die Fähre von Amsterdam nach Newcastle ab. Und ich habe absolut keine Lust alleine zu fahren …" Die sonst so taffe und fröhliche Simone lässt ihre schulterlangen braunen Haare ins Gesicht fallen, Paul soll ihre aufsteigenden Tränen der Verzweiflung auf keinen Fall sehen. Simone strafft ihre Schultern und legt den Kragen ihres neuen blassgelben Blazers zurecht. Sie hat sich wieder im Griff, schiebt mit der ihr eigenen, signifikanten Geste die Haare wieder hinter das Ohr, ist aber von einer Lösung ihres Problems noch meilenweit entfernt. „Komplett stornieren willst du wohl nicht?", hinterfragt Paul, der die Antwort bereits kennt. Er weiß, wie sehr sich seine Schwester diese Reise wünscht und ist betrübt über ihre deutlich erkennbare

Mutlosigkeit. „Dann musst du bezüglich deiner Reisebegleitung einen Kompromiss eingehen. – Vielleicht solltest du Doris wieder einmal anrufen. – Wie sieht es übrigens mit deinen Finanzen aus?", versucht Paul das schwierige Gespräch auf ein anderes Thema zu lenken. „Gott sei Dank war Ulrich großzügig und hat mir neben der Hälfte der gemeinsamen Anschaffungen für die Wohnung auch einen Teil der Fähre bezahlt! Somit werde ich die Reisekosten auch alleine tragen können", seufzt Simone.

„Schön, dass wenigstens das finanzielle Problem gelöst ist." Paul lächelt seiner Schwester aufmunternd zu. „Obwohl ich dir natürlich gerne jederzeit unter die Arme greife. Da fällt mir ein: Glaubst du, Mutters Schrank alleine entrümpeln zu können? Ich bin die nächsten Tage ziemlich verplant und habe Ines versprochen, wieder einmal ein Wochenende mit ihr zu verreisen. Die langen Schulferien langweilen sie schon, und der Montagetermin des Liftes ist nächste Woche ..."

„Kein Problem." Simone ist froh über den Themenwechsel. „Dann komme ich wenigstens kurzfristig auf andere Gedanken." Beim Verabschieden wird den beiden Simones neue Lebenssituation noch mehr bewusst. „In Zukunft können wir Familientreffen mit einem Wagen absolvieren", überlegt Paul. „Die zehn Minuten, die wir voneinander entfernt wohnen, sind für jeden von uns machbar. Und wenn Ines fährt, dürfen wir sogar beide etwas trinken!" Nach einer herzlichen Umarmung sieht Simone dem blank polierten Land Rover ihres Bruders nach und steigt mit dem Vorsatz, dem Namen Haller auch in der Humanmedizin alle Ehre zu machen, in ihren ziemlich verdreckten Mini.

In den nächsten Tagen lässt Paul der Gedanke an seine mutlose Schwester keine Ruhe und er überlegt ernsthaft selbst einzuspringen. Da die Geschwister bereits ein Geburtstagsgeschenk für den jagdbegeisterten Vater in Erwägung gezogen haben, nämlich eine Reise zur berühmten Rothirschjagd nach Schottland, wäre es gar nicht so verkehrt, sich vor Ort ein Bild über die einzelnen Reiseveranstalter zu machen. Und dass seine Schwester auch die Highlands, die Heimat der berühmten Rothirsche, in ihre

Reiseroute eingeplant hat, ist für Paul selbstverständlich. Also, was spräche eigentlich dagegen, dass sie sich gemeinsam auf den Weg machen? Ines hat im September bereits Schule, kann also gar nicht mitkommen, selbst wenn sie wollte. Und gegen eine Reise mit seiner Schwester wird sie wohl keinen Einwand haben. Bleibt nur noch seine Vertretung, die der gutmütige Klaus, ein in der Nachbargemeinde praktizierender Freund aus Studientagen, bestimmt übernehmen wird. Seine Überlegungen stellen ihn derart zufrieden, dass er sofort zum Telefon greift. „Was hältst du davon, wenn ich für Ulrich einspringe?" Pauls Anruf kommt zum richtigen Zeitpunkt, denn Simone hat gerade ein schreckliches Tief und erstmals mit dem Gefühl der Einsamkeit zu kämpfen. Die Umstellung von der langjährigen Zweisamkeit zu einem Singledasein ist doch nicht so einfach, sie beginnt sogar ihre Trennung zu hinterfragen. Selbst wenn die Beziehung nicht mehr funktioniert hat, die vielen gemeinsamen Jahre lassen sich nicht vom Tisch wischen. „Mein lieber Bruder, das ist die beste Nachricht seit Langem", antwortet ihm Simone euphorisch. „Ich wollte gerade Doris anrufen, aber einen idealeren Reisebegleiter als dich kann ich mir kaum vorstellen. Nur was wird Ines dazu sagen?"

„Mach dir keine Sorgen", beruhigt sie Paul. „Im September sind die Ferien vorbei und gegen eine Reise mit meiner Schwester wird sie wohl nichts einzuwenden haben." Simone ist sich da nicht so sicher, aber ihre trübsinnige Stimmung ist auf einmal wie weggeblasen. Pauls Idee freut sie derart, dass sie sich voller Tatendrang auf ihre noch ausstehenden Reisevorbereitungen stürzt, die auch einen Friseurtermin beinhalten. „Diese Typveränderung muss einfach noch sein, bevor wir abreisen. Danach bietet sich eigentlich auch die Schrankräumung bei unserer Mutter an", überlegt Simone auf einmal bester Laune.

Mit ihrem neuen flotten Kurzhaarschnitt ist Simone wieder gerüstet für alle Hürden des Lebens. Fröhlich schlendert sie vom Friseur zu ihrem Elternhaus, das etwas zurückversetzt in einem idyllischen kleinen Garten liegt. „Paul und ich hatten schon ein Glück, in so einer schönen Gegend aufzuwachsen", träumt Simone vor sich hin und ist ihren Eltern wirklich dankbar für die wunderbaren Jugendjahre in der hübschen und gemütlichen Villa. Sie kommt immer wieder gerne „nach Hause" und nimmt daher auch die Räumung des Schranks voller Euphorie in Angriff. „Doch ganz schön groß der Kasten. Den könnte ich in meinem neuen Zuhause gebrauchen", überlegt sie und hat in Gedanken auch schon einen Platz für das gute Stück in ihrem Gästezimmer gefunden. Die Ärmel der Bluse aufkrempelnd, wuchtet sie einen Karton nach dem anderen aus dem Schrank, um danach jeden einzelnen auf seinen Inhalt zu prüfen. „Welche Schätze Mutter hier wohl verborgen hat?", rätselt Simone und öffnet den ersten Karton.

ENTDECKUNG

Simone durchwühlt den Christbaumschmuck, der schon etwas ramponiert und in diversen Farben aus dem geöffneten Karton hervorquillt. Da sie die gesamte Deko, die auf Ulrichs Wohnung abgestimmt war, bei ihm gelassen hat, verfrachtet sie diese Schachtel in ein Fach, dessen Inhalt mit dem Kasten in ihr neues Zuhause übersiedeln soll. Der Inhalt einer Etage mit Einsiedegläsern und einer, die mit Woll- und Stoffresten vollgestopft ist, landet in einem Müllsack. „Nur noch zwei Fächer, dann habe ich es geschafft!" Simone rauft sich vor Anstrengung die kurzen Haare, die sie ja nicht mehr hinter die Ohren schieben kann, und öffnet den nächsten Karton, der eine Unmenge alter Fotos beinhaltet. Neugierig geworden, beginnt sie darin zu stöbern und findet eine Serie von bereits vergilbten Bildern, die ihre Mutter mit einem hübschen jungen Mann zeigen. Die beiden wirken glücklich und verliebt, wie sie Hände haltend vor einer schmucken Eisenbahn in einem Hafen posieren. Abgesehen von dem fröhlichen und innigen Paar ist auch der Zug immer wieder abgebildet, zumeist allerdings dampfend und rauchend auf einem

Viadukt. Irgendwie kommt Simone dieses Motiv bekannt vor, sie kann es aber keiner Region zuordnen. „Von dieser Romanze hat uns Mutter noch nie etwas erzählt, und sie sieht total glücklich aus", stellt Simone überrascht fest. Mit den Gedanken schon bei der Befragung der Mutter zu diesem feschen Mann an ihrer Seite, eliminiert sie den Inhalt des letzten Regals nahezu unbesehen. Sie hat es plötzlich sehr eilig und kommt ausnahmsweise ganz pünktlich zum verabredeten Mittagessen.

Lotte hat einen kleinen Tisch beim Italiener für sie reserviert und ist freudig überrascht, dass Simone schon vor ihr da ist. Nachdem die Sache mit dem Schrank geklärt ist, widmet sich Simone sofort dem spannenden Foto-Thema. Die etwas ramponierte Schachtel steht auf dem dritten, leeren Sessel an ihrem Tisch und ist Lotte noch nicht aufgefallen. Über den „Umweg" ihrer Schottlandreise, Simone hatte ihre Mutter gebeten in sich zu gehen, um der Tochter noch etwaige Highlights ans Herz zu legen, ist sie schon bei der Frage nach dem einstigen Liebesglück. Lotte ist überrascht, denn sie hatte ihren Kindern nie davon erzählt. Als ihr Blick auf die Schachtel fällt, wird ihr langsam alles klar. „Mein Gott, die Fotos habe ich schon ganz vergessen!", meint sie scheinheilig, denn die Folge dieser leidenschaftlichen Liebe belastet heute noch ihr Leben. „Es wird wohl Zeit, dir die Wahrheit zu sagen!", seufzt Lotte. „Irgendwann musst du es ja erfahren. Georg ist nicht dein leiblicher Vater, sondern jener Mann auf den Fotos, den ich in Schottland kennengelernt habe. Scott und ich verbrachten wunderschöne Tage in diesem beeindruckenden Land. Da wir aber beide unsere Heimat nicht verlassen wollten, endete unsere glückliche Zeit sehr rasch. Ich lernte bald darauf den verwitweten Georg und seinen Sohn Paul kennen. Georgs Frau ist bei der Geburt des Sohnes gestorben und somit seid ihr, Paul und du, wie Geschwister aufgewachsen. Aber Georg war vom Zeitpunkt deiner Geburt an immer dein Vater. Scott habe ich nie mehr wiedergesehen", beendet Lotte ihr „Geständnis". Simone bleibt der Bissen im Mund stecken. Sie versucht das Ungeheuerliche dieser Information in seinem gesamten Ausmaß zu erfassen. Mit einem Mal fällt ihre ganze geordnete Familienstruktur in sich zusammen. Georg soll nicht mehr ihr Vater und Paul nicht mehr ihr Bruder sein? Sie weiß nicht, wie sie mit dieser Information umgehen soll. Lotte kann die Verwirrung ihrer Tochter verstehen, aber sie bereut es keine Sekunde, dass sie sich damals mit Georg zu dieser Lebenslüge entschieden hat. „Georg und ich dachten, es wäre das Beste, euch wie Geschwister aufwachsen zu lassen und für euch Mutter und Vater zu sein. Dass du diese Fotos gefunden hast, ist wohl ein Wink des Schicksals, dir jetzt die Wahrheit zu sagen!" Simone würde die Erklärung der Mutter durchaus für plausibel halten, wenn sie nicht selbst betroffen wäre. Aber hier geht es um ihr Leben, und das ihres vermeintlichen Bruders. Simone ist einfach entsetzt, wie wenig einfühlsam und schonend ihre Mutter ihr diese Neuigkeit mitteilt! Abgesehen davon, dass sie noch gar nicht realisieren kann, welche Veränderungen diese Offenbarung noch mit sich bringt. Der fremde Mann auf dem Foto ist auf einmal ihr Vater, und mit Georg und Paul verbindet sie nur noch Lotte? Simone versteht die Welt nicht mehr. Wie konnte ihre Mutter ihr das nur antun? Noch hat sie in ihrem Schock nicht begriffen, dass Lotte und Georg nur das Beste für die beiden Kinder wollten.

„Du weißt ja noch gar nicht, dass mich Paul nach Schottland begleitet", unterbreitet Simone nun wie ein trotziges Kind der Mutter ihre Neuigkeit, die durch die neue Familiensituation auch eine gewisse Brisanz erhält. „Vielleicht sollte ich den neuen schottischen Vater bis zu unserer Abreise besser für mich behalten, sonst macht Ines uns noch einen Strich durch die Rechnung. Wenn sie erfährt, dass wir nicht miteinander verwandt sind, wird sie vielleicht eifersüchtig. Um es Paul schonender beizubringen, als du es eben getan hast, habe ich ja dann ausreichend Zeit." Der vorwurfsvolle Unterton in Simones Stimme ist nicht zu überhören. „Georg werde ich aber Bescheid sagen", versucht Lotte ihre Tochter wieder etwas zu besänftigen. „Es könnte ja sein, dass sich dein Verhalten ihm gegenüber unbewusst verändert."

„Da hast du vielleicht recht, obwohl ich mir nach wie vor keinen besseren Vater als Georg vorstellen kann. Trotzdem wäre ich dir dankbar, wenn du mir von diesem Scott etwas erzählen könntest", fügt Simone mit unüberhörbarer Neugierde in der Stimme hinzu. Lotte runzelt die Stirn und kann sich spontan kaum entschließen, was sie ihrer Tochter erzählen soll. „Wir hatten eine schöne romantische Zeit in einem tollen Land, das Scott mit jeder Faser seines Herzens liebte. Mit seiner Begeisterung hat er auch mir seine wunderbare Heimat nähergebracht, aber eben nicht nah genug, um für immer dortzubleiben. Trotzdem ist es mir gelungen, dich mit diesem Schottlandfieber anzustecken." Lotte schmunzelt bei dem Gedanken, mit welchem Eifer ihre Tochter sich auf diese Reise vorbereitet hat. „Als meine Kolleginnen und ich nach dem erfolgreichen Abschluss an der Kosmetikschule nach Schottland reisten, war der Jagdtourismus gerade im Kommen. Der blonde, etwas schlaksige Scott Watson, der den typischen baumlangen und rothaarigen Schotten so gar nicht ähnelte, arbeitete bei einer Firma, die sich auf diesen neuen Tourismuszweig konzentrierte und dafür auch Partner in Österreich suchte. Scott konnte auch ein wenig Deutsch, da er schon einige Male in der Steiermark und in Niederösterreich gewesen war, um mögliche zukünftige Partnerorganisationen ausfindig zu machen. Ich lernte ihn im Glen Nevis Visitor Centre kennen, wo wir uns nach einer möglichen Wanderung für den nächsten Tag erkundigten. Die Tour auf den Ben Nevis war uns zu aufwändig, und Scott empfahl uns eine andere, leichtere Variante. Er verdiente sich dort zusätzlich Geld, seine Hauptbeschäftigung war ja noch im Aufbau und daher auch für einen guten Mitarbeiter noch nicht sehr ertragreich. Abends trafen wir uns dann in einem Pub in Fort William wieder, wo es schließlich gefunkt hat. Zu dem Zeitpunkt hatten wir drei Mädels noch zwei Wochen Schottland vor uns, die ich allerdings dann in Fort William verbrachte."

„Und was kannst du mir über seine Charaktereigenschaften erzählen, bin ich ihm irgendwie ähnlich?" Simones Interesse an Scott Watson ist nun vollends geweckt. „Deine Unpünktlichkeit und dein Hang zum legeren, manchmal sogar fast schlampigen Aussehen, was sich bei dir aber in letzter Zeit stark verbessert hat, sind eindeutig Eigenschaften deines Vaters. Er hat mich tatsächlich des Öfteren warten lassen und kam immer etwas echauffiert und in leicht vernachlässigtem Outfit zu spät. Aber er hatte immer charmante Ausreden zur Hand, was meiner Verliebtheit natürlich sehr zuträglich war. Alles in allem ein arbeitsamer und äußerst zielstrebiger ‚Hans Dampf in allen Gassen‘ mit viel Charme, Humor und Herzlichkeit. Trotzdem haben wir uns in dem Wissen voneinander getrennt, keine gemeinsame Zukunft zu haben. Der Abschied war dementsprechend schmerzhaft. Zurück in Wien merkte ich schon bald, dass ich schwanger war. Und noch bevor du auf die Welt kamst, lernte ich den um seine Frau trauernden Vertreter Georg Haller näher kennen und lieben. Den Rest kennst du ja.“ Simone ist ganz versunken in die Erzählung ihrer Mutter und scheint Raum und Zeit um sich herum vergessen zu haben. Sie ist daher noch nicht ganz da, als ihre Mutter sich von ihr verabschiedet. „Ich muss wieder zurück ins Geschäft, meine Liebe. Du kannst die Schachtel mit den Fotos behalten, ich habe keine Verwendung mehr dafür. Vielleicht findest du ja noch einige Anhaltspunkte für die Suche nach deinem Vater, denn das wirst du vermutlich tun, wie ich dich kenne. Das Foto mit der Eisenbahn ist übrigens in Mallaig entstanden, der Endstation des Jacobite Steam Train, den du aus den Harry-Potter-Filmen kennst.“ Lotte küsst ihre Tochter auf die nachdenkliche Stirn und weiß, dass sie da ein Samenkorn gesät hat, das schon bald aufgehen wird.

Allein gelassen denkt Simone über die Worte ihrer Mutter nach. „Will ich denn überhaupt mehr wissen, oder soll alles beim Alten bleiben?“ Mit einem neuerlichen Blick auf eines der Fotos muss sich Simone eingestehen, dass der Mann, der ihr unbekannter Vater ist, tatsächlich sympathisch aussieht. „Ob es eine Fügung des Schicksals oder einfach nur Zufall ist, dass ich Schottland zu einem Zeitpunkt erkunden will, an dem ich von meinen schottischen Wurzeln erfahre? Ob dieser Scott überhaupt noch am Leben ist? In jedem Fall trifft es sich gut, dass Paul sich mehrere Jagdtourismus-Organisationen anschauen will, und wir die Highlands ohnehin bereisen. Von der Suche nach meinem Vater muss Paul ja vorerst nichts wissen. Und an meiner Zuneigung zu Georg wird sich auch nichts ändern, sollte ich meinen leiblichen Vater tatsächlich kennenlernen." Zufrieden mit ihren Überlegungen bezahlt sie die Rechnung und schnappt sich den Karton mit dem Vorsatz, die restliche Woche bis zur Abreise noch nach möglichen Anhaltspunkten für die Suche nach ihrem Vater zu forschen. Das schwierigste Unterfangen wird allerdings die Geheimhaltung ihrer Pläne gegenüber ihrem einstigen Bruder sein.

Morgen soll die Reise losgehen und Simone ist, was ihren Vater anbelangt, leider nicht viel klüger als zuvor. Sie hat alle Fotos genau unter die Lupe genommen und nicht einen einzigen Anhaltspunkt gefunden, aus dem sie Näheres über ihren Vater erfahren könnte. Zudem ist ihr klar geworden, dass die 32 Jahre alten Fotos dem Heute bestimmt nicht mehr entsprechen. Abgesehen davon kann Scott Watson auch umgezogen oder ausgewandert sein und sich optisch stark verändert haben. In Wahrheit wird es reine Glückssache sein, diesen Mann zu finden, denn die Möglichkeit, eine Meldeauskunft aus dem Zentralen oder örtlichen Melderegister zu bekommen, gibt es in Schottland nicht. Personensuche funktioniert dort nur über die sozialen Netzwerke, das Telefonbuch oder eine Detektei. Simones größte Hoffnung ist es, den Mann unter den Veranstaltern der Hirschjagden zu finden, die Paul aufsuchen will. Denn wenn, wie ihre Mutter erzählt hat, dieser Beruf seine Passion war, übt er ihn hoffentlich auch heute noch aus.

Vor ihrer Abreise will sie allerdings noch einmal mit ihr über Paul sprechen. Zu sehr beschäftigt sie der Gedanke, dass sie mit ihm nicht mehr verwandt sein soll. Obwohl sie in vielen Dingen so unterschiedlich sind, gibt es kaum jemanden, mit dem sich Simone derart blind versteht. „Das ist doch ganz einfach zu erklären, selbst wenn ihr nicht miteinander verwandt seid", meint Lotte, als Simone sie vom Geschäft abholt und zu einem Spaziergang überredet, „ihr seid miteinander groß geworden, kennt euch in- und auswendig, wisst genau, wie der andere reagiert, und habt als Kinder und auch noch als Jugendliche zusammengehalten wie Pech und Schwefel. Sogar das Medizinstudium stand für euch beide schon im Teenageralter fest. Trotzdem seid ihr charakterlich sehr verschieden, und Paul hat natürlich, genau wie du von Scott, einige Eigenschaften von seinem Vater Georg geerbt." Simone ist froh, dass sich Lotte zu dem kleinen Rundgang hat überreden lassen, denn vor Georg wollte sie über all dies nicht sprechen. Zu neu ist die ganze Situation für sie. „Voneinander entfernt habt ihr euch eigentlich erst mit euren jeweiligen Freundinnen und Freunden. Mit Thomas hast du deine Abenteuerlust voll und ganz ausleben können, während du natürlich von dem sehr ehrgeizigen und doch etwas humorlosen Ulrich auch Eigenschaften angenommen und dich dadurch von deinem Bruder entfernt hast. Übrigens genau wie Ines, die dir und auch uns nicht wirklich sympathisch ist, dein Verhältnis zu Paul getrübt hat", analysiert Lotte die Beziehung der „Geschwister" messerscharf. „Und was euer beider charakterliches Erbe von euren Vätern anbelangt, könnte es verschiedener nicht sein. Georg ist ein pflichtbewusster, besonnener und ruhiger Mensch, auf den man sich in allen Lebenslagen verlassen kann. In der kurzen Zeit, die ich mit deinem Vater zusammen war, zeigte er sich als unternehmungslustiger, charmanter und etwas salopper Abenteurer. Ich habe natürlich keine Ahnung, was für ein Mensch er heute ist, aber du hast doch einiges von seinem Wesen mitbekommen – und wenn es nur der Hang zu Süßigkeiten ist!" Diese Bemerkung entlockt sowohl Mutter als auch Tochter ein Schmunzeln. Aber noch gibt sich Simone nicht zufrieden. „Wie ist es nur möglich, dass du dich in zwei charakterlich so verschiedene Männer verlieben konntest?" Lotte überlegt nicht lange. „Die Antwort liegt auf der Hand. In Schottland war ich ungebunden und hatte keinerlei Verantwortung für jemand anderen zu tragen. Ich war daher sehr empfänglich für den Tatendrang und all die euphorischen Zukunftspläne deines Vaters. Erst die Aussicht, Wien verlassen zu müssen, hat meine Begeisterung gebremst und schlussendlich zur Trennung von diesem charmanten Unternehmergeist geführt. Kaum zurück zu Hause, bin ich in das Geschäft meiner Mutter eingetreten, und du warst unterwegs. Da haben sich meine Vorstellungen und Kriterien in puncto Beziehung natürlich gewaltig geändert. Georg war in der Branche als verlässlicher Partner bekannt, und meine Mutter hatte mir auch von seinem Privatleben, der guten Ehe und dem bevorstehenden Nachwuchs des Paares erzählt. Leider ist Georgs Frau bei der Geburt ihres Sohnes gestorben und er wurde zum Alleinerzieher, der mit sich und der Welt über den Verlust seiner geliebten Frau haderte. Als meine Schwangerschaft nicht mehr zu übersehen war, begann Georg bei seinen Besuchen während der Präsentation der neuesten Chanel-Produkte immer wieder von Paul zu erzählen, der ja ein Jahr vor dir auf die Welt gekommen war. Ich merkte wie fürsorglich er versuchte, jede freie Minute mit dem Kind zu verbringen, für das er eine Leih-Oma eingestellt hatte. Da ich relativ rasch nach der Geburt wieder arbeitete und sich meine Mutter, eine sehr fürsorgliche Großmutter, die leider viel zu früh gestorben ist, um dich kümmerte, lernte ich Georg immer besser kennen. Unsere privaten Themen kreisten natürlich um unsere Kinder, sodass wir uns bald zu gemeinsamen Unternehmungen trafen. Aus unseren ähnlichen privaten Situationen entwickelte sich eine tiefe Verbundenheit, aus der nach und nach unsere schöne Liebe entstand." Plötzlich bleibt Lotte mitten in der Bewegung stehen. „Aber du hast doch auch zwei sehr unterschiedliche Männer geliebt", besinnt sie sich. „Ähnlich wie ich bist du vom Abenteurer Thomas zum verlässlicheren Ulrich gekommen, der dir allerdings die Luft zum Atmen nahm. Und ich sage es dir erst jetzt im Nachhinein, denn vorher hättest du es mir sicher nicht geglaubt: Ulrich hat dich schon fast deiner Persönlichkeit beraubt, und ich bin sehr froh, dass du den Absprung noch rechtzeitig geschafft hast!"

Simone nickt zustimmend: „Wie recht du nur hast. Ich fühle mich auch wohler, seit ich diese Entscheidung getroffen habe. Schade, dass mein Wechsel von Abenteuer zu Verlässlichkeit nicht so erfolgreich war wie bei dir! Dafür habe ich jetzt ein neues Ziel vor Augen, denn abgesehen von meinen beruflichen Plänen nach meiner Rückkehr, möchte ich natürlich den Mann finden, von dem meine Charaktereigenschaften stammen." Scheinbar entrüstet wirft Lotte ein: „Na, von mir hast du aber auch einiges geerbt, und wenn es nur die Liebe zu Schottland ist!"

Auf ihrem Weg nach Hause denkt Simone über Lottes Leben nach, das durch die Parfümerie ihrer Mutter Gertrude Neumann beruflich vorbestimmt war. Und obwohl Lotte das Leben zwischen all den kostbaren Tiegeln, Flaschen und Menschen, die sich dadurch ein besseres Aussehen und Auftreten erhofften, mehr als liebte, hätte Scott es fast geschafft, sie von ihrem Weg abzubringen. Aber ihre Mutter war und ist auch heute noch eine starke Frau, immer perfekt gestylt und selbstbewusst auftretend, ohne dabei überheblich zu wirken. Im Gegenteil, sie ist auch ein herzlicher Mensch, mit großer Empathie und hat daher in ihrem Geschäft viel Erfolg, denn die Kunden lieben sie. „Ob sie sich anders entschieden hätte, wenn sie mit Scott noch zusammen gewesen wäre, als sie merkte, dass sie schwanger war? Das werden wir wohl nie erfahren, aber Lotte und Georg sind für mich ein wunderbares Paar, sie passen perfekt zusammen", resümiert Simone und wird immer neugieriger auf ihren leiblichen Vater.

AUFBRUCH

Mit allen guten Wünschen der Familie bricht das „Geschwisterpaar" am frühen Vormittag auf. Da die beiden bereits um sechzehn Uhr dreißig auf der Fähre von Amsterdam nach Newcastle sein müssen, sind sie bereits am Tag davor gefahren und haben eine Übernachtung auf halber Strecke geplant, um jeglichen Stress zu vermeiden. Sie wollen es sich einfach gut gehen lassen und ihre Reise genießen. Und das tun sie auch, wenngleich sich Simone manchmal dabei ertappt, dass sie ihren „Bruder" mit anderen Augen betrachtet als früher. Dass Paul ein gut aussehender Mann ist, war ihr schon immer bewusst, und seine Körperlichkeit in einem Doppelzimmer, manchmal auch auf sehr engem Raum zu spüren, beflügelt ihre Fantasie. Nun, wo er quasi ein Fremder ist!

Die Zeit auf der Fähre nach Newcastle vergeht für die beiden wie im Flug, zu sehr sind sie noch mit ihrer Reiseroute beschäftigt. Pauls Vorhaben, zuallererst den passenden Reiseveranstalter für Georgs Geburtstagsgeschenk ausfindig zu machen, verändert Simones Planung. Es müssen daher alle bereits gebuchten Zimmer nach der Übernachtung in Stirling storniert werden. Für Fort William suchen sie nun nach einer neuen Unterkunft, was dank „Booking.com" und Pauls Laptop rasch erledigt ist. Die Änderung der Reiseroute kommt auch Simones geheimen Wunsch entgegen, führt sie doch dieser Weg nach den geplanten Abbeys der Borders, dem Besuch bei Sir Walter Scott in Abbotsford, den vorgesehenen drei Tagen in Edinburgh und der Besichtigung des Wallace Monuments mitsamt Stirling Castle direkt nach Fort William, wo sich ihre Eltern kennengelernt haben. Und sollte sie in den dortigen Telefonbüchern nicht fündig werden, hätte sie noch den Rest der Reise, also weitere drei Wochen Zeit, selbst zu recherchieren oder eine Detektei zu beauftragen. Dieser Plan und die Aussicht auf die Besichtigung der ausgewählten Highlights versetzen Simone in eine richtig fröhliche Stimmung. Da sich das Wetter bei der Ankunft in Newcastle auch gebessert hat, macht sich eine gewisse ausgelassene Unbekümmertheit zwischen den „Geschwistern" breit. „Das alles wäre wohl mit der Offenlegung unserer neuen Familienverhältnisse zerstört", überlegt Simone, sich an den Wermutstropfen dieser schönen Reise erinnernd. Wahrscheinlich würde unser Verhältnis die herrliche Leichtigkeit verlieren. Ihre trüben Gedanken scheinen auf das Wetter abzufärben, denn nach der Besichtigung der riesigen Jedburgh Abbey beginnt es zu regnen und hört den ganzen Tag nicht mehr auf. Richtig gerüstet für Schottland besichtigen sie trotzdem noch die ehemalige Zisterzienserabtei Melrose Abbey, bevor sie sich in dem einfachen, aber gemütlichen Pub ihres etwas heruntergekommenen Hotels in Melrose der heimischen Küche widmen. Simone ist zwar keine Freundin deftiger Kost, aber trotzdem neugierig auf die Spezialitäten des Landes. Zu ihrer Erleichterung gibt es auch ansprechenden Wein, denn sie hatte schon große Angst, darauf verzichten zu müssen. „Damit ist unsere Reise wohl gerettet", stellt auch Paul schmunzelnd fest. „Ohne deinen geliebten Wein müssten wir sie wahrscheinlich abbrechen!" Ob nun Geschwister oder nicht, in diesem Punkt sind die beiden grundverschieden. „Mir schmeckt das Essen nun einmal viel besser mit einem guten Glas Wein. Außerdem wäre es doch langweilig, wenn wir, neben unserer guten Beziehung, auch noch ähnliche Vorlieben hätten!" Simone ist nicht ganz sicher, ob sie sich nicht vielleicht ein wenig Mut antrinkt. Die Reise dauert zwar erst drei Tage, aber sie spürt trotzdem, dass ihre Unbefangenheit ihrem Reisebegleiter gegenüber deutlich abnimmt. Sie wird sich immer stärker der Tatsache bewusst, dass Paul nicht ihr Bruder ist. Es scheint an der Zeit zu sein, ihn mit der Wahrheit zu konfrontieren. Aber da es gerade so gemütlich ist, und der Wein auch seine Wirkung tut, verschiebt sie ihr Vorhaben auf den nächsten Tag. Es ist ja noch etwas Zeit bis Fort William, wo Paul über ihre Suchaktion Bescheid wissen sollte. Zudem bringt Paul sie mit seiner Frage nach dem Programm für den nächsten Tag auf andere Gedanken. Simone versucht ihn nun mit all ihrem Wissen über Sir Walter Scott, jenen Schriftsteller, der ganze schottische Landstriche in ein romantisch-verklärtes Licht tauchte und damit den Tourismus ankurbelte, zu begeistern. Das Haus dieses großen schottischen Romanciers zu besichtigen war ihr immer schon eine Herzensangelegenheit. Er hat diesem Land zu jenem positiven Image verholfen, das auch in ihrer Vorstellung Bilder von mythischen Ruinen, romantischen Legenden und kämpferischen Helden hervorgerufen hat. Die „Geschwister" freuen sich schon auf die Wanderung zu Scotts Anwesen nach Abbotsford House am Ufer des Tweed entlang. Etwas Bewegung wird ihnen nach den Tagen des Autofahrens sicherlich guttun.

Natürlich regnet es wieder, aber trotzdem begeistert sie die ländliche Idylle auf dem Weg zu Walter Scott. Das Herrenhaus mit all seinen antiken Elementen und modernen Annehmlichkeiten sowie die gepflegt verwilderten Gärten erfüllen Simones

Erwartungen voll und ganz. Auch Paul ist von der überwältigenden Bibliothek und den außergewöhnlichen Sammlungen von Möbeln, Waffen und Rüstungen angetan. Nach diesem gelungenen Tag sind Simone und Paul am nächsten Morgen bereits sehr zeitig unterwegs zu Rosslyn Chapel, denn den finalen Schauplatz der Verfilmung des Dan-Brown-Bestsellers „Sakrileg" wollen sich die beiden Filmfreaks natürlich nicht entgehen lassen. Danach stürzen sie sich in den Trubel der Großstadt. Das Zimmer in Edinburgh ist zwar recht klein, aber günstig gelegen, sodass sie das Auto beim Hotel stehen lassen können. Simone ist erleichtert, dass es in den Unterkünften immer die vorbestellten Einzelbetten gibt, denn die anfängliche Unbekümmertheit, sich mit dem vermeintlichen Bruder ein Zimmer zu teilen, hat sich mittlerweile verflüchtigt. Das sparsame Gepäck ist rasch verstaut, und mit dem Stadtplan sowie der von Simone zusammengestellten Besichtigungstour sind die beiden auch schon wieder unterwegs, um das Castle zu besuchen. Und trotz der Warteschlange an der Kasse sind sie von dieser zweitgrößten Attraktion Schottlands mehr als beeindruckt. Nach einem gemütlichen Abendessen im Hotel „schlichten" sie sich in ihr Zimmerchen, das anscheinend ein Einzelzimmer mit einem Notbett ist. „Jetzt weiß ich, warum das Hotel trotz seiner günstigen Lage so billig ist", stellt Simone lakonisch fest, ohne darauf zu achten, dass sie sich schon fast aller Kleider entledigt hat, und dazu nicht, wie in den letzten Tagen, mit dem Pyjama im Bad verschwunden ist. Erschrocken über ihre Unachtsamkeit bedeckt sie rasch ihren nackten Oberkörper und muss sich dafür auch noch eine spöttische Bemerkung von Paul gefallen lassen. „Du bist doch sonst nicht so prüde, Schwesterlein! Außerdem musst du dich ja wirklich nicht verstecken." Und schon ist er wieder in seinen Roman vertieft, ohne Simone weiter zu beachten. Mit sich alleine in dem beengten Badezimmer weiß Simone nicht, ob sie sich über Pauls Bemerkung ärgern oder freuen soll. Einerseits hat er natürlich recht, so prüde hat sie sich ihrem Bruder gegenüber noch nie verhalten, aber diese neue Situation ändert einfach alles. Andererseits merkt sie, dass ihr eine leichte Röte ins Gesicht steigt, wenn sie an die weiteren Worte Pauls denkt. Es freut Simone tatsächlich, dass sie ihm zu gefallen scheint.

Am nächsten Tag erforschen sie die Royale Mile bis zu Arthur's Seat, den Hausberg von Edinburgh, von wo sie den Ausblick genießen wollen. Und der hat es dank der tollen Wolkenstimmung und dem Meer im Hintergrund wirklich in sich. Simone kann nicht anders, sie muss sich an Pauls Schulter lehnen und dieses Bild mit einem Seufzer der Zufriedenheit in sich aufsaugen. Auch Paul genießt den Augenblick und findet im Gegensatz zu Simone nichts dabei, den Arm um sie zu legen. Gott sei Dank bemerkt er das leichte Zurückzucken nicht, das Simone jetzt schon einige Male an sich festgestellt hat, wenn Paul sie berührt. Sie ärgert sich über den Verlust des burschikosen Umganges mit Paul, vermeidet es aber auch sich bei ihm einzuhaken, wie sie es früher so gerne getan hat. Die geschwisterliche Nähe ist einem verwirrenden neuen Gefühl gewichen, das sie nicht zulassen kann und will. Es ist aber doch so vordergründig vorhanden, dass sie sich manchmal sogar an das Ziel dieser Reise, nämlich ihren Vater zu finden, erinnern muss!

Da sie die Entfernungen doch ein wenig unterschätzt haben, gönnen sich Simone und Paul ein Taxi, um ihren Beinen auf dem Weg zu ihrem nächsten Ziel, dem Wohnzimmer der Queen, das seit 1997 in den Leith Docks als Touristenattraktion vor Anker liegt, etwas Ruhe zu gönnen. Auf die Besichtigung der Royal Yacht Britannia freuen sich beide schon sehr, war das doch angeblich der einzige Ort, an dem sich die Queen wirklich erholen konnte. Nach dem beeindruckenden Rundgang durch die königlichen Räumlichkeiten stärken sich Simone und Paul im Tearoom des Schiffs, bevor sie sich mit den öffentlichen Verkehrsmitteln auf den Heimweg machen. Da beide diesbezüglich nicht sehr versiert sind und sich deshalb auch tatsächlich „verfahren", nehmen sie die Hilfe der freundlichen Schotten mehr als dankbar an.

Nach Edinburgh geht es weiter in Richtung Stirling, wo sie die Besichtigung des Wallace Monuments – sie sind beide Fans von Braveheart und der tragischen Geschichte von William

Wallace – und von Stirling Castle geplant haben. Ein steiler Waldweg und unzählige Stufen sind auf den 67,5 Meter hohen Turm
mit der Dokumentation von Wallace' Heldentaten zu bewältigen,
bevor man einen weitreichenden Blick über das einstige Schlacht-
feld werfen kann. „Wie oft haben wir den Film schon gemeinsam
gesehen?", versucht sich Simone zu erinnern. Paul dürfte ein besseres Gedächtnis haben. „Das erste Mal gemeinsam mit Mutter,
da waren wir noch im Gymnasium und wohnten zu Hause. Du
hast damals fürchterlich geheult! Danach noch einmal mit deinem Ex Thomas, der ein ähnlicher Fan von historisch-romanti-
schen Filmen ist wie wir. Auch da kullerten die Tränen bei dir,
wenn ich mich nicht sehr irre", kommt seine Antwort prompt,
wobei er wieder einmal fürsorglich den Arm um seine kleine
Schwester legt. „Und seither nie wieder, denn Ines oder Ulrich
interessieren solche Geschichten nicht." Das Bedauern in Simones Stimme ist nicht zu überhören. „Ich beginne auch erst jetzt
wieder, mich mit den historischen Hintergründen von Filmen
und Büchern zu befassen und zeitliche Zusammenhänge herzustellen. Im Übrigen hält sich Braveheart in vielen Dingen an die
geschichtliche Vorgabe, vor allem was das Verhältnis zwischen
Eduard I., ‚Longshanks', seinem schwulen Sohn Eduard II., seiner Schwiegertochter Isabella und Wallace betrifft. Da wäre auch
noch genug Potenzial für eine Fortsetzungsgeschichte, wenn man
dem Film mit der Schwangerschaft Isabellas Glauben schenken
darf!" Paul kann sich ein Schmunzeln nicht verkneifen. „Jetzt
hat dich deine romantische Ader wieder fest im Griff. Wenn ich
nicht wüsste, dass du eine tolle Ärztin bist, würde ich sagen, du
hast deinen Beruf verfehlt. Mit all den Geschichten, die du an-
dauernd erfindest, solltest du eigentlich Schriftstellerin sein. Kein
Wunder, dass dich Walter Scott so begeistert!"

Simone widmet sich allerdings schon wieder dem Fotografieren und bemerkt nicht, dass sie etwas verloren hat. Paul hebt
das Papier, das sich als Foto herausstellt, auf und hält überrascht
inne. „Das ist ja unsere Mutter, und noch dazu mit einem fremden Mann." Paul ist entrüstet. „Da weißt du schon wieder einmal mehr als ich. Mit dieser Geschichte kannst du mich ja beim

Abendessen unterhalten", tut er diese offensichtliche Romanze seiner Mutter leichtfertig ab. „Ich bin schon sehr neugierig auf die Lokalempfehlung unseres netten Vermieters, aber vorerst sollten wir noch Stirling Castle besuchen", meint Paul und hat das Foto schon wieder vergessen. Simone hingegen kommt bei Pauls Worten ins Schwitzen. Nun ist der große Moment wohl gekommen. Sie versucht sich ihre Aufregung nicht anmerken zu lassen, muss sich beim Turmabstieg allerdings stark konzentrieren, um nicht zu stolpern. Im Auto vertieft sie sich sofort in ihren Reiseführer und liest Paul die Geschichte von Stirling Castle vor, um auf andere Gedanken zu kommen. Doch auch diese Besichtigung ist einmal vorbei und die Geschwister machen sich auf den Weg zum Thornhill Country Hotel, dessen Restaurant ihnen im Hillview Cottage ans Herz gelegt worden ist. Und tatsächlich sind die beiden mit dem Lokal rundum zufrieden. Simones Hunger hält sich allerdings in Grenzen, wartet sie doch die ganze Zeit darauf, dass Paul nach der Geschichte des Fotos fragt. Vor lauter Nervosität lässt sie sogar von ihrem heiß geliebten und in diesem Lokal wirklich köstlich gegrillten Lammkotelett etwas übrig. Und dann kommt der Moment, an dem sich Paul an das Foto erinnert. „Jetzt erzähl' mir doch die Geschichte von unserer Mutter! Der Mann auf dem Foto sieht ja wirklich gut aus", fordert er Simone auf. „Dann ist es wenigstens überstanden", denkt Simone und berichtet kurz und bündig über Mutters Schottland-Romanze, um schnell an das überraschende Ende zu kommen. Sie ist dabei nicht die Spur einfühlsamer als ihre Mutter, zu neugierig ist sie auf die Reaktion ihres „Bruders".

„Dann ist also deine Liebe zu Schottland nicht der einzige Grund unserer Reise", fasst Paul überraschend ruhig zusammen. „Du bist doch tatsächlich auf der Suche nach deinem Vater." Weder sein Gesichtsausdruck noch seine Stimme verraten, was diese Nachricht in ihm ausgelöst hat. Wie immer hat sich Paul gut im Griff und lässt sich nicht aus der Ruhe bringen. „Das ist alles, was du dazu zu sagen hast?", entrüstet sich Simone. „Wir sind keine Geschwister und haben keine gemeinsamen Eltern mehr!" Paul hebt beschwichtigend die Hand. „So weit bin ich in meinen

Überlegungen noch nicht gekommen. Ich erfasse die neue Familienkonstellation noch nicht ganz", gesteht er. „Jetzt brauche sogar ich ein Glas Wein." Er winkt dem Ober. „Diese Neuigkeit muss ich erst einmal hinunterspülen oder begießen. Ich bin mir noch nicht sicher, ob wir da etwas zu feiern haben oder in Trauerstimmung verfallen sollten. Wie ist es dir bei dieser Offenbarung unserer, nein, deiner Mutter ergangen?"

„In erster Linie war ich total traurig, meinen Bruder verloren zu haben", erinnert sich Simone. „Um dann zu der Erkenntnis zu gelangen, dass wir trotzdem gute Freunde bleiben können. Was Georg anbelangt wird er immer mein Vater bleiben, selbst wenn ich meinen schottischen Erzeuger finden sollte, was sicherlich nicht ganz einfach sein wird. Aber eigentlich haben wir beide ein ähnliches Problem: Du hast keine Mutter und ich keinen Vater mehr, wobei ich ja noch die Chance habe, den meinen kennenzulernen, was dir bei deiner Mutter verwehrt bleibt." Bei dem Gedanken hat Simone aufrichtiges Mitleid mit Paul, der diese logische Schlussfolgerung noch nicht zugelassen hat. „Da Lotte mir immer eine gute Mutter war, wird sich für mich diesbezüglich nichts ändern. Natürlich werde ich Vater bitten, mir etwas über meine richtige Mutter zu erzählen, aber einen Menschen, den man nicht kennt, kann man auch nicht vermissen. Lotte ist und bleibt meine Mutter!" Paul nimmt einen kräftigen Schluck, wobei ihm das neue Verhältnis zu seiner „Schwester" einfallen dürfte. „Ganz anders sieht es nun mit uns beiden aus, keine verwandtschaftlichen Bande mehr", amüsiert er sich. „Was aber an unserem freundschaftlichen Verhältnis wohl nichts ändern wird", bestätigt Paul die von Simone bereits ausgesprochene Überlegung zu diesem Thema und klopft seinem „Schwesterchen" herzlich auf die Schulter. „Gut, dass wenigstens einer von uns beiden vernünftig bleibt, dann wird es mir bestimmt auch leichter fallen, den Freund und nicht den Mann in ihm zu sehen." Nun hat Simone es sich endlich eingestanden, was sie seit dem Beginn der Reise beschäftigt hat. „Bin ich vielleicht in Paul verliebt?" Sie muss sich zusammenreißen, um den burschikosen Ton zu erwidern. „Dann stoßen wir auf unsere Freundschaft und eine schöne und erfolgreiche Reise an", erhebt sie, froh darüber, dieses Thema endlich vom Tisch zu haben, ihr Glas.

Nun, da das große Geheimnis gelüftet ist, sind beide Ziele bekannt und die neuen Freunde können gemeinsam planen. Paul will Simone natürlich bei der Suche nach ihrem Vater helfen, und so ist klar, dass beide so rasch wie möglich nach Fort William wollen. Nach knapp drei Stunden Fahrt durch wunderschöne Landschaften sehen sie bereits die Ausschilderung zum Glen Nevis Visitor Centre, dem Ort, wo Lottes folgenschwere Liebe begann. Und wieder ist das Wetter regnerisch, Fort William und seine Umgebung zeigen sich nicht von der besten Seite. Zudem ist es etwas nebelig, sodass selbst der Ben Nevis, Schottlands höchster Berg, nicht zu sehen ist. Simone hatte sich ein anderes Bild von dem Ort der ersten Begegnung eines Liebespaares gemacht, aber vielleicht ändert sich ihre Meinung ja noch, wenn die Sonne hervorkommt. Etwas außerhalb von Fort William finden sie sehr rasch ihr bereits gebuchtes Zimmer in dem kuscheligen B&B Woodland House. „Gott sei Dank habe ich mir ausreichend Pyjamas eingepackt", überlegt die notorische Nacktschläferin, als sie das schmale Doppelbett sieht. Bei der kurzfristigen Buchung mussten sie nehmen, was zu kriegen war, wobei sich die Vermieterin, Ms. Graham, als eine sehr freundliche und hilfsbereite Person erweist. Nicht nur Simones Ansinnen nach einer zweiten Decke, sondern auch Informationen zu den diversen Jagdveranstaltern sind von ihr bei einem ausgezeichneten Frühstück zu bekommen. Sogar der Name Scott Watson ist ihr ein Begriff. Sie weiß über seine Firma Bescheid, die er gemeinsam mit Duncan MacLeod, dessen Schwester Brenda er geheiratet hat, aufgebaut hat. Der Sohn der beiden, James Watson, bewährte sich auch schon als Firmenteilhaber von Watson & MacLeod, einem Reiseveranstalter für Rothirschjagden. „Das trifft sich ja großartig." Paul ist froh, nicht weiter suchen zu müssen. „Da haben wir ja gleich zwei Probleme auf einmal gelöst!" Ms. Graham ist nicht mehr zu stoppen, sie dürfte einiges über die Familie wissen. „Scott Watson zieht sich immer mehr aus dem Geschäft zurück. Man munkelt, dass seine große Leidenschaft der Fotografie gehört. Deshalb ist er sehr zum Leidwesen seiner Frau Brenda, die übrigens auch in der Firma arbeitet, oft tage- oder wochenlang unterwegs, um die passenden Motive für sein geplantes Fotobuch über die Schönheit der schottischen Landschaft zu finden." Endlich interessieren sich Touristen auch einmal für das Jetzt und Heute, und nicht nur für Abbeys, Kirchen und Schlösser. Ms. Graham ist sehr zufrieden, so ausführlich Auskunft geben zu können. Andererseits ist die resolute, etwas korpulente Frau auch überrascht über das Interesse an Scott Watson, der für sie zum Feindbild wurde, nachdem ihr Bruder Daniel Henderson von Watson entlassen worden war. Obwohl sie Mr. Watson recht geben musste, dass die ständigen Zudringlichkeiten ihres Bruders den weiblichen Mitarbeiterinnen gegenüber bestraft gehörten, empfindet sie diese unsägliche Kündigung doch als zu harte Strafe, denn damit hat Daniels Unglück begonnen. Sein Ruf in der Branche war ruiniert und er bekam keinen Job mehr, worauf ihn auch Frau und Kind verließen. Er sah keine andere Möglichkeit mehr, als sich mit Wilddiebstahl über Wasser zu halten. Ms. Graham wollte ihren kleinen Bruder finanziell zwar unterstützen, aber er war einfach zu stolz und wollte partout beweisen, dass er es alleine schaffen würde. Nun ist er endgültig auf die schiefe Bahn geraten und arbeitet für Auftraggeber im In- und Ausland. Die Wünsche nach seltenen Tierarten lässt er sich gut bezahlen, lebt aber auch ständig in Gefahr, erwischt zu werden.

Simone ist mittlerweile ganz still geworden. Dass sie so rasch einen Scott Watson gefunden haben, ist wirklich unglaublich. Dass dieser allerdings eine Familie haben könnte, ist ihr bisher noch gar nicht in den Sinn gekommen. Zu sehr ist sie auf ihr Leben fixiert, in dem sie bisher ohne diesen Mann auskommen musste. Während sie das Gehörte erst einmal zu verarbeiten versucht, hat Paul bereits die Adresse der Firma notiert und sich bei Ms. Graham bedankt. „Wie ich merke, hast du deinem Vater kein neues Leben zugestanden", errät der einfühlsame Paul sofort ihre Gedanken. „Aber du solltest froh sein, dass wir ihn gleich mit der ersten Recherche gefunden haben, wenn er es denn tatsächlich ist."

„Du hast recht, Paul." Simone ist beschämt über ihre egoistische Denkweise. „Warum nur habe ich mir meinen Vater als Einzelgänger vorgestellt und gönne ihm in meiner kleinkarierten Gedankenwelt keine eigene Familie?", fragt sie sich. Diesmal lässt sich Simone sogar widerstandslos von Paul in den Arm nehmen. Es tut einfach so gut, in diesem unglaublichen Gefühlschaos, in das sie seit Lottes Eröffnung gestürzt ist, nicht alleine zu sein. Obwohl sie dieses Genießen zur nächsten Komplikation führt, mit der sie allerdings vorerst alleine fertigwerden muss … „Wollen wir sofort zu der Firma fahren oder brauchst du erst etwas Zeit, um dich an diesen neuen Gedanken zu gewöhnen?", unterbricht der besorgte Paul ihre Überlegungen, die ihr einige Sorgenfalten auf die Stirn gezaubert haben. Fürsorglich streicht er darüber und stellt schelmisch fest, dass diese neue Erkenntnis eine derartige „Entstellung" nicht wert sei. „Vielleicht sollten wir den heutigen Tag für eine Wanderung am Fuße des Ben Nevis oder einen Ausflug nach Mallaig entlang der malerischen Bahnstrecke der West Highland Line nutzen, die du nicht nur aus den Harry-Potter-Filmen, sondern auch von dem Foto deiner Eltern kennst. Es könnte dir guttun, auf deren Spuren zu wandeln, bevor du Scott und seine Familie persönlich kennenlernst." Simones momentane Verfassung gefällt Paul überhaupt nicht. „Gönne deiner Gefühlsachterbahn eine Pause! Wir unternehmen etwas und lenken dich ab. Morgen ist auch noch ein Tag, und wir haben ausreichend Zeit. Schließlich sollst du diesen entscheidenden Moment stark und freudig erleben können!" Simone ist dankbar über Pauls Vorschläge und entscheidet sich ganz gegen ihren üblichen Wunsch nach Bewegung für die Fahrt nach Mallaig. Das Foto aus ihrer Tasche fischend, steigt sie gedankenverloren in das Auto und ist neugierig darauf, den Platz ausfindig zu machen, wo ihre Mutter so glücklich war.

Und tatsächlich beginnt Simone die Fahrt nach Mallaig schon bald zu genießen. Zudem kommt sie natürlich auch durch die Suche nach einem schönen Fotomotiv auf andere Gedanken. Ihre Fahrt entlang der malerischen Bahnstrecke der West Highland Line führt sie auch am Glenfinnan Viaduct vorbei, das im zweiten

Teil der Harry-Potter-Saga besonders dramatisch in Szene gesetzt ist, als das fliegende Auto von Ron Weasley beinahe mit dem Hogwarts Express, der Harry Potter und seine Freunde zur Zauberschule Hogwarts führt, kollidiert. Paul freut sich, dass Simone durch diesen Ausflug ihre gute Laune rasch wiedergewinnt. Aufgeregt bringt sie sich und ihren Fotoapparat in Position, um mit leuchtenden Augen auf das Erscheinen des Hogwarts Express zu warten. Bereits nach einer guten Viertelstunde erscheint der Dampf der Bahn am Horizont. Mit kindlicher Freude betrachtet Simone die gelungenen Fotos, der Filmfreak in ihr ist wieder erwacht. Und schon steuern sie den nächsten Schauplatz an, der auch für Paul interessant ist. Mit Harry Potter hat er ja nicht so viel „am Hut", aber der Drehort rund um Loch Shiel, an dessen Ufern der Highlander Christopher Lambert als Connor Mac-Leod zur Welt gekommen ist, nimmt auch ihn gefangen. An der Spitze des mystischen Süßwassersees liegt das Glenfinnan Monument, das an den Jakobitenaufstand von 1745 erinnert. Nach diesen Ausflügen in die Geschichte Schottlands und in die Welt des Films, sowie einem Abstecher in das Glenfinnan Station Museum gönnen sich die beiden eine Pause in dem gemütlichen Tearoom des Glenfinnan Dining Car.

„Schön, dass wir uns trotz unserer gewichtigen Reiseziele Zeit für so einen herrlichen Ausflug nehmen", bedankt Simone sich euphorisch bei Paul. „Aber damit hat es ja auch eine besondere Bewandtnis", wirft Paul ein. „Noch sind wir nicht in Mallaig, dem Ort, wo deine Eltern so glücklich waren." Er hat das Ziel dieses Ausflugs viel stärker vor Augen als Simone. „Dann kannst du das Foto deiner Eltern mit dem Heute vergleichen und vielleicht auch beurteilen, ob es damals schöner, weniger touristisch und dadurch auch idyllischer war." Mit diesen Worten holt Paul sie auf den Boden der Realität zurück, denn sie ist immer noch schwärmerisch in ihre Filmwelt versunken. Aufgeräumt und guter Laune richtet sie ihre Gedanken wieder auf das Hier und Heute. „Irgendwie befinde ich mich momentan in einem Gefühlshoch, werde also von Mallaig sicherlich nicht enttäuscht sein. Und um sich an dem Anblick des idyllischen Fährhafens und des berühmten Jacobite Steam Train in der Endstation erfreuen zu können, muss man nicht unbedingt verliebt sein", denkt Simone und lächelt unsicher darüber, ob sie ihre Gefühle gut genug verbergen kann. Denn unabhängig von den interessanten Schauplätzen und dem Ziel ihres Ausfluges ist ihr mehr denn je bewusst, dass sie in erster Linie die Nähe Pauls genießt. Ob das Foto ihrer verliebten Eltern dazu beiträgt oder nicht, kann sie nicht sagen. Sie weiß einfach, dass sie sich zu Paul immer stärker hingezogen fühlt, ist sich aber nicht sicher, wie sie damit umgehen soll. Irgendwie empfindet sie den Umstand, dass sie sich ihre Liebe zu Paul genau in der Gegend eingesteht, wo das Foto ihrer Eltern entstanden ist, ja auch ein bisschen kitschig. „Dein Lächeln ist derart selig, dass man meint, du bist es auch", amüsiert sich Paul. Er scheint wirklich keine Ahnung von ihren Gefühlen zu haben und selbst meilenweit davon entfernt zu sein, Ähnliches für sie zu empfinden ... „Es geht mir einfach gut und meine Bedenken, den Mann zu treffen, der vermutlich mein Vater ist, sind auf einmal wie weggeblasen. Es war wirklich eine gute Idee von dir, ‚auf den Pfaden meiner Eltern zu wandeln'. Ich fühle mich auf einmal total gerüstet für alles, was kommt!" Paul kann ja nicht wissen, dass ausgerechnet er für die wiedergewonnene Stärke Simones verantwortlich ist. Und das nicht durch diese Fahrt nach Mallaig, sondern einzig und allein durch seine Anwesenheit. Immer noch schüchtern, aber trotzdem sehr gewollt, hakt sich Simone bei Paul unter, während sie sich in Mallaig vom öffentlichen Parkplatz zur Endstation der Eisenbahn begeben. Mit dem Eingeständnis ihrer Liebe zu ihm fällt es ihr leichter, ihn zu berühren, ja, sie genießt es sogar. Die Ungewissheit negierend, ob er jemals ihre Gefühle erwidern könnte, fühlt sie sich tatsächlich glücklich. Das Foto ihrer Eltern bekommt für sie in diesem Moment eine ganz andere Bedeutung, denn sie kann die Emotionen der beiden nachempfinden. Auch Paul und sie stehen nun vor dem historischen Zug und lassen sich von einer Touristin fotografieren, ganz so wie damals ihre Eltern. Allerdings scheint sie mit ihren Gefühlen alleine zu sein, was sie im Moment aber nicht traurig macht.

Noch haben sie einige gemeinsame Tage vor sich, die Simone einmal im Stillen für sich genießen wird.

Auf der Rückfahrt nach Fort William, wo sie sich in einem urigen Pub hungrig über einen vorzüglichen Eintopf hermachen, planen sie die Vorgangsweise für den nächsten Tag. „Wir werden uns in der Firma Watson & MacLeod einmal nach den Möglichkeiten und Preisen für Georgs Geschenk erkundigen. Dabei werden wir sehr wahrscheinlich die Frau oder auch den Sohn von Scott Watson kennenlernen. Ob er selbst anwesend sein wird, ist laut Ms. Grahams Schilderungen ja gar nicht so sicher." Bei diesen Worten behält Paul Simone genau im Auge, noch ist er sich nicht im Klaren darüber, ob ihre wiedergewonnene Stärke von Dauer ist. Da er aber keinen Anflug der morgendlichen Blässe, die Simone bei Ms. Grahams Worten befallen hat, sehen kann und ihre gewohnt gesunde Gesichtsfarbe offensichtlich bleibend zurückgekehrt ist, weiß er, dass sie dem nächsten Tag gewachsen sein wird. Irgendwie ist er stolz, dass sein „Schwesterlein" eine derart starke Persönlichkeit ist, denn einen fremden Mann als Vater, und einen weiteren als Halbbruder kennenzulernen, ist emotional sicherlich nicht einfach. Und obwohl Simone gegen das mulmige Gefühl vor den Ereignissen des nächsten Tages ankämpfen muss, ist sie doch auch neugierig. Zudem fühlt sie sich durch Pauls Anwesenheit sicher und beschützt.

II

BEGEGNUNG

Paul entgeht am nächsten Morgen natürlich nicht, welche Sorgfalt Simone auf ihr Äußeres verwendet und er kann es sich daher nicht verkneifen sie zu necken. „Heute putzt du dich aber ganz schön heraus", stellt er mit einem Augenzwinkern fest.

Da ihr das erste Aufeinandertreffen mit der „neuen Familie" allerdings wichtig ist, antwortet sie gespielt böse. „Du stehst ja heute nicht auf dem Prüfstand!", besinnt sich jedoch schnell eines Besseren. „Wozu das ganze Theater? Ich bin, wie ich bin und muss nichts beschönigen oder verbergen!", meint sie lächelnd.

„Fein, dass du trotz deiner Nervosität gut gelaunt bist, das wird dich deiner neuen Familie bestimmt sympathisch machen", scherzt Paul weiter. In Wahrheit hat er aber volles Verständnis und Mitgefühl für Simones Situation. Was werden das wohl für Menschen sein? Wen hat ihr Vater, wenn er es tatsächlich ist, geheiratet? Und das Wichtigste natürlich: Wird Simone ihn sympathisch finden? Fragen über Fragen beschäftigen nicht nur Simone, auch Paul hofft inständig, dass Simones möglicher Vater einen positiven Eindruck macht. Das Frühstück verbringen die beiden recht schweigsam. Jeder hängt seinen Gedanken nach, die sich ohne Zweifel mit ein und demselben Thema beschäftigen. Nicht einmal das Geplapper von Ms. Graham registrieren die beiden, so sehr sind sie in der Vorstellung des Kommenden verhaftet.

Das Navi des Mietautos sagt ihnen 10 Minuten Fahrzeit voraus, denn die Firma Watson & MacLeod liegt etwas außerhalb von Fort William. Schon bald sehen Simone und Paul den Ziegelbau, auf dem in großen Lettern der Firmenname prangt. Neben dem flachen Firmengebäude steht auch ein Einfamilienhaus, das zwar ordentlich und gepflegt aussieht, aber keine Wärme

ausstrahlt. Da ist nichts Verspieltes, keine Blumen oder irgendeine andere Dekoration, nur glatte, kühle Hausmauern. Simones
Befürchtungen, dass ihr vermeintlicher Vater in diesem unper-
sönlichen Haus wohnen könnte, werden bestätigt, als ein junger
Mann, der ihrem „Vater" auf dem Foto ähnelt, mit einem Handy aus dem Haus gelaufen kommt und erklärt, dass seine Mutter
bereits in der Firma sei. Den Neuankömmlingen freundlich zu-
nickend, öffnet er schwungvoll die Eingangstür des Firmenge-
bäudes und wäre fast mit einem Mitarbeiter zusammengestoßen.

„Ein hektisches Treiben", stellt Paul erfreut fest. „Offensichtlich ein gut gehender Betrieb, wo wir sicher das Passende für
Georg finden werden!" Simone ist über diese Hektik nicht sonderlich erfreut, sie hat sich mehr auf ländliche Gemütlichkeit
eingestellt. Aber ob gemütlich oder nicht ist wohl an diesem
besonderen Tag nicht das Thema. Paul nickt Simone aufmunternd zu, bevor sie gemeinsam das Gebäude betreten. Vorerst
wollen sie sich nach der Reise für Georg erkundigen und das
„Terrain sondieren", bevor sie sich dem familiären Teil zuwenden. Simones Aufregung wächst, sie nimmt Paul bei der Hand,
der über ihre eisigen Finger lächeln muss. „Bei dem kommenden Gespräch kann ich dich nur dahingehend unterstützen, den
richtigen Ton beim Übergang vom geschäftlichen zum privaten
Teil zu treffen. Und da du nie Schwierigkeiten im Umgang mit
Menschen hast, wird dir auch das ‚Kennenlernen' deiner Familie nicht schwerfallen. Denk einfach daran, dass das nur Fremde sind, dann geht dir deine normale Unbekümmertheit nicht
verloren", beruhigt er Simone, denn Paul ist sich ihrer Aufregung sehr wohl bewusst. Und selbst fühlt er sich auch ziemlich
hilflos, da er tatsächlich nicht viel dazu beitragen kann, ihr die
Nervosität zu nehmen. Doch das übernimmt James Watson, jener junge Mann, dem sie bereits vor der Tür begegnet sind und
dem Scott Watson von Lottes Foto sehr ähnlich sieht. Nicht nur
die lachenden Augen und die blonden Haare, auch die gesamte
schlaksige Erscheinung erinnert an das Bild aus Lottes Karton.
Charmant begrüßt er die Kunden und macht sich sofort erbötig, Pauls Anfrage nach einem Reiseangebot nachzukommen.

„Ich hoffe, Sie sind sich der Tatsache bewusst, dass Schottland das ideale Ziel für jene Jäger ist, die bei der Jagd den Weg als Ziel betrachten und für die das Erlebnis dabei das entscheidende Kriterium ist. Man spricht bei uns weniger über Trophäenmaße, sondern über die gelungene Pirschjagd im deckungsarmen Gelände auf allen vieren durchs Heidekraut, oder über den erfolgreichen weiten Schuss. Eigentlich steht der gute Sport im Vordergrund, natürlich in Verbindung mit der einzigartigen, aber auch rauen Natur Schottlands", versucht James seine Kunden für das Land und seine Möglichkeiten zu begeistern.

„Ihre Euphorie in allen Ehren", unterbricht ihn Paul lachend, „aber wir haben tatsächlich vor, für unseren, oder besser gesagt meinen Vater eine Rothirschjagd in Schottland zu buchen. Sie müssen uns nicht mehr überzeugen, für uns geht es nur noch um das Wie, Wo und Wann. Die Reise soll ein Geschenk für einen Jäger sein, den das Naturerlebnis am meisten begeistert. Dass natürlich auch geschossen werden soll, lässt sich ja gerade in Schottland am besten mit dem hohen Rotwildbestand begründen, der meines Wissens auch dezimiert gehört." Simone nickt zustimmend, da hat sich Paul ja wirklich gut vorbereitet, aber auch sie kann mit einigem Wissen auftrumpfen. „Wir wissen genauso gut wie Herrn Hallers Vater, dass es effektiver wäre Hirschkühe zu jagen, um mehr Hirschböcke und eine geringere Allgemeindichte zu bekommen, aber das imposante Geweih eines Hirschbocks ist eben doch ein besonderes Schottland-Souvenir", vervollständigt Simone Pauls Ausführungen. James ist momentan etwas sprachlos, denn normalerweise sind Kunden, die eine derartige Reise verschenken wollen, nicht so gut vorbereitet. „Der Mann kann sich glücklich schätzen von Ihnen beschenkt zu werden", stellt er daher erfreut fest. „Es ist höchst ungewöhnlich, dass sich unser Klientel auch wirklich mit dem Wunsch des Beschenkten so intensiv auseinandersetzt, wie das bei Ihnen der Fall ist. Dann können wir ja direkt zu den organisatorischen Fragen übergehen, zu welcher Jahreszeit die Reise stattfinden und wie groß der Komfort des Quartiers sein soll." Sich speziell Paul zuwendend, fragt der engagierte James: „Dann wäre da natürlich noch die Anreise zu klären, ob Ihr Herr Vater mit eigenem Auto per Fähre Amsterdam/Newcastle anreist, oder ob er nach Glasgow fliegen möchte. Beide Varianten können wir gern für Sie buchen, wobei im Falle des Fluges natürlich auch ein Mietwagen inkludiert ist."

„Ich denke, wir beschränken uns einmal auf das Angebot vor Ort, wobei wir uns bei der Reisezeit auf Ihre Empfehlung verlassen möchten." Da Paul sich nicht sicher ist, ob sein Vater tatsächlich alleine reisen wird, fügt er hinzu: „Berechnen Sie das Angebot vorerst nur für eine Person. Anhand dessen werden wir uns dann entscheiden, ob wir ihm jemanden auf die Reise mitgeben oder nicht." Dabei lächelt er schelmisch und denkt natürlich an Lotte. „Wenn Sie noch einige Tage hier sind, kann ich Ihnen die angebotenen Unterkünfte auch zeigen, damit Sie sich leichter entscheiden können", ergänzt James. „Ich weiß, wie unterschiedlich die Geschmäcker unserer Kunden bezüglich des Komforts sind. Die meisten wollen nicht nur die sportliche Herausforderung bei der Jagd, sondern auch ein schönes Urlaubsambiente!" Paul und Simone fühlen sich wirklich gut betreut und sind auch froh über dieses Angebot. Simone rutscht schon etwas nervös auf dem feudalen Ledersessel herum, ein „Ungetüm", von dem den Kunden in James Büro mehrere zur Verfügung stehen. „Langsam wird es Zeit, das Gespräch in eine andere Richtung zu lenken", denkt Simone, tritt Paul gegen das Schienbein und bittet ihn mit einem flehenden Blick doch endlich seinen Beitrag dazu zu leisten. Ihre Kehle ist staubtrocken, sie braucht unbedingt seine Hilfe! „Keine Sorge, wir haben vor noch einige Tage zu bleiben, da wir neben dem Geburtstagsgeschenk für meinen Vater auch auf der Suche nach dem Vater von Simone Haller sind", kommt Paul, auf Simone deutend, gleich zur Sache. „Das ist ja spannend", zeigt sich James sofort interessiert und fragt Simone: „Haben Sie denn irgendwelche Anhaltspunkte?" Simone holt tief Luft und schafft es schließlich auch zu antworten. „Meine Mutter hat sich 1985, während einer Schottlandreise, verliebt und ich bin das Resultat dieser kurzen Romanze. Wir haben nur den Namen des Mannes, da meine Mutter nie wieder Kontakt mit meinem leiblichen Vater hatte. Für das Geschenk von Pauls Vater haben wir daher ganz gezielt Ihre Firma aufgesucht, da meine Mutter damals einen Scott Watson in Fort William kennen- und lieben gelernt hat." Nun ist es endlich ausgesprochen. Simone ist erleichtert und gleichzeitig auch gespannt auf die Reaktion ihres Gegenübers.

„Scott Watson ist mein Vater, aber der Name ist ziemlich häufig in Schottland. Eine Übereinstimmung in der Person wäre also wirklich ein Zufall", fügt der junge Mann, dessen zuvorkommende Art schlagartig verschwindet, säuerlich hinzu. Obwohl er sich gut im Griff hat, ist er sichtlich geschockt und scheint Simone gegenüber misstrauisch zu sein. „Es geht mich zwar nichts an, aber was werden Sie tun, wenn Sie Ihren Vater tatsächlich gefunden haben?" James dämmert es schon langsam, dass diese Simone Haller seine Halbschwester sein könnte, wenn sein Vater tatsächlich auch der ihre wäre. Simone ist sich der plötzlichen Abwehrhaltung von James durchaus bewusst. Sie versucht daher, ihren Wunsch, diesen Mann einfach nur kennenlernen zu wollen, ganz neutral und emotionslos vorzubringen. Vorsichtig geworden zerschlägt ihr Gegenüber aber die frisch aufkeimende Hoffnung Simones auf ein baldiges Treffen mit dem großen Unbekannten. „Meinen Vater können wir momentan zu diesem Thema nicht befragen, denn er befindet sich zurzeit auf Reisen. Wann er zurückkehren wird, wissen weder meine Mutter noch ich." Simones letztes gezwungenes Lächeln gefriert, als der bisher so zuvorkommende James das Büro verlässt, um mit einer attraktiven, blonden und schlanken Mitfünfzigerin zurückzukehren. „Darf ich Ihnen meine Mutter Brenda Watson vorstellen." Da sich die beiden mit Simone und Paul Haller vorstellen glaubt Brenda Watson offensichtlich, ein Ehepaar vor sich zu haben. „Das ist ja ungewöhnlich, dass ein jagdbegeisterter Mann von seiner Ehefrau begleitet wird", zeigt sich die freundliche, aber doch sehr kühle Geschäftsfrau überrascht. „Das ist ein Missverständnis, Mutter. Die Herrschaften wollen für Herrn Hallers Vater eine Reise buchen, und Frau Haller ist auf der Suche nach ihrem Vater", erklärt James seiner Mutter das Anliegen der beiden, deren gemeinsamer

Familienname ihm noch gar nicht aufgefallen ist. „Und wie kommen Sie darauf, ausgerechnet in Fort William nach Ihrem Vater zu suchen, obwohl Sie offensichtlich keine schottische Staatsbürgerin sind?", fragt Brenda sichtlich verwundert nach. James versucht seiner Mutter das eben Gehörte in Kürze zusammenzufassen, was bei der sonst so kontrollierten Brenda tatsächlich eine Gemütsregung hervorruft. Und diese ist, zum allgemeinen Erstaunen aller Anwesenden, ganz und gar nicht negativ. Mit einem Blick hat James' Mutter erkannt, dass Simone älter sein muss als ihr Sohn. Sollte Scott also tatsächlich deren Vater sein, lag diese Romanze wohl vor ihrer Zeit und tangiert sie in keiner Weise. Im Gegenteil, diese Simone macht einen sympathischen Eindruck auf sie. Sorgen macht sich Brenda allerdings um ihren Sohn. Sie weiß um die große Liebe des jungen Mannes zu seinem Vater, der sich immer schon ein zweites Kind, noch dazu vorzugsweise eine Tochter gewünscht hat. Der Geschäftsfrau in ihr ist es zu „verdanken", dass James ein Einzelkind geblieben ist, was Scott in den letzten Jahren vermehrt zu Vorwürfen gegenüber seiner Frau veranlasst hat. Vielleicht wäre ihre Ehe eine bessere geworden, überlegt Brenda, wenn sie diese Entscheidung, die sie heute voll und ganz für falsch hält, damals nicht getroffen hätte. Mit einem durchaus freundlichen Lächeln holt sie sich aus ihrer Gedankenwelt zurück. „Das wäre aber eine Überraschung, wenn wir mit Ihnen Familienzuwachs bekommen würden!" Prompt gefriert das aufgesetzte Lächeln von James, denn mit dieser Reaktion hat er ganz und gar nicht gerechnet. Wie kann seine Mutter nur so freundlich sein? Wer weiß, was diese Person von ihnen will und welche Forderungen sie an Vater stellen wird. Natürlich immer vorausgesetzt, dass sie wirklich seine Tochter ist ... Paul, der den Verlauf des Gespräches mit James sorgenvoll verfolgt hat, ist über das Auftauchen von Brenda und deren positive Haltung sehr erleichtert. „Solange Ihr Mann nicht zurück ist, wird sich wohl nichts aufklären lassen", richtet er das Wort an Ms. Watson. „Da wir bei Ms. Graham für unbestimmte Zeit einquartiert sind, können wir das Angebot Ihres Sohnes abwarten und auch die vorgeschlagenen Unterkünfte für die zu buchende Reise besichtigen. Vielleicht besteht damit auch eine Chance, die Rückkehr von Scott Watson abzuwarten." Simone ist über Pauls Einmischung sehr erleichtert, nimmt er doch der offensichtlichen Entrüstung von James über die freundlichen Worte seiner Mutter den Wind aus den Segeln. Sollte er tatsächlich ihr Halbbruder sein, wird sie sich vor ihm hüten müssen. Trotz Brendas Freundlichkeit drängt es Simone nach draußen, die Luft in dem Raum kommt ihr auf einmal stickig vor und der feindselige Blick von James macht ihr auch zu schaffen.

Nachdem sie für den nächsten Tag eine Uhrzeit zur Besichtigung der von James ausgewählten Unterkünfte ausgemacht haben, verlassen Simone und Paul die Firma Watson & Mac-Leod. Kaum ist die Tür hinter den beiden zugefallen, macht sich James seiner Mutter gegenüber endlich Luft. „Wie kannst du nur so freundlich zu dieser Person sein, die vielleicht nur an Vaters Geld interessiert ist?! Noch dazu wohnen sie bei Roya Graham! Wenn diese Frau Wind von der Sache bekommt, weiß es innerhalb kürzester Zeit ganz Fort William, was ein ordentliches Gerede um eine Sache ergibt, die noch nicht einmal bewiesen ist."

„Ich weiß nicht, wieso du dich so aufregst. Wie du richtig sagst ist ja noch nichts bewiesen. Ich werde deinen Vater anrufen und ihn zu seinen Rückkehrplänen befragen. Sollte er noch länger fortbleiben, schicken wir ihm die beiden hinterher. Dann sind sie rasch wieder weg aus der Stadt, und unnötiges Getratsche kann vermieden werden", hat die kühle Blonde die Situation bereits im Griff. „Im Übrigen finde ich diese Simone wirklich sympathisch", fügt sie zum Leidwesen ihres Sohnes noch hinzu.

Bei ihrem Auto angelangt, atmet Simone zuerst einmal tief durch. „Diese Brenda ist genauso kühl wie ihr Haus, und ihr anfangs so freundlicher Sohn James hat sich ganz schön schnell in einen unsympathischen Menschen verwandelt. Hoffentlich ist Scott Watson anders als die beiden." Simone lässt sich auf den Autositz fallen und schließt für einen Moment irgendwie erschöpft die Augen. „Mein Nervenkostüm ist zurzeit offensichtlich auch nicht das Beste", fügt sie sichtlich angegriffen hinzu. „Das ist doch verständlich, wer hat schon Routine im Suchen und

Finden seines Vaters und dessen anderer Familie. Und was deinen möglichen Bruder anbelangt, möchte ich nicht wissen, wie du an seiner Stelle reagieren würdest. Ich glaube, du fändest nicht eine positive Seite an dir." Paul lächelt bei der Vorstellung von Simone in James Rolle. „Ich meine, es ist eigentlich ganz gut gelaufen. Brenda scheint dich zu mögen, und James wird sich beruhigen, wenn wir uns wieder auf geschäftlichem Terrain bewegen. Dass er die neue Situation natürlich nicht ganz wegschieben kann ist auch klar, und entscheidend wird schlussendlich das Verhalten seines Vaters dir gegenüber sein. Immer vorausgesetzt, dass Scott Watson auch wirklich dein Vater ist", resümiert Paul. „Du hast ja recht, bevor James von meinem Anliegen erfuhr, war er ja ein durchaus sympathischer und auch charmanter junger Mann. Ich darf ihm diesen Stimmungsumschwung nicht verübeln. Vielleicht ist er einfach eifersüchtig. Sollte er seinen Vater genauso lieben, wie ich deinen Vater liebe, kann ich ihn durchaus verstehen. Noch dazu ist er ein Einzelkind und hat die Liebe seines Vaters noch nie mit einer Schwester oder einem Bruder teilen müssen." Obwohl ihre eigene Erklärung zu James Verhalten sie beruhigt, sucht Simone die Hand von Paul. Sie fühlt sich einfach gut und stark an. Liebevoll nimmt er Simone in den Arm, was ihr einen zufriedenen Seufzer entlockt. Sie genießt die Nähe dieses Mannes, seinen Geruch, seine Umarmung und die angenehme Stimme, die sie jetzt aus schönen Gedanken reißt. „Wie wäre es, wenn wir den Rest des Tages für eine kleine Wanderung nutzen? Für eine Tour auf den Ben Nevis ist es schon zu spät, aber die kleine Runde um den Cow Hill sollte noch machbar sein. Wir müssten uns nur die Wanderschuhe aus unserem Zimmer holen und etwas Proviant besorgen, damit wir keine Zeit mehr mit dem Mittagessen vergeuden. Das Wetter ist heute auch schön genug, um im Freien ein kleines Picknick machen zu können."

„Gute Idee!", ist Simone sofort von seinem Vorschlag begeistert, den kleinen Hügel haben sie sich schon gestern auf der Karte angesehen. Er liegt zwischen Fort William und dem Ben Nevis. „Dann sehen wir auch etwas vom Landesinneren", fügt sie hinzu. „Wer weiß wie lange wir noch hier bleiben. Wenn wir unsere Buchung abgeschlossen haben und Scott Watson noch nicht zurück ist, könnten wir ja nach Skye weiterfahren. Die Insel soll beeindruckend sein. Immer vorausgesetzt, wir erfahren von Brenda etwas über den Aufenthaltsort ihres Mannes. Perfekt wäre natürlich eine Übereinstimmung unseres ursprünglichen Reiseziels mit seinem Aufenthaltsort!"

„Das ist richtig, aber mach dir nicht so viele Gedanken! Es kommt so und so alles, wie es kommen soll." Mit diesen Worten parkt Paul das Auto vor Ms. Grahams Haus, die auch schon neugierig die Tür öffnet. „Haben Sie die Watsons gefunden?", erkundigt sie sich bei ihren Gästen. „Alles in Ordnung, wir werden aller Voraussicht nach sogar bei ihnen buchen. Das wird allerdings auch noch etwas dauern, da wir uns noch die angebotenen Unterkünfte des Jagdveranstalters Watson ansehen wollen", antwortet Paul. Ms. Graham freut sich, dass ihre Mieter noch nicht abreisen, denn die heurige Saison ist nicht so gut für sie gelaufen. Eine große Gästegruppe hat ihr wegen Erkrankung eines Mitgliedes, das die gesamte Reise geplant hatte, abgesagt, und diesen Verlust kann sie nun vielleicht mit den unverhofften Gästen etwas ausgleichen. „Kein Problem", antwortet sie daher sehr zufrieden. „Ihr Zimmer steht nach wie vor zu Ihrer Verfügung." Im Geiste überschlägt sie schon, wie viel sie von diesen Einnahmen für ihren Bruder zur Seite legen kann, denn obwohl er mit dem Wilddiebstahl mehr als genug verdient, weiß man ja nie, was passiert, wenn er einmal geschnappt wird.

Mit Sandwiches bewaffnet folgen Simone und Paul kurz darauf dem Navigationsgerät zum Ausgangspunkt ihrer Wanderung. Die Tour ist nicht anstrengend, der Weg einfach und der Ausblick auch nicht überwältigend, sodass sie in Ruhe ihren Gedanken nachhängen können, die Simone in ihre Jugendzeit zurückführen – damals, als Paul und sie noch Geschwister waren und sie stolz zu ihrem großen Bruder aufblickte. Trotz ihrer doch recht unterschiedlichen Charaktere, was bei Geschwistern nicht unüblich ist, hatten sie doch immer ähnliche Vorstellungen von ihrem späteren Leben. „Weißt du eigentlich noch, was dich dazu bewogen hat, Veterinärmedizin zu studieren?" Dass sie beide Medizin studieren wollten, war ihnen schon sehr früh klar, wann und warum in Paul die Entscheidung für den Tierarzt gereift ist, kann sich Simone nicht mehr erinnern. Paul hat die Antwort sofort parat. „Du kannst dich doch noch an unsere Nachbarin, die etwas ältliche Frau Wagner erinnern? Ihr Garten grenzte an unseren und sie hatte einen altersschwachen Dackel namens Charlie."

„Ach ja, sie hat ihn ständig gerufen und trotz ihrer starken Brillen den kurzbeinigen Hund öfter übersehen." Mit den Bildern der Vergangenheit verfällt Simone in die alte Gewohnheit zurück, die nicht mehr vorhandenen langen Haare hinters Ohr zurückschieben zu wollen. Paul ist diese Geste mehr als vertraut. „Das wirst du dir wohl nie abgewöhnen, aber es gehört einfach zu dir und deinem Erscheinungsbild. Trotzdem passen dir die kurzen Haare viel besser, das wollte ich dir schon die ganze Zeit sagen. Du siehst flotter und noch jugendlicher aus, als du so und so bist." Simone strahlt innerlich über das Kompliment. „Zudem bin ich richtig froh, dass du nach der Trennung von Ulrich wieder zu der fröhlichen, liebenswerten und warmherzigen Simone unserer Jugendtage geworden bist, wenn wir schon von der Vergangenheit sprechen!" Jetzt macht Simones Herz erst recht einen Luftsprung. Sind das die Komplimente des ehemaligen Bruders oder eines Mannes, der sie vielleicht auch schon mit anderen Augen sieht? Doch schon ist Paul wieder bei seiner Hundegeschichte. „Ich habe diesen Charlie wirklich sehr gemocht. Wie du sicherlich noch weißt, ist er hie und da durch ein Loch im Gartenzaun zu uns gekommen und hat ausgelassen mit uns gespielt. Es war zu der Zeit, als du auf Schullandwoche in Salzburg warst, als sich Charlie unglaublich schnell zu verändern begann. Sein Körper, vor allem sein Kopf, wurde immer dicker, und er sah aus wie ein Klumpen, an dem man das Gesicht nicht vom Hals unterscheiden konnte. Frau Wagner war verzweifelt, Charlie litt Qualen und ich konnte dem armen Tier nicht helfen. Damals fasste ich den Entschluss Tierarzt zu werden."

„Diese Geschichte ist mir tatsächlich total fremd. Was ich alles nicht über dich weiß! Und was ist weiter mit Charlie passiert?"

„Obwohl ich noch keine fünfzehn Jahre alt war, machte ich mich erbötig, Frau Wagner mit Charlie zum Tierarzt zu begleiten, denn die gute Dame war nicht mehr gut zu Fuß. Ich konnte das Tier einfach nicht mehr leiden sehen." Typisch Paul, mitfühlend und hilfsbereit, so war er immer schon, ihr „großer Bruder". „Und worunter litt der arme Charlie?", wollte Simone nun doch noch wissen, obwohl ihr das Tier nie so am Herzen gelegen ist wie Paul. „Er litt unter einem sogenannten Hautemphysem, einer Ansammlung von Luft in der Unterhaut. Mit jedem Atemzug entwich Luft durch ein kleines Loch in der Luftröhre in das Muskel- und Fettgewebe unter der Haut. Wie Charlie sich diese Verletzung zuzog, weiß niemand. Während einer Operation wurde das Loch in der Luftröhre geschlossen und die Luft aus Charlies Körper abgelassen, sodass er kurze Zeit später wieder seine ursprüngliche Form hatte."

„Das ist ja abenteuerlich und total spurlos an mir vorübergegangen", ist Simone nun doch etwas konsterniert darüber, von diesem Geschehen so gar nichts mitbekommen zu haben. „Das liegt daran, dass dir Tiere eben weniger bedeuten als mir, darum bist du ja auch Humanmedizinerin geworden", schlussfolgert Paul. „Oder gibt es bei dir vielleicht auch so ein Schlüsselerlebnis?"

„Nicht wirklich", entgegnet Simone. „Ich kann nur ganz allgemein Menschen nicht leiden sehen. Verletzte und kranke Menschen hatten schon immer mein vollstes Mitgefühl, selbst wenn ich ihnen nicht helfen konnte", seufzt Simone. „Aber das ist ja Gott sei Dank jetzt anders. Obwohl auch nicht immer, denn Wunder kann selbst der beste Arzt nicht vollbringen!" Paul nickt zustimmend, schon immer ist ihm das Leiden Simones beim Anblick hilfloser Menschen bewusst gewesen, und er kann nicht widerstehen, sie in den Arm zu nehmen. Mit einem versonnenen Blick auf den River Nevis verharren die beiden schweigend, bis Pauls Gedanken, er genießt auf einmal den angenehmen Geruch von Simones Haut, wieder in die Gegenwart zurückwandern. „Da nun klar ist, dass wir beide im richtigen Beruf gelandet sind, können wir uns wieder der Schönheit Schottlands zuwenden", löst er sich sanft von Simone, deren strahlende Augen ihm diesmal nicht entgehen.

Etwas verlegen ob der plötzlich entstandenen Nähe zwischen ihnen, setzen sie die Wanderung doch in trauter Eintracht fort. Die Menschenfreundin und der Tierliebhaber haben ausreichend Gesprächsstoff, obwohl sie sich schon ein Leben lang kennen. Und ohne ein Wort darüber zu verlieren, landen sie wieder in dem Pub des vorigen Abends, wo sie sich offensichtlich beide sehr wohlgefühlt haben. Bei einem guten Glas Wein, auch Paul gönnt sich heute wieder einen Schluck, lassen sie gerade den ereignisreichen Tag Revue passieren, als sich Simones Mutter meldet. Ihre Stimme drückt alles andere als ihre gewohnte Ruhe aus. Nach den üblichen Floskeln über das beiderseitige Wohlbefinden, kommt Lotte auch gleich zur Sache. „Ines hat sich ganz aufgeregt bei mir gemeldet, sie wollte wissen, ob Paul am Telefon einen Witz gemacht hat, als er ihr ganz beiläufig davon erzählte, dass ihr keine Geschwister seid. Ich musste mich gleich am nächsten Tag mit ihr zum Mittagessen treffen und ihr die Sache ganz genau erklären. Es hat für mich den Anschein, als wäre sie eifersüchtig auf dich, Simone. Ich konnte sie zwar beruhigen, dass sich an eurem geschwisterlichen Verhältnis nichts geändert hat, aber hätte sie jetzt Schulferien, wäre sie euch schon nachgereist. Ich dachte, ich sage euch Bescheid, sollte sie plötzlich doch in Fort William auftauchen, wo sie euch nach meinen Erzählungen immer noch vermutet." Simone hätte gelacht, wenn Ines der Wahrheit nicht so nahe gekommen wäre. „Ja, wir sind tatsächlich noch hier, weil wir mit der Buchung der Reise für Georg noch nicht ganz fertig sind. Zudem haben wir auch noch keine Gewissheit, ob Scott Watson tatsächlich dein Scott Watson und somit mein Vater ist, da er im Moment auf Reisen ist. Seine Frau, eine sehr hübsche, freundliche, aber auch kühle Person, versucht ihn zu erreichen. Erst nach seiner Rückkehr werden wir mehr wissen", erklärt Simone ihrer Mutter den Stand der Dinge. „Und wie ist dein Stiefbruder im Vergleich zu Paul?", scherzt Lotte weiter, die natürlich nicht ahnen kann, dass sich die Dinge zwischen „ihren Kindern", zumindest was Simone anbelangt, verändert haben. „An sich ist er charmant und sympathisch. Erst als ich ihm von meiner Suche erzählte, änderte sich sein Verhalten schlagartig. Brenda schien hingegen fast erfreut über den möglichen Familienzuwachs!"

„Da bin ich aber gespannt, wie und wann du Scott Watson kennenlernst, und ob er tatsächlich mein Scott Watson ist", beendet Lotte mit allen guten Wünschen das Gespräch. Sie versteht nicht ganz, warum sich Simone nicht der Fotos von damals mit Scott und ihr bedient, aber ihre Tochter wird schon wissen, was sie tut. Echte Beweise sind diese Bilder natürlich auch nicht, denn Scott Watson könnte ja einen Doppelgänger oder sich optisch stark verändert haben …

„Glaubst du, dass Ines wirklich kommt?" Simone kann es nicht fassen, obwohl sie Ines' Beweggründe natürlich voll und ganz versteht. „Zuzutrauen ist es ihr", überlegt Paul. „Wenn sie Gefahr wittert und sich etwas in den Kopf setzt, verfolgt sie ihren Weg. Und in welcher Lautstärke kannst du dir sicherlich auch vorstellen." Allein bei dem Gedanken muss er die Stirn runzeln.

„Mal' bitte nicht den Teufel an die Wand! Sie wird doch nicht gleich zu Beginn des Schuljahres um Freistellung ansuchen", appelliert Simone an Ines' Pflichtbewusstsein.

„Wer weiß, was ihr alles einfällt. Wenn ich gewusst hätte, welche Reaktion mein Anruf hervorruft, hätte ich diese Geschichte verschwiegen. Aber vielleicht beruhigt sie sich ja mit der Zeit", ist sich Paul seiner falschen Hoffnung sehr wohl bewusst.

Sich neuerlich dem Programm für den morgigen Tag zuwendend, haben die beiden das „Problem Ines" Gott sei Dank bald wieder verdrängt. Simone hofft inständig, dass sich ihr Stiefbruder bei dem Besichtigungstermin der möglichen Unterkünfte erneut als charmanter Geschäftsmann zeigen wird, und die privaten Reibungspunkte beiseiteschieben kann. „Mach' dir nicht zu viele Gedanken", meint Paul zuversichtlich. „James ist bestimmt Profi genug, um derartige Animositäten hintanzustellen. Wir sollten uns aber klar darüber sein, welchen Komfort wir unserem Vater während des Aufenthaltes gönnen wollen." Simone lächelt: „Erstens ist Georg dein Vater, und zweitens sollten wir die Möglichkeit berücksichtigen, dass meine Mutter ihn sehr wahrscheinlich gern begleitet."

„Da hast du recht. Wir suchen einfach etwas Besseres, dann sind wir für alle Eventualitäten gerüstet. Das sollten wir James aber gleich sagen, damit wir nicht zu viel Zeit vergeuden. Außerdem müsste Brenda ihren Mann bereits erreicht haben und uns sagen können, ob und wann er zurückkommen wird", beendet Paul die Programmplanung. Nachdem sie ihre Gläser geleert haben, fahren sie durch das verregnete Fort William zu ihrer Unterkunft und kuscheln sich müde unter ihre Decken, vorsichtig darauf bedacht einander nicht zu berühren ...

Nach einem freundlichen „Guten Morgen!" von Brenda, werden Simone und Paul beim Betreten der Firma auch gleich mit weniger erfreulichen Neuheiten konfrontiert. „Es tut mir leid, aber ich konnte meinen Mann bis heute nicht erreichen. Wenn er auf Motivsuche für sein Fotobuch unterwegs ist, hat er die Angewohnheit, sich ganz von der Außenwelt abzuschotten, d. h. auch sein Handy auszuschalten. Er will die Natur auf sich wirken lassen und bewegt sich in anderen Sphären, wie er mir diesen totalen Kommunikationsstopp immer wieder zu erklären versucht. Ich kann Ihnen nur seinen letzten, mir bekannten Aufenthaltsort auf der Insel Skye nennen, wo er im Benview Bed & Breakfast, 12 Clachan Staffin IV51 9HY abgestiegen ist. Ich weiß ja nicht, wie Ihre weiteren Reisepläne aussehen, aber Skye ist landschaftlich wirklich wunderschön!"

„Das passt genau! Wenn wir das Geschenk noch heute zum Abschluss bringen, können wir morgen nach Skye weiterfahren, das in jedem Fall auf unserer Reiseroute steht", antwortet Simone mit zwiespältigem Gefühl. Einerseits ist sie traurig, nicht mehr über Scott Watson erfahren zu haben, und andererseits ist sie froh, Scotts Familie verlassen zu können. Paul dürfte es genauso ergehen, oder er hat wieder einmal ihre Gedanken gelesen. „Schade, dass Sie ihn nicht erreicht haben, aber umso schneller können wir uns wieder auf den Weg machen und das wunderbare Schottland auf der Suche nach Ihrem Mann weiter erkunden. Vielen Dank für Ihre Bemühungen, nun sollten wir aber zu Ihrem Sohn, um die Reise zu einem Abschluss zu bringen", wendet sich Paul nach einem höflichen Nicken dem Büro von Brendas Sohn zu. Und wie Paul vorhergesehen hat, ist James nichts mehr von seiner gestrigen schlechten Laune anzusehen. Professionell erklärt er ihnen an Hand von Fotos die verschiedenen Varianten, und man wird sich rasch einig, welche es zu besichtigen lohnt. Simone steigt vorne in James' Pick-up ein, während sich Paul auf die geräumige Rückbank fallen lässt. „Da unsere Jagden in verschiedenen Estates rund um Kingussie stattfinden, sind die Quartiere alle zwischen Fort William und Kingussie, das etwas mehr als eine Fahrstunde entfernt liegt", erklärt James, wobei er Simone nicht aus den Augen lässt. Sich dann doch zu Paul umdrehend, fährt er fort. „Die beiden Lodges, die Sie für Ihren Vater in Betracht ziehen, erreichen wir ungefähr in einer halben Stunde. Bei dem herrlichen Wetter werden Sie einen tollen Eindruck von der Landschaft bekommen." Und tatsächlich können Simone und Paul heute erstmals Sonnenschein und einen strahlend blauen Himmel genießen. Simone freut sich wie ein kleines Kind und ist in Hochstimmung, was auch James nicht entgeht, der schon langsam seiner Mutter recht geben muss. Eigentlich ist diese Simone ganz sympathisch, wenn nicht die Gefahr bestünde, dass sie seine Schwester sein könnte. Paul amüsiert sich über die prüfenden Blicke von James und würde nur zu gerne seine Gedanken lesen können. „Vielleicht gefällt uns ja gleich die erste Lodge", unterbricht Paul James Betrachtung von Simone. „Dann könnten wir tatsächlich noch heute zu einem Abschluss kommen und morgen aufbrechen." James fühlt sich offensichtlich ertappt, ist aber gleich wieder bei der Sache. „Die beiden Lodges unterscheiden sich in Komfort und Verpflegung eigentlich kaum. Wenn Ihnen also gleich die erste sympathisch ist, entgeht Ihnen tatsächlich nichts, und wir könnten auf die Weiterfahrt verzichten", wendet sich James wieder an Paul. Simone bekommt von alldem nichts mit, zu sehr nimmt die Landschaft sie gefangen.

Ob es nun auf das strahlende Wetter, die Lage oder einfach die Lodge an sich zurückzuführen ist, sowohl Simone als auch Paul sind von dem idyllischen Ort ihrer ersten Station bereits vollauf begeistert. „Ganz anders als das kühle Haus von Brenda", denkt Simone, als sie die bunten Kissen am Sofa und die kuschelige Decke am Lehnsessel sieht. Obwohl sie nicht im Inneren von Brendas Haus waren, konnte man schon von außen das ungemütliche Innere erahnen. Paul scheint ähnlich begeistert zu sein, als er vor dem Fenster mit den hübschen Spitzenvorhängen den Blick auf die Schafherde bewundert. „Einen wundervolleren Platz werden wir wohl kaum finden. Ich denke, wir müssen nicht mehr weiterfahren", wendet er sich an James. „Die Küche werden wir wohl nicht ausprobieren müssen, da verlassen wir uns jetzt wirklich ganz auf Sie", fügt er scherzhaft hinzu. James ist es recht, er hat weiß Gott noch genug zu tun und ist froh, wenn sie früher als geplant nach Hause kommen. Mit einem letzten Blick auf den flachen, weißen Bau und den netten Vorgarten sind Simone und Paul überzeugt, das Richtige für Georg und eventuell auch Lotte gefunden zu haben.

Zurück in Fort William verspricht James das Angebot nach Österreich zu schicken, wo sie dann in aller Ruhe entscheiden können, in welcher Größenordnung sie Georg beschenken wollen. Klar sind in jedem Fall die Erlegung eines Rothirsches, die Pirschführung, die gesamte Jagdorganisation sowie alle Transporte im Revier. Als Varianten wird James die Anreisemöglichkeiten und die Personenanzahl anbieten. „Organisatorisch gibt es noch zu berücksichtigen, dass man für die Waffeneinfuhr zur Rothirschjagd in Schottland ein sogenanntes ‚Firearm Permit' benötigt, das wir als Veranstalter besorgen. Dafür werden Kopien des europäischen Feuerwaffenpasses und des Jagdscheins benötigt. Die Bearbeitungszeit dauert mitunter sechs Wochen. Da darüber hinaus bei der Anreise mit dem Flugzeug die Fluggesellschaften für den Waffentransport nicht unerhebliche Gebühren verlangen, entscheiden sich viele Jäger für eine Leihwaffe vor Ort. Dies ist meist die Waffe des Stalkers im geeigneten Kaliber, entsprechend eingeschossen sowie mit Zweibein- und Schalldämpfer ausgestattet. Ich werde das im Angebot nochmals vermerken, sollte ihr Vater die eigene Waffe mitnehmen wollen." James hat offensichtlich an alles gedacht. „Er versteht sein Geschäft", überlegt Simone anerkennend. Auch Paul ist zufrieden mit dem Service und froh darüber, so rasch zu einem Ende gekommen zu sein. Es wartet ja noch eine andere, weitaus größere Aufgabe auf sie.

Die Verabschiedung ist freundlich, obwohl man sowohl bei Brenda als auch bei James das Gefühl hat, dass sie über die rasche Abreise der beiden erleichtert sind. Und so kann es sich Simone nicht verkneifen, auf ein mögliches Wiedersehen hinzuweisen. „Sollten wir Ihren Mann finden und sich unsere Vermutung bewahrheiten, werden wir vielleicht nach Fort William zurückkommen. In jedem Fall vielen Dank für die Auskunft und vor allem auch für die tolle geschäftliche Betreuung!" Mit diesen Worten steigen die beiden in ihr Leihauto, um Ms. Graham ihre morgige Abreise anzukündigen.

Brenda und James atmen durch, wenngleich Brenda etwas ganz anderes Sorgen macht. Dass Scott gar nicht erreichbar ist, geht ihr nicht aus dem Kopf. An sein Gefasel „sich in eine andere Welt zu versetzen" kann sie einfach nicht glauben. Da ihre besten Ehe-Tage schon länger zurückliegen, und sich statt Zuneigung und Liebe so etwas wie eine gute Geschäftsbeziehung breitgemacht hat, wandern Brendas Gedanken immer wieder zu der schmerzhaften Vorstellung, dass ihr Scott in den Armen einer anderen Frau die mangelnde Wärme suchen könnte. Natürlich weiß Brenda, dass die Entfremdung des Paares ihre Schuld ist und damit begonnen hat, dass sie ihrem Mann den Wunsch nach einem zweiten Kind verwehrt hat. Aber sie ist nun einmal mehr Geschäftsfrau als Mutter. Sie hat diesen unverbindlichen freundlich-höflichen Ton, den man mit Kunden und Mitarbeitern pflegt. Herzlichkeit war noch nie ihre Stärke. Als sie Scott kennengelernt hat, war die Leidenschaft so vordergründig, dass ihre Gefühlskälte nicht weiter auffiel. Mit dem Ende der Leidenschaft endete ihre Nähe, denn es gab einfach keinen Ersatz dafür. Brenda seufzt, sie weiß um ihre Fehler, hat sich aber auch noch nie damit auseinandergesetzt, wie sie mehr Herzlichkeit an den Tag legen und mehr Wärme vermitteln könnte. Trotzdem tut das Bild in ihrem Kopf sehr weh, denn Scott ist immerhin der Mann, den sie liebt, wenngleich sie es ihm nicht zeigen kann.

Und da Brenda eine Frau der Tat ist, ruft sie kurz entschlossen Allen Ross an, einen Privatdetektiv, der schon öfter für die Firma Erkundigungen eingeholt hat. Sie schickt ihn mit eben den Informationen, die sie auch Simone und Paul gegeben hat, auf den Weg, um Scott zu beobachten. Das Geschäftsleben hat sie gelehrt, dass Wissen Macht ist. In ihrem Fall bedeutet es leider nur, auf eventuelle Veränderungen besser vorbereitet zu sein.

In Wien wird Ines von großer Unruhe geplagt. Paul hat sich seit seiner Abreise erst einmal gemeldet, und da war er mehr als kurz angebunden. Seither hat er offensichtlich sein Handy abgeschaltet, da er noch auf keinen ihrer Anrufe reagiert hat. Auch das Gespräch mit Lotte, sie wollte Pauls Information über die neuen Familienverhältnisse hinterfragen, war nicht wirklich beruhigend gewesen. Lottes Überzeugung, dass sich zwischen Simone und Paul nichts geändert habe, muss nicht wirklich stimmen. Immerhin sind die beiden sehr gut aussehende Menschen, die sich noch dazu blendend verstehen, was Ines schon immer etwas eifersüchtig auf Simone gemacht hat. Warum sollte daraus also nicht mehr werden? Fieberhaft überlegt Ines, wie sie Gewissheit zu diesem Thema bekommen könnte. Obwohl sie sich natürlich schon fragt, ob vielleicht doch alles nur Einbildung ist und ihre Fantasie mit ihr durchgeht. „Es bleibt mir wohl nichts anderes übrig, als selbst nach Schottland zu reisen", überlegt sie. „Nur so kann ich feststellen, ob zwischen den beiden mehr läuft als früher und prüfen, ob Paul mich wirklich noch liebt. Da das neue Schuljahr noch sehr jung ist, kann ich vielleicht noch aussteigen", wägt sie ihre Möglichkeiten als Professorin für Deutsch und Geschichte ab. Eigentlich kommt ja nur ein Sabbatical infrage, aber dazu müsste sie erst einmal ihre Finanzen prüfen, ob sie sich das um die Hälfte reduzierte Gehalt für zwei Jahre überhaupt leisten kann. Viel schwieriger dürfte es werden, den Antrag nach Schulbeginn überhaupt noch durchzukriegen. Da kommt ihr das geplante Abendessen mit Lisa Jäger, einer einstigen Kollegin und nun Direktorin ihrer Schule, wie gerufen. Die beiden waren einander sofort sympathisch, obwohl Lisa um 10 Jahre älter, ehrgeiziger und erfolgreicher ist als Ines. Vielleicht ist das auch der Grund, warum sie nie den richtigen Mann gefunden hat. Umso mehr beneidet Lisa die Freundin um ihr Glück mit Paul. „Diese Tatsache könnte vielleicht helfen", resümiert Ines, „dass sie für meine Situation das notwendige Verständnis aufbringt."

Noch bevor die beiden top gestylten Damen die Vorspeise bekommen, unterbreitet Ines ihr Ansinnen mit sorgfältig zurechtgelegten Worten, die das Mitgefühl von Lisa wecken sollen. Dass Ines Angst, hat ihren Paul zu verlieren, ist das eine, dass sie aber derart auf die Tränendrüse drückt, passt einfach nicht zu ihr. „So verzagt kenne ich dich ja gar nicht", scheint auch Lisa von Ines überrascht. „Aber wenn es um die Liebe deines Lebens geht, kann ich dich schon verstehen. Da mir dieses Glück bisher versagt geblieben ist, wäre es doch gelacht, wenn wir dir nicht helfen könnten. Du hast eigentlich nur die Chance, ein Sabbatical zu beantragen, was im Normalfall nach Beginn des Schuljahres kaum mehr genehmigt wird. Zudem müsste ich mir zuerst die Stundenpläne anschauen, ob das mit den vorhandenen Kolleginnen und Kollegen machbar ist und fragen, ob alle zu der eventuellen Mehrarbeit Ja sagen. Danach werde ich wohl alle Register ziehen müssen, um deinen Antrag noch genehmigt zu bekommen. Was das für dich finanziell bedeutet, ist dir wohl hoffentlich klar?!"

„Das habe ich mir bereits überlegt", antwortet Ines hocherfreut über die ungeahnte Hilfsbereitschaft der ansonsten so überkorrekten Freundin. „Ich hatte in den letzten Jahren mit Paul ja nur meine Fixkosten für die Wohnung und das Auto. Alles andere hat er bezahlt. Ich konnte mir also einiges auf die Seite legen und würde die zwei Jahre mit 50 % des normalen Gehalts schon auskommen. Vorausgesetzt, die Gesetzeslage ist immer noch so, dass man zwei Jahre lang (im sogenannten Arbeitsjahr und dann im Freijahr) jeden Monat das halbe Gehalt bekommt."

„Ja, daran hat sich nichts geändert. Wenn du damit zurechtkommst, werde ich mir, falls es keine organisatorischen Hindernisse im Schulbetrieb gibt, wohl noch eine gute Begründung für dich einfallen lassen müssen," ist Lisa schon wieder bei der nächsten Hürde für die Freistellung von Ines angelangt. „Aber in der heutigen Zeit, wo Gott und die Welt geschieden sind, müsste es eigentlich ein Anliegen sein, eine bisher so gut funktionierende Beziehung in Krisenzeiten zu unterstützen", lächelt sie ihrer Freundin aufmunternd zu. Ines fällt vorerst einmal ein Stein vom Herzen. Mit einem derart leichten Spiel hat sie nicht gerechnet. Aber offensichtlich versucht Lisa in den Bereichen, wo sie bisher selbst versagt hat, anderen unter die Arme zu greifen.

„Aber jetzt lass uns den Abend und das Essen genießen, alles andere muss so und so bis morgen warten. Und mach dir keine Sorgen, irgendwie werde ich das schon schaffen", beruhigt Lisa die Freundin, die bereits sehr zuversichtlich ist. Umso verwunderlicher, dass sich bei Ines plötzlich eine Unsicherheit breitmacht. Will sie diesen finanziellen Verlust tatsächlich hinnehmen, um ihre Beziehung, von der sie nicht einmal weiß, ob sie wirklich in Gefahr ist, zu retten? Aber ihr Bauchgefühl hat sie noch nie im Stich gelassen. Ines spürt, dass irgendetwas nicht in Ordnung ist, und der Gedanke, Paul zu verlieren, lässt ihre Zweifel rasch wieder verschwinden. „Ich habe gehört, dass Luigi einen neuen Koch hat", ist sie daher wieder ganz bei Lisa, nachdem sie ihr einen dankbaren Händedruck geschenkt hat. „Hoffentlich bleibt der Fisch so gut wie bei seinem Vorgänger. Wäre schade, wenn unser Stammlokal an Qualität verlieren würde", fügt Ines hinzu, nicht ohne ihren Blick durch das liebevoll eingerichtete Lokal schweifen zu lassen, wo sich die beiden schon fast wie zu Hause fühlen.

„Da hast du recht, es wäre sogar jammerschade, wenn wir unser Wohnzimmer wechseln müssten", bestätigt Lisa und überlegt, seit wie langer Zeit sie hier schon ihren angestammten Treffpunkt haben. Nicht nur wegen der Qualität des Italieners, sondern natürlich auch wegen des Service und des gemütlichen Ambientes. Zudem ist die Begrüßung von Chef Luigi immer etwas Besonderes, als gehörten sie bereits zur Familie. Die beiden Freundinnen kommen aber bald wieder zu Ines' Vorhaben zurück. Nun ist es allerdings Lisa, die den Plan der Freundin noch einmal zu überdenken scheint. „Wann wird Paul eigentlich wieder arbeiten?", versucht sie sich über den Handlungsspielraum von Ines klar zu werden.

„Paul muss Ende des Monats wieder zurück sein, da ihn Klaus nicht ewig vertreten wird. Und auch Simone beginnt im Oktober in ihrer neuen Ordination zu arbeiten. Sollte ich in den nächsten zwei Tagen fortkommen", hat Ines sofort den Gedankengang von Lisa erkannt, „bleibe maximal noch zwei Wochen der Schottlandreise über. Und sollte ich zu spät kommen, habe ich nicht nur Paul, sondern auch eine Menge Geld verloren!" Mit einem Mal kommt Ines dieser Plan total absurd vor. „Verhält es sich allerdings so, wie Lotte behauptet, wird mich Paul fragen, ob ich verrückt bin, aus Eifersucht eine Arbeitspause von einem Jahr einzulegen, womit er nicht ganz unrecht hätte", muss sie sich eingestehen. „Wenn mein Gefühl allerdings stimmt und sich zwischen den beiden eine Beziehung anbahnt, werde ich wie eine Löwin um Paul kämpfen. Dazu müsste ich allerdings genau zum richtigen Zeitpunkt eintreffen, was das Gelingen dieser Mission tatsächlich mehr als fraglich macht", beendet Ines jetzt ziemlich desillusioniert ihre Ausführung.

„Vielleicht solltest du noch einmal mit Lotte reden, sie hat sicherlich Kontakt zu Simone, wenn Paul schon nicht erreichbar sein will. Mütter sind doch immer sehr hellhörig, was das Gefühlsleben ihrer Töchter anbelangt. Vielleicht hat sie mittlerweile eine Veränderung festgestellt. Das wäre wohl die letzte Chance, noch etwas in Erfahrung zu bringen, bevor du dich in dieses Abenteuer stürzt. Ich an deiner Stelle würde noch eine Nacht da-rüber schlafen", rät Lisa, die der Freundin ansieht, dass sie sich der ganzen Tragweite ihres Vorhabens noch nicht bewusst war. „Wenn du neuerlich mit Lotte gesprochen hast, kannst du dich ja bei mir melden. Bis dahin weiß ich dann schon, ob schulintern etwas gegen die Freistellung spricht." Lisa hat den letzten Bissen ihres köstlichen Desserts gegessen und versucht sich aus dem Gesichtsausdruck der Freundin einen Reim zu machen.

„Eine gute Idee! Da ich jetzt alle Möglichkeiten in Erwägung gezogen habe und mir klar geworden ist, was für mich auf dem Spiel steht, werde ich mich nach dem morgigen Telefonat mit Lotte endgültig entscheiden müssen." Ines wirkt jetzt wieder entschlossener, sie scheint trotz aller Absurdität an ihrem Plan festzuhalten.

Scott Watson ist mit seiner fotografischen Ausbeute auf Skye wirklich zufrieden. Am letzten Tag gönnt er sich auf der bekanntesten Hebriden Insel Schottlands noch eine Wanderung durch den Felsengarten des Quiraing, auf dessen 543 m hohem Gipfel er nun sitzt und die atemberaubende Wolkenstimmung über dem in der Sonne glitzernden Meer genießt. Nicht dass er hier nicht schon einmal gewesen wäre, aber damals hat er nur Augen für die hübsche und quirlige Lotte gehabt. Scott muss schmunzeln darüber, wie verliebt er damals war. Wehmütig versucht er sich zu erinnern, wie lange dieser Ausflug zurückliegt, aber es muss wohl schon über 30 Jahre her sein, weil er Brenda damals noch nicht gekannt hat. Er war bei einem der ersten Unternehmer angestellt, der sich mit dem Jagdtourismus in Schottland beschäftigte. Um die notwendigen Kontakte zu den Veranstaltungspartnern zu knüpfen, war Scott damals öfter in Österreich und Deutschland, und beherrschte die deutsche Sprache um vieles besser als heute. Er hatte daher keine Schwierigkeiten, die temperamentvolle und hübsche Österreicherin Lotte mit seinem Charme zu beeindrucken. Sie waren sich sofort mehr als sympathisch, als sie sich im Glen Nevis Visitor Centre, wo er zusätzlich arbeitete, um genügend Kapital für eine eigene Firma erwirtschaften zu können, das erste Mal sahen. Nachdem es dann in dem Pub zwischen ihnen gefunkt hatte, änderte Lotte sogar ihre Reise-route, blieb bei ihm und ließ ihre beiden Freundinnen alleine weiterfahren. Und er versuchte ihr die Schönheiten seines Landes schmackhaft zu machen, denn er wollte sie zum Bleiben überreden. Sie war herzlich, klug, sehr hübsch und lebensfroh, also genau das, was er sich von einer Frau an seiner Seite erhoffte. Doch leider liebte Lotte ihre Heimat ebenso wie er die seine, und ihre große Romanze endete in einem furchtbaren Abschied. Trotz der wunderbaren Zeit, die sie nicht nur in Fort William, sondern eben auch auf Skye verbrachten, ahnten sie, dass es für die beiden „Heimattreuen" kein gemeinsames Leben geben konnte, obwohl Scott alles versuchte und tatsächlich auch glaubte, dass sich Lotte von dem atemberaubenden Ausblick zu den Äußeren Hebriden überzeugen lassen würde. Aber wenn es um ihre Heimat ging, konnte die ansonsten so umgängliche Lotte auf stur schalten. Was wohl aus ihr geworden ist? Er hofft inständig, dass sie ein glückliches und erfülltes Leben hat, und nicht so ruhe- und rastlos wie er die Einsamkeit sucht. Die anfänglich leidenschaftliche Zeit mit Brenda war wirklich wunderbar, und er hat sich nach der Geburt von James und mit seinem erfolgreichen Unternehmen am Ziel seiner Träume gefühlt. In Brendas Bruder Duncan hat er einen verlässlichen Partner gefunden, und auch Brenda selbst ist eine ausgesprochen geschäftstüchtige Person. Daher war sie auch schon bald wieder in der Firma, der kleine James musste schon mit knapp einem Jahr in einen Hort. Auch Duncan versuchte seine Schwester damals zu überzeugen, dass es besser für James wäre, noch ein Jahr zu Hause zu bleiben. Aber Brenda wollte davon nichts wissen, da konnte der kinderlose Duncan noch so viel auf sie einreden. Duncan und seine Frau Rose wissen nicht wie lähmend das Leben einer jungen Mutter ist, denn Rose kann keine Kinder bekommen und hätte viel darum gegeben, an Brendas Stelle zu sein.

Scott seufzt, und dabei hätte er sich so sehr noch eine Tochter gewünscht! Mit etwas Wehmut im Herzen genießt er die unendliche Weite des Meeres und kommt dabei zu der Erkenntnis, dass ihn eigentlich gar nichts nach Hause zieht. Er wird seine Reise noch etwas ausdehnen, obwohl er sich nicht im Klaren darüber ist, ob er eher entlang der Küste in den Norden oder über Inverness zum Cairngorms National Park, jener Region, in deren Ausläufern die Firma Watson & MacLeod ihre Jagden anbietet, fahren soll. Aber egal, wofür er sich entscheidet, er wird seinem Vermieter die morgige Abreise ankündigen und sich von der wunderschönen Insel verabschieden. „Und trotzdem wäre es interessant zu wissen, was aus Lotte geworden ist", schließt er seinen Rückblick in die Vergangenheit endgültig ab.

NÄHE

Ms. Graham ist enttäuscht, als ihr Simone und Paul die morgige Abreise mitteilen, sie hat mit einem längeren Aufenthalt der beiden, und somit auch mit mehr Profit gerechnet. Trotzdem ist sie bemüht einen guten Eindruck zu hinterlassen, man weiß ja nie, ob die beiden nicht wiederkommen … Es gibt daher am nächsten Morgen noch ein fürstliches Frühstück, worüber sowohl Simone als auch Paul sehr froh sind, denn sie wollen sich nicht unnötig aufhalten während der Fahrt.

Simone nutzt die Autofahrt, um Paul all ihr Wissen über Skye zu erzählen, aber schon bald wandern ihre Gedanken wieder zu Ines. „Was habt ihr beide eigentlich für einen Lebensplan?", fragt sie Paul, insgeheim hoffend, dass es keinen gibt. Der sonst so schlagfertige Mann scheint sich seine Antwort genau zu überlegen. „Ehrlich gesagt habe ich den ein wenig aus den Augen verloren, seit ich mit dir unterwegs bin. Zwischen Ines und mir war alles so selbstverständlich, ohne dass wir großartig darüber geredet hätten. Dass sie eine Familie will, hat sie mir von Anfang an mit Nachdruck klargemacht, was ja auch meinen Vorstellungen entspricht. Warum sie allerdings noch nicht in mein Haus gezogen ist und wir immer noch eine Wochenendbeziehung führen, kann ich nicht sagen. Offensichtlich fehlt sie mir unter der Woche auch nicht, sonst hätte ich sie schon dazu gedrängt, denn die paar Kilometer zur Schule zu fahren, wäre sicherlich kein Problem für sie", denkt Paul laut über seine Beziehung nach. „Ihre Wohnung im 23. Bezirk, unmittelbar neben ihrem Arbeitsplatz, ist ja auch sehr schön, aber eben eine richtige Single-Wohnung. Ines hätte auch komplett freie Hand, was die Umgestaltung meines Hauses anbelangt. Aber so langsam frage ich mich, ob sie überhaupt noch den Wunsch nach Kindern hat, denn die biologische Uhr fängt auch schon an zu ticken …"

„Meinst du, dass sie ihren Beruf derart lieben gelernt hat, dass sie auf ihre einstigen Pläne verzichtet?", hakt Simone nach, denn mit einem Mal sieht sie einen Hoffnungsschimmer am Horizont auftauchen. „Sicherlich nicht", schiebt Paul Simones Einwand sofort zur Seite. „Ines ist ziemlich ehrgeizlos und arbeitet nur wegen des Geldes. Vielleicht sollte auch ich unsere Beziehung hinterfragen, so wie du es getan hast. Aber wechseln wir das Thema, Ines fehlt mir im Moment überhaupt nicht. Im Gegenteil, ich finde die Zeit mit dir sehr schön und fühle zudem, dass es dir genauso geht. Also lass uns diese Reise einfach genießen, obwohl wir ja noch einen schwierigen Teil vor uns haben. Aber ganz gleich, was auf uns zukommt, gemeinsam lösen wir jedes Problem!", fügt er fürsorglich hinzu und legt liebevoll seine Hand auf die ihre. Glücklich erwidert Simone sein Lächeln. Und wieder macht sich diese schöne Nähe zwischen beiden breit, die Simone bei seinen Worten nun auch freudig zulässt. Wenn es nach ihr ginge, könnte diese Reise ewig dauern, denn sie schwebt auf Wolke 7.

Obwohl sie Scott Watson so rasch wie möglich finden wollen, ist für die beiden Filmfreaks ganz klar, dass sie auf eine Unterbrechung der Fahrt beim Eilean Donan Castle, der prächtigen und mystischen Filmkulisse am Ortsrand von Dornie, nicht verzichten wollen. Das Castle, dessen spektakuläre Lage auf einer kleinen Insel am Zusammentreffen von Loch Alsh, Loch Duich und Loch Long eine unglaubliche Postkartenidylle schafft, gilt als die Verkörperung der Burgromantik in den Highlands schlechthin, und war in dem 007-Thriller „Die Welt ist nicht genug" als schottisches Hauptquartier des britischen Geheimdienstes zu sehen. Daher müssen die beiden das Innere auf jeden Fall besichtigen, obwohl in diesem Film nicht mehr Simones Liebling Sean Connery, sondern Pierce Brosnan die Rolle von James Bond verkörpert hat. Aber Bond bleibt Bond, in ihren Augen waren alle Darsteller gut gewählt. Zudem ist auch der Highlander Christopher Lambert mit seiner Gefolgschaft über die schmale Brücke geritten, die das Castle mit dem Festland verbindet. Simone ist wieder ganz in ihrer Filmwelt versunken und schafft es sogar, den sonst eher realistischeren Paul mit ihrer Euphorie anzustecken. Natürlich nur, weil ihm die Welt von James Bond auch schon immer sehr viel bedeutet hat. Gemeinsame Interessen und schöne Erlebnisse verbinden einfach. Simone fotografiert gerade verbotenerweise den „Saal des Geheimdienstes" und schwärmt: „Was glaubst du, wie toll wir diese Erinnerungsfotos finden werden, wenn wir wieder zurück sind!"

„Meinst du das im Ernst?" Paul kann sich einfach nicht vorstellen, dass er sich mit seiner Lebenspartnerin Ines über diese Fotos freuen wird. Nun ist sich auch Simone bewusst, dass sie sich von ihrer Filmwelt in eine andere Welt hineingeträumt hat, die es in der Form ja gar nicht gibt. „Da war wohl der Wunsch der Vater der Gedanken", versucht Simone ihre scheinbar fixe Vorstellung eines zukünftigen gemeinsamen Daseins etwas abzuschwächen. „Wir verbringen eine derart schöne und harmonische Zeit miteinander, dass ich mir das Leben ohne dich schon gar nicht mehr vorstellen kann", fügt sie lächelnd hinzu.

„Du hast recht, ich genieße auch jeden Tag dieser Reise mit dir und fühle mich wahnsinnig wohl. Aber du wirst doch vor unserer Abfahrt auch schon einen Lebensplan für dich gehabt haben, der nichts mit mir zu tun hat", versucht er mehr über ihre Wünsche und Vorstellungen für die Zukunft zu erfahren.

„Nach meiner Trennung von Ulrich habe ich mich in erster Linie darauf gefreut, meinen beruflichen Wunsch verwirklichen zu können. Dass auch ich eine Familie haben möchte, muss ich im Moment wohl hintenanstellen, wo mir doch der passende Mann dazu fehlt", fügt sie, ihn bei diesem Satz genau beobachtend, hinzu, kann aber keine Schlüsse aus seinem Gesichtsausdruck ziehen.

„Wenn du deine Zeit mit mir vergeudest, wirst du auch keinen finden", verfällt Paul nun vor der herrlichen Schlosskulisse, die Besichtigung ist beendet, in einen scherzenden Ton. Er fühlt, dass er bereits zu einem Teil ihres Lebens geworden ist, wie sie zu seinem, kann das allerdings noch nicht akzeptieren und macht sich daher über den Ernst ihrer Gefühle lustig. Simone steigt darauf ein, da sein Scherzen über ihre „mannlose Situation" erkennen lässt, dass er emotional nicht mehr so weit von ihren Wünschen entfernt ist. „Dann halte schön Abstand von mir, dass du mir eventuelle Anwärter nicht vergraulst", meint sie und schubst ihn spaßeshalber beiseite. Da auch ernsthafte Ausgelassenheit durstig macht, besuchen sie noch das Café im Visitor Centre beim Parkplatz. Das eben Erlebte wollen beide bei einer Tasse Tee nachvollziehen. Schweigend vergleichen sie im Geiste die Räumlichkeiten des Castles mit denen im Film und versuchen auch, sich über die Bedeutung der Worte, die zu ihrer beider Beziehung gefallen sind, klar zu werden.

Paul ist sich als Erster ihres „Auftrages" wieder bewusst und reißt Simone aus ihren schönen Gedanken. „Wir sollten aufbrechen. Vielleicht treffen wir Scott Watson ja noch auf Skye an. In jedem Fall brauchen wir ein Zimmer, was um diese Jahreszeit sicherlich nicht so leicht sein wird."

„Daran hätten wir auch schon früher denken können, aber vielleicht haben wir ja Glück!" Simone ist zuversichtlich, schlimmstenfalls müssten sie in einem teuren Hotel absteigen. Und da sie bis jetzt sehr sparsam gelebt haben, wird ihre Reisekasse eine etwas größere Ausgabe auch aushalten. Zudem sind sie ja beide keine Studenten mehr, die jeden Cent zweimal umdrehen müssen, obwohl Simone im Moment noch ohne regelmäßiges Einkommen ist. Aber Ulrich hat ihr ihren Beitrag zu seiner Wohnung wirklich sehr großzügig abgefunden. Paul ist zwar als Tierarzt kein Großverdiener, kann aber von seinem Einkommen sehr gut leben.

Da sie auf die Benutzung einer Fähre verzichten wollten, steuern sie direkt auf die einstmals umstrittene, aber seit 1995 für regen Tourismus sorgende Skye Bridge zu, die der schnellste Weg auf die Insel ist. Danach passieren sie Portree, die Hauptstadt von Skye, die laut Führer über eine malerische Hafenzeile verfügt, die allerdings für die Durchreisenden nicht sichtbar ist. Sofort erinnert sich Paul an Simones Vortrag am Morgen und beschwert sich spaßeshalber, den angepriesenen idyllischen Hafen mit den bunten Häusern nicht gesehen zu haben. „Vielleicht finden wir ja auf dem Rückweg oder während einer eventuellen Inselbesichtigung mehr Zeit, jetzt sollten wir so rasch wie möglich nach Staffin. Zudem glaube ich, dass wir die geplante Wanderung zum Sockel des achtundvierzig Meter hohen Old Man of Storr verschieben sollten. Um den Aufstieg und die Aussicht genießen zu können, bräuchten wir gut eineinhalb Stunden, und die will ich heute eher in unser Fortkommen investieren." Paul ist zwar nicht ganz Simones Ansicht, aber er kann ihre Ungeduld verstehen. Denn sollte Scott Watson um diese Uhrzeit noch in Staffin sein, wird er sicherlich noch einmal übernachten. Wenn nicht, haben sie ihn so und so verpasst und müssen auf eine neue Spur hoffen. Da das Wetter aber wieder besonders ungemütlich und regnerisch ist, hat Paul auch nichts dagegen, diesen Ausflug zu verschieben. Die Insel scheint ihrem Namen, der aus dem Altnorwegischen oder Gälischen abgeleitet so viel wie „wolkige Insel" bedeutet, alle Ehre zu machen. Schönes Wetter ist auf Skye dank der oftmals tief hängenden Wolken keine Selbstverständlichkeit, und die beiden können nur auf den nächsten Tag hoffen, denn die Natur der Insel soll wie eine große Landschaftsbühne sein und verspricht einmalige Farbinszenierungen. „Ich hoffe, dass wir trotz unseres Zeitdrucks Skye auch als eine Art Highlands in Miniatur erleben, wie du uns heute Morgen vorgelesen hast", schließt Paul seine Überlegungen zu der Insel, deren Schönheit ihnen im Moment noch verborgen bleibt, ab. Simone hat ihm schon gar nicht mehr zugehört, zu nahe sind sie bereits der Ortschaft Staffin, die durch ihre Skyline, das Massiv des Quiraing, schon von Weitem angekündigt wird.

Und dieser Berg ist es auch, der Staffin zu etwas Besonderem macht, denn der Ort an sich hat nicht viel zu bieten. Vereinzelte Häuser, die fast alle mit Bed & Breakfast-Tafeln versehen sind, und nur mit ihrem Ausblick auf den tollen Quiraing punkten. Bereits nach kurzer Zeit haben Simone und Paul das Haus gefunden, in dem Scott Watson abgestiegen ist. Es ist bereits Nachmittag, als sie die Glocke betätigen und eine ziemlich füllige Frau, die große Schwierigkeiten mit dem Gehen hat, die Tür öffnet. Paul spricht zwar besser Englisch als Simone, aber das Schottische versteht sie besser, oder sie kann sich den Sinn der Worte offensichtlich schneller zusammenreimen. Rasch wird klar, dass sie Scott Watson knapp verpasst haben, er ist heute Morgen abgereist. Ihre Leibesfülle scheint die Frau sogar beim Sprechen zu behindern, da sie kaum Luft bekommt. Trotzdem versucht sie behilflich zu sein. Sie selbst hat keine Ahnung, welche Pläne Mr.

Watson verfolge, erklärt aber, dass ihr Mann beim Frühstück immer wieder gerne mit seinen Gästen plaudert. Vielleicht hat er ja etwas erfahren, das ihnen weiterhilft. Da ihr Mann aber heute sehr spät nach Hause kommen könnte, bietet sie ihnen das Zimmer des frühzeitig abgereisten Mr. Watson an, das noch für zwei Nächte frei ist. Es liegt allerdings im ersten Stock, den zu erreichen für die Gastgeberin ein schier unmögliches Unterfangen zu sein scheint. Sie schickt die beiden daher mit der Beschreibung der richtigen Zimmertür hinauf, und Simone hat auf einmal ein ziemlich flaues Gefühl im Magen. Vielleicht wird sie heute in dem Bett schlafen, in dem ihr möglicher Vater die letzten Nächte verbracht hat. Sie will die Tür öffnen, überlegt es sich aber doch anders, geht einen Schritt beiseite und schiebt Paul vor. Das Zimmer ist hell, freundlich und sehr geräumig, zudem verfügt es neben einem Doppelbett auch noch über zwei Einzelbetten. „Wozu hat er wohl ein so großes Zimmer gebraucht?", kommt Simone nun auf ähnliche Gedanken wie Brenda. „Dass Frauen immer nur an die Untreue der Männer denken!", empört sich Paul, der ihre Vermutung sofort erraten hat. „Es wird sicherlich eine ganz einfache Erklärung dafür geben. Zudem hat die Vermieterin immer nur von Mr. Watson gesprochen und mit keinem Wort eine weibliche Begleitung erwähnt. Und dass du einem vollkommen fremden Mann Derartiges unterstellst, finde ich auch merkwürdig."

„Ich eigentlich auch", ist Simone selbst von sich überrascht. „Aber diese unnahbare Brenda hat mich wohl darauf gebracht. Es ist schwer vorstellbar für mich, dass man mit einem derart kühlen Menschen glücklich sein kann."

„Da hast du dir wohl sofort wieder eine eigene Geschichte ausgedacht", muss Paul jetzt schmunzeln. „Und dir die Ehe deines möglichen Vaters als derart unglücklich vorgestellt, dass du ihm sofort eine Geliebte unterstellst. Ach, Simone, da ist deine Fantasie wieder mit dir durchgegangen, aber dafür liebe ich dich ja auch so!" Lachend nimmt er sie in die Arme, drückt sie fest an sich und ist sich erst danach der Worte bewusst, die ihm ganz selbstverständlich herausgerutscht sind. Simones Herz macht einen Luftsprung, sie kuschelt sich in seine Arme und bemerkt sehr wohl, dass Paul für einen Moment innehält, als ihm klar wird, was er sich eben eingestanden hat. Doch es gelingt ihnen, die Situation so zu nehmen, wie sie ist, ohne darüber ein Wort zu verlieren.

Wieder unten vereinbaren sie, das Zimmer für eine Nacht zu nehmen. Ein weiterer Verbleib wird von den Informationen abhängen, die sie vielleicht beim Frühstück bekommen. Schon langsam meldet sich der Hunger bei den beiden, und sie bekommen die Namen von zwei Restaurants, die ihre Vermieterin empfiehlt. Beide Lokale sehen wirklich nett aus, aber das eine hat geschlossen und im anderen ist kein Platz mehr frei. Sie beschließen daher, etwas einzukaufen, und in ihrem Riesenzimmer zu essen. Da sie im Kühlschrank auf dem Gang Getränke kühlen können, ist für Simone der Abend gerettet. Nach langem Suchen finden sie ein ziemlich kleines Lebensmittelgeschäft, in dem sie Käse, Brot, Oliven und Wein kaufen. Natürlich muss es auch noch etwas Süßes für die Naschkatze Simone sein. Zufrieden mit dem Einkauf kehren sie in ihr Vierbettzimmer zurück, wo sie es sich gemütlich machen und überlegen, trotz des Zeitdrucks eine Rundfahrt um die Insel zu machen. Denn wer weiß, wann sie wieder nach Schottland kommen, und der Wetterbericht sagt für den nächsten Tag blauen Himmel und Sonnenschein voraus. „Wenn es wirklich so schön wird, könnten wir doch auch die Wanderung auf den Quiraing machen, von wo man eine ganz tolle Aussicht haben soll. Und etwas körperliche Betätigung könnten wir auch wieder einmal vertragen."

„Du bist vielleicht ein unruhiger Geist", gähnt Paul. „Wir haben doch erst vor zwei Tagen die Wanderung in Fort William gemacht. Ich bin allein schon bei dem Gedanken an diese ausgiebige Tour erschöpft", macht er schelmisch auf Spaßverderber, um Simone zu necken. Und prompt fällt sie darauf herein.

„Du bist doch sonst nicht so ein fauler Sack, wirst doch nicht alt werden, mein Lieber?", ärgert sie sich über seine Faulheit. Auch der Ärger steht ihr gut, findet Paul und muss an sich halten, um nicht laut loszulachen.

„Na, dann wirst du aber auch alt, bei dem einen Jahr Alters-unterschied." So langsam merkt Simone, dass er sich über sie lustig macht, und spielt mit. „Ich kann wahrscheinlich besser damit umgehen, weil ich mich durch mein regelmäßiges Laufen, das mir hier natürlich fehlt, auch fitter halte." „Wo sie recht hat, hat sie recht", denkt Paul. Laut fügt er hinzu: „So unsportlich, wie du tust, bin ich auch wieder nicht. Ich habe dir ja noch gar nicht von meinem neuen Hobby erzählt." Jetzt wird Simone aber neugierig, über Derartiges haben sie auch als Geschwister nicht gesprochen. „Ich habe seit einem halben Jahr eine Fixanstellung bei einem Reitverein in meiner Nähe, die einen halben Arbeitstag pro Woche beinhaltet, an dem ich den Gesundheitszustand der Tiere prüfen und eventuell auftretende Erkrankungen behandeln muss. Dabei habe ich mich an unsere Jugend erinnert, an unsere schönen Ausritte und die Großzügigkeit unserer Eltern, die dieses Vergnügen ermöglicht haben. Vor einigen Wochen habe ich mich von einem der Reitlehrer dazu überreden lassen, wieder einmal aufs Pferd zu steigen. Dabei habe ich meine Liebe zu dem Sport wiedergefunden und werde sehr wahrscheinlich auch eines der Tiere kaufen", berichtet Paul und strahlt übers ganze Gesicht.

„Na das sind ja Neuigkeiten! Du weißt aber schon, dass das Tier dann regelmäßig bewegt werden muss?", hinterfragt Simone Pauls Pläne.

„Du wirst lachen, ich weiß auch schon wer mir dabei helfen wird. Jetzt, wo wir nahezu Nachbarn im Wienerwald geworden sind", fügt er noch erklärend hinzu.

Simone ist völlig überrascht, fängt sich aber rasch wieder, da ihr der Gedanke eigentlich ganz gut gefällt. Warum sollte sie die Laufschuhe nicht hie und da gegen Reitstiefel tauschen? „Gar nicht so übel deine Idee, das könnte mir auch wieder Spaß machen. Allerdings habe ich keine Ahnung, wo sich meine Reitstiefel versteckt haben", meint Simone und runzelt nachdenklich die Stirn.

„Zu Ulrich wirst du sie ja nicht mitgenommen haben, also sind sie wahrscheinlich noch bei den Eltern. Aber schön, dass du dich mit dem Gedanken anfreunden kannst, denn ganz alleine werde ich die Betreuung des Pferdes sicherlich nicht schaffen. Noch ist es ja nicht so weit, aber im Frühjahr will sich der Verein von einem seiner Mietpferde trennen. Welches genau das sein wird, ist zwar noch nicht festgelegt, aber sie haben mir alle ganz gut gefallen." Paul kann die Begeisterung in Simones Gesicht sehen, die auch in diesem Sport die Bessere von den beiden war. „Ich gebe ja zu, dass du im sportlichen Bereich immer die Talentiertere warst, aber in diesem Fall geht es auch um meine Liebe zu den Tieren und die notwendige Konsequenz, und da bin ich wohl wieder etwas besser als du. Trotzdem wäre es schön, wenn du mich bei diesem Hobby unterstützen würdest. Vielleicht schauen wir uns die Pferde, die voraussichtlich zum Verkauf stehen, einmal gemeinsam an, wenn wir wieder zurück sind", leistet Paul immer noch Überzeugungsarbeit, obwohl Simone bereits auf den Zug aufgesprungen ist. Interessanterweise kommt keiner der beiden auf die Idee, Ines in diese Überlegungen einzubeziehen. Obwohl Simone kurz daran gedacht hat, bezüglich Ines' Aufgabe bei diesem Projekt nachzufragen, lässt sie es klugerweise bleiben, zu schön ist das Planen einer gemeinsamen Zukunft. Selbst wenn sich diese nur auf ein Hobby reduziert.

Nach diesem Geplänkel über die Reiterei lässt sich Paul natürlich zu der acht Kilometer langen Wanderung im Felsengarten des Quiraing überreden. Er ist auch schon sehr gespannt auf die viel gepriesene Aussicht von diesem, für schottische Verhältnisse wirklich imposanten Berg. Und ohne ein Wort darüber zu verlieren, wählen sie für die heutige Nacht die beiden Einzelbetten ihres Vierbettzimmers – zu groß ist die Nähe zwischen ihnen bereits geworden. „Dann schlafe ich wohl nicht im Bett meines vermeintlichen Vaters", überlegt Simone. „Er wird sicherlich das große Doppelbett benutzt haben. Jedenfalls hätte ich das so gemacht." Und schon ist Simone mit einem herzhaften Gähnen eingeschlafen.

Das opulente Frühstück am nächsten Morgen serviert nun tatsächlich der Hausherr, ein verhältnismäßig schmächtiger Mann neben der übergewichtigen Frau, die sich nicht mehr blicken lässt. Zudem ist er wirklich sehr redselig, wobei Simone und Paul die schottischen Plaudereien normalerweise zu anstrengend sind. Würden sie nicht auf mögliche Informationen von ihm hoffen, wäre der gute Mann mit ihnen kaum auf seine Kosten gekommen. Aber so erfahren sie von ihm, dass er sich sehr gut mit diesem Mr. Watson unterhalten und sehr viel über dessen Arbeit als Fotograf erfahren hat. Auch über die Gestaltung seines geplanten Fotobuches haben sie viel geplaudert, da es ja neben Skye noch viele andere schöne Plätze in Schottland gibt. „Mr. Watson hat sich kurzfristig entschlossen, einen alten Freund zu besuchen, der sich in Inverness selbstständig gemacht hat. Ich glaube, die Firma hieß Fraser's Company", beendet der freundliche Mann seinen Bericht. Wenn Scott in Inverness einen Freund besucht, wird er sicherlich ein paar Tage bleiben. Somit können sie heute in Ruhe ihre geplante Wanderung machen und morgen vielleicht noch eine Inselrundfahrt anschließen. Scott Watson wird ihnen nicht davonlaufen, und daher verlängern sie ihren Aufenthalt auf Skye. „Wieder einmal nur auf den Spuren deines vermeintlichen Vaters zu wandern, tut dir bestimmt ganz gut. Durch das Erspüren seines Lebensraumes lernst du ihn ein wenig kennen", sinniert Paul, der Simones Aufregung vor dem großen Ereignis nach wie vor ganz deutlich wahrnimmt. Es ist vielleicht noch immer etwas zu früh für dieses emotionale Zusammentreffen, denn Simone hat das Thema nach dem Frühstück wieder komplett zur Seite geschoben, um sich voll und ganz der geplanten Wanderung auf den Quiraing zu widmen. „Jetzt kennst du mich wirklich schon in- und auswendig, und weißt unglaublich gut über mein Gefühlsleben Bescheid", sagt Simone und muss lachen. „Kaum habe ich mir selbst eingestanden, dass ich eigentlich ganz froh über diese neuerliche Verzögerung bin, hast du es auch schon ausgesprochen. Dieses Verständnis ohne Worte hat es schon immer zwischen uns gegeben, aber dass du meine Gedanken so schnell errätst, ist neu", freut sie sich über die Intensität ihrer Beziehung. „Da habe ich noch einiges aufzuholen, denn du bist für mich noch kein derart offenes Buch!"

„Was noch nicht ist, kann ja noch werden", scherzt Paul und packt seine Wanderschuhe ein. Mit dem Auto sind sie schon bald auf dem Parkplatz zwischen Staffin und Uig, von wo der zunächst sehr breite Wanderweg Richtung Quiraing startet.

Und diese Wanderung beinhaltet wirklich alles, was Schottland an beeindruckender Landschaft zu bieten hat. Schon bald befinden sich die beiden auf einem schmalen Pfad, der unterhalb der imposanten senkrechten Felsen zur Linken entlangführt. Nach rechts fällt das Terrain steil ab, und der unendliche Meereshorizont begleitet sie während der gesamten Wanderung. Danach geht es links um die Felsen herum und an einer alten Grenzmauer entlang zu einem steilen Zwischenanstieg auf die Oberseite der Klippen, wo sich die Landschaft komplett verändert: Die schroffe Felsenszenerie geht abrupt in grüne Abhänge über, wo der Weg ziemlich steil hinauf zum Gipfelplateau führt. Sich an den Händen haltend, genießt das frisch verliebte Paar die Stille und die Schönheit dieser imposanten und vielfältigen Bergwelt, die im azurblauen Meer zu schwimmen scheint. Genau wie Scott Watson zwei Tage zuvor, hängen Simone und Paul ihren Gedanken nach, wenngleich sie natürlich ganz anderer Natur sind. Nicht die Vergangenheit ist es, die sie beschäftigt, sondern eine mögliche gemeinsame Zukunft schwirrt in ihren Köpfen herum. Simone kennt diesen Gedankenausflug fast schon seit dem Beginn der gemeinsamen Reise, Paul bewegt sich dabei noch auf relativem Neuland ...

Die Wege am Plateau und beim Abstieg sind ziemlich matschig, sodass sie mit nassen Schuhen, und Paul auch etwas verdreckt, da er in der nassen Wiese ausgerutscht ist, in ihr Quartier zurückkommen. Trotzdem hinterlässt das Erlebte einen wunderbaren Eindruck. Simone hat unzählige Fotos gemacht und freut sich heute schon auf das Fotobuch. „Da lass ich dann gleich zwei machen, damit du auch etwas von unserer Reise hast", scherzt sie – und deutet damit ein getrenntes Leben nach der Reise an, obwohl ihr bei diesem Thema ganz und gar nicht zum Scherzen zumute ist. Während der schönsten Momente dieser Reise kommt ihr oft die schreckliche Vorstellung des Lebens alleine danach, in dem sie Paul schrecklich vermissen wird. Dann tröstet sie sich wieder mit dem Gedanken, dass ihre Reise noch nicht zu Ende ist, und sich bezüglich des Einander-näher-Kommens sehr positiv entwickelt hat. „Ich muss das jetzt einfach mehr genießen und darf nicht an die Zukunft denken, so schwer es mir auch fällt!", ermahnt sich Simone und beendet ihren gedanklichen Ausflug.

Hungrig von der tollen Wanderung gönnen sie sich heute ein gediegenes Restaurant in einem schlossartigen Hotel, das ihnen bei der Lokalsuche am Vortag zu teuer vorgekommen ist. Doch heute sind sie derart gut gelaunt, dass sie einfach nicht widerstehen können, und es lohnt sich tatsächlich. Vom Ambiente und dem erstklassigen Essen vollauf begeistert, melden sich die beiden wieder einmal bei Lotte. „Da uns Brenda das Reiseziel samt Adresse ihres Mannes gegeben hat, sind wir nun auf Skye gelandet", informiert Simone ihre Mutter über den Stand der Dinge. „Hier haben wir erfahren, dass sich Scott auf dem Weg nach Inverness befindet, wo er einige Tage bei einem Freund verbringen will. Somit ist klar, dass wir uns nicht übermäßig beeilen müssen. Skye ist ja tatsächlich wunderschön, und nachdem wir heute am Quiraing gewesen sind, wollen wir morgen noch eine Inselrundfahrt machen. So langsam können wir beide deine Liebe zu Schottland immer besser verstehen, noch bevor wir den Mann, der sicherlich auch ein Grund dafür war, kennengelernt haben."

„Schön, dass ihr ähnlich empfindet und gut, dass ihr euch trotz der Suche auch etwas anschaut", erinnert sich Lotte an die wunderbare Zeit mit Scott zurück. „Die Wanderung auf den Quiraing haben wir damals auch gemacht und den einmaligen Ausblick genossen. Ihr reist ja tatsächlich auf unseren Spuren. Wenngleich wir nicht nach Inverness gekommen sind, dafür reichte die Zeit damals nicht aus. Bin schon gespannt, was ihr von der Stadt berichten werdet …"

Wieder zurück in ihrem geräumigen Zimmer, besprechen Simone und Paul bei einem letzten Glas Wein die Route für den morgigen Tag. Und da sie sich auf Skye sehr wohlfühlen und die Insel noch einige Sehenswürdigkeiten zu bieten hat, sind sie froh, ihren Aufenthalt um eine weitere Nacht verlängern zu können. Obwohl es am nächsten Tag wieder leicht regnet, genießen sie die Fahrt an der Küste von Trotternish, jener Halbinsel von Skye, auf der sie wohnen. Nach Besichtigung des liebevoll gestalteten Museumsdorfes geht es weiter auf die Halbinsel Waternish, wo sie sich nach einem kurzen Stopp in der Edinbane im „Stein Inn" – der wichtigsten kulinarischen Anlaufstelle der Halbinsel – stärken. Und das älteste Inn auf Skye hält, was der Führer über die Küche versprich. Da es bereits früher Nachmittag ist, entscheiden sie sich, in dem gemütlichen Lokal ordentlich zuzuschlagen, um sich das Abendessen zu sparen. Simone genießt köstliche Krabben, und Paul gönnt sich wunderbare Austern. Leicht erschöpft von dem tollen Essen, geht die Fahrt weiter über das wuchtige Dunvegan Castle nach Protree, dem malerischen Hauptort der Insel. Nach einem kurzen Spaziergang entlang der bunten Häuser im Hafen haben Simone und Paul allerdings genug für diesen Tag und beschließen früh zu Bett zu gehen. Sie haben vor, am nächsten Morgen zeitig aufzubrechen, da sie ja noch die Schleusentreppen des Caledonian Canals bei Fort Augustus, und das Urquhart Castle beim Loch Ness besichtigen wollen. Und schon verspürt Paul wieder Simones innere Unruhe, schließlich steht morgen die Ankunft in Inverness bevor, wo sie bereits ein Zimmer gebucht haben, und auch die Adresse von Scotts Freund Jack Fraser haben sie schon ausfindig gemacht. „Wollen wir diesen Jack einmal anrufen und nach Scott fragen?", überlegt Paul die weitere Vorgehensweise, als sie bereits in ihrem Zimmer sind. „Aber andererseits können wir ihm schwerlich den Grund für unser Interesse an seinem Freund am Telefon erklären", verwirft er seine Überlegung rasch wieder. „Ja, das wäre wirklich komisch, wenn wir ihn nach meinem möglichen Vater fragen würden", stimmt Simone zu. „Wir können uns nur in der Firma nach Mr. Fraser erkundigen – in der Hoffnung, dass sich Scott noch bei ihm befindet. Eine andere Möglichkeit sehe ich eigentlich nicht", ist Simone froh, sich den Details des morgigen Tages zuwenden zu können. „So schön habe ich mir Schottland wirklich nicht vorgestellt", wechselt sie rasch wieder das Thema und erzählt Paul von den bevorstehenden Reise-Highlights, während sie mit ihrem Pyjama im Bad verschwindet. „Ich ehrlich gesagt auch nicht", hört sie ihn antworten. „Aber ich denke, dass meine Reisebegleitung einen großen Anteil an diesem positiven Erleben hat." Sein Lob entlockt ihr ein strahlendes Lächeln und sie riskiert mit der Zahnbürste in der Hand einen prüfenden Blick ins Zimmer, um zu erkennen, ob er das tatsächlich ernst gemeint hat. „Doch, doch", bestätigt Paul das Gesagte, „nicht nur deine Reiseplanung, die sich Gott sei Dank auch gut in Scott Watsons Route einfügt, sondern auch das Zusammensein mit dir hätte ich mir nicht so harmonisch und schön vorgestellt." Und mit einem liebevollen Blick fügt Paul noch etwas zögerlich hinzu: „Was doch Gefühle, die über die Geschwisterliebe hinausgehen, ausmachen!" Nun ist Simone sprachlos, mit einem derartigen Geständnis hat sie nicht gerechnet. Sie legt die Zahnbürste beiseite. „Meine Gefühle für dich haben sich ja schon seit einiger Zeit in diese Richtung entwickelt, nur wollte ich dich damit nicht überfahren, wo du doch in einer anderen Beziehung lebst", will Simone ihren Paul nicht alleine im Regen stehen lassen. Schmunzelnd nimmt er ihre Hand. „Dafür bin ich dir auch sehr dankbar. Offensichtlich habe ich mehr Zeit gebraucht, um meine neue Sichtweise auf dich als Frau einordnen zu können. Da unser geschwisterliches Verhältnis immer schon sehr eng war, habe ich diese Veränderung in dem Wunsch, mit dir zusammen sein zu wollen, nicht wirklich verstanden. Ich war mir einfach nicht sicher, ob es tatsächlich mehr ist, was mich zu dir hinzieht, als es bisher war. Und da du dich auch eher zurückgehalten hast, wollte ich einfach abwarten, um mir ganz sicher zu sein", schildert der ansonsten nicht so redselige Paul Simone die Entwicklung seiner Gefühle, ohne ihre Hand loszulassen und schaut ihr dabei tief in die Augen. „Dann bist du dir also jetzt wirklich sicher? Ich wäre todunglücklich, solltest du zu der Erkenntnis kommen, dich doch geirrt zu haben", gesteht sie ihm nun voll und ganz, seinen Blick intensiv erwidernd, ihre Liebe. „Ich werde dich bestimmt nicht unglücklich machen, aber wir müssen auch nichts überstürzen, denn unsere Reise ist noch nicht zu Ende", schwächt Paul lächelnd seinen forschen Vorstoß etwas ab. „Ganz meine Worte", denkt Simone. „Aber nun ist ,das Licht am Ende des Tunnels' schon zum Greifen nahe." Sie nimmt die Zahnbürste wieder in die Hand und putzt versonnen, daher auch ziemlich planlos, ihre Zähne. Während Paul ins Bad geht, hat sie sich schon unter ihre Decke gekuschelt. „Wenn wir in einem Doppelbett schlafen würden, hätte ich ihn jetzt glatt verführt", sind Simones letzte Gedanken, bevor sie selig entschlummert.

Nach dem Abendessen mit Lisa hat Ines eine unruhige Nacht. Sie geht ihren Plan nochmals minutiös durch, versucht jedes Detail genau abzuwägen und kommt nach wie vor zu der Erkenntnis, dass ihr Vorhaben völlig verrückt ist. Liebt sie Paul tatsächlich so, dass sie derart viel aufs Spiel setzt, oder ist es einfach das angenehme Leben mit ihm, das sie nicht verlieren will? Wie sieht es eigentlich mit ihrem einstigen Familienwunsch aus, und wieso hat sie Pauls Angebot, zu ihm zu ziehen, noch nicht angenommen? Fragen über Fragen beschäftigen die normalerweise nicht so grüblerische Ines, die ob der neuen Situation, in der sie ihre Felle davonschwimmen sieht, ihre Beziehung zu hinterfragen beginnt. Eines ist sicher, sie will Paul nicht verlieren, aus welchen Gründen auch immer. Ob es die große Liebe oder einfach nur Gewohnheit ist, kann Ines allerdings nicht sagen …

Am nächsten Morgen ruft sie Lotte an, der die Stimme von Pauls Freundin irgendwie nervös vorkommt. Laut und schrill ist sie ja immer, aber diesmal hört sie sich auch eigenartig gehetzt an. „Nachdem Paul auf meine Anrufe nicht reagiert, wäre es schön, wenn ich von dir etwas über die Reise der beiden erfahren könnte", beschwert sie sich bei Lotte.

„Momentan sind sie wahrscheinlich schon auf dem Weg nach Inverness. Sie verfolgen bereits seit einigen Tagen Scott Watson, der womöglich Simones Vater ist. Obwohl sie auf dieser Reise auch die Schönheiten Schottlands genießen können, dürften die beiden schon recht angespannt sein, bezüglich des nahenden Aufeinandertreffens mit diesem Mann. Es ist für Simone wahrscheinlich nicht so einfach, den Spuren ihres möglichen Vaters zu folgen. Ich hoffe, er bleibt länger in Inverness, dass er ihnen nicht wieder ,entwischt' und sie endlich Gewissheit bekommen", versucht Lotte die Anspannung der beiden und die daraus resultierende Nachlässigkeit von Paul zu erklären.

„Das alles ist noch lange kein Grund sich überhaupt nicht bei mir zu melden. Es scheint, als hätte er mich neben Simone total vergessen!" Ines ist nach wie vor gekränkt über Pauls Verhalten, versucht aber das Gespräch hinauszuzögern, um doch noch etwas mehr über die beiden zu erfahren. Doch Lotte berichtet immer nur von deren Begeisterung für Schottland und ihre Nervosität vor dem Zusammentreffen mit diesem Scott Watson. Mit einem tiefen Seufzer beendet Ines das Gespräch, das sie nicht klüger gemacht hat. Sie wird daher ihren Plan in die Tat umsetzen und bittet Lisa entschlossen, alles Notwendige in die Wege zu leiten und sie so rasch wie möglich über Erfolg oder Misserfolg zu informieren.

VERFOLGUNG

Scott ist froh, seinen ehemaligen Arbeitskollegen und Jugendfreund aus gemeinsamen Tagen in Fort William besucht zu haben. Während er seine Sachen in Jacks Gästezimmer zusammenpackt, lässt er die drei wunderbaren Tage in Inverness Revue passieren. Von der Größe und dem Erfolg der Firma Fraser's Company konnte sich Scott bereits am Nachmittag seiner Ankunft ein Bild machen. Und obwohl Jack immer noch Junggeselle ist und es vermutlich auch bleiben wird, hat er ein sehr gemütliches Zuhause. Ähnlich wie bei den Watsons steht sein Haus auf dem Firmenareal. Allerdings strahlt der idyllische Backsteinbau, im Gegensatz zu Scotts Heim, Behaglichkeit und Wärme aus. Zudem ist Jack auch ein guter Koch, und so verbrachten die beiden Männer den ersten Abend bei einem köstlichen Lammbraten zu

Hause. Da sie sich schon lange nicht mehr gesehen haben, gab es viel zu erzählen. Die Whiskyflasche neigte sich bereits dem Ende zu, als sie endlich schlafen gingen. Am nächsten Tag zeigte Jack seinem Freund wie sehr sich Inverness, die am River Ness gelegene Hauptstadt der Highlands, im Laufe der Jahre vergrößert und verändert hat. Es ist keine besondere Sehenswürdigkeit, sondern der River Ness, der Jacks Heimatstadt ein besonderes Flair verleiht, das noch durch das vergleichsweise milde und trockene Klima verstärkt wird. Für Scott brachte diese Stadtbesichtigung auch einiges an Material für sein Fotobuch, was Jack, der seine Stadt liebt, sehr stolz machte. In einem urigen Pub ließen sie den Tag ausklingen und Jack nutzte die vertraute Stimmung, um seinem Freund ins Gewissen zu reden. „Wenn ich denke, wie viele Mädchenherzen wir auf unseren Reisen nach Deutschland und Österreich, wo wir für unseren Chef Kontakte im boomenden Jagdtourismus knüpften, gebrochen haben, und dann bist du an die impulsive und temperamentvolle Lotte geraten. Schade, dass aus euch beiden nichts geworden ist, denn mit Brenda scheinst du ja nicht sehr glücklich zu sein." Das war keine Frage, sondern eine Feststellung, denn Jack hatte aus ihren vertrauten Gesprächen sehr wohl herausgehört, dass das Leben seines Freundes nicht erfüllt ist. „Deine beruflichen Erfolge in allen Ehren, euer tüchtiger Sohn macht dich auch stolz und deine Leidenschaft für das Fotografieren befriedigt dich, aber hast du etwas, worauf du dich freuen kannst, oder ein Zuhause, in dem du dich wohlfühlst? Wir haben in den letzten beiden Tagen nur von der Vergangenheit gesprochen, was klar ist, weil wir uns so lange nicht gesehen haben. Aber du hast mir gar nichts von deinen Plänen für die Zukunft erzählt, die du nun, da du die Firma ja an James übergeben hast, mit Brenda realisieren könntest", versuchte er seinen Freund weiter auf dessen unbefriedigendes Leben anzusprechen.

„Ich weiß, dass ich etwas ändern muss. Seit wir nicht mehr gemeinsam in der Firma arbeiten, ist die Kluft zwischen Brenda und mir immer größer geworden. James braucht meine Unterstützung kaum noch und die Fotografie interessiert mich zwar sehr, ist aber nicht lebensfüllend", bestätigte Scott die Worte seines Freundes. „Und wie du richtig erkannt hast, treibe ich mich nur deshalb so viel herum, weil mich nichts nach Hause zieht. Brenda merkt natürlich, dass wir uns immer mehr entfremden. Sie hat schon öfter versucht, einen herzlicheren Ton anzuschlagen und einen gefühlvolleren Umgang zu pflegen, aber es kommt immer wieder die kalte Geschäftstonalität durch, die jegliche Wärme im Keim erstickt. Wahrscheinlich sollten wir uns trennen, obwohl ich sie immer noch liebe. Aber ich sehne mich einfach nach Nähe und Zärtlichkeit." So viel hat Scott noch nie über seine Beziehung zu Brenda verraten. An das aufwühlende Gespräch mit Jack denkend, kommt Scott plötzlich wieder der wuchtige Mann mit rotem Haar und Bart in den Sinn, der in dem Pub unweit von ihnen gesessen ist und ihn an irgendjemanden erinnert hat. „Mein Gedächtnis lässt mich wohl schon im Stich", überlegt Scott, dem dann doch einfällt, diesen Mann bereits in seinem Quartier in Staffin bemerkt zu haben. Seine Gedanken kehren allerdings rasch wieder zu Jacks Worten zurück, und er misst diesem merkwürdigen Zufall keine weitere Bedeutung bei. Jack hat ihn wirklich wachgerüttelt und an seinem wunden Punkt getroffen. Scott weiß selbst seit einiger Zeit, dass er sein Leben ändern muss. Irgendwie beneidet er den Freund, der mit seiner Firma, der Stadt, in der er lebt, seinem Heim und seiner Arbeit zufrieden und glücklich ist. Für sein Herz hat er seit Jahren eine liebe Freundin, die zwar in ihren eigenen vier Wänden lebt, aber gemeinsame Unternehmungen und Interessen sowie ein harmonisches und herzliches Verhältnis haben die beiden zusammenwachsen lassen. Davon konnte sich Scott am Abend davor selbst ein Bild machen, nachdem die beiden Freunde ihren letzten gemeinsamen Tag in den Jagdrevieren verbracht haben, die Jacks Firma vermittelt. „Mit einer tollen Fotoausbeute und dem gemütlichen Abendessen bei Jacks Freundin, einer großartigen Köchin, ist es ein rundum gelungener Tag gewesen", ruft sich Scott die schöne Zeit nochmals in Erinnerung, als er unter die Dusche steigt. Bei dem Gedanken an die schlanke einstige Restaurantbesitzerin Allison, die mit ihrer Kochkunst Jacks

Leben bereichert, stellt er wieder Vergleiche mit Brenda an, was seiner Stimmung ganz und gar nicht bekommt. Wie heimelig hat es sich doch bei der herzlichen Allison angefühlt! Aber trotz der wunderbaren Betreuung und der guten Gespräche mit Jack packt Scott wieder die Ruhelosigkeit und er überlegt, zu den Pitlochry Highland Games zu fahren, um seinem Fotobuch noch etwas Leben und Farbe zu verleihen. Mit dem neuen Reiseziel und der gepackten Reisetasche überrascht er Jack schon ein wenig, aber der verständnisvolle Freund weiß, dass der Getriebene sich auf den Weg machen muss, um mit sich und der Welt ins Reine zu kommen. Trotzdem kann er nicht umhin, Scott beim Frühstück noch einmal ins Gewissen zu reden, sich mit seiner Beziehung zu Brenda ernsthaft auseinanderzusetzen.

Zum Abschied umarmen sich die Freunde herzlich und sind froh darüber, dass nach all den Jahren die alte Vertrautheit zwischen ihnen nicht verloren gegangen ist. Jack hat noch ein Zimmer für Scott in Pitlochry gebucht, sodass sich der Getriebene um nichts mehr kümmern muss, als um die gedankliche Lösung seiner Probleme.

Zur selben Zeit brechen Simone und Paul in Staffin auf – mit dem Ziel Fort Augustus, das am Südende von Loch Ness liegt. Die fünf hintereinandergeschalteten Becken der Schleusentreppe des Caledonian Canals überwinden sagenhafte zwölf Meter Höhenunterschied, und das mitten im Ortskern von Fort Augustus. „Hoffentlich sind ein paar Segeljachten unterwegs, ich würde dieses Schauspiel zu gerne miterleben", freut sich Simone schon auf das Teilstück des fünfunddreißig Kilometer langen Caledonian Canals, der seit 1803 durch die Verbindung der großen Seen des Great Glen zu einer Wasserstraße wurde. „Da scheint den Schotten tatsächlich etwas Beeindruckendes gelungen zu sein", ist Paul bereits sehr neugierig darauf. Wegen des Besucheransturms ist leider kein Parkplatz in unmittelbarer Nähe des Kanals zu finden. Mit den Worten: „Ich lasse dich hier aussteigen, dann hast du bereits alles fotografiert, falls ich zu spät kommen sollte", fährt Paul auch schon weiter. Simone bewundert ihn immer wieder, wie er mit dem Linksverkehr zurechtkommt, ist in Gedanken aber bereits bei der Schleusentreppe und beeilt sich, einen guten Standort zum Fotografieren zu erobern. Das gelingt ihr auch und tatsächlich sind gerade drei Boote im obersten Becken. Zwar keine Segeljachten, sondern nur Motorboote, aber die Schleuse wird in Kürze in Gang gesetzt werden. Paul schafft es gerade noch rechtzeitig zur Öffnung des ersten Beckens, wobei die Boote durch das Ablassen des Wassers eine Etage tiefer befördert werden. Obwohl die Menge der Schaulustigen groß ist, gelingt es Simone doch einige gute Fotos zu machen. Danach stärken sie sich, immer noch beeindruckt von der Treppenschleuse, auf Empfehlung ihres Reiseführers im „Boathouse"-Restaurant, von dem man einen wunderbaren Blick auf Loch Ness hat. Das Essen in dem rustikalen und sehr heimeligen Lokal ist tatsächlich sehr gut und die Bucht selbst mehr als idyllisch. „Wollen wir uns den Touristenansturm im Loch Ness Centre in Drumnadrochit wirklich antun, wenn bereits hier derart viel los ist?" Simone ist nicht gerade begeistert bei dem Gedanken an die Menschenmassen. Nach der Einsamkeit auf Skye werden sie den Trubel rund um Loch Ness wahrscheinlich noch viel störender empfinden … „Der ganze Mythos um Nessie ist mir eh nicht wichtig. Ich glaube kaum, dass mich ein Besuch in diesem Loch Ness Center von dem Monster überzeugen kann. Und schon allein der Gedanke an das Geschiebe der Menschen dort ist fürchterlich. Wir kommen allerdings davor noch am Urquhart Castle vorbei, das mich viel mehr interessiert als das populäre Ungetüm. Sollte da allerdings auch zu viel los sein, reicht es mir vollauf, die Landschaft entlang des Sees zu genießen", ist Paul wieder einmal ihrer Meinung. Angesteckt von einer chinesischen Reisegruppe, die in verschiedensten Konstellationen und Stellungen am Ufer von Loch Ness für eine Unmenge von Fotos posiert, zückt auch Simone ihre Kamera. Es wird ein besonders gelungenes Bild von Paul, denn sie hat einen glücklichen und strahlenden Menschen eingefangen, der das Jetzt und Heute ganz offensichtlich zu genießen scheint. Selbst ebenso empfindend, will sie ihm lächelnd das Foto zeigen, aber er hat sie bereits zärtlich in die Arme genommen und kann diesmal ihren Lippen nicht widerstehen. Es ist kein stürmischer, leidenschaftlicher Kuss, sondern ein zögerndes Herantasten und zärtliches Erspüren, das sie freudig erbeben lässt. Sie halten einander fest und genießen die Nähe des anderen. In diesem wunderbaren Moment könnte die Zeit für beide stillstehen, wenn sie nicht noch einige Highlights auf dem Programm hätten. Aber da keine extreme Eile geboten ist, lösen sie sich nur langsam aus der zärtlichen Umarmung. Einander immer noch berührend, verlassen sie den romantischen Platz, um ihre Reise fortzusetzen.

Leider ist der Parkplatz vor dem Urquart Castle auch ziemlich voll, sodass sich Simone und Paul damit begnügen, die einmalige Lage der Ruine an den Ufern des Loch Ness aus der Ferne zu bestaunen. Ein kurzer Blick auf die Warteschlange an der Kasse genügt, um ohne eine Besichtigung weiterzufahren. Beim Loch Ness Centre in Drumnadrochit erleben sie Ähnliches, aber diesen Stopp haben sie ja bereits mittags von ihrer Liste gestrichen, sodass sie direkt nach Inverness fahren. Paul spürt schon wieder Simones Nervosität und hofft jetzt eigentlich auf ein baldiges Aufeinandertreffen, damit diese Ungewissheit und Anspannung für seine frische Liebe endlich ein Ende hat …

„Städte am Wasser sind doch immer wieder etwas Besonderes", konzentriert sich Simone ganz auf die Eindrücke, die sie mit ihrer Kamera einfängt. „Du solltest lieber den Stadtplan und unser Ziel im Auge haben, als dich von der Stadt beeindrucken zu lassen", versucht Paul sie zu ihrem eigentlichen Vorhaben zurückzuholen. Er hat das Gefühl, dass Simone sich partout mit anderen Dingen beschäftigt, um das, was unweigerlich auf sie zukommt, von sich fernzuhalten. „Jaja, ich bin doch schon dabei", versucht sie etwas ungehalten die Straßennamen auf dem Stadtplan zu entziffern. „Eigentlich müssten wir gleich da sein. Wenn wir bei der nächsten Ampel rechts abbiegen, sollte Fraser's Company auf der linken Seite zu sehen sein." Und tatsächlich ist das Firmenschild bereits bei ihrem Stopp an der Ampel zu erkennen. Paul folgt dem Pfeil, der auf ein großes Park-areal verweist, wo sich offensichtlich auch ein Wohnhaus befindet. Ein etwas rundlicher Mann mit schütterem Haar öffnet gerade die wuchtige Holztür des Backsteinhauses, um das geschmackvolle Pflanzenarrangement im Eingangsbereich zu gießen. Noch hat er die Neuankömmlinge nicht entdeckt, zu sehr ist er mit der liebevollen Pflege seiner Blumen und Sträucher beschäftigt. „Wenn das Mr. Fraser ist, macht er einen sehr sympathischen Eindruck", stellt Simone, die den Mann lächelnd beobachtet, fest. „Er wirkt total zufrieden, glücklich und irgendwie gutmütig", meint auch Paul, dessen Blick an dem vermeintlichen Mr. Fraser hängen geblieben ist. Als sie endlich aussteigen, schließt der Mann gerade die Haustür und geht mit einem Ordner unter dem Arm auf das Firmengebäude zu. Freundlich lächelnd begrüßt er die beiden offensichtlichen Kunden, öffnet ihnen die Tür und wird sofort von einem aufgeregten jungen Mann angesprochen. „Chef, wir haben ein Problem!" Sich bei den beiden entschuldigend, folgt er seinem Mitarbeiter, nicht ohne zuvor einen anderen angewiesen zu haben, sich um die neuen Kunden zu kümmern. Simone und Paul erklären dem bemühten Mann, dass sie Mr. Fraser in einer privaten Angelegenheit sprechen möchten und daher gerne auf ihn warten würden. Man bittet sie auf einer schweren Ledergarnitur im Empfangsbereich der Firma Platz zu nehmen, von wo sie in Ruhe das geschäftige Treiben des Betriebes beobachten können. „Noch eine tolle Adresse für Georgs Geburtstagsgeschenk", stellt Paul anerkennend fest. „Da tut sich ja fast mehr als bei den Watsons!" Simone nickt bestätigend mit dem Kopf. „Vielleicht liegt es daran, dass Inverness doch um einiges größer ist als Fort William", vergleicht sie offensichtlich Lage und Umfeld der beiden Firmen. „Zudem ist Fraser's Company mitten im Stadtzentrum, während die Firma der Watsons doch etwas außerhalb liegt." Paul ist da nicht ganz ihrer Meinung. „In dem Geschäft gibt es ja keine Laufkundschaft, da kommen die Kunden gezielt und mit bestimmten Beratungswünschen. Ich denke, nicht die Lage, sondern eher die Größe der Stadt oder die Werbung sind entscheidend."

„Da haben Sie recht, junger Mann", mischt sich Mr. Fraser, der gerade die Eingangshalle wieder betreten hat, in das Gespräch ein. „Unsere Kunden kommen nicht zufällig vorbei, sie kommen auf Empfehlung, wegen einer Annonce in den Fachzeitschriften oder als Reiseveranstalter zu uns. Und wodurch sind Sie auf meine Firma aufmerksam geworden, wenn ich fragen darf?"

„Das ist nicht so einfach zu erklären", übernimmt Paul das Wort, verwundert über die deutsche Sprache von Mr. Fraser. „Wir sind nicht wegen Ihrer Firma hier, sondern auf der Suche nach Scott Watson. Wir kommen gerade von Skye, wo wir von unserem Vermieter erfahren haben, dass Scott Watson sein Gast war und nach Inverness weiterreisen wollte, um einen Freund zu besuchen. Dabei ist auch ihr Firmenname gefallen. Und nun hoffen wir, von Ihnen mehr über seinen Verbleib zu erfahren, vorausgesetzt, Scott Watson war tatsächlich hier oder ist es vielleicht immer noch." Jack Fraser betrachtet die beiden jungen Leute interessiert. „Darf ich den Grund Ihrer Suche nach meinem Freund Scott erfahren, er wird doch nichts angestellt haben?" Dabei muss der gutmütige Fraser lächeln, denn nach all den Jahren ihrer Freundschaft und den Gesprächen der letzten Tage traut er Scott kein Verbrechen zu. Nun ist es Zeit für Simone, mit ihrem Anliegen herauszurücken. „Nein, nein, um Gottes willen! Wir wollen ihn nur finden, um meiner Herkunft auf die Spur zu kommen", fügt sie etwas zögerlich hinzu. „Das wird ja immer spannender", meint Jack Fraser ziemlich erstaunt. „Und natürlich auch immer persönlicher. Ein derartiges Thema sollte man wohl nicht zwischen ‚Tür und Angel' besprechen. Wenn Sie vorhaben, in Inverness zu übernachten, könnte ich mir am Abend Zeit für Sie nehmen."

„Das hängt davon ab, ob Scott Watson noch hier ist, falls er sie tatsächlich besucht hat", antwortet Simone bereits etwas ungeduldig. Der Ton gefällt Mr. Fraser zwar nicht, aber er hat ein gewisses Verständnis für ihre Gereiztheit bei der heiklen und scheinbar auch dringlichen Geschichte. „Scott war hier, ist aber heute Morgen wieder abgereist. Bevor ich Ihnen aber mehr von ihm und seinen weiteren Plänen erzähle, möchte ich doch Näheres von Ihnen wissen. Wie gesagt, nach Geschäftsschluss können wir gerne weiterreden." Irgendwie ist er jetzt doch sehr neugierig geworden und würde es fast bedauern, wenn die jungen Leute es vorzögen weiterzufahren, wenngleich sie natürlich nicht wissen können, welches Ziel Scott als Nächstes ins Auge gefasst hat. Ein Blick zwischen Simone und Paul genügt. Sie vertrauen diesem sympathisch wirkenden Menschen, den selbst Simones Ungeduld nicht verstimmt hat. Sich plötzlich ihrer Unhöflichkeit bewusst werdend, übernimmt es Paul, sie beide vorzustellen und Mr. Frasers Angebot dankend anzunehmen.

Scott hat auf seinem Weg nach Pitlochry noch einiges vor, wodurch er sein Lebensproblem wieder zur Seite schiebt. Er möchte die Schönheit des Cairngorms National Park für seinen Fotoband einfangen. Vielleicht kommen ihm ja auch einige der in Großbritannien bedrohten Tier-, Vogel- und Pflanzenarten vor die Linse, von denen angeblich 25 % im Cairngorms National Park heimisch sind. Scott weiß um die Schwierigkeit der Balance zwischen den verschiedenen Maßnahmen in den National Parks Bescheid, die einerseits dem Schutz der Umwelt dienen, andererseits aber den immer mehr werdenden Touristen die Möglichkeit bieten, auch abgelegenere Teile der Highlands zu besuchen. Schwierig ist es natürlich auch, einen Ausgleich zwischen den Ansprüchen der Jagd sowie der Land- und Forstwirtschaft auf der einen und dem Umweltschutz auf der anderen Seite zu schaffen. Dieses Thema hat Scott während seiner gesamten beruflichen Laufbahn begleitet, nun muss sich James damit auseinandersetzen. Da die Jagdreviere, die von Watson & MacLeod vermittelt werden, in der Region des Cairngorms National Parks rund um Kingussie liegen, wird der arme Junge immer wieder mit der Problematik konfrontiert. Scott ist froh, nichts mehr damit zu tun zu haben und nur mehr die Schönheit der Natur genießen zu können. Und so parkt er seinen Wagen in dem Hochlandörtchen Kincraig, um den wunderschönen See Loch Insh, dessen Ufer von Birken und kaledonischen Kiefern geprägt ist, zu genießen. Dieser See ist ein wahres Kleinod, und trotz der wunderbaren Stille kann Scott den langersehnten inneren Frieden nicht finden. Plötzlich aber wird die Ruhe gestört, Scott hört aufgeregte

Stimmen, die versuchen über eine größere Distanz nicht allzu laut zu kommunizieren. „Hört sich an wie Jäger auf der Pirsch, die ein Wild aufgestöbert haben und es nun mit vereinten Kräften zur Strecke bringen wollen", überlegt der erfahrene Waidmann. Tatsächlich kann er schon bald ein paar Gestalten ausmachen, die hinter einem ziemlich kleinen, aber wieselflinken Tier her sind. Durch das Objektiv seiner Kamera kann er etwas Katzenartiges mit grau-cremegelb getigertem Fell erkennen. „Das kann doch nur eine Europäische Wildkatze sein", überlegt Scott. „Die hat ihr Zuhause allerdings eher in großen und alten Misch- und Laubwäldern." Natürlich weiß er um deren Vorkommen im National Park, doch dass sich die scheue Waldbewohnerin so weit aus dem Wald herauswagt ist ungewöhnlich. Noch ungewöhnlicher ist allerdings, dass das Tier, das vom Aussterben bedroht ist, gejagt wird. Und wieder bedient sich Scott des Objektivs, um diese Männer, die eigentlich nur Wilderer sein können, besser erkennen zu können. Und zu seinem großen Erstaunen sieht er Daniel Henderson, einen seiner ehemaligen Mitarbeiter, den er wegen ständiger Belästigungen der Arbeitskolleginnen gekündigt hat. Hendersons weiteres Geschick hat in Fort William natürlich die Runde gemacht, vor allem weil seine Schwester Roya Graham eine Tratsche par excellence ist. Daniel hat keinen Job mehr bekommen, worauf ihn seine Frau mit der gemeinsamen Tochter verlassen hat. Man munkelt, dass er sich seinen Unterhalt mit dem Fang und Verkauf seltener Tierarten verdient. Dass er sich allerdings derart nah an Fort William heranwagt, hätte Scott nicht gedacht. Und schon drückt er auf den Auslöser, denn dieses Verbrechen gehört einfach festgehalten. Um noch bessere Aufnahmen machen zu können, wagt er sich etwas weiter vor und wird prompt von den Männern, die die Katze tatsächlich fangen konnten, entdeckt. Und schon steht der schmierige Henderson vor ihm und stellt ihn zornig zur Rede. „Schon wieder Sie, Mr. Watson, als hätten Sie mir nicht schon genug Unglück gebracht!", schreit er erbost mit hochrotem Gesicht. „Sie werden mir nicht erneut meine Existenz ruinieren! Wenn Sie über das Gesehene nicht den Mund halten, wird es Ihnen und Ihrer

Familie schlecht ergehen." Scott weicht erschrocken zurück. Mit einer derartigen Drohung hat er nicht gerechnet. Wahrscheinlich steht die Wildkatze auf der Liste der streng geschützten Arten, sonst ist eine so heftige Reaktion nicht erklärbar. „Das ist aber eine heftige Drohung", versucht Scott sein Gegenüber zu beruhigen. „Ich werde mir doch keine Unannehmlichkeiten einhandeln."

„Das will ich auch stark hoffen, täte mir leid, wenn Ihrer hübschen Brenda oder dem tüchtigen James etwas zustoßen würde", verleiht der widerliche Henderson seinen Worten Nachdruck, dreht sich um und winkt seinen Männern, mit der Beute zu verschwinden. Scott ist sprachlos und zutiefst erschrocken, denn wer den jähzornigen Henderson kennt, weiß, dass seine Worte ernst zu nehmen sind!

Simone und Paul beziehen ihr gebuchtes Zimmer mit Blick auf den River Ness. Gott sei Dank ist es schon spät am Nachmittag, denn Simones Neugierde auf die Informationen, die sie über Scott Watson bekommen werden, ist schon fast unerträglich. Selbst Inverness interessiert sie im Moment überhaupt nicht, sie vergisst sogar ihre Kamera, als sie sich auf den Weg zu Mr. Frasers Firma machen. Obwohl auch Jack neugierig ist, was diese beiden Menschen mit Scott verbindet, gelingt es ihm doch, einen unverbindlichen Ton anzuschlagen und über seine geliebte Stadt zu plaudern. Simone hört ihm zwar nicht zu, lächelt aber freundlich und genauso unverbindlich wie er erzählt. In einem gemütlichen Pub angekommen, bestellen sie etwas zu trinken. Da es Simone schon gar nicht mehr aushält, beginnt sie das Notwendigste ihrer Geschichte zu erzählen, damit Mr. Fraser weiß, warum sie nach Scott suchen. „Von Brenda Watson konnten wir keine Bestätigung unserer Vermutung bekommen, da sie über das Vorleben ihres Mannes offensichtlich nicht Bescheid weiß", beschließt Simone ihre Ausführungen. „Aber als langjähriger Freund könnten Sie vielleicht etwas über eine Romanze von Scott mit einer Österreicherin wissen." Nun ist Jack tatsächlich sprachlos. „Dann wären Sie also Scotts Tochter?"

„Beweise gibt es natürlich nicht, ich habe nur ein Foto von meiner Mutter und ihm."

„Und wie heißt Ihre Mutter, wenn ich fragen darf?"

„Lotte", antwortet Simone voller Hoffnung.

„Wenn Ihre Mutter tatsächlich Lotte heißt, dann haben Sie Ihren Vater mit ziemlicher Sicherheit gefunden, denn so viele Zufälle kann es nicht geben! Ich erinnere mich noch sehr gut an die hübsche, temperamentvolle und herzliche Österreicherin, die Scott das Herz gebrochen hat. Dass sie schwanger war, hat er bestimmt nicht gewusst, davon hätte er mir erzählt …" Simone fingert das vergilbte Foto aus der Tasche und hofft mit ängstlichem Blick auf die endgültige Bestätigung. Jacks Gesicht bekommt einen seligen Ausdruck, als er sich an die damalige Zeit erinnert. „Wie habe ich Scott um diese Romanze beneidet, Lotte war wirklich etwas Besonderes! Warum hat sie ihm ihre Schwangerschaft verschwiegen? Die beiden waren doch so ein tolles Paar. Und wie geht es ihr heute?" Paul lächelt erleichtert darüber, dass sie mit Jack so einen Volltreffer gemacht haben. Simone muss sich zusammenreißen, um den Mann nicht mit unendlich vielen Fragen zu überhäufen. Bereitwillig erzählt sie über ihre Mutter, das Geschäft und ihre glückliche Ehe mit Georg. „Schön, dass wenigstens sie glücklich geworden ist", freut sich Jack. „Ihr Vater hat es da nicht so gut getroffen. Er ist ein rast- und ruheloser Mensch geworden, in seiner Ehe nicht glücklich, zieht ihn auch nichts nach Hause. Er arbeitet zwar intensiv an seinem Fotobuch, aber ein erfülltes Leben führt er nicht. Ich habe ihm in den letzten beiden Tagen sehr ins Gewissen geredet, dass er sein Leben ändern muss. Er braucht ein Ziel und definitiv mehr Wärme und Herzlichkeit." Simone macht ein sorgenvolles Gesicht. „Das habe ich mir bereits gedacht, als wir Brenda kennengelernt haben. Obwohl ich ja noch nicht wusste, dass sie tatsächlich meines Vaters Frau ist, habe ich den Mann an ihrer kühlen Seite bedauert. Dabei ist sie eine freundliche und offensichtlich auch tüchtige Person, aber nicht nur sie, sondern sogar ihr Haus, strahlen eine unglaubliche Kälte aus. Gut, dass James ein herzlicher Mensch geworden ist, wenngleich er über mein Auftauchen natürlich nicht sehr erfreut war."

„Das kann man ihm nicht verübeln, weiß doch jeder in Fort William, dass sich Scott noch eine Tochter gewünscht hätte", begründet Jack sein Mitgefühl mit dem jungen Mann. „Aber das hat die Geschäftsfrau Brenda abgelehnt, was das Ehepaar noch mehr entzweit hat." Paul ist ein wenig zur Staffage geworden, weil sich der Freund und die Tochter von Scott eine Menge zu erzählen haben. Er schlägt daher vor, in dem Lokal auch zu Abend zu essen, denn Simone weiß noch lange nicht alles über ihren Vater. Und Jack will natürlich auch noch mehr über das unbekannte Kind seines Freundes wissen.

Es ist bereits Simones drittes Glas Wein, sie haben gut gegessen und fühlen sich alle sehr wohl. „Aber jetzt zu euch", wendet sich Jack an das Paar, mittlerweile duzen sie sich. „Wie ist eigentlich eure Beziehung zueinander? Ihr tragt schon seit Kindertagen einen gemeinsamen Nachnamen, wisst aber erst seit Kurzem, dass ihr nicht verwandt seid und steht, so wie ich das sehe, in ganz und gar keinem geschwisterlichen Verhältnis zueinander, so verliebt wie ihr euch anseht", schmunzelt der Menschenkenner Jack. Bei diesen so treffenden Worten errötet Simone, was Paul mit Freude erfüllt und ihm bewusst macht, wie sehr er diese Frau liebt. „Du hast ein gutes Gespür für Menschen, lieber Jack", nimmt er als Erster Stellung zu Jacks Frage. „Simone und ich haben uns schon immer sehr gut verstanden. Und dieses Verständnis füreinander hat sich mit dem Wissen, nicht mehr miteinander verwandt zu sein, im Verlauf dieser Schottlandreise in Liebe verwandelt. Wir haben uns das erst kürzlich eingestanden, stehen also ziemlich am Anfang unserer neuen Beziehung", erörtert er mit einem liebevollen Seitenblick auf Simone ihre Situation so sachlich wie möglich. „Ich habe meinen lieben *Bruder* ja schon ziemlich bald mit anderen Augen gesehen", erklärt Simone. „Aber bei ihm hat es ein bisschen länger gedauert, da er bei unserer Abreise, im Gegensatz zu mir, noch eine Partnerin hatte." Der Gedanke an Ines macht Simone gar nicht froh und trübt ihr Stimmungshoch etwas ein. „Da habt ihr wohl noch einige Schwierigkeiten aus dem Weg zu räumen, bevor ihr euer neues Glück tatsächlich leben könnt. Aber so lange ihr hier seid", überlegt der verständnisvolle Jack, „könnt ihr eure Liebe prüfen und intensivieren, bevor ihr euch den nötigen Veränderungen in der Heimat stellt. Jedenfalls freue ich mich, dass wenigstens einer in der Familie Watson, abgesehen von James, glücklich zu sein scheint." Simone und Paul strahlen einander an, werden sich aber gleich darauf wieder bewusst, dass sie aus einem anderen Grund hierhergekommen sind.

„Wie wird mein Vater reagieren, wenn er erfährt, dass er eine Tochter hat?", fragt Simone und ist gedanklich bereits wieder bei dem kommenden Zusammentreffen.

„Ich habe dir doch gesagt, dass er sich immer schon eine Tochter gewünscht hat", beruhigt sie Jack. „Er wird außer sich vor Freude sein, das kann ich dir versichern. Zudem wird sein Leben wieder einen Sinn bekommen, weil er bemüht sein wird, dich und dein Leben kennenzulernen. Du brauchst dich also nicht vor dem Treffen zu fürchten, denn dein Vater ist, wie ich schon sagte, ein toller, aber auch sehr einsamer Mann, der sich über deine Existenz ganz bestimmt freuen wird." Nach diesem Satz verlangt Jack die Rechnung, denn es wird Zeit für die drei, schlafen zu gehen. „Morgen ist auch noch ein Tag, an dem ich mir etwas Zeit für euch nehmen kann", wendet er sich wieder an das Paar. „Dann werde ich euch Inverness zeigen, so wie ich das auch mit Scott getan habe. Bis Pitlochry sind es ungefähr hundertvierzig Kilometer. Ihr werdet also knappe zwei Stunden brauchen, um Ellangowan House Bed and Breakfast, wo ich für Scott gebucht habe, zu erreichen. Ihr habt daher genügend Zeit, wenn ihr nach dem Mittagessen aufbrecht. Glaubt ihr nicht?" Diese Frage war wohl an Simone gerichtet, die am liebsten noch im selben Moment aufgebrochen wäre. „Da du mir so viel Positives von meinem Vater erzählst und mir damit auch die Angst vor dem ersten Treffen genommen hast, freue ich mich wirklich schon sehr darauf, ihn kennenzulernen. Wir sind dir sehr dankbar, Jack, wenn du uns morgen noch kurz deine schöne Stadt zeigst, aber danach sollten wir aufbrechen. Wer weiß, wie lange Scott tatsächlich in Pitlochry bleiben will. Jetzt seine Spur zu verlieren wäre schon sehr ärgerlich. Obwohl – irgendwann wird er wohl auch nach

Hause kommen", versucht Simone sich in ihren Vater hineinzuversetzen. „Wie dem auch sei ..." Paul scheint schon etwas müde
zu sein. „Wir sollten tatsächlich schlafen gehen. Es war ein ganz
toller Abend, lieber Jack, und ich bin froh, dass wir dich gefunden haben. Dank deiner Erzählungen über Scott Watson und die
Bestätigung unserer Vermutung, wird Simone heute hoffentlich
eine ruhige und sorgenfreie Nacht haben. Ich denke, dass das in
den letzten Wochen nicht ganz so gewesen ist." Damit nimmt
Paul seine Simone in den Arm, und alle drei verlassen müde, aber
sehr aufgeräumt das gemütliche Pub.

Erst jetzt bemerken Simone und Paul, dass in ihrem Zimmer
ein wunderschönes und einladendes Doppelbett auf sie wartet.
Doch sie scheinen zu müde zu sein, um sich darüber Gedanken
zu machen. Wie üblich zieht Simone ihren Pyjama im Badezimmer an, lässt sich danach gähnend aufs Bett fallen, um rasch unter
der Decke zu verschwinden. Und obwohl auch Paul eine gewisse Schläfrigkeit verspürt, kann er nicht umhin, etwas näher an
Simone heranzurücken. Glücklich darüber, den Vater gefunden
zu haben, und den Mann, den sie liebt, an ihrer Seite zu spüren,
kuschelt sich Simone in seine Arme. Das erste Mal gestatten sie
sich diese körperliche Nähe, wodurch ihre Müdigkeit wie weggeblasen ist. Genussvoll erkunden sie den Körper des anderen,
nach dem sie sich in letzter Zeit schon fast schmerzlich gesehnt
haben. Zärtliche Liebkosungen und innige Küsse führen zu einem
ungeahnten Lustgefühl, dem sie sich bedingungslos hingeben.
Diesen wunderbaren Rausch der Sinne kosten sie bis zur glücklichen Erschöpfung aus. Immer noch eng umschlungen gleiten
sie in einen tiefen und traumlosen Schlaf hinüber, denn ein Ziel
ihrer bisherigen Träume haben sie erreicht.

Nach dem unangenehmen Zusammentreffen mit Henderson hat
es Scott auf einmal sehr eilig, nach Pitlochry zu kommen. Er freut
sich schon auf die bunten und unterhaltsamen Highland Games
und will den Vorfall so rasch wie möglich vergessen. Zudem hat
ihm Jack ein sehr schönes Zimmer in einem überaus gepflegten
Haus gebucht, von dem er zu Fuß zu der Veranstaltung kommt.

Gleich nach seiner Ankunft kauft er sich ein Ticket, damit er am nächsten Morgen nicht unnötig an der Kasse warten muss. Die Suche nach einem Lokal gestaltet sich allerdings schon schwieriger, da die Ortschaft aus allen Nähten zu platzen scheint. Aber da sich Scotts Zusammentreffen mit Henderson auf seinen Magen geschlagen hat, nimmt er in dem von seiner Wirtin empfohlenen Pub vorerst an der Bar Platz, um sich einen Whisky zu genehmigen. Durch das fortwährende Alleinsein hat er sich eine Lieblingsbeschäftigung, das Beobachten von Menschen angeeignet, der er auch jetzt nachkommt. Und zu seiner Überraschung entdeckt er unter den Gästen wieder den Mann mit den roten Haaren und dem roten Bart, den er bereits in Staffin und Inverness gesehen hat. Neugierig geworden, ob das neuerliche Zusammentreffen Zufall oder gewollt herbeigeführt ist, fragt Scott den Mann, ob er sich an seinen Tisch setzen dürfe. Zuerst scheint der grobschlächtige Typ ablehnen zu wollen, besinnt sich aber eines Besseren und stimmt schließlich kopfnickend zu. Nachdem sich Scott höflich bedankt hat und die Männer sich einander vorgestellt haben, fragt er nach der Qualität des Essens und bestellt auf Empfehlung seines Gegenübers gleichfalls den überaus schmackhaft aussehenden Eintopf. Offensichtlich hat der Whisky Scotts Appetit angeregt. Mr. Ross, der Rotbärtige, scheint ein einsilbiger Mensch zu sein, denn die beiden Männer kommen nur zögerlich ins Gespräch. Und obwohl Scott ihn mit allen Mitteln aus der Reserve zu locken versucht, will die Unterhaltung nicht so recht in Gang kommen. Nicht einmal das Programm der Spiele scheint diesen Menschen zu interessieren, wodurch sich für Scott natürlich wieder die Frage stellt, was der Grund seines Aufenthalts sein könnte. Und so überlegt Scott nicht mehr lange, sondern fragt Mr. Ross, nach welchen Kriterien er seine Reiseroute zusammengestellt hat, die seiner eigenen so gleicht. „Staffin, Inverness und jetzt auch noch Pitlochry, das ist doch wirklich mehr als ein Zufall! Oder nicht?"

Ross erscheint auf einmal etwas verlegen. Er hat offensichtlich nicht damit gerechnet, dass Scott ihn an allen drei Orten entdeckt hat. Er überlegt fieberhaft, was er zu verlieren hätte, wenn er Mr. Watson den wahren Grund seiner Reise erzählen würde. Da sich Ms. Watsons Verdacht als falsch erwiesen hat, und sein Auftrag damit wahrscheinlich ohnehin zu Ende ist, könnte er die mehr als lästige Fragerei dieses Mannes mit der Wahrheit beenden. Und da es um das Eheleben der Watsons offensichtlich nicht zum Besten steht, kann diese Offenbarung der Beziehung der beiden auch nicht mehr schaden. Ross entschließt sich also, Mr. Watson von seinem Auftrag zu berichten. Damit hat Scott nicht gerechnet und er ist daher dementsprechend bestürzt. Dann liebt ihn Brenda also tatsächlich noch, sonst wäre sie wohl nicht eifersüchtig auf eine mögliche Geliebte. Sein Gegenüber beobachtet Scott gespannt, der sich schnell wieder im Griff hat. „Dann können Sie ja jetzt wieder beruhigt nach Fort William zurückfahren, denn auf meiner letzten Station werde ich wohl kein Verhältnis mehr anfangen", antwortet er lächelnd dem Privatdetektiv, der mit einer heftigeren Gefühlsregung gerechnet hat. „Vielleicht gönne ich mir ja auch noch das Vergnügen der Higland Games", antwortet Ross und schiebt seinen leeren Teller beiseite. Scott kann sich dagegen nicht mehr so recht an seinem Eintopf erfreuen, irgendwie ist ihm der Appetit wieder vergangen. Trotz ihrer schlechten Ehe hätte Scott niemals mit einem derartigen Misstrauen seiner Frau gerechnet. Aber natürlich, eine sexuelle Beziehung gibt es schon längere Zeit nicht mehr zwischen ihnen, da kann man schon auf solche Gedanken kommen, wenngleich er selbst seine Frau immer noch so sehr liebt, dass er noch nicht einmal im Geiste in Versuchung gekommen wäre. Obwohl das Engagement des Privatdetektivs für Brendas Gefühle ihm gegenüber spricht, ist er doch enttäuscht über diese Unterstellung. Und wieder drängt sich die bereits gewonnene Überzeugung, sein Leben ändern zu müssen, in den Vordergrund.

Die beiden Männer unterhalten sich jetzt weitaus entspannter über den nächsten Tag, wenngleich Scotts Gedanken immer wieder abschweifen und er nicht so recht bei der Sache ist. Gott sei Dank verabschiedet sich Mr. Ross schon bald, sodass Scott in Ruhe überlegen kann, wie er mit dessen Nachricht am besten umgehen soll. Leider fällt ihm nun auch wieder Hendersons

Drohung ein, und er beschließt seine Frau anzurufen, um sie einerseits bezüglich des Privatdetektivs zur Rede zu stellen und andererseits vor dem jähzornigen Wilddieb zu warnen.

Brenda ist überrascht über Scotts Anruf und erbost über den unfähigen Privatdetektiv, denkt aber nicht daran, sich Scott gegenüber für ihr Handeln zu rechtfertigen. „Du entfernst dich immer mehr von mir, ich höre tage- und wochenlang nichts von dir! Aber um mir Vorwürfe zu machen kannst du auf einmal zum Handy greifen", ereifert sie sich. Derartige Gefühlsausbrüche ist Scott von seiner Frau nicht gewohnt, aber wahrscheinlich hat sie sogar recht mit der Beschwerde, dass er sich noch gar nicht bei ihr gemeldet hat. Er versucht also ein anderes Thema anzuschneiden und berichtet von der Begegnung mit Henderson. „Du kennst diesen Mann ja auch zur Genüge und weißt, dass mit seinen Drohungen nicht zu spaßen ist", macht sich Scott nun doch auch Sorgen um seine Familie. „Aber solange er nicht weiß, dass ich die ganze Bande bei ihrem Wilddiebstahl fotografiert habe, wird er sich ruhig verhalten, denn ohne Beweise könnte ich ihn gar nicht anzeigen", versucht er Brenda zu beruhigen.

„Trotzdem, sei auf der Hut! Henderson ist unberechenbar und man weiß nie, was ihm einfällt!", ermahnt Scott seine Frau noch einmal. Das ursprüngliche Thema ist doch einer gewissen Sorge um ihre Sicherheit des anderen gewichen. Trotzdem „bestraft" Brenda ihren Mann noch, indem sie ihm das Auftauchen von Simone verschweigt. „Wann wirst du nach Hause kommen?", fragt sie ihn stattdessen.

„Ich denke, dass ich die Spiele noch genießen werde und mich dann langsam in Richtung Fort William auf den Weg mache", antwortet Scott ziemlich unbestimmt. „Ich werde mich diesmal aber bestimmt melden, sollten sich meine Pläne doch noch ändern." „Man weiß ja nie", überlegt er für sich. „Vielleicht ergibt sich ja noch ein anderes Ziel während meines Aufenthaltes in Pitlochry", und verabschiedet sich von Brenda. Nach wie vor hat er keine Lust nach Hause zu fahren, denn für eine endgültige Lösung ihrer Probleme ist es wohl noch zu früh. Die Blümchendecke seines Bettes beiseiteschiebend, freut er sich nach diesem langen Tag schon auf die Dusche und einen hoffentlich erholsamen Schlaf ohne Albträume wegen Henderson.

„Wie schön doch das Leben ist und was wir bisher alles versäumt haben!" Mit diesen Worten löst sich Simone aus Pauls Umarmung. Der versteht nicht, wieso sie schon derart munter ist. Gerne hätte er sich noch einmal umgedreht und weitergeschlafen, er hat aber gegen den Tatendrang von Simone keine Chance. „Komm, mein Lieber", lässt sie ihm keine Ruhe. „Du weißt doch, was heute noch alles auf dem Programm steht!" Fast hätte Paul es geschafft sie mit neuerlichen Liebkosungen ins Bett zurückzubekommen, aber Simone bleibt heroisch standhaft. Sie ist beinahe fertig angezogen, als er endlich den Weg zur Dusche findet. Liebevoll betrachtet Simone den durchtrainierten Körper von Paul und wäre nur zu gerne auf eine Fortsetzung des wunderbaren Liebesspiels der letzten Nacht eingegangen. Da sie allerdings mit Jack verabredet sind, macht sie auf standhaft und diszipliniert. „Wir haben ja noch viele Nächte und Morgen vor uns", gibt sich Paul scheinbar geschlagen, versucht sie aber zu sich unter die Dusche zu ziehen. Simone entkommt ihm mit einem spitzbübischen Lachen. „Du kannst ja gar nicht genug kriegen", freut sie sich über sein Verlangen nach ihr. „Wenn wir nicht verabredet wären, würde dieser Morgen auch ganz bestimmt anders verlaufen", fügt sie mit etwas Wehmut hinzu. Paul ist nicht der Schnellste, wenn es ums Anziehen geht, so hat Simone auch noch Muße, einen Blick in den Spiegel zu werfen. Sie ist zufrieden mit dem, was sie sieht: ein strahlendes Gesicht trotz des wenigen Schlafs, und vor Glück lachende Augen. Hand in Hand laufen sie die Treppe zum Frühstücksraum hinunter und bemerken erst jetzt, wie hungrig sie sind.

Jack erwartet sie schon vor seiner Haustür. Es hat nun doch alles länger gedauert als gedacht. Das Frühstück war zu gut, die Taschen mussten noch gepackt und die Rechnung bezahlt werden. Zudem können Simone und Paul die Finger nicht voneinander lassen. Jack zeigt keinerlei Ärger über ihre Verspätung, ganz im Gegenteil, denn er scheint zu erahnen, was sich letzte Nacht noch zugetragen hat. Zu offensichtlich ist das veränderte Verhalten von Simone und Paul in ihrem Umgang miteinander. Unwillkürlich muss Jack grinsen und kann sich eine diesbezügliche Bemerkung, die ihm schon auf der Zunge gelegen ist, gerade noch verkneifen. Zu sehr freut er sich darüber, dass Scotts Tochter derart glücklich ist. „Wie habt ihr euch den heutigen Tag vorgestellt?", fragt er die beiden Verliebten, die über ihr Glück Simones Vater vergessen zu haben scheinen. Aber da täuscht sich Jack gewaltig in der quirligen Simone. „Wir haben zwar noch nicht da-rüber gesprochen", antwortet sie mit einem schelmischen Blick zu Paul, „dafür war einfach noch keine Zeit. Aber unser Reiseziel haben wir trotzdem nicht aus den Augen verloren. Daher wollen wir nach wie vor am Nachmittag aufbrechen. Wenn du uns davor noch einen kurzen Eindruck von deiner schönen Stadt vermitteln könntest, wäre das wunderbar." Paul nickt zustimmend und Jack lässt die beiden ohne weiteren Kommentar in sein Auto steigen. „Dann wollen wir gleich losfahren, damit ihr so viel wie möglich zu sehen bekommt!" Gut gelaunt legt Jack den ersten Gang ein, pfeift sich ein Liedchen und beginnt zielsicher mit seiner Stadtrundfahrt, für die er seine Firma auch gerne wieder alleine lässt. Obwohl er wirklich viel Interessantes zu erzählen weiß, ist Simone nicht ganz bei der Sache. Ein zu großes Glücksgefühl hat von ihr Besitz ergriffen. Nicht nur ihre Liebe zu Paul wurde endlich erwidert, auch die Suche nach ihrem Vater nähert sich dem Ende. Und wenn sie diesen Scott Watson nun auch noch als wunderbaren Mensch kennenlernen würde, wäre ihr Glück unaussprechlich und kaum zu fassen. „Du scheinst ja nicht sehr interessiert an Inverness zu sein", reißt sie Paul aus ihren Gedanken. Dann legt er den Arm um sie und flüstert ihr ins Ohr: „Keine Sorge, es wird alles gut, und über Inverness kannst du später noch nachlesen." Sie hat gar nicht bemerkt, dass ihr Paul die Kamera abgenommen, und bereits eine Reihe von Bildern gemacht hat. Wie immer ist dem einfühlsamen Menschen nicht entgangen, dass sie gedanklich schon in Pitlochry, bei dem Zusammentreffen mit ihrem Vater ist. Und da Jack ihnen ein Zimmer in dem Haus gebucht hat, wo auch Scott abgestiegen ist, könnte das tatsächlich schon heute Abend sein. Simone seufzt glücklich über den verständnisvollen Mann an ihrer Seite, hat aber auch ein nervöses Kribbeln im Bauch. Während Paul den Ausführungen Jacks konzentriert zu folgen versucht, ruft sich Simone noch einmal alles ins Gedächtnis, was sie von Jack über ihren Vater gehört hat. Er muss eigentlich ein feiner, patenter und herzlicher Mensch sein, aber leider auch unglücklich und einsam. „So, ihr Turteltäubchen", hört sie Jacks Stimme. „Meine Führung ist zu Ende. Meine Freundin Allison hat noch einen kleinen Imbiss vorbereitet, schließlich möchte die Gute auch die Bekanntschaft von Scotts Tochter machen. Danach seid ihr aber mit allen guten Wünschen entlassen." Im selben Moment parkt Jack sein Auto vor einem netten Holzhäuschen und eine grazile Frau mit kurzen grauen Haaren öffnet schwungvoll die Tür. „Schön, dass ich Sie auch noch kennenlernen darf, bevor Sie Scott nachreisen", begrüßt sie Simone und Paul herzlich. „Wenn Sie es nicht so eilig hätten, würde ich Sie natürlich auch mit einem Abendessen verwöhnen, aber Jack und ich haben Verständnis dafür, dass Sie sich so rasch wie möglich auf den Weg machen wollen, jedoch sollten Sie zumindest gestärkt sein", fügt sie lachend hinzu und schiebt die beiden in ihr Wohnzimmer, wo sie etwas kalten Lachs und einige Wildpasteten-Häppchen hergerichtet hat. Überrumpelt von der herzlichen Begrüßung der mehr oder weniger fremden Frau lässt sich Simone auf die einladende Couch fallen und schiebt sich auch schon etwas von dem Lachs in den Mund. Mit den Worten: „Mein Gott, ich bin doch tatsächlich schon wieder hungrig!", entschuldigt sie ihr schlechtes Benehmen. In einer anderen Umgebung hätte sich Simone für dieses Verhalten geniert, aber Allison ist genau wie Jack ein derart unkomplizierter Mensch, dass sich ihr schlechtes Gewissen in Grenzen hält. „Sie müssen uns aber auf jeden Fall informieren, wie das Kennenlernen abgelaufen ist", fährt Allison fort. „Denn dass Scott noch einmal Vater wird, ist ja wirklich kaum zu glauben!" Nachdem sie auch noch Wein und Bier auf den Tisch gestellt hat, bietet Allison den beiden das Du an. In der heimeligen Umgebung hat sich schon bald so etwas wie eine gesellige Runde gebildet, die sich nur schweren Herzens auflöst. Doch um endlich an das Ziel ihrer Reise zu kommen, müssen Simone und Paul leider aufbrechen.

III

TREFFEN

Scott hat überraschend gut geschlafen, ist gut gelaunt und freut sich schon auf die Highland Games. Gott sei Dank ist Ross nicht in seiner Unterkunft abgestiegen, denn sein Anblick hätte ihn wieder an sein ungelöstes Problem erinnert, das er in Angriff nehmen sollte, wenn er nach Hause kommt. „Nur jetzt nicht daran denken, sondern vorerst noch ein wenig das Leben genießen", sagt er sich, während er die herrlichen Eier mit Lachs verzehrt. Er hat es nicht eilig, es ist noch ausreichend Zeit bis zum Beginn der Veranstaltung, und so wählt Scott nach dem Frühstück den kleinen Umweg über die Lachsschleusen von Pitlochry, wo er wieder sehr schöne Fotomotive findet. Da er ja bereits am Vorabend ein Ticket gekauft hat, kommt er ohne Wartezeit durch den Nebeneingang auf das Areal. Es ist ein wunderschöner Tag, für schottische Verhältnisse auch ungewöhnlich warm, sodass er sich noch ein kühles Bier kauft, bevor er sich einen schönen Platz an der Sonne sucht. Der Ausblick ist perfekt, er hat fast die gesamte Arena im Blick und kann nach allen Richtungen fotografieren. Die Mädchen und Burschen der Tanzgruppen sind noch beim Aufwärmen und Scott ist erstaunt über die Beweglichkeit der Wettkampfteilnehmer. Die meisten von ihnen sind mit einem kleinen Zelt vor Ort, wo sie bei Schlechtwetter ihre Übungen fortsetzen können. „Gott sei Dank brauchen sie das heute nicht", freut sich Scott, dem dadurch nichts von den Vorbereitungen entgeht. Durch das Objektiv seiner Kamera entdeckt er auf der gegenüberliegenden Seite der Arena wieder seinen rotbärtigen Freund, den es offensichtlich auch nicht nach Fort William zurückzieht. Neben Scott hat ein Ehepaar Platz genommen, dessen Jungs sich ausgelassen balgen. „Ob ich jemals Enkelkinder haben werde?", fragt sich Scott, der die Kinder amüsiert beobachtet. „James wäre ja schon in dem Alter, wo man damit rechnen könnte, doch da ist weit und breit keine feste Beziehung in Sicht. Warum ich nur immer wieder an die Familie denken muss, wo mich diese Überlegungen doch wirklich nicht erfreuen!" In seinem Verdruss versucht er sich durch einen Spaziergang rund um den Austragungsort der verschiedenen Wettkämpfe abzulenken. Der Trubel ist tatsächlich sehr groß und Angebote, sich die Zeit neben den unterhaltsamen Wettkämpfen zu vertreiben, gibt es auch genug. Scott entdeckt sogar einen Stand der Edradour Distillery, der kleinsten Whisky Destillerie Schottlands, und überlegt, sich eine Verkostung zu gönnen. Er besinnt sich allerdings eines Besseren und steuert zuerst einen Burger-Stand an. Das Frühstück liegt doch schon eine Weile zurück, und für den Whisky braucht er wohl eine neue Grundlage. Von seinem Burger-Sitzplatz hat er eine überraschend gute Sicht auf die Kugelstoßer und Baumstammwerfer, obwohl die Zuschauer nahezu auf dem gesamten Areal in Zweierreihen die Wettkämpfe verfolgen und sich schon einige auf Sessel und Bänke gestellt haben, um überhaupt etwas zu sehen. „Für Touristen muss diese Veranstaltung komisch wirken", überlegt Scott, der es eigentlich selbst auch etwas befremdlich findet, dass die Sportler ihre Wettkämpfe im Kilt austragen. Natürlich muss er auch diese schottische Tradition für sein Fotobuch festhalten. Während er sich den letzten Bissen in den Mund schiebt, beginnt das Seilziehen, ein Wettkampf, der nicht nur Kraft, sondern auch Geduld erfordert. Unglaublich, wie lange die gegnerischen Parteien in einer enormen Schräglage am Seil hängen und auf den richtigen Augenblick warten, um das andere Team durch einen überraschenden Ruck über die Linie ziehen zu können. Der Rasen ist schon ganz schön umgeackert von den Kämpfern, die sich mit aller Kraft am Boden festzuhalten versuchen und in die Erde verkeilen. „Jetzt ist es aber Zeit für den Whisky", überlegt Scott. „Nach so viel Sport brauche auch ich eine Stärkung." – „Da haben wir ja ähnliche Vorlieben", hört er plötzlich Ross neben sich sagen, als er gerade seine Verkostung bezahlt hat. „So ein sportlicher Tag ist anstrengend und verlangt nach einer Belohnung", hört sich Scott sagen und weiß eigentlich nicht, warum er dem Mann gegenüber einen derart jovialen Umgangston anschlägt. „So unsympathisch ist Ross eigentlich nicht, wenn er mich nur nicht ständig an Brenda erinnern würde", überlegt Scott und hat bereits an seinem Tisch Platz genommen. Ross scheint ein Whiskykenner zu sein, und es macht tatsächlich Spaß mit diesem Bären von einem Mann über die Qualitäten des Edradour Whiskys zu fachsimpeln. Nach einiger Zeit wird Ross zu Allen und Watson zu Scott, der Ton vertraulicher und die Stimmung gelöst und angenehm. „Was der Alkohol so alles ausmacht", denkt der einstige Verfolgte über seinen Verfolger. Aber nicht nur der Whisky, sondern auch die Liebe zur Natur scheint die beiden Männer zu verbinden, denn Allen ist ganz begeistert von der Route, die Scott gewählt hat. Vor allem der wunderschöne See Loch Insh hat es ihm angetan. „Was hat sich dort eigentlich abgespielt?", fragt er Scott, der Allen bei diesem unangenehmen Zusammentreffen mit Henderson gar nicht gesehen hat. Scott zögert etwas, bevor er antwortet. Er ist sich nicht ganz sicher, ob dieser Vorfall etwas für fremde Ohren ist. Da er aber schon so etwas wie Vertrauen zu Allen gefasst hat, schildert er ihm das Geschehen. Vielleicht ist es ja ganz gut mit einem „Fremden" darüber zu sprechen und seine Meinung dazu zu hören. Denn auch dieses Thema, ähnlich wie seine Ehe, ist für Scott noch ungelöst und belastet ihn. Allen macht ein besorgtes Gesicht, nachdem Scott ihm die ganze Geschichte erzählt hat. „Solange dieser Henderson nichts von den Fotos weiß, kannst du ja beruhigt sein. Aber wenn er das erfährt, wird er wahrscheinlich andere Saiten aufziehen. Ich hatte ja vor, morgen nach Fort William zurückzufahren, aber vielleicht brauchst du ja jemanden, der ein wachsames Auge auf dich hat?!", fügt er beunruhigt hinzu. „Dann stellt sich natürlich noch die Frage, ob du nicht die Polizei einschalten solltest …"

„Daran habe ich auch schon gedacht, aber solange Henderson keine Ahnung von dem Beweismaterial hat, besteht wahrscheinlich keine Gefahr, dass er gegen mich und meine Familie etwas unternimmt. Und auf mich kann ich schon selbst aufpassen. Lieber wäre mir hingegen, wenn du in Fort William auf Brenda und James achtgeben würdest."

„Da hast du dir wirklich etwas ganz Dummes eingebrockt, aber mach dir keine Sorgen um deine Familie, morgen Nachmittag bin ich wieder zu Hause und halte die Augen offen", antwortet Allen, wobei er Scott freundschaftlich auf die Schulter klopft. Sie gönnen sich noch einen Abschlussdrink, bevor die große Parade der Musikkapellen aus den verschiedensten Regionen der Umgebung beginnt. Staunend bewundern sie die Farbenvielfalt der unterschiedlichsten Trachten und Uniformen, ohne dem Mann Beachtung zu schenken, der am Nebentisch jedes ihrer Worte mitbekommen hat.

Beeindruckt von dem Schlussspektakel der Veranstaltung verabschieden sich die Männer mit dem Vorsatz, einander nicht mehr aus den Augen zu verlieren und über besondere Vorkommnisse sofort zu unterrichten. Der Tag war ereignisreich und Scott überlegt, ob er überhaupt noch etwas essen gehen soll. Vom Alkohol und dem ungewohnt langen Gespräch mit Allen ermüdet, entscheidet er sich für die Blümchendecke in seinem Zimmer.

Henderson geht in seinem Büro in Inverness zornig auf und ab. Jetzt hat er schon wieder ein gewaltiges Problem mit diesem Scott Watson. Kaum ist seine neue Existenz, nämlich eine legale Firma, die selbst erlegte und präparierte Trophäen und Felle erfolgreich zum Verkauf anbietet, gefestigt, taucht Watson auf, um alles zu zerstören. Natürlich macht Henderson mehr Geld mit der Jagd nach außergewöhnlichen und seltenen, meist auch noch geschützten Tieren, für die er bereits zahlreiche Abnehmer in ganz Europa hat. Manchmal treten diese sogar schon mit Aufträgen an ihn heran, sodass dieses Geschäft bereits von alleine läuft. Sollte Watson mit den Beweisfotos, von denen er auch noch einem Privatdetektiv erzählt hat, zur Polizei gehen, wäre alles wieder zunichtegemacht. Wenn er nicht vielleicht gar mit Gefängnis rechnen müsste ... Gott sei Dank ist er so vorsichtig gewesen, auf Watson einen Mitarbeiter anzusetzen. Aber was ist nun zu tun? Er muss ihm eine Lektion erteilen, die er nicht vergisst, bevor die Fotos bei der Polizei landen. Wahrscheinlich wäre ein Unglück seines Sohnes am wirkungsvollsten, an Kindern hängen die Menschen ja oft mehr als an der Ehefrau. Und schon heckt er einen perfiden Plan aus, mit dem er Scott in seine Schranken weisen will.

Paul und Simone folgen exakt der Route ihres Vaters nach Pitlochry, nehmen sich aber noch die Zeit, Blair Castle zu besichtigen, wo sie von einem Dudelsackspieler empfangen werden. Obwohl man diese Musik nicht wirklich als romantisch bezeichnen kann, fühlt sich Simone doch wie in eine andere Zeit versetzt und kuschelt sich, beeindruckt von dem Anblick der imposanten Festung, an ihren Paul, der sie liebevoll umarmt. Hand in Hand bewundern sie die Repräsentationsräume im 1. und 2. Obergeschoss des prunkvoll ausgebauten Castles, die vom wachsenden Reichtum der Herzöge von Atholl in der Mitte des 18. Jahrhunderts zeugen. „Schade, dass sich der 12. Duke bei den Führungen nicht zeigt", sinniert Simone. „Aber vielleicht ist es besser so. Denn sollte der Duke nicht zu der eindrucksvollen Hochland-Trutzburg passen, wäre ich auch enttäuscht, da ich mir eigentlich so ein ordentliches Mannsbild wie dich vorstelle." Sie nimmt Paul bei diesen Worten besitzergreifend um die Mitte. Auch Paul kann nicht genug von ihrer Nähe bekommen, legt seinen Arm um sie und kann sein Glück noch immer nicht ganz begreifen. „So rasch hat sich alles zwischen uns verändert, von Geschwistern zum Liebespaar. Dass so etwas möglich ist, hätte ich auch nicht gedacht", meint er und zieht Simone noch enger an sich heran. Simone lässt es nur zu gerne geschehen. Der Tag dauert ihr eigentlich schon zu lange, sie sehnt sich schon nach dem Zimmer in Pitlochry. „Wenn wir unser Verlangen nicht unter Kontrolle bringen, werde ich womöglich noch meinen Vater vergessen", scherzt sie gut gelaunt und wohl wissend, dass ihre Liebe im Moment an erster Stelle steht. Andererseits hätten sie auch alle Zeit der Welt, wenn es nicht noch Ines gäbe. Simone ärgert sich, dass sie den schönen Moment mit ihren Gedanken an Ines zerstört und verschont Paul mit ihren Überlegungen. Da sie sich sicher ist, dass ihn das schlechte Gewissen wegen seiner Freundin plagen würde, beschließt sie, wenigstens er solle das Glück ungetrübt genießen können. Als sie das Schloss verlassen, ist es bereits später Nachmittag. „Jetzt wird es tatsächlich ernst, mein Schatz", vernimmt sie Pauls beruhigende Stimme, als sie ins Auto einsteigen.

„Ich weiß, aber nach unseren positiven Gesprächen mit Jack beginnt sich meine Einstellung zu dem Treffen zu verändern. Die anfängliche Angst, einem unsympathischen Menschen zu begegnen, ist durch Jack einer freudigen Aufregung und Neugierde gewichen. Während all der Erzählungen ist in meinem Kopf bereits ein Bild von ihm entstanden, sodass ich nun nicht mehr einem komplett fremden Mann gegenübertreten muss. Natürlich kann seine Reaktion anders ausfallen als erwünscht, aber da ich mit meinem Wissen im Vorteil bin, werde ich ihm wohl auch etwas Zeit zugestehen können, sich mit der neuen Situation anzufreunden", schließt eine wirklich gefasste Simone ihre Ausführungen ab.

„Dann war es also die richtige Entscheidung bei Jack zu bleiben. Ich bin froh, dass ich mir keine Sorgen mehr machen muss, und bin tatsächlich auch schon sehr neugierig auf deinen Vater", antwortet Paul mehr als erleichtert. Den Rest der kurzen Fahrt zum „Ellangowan House" in Pitlochry verbringen sie trotz aller Zuversicht schweigend, jeder für sich in Gedanken auf das Kommende versunken. Es wird ein entscheidender und ohne Frage auch ein großer Moment werden.

„Schon wieder neue Gäste von Jack Fraser!" So werden Simone und Paul von der Besitzerin der wunderschönen viktorianischen Villa freudig begrüßt. „Er schickt mir immer so nette Menschen. Gestern hat bereits Mr. Watson das Zimmer neben ihnen bezogen, um unsere tollen Highland Games zu besuchen. Dafür sind sie ja leider einen Tag zu spät gekommen, aber Pitlochry hat ja noch einiges mehr zu bieten", fügt sie lächelnd hinzu. Insgeheim muss Simone schmunzeln, als die nette Dame sie bittet, die Schuhe bei der Haustür auszuziehen, aber der hellblaue

Teppichboden gibt der guten Frau recht. Sie bemühen sich auch die Trolleys nicht zu ziehen, sondern zu tragen, um den empfindlichen Boden nicht zu verschmutzen. „Das ist ja ein schönes Zimmer", freut sich Simone, als ihnen die Vermieterin die von Jack gebuchte Bleibe zeigt. „Das lädt tatsächlich zu einem längeren Aufenthalt ein!"

„Wissen Sie denn schon, wie viele Tage Sie bleiben wollen? Jack konnte mir dazu keine Auskunft geben", hakt die gepflegte Dame sofort ein.

„Das wird wohl auch mit Mr. Watsons Plänen zusammenhängen", antwortet Simone etwas zögernd.

„Oh, dann habe ich also schon das zweite Zimmer an unschlüssige Gäste vergeben. Aber vielleicht können Sie dieses Thema ja beim Frühstück mit Mr. Watson klären." Mit einem freundlichen Nicken verlässt sie die Neuankömmlinge, die es sich in dem geräumigen Zimmer mit ebensolchen Blümchendecken, wie Scott sie nebenan hat, bequem machen. „Sollen wir anklopfen und schauen, ob er da ist, oder warten wir bis zum Frühstück?" Simone ist sich nicht sicher, was die beste Vorgehensweise ist, aber Paul nimmt ihr ohnehin jegliche Entscheidung ab, indem er sie zu sich aufs Bett zieht. „Morgen ist auch noch ein Tag", murmelt er, als er sich an den Knöpfen ihrer Bluse zu schaffen macht. Nur allzu gerne lässt Simone ihn gewähren, zu sehr hat sie sich schon den ganzen Tag darauf gefreut, Paul mit jeder Faser ihres Herzens und ihres Körpers zu spüren.

Allen Ross sucht sofort nach seiner Ankunft in Fort William Brenda auf, um ihr von seiner Reise zu berichten. Mittlerweile weiß sie ja auch, dass ihre Befürchtungen unbegründet waren. Den Ausführungen von Ross zum Thema Henderson, hört sie allerdings mit großer Spannung zu. Sie hat ja nicht gewusst, dass der Privatdetektiv Zeuge des Geschehens war und nun von Scott gebeten worden ist, ein Auge auf sie und James zu haben. „Dann bleiben Sie den Watsons also erhalten", amüsiert sich Brenda, die natürlich auch über Scotts Sorge bezüglich seiner Familie erfreut ist. „So wie wir Henderson kennengelernt haben, sind Scotts

Bedenken natürlich berechtigt, allerdings auch erst dann, wenn Henderson von den Fotos erfährt", fügt sie nachdenklich hinzu. „Und davon wissen momentan ja nur drei Personen, wenn ich das richtig verstanden habe."

„So ist es", bestätigt Ross. „Ich kann mir auch nicht vorstellen, wie Henderson je davon erfahren könnte." Ganz beruhigt ist Brenda nicht und daher froh, Allen Ross in der Nähe zu wissen. „Vielleicht sollten Sie eher James im Auge behalten, denn einem gewieften Bösewicht sollte klar sein, dass einem Vater der Sohn oft wichtiger ist als die Ehefrau. Zumindest bei uns ist es so", muss sich Brenda seufzend eingestehen. Ross hat Mitleid mit der Frau, denn er kann sich des Eindrucks nicht erwehren, dass diese Ehe bereits ein Ablaufdatum hat.

Für Scott ist es ein Morgen wie jeder andere. Er freut sich auf das besonders gute Frühstück im „Ellangowan House", aber weniger darauf, eine Entscheidung über seine weiteren Pläne treffen zu müssen. Pitlochry bietet seiner Meinung nach eigentlich nicht sehr viel und er hat keine Ahnung, welche Umwege er noch machen könnte, um nicht gleich nach Hause fahren zu müssen. Zudem sollte er auch Bescheid geben, wie lange er sein Zimmer noch in Anspruch nehmen wird. Das alles geht ihm durch den Kopf, als er den freundlichen und hellen Frühstücksraum betritt, in dem er neue Gäste vorfindet. Das sympathische Pärchen grüßt höflich, als er den Raum betritt und scheint anscheinend über seine üppige Essensbestellung überrascht, denn die beiden mustern ihn neugierig. Dass das Paar vielleicht Interesse an seiner Person haben könnte, kommt Scott gar nicht in den Sinn. Und so widmet er sich vorerst einmal seinem Tee, der unter einer altmodischen, aber hübschen Wärmehaube verborgen ist. Die Eier werden ihm mit der Frage: „Haben Sie sich schon entschieden, wie lange Sie bleiben wollen?" serviert, was ihm fast den Appetit verdirbt. Trotzdem entgeht ihm nicht, dass diese Frage offensichtlich nicht nur ihm gilt. Und so nutzt er die Gelegenheit, um mit den jungen Leuten ins Gespräch zu kommen. „Derart unschlüssige Gäste wie wir sind dem Tourismus wohl nicht sehr zuträglich", meint er lächelnd. „Sie wissen scheinbar auch noch nicht, wie Ihre Reise weitergehen soll?!" Simone ist nun doch der Mund vor Aufregung trocken geworden, obwohl der erste Eindruck ihres Vaters äußerst positiv ist. Er sieht noch immer so leger und schlank aus, wie auf den Fotos ihrer Mutter. Das blonde Haar ist schon ein wenig schütter und weiß geworden, aber die Augen strahlen nach wie vor so etwas wie Humor, Herzlichkeit und Güte aus. Als Paul merkt, dass Simone in die Betrachtung ihres Vaters versunken ist, antwortet er, ohne zu wissen, was er sagen soll. „Das haben Sie vollkommen richtig erkannt." Dann setzt er, da er nicht weiß, was er sagen soll, zögerlich fort: „Da wir das große Ziel unserer Reise, von dem alles Weitere abhängen wird, sozusagen erreicht haben ..."

„Wie kann das Erreichen eines geplanten Ziels die weitere Reise beeinflussen?", fällt ihm Scott, wegen dieser Antwort neugierig geworden, fast etwas unhöflich ins Wort. „Noch dazu, wo Sie, wie ich an Ihrer Aussprache erkennen kann, weder Briten noch Schotten sind und die Besichtigungstour durch meine schöne Heimat wahrscheinlich genau vorgeplant haben. Aber wenn Sie trotzdem unschlüssig sind, wie es weitergehen soll, kann ich Ihnen vielleicht mit meinen Kenntnissen über Schottland weiterhelfen?", meint er hilfsbereit. Nachdem Simone die Begutachtung von Scott zufriedenstellend abgeschlossen hat, versucht sie das Gespräch in eine Richtung zu lenken, die den Gedankengang des Vaters vielleicht zu ihrem eigentlichen Thema führen könnte. „Ein Ziel kann auch ein Mensch sein, von dessen Reaktion, wenn man ihn endlich gefunden hat, die Weiterreise abhängen könnte." Etwas Derartiges hat Scott noch nie gehört, und die beiden beginnen ihn zu interessieren. „Das klingt ja sehr spannend, obwohl in diesem Fall meine Landeskenntnisse nicht gefragt sein werden." Er möchte sich aus dieser scheinbar sehr persönlichen Geschichte fast wieder zurückziehen, seine Neugierde ist allerdings größer, und so versucht er das Gespräch aufrechtzuerhalten. „Sollten Sie Hilfe bei Behörden oder Juristen benötigen, ist das leider nicht ganz meine Stärke, aber ich habe Freunde, die diesbezüglich bessere Kontakte besitzen."

„Das stimmt." Simone ist schon fast am Platzen und kann den von Scott heraufbeschworenen entscheidenden Satz nicht mehr für sich behalten. „Einen haben wir bereits kennengelernt!" Jetzt hat sie ihren Vater komplett aus dem Konzept gebracht. „Wie soll ich denn das verstehen, wie können Sie meine Freunde kennen?", reagiert Scott nun etwas aufbrausend. Und wieder ist es der besonnene Paul, der versucht etwas Ruhe in die aufgeladene Stimmung zu bringen. „Es ist wohl besser, wir erzählen Ihnen unsere Geschichte, da Sie der Mensch sind, den wir gesucht haben", antwortet er schlicht und einfach. Scott verschluckt sich fast an seinem Tee, schaut die beiden ungläubig an. „Warum bitte sollten Sie mich gesucht haben? – Ich habe doch nichts verbrochen", fügt er an Henderson denkend erschrocken hinzu. Wortlos zieht Simone das vergilbte Foto aus der Tasche, das mehr sagt als alle umständlichen Erklärungen. Ohne zu hinterfragen, woher sie dieses Foto hat, verfällt Scott in eine entrückte, fast verklärte Stimmung. „Mein Gott, war das eine schöne Zeit!", ist seine erste Reaktion. Er achtet nicht darauf, wie Simone und Paul auf diesen Ausruf reagieren, aber schon langsam dämmert es ihm, dass die Herkunft dieses Fotos interessant sein könnte. „Wie kommen Sie zu dieser Aufnahme und vor allem, was haben Sie damit zu tun?" Noch kann er sich aus dem ganzen keinen Reim machen, er ist aber auch immer noch zu perplex, um es überhaupt zu versuchen. Simone hilft ihrem Vater erneut auf die Sprünge, wobei sie Scott ähnlich direkt und genauso wenig einfühlsam wie Lotte es bei ihr getan hat, mit der unglaublichen Neuigkeit konfrontiert. „Wenn Sie tatsächlich der Mann auf dem Foto sind, der sich damals in die Österreicherin Lotte verliebt hat, dann müssen Sie auch mein Vater sein!"

Scott soll also mundtot gemacht werden. Dafür beauftragt Henderson seinen Mitarbeiter Baxter nach Fort William zu fahren, um vor Ort die Möglichkeiten einer Sabotage an James' Auto zu prüfen. Der Unfall muss ja nicht zum Tod von Scotts Sohn führen, aber eine ordentliche Schrecksekunde würde Scott vermutlich zum Stillschweigen motivieren. Der etwas feiste und schmierig wirkende Henderson will sich selbst die Finger nicht schmutzig machen, zudem hat er auch keine Ahnung wie man ein Auto manipulieren muss, um zu seinem angedachten Ziel zu kommen. Aber Baxter ist einschlägig vorbestraft und dank Hendersons ständiger „Jobangebote" von einer kriminellen Laufbahn in die andere gerutscht. Er weiß in jedem Fall wie man es anstellt, einen Unfall zu verursachen, der auch aussieht wie ein Unfall und keine tödlichen Folgen hat. Henderson ist äußerst zufrieden mit seinem Plan, denn Scotts Weg zur Polizei würde seine Firma und natürlich sein Leben neuerlich ruinieren. Gedankenverloren tätschelt er das Knie seiner Sekretärin Kirsty, einer drallen Mittvierzigerin, der er eben eine Mail an seinen österreichischen Partner Jakob Wilhelm diktiert hat. Die Nachricht beinhaltet auch die Rechnung für dessen Bestellung – jener Wildkatze, bei deren Fang er von Scott beobachtet worden ist. Ob er Wilhelm von dem Missgeschick berichten sollte? „Aber nein", schiebt er den Gedanken wieder beiseite. „Wozu ,die Pferde scheu machen', das Problem wird sich so und so in Kürze erledigen." Und schon wendet er sich wieder Kirsty zu, die sich in der Rolle der Vertrauten und Geliebten sehr wohlzufühlen scheint. Sie ist in all seine Machenschaften involviert, und mit seiner scheinbaren Liebe zu ihr hat er sich eine absolut loyale Mitarbeiterin aufgebaut. „Ich muss nur aufpassen", überlegt Henderson, „dass ich es mit den anderen Damen nicht zu bunt, und in ausreichender Entfernung von Inverness treibe, damit sie mir gewogen bleibt. Eine Partnerin, auf die man sich auch bei kriminellen Geschäften verlassen kann, ist schon einiges wert, dafür kann ich mich ruhig etwas zusammenreißen." Die Frage ist nur, wie er mit diesem Privatdetektiv verfahren soll. Ob er den auch, wie Mr. Watson, einschüchtern muss? Allerdings hat Ross keine Beweisfotos und als Augenzeuge würde Hendersons Wort gegen seines stehen. Zudem hätte er, Daniel Henderson, genug Mitarbeiter, die ihm ein tolles Alibi weitab vom Tatort geben könnten. Schlimmstenfalls wäre er mit Kirsty zusammen gewesen, die sich bei jeder Gelegenheit erbötig macht, dem Chef und Liebhaber unter die Arme zu greifen. „Wollen wir heute noch eine Kleinigkeit essen gehen?", fragt Henderson in der Absicht, seine wertvolle Partnerin bei Laune zu halten. Kirsty ist sofort hocherfreut, zu lange hat sie Daniel schon nicht ausgeführt. Sie hat sich tatsächlich schon Sorgen gemacht, dass es womöglich eine andere Frau in seinem Leben gibt … Zufrieden mit sich und seinen Überlegungen lädt Henderson sie in ein besonders elegantes Lokal ein, was Kirsty, die aus sehr einfachen Verhältnissen stammt, glücklich macht. „Dann werde ich wohl etwas früher nach Hause gehen, um mich schön zu machen", lächelt sie Henderson verliebt an.

„Mach das, mein Schatz", antwortet Henderson, der bereits wieder ganz woanders mit seinen Gedanken ist, als ihm doch noch etwas einfällt. „Aber übertreibe bitte nicht, du musst ja nur mir, und nicht dem ganzen Lokal gefallen", fügt er noch vorsichtig hinzu, um sie nicht zu sehr zu kränken. Leider hat Kirsty nämlich nicht ausreichend Geschmack, um sich den Anlässen entsprechend herzurichten, und sieht manchmal wirklich katastrophal aus. Sie zwängt ihre dralle Figur in zu auffällige Kleidung und setzt mit starker Schminke weitere geschmacklose Akzente. „Ich weiß gar nicht, was mich an dieser Frau einst so angezogen hat?!", überlegt der gemeine Mensch, seine Mitarbeiterin genauer betrachtend …

„Das kann doch nicht wahr sein! Lotte hätte es mir bestimmt gesagt, wenn sie von mir schwanger gewesen wäre", ist Scott felsenfest überzeugt. Nach allem, was Simone über diese kurze, aber umso heftigere Romanze ihrer Eltern weiß, ist sie nicht erstaunt über diese Antwort. Denn die Ehrlichkeit, mit der die beiden sich eingestanden haben, in der Heimat des anderen nicht leben zu können, würde normalerweise zu dieser Schlussfolgerung führen. Allerdings war es ja keine Lüge, sondern nur Verschwiegenheit, mit der ihre Mutter Scott in Unkenntnis ließ. Dass ihr Vater auf dieses Stillschweigen allerdings derart heftig reagieren würde, wäre ihr nicht in den Sinn gekommen. „Vielleicht war auch das die vernünftigste Lösung, genau wie eure Trennung, trotz der großen Liebe", versucht Simone Scott zu beruhigen. Erst jetzt scheint sich der Mann bewusst zu werden, dass es seine Tochter ist, mit der er spricht. Betroffen und neugierig mustert er die burschikose und durchaus hübsche Person, die sich als Simone Haller vorgestellt hat und dem bestürzten Mann nun die ganze Geschichte, mit dem Treppenlift beginnend, ziemlich ausführlich erzählt. Schließlich soll auch er etwas Muße haben, sich mit dem neuen Gedanken anzufreunden. Die Frühstückszeit wird den dreien dabei natürlich zu kurz, und so handelt Paul, der wieder einmal auf der Zuhörerbank sitzt, eigenmächtig und verlängert ihrer aller Aufenthalt um eine Nacht. Während eines Spazierganges durch Pitlochry wird der Bericht fortgesetzt, und schlussendlich in einem Café beendet. Simone hat tatsächlich nichts ausgelassen, stellt Paul zufrieden fest. Auch von Georg, der glücklichen Ehe der Eltern und ihrer sorgenfreien Kindheit hat sie in den schillerndsten Farben berichtet. Ob sie damit Lottes sträfliche Verschwiegenheit wiedergutmachen wollte? Zumindest hat sie erreicht, dass Scott ihr ganz ruhig zugehört und scheinbar auch schon einen Weg gefunden hat, mit der neuen Situation umzugehen. Kaum hat Simone den letzten Teil der Geschichte von der Liebe der Geschwister zueinander und dem Treffen mit Jack erzählt, drückt Scott seine Tochter herzlich an sich. Dass dabei auch eine Träne über seine Wange kullert, kann nur Paul sehen, aber die Freude über ihre Existenz bekommt Simone bei Scotts Umarmung voll und ganz zu spüren. „Wie sehr habe ich mir immer eine Tochter gewünscht", murmelt er tief bewegt und berichtet seinerseits von den Umständen, die leider niemals zu der Erfüllung dieses Wunsches geführt haben. Simone sieht sich in ihrer Einschätzung seiner Ehe mit Brenda bestätigt, obwohl sie gehofft hat, den Vater nicht derart unglücklich und einsam vorzufinden. Trotzdem freut sich Scott aber unglaublich darüber, dass es wenigstens Lotte derart gut mit Georg getroffen hat. Gleichzeitig ist er natürlich über Brenda erbost, die ihm den Besuch von Simone und Paul verschwiegen hat. Sie kann doch nicht ernsthaft geglaubt haben, dass die beiden ihn nicht finden würden? Und wenn seine Tochter auch nur einen winzigen Teil seiner Zielstrebigkeit geerbt hat, ist der immer noch ausreichend groß, um den einmal eingeschlagenen Weg bis zum Ende zu verfolgen.

Erschöpft von den vielen Erzählungen und Eindrücken, aber auch glücklich den Vater endlich gefunden zu haben, verspürt Simone als Erste einen Riesenhunger. Als ihr Magen zu knurren beginnt, wird auch den beiden Männern die Uhrzeit und die Tatsache, wie lange sie schon nichts gegessen haben, bewusst. Gemeinsam machen sie sich auf die Suche nach einem Restaurant. Noch ist nicht alles erzählt, es wird wohl eine lange Nacht werden …

Simone schläft immer noch wie ein Baby und Paul gönnt ihr die Ruhe und Entspannung. Liebevoll betrachtet er die gleichmäßigen Atemzüge und das Heben und Senken ihrer Brust, die vorwitzig aus der verrutschten Decke hervorlugt. Fast ist er versucht dieses lieb gewonnene Körperteil zu streicheln, besinnt sich aber eines Besseren, um den Schlaf von Simone, die bereits ein Teil seines Lebens geworden ist, nicht zu stören. Da der Abend mit Scott sehr lange gedauert hat, ist auch Paul ungewöhnlich spät aufgewacht. Den gestrigen Tag Revue passieren lassend, ist er heute noch gerührt über die baldige Vertrautheit und Innigkeit, die Simone und Scott im Umgang miteinander gezeigt haben. Fragen über Fragen sowie Berichte und Erzählungen über ihr bisheriges Leben fanden kein Ende. Auch für Paul war es sehr spannend Scott zuzuhören, denn immerhin könnte dieser Mann ja bald sein Schwiegervater sein. Sich seines unglaublichen Gedankenganges bewusst werdend, betrachtet er wieder die schlafende Frau an seiner Seite, die er mit jeder Faser seines Herzens liebt. Noch bevor er über die unausweichlichen Folgen dieser Liebe nachdenken kann, dreht sich Simone um und beginnt seinen Körper zu erkunden, was er sich nur allzu gerne gefallen lässt. Glücklich, einander so intensiv zu lieben, und natürlich auch darüber, einen derart sympathischen Vater gefunden zu haben, löst sich Simone verschwitzt und ermattet von Paul und beginnt im gleichen Atemzug ihre Beziehung davor und danach zu vergleichen. „Ich habe dich ja bereits als meinen Bruder geliebt, aber das, was wir jetzt aneinander haben, ist mehr als unglaublich! Ich kann mir das Leben ohne dich als Mann an meiner Seite einfach nicht mehr vorstellen. Wie soll das nur weitergehen mit uns? Je länger wir zusammen sind, desto mehr fürchte ich mich vor dem Aufeinandertreffen mit Ines. Wie viel einfacher ist da doch die Veränderung meines Lebens durch einen zusätzlichen Vater, der sympathischer nicht sein könnte!", seufzt sie bei der Erkenntnis wie nahe Glück und Sorge beieinanderliegen, und rollt sich wieder in Pauls Arme zurück. Er ist entzückt darüber, dass es Simone genauso geht wie ihm, versucht aber doch die Sorge um Ines etwas abzuschwächen, obwohl er gerade zuvor auch schon dabei war, sich Gedanken zu diesem Thema zu machen. Ines hat es nicht verdient, derart betrogen zu werden, und er will versuchen, es ihr schonend beizubringen. „Noch haben wir Zeit, meine Liebe, solange wir in Schottland sind, können wir unser junges Glück genießen", ist Paul überzeugt und streichelt Simone sanft den Rücken. Bei diesen Worten verschwinden Simones Sorgenfalten und sie versucht, nach einem Blick auf die Uhr, ihren Paul aus dem Bett zu schubsen. „Auf, auf, mein Lieber, wir wollen meinen Vater nicht so lange alleine beim Frühstück sitzen lassen. Es ist zwar sehr gemütlich da unten, aber wir sollten Pläne machen, wie es weitergeht – was unsere Vermieterin auch schon interessieren dürfte. Aber vorher will ich doch noch Mutter anrufen. Sie soll als Erste erfahren, wie dankbar ich ihr für die Wahl meines Vaters bin!" Und so berichtet sie Lotte von dem ereignisreichen und schönen gestrigen Tag in schillerndsten Farben. „Da machst du mich aber sehr glücklich, wenn ihr beide euch derart sympathisch findet und bereits nach so kurzer Zeit ‚zueinandergefunden' habt. Allerdings hätte ich meiner großen Liebe eine schönere Beziehung gewünscht", kann Lotte die Wehmut nicht ganz verbergen, die sie bei dem Gedanken an Scotts unglückliches Leben überkommt. „Vielleicht können wir ja in den nächsten Tagen einmal alle gemeinsam telefonieren, wenn ihr euch noch besser kennengelernt habt. Trotz aller Freude sollte Paul aber Ines nicht vergessen. Sie hat mich schon wieder angerufen und sich beschwert, dass er sich gar nicht bei ihr meldet. Ich hatte das Gefühl, sie will mich aushorchen, wie es denn zwischen euch beiden steht. Ich glaube, sie hat immer noch die fixe Idee, dass sich eure Beziehung verändert hat", meint Lotte, die die Vermutung von Ines nicht ernst nimmt, und beendet das Gespräch. Und doch, wenn sie genauer darüber nachdenkt, sind ihr Simones Stimmung und Tonfall etwas verändert vorgekommen. „Es wird wahrscheinlich die Freude darüber sein, endlich den Vater gefunden zu haben", überlegt Lotte, die eine derartige Euphorie bei ihrer Tochter sonst nicht kennt.

Nach einer ausgiebigen Dusche erscheinen Simone und Paul gut gelaunt an Scotts Tisch, der über die glückliche Ausstrahlung des Paares schmunzeln muss. „Guten Morgen, ihr Lieben! Ihr wisst gar nicht, wie gut ich mit dem Wissen, endlich auch Vater einer Tochter zu sein, geschlafen habe!"

„Dass so viel Glück eine derart gute und erholsame Nacht hervorruft, hätte ich auch nicht gedacht", fällt Simone in ihres Vaters Euphorie ein und bedient sich dabei schon an dem kleinen Büfett der Pension. Natürlich müssen auch noch Speck und Eier sein, denn diese Nacht hat sowohl Simone als auch Paul hungrig gemacht. „Wie sehen denn eure weiteren Reisepläne aus? Vielleicht könnt ihr ja einen Reiseführer gebrauchen?!", fragt Scott und zwinkert den beiden zu. „Dabei würde ich meine neue Familie auch etwas besser kennenlernen." Offensichtlich hat er bereits Überlegungen über eine mögliche gemeinsame Weiterreise angestellt, während die beiden sich noch im Bett vergnügt haben. „Da ihr noch nicht an der Ostküste wart, abgesehen von Edinburgh, könnten wir von Dundee über Aberdeen die Küste entlang nach Norden fahren. Dundee ist auf den ersten Blick zwar keine besonders attraktive Stadt, hat aber doch einige Sehenswürdigkeiten zu bieten", schildert Scott seinen Plan. Obwohl sie nur noch 8 bis 10 Tage bis zu ihrer geplanten Abreise zur Verfügung haben, nehmen Simone und Paul den Vorschlag dankbar an, denn Schottland mit den Augen eines Schotten zu sehen, ist sicherlich etwas Besonderes. Und da sie die Art und Weise ihrer Rückfahrt, ob mit der Fähre von Newcastle oder den Großteil der Strecke mit dem Auto zu fahren, noch nicht festgelegt haben, sind sie bis auf den geplanten Arbeitsbeginn von beiden eigentlich noch ziemlich flexibel.

Nach der Abfahrt ruft Scott zuallererst seinen Freund Jack an, um sich für die herzliche Betreuung seiner Tochter und die positiven Erzählungen zu bedanken, mit denen er Simone den Vater nähergebracht hat. Mit einem seligen Blick beobachtet Scott im Rückspiegel seine Tochter in dem hinter ihm fahrenden Wagen von Paul. „Hoffentlich geht das mit den beiden gut", überlegt Scott, denn diesen Paul hat er auch schon ins Herz geschlossen. So verliebt wie das Paar ist, muss man sich wahrscheinlich nur Sorgen um die Freundin von Paul machen, die anscheinend noch gar keine Ahnung hat, was sich hier in Schottland zugetragen hat. Auch Jack hatte einen positiven Eindruck von den Verliebten, wie er Scott während des Telefonats berichtet. „So glücklich solltest du auch wieder einmal in einer Beziehung sein", macht Jack den Freund auch schon wieder auf sein Problem aufmerksam. „Doch ich gönne dir vorerst ein paar schöne Tage mit deiner Tochter. Das andere läuft dir ohnehin nicht davon. In jedem Fall halte mich bitte über alles auf dem Laufenden. Und für Dundee habe ich euch übrigens schon zwei Zimmer bestellt. Ich schicke dir eine WhatsApp mit der genauen Adresse." Damit ist das Gespräch mit dem fürsorglichen Freund beendet und Scott widmet sich wieder den beiden Insassen im Land Rover hinter ihm, die ein ernstes Thema zu diskutieren scheinen. In Pauls Haut möchte er auch nicht stecken. Aber im Gegensatz zu Scott macht sich Paul, mit der Lösung seines Problems mit Ines, frei für Simone, während Scott selbst gar keine Ahnung hat, welches Ziel er für seine unbefriedigende Ehe anstrebt. Sofort muss er wieder an Brenda denken, deren Verschwiegenheit bezüglich Simone ihn erneut in einen Zustand der Empörung versetzt. Er ruft sie an und fragt daher sofort: „Wie konntest du mir nur vorenthalten, dass ich von den beiden jungen Leuten gesucht wurde?" Scott muss sich beherrschen, um nicht in das Handy zu brüllen, denn er hat sich mittlerweile total in seinen Zorn hineingesteigert und wird jetzt doch lauter: „Noch dazu, wo Simone tatsächlich meine Tochter ist!" Brenda schweigt einige Sekunden, die Scott wie eine Ewigkeit vorkommen, bevor sie etwas süffisant antwortet. „Na dann hast du ja endlich deine heiß ersehnte Tochter!"

„Da hast du recht, und ich bin wirklich sehr froh darüber, eine derart sympathische und kluge Tochter zu haben", fährt Scott schon wieder etwas ruhiger und sachlicher fort. „Wahrscheinlich treffe ich dich mit diesen Worten viel mehr als mit meinem Zorn, aber es entspricht nun einmal der Wahrheit. Und da ich Simone noch besser kennenlernen will, werde ich für die beiden den Reiseführer machen, also noch nicht so bald nach Hause kommen. Lass' mir James schön grüßen und sage ihm, dass er auf seine neue Schwester nicht eifersüchtig sein muss, denn er wird immer mein über alles geliebter Sohn bleiben!" Und mit der Ermahnung an Hendersons Drohung zu denken beendet er das Gespräch mit Brenda, die ihren Mann mit der neuen Tochter an seiner Seite nun noch mehr entschwinden sieht als bisher …

Auch zwischen Simone und Paul gibt es laute Worte, weil sich Paul einfach nicht dazu überwinden kann, Ines anzurufen. Scott hatte das im Rückspiegel richtig erkannt, die beiden diskutieren darüber, wie und wann man die arme Ines über die neuen Verhältnisse in Kenntnis setzen soll. „Du musst ihr ja nicht gleich alles über uns erzählen. Es genügt vorerst, wenn du dich bei ihr meldest. Wir sind schon mehr als zwei Wochen unterwegs und du hast erst einmal angerufen. Da würde ich auch auf dumme Gedanken kommen. Wenn es dir gelingt, sie wieder zu beruhigen, kannst du dir mit den nackten Tatsachen Zeit lassen, bis wir wieder zu Hause sind", argumentiert Simone ihr Drängen, Ines anzurufen. Paul weiß, dass sie recht hat, steckt sein Handy wortlos in die Halterung der Freisprechanlage und wählt die Nummer von Ines, die auch sofort abhebt. „Na endlich, wenn ich nicht von Lotte wüsste, dass es euch gut geht, hätte ich gedacht, es ist etwas passiert", meint sie und versucht dabei jeglichen Vorwurf zu vermeiden. „Ihr müsst ja ganz schön beschäftigt sein mit der Suche nach Simones Vater, dass du nicht einmal Zeit zum Telefonieren hast!" Jetzt versucht Ines einen scherzhaften Ton anzuschlagen, was ihr aber ziemlich misslingt.

„Du hast den Nagel auf den Kopf getroffen, meine Liebe, wir waren fast detektivisch unterwegs und haben Scott Watson, von dem wir gar nicht wussten, ob er tatsächlich Simones Vater ist, von Fort William über Skye und Inverness bis Pitlochry verfolgt, wo wir ihn dann endlich kennenlernten. Dass er Simones Erzeuger ist, haben wir allerdings schon in Inverness erfahren. Nun, nachdem sich Vater und Tochter ein wenig kennengelernt haben und einander auch sympathisch finden, wird Scott für unsere letzten Tage in Schottland noch den Reiseführer spielen. Momentan sind wir unterwegs zur Ostküste und wollen vielleicht noch in den Norden hinauf. Wie ist es dir mittlerweile ergangen? War der Schulbeginn stressig und hast du halbwegs erträgliche Schüler in deiner Klasse?" Paul bemüht sich um einen unverfänglich freundlichen Ton und Ines geht es bei ihrer Antwort nicht anders. „Alles so weit in Ordnung, die Kids sind nett, die Schule strengt mich kaum an. Mit Lotte hatte ich ein gemütliches Mittagessen und mit Lisa, die mich übrigens immer noch um unsere tolle Beziehung beneidet, war ich wieder einmal in unserem ‚Wohnzimmer', wo die Küche unverändert gut ist. Da könnten wir uns auch einen schönen Abend machen, wenn ihr wieder zurück seid", fügt sie in der Hoffnung hinzu, irgendein liebes oder persönliches Wort zur Antwort zu bekommen. Paul muss sich aber immer mehr bemühen, den Schein zu wahren, und Simone erahnt sein schlechtes Gewissen, das ihm Schweißperlen auf die Stirn treibt. Er hat nur den einen Wunsch, das Gespräch so rasch wie möglich zu beenden. „Mal sehen, was wir uns dann gönnen werden. Im Moment sind wir gerade bei unserem Quartier in Dundee angekommen. Ich melde mich wieder, wenn wir einen genaueren Plan unserer Weiterreise ausgearbeitet haben. Pass' auf dich auf, meine Liebe!" Simone spürt seine Erleichterung, das Gespräch beendet zu haben, und klopft ihm auf die Schulter. „Hat gar nicht so schlecht geklungen – für mich vielleicht doch etwas gequält, weil ich dein Gesicht gesehen habe. Ines wird es hoffentlich nicht so vorgekommen sein, obwohl du natürlich schon sehr kurz angebunden warst …"

„Wenn du wüsstest, wie sehr ich dieses Lügen hasse! Aber ich fände es noch schrecklicher, ihr am Telefon die ganze Wahrheit zu sagen", versucht Paul sein Verhalten zu rechtfertigen. „Ich werde Ines jetzt regelmäßig anrufen, um sie nicht noch misstrauischer zu machen. Das hätte ich mir wohl schon etwas früher als Taktik zurechtlegen sollen. Aber offensichtlich war ich schon die ganze Zeit derart auf dich und auf die Suche nach deinem Vater fixiert, dass ich Ines einfach vergessen habe. Was natürlich auch schon einiges über unsere Beziehung aussagt", meint er und beendet nun dieses unsägliche Thema. Und tatsächlich haben sie bereits den malerischen Vorort von Dundee, Broughty Ferry erreicht, der mit seiner Burg am Tay und dem alten Fährhafen ein richtig idyllischer Flecken ist. Jack hat in dem durch offene Kohlefeuer beheizten Seemannscottage Fisherman's Tavern Hotel aus dem 17. Jh. sowohl einen Tisch fürs Abendessen als auch zwei Zimmer bestellt. Fürsorglich, wie er ist, hat er von den 12 modernen und nett eingerichteten Zimmern jene gewählt, die nicht direkt über dem Lokal liegen. Nachdem sie eingecheckt haben, nehmen sie in dem Pub, das über eine exzellente Whisky-Auswahl verfügt, einen Begrüßungsdrink. Den scheinen alle drei, nach den aufwühlenden Telefonaten in beiden Autos, notwendig zu haben …Vor dem Abendessen machen sie noch einen Rundgang zum Broughty Castle, das seit dem 15. Jh. die Tay-Mündung bewacht. Nachdem es Mitte des 19. Jh. modernisiert und bis zum Zweiten Weltkrieg militärisch genutzt worden ist, gewährt es heute als Broughty Castle Museum einen guten Einblick in die Entstehung des alten Gemäuers und in die Ortsgeschichte. Simone ist ihrem Vater und Jack dankbar, dass die beiden diesen Vorort von Dundee für ihren Aufenthalt gewählt haben, für die Romantikerin in ihr genau das Richtige. „Ob mir die für morgen geplante Stadtbesichtigung genauso gefallen wird, wage ich zu bezweifeln", meint sie und fragt dann: „Kannst du mir, lieber Vater, erklären, warum Jack eigentlich immer alle Zimmer für dich bestellt?"

„Ob wir uns den Fortschritt des Sanierungsprogramms von Dundees Waterfront ansehen, bei dem alle Bauten der 1960er- und 70er-Jahre durch einen neuen Bahnhof und moderne Hotels ersetzt werden sollen, oder ob wir gleich in den Norden aufbrechen, können wir noch beim Frühstück entscheiden. – Und was Jacks Buchungen anbelangt, so hatte er immer schon die besten Beziehungen zu den Mitarbeitern der diversen Reisebüros, mit denen er bezüglich des Jagdtourismus zusammenarbeitet. Wir suchen die von uns angebotenen Unterkünfte selbst aus, da unsere Reviere ja auch nicht so weit entfernt sind. Jack verlässt sich hingegen auf die Erfahrungen und Kontrollen der Reisebüros, die sich um ausgesuchte Quartiere in ganz Schottland bemühen und diese auch immer wieder begutachten. Und dieser persönliche Kontakt zu den Mitarbeitern der Reisebüros kommt mir ebenfalls zugute."

„Und nun profitieren wir auch noch davon, denn seit wir mit Jacks Buchungen reisen, sind die Zimmer wirklich top", pflichtet Simone ihrem Vater bei. Beim Abendessen erzählt ihnen Scott noch einiges über Dundee, wobei Paul an diesem Abend nicht zu den aufmerksamsten Zuhörern zählt. Ganz im Gegenteil, Simone ist sogar ziemlich irritiert über seine geistige Abwesenheit. Doch die Erklärung folgt sofort, denn Paul unterbricht Scotts Ausführungen mit der Bitte, ihn zu entschuldigen. Er will sich bei seinem Vater melden und mit ihm das Problem Ines von Mann zu Mann besprechen. „Macht ihn ja noch sympathischer", stellt Scott fest, als Paul hinausgeht. „Er hat ja ein richtig schlechtes Gewissen!" Kaum hat Paul die Nummer gewählt und die freudige Stimme von Georg gehört, erzählt er seinem Vater das ganze Dilemma. „Dann hatte Ines also doch recht mit ihrer Vermutung", kann sich Georg nur wundern. „Warum hat Simone ihrer Mutter nichts davon erzählt?"

„Ehrlich gestanden haben wir beide Angst, dass Lotte einer insistierenden Ines nicht standhalten kann und unser Geheimnis vielleicht lüftet, bevor wir zurück sind und ich ihr persönlich alles erkläre", meint Paul, dem diese Ausrede gerade noch rechtzeitig eingefallen ist. In Wirklichkeit sind weder Simone noch er auf die Idee gekommen, Lotte etwas von ihrer Liebe zu erzählen. Aber der eben angeführte Grund erscheint ihm sehr plausibel, was auch Georg so sehen dürfte. „Das kann ich verstehen, denn Ines lässt ja nicht locker, wenn sie merkt, dass ihr Gegenüber etwas verschweigt. Trotz alledem, ich freue mich wahnsinnig für euch! – Und mir bleiben jetzt beide Kinder erhalten, wenn ich das richtig sehe?!"

„So ist es Vater, wir lieben einander wirklich, denken aber mit Schrecken daran, was uns noch bevorsteht, wenn wir wieder nach Hause kommen. Würdest du denn die Sache anders angehen, als ich es mache?", sucht Paul die Bestätigung des Vaters für sein Tun.

„Ehrlich gesagt fällt mir auch nichts Besseres ein, denn eine Beendigung der Beziehung per Telefon hat Ines wirklich nicht verdient. Und dass du versuchst, sie mit wiederholten Anrufen bei Laune zu halten, finde ich auch vernünftig, denn Ines ist ja wirklich alles zuzutrauen, wenn sie sich gekränkt fühlt. Sie würde euch sogar nachreisen, wenn sie befürchtet, dich zu verlieren", meint Georg und klingt jetzt sogar etwas besorgt.

„Aber sie wird doch nicht ihren Job aufgeben und damit finanzielle Einbußen in Kauf nehmen. Das kann ich mir bei ihr ganz und gar nicht vorstellen", spinnt Paul den Gedanken seufzend weiter. „Obwohl sie natürlich in allem und jedem unberechenbar ist!"

„Ich denke, ihr solltet gewappnet sein, eine Frau wie Ines darf man nicht unterschätzen. Aber abgesehen davon finde ich es wirklich toll, dass ihr beide euch gefunden habt! Darf ich Lotte davon erzählen, wenn sie Stillschweigen und Standhaftigkeit gegenüber Ines gelobt? Nachdem du jetzt regelmäßig mit Ines telefonieren wirst, hat sie auch keinen Grund mehr, Lotte auszuhorchen, womit die aus der Gefahrenzone wäre", hofft Georg seiner Lotte diese freudige Nachricht auch erzählen zu dürfen.

„Da hast du recht", pflichtet ihm Paul bei. „Lotte dürfte damit aus der Schusslinie sein. Aber ich denke, dass es Simones Aufgabe ist, ihrer Mutter diese Neuigkeit zu berichten. Nimm den beiden nicht die Freude und behalte das Geheimnis noch für dich!", bittet Paul seinen Vater, der vollstes Verständnis dafür hat.

„Und wie ist eigentlich Simones neuer Vater?", hinterfragt Georg nun doch auch das neue Vater-Tochter-Verhältnis.

„Keine Sorge, Vater! Er ist ein sympathischer Mensch, der überaus glücklich darüber ist, nun auch eine Tochter zu haben. Abgesehen davon ist seine Ehe nicht von Erfolg gekrönt und er ist sehr froh darüber, Zeit mit uns verbringen zu können. Bezüglich

Simone brauchst du dir aber keine Sorgen zu machen, ihre Liebe zu dir ist ungebrochen", beruhigt Paul seinen Vater, dessen Frage er natürlich sofort richtig gedeutet hat.

Einerseits erleichtert über die Bestätigung seines Handelns und andererseits in Sorge über seines Vaters Einschätzung, was Ines' mögliches Handeln betrifft, kehrt er in das Pub zurück. Sein Bericht über das Gespräch überrascht Simone nicht, genauso hat sie sich Georgs Antwort vorgestellt.

„Wenn du erlaubst, würde ich auch gerne etwas dazu sagen", bringt sich nun auch Scott ein, der bisher nur ruhig zugehört hat. „Ich bin ganz der Meinung deines Vaters, möchte dir aber zusätzlich dazu raten, Ines immer euren genauen Standort bekannt zu geben. Denn sollte sie tatsächlich ihren Job aufgeben und sich auf den Weg machen, wäre es mehr als unfair, sie auch noch nach Glasgow zu schicken, wenn du an der Ostküste in der Nähe von Edinburgh bist. Ich weiß, das wollt ihr beide nicht hören, aber wenn dein Vater sagt, ihr sollt gewappnet sein, dann müsst ihr nicht auch noch gemein sein. Die Gegenüberstellung bleibt euch ohnehin nicht erspart. Ob nun hier oder in Österreich, unangenehm wird es mit Sicherheit überall!"

„Dass sie tatsächlich ernst machen könnte, habe ich noch gar nicht in Erwägung gezogen", wundert sich Simone und ist über ihres Vaters Weitblick überrascht. „Aber natürlich hast du recht. Eigentlich ist es unverantwortlich, dass sie uns durch ganz Schottland verfolgen muss, falls sie womöglich tatsächlich ihr Einkommen wegen Paul reduziert und sich freistellen lässt. Das ist wirklich eine furchtbar verzwickte Situation! Wir können nur hoffen, dass Ines sich wieder beruhigt und diesen folgenschweren Schritt bleiben lässt."

Auch Paul ist anzusehen, dass ihm ganz und gar nicht wohl in seiner Haut ist, und er versucht das Gespräch in eine andere Richtung zu lenken. „Es wäre tatsächlich furchtbar, wenn sie ernst machen würde. Aber wenn ich ihr jetzt die Wahrheit sage, sitzt sie morgen hundertprozentig im Flugzeug. Wollen wir also den Teufel nicht an die Wand malen, und uns lieber mit dem morgigen Tag beschäftigen. Und wie ich meine liebe Simone kenne, wird sie Dundee lieber auslassen, und eher der Küste entlang nach Norden fahren wollen. Aber zuvor solltest du noch mit deiner Mutter telefonieren und sie an unserem Glück teilhaben lassen."

VERBRECHEN

„Nun hast du also tatsächlich eine Schwester, mein Sohn.", erzählt Brenda James nach dem Telefonat mit seinem Vater. „Er war stinksauer auf mich, weil ich ihm verschwiegen habe, dass die beiden nach ihm suchen. Und dir soll ich ausrichten, dass du nicht eifersüchtig zu sein brauchst, denn du wirst immer sein heiß geliebter Sohn bleiben." Bei diesen Worten beobachtet sie James ganz genau, denn sie weiß, wie sehr der junge Mann seinen Vater liebt, und dass Scotts Befürchtung, er könnte eifersüchtig auf seine neue Schwester sein, tatsächlich nicht grundlos ist.

„Irgendwie habe ich mich schon mit dem Gedanken angefreundet, als die beiden noch hier waren. So unsympathisch ist sie ja auch gar nicht. Die Frage ist nur, was sie von unserem Vater will. Sollte sie nicht an der Firma interessiert sein und auch sonst keine Ansprüche stellen, habe ich nichts gegen sie. Hat Vater dir gesagt, welche Pläne sie hat?" Brenda kann James' Frage nur mit einem Schulterzucken beantworten. Scott hat sich diesbezüglich nicht geäußert. Er war wohl auch zu wütend auf Brenda gewesen, um dieses Thema fortzusetzen. „Ich wünschte nur", fährt James mit einem kleinen Hoffnungsschimmer in den Augen fort, „diese neue Situation entzweit dich und Vater nicht noch mehr, als das schon der Fall ist. Man hat das Gefühl, als würde er vor unserem Zuhause flüchten. Liebt ihr euch denn gar nicht mehr?"

„Einander zu lieben und glücklich miteinander leben zu können sind leider zwei verschiedene Paar Schuhe", antwortet Brenda. „Ich habe deinen Vater immer geliebt und tue es auch heute noch. Aber ich kann ihm nicht die Wärme und Geborgenheit geben, nach der er sich sehnt. Es gab Zeiten, da habe ich mich wirklich bemüht, aber heute, wo er ständig vor mir auf der Flucht ist, haben auch meine Bemühungen nachgelassen. Trotz alledem macht sich dein Vater Sorgen um uns. Er hat wegen Hendersons Drohung sogar einen Privatdetektiv beauftragt, der ein Auge auf uns haben soll", fügt sie noch hinzu, ohne zu erwähnen, dass Ross ursprünglich für sie gearbeitet hat.

„Er wird uns schon nicht umbringen", tut James das Thema leichtfertig ab. „Zudem Henderson auch gar keine Ahnung von dem belastenden Fotomaterial haben kann. Trotzdem schön, dass Vater sich sorgt!" Mit einem Kuss auf die Wange verabschiedet er sich von seiner Mutter und macht sich auf den Weg nach Kingussie. Es soll einen Schaden in einer der Lodges geben, den er reparieren will. Nachdenklich sieht Brenda ihrem Sohn nach, der sich überraschend schnell mit seiner neuen Halbschwester abgefunden hat. Dass Simone finanzielle Ansprüche stellen könnte, glaubt Brenda auch nicht, denn die junge Frau wirkt sehr bodenständig und scheint ihr Leben im Griff zu haben. „Vielleicht tut es Scott auch gut, wenn er durch Simone wieder einen Lebensinhalt bekommt", überlegt die Frau, die es nicht schafft, den geliebten Mann glücklich zu machen.

James ist mittlerweile bei der Lodge angekommen, die Simone und Paul für Georgs Jagdreise ausgesucht haben. Tatsächlich ist die Trittsicherheit bei der Holzstufe vor der Eingangstür nicht mehr gegeben, da sich ein Brett gelöst und ein gefährliches Loch hinterlassen hat. „Die letzten Gäste haben die Stufe wohl ausgelassen, um sich nicht zu verletzen", überlegt James, als er den Werkzeugkasten aus seinem Ford Ranger holt, den er hinter dem Haus geparkt hat. Diesen Schaden wird er wohl schnell behoben haben und bald wieder im Büro sein, wo noch ausreichend Arbeit auf ihn wartet. Gott sei Dank ist Brenda noch in der Firma, ohne ihre Hilfe würde der Betrieb nicht so reibungslos funktionieren. Ob er wohl jemals selbst eine derart tüchtige Frau an seiner Seite haben wird? Von seinen bisherigen Freundinnen hätte keine das Potenzial dafür gehabt, aber das war auch nicht sein Auswahlkriterium. „Wo die Liebe hinfällt, kann man sich schließlich nicht aussuchen", denkt James und muss über seine merkwürdigen Gedanken lächeln. Vielleicht sehnt er sich ja insgeheim nach einer eigenen Familie, und möchte das private Lotterleben mit einer festen Beziehung tauschen? Positive Vorbilder dazu sind in seiner Umgebung zwar rar, aber eine Ausnahme scheinen sein Onkel Duncan und dessen Frau Rose zu sein, die trotz ihrer Kinderlosigkeit eine sehr harmonische Ehe führen. Beim letzten Nagel hätte er sich fast auf den Daumen geschlagen, so sehr ist er in dieses merkwürdige Thema vertieft. Über sich selbst und seine Unaufmerksamkeit schmunzelnd, packt er seine Sachen zusammen und verstaut das Werkzeug in dem Laderaum des Pick-ups. Überrascht folgt sein Blick dem wegfahrenden Wagen, der bei seinem Eintreffen noch nicht auf dem Parkplatz hinter dem Haus gestanden war. Nicht weiter darüber nachdenkend macht er sich auf den Heimweg. Ausnahmsweise lacht wieder einmal die Sonne und James fühlt sich gut, hegt auch keinen Groll gegen seinen Vater oder Simone und ist mit sich und der Welt zufrieden. Schade ist nur, dass die Ehe seiner Eltern nicht mehr funktioniert, denn obwohl die beiden sehr aufmerksam und respektvoll miteinander umgehen, haben sie die großen Gefühle füreinander offensichtlich verloren. Ob es die fehlende Herzlichkeit und Wärme zwischen den beiden jemals gegeben hat? – Da das Verkehrsaufkommen gering ist, geht die Fahrt zügig voran und James hätte beinahe die nächste Straßenbiegung übersehen. Gott sei Dank erinnert er sich noch rechtzeitig daran, dass er bei dieser immer enger werdenden Rechtskurve ordentlich bremsen muss. Er tritt daher beherzt aufs Pedal, ohne allerdings den gewünschten Widerstand zu spüren. Die Bremswirkung ist minimal, der schwere Pick-up bricht aus, dreht sich um die eigene Achse über die Straße hinaus und kracht in eine jener schönen alten Steinmauern, die des Öfteren die Friedhöfe Schottlands umgeben. „Ich hätte wohl etwas langsamer fahren sollen", ist James' letzter Gedanke, bevor er ohnmächtig wird.

Natürlich hat sich Simone gegen die Stadt entschieden, und so starten die drei gleich nach dem Frühstück in Richtung Norden.

Als heutiges Etappenziel haben sie sich das etwa 110 km entfernte Aberdeen vorgenommen. Zudem hat Scott einen Zwischenstopp in dem angeblich sehr sympathischen Fischerort Arbroath vorgeschlagen, wo 1320 das entscheidende schottische Unabhängigkeitsdokument verfasst wurde. Aber zuvor will Simone ihrer Mutter endlich die neue Beziehung zu Paul beichten, was diese ähnlich euphorisch aufnimmt wie Georg. „Das sind ja tolle Neuigkeiten! Dass das passieren könnte, hätte ich mir niemals gedacht! Dann hatte Ines tatsächlich einen sechsten Sinn, als sie mich schon vor einer Woche mit einer derartigen Befürchtung gequält hat", schwenkt die realistische Lotte von der großen Freude über das Geschehen sofort zu dem unangenehmen Thema Ines um. „Wann und wie wollt ihr es der armen Person denn sagen?"

„Paul hat gestern erstmals wieder mit ihr telefoniert und versucht, ihr in einem harmlosen Gespräch Normalität vorzuspielen. Ob das gelungen ist wissen wir natürlich nicht. Sein langes Schweigen hat er mit der intensiven Suche nach Scott erklärt, was mir an ihrer Stelle allerdings nicht glaubhaft erscheinen würde. Wie schätzt du die Lage ein, nachdem du Ines ja bereits mit dem Zweifel an unserer geschwisterlichen Beziehung erlebt hast?", fragt Simone und hofft natürlich auf eine Abschwächung der Situation durch ihre Mutter. Aber dafür weiß Lotte einfach zu gut über den emotionalen Zustand von Ines Bescheid. „Da hätte dem guten Paul wohl etwas Besseres einfallen müssen. Einen Menschen, den man angeblich liebt, lässt man nicht so lange im Ungewissen über seinen Aufenthaltsort! Ich denke nicht, dass Ines dieses Telefonat beruhigt hat, zu groß waren schon vor einer Woche ihre Zweifel an Paul, was ich allerdings als Hirngespinst abgetan habe. Und wie ich sie kenne, vertraut sie ihrem Bauchgefühl mehr als meiner bescheidenen Meinung zu euch beiden. – Wie man sieht, hat sie ja auch recht gehabt", fügt Lotte sorgenvoll hinzu. „Ich wäre an eurer Stelle auf der Hut, denn sollte Paul Ines nicht überzeugt haben, ist sie bestimmt bald auf dem Weg zu euch. Es ist wirklich jammerschade! Jetzt kann ich mich fast nicht mehr freuen über diese tolle Neuigkeit, da es doch noch ein so großes Hindernis zu überwinden gibt. Gott, bin ich gemein, Ines als Hindernis zu bezeichnen, so war das natürlich nicht gemeint. Aber könnt ihr unter diesem Damoklesschwert eure Liebe denn überhaupt genießen?"

„Bis vor Kurzem ja, da hat uns selbst deine Schilderung von der besorgten Ines bei eurem Mittagessen nur kurz zum Nachdenken gebracht. Wir waren einfach zu sehr mit unserem Glück und dem Finden meines Vaters beschäftigt, der uns jetzt übrigens als Reiseführer begleitet. Nach dem letzten Telefonat mit dir ist Pauls schlechtes Gewissen allerdings immer größer geworden, und ich habe ihn gedrängt, Ines endlich anzurufen, und sie auch weiterhin über unsere Reise auf dem Laufenden zu halten. Ich persönlich kann Ines nicht wirklich einschätzen. Würde sie wirklich aus Angst, Paul zu verlieren, eine Freistellung und einen finanziellen Verlust in Kauf nehmen, oder ist sie zu sehr Realistin dafür?" Simone hätte gerne eine Antwort, die ihnen den restlichen Aufenthalt in Schottland nicht verdirbt. Doch Lotte weiß es auch nicht. Ziemlich ratlos, nur das Vorhaben Pauls bestärkend, sich regelmäßig bei Ines zu melden, verabschiedet sie sich bei dem Paar, dessen Liebe von Pauls Vergangenheit überschattet ist.

„Jetzt hat sie sich gar nicht mehr nach Scott erkundigt", fällt Simone die Anteilnahme ihrer Mutter an ihrem Liebesglück auf. „Da ist wohl das Problem Ines vorrangig geworden!", meint Paul. Und während er noch bestätigend mit dem Kopf nickt, ist bereits der Hafen von Arbroath, in dem einige Jachten vor sich hindümpeln, zu erkennen. Scott steuert das moderne Harbour Visitor Centre an, wo sie eine Kaffeepause eingeplant haben. Beim Anblick des hübschen Hafenbereichs kehrt die gute Laune von Simone und Paul zurück und sie genießen das geschäftige Ambiente. Danach machen sie sich über die Hafenpromenade, durch die Ladybride Street und die High Street hinauf auf den Weg zu den Überresten der Arbroath Abbey.

Brenda ist bereits in Sorge um James. Er sollte schon längst zurück sein, sie wollen noch die Buchungen mit den Quartierbelegungen vergleichen, ob auch alles seine Richtigkeit hat. Da James aber auch auf seinem Handy nicht erreichbar ist, denkt Brenda unwillkürlich an Henderson und fragt bei Ross nach, ob er über den Verbleib ihres Sohnes Bescheid wisse. „Ist er denn noch nicht zurück?", gibt Ross sichtlich überrascht zur Antwort. „Ich bin ihm bis zur Lodge in Kingussie gefolgt, wo er einen Schaden zu reparieren hatte. Nachdem ich die Umgebung geprüft und nichts Verdächtiges entdeckt habe, bin ich wieder zurückgefahren – in der Annahme, dass er mir spätestens in einer halben Stunde folgen würde." Jetzt ist Brenda alarmiert, sie springt erschrocken auf und beginnt nervös auf und ab zu gehen. „Fahren Sie sofort wieder zurück und suchen Sie ihn, bitte!", versucht die verängstigte Mutter ruhig und höflich zu bleiben. Ross startet bereits den Motor seines Autos, als er Brenda mit einem kurzen „Melde mich!" antwortet.

„Mein Gott, lass' ihm nichts passiert sein!", denkt die sonst so gefasste Frau vor Angst und Sorge vollkommen echauffiert. Aber sie hat keine Zeit sich weitere Gedanken zu machen, denn ein junger Mitarbeiter klopft etwas schüchtern an die Tür ihres Büros, um den Besuch eines Polizisten zu melden. „Was will denn jetzt auch noch die Polizei", fährt Brenda den jungen Mann, der bereits zur Seite getreten ist, um einem älteren Beamten Platz zu machen, ungehalten an. „Es tut mir leid, Sie stören zu müssen, Ms. Watson, aber ich habe eine unangenehme Nachricht. Sie sollten sich besser setzen!", beginnt der Polizist zaghaft seinen Bericht. „Ihr Sohn hatte einen Unfall. Er war in seinem Auto eingeklemmt und konnte niemanden um Hilfe rufen, da sein Handy durch den Aufprall des Wagens weggeschleudert worden war. Der Fahrer eines vorbeikommenden Autos hat den Unfall gemeldet. Es hat leider etwas gedauert, bis wir ihren Sohn befreien konnten, aber bis auf eine böse Beinverletzung dürfte es ihm so weit gut gehen. Er ist auf dem Weg ins Belford Hospital, das nächste Krankenhaus auf der Strecke von Kingussie nach Fort William."

„Ich kenne das Krankenhaus." Brenda ist über die Erklärung des Polizisten entrüstet. Als wäre sie nicht hier in der Gegend zu Hause. „Wann kann ich zu ihm?" Der Polizist hat trotz des harschen Tonfalls von Ms. Watson Mitleid mit der Frau, die bei aller Entrüstung den Tränen nahe ist. „Das kann ich Ihnen nicht sagen. Ob sein Bein sofort operiert wird, muss von den Fachärzten vor Ort entschieden werden. In jedem Fall haben wir den Wagen, der scheinbar ziemlich ungebremst aus der Kurve ausgebrochen ist, beschlagnahmt. Es sieht so aus, als hätten die Bremsen nicht funktioniert. Von ihrem Sohn konnten wir dazu leider noch nichts erfahren, denn er steht total unter Schock", beendet der Beamte seinen Bericht.

„Von wegen – er wird uns schon nicht umbringen!", denkt Brenda wütend und gleichzeitig voller Sorge an James' letzte Worte, bevor er weggefahren ist. „Dieser Henderson ist wirklich ein Teufel!" Für Brenda ist ganz klar, dass er dahintersteckt. „Aber wie ist er nur an Ross vorbeigekommen, der die Sache offensichtlich auch zu wenig ernst genommen hat?! Warum ist er nur früher zurückgefahren und hat James unbeaufsichtigt gelassen?" Brenda versucht sich zu fassen, bedankt sich bei dem Polizisten, der ihr angeboten hat, sie ins Krankenhaus zu fahren, und versucht eine telefonische Auskunft über den Zustand ihres Sohnes zu bekommen. Da er nicht in Lebensgefahr zu schweben scheint, wird die besorgte Mutter auch tatsächlich von dem Arzt, der James gerade untersucht hat, vorerst einmal beruhigt. „Keine Sorge, Ms. Watson, Ihrem Sohn geht es bis auf die Verletzung des linken Beins ganz gut. Sie können im Moment nichts tun, denn Ihr Sohn kommt in der nächsten halben Stunde in den OP. Am besten Sie erholen sich erst einmal von dem Schreck. Wir werden Sie kontaktieren, sobald die Operation vorbei ist." Brenda lässt sich erleichtert in ihren Bürostuhl fallen, und versucht ihre Gedanken zu ordnen. Was ist nun als Nächstes zu tun? Soll sie Scott anrufen und ihn warnen, dass Henderson tatsächlich nicht mit sich spaßen lässt – oder erst einmal die OP abwarten, bis sie Genaueres über James' Verletzung weiß? Unschlüssig holt sie sich einen Kaffee aus der Firmenküche, als ihr einfällt, dass sie James' Kalender bezüglich seiner bereits geplanten Termine durchsehen und entscheiden muss, ob sie selbst etwas davon übernehmen kann. Ihr Sohn wird wohl für einige Zeit außer Gefecht gesetzt sein ist Brenda schon wieder ganz Geschäftsfrau …

Mitten in ihre Überlegungen stürzt Ross herein, der ein schuldbewusstes und auch besorgtes Gesicht macht. „Ich bin bereits von der Polizei informiert worden", nimmt ihm Brenda sofort den Wind aus den Segeln. „Wieso haben Sie ihn nur allein gelassen?"

„Es war weit und breit niemand zu sehen, und James hatte vielleicht noch zwei Nägel einzuschlagen. Es schien mir unmöglich, dass in der kurzen Zeitspanne irgendetwas passieren könnte. Wahrscheinlich hat Hendersons Mann meine Abfahrt abgewartet und sich dann an James' Ranger zu schaffen gemacht", berichtet Ross bekümmert darüber, derart versagt zu haben.

„Es wäre schön, wenn Sie nun wenigstens in meiner Nähe bleiben würden, denn James wird im Krankenhaus hoffentlich sicher sein", meint Brenda und denkt bereits über die weitere Vorgangsweise nach. Während sich Ross mit einem Nicken aus ihrem Büro entfernt, greift sie nun doch zum Telefon, um Scott zu verständigen. Zu gefährlich erscheint ihr dieser Henderson, wer weiß, was ihm noch alles einfällt. Ihr Anruf erreicht Scott gerade in dem Moment, als er mit Simone und Paul die Besichtigung der Überreste der Arbroath Abbey beendet hat. Sie sind im Begriff aufzubrechen und ihre Reise in den Norden fortzusetzen, wovon nach Brendas Unfallbericht natürlich keine Rede mehr sein kann. Scott ist total erschüttert darüber, durch seine damalige Neugierde eine derartige Katastrophe hervorgerufen zu haben. Dass Henderson so weit gehen würde, hätte er allerdings nicht im Entferntesten gedacht. „Ich komme sofort nach Hause!", entscheidet Scott daher wie Brenda bereits vermutet hat. „Durch den Unfall ist jetzt automatisch die Polizei involviert, und ich werde wohl eine Aussage zu dem damaligen Geschehen machen, um den Beamten das Motiv des Verbrechens zu erklären. Ob Henderson das bedacht hat?", fährt er fort.

„Wie auch immer, ihr solltet auf der Hut sein! James ist aus der Schusslinie, auf mich passt Ross jetzt hoffentlich besser auf, aber ihr seid total ungeschützt! Habt also bitte ein Auge auf eure Umgebung und fahrt vorsichtig!", verabschiedet sich die besorgte Brenda. Simone und Paul sind total bestürzt. Sie haben zwar keine Ahnung, wovon Scott spricht, begreifen aber, dass etwas Schreckliches passiert sein muss. Ohne ein Wort miteinander zu reden, sind sie wie immer einer Meinung: „Ganz gleich, was passiert ist, wir lassen dich natürlich nicht alleine fahren!" Simone ist überrascht, wie sehr ihr Vater nach Fassung ringt, und will daher auch nicht weiterfragen. „Wenn wir uns sofort auf den Weg machen, können wir in drei Stunden in Fort William sein", hat Paul bereits seinen Routenplaner befragt. Scott überlegt kurz ihre Begleitung abzulehnen, besinnt sich dann aber darauf, dass er damit seine Tochter wieder „verlieren" würde. „Ich danke euch vielmals, dass ihr eure Rundreise meinetwegen abbrecht, um eure restliche Zeit in Schottland womöglich in Fort William zu verbringen", ist er sichtlich auch gerührt über die Hilfsbereitschaft der beiden Menschen, denen er sich bereits sehr nahe fühlt. „Um euch den ganzen Sachverhalt zu erklären, bräuchten wir etwas mehr Zeit, die ich mir jetzt definitiv nicht nehmen will, weil James einen Autounfall hatte und im Krankenhaus liegt. Aber wir könnten ja während der Fahrt miteinander telefonieren, damit ich euch in groben Zügen erzählen kann, was passiert ist, und ihr euch ein Bild davon machen könnt, worauf ihr euch einlasst, wenn ihr mich begleitet!"

Natürlich hat Pauls Anruf Ines nicht überzeugt, obwohl sie gerne glauben würde, dass alles in Ordnung ist. Aber dazu hat er sich vorher schon zu lange nicht gemeldet. Zudem war das Gespräch mehr als unpersönlich, so spricht man einfach nicht mit seiner Lebenspartnerin. Nicht ein nettes Wort, alles ziemlich belangloses Gerede. Ein Gespräch also, das er in der Art auch mit seiner Putzfrau geführt hätte. Ihre Zweifel sind daher ungebrochen, was einerseits gut ist, da Lisa ihr Sabbatical bereits erwirkt hat, was sie andererseits aber auch traurig stimmt, weil sie ihre Vermutung immer mehr bestätigt sieht. „Gott, ist das Leben kompliziert! Wenn ich nur wüsste, welchen Flughafen ich wählen soll, um nicht am entgegengesetzten Ende von ihrem derzeitigen Aufenthaltsort zu landen", seufzt sie. Diesmal scheint Gott ein Einsehen mit Ines zu haben, denn als ihr Handy läutet, ist Paul am anderen Ende der Leitung. Ohne sich um ihr Befinden zu erkundigen, kommt er, leider wieder sehr unpersönlich, gleich zur Sache. „Hallo, liebe Ines, ich wollte dich nur über unsere weiteren

Reisepläne informieren. Wir müssen unsere Besichtigungstour mit Scott abbrechen", erklärt Paul ziemlich aufgeregt, „da sein Sohn James einen Autounfall hatte und im Krankenhaus bei Fort William liegt. Scott macht sich natürlich große Sorgen und wir haben angeboten, ihn zu begleiten, zudem es natürlich auch um Simones Stiefbruder geht. Da wir leider noch keine Details zu dem Unfall und dem tatsächlichen Ausmaß der Verletzung kennen, wissen wir auch noch nicht, wie es mit unserer Reise weitergeht. Aber vorerst werden wir einmal in Fort William bleiben. – Was hast du in der Zwischenzeit so getrieben, abgesehen von der Schule?", versucht Paul nun sein Gespräch etwas liebevoller zu gestalten. „Meine außerschulischen Aktivitäten werde ich dir jetzt sicherlich nicht auf die Nase binden und mir damit den ganzen Überraschungseffekt zerstören", überlegt Ines. „Ich habe bereits die ersten Tests für Geschichte und eine Deutschschularbeit vorbereitet", lügt die bereits freigestellte Professorin gekonnt. „Da ich heuer eine neue Schulstufe habe, muss ich mich mit anderen Themen befassen als bisher. Ansonsten bin ich viel mit Lisa zusammen und freue mich auf deine Rückkehr. Es wird doch bei Ende September bleiben, denn verlängern könnt ihr wohl beide aus beruflichen Gründen nicht, oder?"

„Du weißt, dass wir keine Fähre gebucht haben, daher ist unser Ankunftsdatum auch noch nicht fix. Aber Anfang Oktober sollten wir beide tatsächlich wieder arbeiten", bestätigt Paul ihre Annahme. „Dr. Marold erwartet Simones Rückkehr bestimmt genauso sehnsüchtig wie mein Freund Klaus meine. Wahrscheinlich ist er schon urlaubsreif, weil er neben seiner eigenen Praxis auch noch mich vertritt. Also keine Sorge, du hast mich bald wieder!"

„Das will ich auch hoffen, denn du fehlst mir sehr!", beendet Ines das Gespräch. Endlich ist klar, wohin sie fliegen muss – nach Glasgow. Sofort hat Ines ihren Laptop zur Hand und sucht den nächsten Flug heraus.

„Das ist ja tatsächlich eine gefährliche Sache, in die du da verwickelt bist", kommentiert Simone den Bericht ihres Vaters, den

Paul und sie nun während der Fahrt nach Fort William erzählt bekommen. Scott fährt vor ihnen, sie haben die Handys laut gestellt und eine allgemeine Erleichterung darüber, dass durch diesen unsäglichen Unfall die Polizei eingeschaltet ist, macht sich breit. Obwohl es auch noch keine offizielle Bestätigung dafür gibt, dass es tatsächlich Sabotage war, zweifelt keiner der drei daran. Sie sind der einstimmigen Meinung, dass Henderson einen Fehler gemacht hat.

Simone ruft nochmals ihre Mutter an, auch sie soll über ihre Routenänderung Bescheid wissen. Zudem würde sie gerne mit Georg über dieses vollkommen neue Thema des Wilddiebstahls sprechen. Sie kann sich einfach nicht vorstellen, dass das Strafausmaß für Henderson derart hoch ausfallen würde, um diesen Anschlag auf James' Leben zu rechtfertigen. „Trophäenjägern drohen in Österreich eine Freiheitsstrafe bis zu drei Jahren", meldet Georg sofort seine Besorgnis über die Sicherheit von Simones Vater an. „Dazu kommt natürlich der Eingriff in ein fremdes Jagdrevier, die Begleitung von Beteiligten und das Mitführen von Schusswaffen. Das alles sind Delikte, die zumindest mit einer ordentlichen Geldstrafe geahndet werden. Was die Bestrafung beim Fang einer streng geschützten Tierart in Europa anbelangt, zu der die vom Aussterben bedrohte Wildkatze eindeutig zählt, ist mir leider nichts bekannt. Sie wird sich aber bestimmt im Bereich des Trophäenjägers bewegen. Die Aussage eines Zeugen könnte das Leben dieses Henderson ganz schön zerstören, und das nicht nur finanziell, wenn er zu einer Gefängnisstrafe verurteilt wird", schließt Georg seine Ausführungen ab.

„Das klingt ja nicht sehr beruhigend. Umso unverständlicher ist es, dass sich der Mensch zu so einer Tat hinreißen lässt, die das Einschalten der Polizei nach sich zieht. Scott hätte sicherlich geschwiegen, trotz der Beweisfotos, von denen Henderson nichts wissen kann. Und wenn doch, hätte er mit dieser Aktion auch nichts erreicht, sollte tatsächlich eine Sabotage nachgewiesen werden können." Simone ist sich nicht ganz sicher, ob ihre Überlegungen richtig sind, und wirft Paul einen fragenden Blick zu, der sich nun auch in das Gespräch einmischt. „Ich glaube eigentlich, dass er von den Fotos weiß, denn sonst hätte er sich ruhig verhalten, da sein Wort, bestärkt durch seine Begleiter, gegen das von Scott und Ross stehen würde. Wenn nun James' Unfall tatsächlich von ihm in Auftrag gegeben wurde, muss er sich vor etwas fürchten, und das können nur die Beweise sein."

„Ich denke, Paul hat recht", schaltet sich Georg wieder ein. „Henderson hätte keinen Handlungsbedarf gehabt, wenn er nicht von den Fotos wüsste. Und die Angst um seine Familie sollte Scott zum Schweigen bringen. Ihr solltet Simones Vater so rasch wie möglich mit den Beweisen zur Polizei schicken – und ihn und seine Kamera nicht aus den Augen lassen. Wenn ich Henderson wäre, würde ich die Kamera stehlen." Die Schlussfolgerungen der beiden Männer beruhigen Simone ganz und gar nicht und sie drängt Paul schneller zu fahren, um den Anschluss an Scott nicht zu verlieren. „Trotzdem vielen Dank für deine, wenngleich nicht schöne, so doch recht aufschlussreiche Auskunft zu diesem für uns so neuen Thema", bedankt sich Simone bei Georg. „Wir halten euch auf dem Laufenden. Ein dicker Kuss an euch beide!" Simone starrt auf die Straße und seufzt: „Dass diese schöne und erfolgreiche Reise eine derart tragische Wendung nimmt, hätte ich mir auch nicht gedacht. Wir dürfen meinen Vater und vor allem seine Kamera nicht aus den Augen lassen. Und ein Zimmer brauchen wir übrigens auch noch in Fort William, ich werde wohl wieder bei Ms. Graham anfragen." Simone wählt bereits die nächste Nummer.

Nach dem Gespräch mit Scott macht sich Brenda in Begleitung von Ross auf den Weg ins Krankenhaus, denn sie hält es zu Hause nicht mehr aus. Wie erwartet sind Arzt und Patient noch im OP, aber besser hier zu warten und sofort zur Stelle sein, als in den eigenen vier Wänden ruhelos auf und ab zu gehen. Eine derartige Nervosität hat Brenda schon lange nicht mehr verspürt. Sie ist gewohnt mit allen Schwierigkeiten selbst fertigzuwerden, ausgenommen natürlich mit ihren Problemen mit Scott. Aber ihren Sohn verletzt zu wissen, ihm nicht helfen zu können und auf die Fähigkeiten der Ärzte angewiesen zu sein, ist ein Zustand, der ihr Unbehagen bereitet. Tatenloses Abwarten hasst sie mehr als alles andere. Und Ross mit seinem schlechten Gewissen ist ihr auch keine Hilfe. Wenigstens versucht er nicht unnötige Konversation zu betreiben und verhält sich ruhig. Er wäre ja auch kein unsympathischer Mensch, wenn er nur besser auf James aufgepasst hätte … Noch ist sie mit ihren Überlegungen zu Ross beschäftigt, als ein drahtiger kleiner Mann aus dem OP kommt und sich als Doktor Alistair Campbell vorstellt. „Keine Sorge, Ms. Watson, Ihrem Sohn geht es den Umständen entsprechend gut. Er hat lediglich einen Unterschenkelbruch abbekommen, was bei dem Polizeibericht vom Unfallhergang eigentlich ein Wunder ist. Das Röntgen hat meine Vermutung bestätigt, dass es sich bei der Verletzung Ihres Sohnes um einen Schienbeinbruch handelt, bei dem sich die Knochenfragmente gegeneinander verlagert haben, sodass eine Operation notwendig war. Nachdem wir die Knochen wieder in ihre richtige Lage gebracht haben, wurden sie mittels Marknagel, einem Implantat aus Titan, von innen geschient. Wenn der Knochen perfekt geheilt ist, kann der Marknagel nach ein bis zwei Jahren entfernt werden. Unter physiotherapeutischer Anwendung wird Ihr Sohn bereits in zwei Tagen mit Gehstützen oder einem sogenannten Gehbock Steh- und Gehversuche machen. So probieren wir aus, wie viel Belastung, die für die Knochenheilung sogar förderlich ist, das operierte Bein bereits verträgt."

„Dann hat er wohl wirklich Glück im Unglück gehabt. Und wie lange wird es dauern, bis mein Sohn sein Bein wieder voll belasten kann?" Noch ist nicht alle Sorge aus Brendas Stimme gewichen.

„Der Zeitpunkt der Mobilisierung beginnt, sobald der Patient das Bein anheben kann, ohne dass es ihm wehtut. Das ist, wie bereits gesagt, in aller Regel am zweiten oder dritten Tag nach dem Eingriff der Fall. Danach dauert es durchschnittlich zwischen zwei und zwölf Wochen bis das Bein wieder vollständig belastet werden kann. Wenn die Wunde komplikationslos abgeheilt ist, können wir den Antrag für eine ambulante oder stationäre Reha stellen, was Ihren Sohn so rasch wie möglich wieder auf das Gesundheitsniveau vor seinem Unfall bringen wird", erklärt der sympathische Arzt geduldig. „Wenn Sie momentan keine weiteren Fragen haben, darf ich mich entschuldigen, der nächste Patient wartet." Mit diesen Worten verabschiedet er sich höflich lächelnd von Brenda, die sich bei einer Schwester sofort nach James' Zimmer erkundigt. Sie kann es kaum erwarten, ihn zu sehen. Mit Ross im Schlepptau klopft sie vorsichtig an.

Henderson ist zufrieden mit der Arbeit von Baxter. Genau so hat er sich das vorgestellt: eine Sabotage, die nicht nachweisbar ist und zur Verletzung von James geführt hat. Nun muss Baxter nur noch Scotts Kamera entwenden, damit sich Henderson in Sicherheit wiegen kann. Und da der Weg des besorgten Vaters wohl zuallererst ins Krankenhaus führen wird, hat Baxter alle Zeit der Welt, in dessen Auto einzubrechen. Noch bevor Scott irgendwelche Sicherheitskopien von den Fotos machen kann, wird Henderson im Besitz des Beweismaterials sein. Zufrieden mit sich und der Welt beschließt er seine Hochstimmung ordentlich zu feiern. Heute allerdings nicht mit Kirsty, sondern mit etwas schlankerem und jüngerem Fleisch aus dem Etablissement von Finola. Er ist zu faul und bequem, eine seiner Freundinnen außerhalb von Inverness aufzusuchen, die erst nach endlosen Gesprächen und falschen Liebesbeteuerungen bereit für seine heutigen sexuellen Bedürfnisse wären. Er will sich einfach nur vergnügen, was bei Finolas hübschen Mädchen immer der Fall ist. Und die treue Seele Kirsty vermutet ihren Geliebten bestimmt nicht im Puff, sondern bei der Arbeit. Gut, dass die ihm so ergebene Frau derart leichtgläubig ist, denn verscherzen möchte er es sich nicht mit ihr! Ein Liedchen vor sich hin pfeifend, verlässt der ekelhafte Mensch gut gelaunt das Haus. Er wird trotz schlechten Wetters zu Fuß gehen, sein Auto könnte ihn womöglich noch verraten …

Scott hat soeben Drumgask hinter sich gelassen und noch eine gute Stunde Fahrzeit bis Fort William vor sich. Trotz seiner Angst um James überfällt ihn plötzlich eine bleierne Müdigkeit. Daher hält er bei einer Ausweichstelle an, denn er braucht definitiv

Bewegung, frische Luft und ein paar aufmunternde Worte der Kinder. Wären sie nicht in Eile, würden sie bestimmt die tolle Abendstimmung bewundern, die gemächlich über das Land zieht. Der Tag dauert ihnen allen schon zu lange, aber Simone und Paul versuchen trotzdem den besorgten Vater mit einigen spaßigen Turnübungen wach und bei Laune zu halten. „Vielleicht sollten wir noch bei einem Coffeeshop auf eine Tasse Tee oder einen starken Kaffee haltmachen, damit du uns nicht einschläfst beim Autofahren?" Simone betrachtet ihren Vater mitleidig, er scheint nicht nur müde, sondern auch seelisch etwas mitgenommen zu sein. Kein Wunder, wenn sein einziger Sohn im Krankenhaus liegt und Brenda ihn immer noch nicht über dessen tatsächlichen Gesundheitszustand informiert hat … „Soll ich vielleicht ein Stück fahren, damit du dich etwas ausruhen kannst?", bietet sie Scott an. Jetzt kann er wieder lachen. „Die ganze Zeit hast du dich wegen des Linksverkehrs vorm Fahren gedrückt und auf einmal willst du das Steuer übernehmen? Ist ja nett und gut gemeint von dir, aber ich möchte heute keinen zweiten Unfall in der Familie haben", entgegnet Scott, wobei er liebevoll Simones Schulter tätschelt. Auch Paul pufft Simone ob dieses selbstlosen Angebots zärtlich in die Seite, womit Simones unrealistischer Vorschlag zumindest für einen gewissen Muntermacher-Effekt gesorgt hat. Sie vereinbaren Scott bis zum Krankenhaus zu eskortieren, und danach ihr Zimmer bei Ms. Graham zu beziehen. Sobald Scott in Erfahrung gebracht hat, wie es James geht, wird er sich bei ihnen melden.

Beim Belford Hospital angekommen winkt Scott kurz in Richtung von Pauls Wagen, bevor er sich zur Information begibt, um James' Zimmernummer zu erfragen. Da erwartet ihn schon Allen Ross, der offensichtlich nicht mehr von Brendas Seite weicht. „Da hat wohl einer ein ganz schlechtes Gewissen", überlegt Scott, ist aber froh darüber, dass Brenda sozusagen unter Aufsicht steht. Allen ist sichtlich erfreut ihn zu sehen und erzählt Scott in kurzen Zügen den Tathergang und dessen Folgen, die offensichtlich doch glimpflicher sein dürften, als bei einem solchen Unfall zu erwarten war. „Von der Polizei, die James'

Wagen beschlagnahmt hat, wissen wir noch gar nichts", beendet Allen, der die Erleichterung in Scotts müdem Gesicht erkennen kann, seine Ausführungen. „Die Polizei muss warten, und bevor ich zu James hineingehe, sage ich noch Simone und Paul Bescheid. Die beiden haben mich den ganzen Weg hierher eskortiert und sind auch voller Sorge. Warum hat Brenda eigentlich noch nicht angerufen?"

„Die Arme hat an James' Bett darauf gewartet, dass er aus der Narkose aufwacht. Vor lauter Erschöpfung ist sie dann eingeschlafen. James und ich haben beschlossen sie ausruhen zu lassen bis du kommst, damit der immer noch etwas unter Schock stehende Junge nicht alles doppelt erzählen muss. Zudem hatte er jetzt auch noch etwas Zeit, um wach zu werden ..."

„Ich danke dir für deine Fürsorge", antwortet ihm Scott und wählt dabei bereits Simones Nummer. Nach der für Simone und Paul beruhigenden Schilderung von Scott vereinbaren sie ein Treffen für den nächsten Tag zum Mittag im „Barclays Pub", um die weitere Vorgehensweise zu besprechen. Zaghaft öffnet Scott die Tür des Krankenzimmers und findet tatsächlich eine immer noch schlafende Brenda sowie einen putzmunteren James vor. Überglücklich, seinen Sohn so guter Dinge zu sehen, drückt er ihn, so gut es bei dem ans Bett gefesselten Patienten möglich ist, an sich. Dabei wird Brenda, die auch sichtlich erleichtert über Scotts Erscheinen ist, natürlich wach. Nun wollen die Eltern aber alles ganz genau wissen, wie es zu dem Unfall gekommen ist und welche Vermutungen ihr Sohn dazu hat. „Wahrscheinlich habe ich Hendersons Drohung wirklich zu sehr auf die leichte Schulter genommen, aber dass sein Handlanger die 20 Minuten ausnutzen könnte, die Ross vor mir weggefahren ist, hätte ich nicht gedacht", meint James. „Noch gibt es kein Untersuchungsergebnis des Wagens, aber eine andere Möglichkeit als Sabotage kann ich mir nicht vorstellen. Das Auto war immer am Firmengelände garagiert, und alle Mitarbeiter waren nach deinem Anruf instruiert, jedes fremde Gesicht auf dem Areal zu kontrollieren", fügt er an Scott gewandt hinzu. „An den Unfall an sich kann ich mich kaum erinnern, außer dass die Bremsen in der mir wohlbekannten scharfen Rechtskurve, die ich mit etwas mehr Tempo als normal gefahren bin, versagt haben. Das Auto ist ausgebrochen und nach einigen Drehungen gegen die Steinmauer geprallt, wobei ich das Bewusstsein verloren habe. Als ich aufwachte, waren meine Beine, vor allem aber das linke, eingeklemmt und mein Handy verschwunden. Wahrscheinlich ist es aus dem Auto gefallen. Wie lange ich so gelegen bin, kann ich nicht sagen. Aber es ist mir wie eine Ewigkeit vorgekommen, bis man mich endlich aus dem Wrack befreit hat. Trotzdem bin ich heilfroh, dass nicht mehr passiert ist", schließt James seine Schilderung ab.

Ines sperrt ihre Wohnungstür ab und geht die Treppen zur Straße hinunter, wo bereits das Flughafen-Taxi wartet. „Gott sei Dank habe ich kein Haus, sondern nur eine kleine Mietwohnung, die ich jederzeit zusperren und verlassen kann! Zudem hat sich Lisa erbötig gemacht, meine Pflanzen zu betreuen und zugestimmt, dass die Post zu ihr umgeleitet wird. Somit habe ich vorerst freien Handlungsspielraum und kann mir Zeit nehmen, sollte ich um meinen Paul kämpfen müssen, was wahrscheinlich der Fall sein wird." Mit all diesen Gedanken im Kopf und relativ wenig Gepäck steigt Ines in das Taxi und überlegt, ob sie sich vielleicht von Lotte verabschieden sollte. Aber nein, das geht ja gar nicht! Möglicherweise würde sie Simone und Paul Bescheid sagen und die ganze Überraschung wäre dahin, wo sich Ines doch schon so auf die erschrockenen Gesichter der beiden freut. „Wieso eigentlich erschrocken?", fragt sie sich sofort. „Bin ich denn schon so darauf fixiert, die beiden in ihrem Liebesglück zu ertappen? Und wieso erfreut mich diese Vorstellung?" Ines kann ihre Gefühle nicht mehr einordnen. „Was will ich eigentlich wirklich? Um meinen Mann kämpfen, den ich liebe und nicht verlieren möchte, oder die Bestätigung meiner Vermutung? Wenn ich das nur wüsste!" Ines ist ziemlich ratlos, was ihre Wünsche und Vorstellungen vom Leben anbelangt. Liebt sie Paul wirklich, oder ist es nur gekränkter Stolz, den sie empfindet, sollte sich ihre Vermutung bestätigen? Fragen über Fragen, auf die sie keine Antwort hat. „Es ist wohl ein bisschen spät meine Motivation zu hinterfragen, wo ich doch schon unterwegs bin und mich für ein Jahr ohne Job entschieden habe. Vielleicht sollte ich mir noch einen Reiseführer kaufen, um mir einiges über das Land anzueignen, dessen Besuch von mir nicht unbedingt geplant war."

Schon ist sie in der Buchhandlung und macht sich danach mit einem etwas umfangreichen Reiseführer auf den Weg zu ihrem Gate, wo schon eine Menge Passagiere warten. Unentschlossen, wie sie an diesem Tag nun einmal ist, lässt sie sich auf den nächstbesten Platz fallen und ihren Blick über die Menschenansammlung schweifen. „Ganz schön viele hässliche und schlecht gekleidete Frauen und Männer", stellt sie auf einmal gut gelaunt fest. „Da muss man ja froh sein, wenn man sich etwas von dieser Menge abhebt", überlegt sie und ist davon überzeugt, dass sie das tut. Aber auch der sympathische und ziemlich lässig gekleidete Mann, der ihr gegenüber Platz genommen hat, gehört eindeutig zu dieser anderen Spezies. Zudem scheint er auch noch höflich zu sein, da er sofort aufspringt, als einer älteren Dame die Zeitung vom Schoß rutscht. „Das findet man heutzutage auch selten", ist Ines positiv überrascht, um sich dann ihrem eben erworbenen Reiseführer zu widmen. Als das Boarding beginnt, ist sie bereits so in Land und Leute vertieft, dass sie erst beim zweien Aufruf reagiert und als einer der letzten Passagiere ihren Platz aufsucht. Sie hat bei der Buchung am Vortag sogar noch einen Fensterplatz bekommen und kann ein freudiges Lächeln nicht unterdrücken, als sie in ihrem Sitznachbarn den höflichen Mann von vorhin erkennt. Auch jetzt genügt ein kurzer Blick ihrerseits zum Fenster, dass sich der rotblonde lässige Hüne sofort erhebt, um Ines auf ihren Platz schlüpfen zu lassen, und ganz selbstverständlich auch noch ihr Handgepäck zu verstauen. Als sich Ines überschwänglich bedankt, stellt er sich als Finn Barclay vor. Er scheint Schotte zu sein, denn sein Englisch ist für Ines, die kein besonderes Fremdsprachentalent hat, schwer verständlich. Trotzdem bemüht sie sich, immerhin werden sie doch mehr als vier Stunden nebeneinandersitzen. Sie stellt sich daher ebenfalls vor und die beiden kommen mühsam, aber doch ins

Gespräch. Die farbenfrohe Ines scheint dem großen Schotten zu gefallen, er bietet ihr sogar an, in seiner Freizeit den Fremdenführer für sie zu spielen. Das muss Ines nun dankend ablehnen, sie reise ihrem Freund nach, der sich schon seit einiger Zeit in einer familiären Angelegenheit in Schottland aufhält. Da ihr plötzlich bewusst wird, dass sie wirklich niemanden in Schottland kennt, der ihr bei etwaigen auftretenden Schwierigkeiten weiterhelfen könnte, steckt sie Finns Visitenkarte trotzdem ein. Wenn sie sich nach wie vor auf das Überraschungsmoment beim Wiedersehen mit Simone und Paul kapriziert, könnte ihr dieser Kontakt, immerhin ist Finn Pilot bei der schottischen Fluglinie Loganair, vielleicht doch nützlich sein. Trotz Finns Bemühungen das Gespräch in Gang zu halten, widmet sich Ines bald wieder voll und ganz ihrem Reiseführer. Die englische Konversation ist ihr einfach zu anstrengend.

Glücklich darüber, ihren Sohn nicht allzu schwer verletzt und in relativ guter Stimmung angetroffen zu haben, verlassen Brenda und Scott das Krankenhaus. Brenda gibt dem wartenden Ross zu verstehen, dass sie mit Scott nach Hause fährt. Müde von den Geschehnissen des turbulenten Tages wollen beide nur noch ins Bett und bemerken vorerst gar nicht, dass die hintere Seitenscheibe von Scotts Auto eingeschlagen ist. Erst in der Garage, als er seine Reisetasche vom Rücksitz nehmen will, ist er überrascht über die Glasscherben, die er dabei zu spüren bekommt. „Was ist denn nun schon wieder passiert?!", entfährt es ihm ungläubig. „Hört das den heute gar nicht mehr auf?" Als er die Tasche von den Glasscherben befreit und von der Sitzbank gehoben hat, stellt er resigniert fest, dass seine Kamera verschwunden ist. „Also weiß Henderson tatsächlich von den Fotos, denn wer hätte sonst noch Interesse an meinen Aufnahmen?", schlussfolgert er mit einem besorgten Blick zu Brenda. „Da habe ich wohl einen von seinen Leuten wie eine Klette an mir hängen, denn so lange war ich gar nicht im Krankenhaus. Aber zum Glück war ich aus unerfindlichen Gründen vorsichtig und habe die SD-Karte mit dem Beweismaterial, die ich gleich morgen früh in meinem

Schließfach bei der Bank deponieren werde, gegen eine leere Karte ausgetauscht. Der Diebstahl nutzt Henderson also gar nichts!"

. „Da warst du ja wieder einmal sehr umsichtig", freut sich Brenda. „Wann willst du damit zur Polizei gehen?"

„Solange die Unfallursache von James nicht geklärt ist, mache ich gar nichts. Denn sollte eine Sabotage nicht nachgewiesen werden können, würde ich mich mit meinen Anschuldigungen zum Narren machen. Und den Verlust der Kamera kann ich momentan verschmerzen, wenn es hilft, dass sich Henderson in Sicherheit wiegt. Hoffentlich versucht er nicht sofort die Bilder anzuschauen! – Und nun möchte ich einfach nur noch schlafen", antwortet Scott, während er die Eingangstür ihres modernen Hauses aufschließt und sich in sein Schlafzimmer verabschiedet. Bevor Scott allerdings zu Bett geht, druckt er die Beweisfotos für alle Fälle noch aus, man weiß ja nie, wofür sie noch gut sein können.

Beim Frühstück überlegt Brenda, wie sich James' Ausfall in der Firma am besten „handhaben lässt, und Scott bietet ihr seine Hilfe an. „Überleg' es dir einfach! Bevor du jemanden anstellen musst, kann ich ja für einen befristeten Zeitraum einspringen", fügt er hinzu, als er ihr Zögern bemerkt. „Aber nun muss ich zur Bank und meinen Beweis in Sicherheit bringen. Bin schon gespannt, wann sich die Polizei mit den Untersuchungsergebnissen melden wird. Ich bin mit Simone und Paul zum Essen verabredet, die beiden wollen James auch im Krankenhaus besuchen. Ich werde ihn vorher wohl noch fragen müssen, ob ihm das überhaupt recht ist."

„Ich denke, da wird es keine Schwierigkeiten geben, denn James hat sich mir gegenüber sehr positiv zu seiner Stiefschwester geäußert, solange sie keine Ansprüche an die Firma stellt", kann Brenda ihren Mann beruhigen. „Und dein Angebot, für James einzuspringen, ist ja sehr nett, aber dann hättest du keine Zeit mehr für deine Tochter", gibt sie ihm zu bedenken. „Ich weiß ja nicht, wie lange sie noch hierbleibt, aber du solltest die Zeit mit ihr nutzen!"

„Da hast du auch wieder recht. Dann werde ich das wohl vorerst mit den beiden besprechen, bevor du über mich verfügen kannst!" Scott ist erleichtert, dass sein Sohn nicht gegen seine Stiefschwester opponiert und Brenda so viel Verständnis für die neue Vater-Tochter-Beziehung hat. Irgendwie hat dieses furchtbare Unglück die Eheleute einander wieder etwas nähergebracht.

Finn Barclay betrachtet seine Sitznachbarin genauer. Sie wäre eigentlich eine ganz hübsche Person, wenn sie nicht so viel Farbe im Gesicht hätte. Finn bevorzugt eher den natürlichen Typ Frau, ist aber momentan Single und daher für das gesamte weibliche Geschlecht sehr empfänglich. Aber wenn diese sympathische Person an seiner Seite ihrem Freund nachreist, wird sie wahrscheinlich kein weiteres Interesse an ihm haben, obwohl er ihr auch zu gefallen scheint. „Vielleicht kann ich ja auch Taxi für sie spielen, wenn ich erst einmal weiß, wohin sie will", überlegt er. Und tatsächlich trifft Finn mit dieser Überlegung voll ins Schwarze, denn Ines möchte wie er nach Fort William und ist freudig überrascht über sein Angebot. Die Vorstellung, sich alleine in einem Mietwagen auf den Weg zu machen, hat sie so und so nicht sehr glücklich gemacht. Dankbar darüber, dass Finn sie begleitet, gibt sie sich nun auch Mühe mit ihm zu plaudern. So erfährt sie, dass er auf Urlaub in Österreich war, als ihn Brenda Watsons Anruf mit der Nachricht vom Unfall ihres Sohnes James erreicht hat. Finn und James sind miteinander aufgewachsen, die Barclays haben ein Pub in der Stadt und James ist nach wie vor Finns bester Freund. Und obwohl Finns Eltern immer gehofft haben, dass ihr Sohn das Lokal einmal übernehmen wird, hat sich der schottische Hüne für den Beruf des Piloten entschieden. Da er aber noch ein paar Tage Urlaub hat, fährt er natürlich sofort zu seinem Freund ins Krankenhaus. „Das ist jetzt aber wirklich ein Zufall", überlegt Ines. „Hat Paul nicht von einem verunfallten James Watson gesprochen, der Simones Stiefbruder ist und in Fort William im Krankenhaus liegt? James Watson mag ja ein häufiger Name sein, aber die Unfallgeschichte spricht eher dafür, dass es sich hier um ein und dieselbe Person handelt." Trotzdem entscheidet sie vorerst über ihre Vermutung zu schweigen. Sollte sie wirklich den Tatsachen entsprechen, wird sich ohnehin alles sehr rasch aufklären. Mit der Zeit verliert Ines auch die Scheu wegen ihrer mangelnden Englischkenntnisse und plaudert ohne Hemmungen drauflos. „Was eine derart nette Gesellschaft doch ausmacht, dass ich darüber meine Eifersucht und meine besorgniserregenden Vermutungen ganz vergesse", denkt Ines und ist selbst überrascht. „Der Flug wird sicher rasch vergehen", überlegt sie und ist im Moment total zufrieden mit der Entwicklung der Dinge. Mittlerweile sind die beiden auch schon vertrauter miteinander und Finn erzählt Ines Dinge über seine Heimat, die sicherlich nicht in ihrem voluminösen Reiseführer stehen.

Als sie in Glasgow in sein Auto steigen, interessiert sich Finn dann doch dafür, welche familiäre Angelegenheit Ines' Freund nach Fort William geführt hat. Das bringt Ines wieder auf den Boden der Realität. Die momentane Unbekümmertheit hat sich rasch verflüchtigt und sie erzählt nun – etwas zögerlich – von den Geschwistern, die mit einem Mal keine Geschwister mehr sind. „Mein Freund Paul ist mit seiner einstigen Schwester Simone auf der Suche nach ihrem leiblichen Vater vor knapp drei Wochen nach Schottland aufgebrochen. Mittlerweile sind sie fündig geworden und Scott Watson hat sich tatsächlich als Simones Vater herausgestellt, womit dein Freund James wohl ihr Stiefbruder sein könnte, denn so viele verunfallte James Watsons wird es wohl in Fort William nicht geben!" Finns ungläubiger Gesichtsausdruck bringt Ines zum Lachen. „Wie klein doch die Welt ist", beendet Finn seine Sprachlosigkeit. „Dann können wir ja gleich gemeinsam ins Krankenhaus fahren, denn James' Halbschwester wird sicherlich an seinem Krankenbett sein", fügt er noch gut gelaunt über diese Neuigkeit hinzu.

„Ich denke, das ist keine gute Idee", nimmt ihm Ines den Wind aus den Segeln. „Es weiß nämlich keiner, dass ich ihnen nachgereist bin." Und wieder trifft sie ein ungläubiger Blick von Finn, der sich nun gar nicht mehr auszukennen scheint. „Ich weiß, es ist schwer zu verstehen, aber ich habe die letzten zwei Wochen kaum etwas von Paul gehört und das ungute Gefühl, er und Simone könnten sich nähergekommen sein, hat mich zu dieser Reise veranlasst. Sie haben sich schon als Geschwister wahnsinnig gut verstanden, warum sollte da jetzt nicht mehr daraus geworden sein? – Es tut mir leid, ich wollte dich nicht mit meinen Problemen belästigen, aber du hast gefragt und je näher wir Fort William kommen, desto nervöser macht mich das bevorstehende Wiedersehen mit den beiden." Ines ist es nun doch unangenehm, so viel über ihre Beweggründe zu dieser Reise erzählt zu haben, aber Finn scheint sie zu verstehen. Er nickt nur mit dem Kopf, überlegt kurz und findet nun seine ursprüngliche Idee auch nicht mehr gut. „Dann bringe ich dich einfach in dein Quartier, du richtest dich in Ruhe ein und ich werde bei meinem Besuch im Krankenhaus versuchen herauszufinden, wie der Stand der Dinge ist. Danach melde ich mich wieder und wir können gemeinsam überlegen, wie du am besten an die Sache herangehst." Da ist sie wieder, seine Hilfsbereitschaft, die ihn so verdammt sympathisch macht. Unaufgeregt und verständnisvoll behandelt Finn das Problem und Ines ist ihm sehr dankbar dafür. Bei ihrem Aufbruch war ihr eigentlich auch noch gar nicht klar, wie sie das Zusammentreffen mit Simone und Paul inszenieren könnte, ohne Ortskenntnisse und Kontakte. Mit einem Freund der Familie Watson, der in Fort William beheimatet ist und ihr in dieser schwierigen Situation auch noch helfen will, hat sie wirklich nicht gerechnet.

Scott hat die SD-Karte in seinem Schließfach deponiert und ist auf dem Weg zu Barclays Pub, wo er sich mit Simone und Paul verabredet hat. Irgendwie wird er das ungute Gefühl nicht los, dass ihm jemand folgt. Aber so sehr er sich auch bemüht, er kann keinen Verdächtigen ausmachen. „Entweder leide ich jetzt schon unter Verfolgungswahn oder der Kerl ist derart gut, dass ich ihn nicht sehen kann", überlegt er etwas nervös. Beim Anblick seiner hübschen Tochter, die sich fröhlich bei ihrem Paul unterhakt und aus der anderen Richtung auf das Lokal zukommt, schiebt er die beunruhigenden Gedanken wieder zur Seite. „Nun, hast du dich ein wenig erholt nach dem gestrigen anstrengen Tag?", fragt Simone ihren Vater, während sie in einer gemütlichen Fensternische Platz nehmen.

„Nachdem ich James in so guter Laune, und weniger schwer verletzt als vermutet angetroffen habe, bin ich in einen erholsamen Tiefschlaf gefallen. Und das, obwohl mir meine Kamera aus dem Auto gestohlen wurde, während ich bei James im Krankenhaus war. Offensichtlich hat Henderson doch von den Beweisfotos gewusst. Als hätte ich es geahnt, habe ich aber bereits in Pitlochry die SD-Karte ausgetauscht, wodurch Hendersons Einbruch sinnlos gewesen ist. Zur Sicherheit habe ich gestern Abend die Fotos auch noch ausgedruckt und heute Morgen zusammen mit der SD-Karte in meinem Banksafe deponiert. Ich hatte allerdings das ungute Gefühl verfolgt zu werden. Ob Einbildung oder nicht, dieser Fall ist noch lange nicht abgeschlossen, und ich tendiere nun doch dazu, den Wilddiebstahl zur Anzeige zu bringen. Denn selbst, wenn sich unser Verdacht der Sabotage nicht bestätigen sollte, wird sich Henderson, sobald er die leere SD-Karte entdeckt, noch mehr in die Enge getrieben fühlen. Und wer weiß, wozu er dann noch fähig ist. Er hat also mit seiner Aktion genau das Gegenteil erreicht, denn sollte er nicht wegen der Sabotage zur Rechenschaft gezogen werden, aber wegen des Wilddiebstahls in jedem Fall. Das alles hätte sich der Gauner ersparen können, wenn er James in Ruhe gelassen hätte."

„Gott sei Dank hast du dich dazu entschlossen!", ist Simone nun auch erleichtert. „Wir hätten dich nach unserem gestrigen Telefonat mit Pauls Vater Georg, der mit der Gesetzeslage bezüglich der Bestrafung von Wilderern zumindest in Österreich ziemlich vertraut ist, auch dazu gedrängt. Den Diebstahl deiner Kamera hat Georg übrigens auch vorausgesehen und ganz egal, wie das Gutachten des Unfallautos aussehen wird, du solltest Henderson so rasch wie möglich anzeigen. Selbst wenn er dafür nicht hinter Gitter kommt und immer noch eine Bedrohung für dich und deine Familie darstellt, wüsste er zumindest, dass du dich nicht vor ihm fürchtest!"

Scott ist sich nicht sicher, ob Henderson einen furchtlosen Gegner in Ruhe lassen würde. Wie er diesen Schurken kennt, wird er nach wie vor alles daran setzen, ihn, den er für sein verpfuschtes Leben verantwortlich macht, zur Rechenschaft zu ziehen. „Ob eine Geldstrafe allein ausreicht, diesen Mann zur Räson zu bringen, möchte ich bezweifeln. Da er uns aber seine Gefährlichkeit derart drastisch vor Augen geführt hat, werde ich meinen Teil dazu beitragen, dass er bestraft wird. Da das nun beschlossen ist, sollten wir aber besprechen, was ihr beide in eurem restlichen Schottlandaufenthalt noch vorhabt", meint er, wobei er die beiden Turteltäubchen, die einander wie immer an den Händen halten oder anderwärtig berühren, zufrieden betrachtet.

„Ich würde gerne hierbleiben", antwortet Simone nach einem fragenden Blick zu Paul, der mit einem Kopfnicken zustimmt. „Weißt du, Scott, ich möchte noch etwas Zeit mit dir und meinem Stiefbruder verbringen, sofern James das auch will. Ich würde ihn gerne kennenlernen. Zudem interessiert mich natürlich brennend, wie seine Jugend mit unserem Vater ausgesehen hat." Wieder einmal versucht Simone ihre nicht mehr vorhandenen langen Haare hinter das Ohr zu schieben, wie sie es früher so oft getan hat. Paul küsst lächelnd ihre Hand, deren automatische Geste er so sehr lieben gelernt hat. Und Scott ist ob all der bedrohlichen Ereignisse froh, eine derart glückliche Tochter zu haben. „Dann gilt es nur noch zu klären, wie viel Zeit ihr noch mit mir zu verbringen gedenkt, denn ich habe Brenda angeboten in der Firma für James einzuspringen. Sie hat aber sofort darauf bestanden, dass ich zuvor mit euch spreche, denn sie würde natürlich jemanden einstellen, wenn ich mit euch unterwegs wäre." Und wieder wundert sich Scott darüber, dass Brenda in diesem Fall derart einfühlsam ist, wo sie doch sonst kaum Emotionen zeigt.

„Ich denke, wir sollten vorher James dazu befragen, denn wenn er weiteren Besuchen meinerseits nicht abgeneigt ist, würde ich die restlichen uns verbleibenden Tage gerne zwischen euch beiden aufteilen – ohne allerdings dabei bedacht zu haben, was mein lieber Paul mittlerweile anstellen könnte. Dass er genauso interessiert an meiner neuen Familie ist wie ich, wage ich nämlich zu bezweifeln." Sie weiß natürlich, dass ihr Paul nicht von der Seite weichen wird, zu wichtig ist ihm Simone mit allem, was dazugehört. Das hat auch Scott schon begriffen und geht daher gar nicht näher darauf ein, sondern konzentriert sich bereits auf Simones Wunsch James näher kennenzulernen, indem er den beiden erzählt, was es mit dem gemütlichen Pub der Barclays auf sich hat. „James hat seine Kindheit und Jugend mit Finn Barclay verbracht, der zum Leidwesen seiner Eltern nach Glasgow gegangen ist, um Pilot zu werden. Wir alle hier haben Sorge, dass sich kein geeigneter Nachfolger finden wird, sollten Finns Eltern einmal in Pension gehen. Trotz der räumlichen Entfernung sind Finn und James nach wie vor dicke Freunde, und soviel Brenda mir erzählt hat, wird auch er heute noch eintreffen, um James zu besuchen. Es wäre also sinnvoll, bald ins Krankenhaus zu fahren, damit der arme James seine Besuche auch genießen kann und ihn nicht alle auf einmal belagern." Gut gelaunt machen sich die drei, von einem Kaffee gestärkt, auf den Weg und sind gespannt darauf, wie James auf das Ansinnen Simones, ihn besser kennenlernen zu wollen, reagieren wird …

„Das hätte ich mir nicht gedacht, dass dieser Scott derart raffiniert ist!", brüllt Henderson ungehalten herum, als er die leere SD-Karte entdeckt. Ganz gegen seine Art in solch heiklen Fällen, lässt er sogar Kirsty, die zwar über seine beruflichen Gaunereien Bescheid weiß, von Daniels verbrecherischen Aktivitäten allerdings keine Ahnung hat, an seinen Überlegungen teilhaben. „So schön habe ich mir diesen Plan ausgedacht, und nun stehe ich wieder mit leeren Händen da. Jetzt kann ich nur noch hoffen, dass ich diesem Mann mit dem Unfall seines Sohnes ordentlich Angst gemacht habe, damit er den möglichen Gedanken an eine Anzeige endgültig fallen lässt. Und ich muss einen neuen Weg finden, an die SD-Karte zu kommen, was nun ungleich schwieriger werden wird. Denn Baxters Beobachtung, dass Watson gleich nach dem Einbruch in seinem Auto die Bank aufgesucht hat, könnte darauf hinweisen, dass er die Karte dort deponiert hat. An seinem Bankschließfach war er, laut Baxters Nachforschung, heute Morgen auf jeden Fall." Henderson durchmisst sein Büro mit hektischen Schritten und bespricht eher mit sich selbst als mit Kirsty, deren Anwesenheit er eigentlich kaum zur

Kenntnis nimmt, seine weitere Vorgehensweise. Dabei fällt ihm eine seiner sonst so sorgfältig zurückgekämmten fettigen Haarsträhnen ins Gesicht. Er wirkt richtig echauffiert und aufgewühlt. Kirsty erkennt diesen sonst so aalglatten Geschäftsmann, den sie auch wegen seiner Souveränität so liebt, nicht wieder. Dass er ein Schlitzohr ist, hat ihn ihr eigentlich immer sympathisch gemacht. Aber nun zu erfahren, dass sie sich in einen scheinbar skrupellosen Verbrecher verliebt hat, macht ihr Angst. Die sonst eher einfältige Kirsty beginnt sich Gedanken darüber zu machen, dass sie vielleicht auch einmal seinen Unmut hervorrufen könnte, und sieht ihren Geliebten plötzlich mit ganz anderen Augen. Trotzdem versucht sie konzentriert zu bleiben, um das ganze Ausmaß seiner schwierigen Situation zu erfassen. Denn wenn sie eines in ihrem bisherigen Leben begriffen hat, dann, dass mehr zu wissen als manch anderer, in keinem Fall schaden kann. „Ein Bankeinbruch wird wohl nicht infrage kommen", führt Henderson sein Selbstgespräch fort. „Aber was kann ich dann tun? In Wahrheit müsste Baxter Scott rund um die Uhr bewachen, damit ich über seine Vorgehensweise informiert bin. Denn sollte er nicht ausreichend eingeschüchtert sein, und mich womöglich doch wegen des Wilddiebstahls anzeigen, wird er vorher zur Bank gehen müssen, um den Beweis zu holen. Dann besteht allerdings auch die Gefahr, dass die Polizei mich doch mit dem Unfall von James in Verbindung bringt, wodurch sich das mögliche Strafausmaß erheblich erhöhen würde. Eigentlich habe ich im Moment keine guten Karten." Mit diesen Worten lässt er sich erschöpft und ganz gegen seine Gewohnheit auch etwas ratlos in seinen großen Schreibtischsessel fallen. Als er sich auch noch am helllichten Tag einen Whisky einschenkt, ist selbst Kirsty klar, dass der sonst so findige Mann in einer Sackgasse gelandet ist. Nach dem ersten gierigen Schluck wird er sich auf einmal der Anwesenheit von Kirsty bewusst, fixiert sie mit einem abwesenden und auch etwas starren Blick und scheint auf einmal eine Eingebung zu haben. „Mir ist schon öfter zu Ohren gekommen, dass einfache Menschen wie du, meine liebe Kirsty, manchmal erstaunlich gute Ideen zur Bewältigung auswegloser Situationen haben.

Was würdest du also an meiner Stelle tun, nachdem du ja jetzt die ganze Geschichte gehört hast?", fragt Henderson.

Kirsty schluckt. Dass ihre Meinung gefragt ist, war auch noch nie der Fall. Da muss sich Daniel schon ziemlich in die Enge getrieben fühlen. Jetzt heißt es ordentlich überlegen und einen Vorschlag finden, der sowohl für ihn als auch für die eigene Zukunft sinnvoll ist. Die dralle Person aktiviert ihre sogenannte Bauernschläue, setzt ein nachdenkliches Gesicht auf, wirft die Stirn in Falten und scheint angestrengt nachzudenken, was Henderson zum Lachen bringt. „War wohl keine gute Idee dich dazu zu befragen", spottet er, ist mit seinen Gedanken schon wieder ganz woanders und nimmt einen weiteren herzhaften Schluck. Umso überraschter ist er, als sie ihm plötzlich doch eine sehr plausible Antwort gibt. „Wenn du diesen Watson von Baxter beobachten lässt, kannst du nur abwarten, bis er zur Bank geht. Dann wäre ich aber an deiner Stelle reisefertig, denn in meinen Augen bleibt dir nur eine Geschäftsreise ins Ausland, bis Gras über die Sache gewachsen ist. Du solltest ohnehin wieder einmal deine Österreich-Kontakte auffrischen und könntest dabei auch deinem Geschäftspartner Jakob Wilhelm in Wien einen Besuch abstatten", antwortet Kirsty sehr zufrieden mit sich und ihrer Idee, die ihr auch Zeit geben würde, über ihre Beziehung zu diesem Mann mit den zwei Gesichtern nachzudenken.

Erstaunt hebt Daniel die Augenbrauen – natürlich, das ist die Lösung! Er muss verreisen, nicht erreichbar und geschäftlich im Ausland sein. Kirsty selbst wird natürlich mit weniger Euphorie bedacht. „Gar nicht so schlecht, meine Liebe. Über diesen Vorschlag werde ich noch nachdenken …", meint er nur.

Scott parkt vor dem Krankenhaus ein und Simone steigt etwas zögerlich aus seinem Auto, denn ihre Anspannung, wie ihr Stiefbruder auf ihr Ansinnen reagieren wird, ist doch ziemlich groß. Aber Pauls vertraut kräftig warmer Händedruck macht ihr Mut, sie strafft die Schultern und folgt Scott forschen Schrittes zu James' Krankenzimmer. Gut gelaunt und optimistisch, was die Heilung seiner Verletzung anbelangt, begrüßt James seine Besucher. Schon bald plaudern alle total unbeschwert miteinander, als würden sie einander schon ewig kennen. Daher fällt es Simone auch nicht schwer, ihren Halbbruder dafür zu gewinnen, ihren restlichen Aufenthalt in Schottland und James' Krankenhausaufenthalt dazu zu nutzen, einander besser kennenzulernen. „Dann kannst du ja den Vormittag bei mir im Krankenhaus und den Nachmittag mit Vater verbringen. Ein ganz schön intensives Watson-Programm, hoffentlich wird dir das nicht zu viel", zieht er Simone lachend auf.

„Dann werde ich vormittags wohl in der Firma sein und Brenda unterstützen", freut sich Scott über das offensichtlich gute Einvernehmen zwischen seinen Kindern. „Und was wirst du machen, lieber Paul?"

„Keine Sorge, langweilig war mir noch nie in meinem Leben. Sollte ich von dem geschwisterlichen Gedankenaustausch genug haben, gibt es sicherlich noch einiges in der Gegend zu erkunden. Unser erster Aufenthalt in Fort William war ja nicht gerade sehr lang." Abgesehen davon ist Paul natürlich auch an James interessiert. „Immerhin wird er bald zu meiner Familie gehören, wenn Simone und ich unsere Beziehung legalisieren wollen. – Wie weit ich nur schon mit meinen Gedanken bin!", überlegt der glückliche Mann, als ihn aber auch schon wieder seine Vergangenheit einholt. Sofort verabschiedet sich seine selige Stimmung, denn das Problem Ines und der Gedanke an das Aufeinandertreffen mit ihr machen ihm nach wie vor schwer zu schaffen.

„Dann ist eure letzte Woche in Schottland auch schon verplant, und dabei habt ihr wirklich nicht viel von unserem schönen Land gesehen", bedauert Scott etwas betrübt, dass er den beiden nicht mehr bieten konnte. „Aber dann habe ich vielleicht eine Chance, dass ihr bald wiederkommt", fügt er schon etwas fröhlicher hinzu.

Simone umarmt ihren Vater. „Und sollten wir beruflich nicht abkömmlich sein, was in nächster Zeit wohl so sein wird, bist du herzlich eingeladen, zu uns zu kommen!"

Daran hat Scott noch gar nicht gedacht, aber so eine Österreichreise würde seinem Leben eine neue Perspektive geben.

„Da könnte ich dich ja begleiten", meldet sich nun auch James zu Wort. „In Österreich war ich noch nie!"

„So ist das also zwischen Freunden! Mich hast du noch nie begleitet, aber mit deinem Vater würdest du dich sofort auf den Weg machen", unterbricht Finn Barklays sonore Stimme die Unterhaltung. James ist perplex und erfreut zugleich, denn mit seinem Freund hat er absolut nicht gerechnet. Scott lächelt über die gelungene Überraschung, Brenda hat also auch „dichtgehalten" und Finns geplanten Besuch verschwiegen.

„Sei nicht beleidigt, mein Lieber, aber ich muss doch die Heimat meiner neuen Schwester kennenlernen! Und was bietet sich da besser an, als ein Familienausflug", verteidigt sich James, dem im selben Moment bewusst wird, dass zur Familie natürlich auch seine Mutter gehört. „Und Brenda wird wohl die Stellung halten müssen", rettet Scott die Situation.

„Das habt ihr beiden euch ja fein ausgedacht", ist Finn amüsiert über die Verschwörung zwischen Vater und Sohn. Zu Simone und Paul gewandt stellt sich Finn nun als langjähriger Freund der Familie vor, der mit James aufgewachsen ist.

„Wir wussten schon von Ihrem Kommen, allein James ließ man im Dunkeln, um die Überraschung perfekt zu machen", begrüßt ihn Simone. „Auch ein netter Kerl", denkt sie bei sich. „Und er sieht genauso aus, wie man sich einen Schotten vorstellt." Laut sagt sie: „Da wir unser Wochenprogramm bereits besprochen haben, wollen wir Sie nun mit Ihrem Freund alleine lassen, Sie haben sich bestimmt viel zu erzählen." Mit einem freundlichen Lächeln und einem kräftigen Händedruck verabschieden sich Simone und Paul von Finn, der den beiden Verliebten interessiert nachschaut. Mit einem kumpelhaften Schlag auf Finns Schulter folgt Scott dem Paar, das sich schon wieder eng umschlungen hält.

Ines packt ihren Koffer aus und macht es sich in dem kleinen, aber sehr netten Zimmer gemütlich. Sie hat sich eine Tasse Tee gekocht, den Führer wieder hervorgeholt und versucht sich mit Informationen über Schottland abzulenken. Aber eigentlich kann sie es schon gar nicht mehr erwarten, dass Finn zurückkommt und sie über den Stand der Dinge informiert. „Was tue ich nur, wenn mein Bauchgefühl gestimmt hat und ich zu spät komme?", überlegt sie. Da sie aber weiß, dass Paul sich niemals unüberlegt in eine neue Beziehung stürzt, zu gut sind ihr noch ihre gemeinsamen Anfänge in Erinnerung, hofft sie inständig, dass sich die beiden noch nicht zu nahegekommen sind, sollte sich ihre Vorahnung bewahrheiten. Dann hätte sie vielleicht noch eine Chance, um ihn zu kämpfen, und würde das mit allen nur möglichen Mitteln tun. Alle näher kommenden Schritte auf dem Flur lassen sie aufhorchen – und ihr Sich-Entfernen genauso schnell wieder zusammensacken … „Wie kann ich mich nur so nervös machen lassen und derart kindisch benehmen? Steht denn das alles wirklich dafür, für einen Mann, der mich wahrscheinlich gar nicht mehr liebt?", fragt sie sich. Und wieder muss sich Ines rügen, sie hat doch noch gar keine Gewissheit und macht sich selbst verrückt mit ihren Vermutungen. Hoffentlich ist Finn bald zurück, damit sie endlich weiß, woran sie tatsächlich ist. Vielleicht sollte sie Lisa anrufen und über ihre positive Ankunft in Schottland informieren. Ihre Freundin sollte wissen, dass sie auf einen derart hilfsbereiten Menschen wie Finn gestoßen ist, noch dazu einem Jugendfreund von Simones Stiefbruder. Und Lisa freut sich wirklich von Ines zu hören. Allerdings hätte sie lieber schon Genaueres über die Beziehung zwischen Paul und Simone gewusst. Trotzdem ist sie erleichtert, dass Ines eine Art Beschützer und Unterstützer in diesem Finn gefunden hat. Wie immer es mit ihr und Paul weitergeht, es ist noch jemand vor Ort, der sich um sie zu kümmern scheint. Beruhigt darüber, die Freundin in guten Händen zu wissen, wünscht sie ihr viel Glück für das erste Zusammentreffen mit Paul und bittet darum, sie auch weiterhin auf dem Laufenden zu halten.

Mittlerweile bedrängen Simone und Paul den Vater, das Beweismaterial zu holen und sofort damit zur Polizei zu gehen. Simone wird erst wieder ruhig schlafen, wenn die Gesetzeshüter über den Vorfall mit Henderson Bescheid wissen. Zu sehr sind ihr Georgs Ausführungen über das Strafausmaß von Wilddieben im Gedächtnis geblieben und haben ihr wirklich Angst gemacht. „Wenn du das jetzt gleich erledigst, kannst du morgen in der Früh bereits in der Firma sein und Brenda unterstützen", bearbeitet sie ihren Vater weiter. Aber Scott hat bereits vor dem Krankenhausbesuch beschlossen, die Sache so rasch wie möglich zu erledigen und bittet Simone und Paul, ihn zu begleiten. Scott will sofort zur Bank gehen, während die beiden noch Ross holen sollen. Ein zusätzlicher Zeuge wird Scotts Bericht noch mehr Nachdruck verleihen. Sie vereinbaren, einander eine Stunde später vor dem Polizeirevier zu treffen. Und wieder hat Scott das ungute Gefühl verfolgt zu werden. Bei der Bank angekommen, blickt er sich nochmals nach allen Richtungen suchend um, kann aber niemanden entdecken. Nachdem er die SD-Karte aus dem Schließfach genommen hat, macht er sich auf den Weg zur Polizei, wo er schon von Simone, Paul und Allen erwartet wird. Zuerst erkundigt sich Scott nach der Überprüfung von James' Wagen, und der leitende Beamte kann tatsächlich mit einem Ergebnis aufwarten. „Die Ummantelung der beweglichen Bremsflüssigkeitsleitung ist korrodiert, was zu der verminderten Bremswirkung geführt hat – also eine durchaus plausible Erklärung für den Unfall", erklärt der Beamte sichtlich stolz darüber, den Fall gelöst zu haben. Scott ist damit natürlich nicht zufrieden, er hakt daher nochmals nach. „Eine Fremdeinwirkung ist also gänzlich ausgeschlossen?"

„Laut Sachverständigen ja, zudem es ja auch keinen Grund für ein Verbrechen gibt. Oder haben Sie uns etwas verschwiegen, was wir wissen sollten?", fragt der Beamte nun etwas misstrauisch, womit er Scott das Stichwort für die Schilderung des Henderson-Falls gegeben hat. Als er auch noch die SD-Karte mit den Beweisfotos vorlegt und Allen den Bericht von Scott als Zeuge bestätigt, ist auch der Polizei klar, warum Scott an Sabotage denkt. „Damit schaut die Sachlage natürlich ganz anders aus, wenngleich wir Ihren Mr. Henderson im Moment trotzdem nur wegen des Wilddiebstahls belangen können, denn die Sabotage ist leider nicht nachweisbar. Da hat ein Profi ganze Arbeit geleistet.

Aber wenn die Kollegen Henderson zu dem anderen Delikt befragen, können sie ihm ja etwas intensiver auf den Zahn fühlen. Vielleicht begeht er ja einen Fehler, oder es findet sich jemand in seinem Umfeld, der nicht gut auf ihn zu sprechen ist und von dem möglichen Verbrechen Bescheid weiß. In jedem Fall werden wir sofort die Kollegen in Inverness verständigen, dass sie Henderson in Gewahrsam nehmen. Die Strafanzeige können Sie sofort machen, und die Zeugenaussage wird selbstverständlich auch gleich aufgenommen. Alles Weitere müssen wir den Kollegen vor Ort überlassen." Mit einem derart aufwendigen Fall hat der Beamte nun gar nicht gerechnet, er ist aber mehr als bemüht, sein Können und Wissen unter Beweis zu stellen. Scott muss innerlich lächeln. Dass seine Geschichte gleich so ernst genommen wird, hätte er nicht gedacht. Erleichtert, endlich alles erledigt zu haben, verlassen die vier das Revier, nicht ohne zu betonen, dass sie über Hendersons Reaktion zu seiner Befragung am Laufenden gehalten werden möchten. Unbewusst schlagen sie den Weg zu Barclays Pub ein, denn sie sind offensichtlich einstimmig der Meinung, dass sie darauf ein Gläschen trinken sollten …

Nachdem James seinen Unfallbericht abgeschlossen und seinem Freund auch über das Auftauchen von Simone ausführlich erzählt hat, kann Finn sich endlich mit seiner interessanten Geschichte über Ines einbringen. „Das wird ja alles immer spannender", kommentiert James die Schilderung von Finn. „Da steht die Liebe meiner Schwester wohl unter keinem guten Stern. Dabei beneiden wir alle die beiden Turteltäubchen wegen ihres offensichtlichen Glücks, das in unserer Familie ja sonst nicht so selbstverständlich ist. Und diese Ines ist erst zu bedauern, wenn sie quasi den Job hingeschmissen hat, um ihren Paul nicht zu verlieren. Das ist ja alles ein richtiges Drama! Wie könnte man diesen schwierigen Fall zu einem positiven Ende bringen?"

„An das Ende ist vorläufig noch nicht zu denken. Ich muss mir erst einmal überlegen, was ich der armen Person berichte, damit sie nicht total verzweifelt. Aber ihr noch Hoffnungen zu machen, erscheint mir bei dem, was ich von den beiden gesehen habe, ziemlich sinnlos. Ich muss ihr also die Wahrheit sagen, oder so rasch wie möglich ein Treffen mit Paul arrangieren, damit er ihr endlich ‚reinen Wein einschenkt', was er schon längst hätte tun sollen. Aber trotz alledem wird sie von mir vorab eine Information haben wollen, deren Überbringer ich wirklich nicht gerne bin. Zudem gefällt mir diese Ines und ich möchte sie ungern leiden sehen", überlegt der besorgte Finn weiter.

„Wenn das so ist, kannst du dich ja ein wenig um sie kümmern und sie von ihrem Unglück ablenken, sofern du noch Urlaub hast!" James hat Finns Sympathie für Ines bemerkt und will seinen Freund wieder einmal verkuppeln, was er seit Finns Trennung von seiner Langzeitfreundin im letzten Jahr unermüdlich versucht.

„Sie wird wohl schon ungeduldig auf mich warten. Die Ungewissheit über Paul und Simone hat ihr, obwohl sie es sich nicht anmerken lassen wollte, offensichtlich sehr zugesetzt. Sie hat es verdient endlich die Wahrheit zu erfahren, wenngleich sie diese bestimmt sehr schmerzen wird. Hast du eine Idee, wo ich ihren Paul finden kann, um ihn auch über ihre Anwesenheit und das bevorstehende Treffen zu informieren? Je schneller das alles passiert, desto besser für alle Beteiligten."

„Da hast du recht", stimmt ihm James zu. „Ein heißer Tipp ist das Pub deiner Eltern, das die drei mittlerweile zu ihrem Stammlokal erkoren haben." Freudig springt Finn auf, mit einer derart konkreten Antwort hat er nicht gerechnet. „Ich hoffe, du verzeihst meinen kurzen Besuch, aber ich hätte diese unangenehme Sache gerne so rasch wie möglich erledigt", verabschiedet er sich von seinem verständnisvollen Freund. Auf dem Weg zum Pub beginnt er allerdings an seinem Vorhaben zu zweifeln. Warum sollte er diesen Paul, so sympathisch er auch sein mag, warnen? Da liegt ihm die betrogene Ines schon viel mehr am Herzen, deren einzige Freude in diesem Drama wohl nur mehr der Überraschungseffekt ihres Erscheinens sein kann. Kurz entschlossen dreht er bei der nächsten Kreuzung um und fährt zur Unterkunft von Ines, die ihn schon ganz nervös erwartet. „Nun, wie furchtbar sind deine Neuigkeiten?", fragt sie ihn mit ängstlichem

Blick. Bei seinem Klopfen ist sie aufgesprungen, jetzt setzt sie sich vorsichtshalber wieder nieder, denn sein Gesichtsausdruck verheißt nichts Gutes. Finn hat schon die ganze Fahrt überlegt, wie er Ines die Nachricht am schonungsvollsten beibringen könnte, ist aber auf keine zündende Idee gekommen. Er entschließt sich daher, es kurz und schmerzlos zu machen, denn leiden wird Ines in jedem Fall. „Du hattest recht mit deiner Vermutung, und du bist, wie es scheint, zu spät gekommen. Ich habe die beiden bei James im Krankenhaus getroffen und sie scheinen schwer verliebt zu sein. Sie sind aber ahnungslos, was deine Anwesenheit betrifft. Ich habe nur mit James darüber gesprochen, als wir alleine waren." Finn nimmt die sichtlich gebrochene Ines tröstend in den Arm, was sie sich widerstandslos gefallen lässt. Der Schmerz, oder aber auch die Kränkung, ist einfach zu groß. Sie beginnt hemmungslos zu schluchzen und geniert sich auch nicht dabei. Finns Hemd ist binnen kurzer Zeit ziemlich durchnässt, aber Ines ist noch lange nicht so weit, dass sie aufhören kann. „Weinen ist gut, aber eine kleine Pause wäre noch besser", versucht Finn die unglückliche Ines zu beruhigen. „Und solltest du heute noch zu einem Wiedersehen mit Paul fähig sein, weiß ich, wo er sich mit Simone und ihrem Vater aufhält."

„Ich denke, ich bringe es so rasch wie möglich hinter mich", schluchzt Ines. Bei ihrem Anblick im Wandspiegel hinter Finn fährt Ines bereits etwas gefasster fort: „Wie ich dabei aussehe, ist mir im Endeffekt auch egal, wenn ich nicht mehr um ihn kämpfen kann!"

„Obwohl du mir auch mit deinen verweinten Augen gefällst, solltest du doch nicht schwach wirken, wenn du auf Paul triffst. Ein schlechtes Gewissen soll er ruhig haben, aber dazu musst du nicht leidend und schlecht aussehen", entgegnet Finn und schiebt die aufgelöste Ines behutsam ins Badezimmer. „Kaltes Wasser wird dir guttun", fügt er noch fürsorglich hinzu. Ihre verquollenen Augen mit der verwischten Schminke im Vergrößerungsspiegel zu sehen, stachelt ihre Eitelkeit an und sie versucht sich wieder gesellschaftsfähig zu machen. So niedergeschlagen und „gezeichnet" will sie Simone und Paul in keinem Fall gegenüberzutreten.

Obwohl sie immer noch nicht fassen kann, dass ihre ärgsten Befürchtungen tatsächlich eingetreten sind, ist sie um Haltung und ein gepflegtes Aussehen bemüht. „Finn hat ja recht", denkt sie. „Ich sollte meinen Stolz und meine Selbstachtung bewahren, und mich durch diese Kränkung nicht unterkriegen lassen. Derart aufgebaut und „restauriert" wagt sie sich wieder aus dem Badezimmer und kann an Finns Blick erkennen, dass ihr der „Wiedereintritt ins Leben" gut gelungen ist. Sie hakt sich bei Finn ein, und gemeinsam machen sie sich auf diesen freudlosen Weg.

ÜBERRASCHUNG

Der Tisch in Barclays Pub, an dem Simone und Paul sitzen, ist für Ines und Finn schon beim Öffnen der Eingangstür zu sehen. Es gibt also kein Zurück mehr und Ines fühlt sich, als würde sie einen Sprung in eiskaltes Wasser machen. Und das, obwohl sie sich in ihrer Vorstellung auf diesen Überraschungseffekt fast gefreut hatte. In der Realität schaut eben einfach alles anders aus, und es ist ihr in Wahrheit wieder zum Heulen zumute. Aber Finn drückt ihr noch einmal aufmunternd die Hand und schiebt sie weiter, wodurch sie sich zusammenreißt und erhobenen Hauptes auf den Tisch der beiden zugeht. Simone scheint mit ihrem Vater zu plaudern, während Paul gerade einen genüsslichen Schluck Wein nimmt, an dem er fast zu ersticken droht, als er Ines auf sich zukommen sieht. Ungläubig starrt er seine Freundin an, während er versucht, den Wein, den er bei Ines' Erscheinen in die falsche Kehle bekommen hat, durch intensives Husten wieder loszuwerden. Nun werden auch die anderen aufmerksam auf die Neuankömmlinge, wobei sich Allen und Scott noch keinen Reim aus dem plötzlich so aschfahlen Gesicht von Simone machen können. „Du siehst aus, als hättest du einen Geist gesehen", macht sich Scott daher über seine Tochter lustig.

„Ein Geist ist Ines nun wirklich nicht, aber wie kommt sie so plötzlich hierher?" Simone schüttelt ungläubig den Kopf, als wollte sie aus einem Traum erwachen. Ein Blick auf Paul genügt ihr allerdings, um zu wissen, dass sich diese Szene im wirklichen Leben abspielt. Er erhebt sich wortlos, nickt Simone kurz zu und nimmt Ines, ohne sie mit den Menschen an dem Tisch bekannt zu machen, bei der Hand, um sie ans andere Ende des Lokals zu führen, wo er sie auf einen Sessel an einem kleinen Zweiertisch drückt. Nun sind sie außer Reichweite. Keiner der Anwesenden hört, was Paul der armen Ines sagt, aber sowohl Simone als auch Scott, Allen und Finn wissen, dass es schmerzen wird. Denn selbst Allen, der die Liebesgeschichte von Simone und Paul nur peripher mitbekommen hat, ist klar, dass es da noch eine Aussprache mit der Ex-Freundin geben muss. „Dann hat er es wenigstens hinter sich", fasst sich Scott als Erster wieder. „Wenngleich mir die arme Person auch sehr leidtut. Da ist sie ihm nachgereist, um ihn nicht zu verlieren, und muss nun erfahren, dass sie zu spät gekommen ist!" Inzwischen hat Finn sich auch mit Allen bekannt gemacht. Er hat Platz genommen und meint: „Ich dachte, es wäre das Beste, die beiden so rasch wie möglich zusammenzubringen." Und an Simone gewandt fügt er noch hinzu: „Nachdem ich euch beide im Krankenhaus gesehen habe, war mir klar, dass Ines keine Chance mehr hat. Schon während des Fluges, bei dem ich ihre Bekanntschaft gemacht habe, wirkte sie nervös und verunsichert. Sie war sehr froh darüber, dass ich mich erbötig gemacht habe, sie mitzunehmen, als sich beim Plaudern im Flugzeug Fort William als unser gemeinsames Reiseziel herausgestellt hat. Und da während der Autofahrt klar wurde, dass Ines ihren Freund Paul und dessen ehemalige Schwester Simone, bei deren Halbbruder James Watson vermutet, habe ich einen gemeinsamen Besuch im Krankenhaus vorgeschlagen. Von Brenda wusste ich ja, dass sich am Nachmittag alle bei James treffen werden. Erst zu diesem Zeitpunkt ist Ines endlich mit der ganzen Wahrheit über den tatsächlichen Beweggrund ihrer Reise herausgerückt und ich habe ihr versprochen, Informationen über den Stand der Dinge einzuholen. Dass die

Sache derart eindeutig sein wird, habe ich allerdings nicht angenommen. Ines scheint aber schon eine Vorahnung gehabt zu haben, denn sie hatte sich, nach meinem Bericht vom Krankenhaus, relativ rasch wieder im Griff." Nun beendet Finn die Schilderung seiner Erlebnisse mit der armen Ines. Noch immer ist Simone sprachlos über das Erscheinen von Pauls Freundin, kann aber nicht umhin, diese Frau zu bewundern. „Ich weiß nicht, ob ich an ihrer Stelle genauso viel Mut und Abenteuergeist bewiesen hätte. Nicht nur, dass sie sich auf einen finanziellen Verlust bezüglich ihrer beruflichen Auszeit eingelassen hat, ist sie auch einfach einem Bauchgefühl gefolgt, um schlussendlich diese bittere Wahrheit erfahren zu müssen. Aber wahrscheinlich hat sie die Ungewissheit nicht mehr ausgehalten, woran natürlich auch wir Schuld haben. Aber Paul wollte Ines einfach nicht am Telefon mit unserer Liebe konfrontieren, obwohl ihn natürlich sein schlechtes Gewissen plagte!" Scott nickt zustimmend. „Wir haben nicht nur einen Abend über die richtige Vorgehensweise diskutiert, um zu der Erkenntnis zu kommen, dass Ines eine persönliche Aussprache verdient. Auch Pauls Vater Georg war dieser Meinung, wenngleich er seinen Sohn am Telefon gewarnt hat, dass man von Ines alles erwarten kann."

„Stimmt", fährt nun Simone fort. „Aber wir haben ihr diesen abenteuerlichen Schritt einfach nicht zugetraut und uns sozusagen ‚in Sicherheit gewiegt', solange wir in Schottland sind. Was wird nun aus ihr werden?"

„Darüber können wir erst diskutieren, wenn klar ist, wie diese Aussprache endet", schlussfolgert Finn ziemlich pragmatisch. Er ist ja am wenigsten emotional beteiligt, wenngleich ihm Ines' Wohlbefinden schon irgendwie am Herzen zu liegen scheint. Das ist auch allen anderen Anwesenden aufgefallen. Ein derart selbstloses und hilfsbereites Verhalten, wie Finn es bisher an den Tag gelegt hat, ist doch ziemlich ungewöhnlich. „Vielleicht ist er ja tatsächlich interessiert an Ines", überlegt Simone, die sich – wahrscheinlich aus purem Egoismus – tatsächlich schon über den weiteren Verbleib von der Fast-Schwägerin Gedanken macht.

„Jetzt wird es also tatsächlich ernst", überlegt Henderson, der soeben die Nachricht von Baxter bekommen hat, dass Scott schon wieder bei seiner Bank war und sich danach mit seiner Tochter und deren Freund vor der Polizei getroffen hat. Auch der Privatdetektiv war dabei, als sie das Gebäude betreten haben. „Also fährt Scott mit allen Geschützen auf. Er legt nicht nur das Beweismaterial vor, sondern bringt auch noch seinen Zeugen ins Spiel. Da wird die Polizei wohl auch ihre Schlüsse bezüglich des Unfalls ziehen, wenngleich ich mir sicher bin, dass man eine Sabotage nicht nachweisen kann. Trotzdem wird es Zeit für mich, Kirstys Rat zu befolgen." Er packt sehr sorgfältig und überlegt, da er nicht weiß, wie lange er fortbleiben wird. Mit einer Reisetasche und einem kleinen Koffer unter dem Arm verschließt Henderson den Wohnbereich des Hauses und geht hinüber ins Büro, um Kirsty für die Zeit seiner Abwesenheit geschäftliche Instruktionen zu erteilen. „Ich denke, die Polizei wird uns bald einen Besuch abstatten. Daher habe ich den nächsten Flug nach Wien gebucht, ich werde gegen 23:30 Uhr ankommen. Du könntest unterdessen in einem nicht zu teuren Hotel in der Innenstadt für drei Nächte ein Zimmer buchen. Vielleicht auch auf deinen Namen, man weiß ja nie … Alles Weitere wird sich finden, wenn ich vor Ort bin. Sollten irgendwelche neuen Aufträge oder Anfragen hereinkommen, kannst du mich ja anrufen. Aber ich denke, die meisten unserer Kunden sind vorerst versorgt, und der Verkauf hier im Geschäft liegt ja so und so schon lange in deinen bewährten Händen", schmeichelt er sich zum Abschied noch einmal ordentlich bei seiner Geliebten ein, auf deren Hilfe er nun tatsächlich voll und ganz angewiesen ist. Es widerstrebt ihm zwar etwas, sich bezüglich seiner Firma total auf Kirsty verlassen zu müssen, aber er hat keine andere Wahl. Zudem ist er überzeugt davon, dass sein Charme immer noch ausreicht, um in Kirsty eine hundertprozentig loyale Mitarbeiterin zu haben. „Du kannst dich auf mich verlassen, Daniel", antwortet sie auch geflissentlich. „Ich werde dich über alles auf dem Laufenden halten und schicke dir eine WhatsApp-Nachricht mit der Adresse deines Hotels. – Hoffentlich bleibst du nicht zu lange weg, denn ich werde dich vermissen", fügt sie noch scheinheilig hinzu. In Wahrheit kann sie es kaum erwarten, dass er endlich geht, zu unangenehm ist ihr dieser gefährliche Mann mit den zwei Gesichtern bereits geworden.

Nachdem sich das einstige Paar, Ines und Paul, eine Zeit lang „angeschwiegen" hat, ergreift Paul endlich das Wort. „Es war nicht meine Absicht, dich in irgendeiner Form zu kränken, aber Gefühle zwischen zwei Menschen sind nun einmal nicht steuerbar. Du weißt, dass ich kein Hallodri oder Luftikus bin, und ich habe diese Gefühlsveränderung meiner einstigen Schwester gegenüber auch sorgsam hinterfragt, bevor ich sie mir eingestanden habe. Auch Simone hat mir ihre Liebe erst offenbart, nachdem ich den Mut hatte, über meine Gefühle zu ihr zu sprechen. Wir haben es uns ganz und gar nicht leicht gemacht, was aber natürlich nichts daran ändert, dass ich dich betrogen habe. – Eine weitere schwache Entschuldigung ist die, dass ich dir die neue Situation nicht am Telefon erklären, sondern damit auf unsere Rückkehr und ein persönliches Gespräch warten wollte. Dass mich mein schlechtes Gewissen deswegen geplagt hat, wird dir natürlich auch nicht helfen, leichter über diese Enttäuschung hinwegzukommen", versucht der schuldbewusste Paul sein Handeln zu erklären.

„Ich hatte schon die ganze Zeit über ein komisches Gefühl bezüglich eurer gemeinsamen Reise. Als du mir dann beiläufig darüber berichtet hast, dass ihr gar keine Geschwister seid, wurde ich immer unruhiger und habe relativ rasch meinem Bauchgefühl nachgegeben und alle Hebel in Bewegung gesetzt, um aus dem Schuljahr noch aussteigen zu können – insgeheim immer noch hoffend, dass ich mich getäuscht habe oder wenigstens noch um dich kämpfen kann. Dass das keinen Sinn mehr hat, war mir klar, als ich Finns Gesichtsausdruck gesehen habe, nachdem er euch beide im Krankenhaus getroffen hat. Es ist also vorbei mit unserem gemeinsamen Leben. Wie hat das nur passieren können?" Ines versucht die aufsteigenden Tränen zu unterdrücken, als ihr die Bedeutung ihres Satzes klar wird. Kein

Paul mehr, der für all ihre Probleme stets ein offenes Ohr hatte, immer für sie da war und auch versucht hat, ihr ein schönes gemeinsames Leben zu bieten. Auf sein Angebot einer intensiveren Nähe, nämlich bei ihm einzuziehen und ein gemeinsames Nest zu bauen, ist Ines allerdings nie eingegangen. Waren das schon die ersten Vorzeichen eines baldigen Endes, das womöglich sie selbst verschuldet hat?

„Das habe ich mich auch gefragt und versucht herauszufinden, ob wir tatsächlich noch glücklich waren. Dass du nie mein Angebot angenommen hast, zu mir zu ziehen, und deinen einstigen sehnlichen Kinderwunsch schon lange nicht mehr geäußert hast, ist mir erst so nach und nach eingefallen. Hat sich da schon so etwas wie ein Auseinanderleben eingeschlichen?", stellt Paul ähnliche Fragen, wie sie Ines eben in Gedanken aufgeworfen hat. „Wir werden es wohl niemals genau herausfinden, es ist passiert und beileibe nicht die Schuld anderer. Ich hoffe, du hegst keinen Unmut gegen Simone, denn es gehören immer zwei dazu, sich zu entfremden und auch sich zu verlieben", fährt er mit einem fürsorglichen Blick zu Simone fort.

„Natürlich war ich wütend auf sie, denn meine Eifersucht auf euer gutes Verhältnis, schon zu geschwisterlichen Zeiten, hatte nun endlich eine Berechtigung. Wenngleich es natürlich dumm und töricht ist, auf das gute Einvernehmen zweier Menschen, ganz gleich in welchem Verhältnis sie zueinander stehen, eifersüchtig zu sein. Aber gegen seine Gefühle ist man ja oft machtlos, wie du nun auch erfahren hast. Ich kann mich nur über mich selbst wundern, dass ich so sachlich mit dir über unser verlorenes gemeinsames Leben spreche. Wahrscheinlich habe ich mich schon zu lange mit dieser Möglichkeit beschäftigt, sodass mich ihr Eintreten nun weniger berührt als gedacht. Aber vielleicht habe ich die weitreichenden Folgen dieser Veränderung noch nicht ganz erkannt und werde erst morgen in ein großes tiefes Loch stürzen", überlegt Ines stirnrunzelnd und fragt sich im selben Moment mit Schaudern, wie wohl ihre Zukunft ausschauen wird.

Die beiden werden von Simone, Scott, Finn und Allen beobachtet, die über die ruhige Unterhaltung zwischen Ines und

Paul überrascht sind. Allerdings weiß außer Simone keiner der anderen vier, wie laut Ines' Auftreten im Normalfall ist. Simone sind die leisen Stimmen der beiden fast unheimlich. Sie hat mit heftigen Vorwürfen seitens der betrogenen Ines gerechnet und nimmt ihre scheinbare Gefasstheit überrascht zur Kenntnis. Sollte sich die schrille Ines im Zuge der Geschehnisse verändert haben? Zudem stellt Simone mit Freude fest, dass sie nicht gebrochen scheint, sondern um eine aufrechte Haltung bemüht ist, einfach nur überlegt und ruhig mit Paul spricht. Auch Finn hat zufrieden registriert, dass Ines kein Häufchen Elend, sondern einfach eine Frau ist, die weiß, dass sie verloren hat.

„Wie auch immer es dir morgen geht", versucht Paul Ines' Angst vor dem „möglichen Erwachen" zu mildern, „wir sind alle für dich da, wenn du uns brauchst, sofern du unsere Hilfe überhaupt annehmen willst und kannst." Es ist alles gesagt zwischen den beiden. Ines nickt und erhebt sich als Erste, sie muss einfach an die frische Luft, während Paul an den Tisch zu den anderen zurückkehrt.

Henderson nimmt sich am Flughafen Wien ein Taxi und zeigt dem Fahrer sein Handy mit der Adresse, die ihm Kirsty geschickt hat. Auf der Fahrt in die Innenstadt überlegt der Ganove die Vorgehensweise für den nächsten Tag. Er wird seinen Geschäftspartner Jakob Wilhelm gleich morgen früh anrufen, vielleicht hat der Vielbeschäftige ja sogar Zeit für ein gemeinsames Mittagessen. Obwohl sich Wilhelm mit seinem Modelabel ein ziemliches Vermögen erwirtschaftet hat und dieses auch durch den regen Handel mit Henderson ständig vergrößert, ist er ein arbeitsamer Mensch. In seiner Modefirma hat er auch einige Räumlichkeiten für den Inverness-Handel eingerichtet, denn die bestellten Waren wie Felle, Trophäen und manchmal eben auch Tiere, müssen natürlich richtig zwischengelagert werden, bevor sie zum Käufer gelangen. „In seiner Firma werde ich mich nicht blicken lassen", überlegt Henderson. „Besser wir treffen uns in der Stadt. Noch kennt mich in Wilhelms Geschäft keiner, und das sollte besser auch so bleiben. Vielleicht lädt mich Wilhelm wieder einmal zur

Jagd in eines seiner drei Reviere ein. Soviel ich weiß, bemüht sich die gesamte High Society der Jägerschaft im Raum Wien und Niederösterreich um solche Einladungen. Vielleicht bekomme ich sogar die Chance auf einen Gamsabschuss, denn eines der Wilhelmschen Reviere befindet sich in der Region Eisenwurzen, wo auch das Gamswild beheimatet ist." Natürlich wäre er auch einem Mufflon oder Alpensteinbock nicht abgeneigt, alles Tiere, deren Trophäen er noch nicht selbst nach Hause gebracht hat. Über all diese Überlegungen, die ihn in eine regelrechte Urlaubsstimmung versetzen, hat er nicht bemerkt, dass das Taxi bereits bei seinem Hotel angekommen ist. Müde von dem langen und ereignisreichen Tag, bestellt er sich das morgige Frühstück gleich aufs Zimmer. Er will nicht unnötig im Speisesaal herumsitzen, sondern die Zeit gleich für die Kontaktaufnahme mit Wilhelm nutzen. Ganz klar ist Henderson allerdings noch nicht, ob er seinem Geschäftspartner von Scott Watson berichten soll. Wenn er es nicht tut, muss er sich einen anderen Grund für seine Wienreise überlegen. Vielleicht sollte er Interesse für ein eigenes Jagdrevier bekunden – oder einfach nur einen längst fälligen Urlaub vorgeben. Beides sind in seinen Augen plausible Gründe, wobei die Suche nach einem Revier auch einen längeren Aufenthalt rechtfertigen würde. Womit die Entscheidung gefallen ist. Er wird das Missgeschick mit Watson verschweigen und sich für eine eigene Jagd interessieren. Wer weiß, wie lange er sich von Inverness fernhalten muss. Zufrieden mit dem Ergebnis seiner Überlegungen genehmigt er sich noch einen Schlaftrunk aus der Minibar, bevor er nach einem bewundernden Blick über die beleuchtete Skyline von Wien unter der Dusche verschwindet. Er ist sogar derart gut gelaunt, dass er sich ein Liedchen pfeift, während er seine fettigen Haare mit dem Hotelshampoo verwöhnt. Er freut sich direkt auf den Zwangsaufenthalt in Österreich, zu dem ihm nicht nur Scott Watson, sondern auch seine dralle Kirsty verholfen haben.

Keiner stellt eine Frage, als Paul an den Tisch zurückkommt, denn dass die Aussprache friedlicher über die Bühne gegangen ist als erwartet, haben alle mitbekommen. Und dass das Gespräch kein leichtes war, in erster Linie natürlich für Ines, ist den Anwesenden auch klar. Finn erhebt sich daher sofort und verabschiedet sich, um Ines zu folgen. Vor dem Lokal holt er sie ein und macht sich erbötig, sie zu ihrer Unterkunft zu fahren. Nachdem Finn sich versichert hat, dass Ines noch im Besitz seiner Visitenkarte ist, führt er sie bis zu ihrem Zimmer und verabschiedet sich mit der Aufforderung, sich zu melden, sobald sie ausgeschlafen ist. Ohne sich großartig abzuschminken oder gar zu waschen, wirft Ines ihre Kleidung achtlos auf den Boden und tut genau das, was sie sich in dem Pub bereits herbeigesehnt hat: weinen und traumlos schlafen.

Paul ist hingegen viel zu aufgewühlt, um schlafen zu können. Obwohl er mit Simone noch einige Zeit zügig durch Fort William gelaufen ist, nachdem sie sich von Scott und Allen verabschiedet hatten, kommt er immer noch nicht zur Ruhe. Schließlich kehren sie doch noch einmal ein, um bei einem Glas Wein die Geschehnisse des Tages Revue passieren zu lassen. „Es war ja schon aufregend genug, Scott zur Polizei zu begleiten, aber dieses plötzliche Auftauchen von Ines hat mich vollkommen umgehauen", resümiert Paul.

„Dafür hast du aber erstaunlich ruhig gewirkt." Simone betrachtet ihren Paul, dessen schlechtes Gewissen ihm das Leben extrem schwer macht, liebevoll und streichelt ihm die stoppelbärtige Wange. „Nun hast du es ja hinter dich gebracht, und Ines erscheint mir auch um vieles tapferer und gefasster als erwartet. Sie wird sich sicherlich bald wieder ganz gefangen haben. Ich mache mir eigentlich mehr Sorgen darüber, was sie nun hier in Schottland oder nach ihrer Heimkehr in Wien machen wird, wenn sie keinen Job mehr hat. Mir ist ja nicht einmal bekannt, ob sie Hobbys oder Freunde hat", gesteht sich Simone ein.

„Sie hat dich offensichtlich wirklich nicht interessiert, ähnlich wie es mir mit deinem Ulrich ergangen ist", kann Paul endlich wieder schmunzeln. „Aber tatsächlich hat sie kein großartiges gesellschaftliches Leben und außer Lisa, die als ihre Direktorin wahrscheinlich auch ihre Freistellung ermöglicht hat, keine wirkliche Freundin. Nachdem ihre Eltern bei einem Autounfall ums Leben gekommen sind, hat sie auch keine näheren Verwandten. Und Hobbys sind mir auch keine bekannt. Ich weiß tatsächlich nicht, was sie in ihrer Freizeit gemacht hat, wenn wir nicht zusammen waren. Da hielt sich mein Interesse wohl auch in Grenzen, was den Menschen Ines anbelangt hat", fasst er das Kapitel seines Zusammenlebens mit Ines etwas traurig zusammen. „Und das nach all den Jahren! Dann war es wohl auch schon höchste Zeit unser Leben zu ändern. Gott sei Dank bist du mir in die Quere gekommen!", meint er, wobei er seine Simone an sich zieht. Endlich ist dieser Druck der Aussprache mit Ines vom Tisch, eine gewisse Erleichterung macht sich bei den beiden breit, wenngleich sie sich doch auch Sorgen um die einst so schrille, betrogene Frau machen.

„Meinst du, dass sie mit uns zusammen sein will?", fragt Simone und will eigentlich wissen, wie er nach der Aussprache mit Ines verblieben ist.

„Ich habe ihr unser aller Hilfe angeboten, wobei sie sich nicht dazu geäußert hat, ob sie das will oder nicht. Ich glaube, man muss ihr erst einmal Zeit lassen, um sich an die neue Situation zu gewöhnen. Wenn du nichts dagegen hast, werde ich sie morgen anrufen und fragen, ob und was wir für sie tun können. Außerdem finde ich Allens Idee, dass er Ines nach Inverness mitnehmen könnte, wenn er sich dort bezüglich Hendersons Kontakte etwas umhört, gar nicht so schlecht. Wie wir beide wissen, ist Inverness eine schöne Stadt, in der Ines sicherlich etwas Ablenkung findet. Da Finn ja auch nur mehr den morgigen Tag frei hat und Ines danach auf unsere Gesellschaft angewiesen ist, wäre es sinnvoll, ihr noch einen weiteren Tag zu geben, um sich an die neue Konstellation zu gewöhnen."

Simone streicht sich wieder einmal ihre nicht vorhandene Haarsträhne hinters Ohr. „Wahrlich keine schlechte Idee von Allen, und natürlich rufst du sie morgen an. Ich fühle mich doch auch schuldig an dieser ganzen Misere und finde es ganz toll, wie stark, gefasst und vor allem auch ruhig die ansonsten derart laute

Ines reagiert hat. Vielleicht vollzieht sich mit der Änderung ihrer Lebenssituation auch eine Wesensänderung bei ihr. Das wäre ihrem nächsten Lebenspartner wirklich zu wünschen."

So langsam wird nun auch Paul müde, der Wein hat seine Wirkung getan und die beiden begeben sich zu Roya Grahams Haus, um am nächsten Morgen fit für den Besuch bei James im Krankenhaus zu sein. Sollte Ines doch noch Pauls Hilfe brauchen, würde er die Zeit dafür nutzen. In jedem Fall könnte man Ines auch zum Mittagessen oder zum geplanten Nachmittagstreff mit Scott mitnehmen, falls sie nicht alleine sein möchte. Und so grausam es klingt, aber mit diesem Tag scheint das letzte Hindernis zu Simones und Pauls gemeinsamen Glück „aus dem Weg geräumt" zu sein.

Nachdem Finn die erschöpfte Ines abgeliefert hat, kehrt er zurück in das Pub seiner Eltern. Endlich hat er Zeit, den beiden von den Geschehnissen dieses aufregenden Tages zu berichten. Da sein Vater Gordon hinter der Bar arbeitet, hat er zumindest die für ihn neuen Gesichter von Allen Ross und Ines registriert, ohne allerdings die genauen Zusammenhänge zu kennen. Simone und Paul sind mit Scott bereits in seinem Lokal gewesen und daher keine Fremden mehr für ihn. Und da Finn – nach seiner Ankunft in Fort William und bevor er James im Krankenhaus aufsuchte – auch kurz bei seinen Eltern war, wissen sie zumindest darüber Bescheid, dass ihr Sohn nicht alleine gereist ist. Aber wie die neuen Personen in das Gesamtbild der Watsons und Barclays passen, ist den beiden noch nicht klar. Selbst Finns Mutter Leslie, die über eine große Kombinationsgabe verfügt, hat sich noch keine schlüssige Geschichte zu den Neuankömmlingen zusammenreimen können. Also sind sie schon sehr gespannt auf Finns Erzählung. Allerdings wird es ziemlich spät, bis Leslie die Küche geschlossen und Gordon die letzten Gäste hinausbegleitet hat. Erst dann kann Finn seinen Eltern in Ruhe vom Zusammentreffen mit Ines und von deren merkwürdigen Reisebeweggrund, sowie dem daraus resultierenden Drama berichten. Wahrscheinlich liegt es an der Art und Weise wie Finn über Ines spricht, dass sich seine Eltern bereits nach kurzer Zeit vielsagende Blicke zuwerfen. Ähnlich wie James im Krankenhaus dürften auch die beiden ein gewisses Interesse ihres Sohnes an der unglücklichen Person bemerkt haben. Doch sie schweigen still, hören einfach nur weiter aufmerksam zu und genießen es, ihren Sohn wieder einmal zu Hause zu haben. Zu selten sind die Stunden, die sie miteinander verbringen, denn Finns freie Tage, die er zumeist mit seinen Freunden in Glasgow verbringt, sind rar. Und wenn er einmal nach Fort William kommt, müssen sie ihren Sohn mit James teilen, der ja nach wie vor Finns bester Freund ist. Da kann man Leslies aufkeimende Besorgnis, ihr Sohn könnte sich in diese Österreicherin verlieben, schon verstehen, denn dann würden sie ihn wahrscheinlich noch weniger zu Gesicht bekommen. „Aber andererseits", überlegt die verständnisvolle Mutter, „Hauptsache mein Sohn wird glücklich, ganz gleich, wo und mit wem ..."

Henderson hat es sich mit einem guten Wiener Frühstück auf seinem Zimmer bequem gemacht und fasst in Gedanken nochmal zusammen, was er Wilhelm alles erzählen will. Nachdem er das Ei mit einer knusprigen Semmel sowie etwas Schinken und Käse verspeist hat, greift er zu seinem Handy. Überraschenderweise meldet sich der vielbeschäftigte Wilhelm sofort und scheint auch erfreut über Hendersons Anruf. „Ob er das auch noch ist, wenn er erfährt, dass ich in Wien bin?", überlegt Daniel, denn als Freunde kann man die total verschiedenen Partner nun wirklich nicht bezeichnen. Zwar sind die Geschäfte von Wilhelm genauso wenig astrein wie Daniels, aber Wilhelm ist ein eleganter Ganove mit perfektem Benehmen und einer ausgesprochen gepflegten und auch modischen Erscheinung, um den sich alle Vertreter der österreichischen High Society bemühen. Und umgekehrt verhält es sich ebenso, denn wer bei einem Fest des überragenden Gastgebers nicht geladen ist, gehört nicht zu den „oberen Zehntausend" des Landes. „Das wird wohl nie meine Welt sein", seufzt Henderson nach einem Blick in den Spiegel und berichtet Wilhelm, dass er in Wien ist. Tatsächlich hält sein Gesprächspartner für einen Moment inne, und fragt erst nach einem umständlichen Räuspern: „Na das ist aber eine Überraschung, was führt Sie denn nach Österreich?"

„Zum einen habe ich gedacht, es wäre vielleicht ganz gut unseren geschäftlichen Kontakt wieder einmal durch ein persönliches Gespräch zu vertiefen, zum anderen bin ich auch an einem Jagdrevier in Österreich interessiert. Und wer könnte mich diesbezüglich besser beraten oder mit seinen Kontakten unterstützen als ein so versierter Jäger und für seine Beziehungen bekannter Mann wie Sie. Außerdem wollte ich ehrlich gesagt auch ein paar Tage Urlaub machen, also habe ich versucht all meine Pläne auf einen Ort zu fokussieren."

Wilhelm ist nicht gerade erfreut, denn Henderson ist zwar ein nützlicher Geschäftspartner, aber kein angenehmer Mensch. Da er es sich nicht mit ihm verscherzen will, schlägt er ihm ein Treffen zum Mittagessen vor, wo sie sich in Ruhe über alles unterhalten können. „Da heute ein ruhiger Vormittag ist, könnte ich mit ein paar Telefonaten vielleicht schon einiges zu Ihrem Vorhaben in Erfahrung bringen", fügt der gut vernetzte Geschäftsmann noch hinzu. „Einen Tisch lasse ich uns auch reservieren. Die Adresse und Uhrzeit werde ich Ihnen schicken lassen. Ich freue mich, bis später, Mr. Henderson!" Wilhelm will die Angelegenheit so rasch wie möglich erledigen. Zu viel Zeit möchte er mit diesem Mann nicht verbringen, aber ungefällig zu sein kann er sich auch nicht leisten, denn er braucht den schottischen Kontakt für seine Geschäfte. Henderson ist ein zu guter Jäger und zudem ein abgebrühter Ganove, der es immer wieder schafft die ausgefallensten Wünsche von Wilhelms Kunden zu erfüllen, selbst wenn er dabei das Gesetz übertreten muss. Also wählt Wilhelm nach kurzem Überlegen widerwillig die Nummer der Bundesforste, während Henderson sich, zufrieden mit dem Gesprächsverlauf, wieder genüsslich seinem Frühstück widmet.

Es ist bereits neun Uhr morgens, als Ines zum ersten Mal die Augen öffnet. Sie hat tief und traumlos geschlafen, ist aber immer noch irgendwie zerschlagen von den Geschehnissen des letzten

Tages. Zu viel ist über sie he-reingebrochen, was sie noch nicht wirklich verarbeiten konnte, was sie aber trotzdem sehr mitgenommen hat. Mit einem Blick aus dem Fenster stellt sie fest, dass das regnerische schottische Wetter ihre Stimmung auch nicht heben wird. Also versucht sie nochmals einzuschlafen, was ihr allerdings nicht gelingt, denn ihre Gedanken sind bereits zu wach und schon mit ihrer planlosen Zukunft beschäftigt. Was wird nun aus ihrem Leben werden, das bisher in scheinbar so fixen Bahnen verlaufen ist? Leider hat sie überhaupt keine Idee, was sie mit sich und der unendlich vielen Zeit, die ihr durch das Sabbatical zur Verfügung steht, anfangen soll. In ihrer Beziehung mit Paul waren es in erster Linie seine Interessen, die sie gemeinsam verfolgt haben, und sie beginnt sich schon langsam zu fragen, ob sie denn überhaupt eigene hat. „Ich könnte natürlich jetzt viel mehr Zeit mit der alleinstehenden Lisa verbringen, aber auch nur an den Wochenenden, denn ihr Job als Direktorin verlangt vollsten Einsatz. Zudem stellt sich die Frage, ob ich noch in Schottland bleiben soll oder nicht", überlegt sie. Finn wird sie wohl in jedem Fall anrufen, aber hat sie tatsächlich Lust mit Paul, Simone und deren neuer Familie, den Watsons, Gemeinsames zu unternehmen? Sie weiß ja nicht einmal, ob sie das Zusammensein mit dem glücklichen Paar überhaupt aushält, oder ob es sie zu sehr schmerzt. Einen wirklichen Groll hegt sie überraschenderweise nicht gegen die beiden, zu offensichtlich ist deren Verliebtheit, die ja nicht vorsätzlich herbeigeführt worden ist. Von all den Überlegungen beginnt ihr der Kopf zu schmerzen, sie schält sich daher etwas träge aus dem Bett und versucht dieses Übel mit einer heißen Dusche zu beheben. Und siehe da, danach geht es ihr bedeutend besser, sodass sie sich auch gleich bei Finn meldet.

Hocherfreut über ihren Anruf schlägt er Ines einen gemeinsamen Ausflug an seinem letzten Urlaubstag vor und hat auch schon ein Ziel, nämlich die Isle of Mull, vor Augen. „Das würde mich wirklich sehr freuen, eine Ortsveränderung brächte mich sicherlich auf andere Gedanken, selbst wenn das Wetter nicht gerade sehr einladend ist", stimmt Ines seinem Vorschlag zu. Sie vereinbaren, dass er sie mit Proviant bewaffnet abholt, damit Ines nicht erst Zeit mit einem Frühstück vergeuden muss. Während sie sich rasch anzieht, meldet sich Paul, der ihr ebenfalls einen Ausflug anbietet, falls sie Lust dazu hätte, und ihr auch von Allens Angebot berichtet. Nun muss Ines lachen. Dass sich plötzlich alle um sie kümmern, ist schon sehr ungewöhnlich. „Ich danke dir, Paul, aber ich werde den Tag mit Finn verbringen, der ja morgen wieder arbeiten muss. Vielleicht komme ich in den nächsten Tagen noch auf euer aller Angebote zurück, wobei ich ja nicht einmal weiß, wie lange ich noch in Schottland bleiben werde", meint Ines. Dann fügt sie noch etwas ratlos hinzu: „Zudem brauche ich doch noch etwas Abstand zu dir, Simone und ihrer Familie. Ich muss mich wohl erst an das Gefühl gewöhnen, nicht mehr zu dir zu gehören. Aber danke für deinen guten Willen."

Kaum hat Ines ihre Tasche geschnappt und das Zimmer verlassen, sucht sich die Sonne einen Weg durch die dicke Wolkenbank. Die junge Frau atmet die frische Regenluft tief ein, fühlt die ersten zaghaften Strahlen auf ihrer Haut und ist auf einmal gut gelaunt und voller Tatendrang. Als auch noch ihr hilfsbereiter Schotte mit seinem Wagen um die Ecke kommt, hat sie ihr Unglück schon beinahe vergessen.

Paul ist ziemlich überrascht über Ines' offensichtlich gute Laune, aber auch sehr froh darüber. „Ich denke, wir müssen uns im Moment keine Sorgen um Ines machen", überlegt er laut zu Simone gewandt, während er seine Bohnen mit Speck genießt. „Sie ist heute mit Finn unterwegs und wird, falls sie tatsächlich länger in Schottland bleiben sollte, vielleicht auf mein Angebot zurückkommen. Dass sie sich so schnell von dem gestrigen Schock erholt, hätte ich nicht gedacht!"

Simone bestreicht einen Toast mit Orangenmarmelade und kann sich die Bemerkung „Hört sich ja an, als wärst du traurig darüber" nicht verkneifen. Schelmisch grinsend neckt sie ihren Paul, der offensichtlich nicht nur zum Erkennen eines positiven, sondern auch zur Überwindung eines negativen Gefühls länger braucht als so manch anderer. „Dann kannst du mich ja zu James begleiten, falls du Lust dazu hast. Ich fände es auf jeden

Fall sehr schön, wenn du dich auch für meinen neuen Bruder interessieren würdest."

„Du weißt doch, dass ich dich überallhin begleite, wenngleich ich natürlich auch sehr gespannt bin, mehr über meine zukünftige Familie zu erfahren", neckt er nun seinerseits Simone, der bei seinen Worten der Bissen im Hals stecken zu bleiben droht.

„Wie ist denn das wieder gemeint?", tut sie so, als hätte sie seine Anspielung nicht verstanden. „Du wirst doch nicht etwa ernsthafte Absichten haben?"

„Auch das solltest du von mir wissen. Mit derartigen Dingen mache ich keinen Spaß, obwohl ich dich in diesem Fall auch etwas necken wollte. Trotzdem ist es mein voller Ernst, wenn ich dich frage, ob du meine Frau werden willst." Selbst überrascht über seine Worte hat er Simone damit auch total überrumpelt. Ist es der gute Ausgang des Aufeinandertreffens mit Ines, der ihn derart beflügelt hat, seinen schon länger gehegten Wunsch der Frau, die er mehr als alles liebt, kundzutun? Er weiß es nicht, ist aber beunruhigt darüber, dass Simone eher nur perplex ist und nicht sofort mit einem euphorischen „Ja, ich will!" antwortet. Sie braucht tatsächlich etwas, bis sie sich der Worte bewusst wird, die sie aus seinem Mund hören wollte, seit sie einander ihre Liebe eingestanden haben.

„Mein Gott, du machst mich überglücklich!", seufzt sie nun strahlend und kämpft mit aufsteigenden Freudentränen. Sie lässt ihren Toast auf den Teller fallen, um sich an ihn zu drücken und seinen Mund mit einem Marmeladekuss zu versehen. Und auch Paul nimmt sie befreit und glücklich lachend in den Arm. Endlich hat er sein schlechtes Gewissen abgelegt und kann seine Liebe zu Simone voll und ganz genießen.

„Ein derartiges Tempo hätte ich dir gar nicht zugetraut, mein lieber Paul, und obwohl ich unser Glück am liebsten laut hinausschreien würde", meldet Simone etwas Besorgnis an, „sollten wir diese Entscheidung wohl noch für uns behalten, und die arme Ines nicht schon jetzt mit einer derartigen Neuigkeit brüskieren. Da habe ich schon etwas Mitgefühl bei der Vorstellung, dass ihr eben erst verloren gegangener Mann sofort eine andere heiraten möchte. So viel Kränkung hat Ines nicht verdient!"

„Dein Mitgefühl ehrt dich, was aber nichts an der Tatsache ändert, dass ich keinen sehnlicheren Wunsch habe, als mit dir an meiner Seite den Rest meines Lebens zu verbringen!" Dass Paul derart gelöst und freimütig über seine Liebe zu ihr sprechen kann, stimmt Simone richtig rührselig, und sie bemüht sich gar nicht mehr, ihre Freudentränen zu unterdrücken. Der Toast und das Frühstück interessieren sie nicht mehr, am liebsten würde sie jetzt eine Flasche Sekt aufmachen und mit ihrem Paul dieses freudige Ereignis feiern. Aber damit werden sie wohl noch etwas warten müssen …

Auch James ist guter Stimmung als er den beiden Besuchern von dem Erfolg seiner ersten leichten Physiotherapie berichtet. Bereits einen Tag nach dem Eingriff versucht man damit den Ablauf der Lymphflüssigkeit aus dem Operationsgebiet zu beschleunigen und die Schwellungen zu reduzieren. Aber er wechselt rasch das Thema, denn vielmehr interessiert ihn, wie der gestrige Abend verlaufen ist. Finn hat sich ja ziemlich rasch von ihm verabschiedet, um Ines von Simone und Paul zu berichten, die übrigens ganz und gar keine getrübte Stimmung bezüglich des unerwarteten Erscheinens von Ines haben dürften. „Dann hat sich gestern also alles in Wohlgefallen aufgelöst", kann es James daher nicht lassen, sich sofort nach dem Aufeinandertreffen zu erkundigen. „Da ihr beide so guter Laune seid, dürfte euch das plötzliche Auftauchen von Ines nicht zugesetzt haben. Ganz im Gegenteil, es scheint mir sogar, dass ihr heute ein richtiges Stimmungshoch habt", wundert er sich doch auch ein wenig darüber, dass keinem der beiden so etwas wie Mitleid gegenüber der armen Ines anzusehen ist. Sollte seine ansonsten so gefühlvoll wirkende neue Schwester vielleicht eine hartherzige Person sein?

„Ganz so ist es nicht, lieber James", überzeugt ihn Simone sofort vom Gegenteil. „Wir waren beide schon seit Anbeginn unserer Liebe sehr in Sorge, wie Ines reagieren würde und hatten auch ein schlechtes Gewissen, sie derart zu hintergehen. Dass sie allerdings wirklich in Schottland auftauchen würde, glaubten wir einfach nicht, wodurch ihr die Überraschung tatsächlich mehr als gelungen ist. Aber sie war derart gefasst, dass es für mich den Anschein hatte, sie rechne gar nicht mehr mit einem positiven Ausgang für ihre Beziehung. So war jedenfalls mein Gefühl, aber Paul kann das sicher besser beurteilen, nach ihrer gestrigen Aussprache."

Paul überlegt kurz, bevor er antwortet, und erinnert sich an das Telefonat, bei dem Ines durchaus guter Laune war. „Ich kann es auch nicht genau sagen, aber unser Gespräch war sehr sachlich, und wir sind beide zu der Erkenntnis gekommen, uns bereits seit einiger Zeit auseinandergelebt zu haben. Trotzdem hat auch mich ihr Ton während dieser Aussprache überrascht", stimmt er Simones Überlegungen zu. „Ich denke auch, dass sich Ines in ihrer Sorge um den Fortbestand unsere Beziehung bereits im Vorfeld gewappnet hat, um auf das Schlimmste vorbereitet zu sein. Allerdings würde ich den Tag nicht vor dem Abend loben, vielleicht wird sie sich der Tragweite unserer Trennung erst später bewusst – oder aber, dein Freund Finn schafft es, sie auf andere Gedanken zu bringen", lächelt Paul seinen zukünftigen Schwager, der ihm mittlerweile schon ziemlich sympathisch geworden ist, an.

James nickt zustimmend, denn dass Finn Interesse an Ines hat, ist ihm gestern auch schon aufgefallen. „Keine Sorge, das schafft er spielend, da er sich meiner Meinung nach nicht nur aus Mitgefühl um Ines kümmert. Wahrscheinlich hat euch Vater bereits erzählt, dass Finn so etwas wie ein Bruder für mich geworden ist, nach all der Zeit, die wir von Kindesbeinen an miteinander verbracht haben. Das Pub seiner Eltern, in dem ihr auch schon Stammgäste zu sein scheint, war praktisch mein zweites Zuhause. Von der Schule gingen wir direkt in Leslies Küche, wo wir von ihr nicht nur verköstigt, sondern auch bei den Hausaufgaben beaufsichtigt wurden. Meine Eltern waren viel zu sehr mit dem Aufbau der Firma beschäftigt und froh, mich gut betreut zu wissen. Und doch hat es unser Vater irgendwie geschafft, mir seine Liebe und sein Verständnis für die Natur und die Welt der Tiere mitzugeben. Unsere gemeinsame Zeit, die er allerdings ganz strikt einhielt und durch keine anderen Termine versäumte, begann immer erst nach dem Abendessen. Wenn ich so zurückblicke, kann ich mich an Derartiges bei meiner Mutter nicht erinnern. Die Zeit vor dem Schlafengehen war einfach ein Fixpunkt, der meinem Vater und mir gehörte. Womit natürlich bereits in jungen Jahren die Weichen für meinen Firmeneintritt gestellt waren. Und im Gegensatz zu meinem Freund Finn, der schon immer in die Welt hinauswollte, habe ich meine Zukunft nur in Fort William gesehen. Meine Eltern waren natürlich froh darüber, aber die Barclays, und mit ihnen auch ein Großteil der Bevölkerung von Fort William, konnten sich mit Finns Berufsentscheidung lange nicht anfreunden, da es nun keinen Nachfolger für das allseits beliebte Pub mehr gibt. Und dann hat sich Finn auch noch in Glasgow verliebt, wodurch er natürlich noch viel seltener nach Hause kam. Zudem war die Freundin nicht ganz nach Leslies und Gordons Geschmack, sodass Finn und Teresa die Zeit während ihrer Besuche in Fort William eher mit mir verbrachten. Nun sind die beiden aber schon seit einem Jahr getrennt und die Barclays freuen sich immer sehr, wenn Finn nach Hause kommt. So gibt es heute wieder sehr gemütliche Stunden mit Finns Eltern, die sich auch gerne Zeit für mich nehmen. Ihr seht also, ich kenne Finn wie meine Westentasche und es würde mich ganz und gar nicht überraschen, wenn Ines doch länger in Schottland bleiben würde."

Nun sind Simone und Paul doch etwas sprachlos. Sollte sich so schnell ein Ersatz für Paul gefunden haben? Simone streicht gedankenverloren ihr nicht vorhandenes Haar hinter das Ohr und Paul scheint auch zu überlegen, ob Ines tatsächlich so rasch umschwenken könnte. „Wenn dein Freund hartnäckig genug ist, Ines zum Bleiben motivieren kann und sich nach wie vor um sie kümmert, hat er sicher Chancen, denn mögen tut sie ihn bereits, trotz – oder vielleicht auch wegen all der Geschehnisse", stellt Paul daher zustimmend fest. „Ines ist zwar kein flatterhaftes Wesen, aber Finn hat sie bereits damit, dass er derart hilfsbereit mit Rat und Tat zur Stelle war, ein bisschen erobert. Ist ja ehrlich gesagt auch ungewöhnlich, dass er als vollkommen Fremder der armen Ines derart zur Seite steht", meint Paul, der erleichtert über diese Entwicklung zu sein scheint. Er registriert aber doch, dass Simone offensichtlich ganz andere Überlegungen anstellt. Sein fragender Blick reicht aus, um Simone zu einer Erklärung zu bewegen. „Entschuldigt, mich hat die mögliche neue Liebesgeschichte jetzt nicht so sehr gefesselt wie James' Erzählungen über Scott. Ich habe an unsere Kindheit zurückgedacht und mich erinnert, dass Georg auch nur abends Zeit hatte. Nach der Schule waren wir meist unter der Aufsicht von Mutters alleinstehender Freundin Vera Schiller, die auch in der Nähe unseres Elternhauses wohnt. Die abendliche Zeit mit den Eltern musste ich immer mit Paul teilen, was aber selbstverständlich ist, wenn man zu zweit aufwächst. Ich kann mir vorstellen, lieber James, dass es für dich jetzt nicht so einfach ist, deinen Vater, der bis dato nur dir gehörte, mit einer Schwester teilen zu müssen. Aber keine Angst, ich nehme ihn dir nicht weg. Wie du weißt, müssen wir Ende des Monats wieder nach Österreich zurück und zu arbeiten beginnen."

James versucht es sich in seinem Bett etwas bequemer zu machen und mit Pauls Hilfe die Kissen hochzustellen, damit er aufrechter sitzen kann. „Deine Worte haben den Nagel auf den Kopf getroffen, Schwesterlein. Allerdings war ich nur zu Beginn eifersüchtig, was ich dich ja auch habe spüren lassen. Als mir nach einem ausführlichen Gespräch mit den Eltern klar wurde, dass du keinerlei Ansprüche an die Firma stellst und unser Vater mich durch dein Erscheinen nicht weniger liebevoll behandelt, habe ich nur mehr den Menschen und nicht mehr die mögliche Erbin in dir gesehen, die mir vielleicht auch noch den geliebten Vater nehmen will. Seither bin ich eigentlich auch ganz froh darüber, dass es dich gibt. Und wie du richtig festgestellt hast, gehörte Vater in der Zeit, in der ich ihn als Heranwachsender am meisten brauchte, tatsächlich nur mir. Wenngleich diese täglichen Fixpunkte ruhig etwas länger hätten ausfallen können, aber ich darf nicht unzufrieden sein. Ich habe meine Kindheit eigentlich in schöner Erinnerung. Und je älter ich wurde, desto mehr Zeit verbrachte Vater mit mir, um mich auf die Zukunft vorzubereiten. Wir waren viel im Wald unterwegs, während meine Mutter die kaufmännischen Erfahrungen an mich weitergab. So habe ich von beiden das notwendige Rüstzeug für die Firma mitbekommen, abgesehen natürlich von meinem schulischen Abschluss. Nach der Secondary School, die wahrscheinlich am ehesten eurer Realschule gleicht, war ich zwar noch auf einem Handels-College, habe aber natürlich keinen Doktortitel wie mein gescheites Schwesterlein."

Simone hat ihm aufmerksam zugehört und fordert nun Paul auf, über seinen Vater und ihre gemeinsame Kindheit zu erzählen. Am Ende stellen alle drei fest, dass sie es wirklich gut getroffen haben mit ihren Eltern.

„Trotzdem beneide ich dich um deine tolle Freundschaft mit Finn", meint Simone und erhebt sich von dem etwas ungemütlichen Besuchersessel. „Ich habe Doris, meine einzige wirkliche Freundin, wegen der Beziehung zu meinem Langzeitfreund Ulrich total vernachlässigt. Ich habe es einfach verlernt, Freundschaften zu pflegen, weil ich so auf meinen Partner fixiert war, der sich mit Doris leider gar nicht verstanden hat. Das wird in Zukunft hoffentlich anders werden", fährt sie mit einem fragenden und auch amüsierten Blick zu Paul fort. „Denn die gute Doris ist auch für Paul keine Unbekannte, da sie total in ihn verschossen war. Gott sei Dank hat er sie nicht erhört, sonst wären wir vielleicht gar nicht zusammengekommen!" Froh darüber, dass sich die Dinge anders entwickelt haben, bleibt sie hinter Paul stehen und massiert ihm liebevoll den Nacken. „Und wie sieht es mit deinem Liebesleben aus?", fordert sie James auf, die Erzählung über sein Leben fortzusetzen.

„Da gibt es nichts Wesentliches mehr zu berichten, denn die Liebe meines Lebens ist mir noch nicht begegnet. Erschwerend kommt natürlich hinzu, dass ich durch die Firma an Fort William gebunden bin. Zudem sollte dieses Wesen auch eine Unterstützung in der Firma für mich sein, wie Mutter es auch immer für Vater war. Sie könnte aber ein klein wenig mehr Wärme versprühen, als es Mutter tut." Den letzten Satz unterstreicht James mit einem Seufzer und einem sorgenvollen Blick. Froh darüber, dass ihr Bruder wohl eher nach dem Vater gerät, ist Simone auch traurig, dass James offensichtlich ebenfalls unter seiner kühlen Mutter leidet.

„Es ist euch ja nicht entgangen, dass es um die Ehe meiner Eltern nicht zum Besten steht. Das Tragische daran ist allerdings", versucht er Simone und Paul die Ausweglosigkeit der Situation klarzumachen, „dass sich meine Mutter trotz allem Bemühen nicht ändern kann, es daher auch keine Abhilfe für Vaters Gefühlsmanko gibt, solange er mit ihr zusammen ist. Derart krass sehe ich das heute zum ersten Mal, und es erschreckt mich gewaltig, entspricht aber leider der Tatsache." Simone, die sich mittlerweile wieder auf ihren harten Stuhl gesetzt hat, fasst ihren Bruder mitfühlend an der Hand, aber Rat weiß sie auch keinen. Sollte wirklich eine Trennung die einzige Lösung für diese festgefahrene Beziehung sein?

Als hätte sie mit ihren Gedanken ein Stichwort gegeben, öffnet Scott die Tür und ist glücklich darüber, eine derartige Nähe zwischen seinen Kindern zu sehen. „Wenn ich zu früh bin, kann ich ja noch eine Runde spazieren gehen", witzelt er lachend zur Begrüßung.

„Ist schon gut, Vater, Simone und ich haben ja noch ein paar Vormittage, bevor sie abreist." Insgeheim wundern sich aber alle drei, wie schnell die Zeit vergangen ist. „Zudem wird wohl bald mein Mittagessen serviert werden, eine Mahlzeit, die ihr wahrscheinlich bei Leslie und Gordon einnehmen werdet", stellt er jetzt doch etwas neidisch fest. Das Essen im Pub wäre ihm auch lieber als die Krankenhausküche, obwohl sie gar nicht so schlecht ist.

„Na dann wollen wir dich nicht länger stören", verabschiedet sich Simone lächelnd von ihrem Bruder. „Es war einfach ein total schöner Vormittag, und ich freue mich schon sehr auf morgen." Auch Paul drückt dem zukünftigen Schwager freundschaftlich die Hand, bevor sie James noch kurz mit seinem Vater allein lassen.

„Schön, dass ihr euch so gut versteht, und schade, dass du nicht mitkommen kannst. Ich habe vor, mit den beiden nach Oban zu fahren. Die eine Stunde Fahrzeit ist auch für einen Nachmittagsausflug nicht zu lang", berichtet Scott über seine Pläne.

„Weißt du, Vater, es tut sehr gut über die Vergangenheit und die schöne Kindheit, die ihr mir geboten habt, zu erzählen. Uns allen ist im Laufe des Vormittags erst bewusst geworden, wie gut wir es mit unseren Eltern getroffen haben!" Mit einer Umarmung und einem strahlenden Gesicht verabschiedet sich Scott von seinem Sohn.

Henderson hat sich sorgfältig zurechtgemacht, da er weiß, dass Wilhelm großen Wert auf ein gepflegtes Äußeres legt. Ganz gerecht wird er Wilhelms diesbezüglichen Ansprüchen wohl nie werden, dazu fehlt es ihm einfach an gutem Geschmack und Auftreten. Für sich selbst schon fast overdressed, verlässt ein mit sich und der Welt zufriedener Henderson das Hotel, wo man ihm den Weg zu dem Restaurant, in dem Wilhelm hat reservieren lassen, erklärt hat. „Gepflegt und kultiviert wie Wilhelms gesamte Umgebung", muss Henderson anerkennend feststellen, als er das italienische Restaurant betritt. Die beiden ungleichen Männer schütteln einander zur Begrüßung die Hände, wobei man den Eindruck gewinnt, dass Wilhelm die seine so rasch wie möglich wieder zurückzieht. Nach dem Austausch einiger Höflichkeitsfloskeln und der Tagesempfehlung des Kellners, studieren die beiden noch die Karte, bevor sie zu Hendersons Anliegen kommen.

„Es sind tatsächlich einige Reviere in der Steiermark und in Niederösterreich, die vom Flughafen Wien aus leicht erreichbar sind, zur Verpachtung ausgeschrieben. Neben Reh- und Rotwild haben sie auch Gamswild zum Abschuss, was für Sie sicherlich am interessantesten sein wird. Daher sind die Jagden aber auch in eher steilem Gelände, was doch eine gewisse körperliche Fitness voraussetzt. Ich hoffe, dass Sie diesen Anforderungen gewachsen sind …" Nach diesen kurzen Ausführungen ruft Wilhelm den Kellner. „Wir sollten bestellen, ich habe in eineinhalb Stunden meinen nächsten Termin", drängt er Henderson, während er noch die Karte studiert. Da der Schotte bei italienischen Speisen nicht sehr versiert ist und sich keine Blöße geben will, bittet er seinen Gastgeber um eine Empfehlung, die er, als sich herausstellt, dass es sich um eine Fleischspeise handelt, dankend annimmt. „Ein Glas Bier kann auch nicht schaden", meint er dann, was Wilhelm allerdings mit einem Naserümpfen quittiert, und einen Pinot Grigio del Veneto für sich bestellt.

„Das hört sich ja alles sehr gut an, und da ich Zeit habe, würde ich gerne die beiden Jagden besichtigen, wenn Sie mir sagen, an wen ich mich diesbezüglich wenden kann. Ich nehme an, dass die Jagdpachtvergabe auch hier über die Bundesforste läuft?"

„Sehr richtig", antwortet Wilhelm. „Ich gebe Ihnen gern die Telefonnummer von meinem Bekannten, von dem ich die Informationen bekommen habe. Er weiß auch bereits von Ihren Wünschen, wird also vorbereitet sein, wenn Sie sich bei ihm melden."

Einerseits ist Henderson sehr angetan davon, wie rasch Wilhelm agiert, andererseits geht es ihm fast ein wenig zu schnell, weil er doch mit seinem Ansinnen den Wienaufenthalt in die Länge ziehen wollte. Da wird er wohl die Besichtigung der Reviere sehr gründlich ausfallen lassen müssen. Vielleicht kommt er ja auch noch zum Schuss, wenn ihn sein Gegenüber zu einer seiner berühmten Jagden einlädt. „Dazu müsste ich ihm wohl noch einen heiklen Auftrag erfüllen, denn aus reiner Freundschaft lädt mich Wilhelm sicherlich nicht ein", ist Henderson aber Realist genug. „Dann darf ich ihm aber nichts von Watson erzählen, sonst gibt es wohl keine Gefälligkeiten meines Gönners mehr."

Mit einigen unverfänglichen Gesprächen über so manch ausgefallene Wünsche ihrer Kunden beenden sie das vorzügliche Essen. Henderson tut es leid – er hätte den Aufenthalt in dem tollen Lokal gerne noch länger genossen –, dass Wilhelm bereits zu seinem nächsten Termin muss und nach der Rechnung verlangt. Gemeinsam verlassen sie das Restaurant und Henderson verspricht, seinen Geschäftspartner bezüglich seiner Entscheidung auf dem Laufenden zu halten. Wilhelm ist froh, das Treffen hinter sich gebracht zu haben, und es ist ihm eigentlich ziemlich egal, für welche Jagd sich der schmierige Schotte entscheidet.

Während Henderson seinen Aufenthalt in Wien genießt, kommt Kirsty in Inverness ganz schön ins Schwitzen, als am späten Vormittag die Polizei in der Firma auftaucht. Die beiden Beamten könnten unterschiedlicher nicht sein, und wäre da nicht ihre Sorge, sich richtig zu verhalten, würde Kirsty sich vielleicht intensiver mit dem jüngeren, gut aussehenden, aber offensichtlich auch ehrgeizigen Mann unterhalten. Der ältere, ziemlich desinteressierte Beamte scheint nur noch auf seine Pension zu warten, während sein Partner in seinem Wunsch, sich zu profilieren, gefährlich sein könnte. Wenngleich Kirsty nicht die Allerhellste ist, hat sie doch eine sehr gute Menschenkenntnis und daher sofort erkannt, vor welchem der beiden sie auf der Hut sein muss. Und tatsächlich ergreift der Jüngere zuerst das Wort und fragt nach Daniel Henderson, gegen den eine Anzeige wegen Wilddiebstahls vorliegt. Wahrheitsgemäß gibt Kirsty Auskunft über die Geschäftsreise ihres Chefs nach Österreich, die er vielleicht zu einem Kurzurlaub ausdehnen will. Ein genaues Rückkehrdatum hat er ihr nicht bekannt gegeben, da sie ohnehin wegen der laufenden Geschäfte regelmäßig miteinander telefonieren.

„Dann sind Sie also in all seine beruflichen Aktivitäten eingeweiht, wenn er Ihnen die Firma während seiner Abwesenheit anvertraut?" Noch während er spricht, schweift der Blick des eifrigen Beamten prüfend durch die Räumlichkeiten. Verdächtiges scheint er nicht zu entdecken, obwohl Kirsty ja gar keine Ahnung hat, wonach er sucht, denn schon sind seine schönen blauen Augen wieder fragend auf sie gerichtet.

„Die laufenden Anfragen bezüglich gängiger Trophäen und Felle kann ich ganz gut alleine erledigen, da ich ja schon einige Jahre in der Firma und mit der Abwicklung der Verkäufe vertraut bin. Unsere Angebote und auch das Warenlager sind überschaubar und sollten außergewöhnliche Anfragen oder Wünsche hereinkommen, kann ich jederzeit Mr. Henderson kontaktieren", bemüht sich Kirsty um eine für die Beamten zufriedenstellende Auskunft. Der ältere, etwas rundliche Mann hat es sich inzwischen beim Fenster auf einem Stuhl bequem gemacht und beobachtet gelangweilt die Straße. Ganz anders als der Blauäugige, der offensichtlich nachdenkt, wie er Kirsty Informationen entlocken könnte, die Spuren zu Hendersons möglichen kriminellen Kontakten herstellen.

„Dann sind auch keine weiteren Bekannte oder Freunde von Mr. Henderson in die Geschäfte involviert? Uns interessiert natürlich das gesamte Umfeld Ihres Chefs, denn wenn er derart seltene Tiere jagt, muss es ja auch Käufer dafür geben", fragt er und schenkt Kirsty – zufrieden mit sich selbst – ein selbstgefälliges Lächeln, das sie mit einem scheinheiligen beantwortet.

„Von den Geschäftspartnern meines Chefs weiß ich nichts. Ich bin wie gesagt in erster Linie für den reibungslosen Ablauf vor Ort verantwortlich. Mit wem mein Chef sonst noch zu kommunizieren pflegt, ist mir leider nicht bekannt." Jetzt wird Kirsty schon etwas schnippisch, der Beamte ist ihr doch zu neugierig. „Sie können gerne einen Blick in unser Lager werfen und sich ein Bild von den Waren machen", fügt sie noch etwas boshaft hinzu. Diesem eifrigen Beamten wird sie keine Informationen geben, die Daniel ans Messer liefern könnten. Obwohl sie eigentlich schon mit dem Gedanken gespielt hat, nachdem sie erkannt hat, wie gefährlich ihre einstige große Liebe ist. Noch weiß sie aber nicht, was Henderson weiter zu tun gedenkt, sie wird sich also ruhig und abwartend verhalten. Sollte sie erkennen, dass er weiterhin Böses im Schilde führt, hat sie schon Pläne gemacht und sogar einige belastende E-Mails abgespeichert, mit denen sie ihn jederzeit aus dem Verkehr ziehen könnte. So einfältig die gute Kirsty auch sein mag, dank ihrer Bauernschläue hält sie sich im Moment noch nach beiden Seiten bedeckt. „Und was die Freunde und Bekannten meines Chefs anbelangt, so hat Mr. Henderson in der Firma nie welche empfangen. Sein Privatleben ist mir also tatsächlich völlig unbekannt", fügt sie noch etwas süffisant hinzu.

Selbst dem eifrigen der beiden Beamten ist damit klar, dass sie von dieser offensichtlich sehr loyalen Person nichts mehr erfahren werden. Sie verabschieden sich also unverrichteter Dinge und können den Kollegen in Fort William nichts Neues berichten.

Freudig überrascht nimmt Finn die Veränderung an Ines, die ihr Make-up deutlich reduziert hat, wahr. Sehr natürlich, nur mit etwas Wimperntusche und einem dezenten Lidstrich versehen, zeigt dieses neue Gesicht auch keinerlei Anzeichen von Wehmut oder gar Trauer, die man nach dem Geschehen des letzten Abends erwarten könnte. Im Gegenteil, Ines ist gut gelaunt und einzig die etwas verquollenen Augen sind noch Zeugen ihres gestrigen Kummers und der vielen Tränen, die geflossen sind. Ganz spontan, und für Finn ziemlich überraschend, küsst sie ihn zur Begrüßung auf beide Wangen, bevor sie sich lächelnd und voller Tatendrang auf den Beifahrersitz fallen lässt. Als sie am Vortag in Glasgow am Flughafen in sein Auto gestiegen ist, hat sie vor Aufregung gar nicht gemerkt, in was für einem tollen Sportwagen er sie nach Fort William gebracht hat. Sie ist zwar nicht sehr bewandert, was Automarken anbelangt, aber dass sie eben in einem schnittigen Jaguar Coupé Platz genommen hat, ist ihr diesmal nicht entgangen.

„Ich danke dir für alles, lieber Finn, nicht nur für die Unterstützung am gestrigen Tag, sondern auch dafür, dass du dir heute erneut Zeit für mich nimmst. Obwohl ich mich nach all den Aufregungen schon wieder ziemlich gut fühle, hätte ich keinen Plan für den heutigen Tag gehabt. Auch wenn mir die Hallers und Watsons total liebenswürdig angeboten haben, etwas mit mir zu unternehmen, ist mir doch nicht wirklich nach deren Gesellschaft. Da brauche ich wohl noch etwas Abstand und Ablenkung, die mir dieser Ausflug mit dir sicherlich bringen wird. Und das in diesem tollen Jaguar, den ich gestern gar nicht zur Kenntnis genommen habe", beeilt sich Ines gleich zu Beginn des von Finn geplanten Ausfluges ihren Helfer wissen zu lassen, wie dankbar sie ihm für alles ist.

„Ich freue mich sehr, dass du meinen letzten Urlaubstag mit mir verbringst. Ich kann mich nicht erinnern, wann ich das letzte Mal einen derart unbeschwerten Ausflug unternommen habe, nur auf meine charmante Beifahrerin und die Schönheit Schottlands konzentriert. Auch meinen Jaguar, der bis jetzt nur die Strecke von Fort William nach Glasgow und retour kennt, werde ich auf dem Weg nach Mull erst so richtig austesten können. Er ist genau wie du noch ziemlich neu in meinem Leben!" Bei diesen Worten drückt er Ines bereits eine Straßenkarte in die Hand, um ihr seine angedachte Route zu zeigen, die vorerst in Richtung Glenfinnan Monument verläuft, davor aber zur 861er abzweigt und entlang des Loch Linnhe über Corran und Strontian, das am Ende des tief ins Land reichenden Loch Sunart liegt, zum südlich gelegenen Lochaline führt, von wo Finn mit der Fähre nach Fishnish auf die Isle of Mull übersetzen möchte. Die mit ihren 875 m² zweitgrößte Insel der Inneren Hebriden will er umrunden und mit der Fähre zurück nach Oban fahren. „Dort können wir dann gemütlich zu Abend essen, denn die eineinhalb Stunden nach Fort William schaffe ich auch noch in der Nacht", schließt Finn, offensichtlich sehr zufrieden mit sich und seinem Plan, seine Ausführungen ab.

„Das ist aber eine ganz schön weite Strecke, selbst mit deinem tollen Jaguar!" Ines ist sich nicht sicher, ob Finns Ausflug nicht etwas zu großräumig angelegt ist.

„Finde ich nicht! Ich fahre sehr gerne Auto und will dir in der kurzen Zeit, die ich im Moment zur Verfügung habe, einen schönen Einblick in das Umfeld meiner Heimatstadt geben. Wer weiß, wo es dich mit Paul und Simone vielleicht noch hin verschlägt, solltest du ihr Angebot annehmen. Meine Freizeit ist leider wirklich sehr eingeschränkt und es wäre mir erst nächstes Wochenende wieder möglich, nach Fort William zu kommen. Solltest du allerdings auch Glasgow besichtigen wollen, könnte ich mir dort auch tagsüber etwas Zeit für dich nehmen, da meine Dienstzeiten bei den Kurzstreckenflügen sehr unterschiedlich sind."

Ines überlegt kurz, bevor sie antwortet. „Gar keine schlechte Idee, da ich ja ohnehin Unmengen von Zeit habe. Aber zuvor sollte ich vielleicht auch noch die Einladung von Allen Ross, mit ihm nach Inverness zu fahren, annehmen, denn alleine würde ich diesen Ausflug sicherlich nicht machen. Dann bleibt noch abzuwarten, was mir mein Ex und seine neue Freundin an Programmpunkten anzubieten haben, bevor ich weiß, wann ich zu dir nach Glasgow kommen könnte." Ines ist rundum zufrieden, bereits derartig viele Pläne zu haben. Nichts wäre für sie schrecklicher, als allein durch die Gegend fahren zu müssen. Und da ihr

Aufenthalt jetzt nicht mehr von Simone und Paul abhängig ist, wenn sie nicht alleine auf Besichtigungstour gehen will, könnte sich diese unsägliche Schottlandreise durch Finns orts- und landeskundige Einblicke doch noch bezahlt machen. „Ach, Finn, ich bin wirklich sehr froh, dich kennengelernt zu haben, und das nicht nur, weil du mir derartigen Beistand geleistet hast. Es ist einfach schön, total unkompliziert und auch sehr unterhaltsam mit dir zusammen zu sein!", meint sie glücklich.

Finn hat bereits seinen Jaguar gestartet und muss über Ines' Kompliment schmunzeln, denn dieses Gefühl hat er bereits im Flugzeug gehabt, als sie neben ihm Platz genommen hat. Allerdings entspricht sie nun in ihrer veränderten Optik auch äußerlich ganz seinen Vorstellungen einer Frau, in die er sich verlieben könnte. Ziemlich verwundert über seine Gedanken versucht er sich auf die Straße und die Umgebung zu konzentrieren, um Ines auch einiges zu den vorbeiziehenden Land- und Ortschaften erzählen zu können.

Bevor sich Simone, Paul und Scott auf den Weg nach Oban machen, essen sie noch eine Kleinigkeit in Barclays Pub. Zudem plagt Simone und Paul bereits das schlechte Gewissen darüber, Lotte und Georg noch nicht über den Stand der Dinge informiert zu haben. Also versuchen sie ihr Glück bei Lotte, die um diese Zeit eigentlich zu Hause sein sollte. Normalerweise kocht Georg mittags eine Kleinigkeit und erwartet Lotte schon am gedeckten Tisch. In der Hoffnung, dass es sich an diesem Tag genauso verhält, rücken die drei etwas zusammen, legen Simones Handy in die Mitte und freuen sich darauf, den beiden eine so positive Nachricht mitteilen zu können. Einzig Scott ist ein wenig nervös, da er Lottes Stimme zuletzt vor Simones Geburt, also vor 34 Jahren gehört hat. Und obwohl sie ihm sofort wieder vertraut ist, hält er sich bei den Erzählungen von Simone und Paul im Hintergrund, bis seine Tochter sich seiner erinnert. „Scott ist auch hier", berichtet sie ihrer Mutter. „Wir haben schon sehr viel schöne Stunden miteinander verbracht." Dabei fordert sie ihren Vater mit Blicken dazu auf, das Wort zu übernehmen. Dermaßen hineingestoßen, muss Scott lachen. „Das kann ich nur bestätigen, zudem mir die beiden sowohl beim Unfall meines Sohnes zur Seite standen als auch bei meinem Wilddiebproblem mit ihrer Meinung hilfreich waren. Natürlich auch vielen Dank an deinen Mann, liebe Lotte, diese Information bezüglich des Strafausmaßes bei der Jagd auf geschützte Tiere war sehr wichtig für uns, um die Gefährlichkeit von Henderson nicht zu unterschätzen. Und obwohl ich dir eigentlich sehr böse sein sollte, dass du mir die Existenz meiner Tochter vorenthalten hast, bin ich auch sehr froh darüber, dass es diesen wunderbaren Menschen gibt!" Dabei drückt er Simone fest an sich, seine Augen füllen sich mit Tränen und Paul übernimmt das Wort, denn Scott ist momentan nicht in der Lage weiterzusprechen. Paul schildert rasch das Aufeinandertreffen mit Ines, Simone erläutert Scotts Anzeige bei der Polizei und berichtet über ihren verunfallten Bruder James und die gemeinsamen Gespräche im Krankenhaus. Zu guter Letzt kann sie es sich nicht verkneifen, Finn als neuen Love Interest von Ines ins Spiel zu bringen.

Nun scheinen die beiden Wiener etwas sprachlos zu sein, denn es dauert, bis Lotte endlich antwortet. „Na da hat sich ja einiges getan bei euch. So turbulent war mein damaliger Schottlandaufenthalt nicht, wenngleich die Auswirkung wahrscheinlich weitreichender und folgenschwerer, aber letztendlich auch besonders schön war. Es tut mir leid, Scott, dass ich dich damals nicht miteinbezogen habe, aber als ich nach Hause flog, wusste ich noch nichts von meiner Schwangerschaft. Und da unsere Trennungsgründe durch ein Kind wahrscheinlich nicht behoben worden wären, hat Simone mit Georg einen wunderbaren Vater bekommen, der sie genauso wie seinen eigenen Sohn behandelt hat. Gott, ist das alles aufregend und schön, dass ihr einander gefunden habt! Aber vielleicht kommst du mit deiner Frau einmal nach Österreich, um deine Tochter zu besuchen? Dann könnten wir uns alle kennenlernen."

„Keine schlechte Idee", antwortet Scott, der die impulsive Lotte schon wieder ganz vor Augen hat. „Das werde ich mir noch überlegen. – Aber vorerst genieße ich noch die Zeit mit den beiden in Schottland, bevor ich sie wieder an euch verliere", fügt er spaßeshalber hinzu.

„Von verlieren kann keine Rede sein", mischt sich nun Simone ein. „Du wirst sehr wahrscheinlich bald nach Österreich kommen müssen." Nach einem fragenden Seitenblick auf Paul, der zustimmend nickt, spricht sie weiter: „Denn es steht euch eine Hochzeit ins Haus!" Simone kann das verdutzte Gesicht ihrer Mutter förmlich sehen, ihrem Vater bleibt der Mund offen und Paul und sie müssen über die gelungene Überraschung schelmisch lachen. Jetzt ist es Georg, der sich als Erster wieder gefangen hat. „Ihr habt es aber eilig! Jetzt, wo das Problem Ines aus der Welt geschafft ist, könnt ihr es wohl gar nicht mehr erwarten?"

„Wie recht du hast, lieber Vater, es ist einfach so wunderschön, dass wir einander gefunden haben, uns dermaßen gut verstehen und auch verrückt nach einander sind", strahlt Paul darüber, ihr Glück endlich auch besiegeln zu können.

„Ich freue mich wirklich sehr für euch, meine Kinder, aber übereilt bitte nichts", bringt sich die pragmatische Lotte wieder ein. „Ihr habt doch alle Zeit der Welt, um eure Liebe noch etwas zu prüfen. So lange besteht sie ja nun auch wieder nicht!"

Mit einem breiten Lächeln im Gesicht fegt Scott den Einwand Lottes vom Tisch. „Wenn du die beiden Turteltäubchen sehen könntest, hättest du diese Bedenken nicht!"

Simone, die in der Mitte sitzt, hält mit einer Hand ihre Liebe und mit der anderen ihren Vater fest, als sie Lotte und Georg erklärt: „Wahnsinnig gut verstanden und geliebt haben wir uns als Geschwister bereits. Dass jetzt noch dieses andere wunderbare Gefühl hinzugekommen ist, empfinden wir beide derart stark, dass wir keinerlei Zweifel haben. Aber bitte verschont Ines momentan noch mit der Nachricht, denn selbst wenn sie derzeit durch Finn abgelenkt ist, könnte sich ja vielleicht doch noch ein großes schwarzes Loch für sie auftun. Und dann wäre die Nachricht, dass wir heiraten wollen, vielleicht ein zusätzlicher Schmerz!"

„Also gut, von uns erfährt sie nichts, wir haben ja ohnehin keinen Kontakt zu ihr, solange sie in Schottland ist", verspricht

Lotte, ist aber offensichtlich immer noch der Meinung, dass es die Kinder zu eilig haben. Sie überlegt daher schon, wann sie sich persönlich zu diesem Thema einbringen könnte. „Wann habt ihr eigentlich vor nach Hause zu kommen?"

Simone und Paul sehen einander fragend an, sie haben tatsächlich noch keine diesbezüglichen Pläne gemacht, zu sehr waren sie bis jetzt mit all den Geschehnissen und dem Kennenlernen von Vater und Sohn Watson beschäftigt. Plötzlich hat Simone eine scheinbar geniale Idee. „Wie wäre es, lieber Vater, wenn du uns in den nächsten Tagen nach Österreich begleiten würdest? Dann hätten wir noch eine gemeinsame Reise und eine schöne Zeit in Österreich vor uns, bevor für Paul und mich der berufliche Alltag beginnt. Wohnmöglichkeiten und Beschäftigung hätten wir auch für dich, da wir uns ja noch gar keine gemeinsame Bleibe eingerichtet haben."

Scott ist überrascht von dem Vorschlag, findet ihn allerdings gar nicht so schlecht. Er könnte Abstand von seinem Problem mit Brenda und der Sache mit Henderson gewinnen, würde Lotte wiedersehen und ihren Mann, sowie die Heimat seiner Tochter kennenlernen. „Ein verlockender Gedanke, aber solange James nicht einsatzbereit ist, sollte ich Brenda nicht alleine lassen mit der Firma. Das wäre ziemlich unfair. Aber aufgeschoben ist ja nicht aufgehoben. Dass ich euch besuchen komme, haben wir ja schon besprochen, und da James von der Idee, mich zu begleiten, auch sofort begeistert war, werdet ihr wohl noch etwas Geduld haben müssen."

„Nun gut!", gibt sich Simone geschlagen und fährt, das Wort wieder an ihre Mutter gerichtet, fort: „Dann wissen wir momentan noch gar nichts, werden euch aber auf dem Laufenden halten. Jetzt sollten wir so rasch wie möglich nach Oban aufbrechen, sonst wird es noch zu spät für unseren Ausflug. Wir melden uns wieder, sobald wir einen Plan bezüglich unserer Rückreise haben. Passt gut auf euch auf, wir freuen uns auf ein Wiedersehen!" Das sind Simones letzte Worte, bevor sie das Gespräch beendet. Scott hat mittlerweile bezahlt und die drei machen sie auf den Weg, jeder mit seinen Gedanken zu dem Telefonat beschäftigt.

Kirsty hat nach einigem Überlegen beschlossen, Daniel von dem Besuch der Polizei zu berichten. Weil er sich auch noch nicht bei ihr gemeldet hat, ist sie ohnehin neugierig, ob er Wilhelm schon getroffen und dabei wieder irgendwelche verbotenen Aufträge an Land gezogen hat. Da sie sein wahres Gesicht bereits kennengelernt hat, ist ihr klar, dass er sich nie von seinen dubiosen Geschäften trennen wird. Dazu bringen sie einfach zu viel Geld. Und wenn er nun von ihr erfährt, dass sie sich dermaßen solidarisch verhalten hat, dass die Polizei unverrichteter Dinge wieder gegangen ist, wird er seinen Österreichaufenthalt vielleicht eher abbrechen. Die Anzeige von diesem Scott Watson wird sich zwar nicht in Luft auflösen, aber zumindest hat die Polizei keine Beweise, um einen Zusammenhang zu der Sabotage an dem Auto von Watsons Sohn herstellen zu können. Wie hoch das Strafausmaß für Wilddiebstahl ist, weiß Kirsty nicht, aber diese Sabotage könnte natürlich als versuchter Mord ausgelegt werden, womit Daniel unweigerlich ins Gefängnis müsste.

Und wieder stellt sie sich die Frage, ob sie seine baldige Rückkehr eigentlich will. Wäre es nicht besser, den Besuch der Polizei etwas zu dramatisieren, sodass Daniel sich gezwungen sieht länger wegzubleiben? Ja, so wird sie es machen, er soll ruhig ein bisschen Angst haben und vermuten, dass ihm die Polizei auf der Spur ist. In der Zwischenzeit muss sie sich aber darüber klar werden, ob sie mit diesem Mann, den sie einst bewundert hat, überhaupt noch etwas zu tun haben will, denn eigentlich ist er ein Verbrecher. Während all ihrer Überlegungen hat sie schon seine Nummer gewählt. „Wie geht es dir, lieber Daniel, hast du Wilhelm schon getroffen und vielleicht sogar neue Aufträge lukriert?"

„Hallo Kirsty, Derartiges sollte ich momentan wohl lieber bleiben lassen, obwohl ich mit Wilhelm schon essen war. Ich habe ihn gebeten, sich bezüglich eines möglichen Jagdreviers für mich zu erkundigen. Ein derartiges Projekt rechtfertigt einen längeren Aufenthalt meinerseits. Wilhelm soll keine Veranlassung haben, meinen ausgedehnten Wienausflug zu hinterfragen. Wenn er einmal misstrauisch geworden ist, findet er nämlich schnell heraus, warum ich tatsächlich hier bin. Also habe ich einen Vorwand erfunden, der mir jetzt gar nicht so uninteressant erscheint. Wilhelm hat schon zwei Reviere ausfindig gemacht, die zur Verpachtung angeboten werden und Gamswild auf dem Abschussplan haben. Mit einer derartigen Trophäenrarität könnte ich bei uns auch ein Geschäft machen. Wie auch immer, ich habe nicht vor, so rasch nach Hause zu kommen."

„Das wird auch gut sein", meint Kirsty und ist froh, nicht allzu dick auftragen zu müssen, da Daniel ohnehin vorhat länger zu bleiben. „Die Polizei war nämlich schon da und wollte dich zu einer Anzeige, die Scott Watson in Fort William gemacht hat, zur Rede stellen. Da ich wahrheitsgemäß von deiner Geschäftsreise berichtet habe, versuchten die beiden Beamten mich über deine Freunde und Lebensgewohnheiten, also einfach über dein gesamtes Umfeld, auszufragen. Ich habe natürlich so getan, als ob du nur mein Chef wärst, mit dem ich keinerlei persönlichen Kontakt habe und über dessen Privatleben ich nicht Bescheid weiß. Zudem habe ich behauptet, keinen deiner Geschäftpartner zu kennen und nur für den Verkauf und das Warenlager zuständig zu sein, was ja zum Teil auch den Tatsachen entspricht. Stutzig hat mich allerdings gemacht, dass sie nach einer Geschäftsverbindung zu James Watson, dem Sohn des Mannes, der die Anzeige gemacht hat, gefragt haben. Scheinbar vermutet die Polizei einen Zusammenhang und hat sich erhofft, dass ich in all deine Geschäfte eingeweiht bin und bei einer intensiveren Befragung etwas davon preisgeben könnte. Bezüglich der Sabotage haben sie anscheinend nichts gegen dich in der Hand. Sie vermuten aber, dass sie auf dein Konto geht. Ich fände es daher auch gut, wenn du Gras über die Sache wachsen lässt, obwohl ich natürlich keine Ahnung über das Strafausmaß bezüglich des Wilddiebstahles habe. Denn für dieses Vergehen werden sie dich in jedem Fall belangen."

„Das ist mir mittlerweile auch klar geworden", gibt Henderson zu. „Aber ohne Sabotage wird das Strafausmaß mit einem guten Anwalt sicherlich im Rahmen zu halten sein und ich muss nicht unbedingt mit einer Gefängnisstrafe rechnen. Ich werde also mein Interesse an einer Jagdpacht gegenüber Wilhelm betonen, und mir mit der Besichtigung der Angebote etwas Zeit lassen. Du könntest allerdings die Nummer von meinem Freund Archie Cameron ausfindig machen. Er ist aus Inverness weggezogen, um nach der Scheidung mit seiner zweiten Frau in Glasgow oder Edinburgh neu zu beginnen. Als brillantem und erfolgreichem Juristen wird ihm das nicht schwergefallen sein. Ich werde sein Können als Anwalt wegen Watsons Anzeige mit Sicherheit in Anspruch nehmen müssen. – Gibt es geschäftlich noch etwas Neues?", wendet sich der abgebrühte Mensch schon wieder dem Alltäglichen zu, ohne sich großartig über Kirstys Schilderung aufzuregen.

„Nichts Außergewöhnliches, du kannst also beruhigt deinen Aufenthalt genießen. Ich melde mich, sobald ich Cameron ausfindig gemacht habe." Kirsty ärgert sich, dass sie Daniel nicht beunruhigen konnte, und dass er ohnehin vorhat, länger wegzubleiben. Aber für sie steht fest, dass sich ihr Verhältnis zu diesem Mann ändern muss, denn die Kaltblütigkeit mit der er seine Verbrechen und die möglichen Folgen betrachtet, ist ihr nicht ganz geheuer.

Finn ist ein ausgezeichneter Autofahrer und Ines fühlt sich trotz des ziemlich hohen Tempos in seinem Jaguar sicher. Trotzdem bittet sie: „Vielleicht könntest du doch etwas langsamer fahren! Selbst wenn ich dank deiner gekonnten Fahrweise keine Angst habe, solltest du doch die Polizei nicht außer Acht lassen. Es hat den Anschein, dass die Geldstrafen bei euch geringer sind als bei uns, sonst würdest du langsamer fahren." Nicht dass sich Ines um Finns Finanzen Sorgen macht, wenn die Überschreitung des Tempolimits in Schottland allerdings ähnlich geahndet wird wie in Österreich, hat ihr hilfsbereiter Reiseführer vielleicht bald keinen Führerschein mehr.

„Keine Sorge, meine Liebe, mein Navi hat ein Radarwarnsystem und ich kenne die Plätze, wo sich die Polizei normalerweise versteckt. Aber eigentlich muss ich auch nicht so aufs Gas steigen, es soll ja eine genussvolle und entspannte Ausfahrt sein, bei der du auch die Umgebung genauer betrachten kannst", antwortet er, fährt schon bedeutend langsamer und versucht all sein Wissen über seine Heimat auszugraben. Und tatsächlich fällt ihm so manch unterhaltsame Geschichte ein, die Ines zum Lachen bringt. Sie ist überrascht über sich und ihr plötzliches Kommunikationsvermögen in einer Sprache, die ihr nie sehr geläufig war. Sollte sie vielleicht doch ein gewisses Sprachentalent haben? Wenn ja, dann hat es sich bis jetzt allerdings sehr gut versteckt. Vielleicht bringt ja dieses neue Leben noch andere verborgene Talente zutage, deren Existenz ihr nicht bewusst war. Gut gelaunt muss sie schmunzeln und genießt es, die trüben und ängstlichen Gedanken sowie die böse Vorahnung der letzten Tage endlich los zu sein. Selbst der schlechte Ausgang ihrer einstigen Liebe zu Paul erscheint ihr nun nicht mehr so schlimm wie die ständige Ungewissheit, in der sie gelebt und die sie schon fast krank gemacht hat. Mittlerweile haben sie schon Corran passiert und sind nicht mehr allzu weit von Lochaline entfernt, von wo sie mit der Autofähre nach Fishnish auf der Isle of Mull übersetzen wollen. Als Finn dann auch noch Musik von David Bowie und den Stones spielt, fühlt sich Ines total befreit. Ihr Musikgeschmack, der unter Gleichaltrigen immer belächelt wird, ist nun also auch der von Finn. Was es doch für Zufälle auf dieser Welt gibt. Mit Paul hat sie derartige Musik nicht hören können, er war eher auf Klassik oder maximal Bob Dylan fixiert, daher sind ihre Lieblinge schon fast in Vergessenheit geraten. Trotzdem kann sie jeden Song von Bowie mitsingen, so oft hat sie ihn in ihrer Sturm- und Drangzeit gehört. Und Finn stimmt, glücklich darüber ihren Geschmack getroffen zu haben, hocherfreut ein. Richtig ausgelassen fahren sie auf die Fähre und genießen das immer noch sonnige Wetter bei der Überfahrt. Und nach einer nicht einmal halbstündigen Fahrt von Fishnish in Richtung Tobermory sind bereits die bunt bemalten Häuser der Hafenpromenade zu sehen. Die Bucht von Tobermory, zu der Finn auch wieder eine Geschichte parat hat, umgibt ein Hauch von Riviera. 1588 ist hier ein Schiff der Spanischen Armada gesunken, das angeblich einen Goldschatz geladen haben soll. Und obwohl der Ort 1788 gezielt als Fischereihafen angelegt wurde, lebt er mehr vom Tourismus, sodass es viele Cafés und Restaurants gibt. Die malerische Uferpromenade von Tobermory links liegen lassend, entscheidet Finn sich allerdings für einen Abstecher zum Glengorm Castle. „Die Burg wurde Mitte des 19. Jh. im verspielten schottischen Baronialstil gebaut und ist heute ein Feriendomizil. Aber nicht wegen des Castles, sondern wegen der drei unterhalb stehenden und einen Kilometer entfernten Standing Stones, hat Finn diesen Umweg gewählt. Da das Wetter noch immer relativ gut ist, will er Ines den umwerfenden Ausblick von den Stones nach Ardnamurchan und zur Insel Coll nicht vorenthalten. Und tatsächlich, trotz des Fußmarsches zu den Steinen, ist Ines überwältigt. „Das hat sich wirklich ausgezahlt", kommentiert sie den sagenhaften Blick über das Meer. „Zum ersten Mal tut es mir leid, dass ich so etwas wie einen Fotoapparat nie besessen habe. Aber mein Handy wird es auch tun." Und schon stellt sie sich neben Finn, wählt den Ausblick als Hintergrund, um ein Selfie von ihnen zu machen. Nun ist auch Finn als Reiseführer zufrieden und sie gönnen sich noch einen kurzen Aufenthalt in dem Glengorm Coffee Shop, wo sie sich von dem Bio-Gemüse einer nahe gelegenen Farm einen kleinen Lunch bestellen. „Du nimmst gar kein Fleisch?!", ist Ines über die Wahl von Finn mehr als überrascht. Dass ein derart stattliches Mannsbild ohne Fleischkonsum auskommt, kann sie sich gar nicht vorstellen.

„Du ja auch nicht", kontert er schelmisch. „Obwohl ich kein Vegetarier bin. Aber so hin und wieder ist reines Gemüse auch sehr bekömmlich!"

„Finde ich auch, obwohl ein ordentliches Stück Fleisch manchmal nicht zu verachten ist", freut sich Ines über eine weitere gemeinsame Vorliebe.

Dermaßen gestärkt kommen sie über Dervaig, Calgary und Kilninian an der Insel Ulva vorbei, auf der heute nur noch acht Menschen leben. „Mitte des 19. Jh. waren es noch um die sechshundert Bewohner", erzählt Finn. „Die Landlords haben auch hier, wie in den Highlands, die Bauern in die Emigration getrieben." Die Insel Ulva hinter sich lassend, umrunden sie den höchsten Berg von Mull, den Ben More, um ihre Reise zu der traumhaften Bucht von Lochbuie fortzusetzen. Aus Zeitmangel entscheidet Finn, den äußersten Südwesten der Insel, Ross of

Mull und die vorgelagerte Insel Iona auszulassen, um über die schmale Stichstraße zunächst den ruhigen Fjord Loch Spelve und am Süßwassersee Loch Uisg vorbei zu einer einladenden Bucht zu gelangen, wo man von den Touristenströmen auf Mull weit entfernt ist. Und obwohl Ines eigentlich eher ein Stadtmensch ist, kann sie sich dieser einmaligen Atmosphäre und Landschaft nicht entziehen. „Da hast du ja wirklich ganz idyllische Plätze ausgewählt, um mir dein Land näherzubringen", gerät sie daher auch ins Schwärmen. „So schön habe ich mir Schottland wirklich nicht vorgestellt. Obwohl ich auch gar keine Vorstellung hatte, war doch der Grund meiner Reise nicht, das Land kennenzulernen!" Seufzend wird sie sich wieder bewusst, wie gering ihre Trauer um den Verlust ihrer Beziehung immer noch ist. Offenbar wird das große schwarze Loch gar nicht mehr kommen, so wohl wie sie sich fühlt. „Ob das etwas mit dem rothaarigen Hünen zu tun hat?", überlegt sich Ines, die eigentlich gar nicht mehr an ihre vermeintliche große Liebe zu Paul glauben kann.

Schließlich reißen sich die beiden von dem wunderbaren Anblick los, um über das Duart Castle nach Craignure zu gelangen. Die mittelalterliche Festung ist eigentlich ein modernes Castle, da sie nach etlichen Kämpfen zerstört und erst 1911 wiederaufgebaut wurde. Sie beschwört aber trotzdem echte Burgromantik herauf. Als sie von der kleinen Hafensiedlung Craignure nach Oban übersetzen, wundern sich beide darüber, dass das Ende des Tages bereits erkennbar ist, was ihnen erst durch ihre knurrenden Mägen bewusst wird. „Wir scheinen ja beide ordentlichen Appetit zu haben", muss Finn über die gleichlautenden Töne lachen. „Aber keine Sorge, in Oban kenne ich ein wirklich gutes Fischlokal am Südrand der Bucht, The Temple Restaurant, wo wir diesen wunderbaren Tag genussvoll ausklingen lassen können. Hoffentlich finden wir noch einen Platz, denn normalerweise sollte man reservieren. Da wir aber relativ spät dran sind, könnte der erste Schwung an Gästen bereits fertig sein. Hoffentlich haben sie auch noch ausreichend vom besten frischen Seafood Obans übrig gelassen." Ines läuft bei seiner Schilderung bereits das Wasser im Mund zusammen …

NEUER PLAN

Als Scott mit Simone und Paul endlich aufbricht, fällt ihm Allens Angebot, Ines nach Inverness mitzunehmen, ein. Er bittet daher Paul, sich bei dem Privatdetektiv nach dessen morgigem Zeitplan zu erkundigen. „Dann kannst du Ines gleich in der Früh die Nummer von Allen und auch sein Programm durchsagen, falls sie doch mitfahren will", ist Scott froh darüber, etwas zur Beschäftigung der Frau beitragen zu können, deren Unglück seine Tochter mit verschuldet hat. Nachdem Paul Allens Abfahrtszeit erfahren hat, beschäftigen sich die drei endlich mit ihrem Nachmittag, an dem Scott in erster Linie die Oban Distillery besuchen will. Und obwohl Simone und Paul immer wieder beteuern, mit Whisky nicht wirklich etwas am Hut zu haben, ist Scott doch der Meinung, dass ein derartiger Besuch in jedem Fall zu einer Schottlandreise gehört, noch dazu, wo die 1794 gegründete Oban Distillery die einzige wirkliche Sehenswürdigkeit im Zentrum der Stadt ist. Und da sich Simone vorgenommen hat, den heutigen Tag dazu zu nutzen, um mehr über die festgefahrene Beziehung ihres Vaters zu seiner Frau zu erfahren, hofft sie, dass sich Scotts Zunge bei etwas Alkoholkonsum leichter lösen wird. Also wehren sich Paul und sie nicht länger, zudem auch alle Schotten stolz auf ihr Nationalgetränk sind. Die Fahrt vergeht genauso schnell wie der Vormittag bei James im Krankenhaus, und Simone kann sich nur wundern, wie vertraut ihr die beiden Männer bereits geworden sind. Auch Paul scheint sich wohlzufühlen in der Gesellschaft von Simones neuer Familie, so friedlich wie er neben ihr eingenickt ist. „Das viele Reden und Zuhören macht wirklich müde", überlegt Simone, die ihrem Vater wieder einmal etwas über Lotte und Georg erzählen muss. Sein Interesse an dem harmonischen Zusammenleben der beiden bestätigt Simone in ihrem Vorhaben, mehr über Brenda und ihn zu erfahren. Für sie hat es nämlich den Anschein, als würde ihr Vater ihre Mutter um ihr Beziehungsglück beneiden. Über all diese Gedanken sind sie auch schon in Oban gelandet und fahren die lang gezogene Uferpromenade Corran Esplanade, vorbei an der ansehnlichen viktorianischen Hotelreihe, vom Norden der Stadt bis ins Zentrum. Am North Pier, unweit der Destillerie, finden sie sogar einen Parkplatz, wodurch sie gleich mit der interessanten Führung in der Brennerei, die zum Spirituosenkonzern Diageo gehört, beginnen können. Simone weckt Paul, der nun so richtig schön ausgeschlafen ist und sich tatsächlich auf die Führung freut. Während der einstündigen Tour werden sämtliche Produktionsprozesse so anschaulich erklärt, dass Simone und Paul schon richtig neugierig auf die Whiskyproben sind. Spannend findet Simone auch, dass um die 1794 gegründete Brennerei das Hafenstädtchen gleichen Namens entstanden ist, der Whisky also eigentlich zur Gründung der Stadt geführt hat. Danach geht es gemütlich ans Verkosten und die beiden Whiskyneulinge sind über die Ähnlichkeit des 14 Jahre alten, weltberühmten Classic Malts of Scotland mit einem lange gereiften Kognak, der ihnen eigentlich immer schon nähersteht, überrascht. Die absolute Geschmackseigenheit ist natürlich durch die Nähe zum Meer gegeben, wodurch Seearomen und eine leichte Salzigkeit mit der Zeit die Oberhand gewinnen. Langsam wird Simone mehr als warm und sie hofft, dass ihr Vater auch schon etwas unter dem Einfluss des Oban-Whiskys steht.

„Wie wird es eigentlich mit Brenda und dir weitergehen?", kommt Simone daher ohne Umweg zu dem Thema, das sie in den letzten Tagen schon sehr beschäftigt hat. Selbst bei der schummrigen Beleuchtung in dem Verkostungsraum der Destillerie kann Simone erkennen, dass sich die gelöste Miene ihres Vaters etwas verkrampft und seine an sich glatte Stirn etwas runzelig wird. „Du kannst einem aber auch wirklich die gute Laune verderben", antwortet er seiner Tochter etwas vorwurfsvoll. „Aber andererseits muss ich dir auch dankbar sein, denn ich schiebe diese Frage ständig vor mir her, ohne eine zufriedenstellende Antwort zu finden. Ehrlich gesagt weiß ich wirklich nicht, was ich tun soll. Ich liebe Brenda nach wie vor, natürlich nicht mehr mit der Leidenschaft wie zu Beginn unserer Beziehung. Aber ich könnte mir vorstellen, mit ihr alt zu werden, wenn sie nur etwas mehr Nähe zulassen würde.

Sie ist nicht nur geschäftstüchtig, sondern auch überraschend einfühlsam, was mir erst bei deinem Erscheinen so richtig bewusst geworden ist. Sie hat volles Verständnis dafür, dass ich so viel Zeit wie möglich mit euch verbringen will und es ist ihr auch gelungen, James, der ja anfangs nicht sehr begeistert war von deiner Existenz, derart positiv zu beeinflussen, dass er dich als Schwester bereits voll und ganz akzeptiert. Sie hätte genauso gut böses Blut machen können, aber nein, sie hat dafür gesorgt, dass ihr beide euch näherkommt. Aber ich als Mensch, der Streicheleinheiten, Wärme und körperliche Nähe braucht, bleibe neben ihr irgendwie auf der Strecke. Ihr scheint offensichtlich nichts dergleichen abzugehen, obwohl ich sie eigentlich auch noch nie danach gefragt habe." So viel hat Scott zu diesem Thema zuletzt bei seinem Freund Jack Fraser von sich gegeben, offensichtlich stehen ihm Simone und Paul bereits ähnlich nahe, dass er sich ihnen derart anvertraut.

„Das ist wirklich eine vertrackte Situation", muss Simone ihrem Vater zustimmen. Wenn er Brenda noch liebt, wird er auch nie für eine andere Beziehung offen sein. Und mit Vernunft lässt sich so ein Gefühl auch nicht aus dem Herzen reißen. „Dann bleibt dir also nichts anderes übrig, als den Rest deines Lebens ohne Nähe und Wärme deiner Frau auszukommen? Das kann es doch auch nicht sein, denn selbst wenn du mit deinen Kindern einen liebevollen und herzlichen Umgang pflegst, ist das doch kein Ersatz zu dem, was dir eine liebende Frau geben sollte!", meint sie und schenkt Paul bei diesen Worten einen zärtlichen Blick – glücklich darüber, dass es sich bei ihnen ganz anders verhält.

„Was glaubst du, wie sehr ich euch beide um euer inniges Verhältnis beneide", seufzt Scott. „Eigentlich ist mir mein Manko erst wieder so richtig bewusst geworden, seit ich mit euch Turteltäubchen unterwegs bin. Natürlich gibt es das Problem schon die längste Zeit, und auch mein Freund Jack Fraser hat mir ins Gewissen geredet, dass ich etwas ändern muss, um wieder glücklich zu sein, aber bei euch sehe ich nun täglich, wie eine Beziehung tatsächlich gelebt werden kann. Und so wird es mit Brenda nie sein, so sehr sie sich vielleicht auch bemühen mag, denn dass sie mich auch noch liebt, hat sie mit dem Engagement von Allen Ross bewiesen.

Ein Mensch, der eifersüchtig ist, der liebt, auch wenn er es sonst nicht zeigen kann", beendet Scott vorerst seine Überlegungen.

„Mit kurzfristiger räumlicher Trennung hast du es ja bereits versucht", mischt sich nun auch Paul in das Gespräch. „Dass du bereits die längste Zeit vor Brenda davonläufst, ist uns nicht entgangen. Aber vielleicht solltest du wirklich mit uns nach Österreich kommen, in ein ganz anderes Leben eintauchen und dabei herausfinden, ob du ohne sie glücklicher bist?!"

„Mit diesem Gedanken spiele ich bereits, seit ihr diese Einladung erstmals ausgesprochen habt. Es wäre eine Art Befreiungsschlag, aus einem Leben auszubrechen, das ich irgendwie liebe, das mich aber auch einengt und niemals frei machen wird für Neues. Aber dazu müsste James wieder einsatzfähig sein, denn ich möchte Brenda nicht ohne Unterstützung zurücklassen, obwohl sie wahrscheinlich auch so ganz gut zurechtkommt. Und wie ich sie kenne, hätte sie sogar volles Verständnis für diesen Selbstfindungstrip nach Österreich", scheint sich Scott tatsächlich schon ernsthaft mit diesem Plan auseinandergesetzt zu haben.

Nun ist Simone doch etwas überrascht, aber auch erfreut bei dem Gedanken, die Gesellschaft ihres Vaters vielleicht doch noch länger genießen zu können als gedacht. „Das wäre ja großartig, dann könnten wir uns zu dritt auf die Reise machen und uns beim Fahren abwechseln. Dann wäre die Distanz auch ohne Fähre zu schaffen. Mit meinem Einsatz könnt ihr aber erst dann rechnen, wenn wir den lästigen Linksverkehr los sind. Gott, das ist wirklich eine schöne Vorstellung!"

Mit ihrer Euphorie steckt sie nun auch Paul an und die drei überlegen, ob sie dem Heilungsprozess von James' Bein etwas nachhelfen könnten. Da Simone und Paul am nächsten Tag ohnehin wieder bei James im Krankenhaus sind, werden sie versuchen einen Arzt über seinen Zustand zu befragen. „Jetzt bin ich aber richtig froh, dieses Thema angesprochen zu haben", ist Simone erleichtert darüber, dass ihr Vater vielleicht doch einen kleinen Schritt getan hat, um seinem Leben wieder mehr Intensität zu geben. „Trotzdem plagt mich der Hunger, und der Whisky tut auch schon seine Wirkung. Vielleicht sollten wir noch einen kurzen Spaziergang vor dem Essen machen und uns Oban auch außerhalb der Destillerie ansehen", meint Simone total guter Dinge, weil sie schon einen ordentlichen Schwips hat. „So harte Getränke bin ich gar nicht gewohnt", erhebt sie sich dann etwas mühsam, um sich sehr konzentriert auf den Weg zur Toilette zu machen. Paul und Scott müssen lachen, so haben sie Simone, die an sich recht trinkfest ist, noch nie erlebt.

„Da wird sie sich vielleicht etwas Mut angetrunken haben", überlegt Scott laut, während er die Verkostung bezahlt. „Es ist Simone bestimmt nicht leichtgefallen, mich über meine Ehe zu befragen. Aber ich bin sehr froh, dass sie es getan hat und ich mit euch darüber reden konnte." „Fast wie Vater und Sohn", denkt Paul, als die beiden Männer das Lokal verlassen, um draußen auf Simone zu warten.

Zur gleichen Zeit macht Brenda ihren täglichen Krankenhaus-besuch bei James. Und auch hier ist es das „Kind", das sich ähnlich wie Simone Gedanken über die Ehe der Eltern macht. „Was ist eigentlich mit euch beiden los? Ihr seid doch nicht wirklich glücklich miteinander", beginnt James vorsichtig das Gespräch, das er schon lange mit seiner Mutter führen wollte. Aber sie ist ja immer in Eile und man findet selten eine derart ruhige Mi-nute mit ihr wie hier an seinem Krankenbett.

„Es ist nicht so leicht zu erklären, und doch wiederum ganz einfach", versucht Brenda ihrem Sohn den ausweglosen Zustand ihrer Beziehung kurz und knapp darzustellen. „Die anfängliche Leidenschaft in einer Beziehung erlischt irgendwann einmal, und an deren Stelle sollte eine andere Art von Liebe treten, die sich in Nähe, Wärme und Austausch von Zärtlichkeiten ausdrückt. Das kann ich, wie du sicherlich als Kind auch an mir als Mutter bemerkt hast, deinem Vater nicht geben. Trotz all meinem Einfühlungsvermögen und Verständnis für meine Umwelt kann ich meine Gefühle nicht zeigen oder vielleicht gar einem anderen mitteilen. Zudem fällt es mir auch schwer, etwas Herzlichkeit an den Tag zu legen. Ich habe mich wirklich bemüht, bin aber scheinbar nicht in der Lage dazu. Trotzdem liebe ich deinen Vater, ich kann es ihn nur nicht fühlen lassen und darunter leidet er furchtbar. Du siehst, es ist eine ziemlich schwierige und eigentlich unlösbare Situation", schließt Brenda ihre Erklärung ab. Es ist ihr anzusehen, dass sie das Gesagte traurig macht, und James hat Mitleid mit seiner Mutter, die er zumindest genauso liebt wie seinen Vater, wenngleich der Zugang zu ihr natürlich schon immer ein anderer war.

„Dass Beziehungen immer so kompliziert sein müssen", versucht James die Problematik abzuschwächen. „Es gibt aber auch Ausnahmen, wenn ich mir meine Halbschwester und ihren Paul so ansehe. Aber das hilft euch beiden natürlich nicht weiter." Seufzend ergreift er die Hand seiner Mutter, die sich trotz ihrer Trauer kräftig und kühl anfühlt. Und obwohl sie eine starke Frau ist, kann sie sich selbst nicht weiterhelfen. Ihm scheint eher, dass sich seine Mutter mit der Situation bereits abgefunden hat. Aber wird sich sein Vater auch damit zufriedengeben? Als hätte Brenda seine Gedanken erraten, beendet sie das Thema. „Da hast du recht und es würde mich nicht wundern, ja, ich würde es sogar bis zu einem gewissen Grad verstehen, wenn dein Vater, der sich in letzter Zeit bereits mehr auf Reisen als zu Hause aufhält, noch öfter und länger abwesend wäre. Das ist zwar auch keine Lösung, aber ich denke, er liebt mich auch noch zu sehr, um das Schlimmste, nämlich eine endgültige Trennung, herbeizuführen." Nun ist es endlich so weit, Brenda hat sich lange davor gescheut, ihre Befürchtung und das Wort „Trennung" auszusprechen. Das wollte James nun ganz und gar nicht von seiner Mutter hören, aber sein Gefühl hat ihn Derartiges schon erahnen lassen. Und obwohl ihm diese Vorstellung nicht gefällt, spinnt er Brendas Gedanken weiter. „Nicht dass ich mir eure Trennung wünsche, aber wenn ihr beide unglücklich seid, ist es vielleicht doch die einzige Lösung. Glaubst du, dass Vater und du mit einem anderen Partner glücklicher werden könntet?"

Verwundert über die Gedankengänge ihres Sohnes versucht sich Brenda ein Leben ohne Scott vorzustellen, ein Leben, das er eigentlich schon heute kaum mehr mit ihr teilt. „Obwohl er ständig unterwegs ist und mich mit seiner Abwesenheit straft, sorgt er sich und unterstützt mich auch aus der Ferne, so gut er kann.

Es würde sich daher nicht sehr viel ändern, wenn er mir nach wie vor zur Seite steht. Aber wie dem auch sei, ich für meinen Teil würde einen emotional genügsameren Partner brauchen, als es dein Vater ist, und noch liebe ich ihn zu sehr, um mir überhaupt einen anderen Mann an meiner Seite vorstellen zu können. Ich denke, wir sind beide noch nicht so weit, uns voneinander zu lösen." Brenda ist doch überrascht, dass sie derart realistisch über das angedachte Szenario sprechen kann.

James ergeht es ähnlich. Es ist doch etwas anderes, Vermutungen nur anzustellen oder auch über sie zu sprechen. „Ich möchte euch beide einfach nur glücklich sehen, und mit wem auch immer ihr euer Leben teilt, ich werde niemals aufhören, euch alle beide so zu lieben wie jetzt." Und um das Thema in eine andere Richtung zu lenken, fährt er nachdenklich fort: „Ich bin schon gespannt, mit welcher Frau ich einmal mein Leben teilen werde …"

Ines und Finn bekommen tatsächlich noch einen Tisch direkt am Wasser, obwohl das Fischlokal wie immer sehr gut besucht ist. Ines kann sich nur sehr schwer zwischen Jakobsmuscheln und Langusten entscheiden, heute will sie sich wirklich etwas Besonderes gönnen. Der Tag war einfach zu schön, um ihn nicht auch stilvoll zu Ende gehen zu lassen. Finn scheint es ähnlich zu gehen, er ist auch nicht gerade zurückhaltend bei der Auswahl seiner Speisen, und kommentiert das auch noch sehr liebevoll. „Es ist, als hätten wir heute etwas zu feiern. Denn dass dein Unglück sich als totaler Glücksfall für mich herausstellt, ist wirklich erstaunlich. Nie hätte ich mir gedacht, dass wir einen so tollen Tag miteinander verbringen könnten, als du dich im Flugzeug neben mich gesetzt hast. Und was mich eigentlich am meisten erstaunt, ist, dass du scheinbar gar nicht mehr an Paul denkst!"

„Ich bin auch überrascht über mich und meine Gefühle. Paul ist tatsächlich schon meilenweit von mir entfernt und ich habe diesen Tag voll und ganz genossen. Daher freue auch ich mich auf einen tollen kulinarischen Ausklang, nachdem wir eine so schöne Zeit miteinander verbracht haben." Ines ist gelöst und gut gelaunt wie schon lange nicht. „Schade nur, dass du morgen schon wieder arbeiten musst. Aber wenn du dein Angebot tatsächlich ernst gemeint hast, würde ich dich wirklich sehr gerne in Glasgow besuchen", macht sie gleich „Nägel mit Köpfen", um diesen sympathischen Schotten nicht aus den Augen zu verlieren.

„Natürlich war das ernst gemeint, nichts wäre mir lieber als mit dir diese Stadt neu zu erkunden." Finn schlürft seine Austern und genießt den köstlichen Weißwein. Obwohl er nur Augen für Ines und sein vorzügliches Essen hat, entgeht ihm nicht, dass Scott, Simone und Paul das Lokal betreten und verzweifelt nach einem freien Platz Ausschau halten. Doch die drei haben kein Glück, alle Tische sind gerade erst frisch belegt. Sie nehmen daher unentschlossen an der Bar Platz, um bei einem Aperitif darauf zu warten, dass ein Gast nach der Rechnung verlangt.

„Das ist ja eine Überraschung! Da hat Scott wieder einmal einen ähnlichen Geschmack bezüglich seiner Restaurantwahl bewiesen wie ich", meint Finn und muss lachen, als er Ines auf die Neuankömmlinge aufmerksam macht. „Zum Essen ist unser Tisch für fünf Personen zu klein, aber sie könnten sich ja einmal dazusetzen, wenn du nichts dagegen hast?!"

Ines hätte zwar gerne noch einen Tag ohne die Watsons und Paul verbracht, da aber die traute Zweisamkeit bereits gestört ist, und Finn dem Wiedersehen in Glasgow zugestimmt hat, hat sie gegen seinen Vorschlag nichts einzuwenden. Er winkt den Neuankömmlingen zu, die ebenfalls mehr als überrascht über das Zusammentreffen dankbar an ihrem Tisch Platz nehmen. „Das hätte ich mir denken können", findet Scott als Erster die Sprache wieder und zwinkert Finn verschwörerisch zu. „Da wollten wir wohl beide mit unserer Restaurantwahl Eindruck schinden."

„So viele tolle Fischlokale gibt es nun auch wieder nicht in Oban." Finn versucht zu erklären, dass keine Absicht hinter dem Treffen liegt. „Ich konnte ja nicht wissen, dass ihr heute auch hier landen würdet. Wir haben schon eine ordentliche Rundreise hinter uns und waren schon wahnsinnig hungrig und eigentlich unheimlich glücklich darüber, dass wir ohne Reservierung einen Platz bekommen haben. Ihr habt es zwar nicht so gut getroffen, könnt aber unseren Tisch bald übernehmen. Wir genießen den

Aufenthalt hier schon einige Zeit und werden nur noch die Flasche austrinken, besser gesagt, Ines wird das tun, bevor wir uns auf den Weg machen. Ich muss morgen wieder zeitig aufbrechen, Edinburgh und der Flughafen warten auf mich." Dann fragt er: „Was hat euch nach Oban verschlagen?"

„Ich habe den beiden Whiskyneulingen die Destillerie gezeigt, wobei wir alle offensichtlich zu tief ins Glas geschaut haben. Nach einem kurzen Spaziergang durch Oban war klar, dass wir uns ein ordentliches Essen verdient haben. Und da konnte ich die beiden ja wohl nur hierherführen", berichtet Scott über ihren Nachmittag bei der Verkostung.

Simone und Paul haben mittlerweile Ines genauer beobachtet, deren Appetit und Laune tatsächlich mehr als gut zu sein scheinen. Paul versucht ihr daher den Ausflug mit Allen am nächsten Tag noch einmal schmackhaft zu machen, was ihm auch gelingt, denn Ines stimmt erfreut zu: „Wer weiß, ob ich noch einmal nach Inverness komme! Wenn sich Allen Ross schon erbötig macht, begleite ich ihn gerne. Danach werde ich wohl nach Glasgow übersiedeln, denn Finn will mir, sofern es seine Arbeit erlaubt, die Stadt zeigen." Man merkt Ines tatsächlich nicht an, dass sie eben erst die Liebe ihres Lebens verloren hat. „Wenn ihr eine Nummer von dem Privatdetektiv habt, würde ich ihn gerne anrufen, um eine Uhrzeit zu vereinbaren."

„Natürlich, die kannst du gerne haben", ist Paul immer noch ziemlich sprachlos und auch froh darüber, wie rasch seine Ex in das neue Leben ohne ihn gefunden hat. Insgeheim ist er Finn natürlich auch dankbar, dass der sich derart selbstlos und aufmerksam um sie kümmert. Doch auch ihm knurrt der Magen und so widmen sie sich erst einmal der Speisekarte, denn bestellen können sie ja schon, der Platz wird sich bald finden. Finn und Ines sind tatsächlich bald fertig und verabschieden sich gut gelaunt, sodass nun auch die anderen ohne schlechtes Gewissen die Köstlichkeiten des Restaurants genießen können.

Allen Ross ist erfreut darüber, dass Ines ihn tatsächlich begleiten will. Wie am Vorabend vereinbart, holt er sie gegen zehn

Uhr von ihrer Pension ab und ist von Beginn der Fahrt an total bemüht, ihr so viel wie möglich über die Umgebung zu erzählen. Ines aber ist neugierig, was den eigentlichen Grund seiner Reise betrifft. Ihre persönlichen Aufregungen haben sie die Probleme anderer übersehen lassen. Sie hat also von der ganzen Henderson-Geschichte gar nichts mitbekommen und folgt Allens Schilderung gespannt. „Und was genau versuchst du nun in Erfahrung zu bringen?", ist Ines auf einmal Feuer und Flamme für dieses Abenteuer. „Kann ich dir vielleicht irgendwie behilflich sein?", versucht sie sich auch für die freundliche Einladung bei Ross zu revanchieren.

„Da ich selbst noch keinen Plan bezüglich meiner Vorgehensweise habe, kann ich das noch nicht sagen. In jedem Fall werde ich zuerst die Firma besuchen und das geschäftliche Umfeld von Henderson in Augenschein nehmen. Vielleicht hat er ja Mitarbeiter, die ihm nicht so gut gesinnt sind, und sich daher zu der einen oder anderen unachtsamen Äußerung hinreißen lassen. – Insgeheim hoffe ich aber auf einen glücklichen Zufall", räumt er schlussendlich doch ziemlich ratlos ein.

„Soll ich dich begleiten oder willst du vorerst einmal das Terrain sondieren? Dann würde ich mir in der Zwischenzeit einen Überblick über die Stadt verschaffen und wir könnten uns am Nachmittag in einem Lokal verabreden. Einen Stadtplan habe ich in meinem Reiseführer, bin also gut für eine Besichtigungstour gerüstet." Allen ist es recht, er schlägt daher ein bekanntes Lokal vor, das jedem in der Stadt geläufig ist, falls sich Ines doch verirren sollte. „Eine sympathische und auch couragierte Person", denkt sich Allen, als er Ines im Zentrum aussteigen lässt und zu Hendersons Firma weiterfährt, wo er von Kirsty überaus freundlich begrüßt wird.

„Womit kann ich Ihnen dienen?", bekommt er sofort die Standardfloskel der routinierten Verkäuferin zu hören. Da Kirsty an der Männerwelt generell sehr interessiert ist, mustert sie Allens stattliche Erscheinung mit Wohlgefallen. Rote Haare sind zwar nicht ganz nach ihrem Geschmack, aber ansonsten hat sie an dem Mann ganz und gar nichts auszusetzen. Zumindest ist er nicht so ein aalglatter Typ wie Daniel, erkennt sie sofort einen weiteren Vorzug des neuen Kunden. Da Allen spürt, dass ihm diese dralle Person gewogen ist, fällt er gleich mit der Tür ins Haus. „Mein Name ist Allen Ross, ich bin Privatdetektiv und im Auftrag der Familie Watson hier. Ich versuche Beweise für die Vermutung der Watsons zu finden, dass James Watsons Auto im Auftrag von Mr. Henderson sabotiert wurde. Könnten Sie sich vorstellen, dass Ihr Chef zu einer derartigen Tat fähig wäre?" Dabei beobachtet er ganz genau die Reaktion seines Gegenübers. Kirsty ist unschlüssig. Fieberhaft überlegt sie, was zu tun sei, nachdem diese Watsons offensichtlich nicht lockerlassen. Aber noch überwiegt die Loyalität ihrem Chef gegenüber, obwohl sie schon nahe dran ist, dem sympathischen Mann die Wahrheit zu sagen. Sie reißt sich also zusammen und lügt mit dem Brustton der Überzeugung. „Das kann ich mir bei meinem Chef wirklich nicht vorstellen. Ich arbeite schon lange in der Firma und mir sind noch keine Unkorrektheiten, welcher Art auch immer, aufgefallen. Womit an so ein Verbrechen schon gar nicht zu denken ist!"

Natürlich ist Allen ihr Zögern aufgefallen, er lässt es aber dabei bewenden. Sein Gefühl sagt ihm, dass er von dieser Frau noch mehr erfahren kann. Offensichtlich ist aber die Zeit noch nicht reif dafür. Er antwortet daher besonders freundlich. „Ich danke Ihnen sehr für die Einschätzung dieses Mannes, von dem wir uns scheinbar ein falsches Bild gemacht haben." Nach einigen weiteren Fragen, mit deren Hilfe Allen mehr über das Arbeitsverhältnis, die Eigenständigkeit und eine eventuelle nähere Beziehung dieser drallen, blonden Ms. Lennox zu ihrem Chef erfahren will, verabschiedet sich Ross äußerst zufrieden. Sie hat zwar nichts Konkretes ausgeplaudert, aber Allen hat einiges heraushören können. In jedem Fall dürfte sie Henderson doch sehr nahestehen, zu viel ist ihr über seine Geschäfte und sein Privatleben bekannt. In all ihrem Eifer nichts Wesentliches zu verraten, hat sie versucht Belanglosigkeiten zu erzählen, die einem gewieften Privatdetektiv allerdings mehr verraten als ihr bewusst war. Da ansonsten keine Mitarbeiter in der Firma tätig sind, versucht es Allen noch bei einem Konkurrenzunternehmen, wo man eventuell mit Neid und Missgunst rechnen könnte. Dort gibt es zwar wesentlich mehr Mitarbeiter und auch einen anwesenden Chef, der sich aber trotz einer spürbaren Abneigung Henderson gegenüber zu keiner unsachlichen oder nicht fundierten Aussage hinreißen lässt. Unverrichteter Dinge macht sich Allen auf den Weg zu dem mit Ines vereinbarten Lokal. Zu gerne hätte er heute schon mehr Erfolg gehabt, aber manche Dinge brauchen eben seine Zeit. Und diese Kirsty wird er wohl nochmals besuchen müssen …

Henderson hat mittlerweile den Bekannten Wilhelms bei den Bundesforsten kontaktiert. Die Verständigung war etwas mühsam, da dem steirischen Beamten die englische Sprache nicht sehr geläufig ist. Aber irgendwie haben sie es doch geschafft und ein Treffen ausgemacht. Hendersons ursprüngliche Überlegung in ein günstigeres Hotel in einen Außenbezirk der Stadt zu übersiedeln, hat er wieder verworfen, denn das Angebot an Vergnügungsetablissements ist in der Innenstadt um einiges größer, was für seinen geplanten längeren Aufenthalt ausschlaggebend ist. So bleibt dem netten steirischen Beamten Markus Pichler nichts anderes übrig, als den neuen Kunden aus der Stadt abzuholen. Da der untersetzte Naturbursche für diesen Tag eine berufliche Verabredung in Scheibbs hat, schlägt er die Besichtigung des Jagdreviers Raneck, das in diesem Bezirk liegt, vor. Als er den schwammig wirkenden Kunden abholt, ist er sich allerdings nicht sicher, ob er die richtige Wahl getroffen hat, denn die Region um den Ötscher verlangt aufgrund des alpinen Geländes überdurchschnittliche Fitness von einem Jäger. Zudem sind Trittfestigkeit und eine entsprechende Ausstattung mit Geländewagen und Seilwinde zur Wildbergung erforderlich, da im Winter auch sehr hohe Schneehöhen möglich sind. Danach sieht ihm dieser Herr Henderson ganz und gar nicht aus, aber aus Erfahrung weiß er, wie sehr man sich diesbezüglich täuschen kann. Und so nimmt er sich vor, den jagderprobten Schotten bei der Besichtigung etwas ins Schwitzen zu bringen. Nach eineinhalb Stunden haben sie Scheibbs erreicht und Markus Pichler setzt Henderson in einem Kaffeehaus ab, während er seinen Termin bei einem Förster so rasch wie möglich absolviert. Danach geht es über Gaming in das an der Nordwestseite des Ötschers gelegene alpine Revier mit größeren Felspartien, steilen Waldanteilen und auch etwas flacheren Wildwiesen. Gemeinsam machen sich die beiden Männer zur Begutachtung der 10 Ansitzeinrichtungen in dem landschaftlich äußerst reizvollen Gelände auf den Weg. Gesprochen wird dabei aus bereits erwähnten Gründen nicht viel, was Henderson allerdings nur recht ist. Denn obwohl er lange Pirschgänge durchaus gewohnt ist, macht ihm die Steilheit des Geländes doch zu schaffen, was auch seinem Führer nicht verborgen bleibt. Markus Pichler hält daher des Öfteren an, um seinem Kunden auch die Nachteile, also Störfaktoren des Reviers, vor Augen zu halten. Der Tourismus ist in dieser Region nämlich nicht zu unterschätzen, und das sowohl im Sommer durch die Wanderer und die freigegebene Mountainbike-Strecke Raneck-Trübenbach-Gaming als auch im Winter durch die vielen Skitouren-Geher auf den Ötscher. Daran hat Henderson noch gar nicht gedacht. Wanderer sind ihm auch in Schottland geläufig, und auch die Mountainbikes haben im Tourismus bereits Fuß gefasst. Aber mit großen Schneemengen, deren Nutzungsmöglichkeiten ihm natürlich vollkommen fremd sind, hat man in Schottland keine Erfahrung. „Das wird wohl nichts mit dieser Jagd werden", überlegt er sich schon nach kurzer Zeit, aber er heuchelt weiterhin Interesse, um den Aufenthalt in die Länge zu ziehen. Ein Vorteil ist allerdings, dass die 809 ha Fläche des Reviers vollständig über Forststraßen und Traktorwege erschlossen und die überaus urige Jagdhütte auch über die öffentliche Straße erreichbar ist. Trotz dieser Vorzüge gibt sich Henderson nicht der Illusion hin, dass dieses anstrengende Revier seinen Ansprüchen entsprechen könnte. Er ist daher sehr froh, als sich der Ausflug zum Ende neigt, obwohl er ihn eigentlich verlängern wollte. Ziemlich erschöpft nimmt er im Geländewagen seines Führers Platz, um in sein Hotel chauffiert zu werden. Mit der Bitte, ihm auch etwas weniger anstrengende Reviere zu zeigen, verabschiedet sich Henderson von Markus. Eigentlich will er nach diesem Tag nur mehr seine Ruhe. Es ist ihm daher gar nicht recht, eine

Nachricht von Kirsty vorzufinden, die ihn um Rückruf bittet. „Wahrscheinlich hat sie Cameron ausfindig gemacht", überlegt er, während er ihre Nummer wählt. Gähnend macht er es sich dabei auf dem Sofa in seinem Hotelzimmer bequem.

„Danke für deinen Rückruf und schön von dir zu hören!", heuchelt Kirsty ins Telefon. „Ich habe deinen Archie Cameron in Edinburgh ausfindig gemacht. Allerdings keine Privatnummer, sondern nur die der Kanzlei, daher auch mein Anruf, um dir die Öffnungszeiten durchzusagen. Bin schon gespannt, was er zu deinem Fall sagen wird. – Wie geht es dir sonst, hast du schon ein Jagdrevier besichtigt?" Noch ist sich Kirsty nicht sicher, ob sie Daniel von diesem Privatdetektiv berichten soll und sie versucht sich daher noch etwas Zeit zu verschaffen.

„Ja, und deswegen bin ich total erschöpft und wollte gerade ein Nickerchen machen. Ich habe tatsächlich nicht bedacht, dass das Gamswild, dessen Trophäe für Schottland interessant sein könnte, ja nur im Hochgebirge zu Hause ist. Und dort ist das Gelände ziemlich steil und verlangt nach einer ordentlichen Kondition, die ich offensichtlich zurzeit nicht habe. Oder vielleicht hatte ich sie in dieser Form noch nie, da unsere schottischen Berge doch um einiges leichter zu begehen sind", fügt er in einem Moment der Selbsterkenntnis hinzu. „Aber vielleicht haben die Bundesforste ja noch leichtere Jagden anzubieten, mit anderen für Schottland interessanten Wildarten. Ich bin in jedem Fall in Warteposition für die nächste Besichtigung, die mein heutiger Führer Markus Pichler in den nächsten Tagen organisieren wird."

„Dann darf ich also weiterhin nicht mit deiner baldigen Rückkehr rechnen?", fragt Kirsty lauernd nach und ist froh darüber, nicht gleich mit ihrer Neuigkeit herausgerückt zu sein. Diesen Allen Ross hat sie sicherlich ganz gut abserviert, also wird sein Erscheinen keine weiteren Folgen haben und Daniel braucht davon gar nichts zu wissen.

„Ich werde bestimmt noch zwei, drei Jagden besichtigen, ganz gleich, ob mir die nächste bereits zusagt oder nicht. Und wenn ich zurückkomme, werde ich wahrscheinlich über Edinburgh fliegen, um Archie einen persönlichen Besuch abzustatten. Also kann es noch eine Weile dauern, bis du mich wiederhast und die Verantwortung bezüglich der Firma wieder abgeben kannst. Aber wie ich dich kenne, erledigst du ohnehin alles mit Leichtigkeit", versucht Daniel sich bei Kirsty einzuschmeicheln und sie bei guter Laune zu halten, damit sie auch weiterhin funktioniert.

„Die Galgenfrist ist somit verlängert", seufzt sie leise, antwortet aber etwas ganz anderes: „Wie schade, du fehlst mir wirklich schon sehr. Aber geschäftlich kannst du dich voll und ganz auf mich verlassen, ich habe tatsächlich alles im Griff. Melde dich einfach, wenn ich noch etwas für dich erledigen kann! – Aber ich freue mich auch so, von dir zu hören", fügt sie im Brustton der Überzeugung hinzu.

Henderson lächelt über die Ergebenheit der vermeintlich treuen Seele und verabschiedet sich auch mit gekonnt liebevollen und falschen Worten, bevor er erschöpft das Handy zur Seite legt, um endlich ein Schläfchen zu machen.

Scott, Simone und Paul treffen einander bereits um neun Uhr im Krankenhaus, um mit dem behandelnden Arzt von James zu sprechen. Und tatsächlich haben sie Glück, denn Doktor Alistair Campbell, der James nach seiner Einlieferung in das Belford Hospital operiert hat, ist gerade im Dienst und gibt ihnen bereitwillig und sehr freundlich eine umfassende Auskunft.

„Ihr Sohn zählt zu den glücklichen Patienten, bei dem die Schwellungen anscheinend rasch abklingen und das Heilen der Wunde auch komplikationslos vonstattengeht. Und das auch recht zügig, muss ich sagen, weshalb wir schon bald den Antrag auf eine stationäre oder ambulante Reha stellen können", erklärt er an Scott gewandt. „Für eine ambulante Reha ist es entscheidend, das Gehen an Gehstützen zu erlernen, was James sicherlich sehr rasch gelingen wird. Da ich davon ausgehe, dass Sie Ihren Sohn so bald wie möglich wieder in der Firma haben wollen, kann ich Sie beruhigen: Solange er vom Schreibtisch aus arbeitet, könnte er bereits in der nächsten Woche einsatzfähig sein. Mehr dazu, also einen genauen Zeitpunkt, verrate ich Ihnen am Ende der Woche, wenn ich die Wunde nochmals untersucht habe." Damit verabschiedet er sich freundlich und die drei berichten James sofort von dieser Neuigkeit.

„Das hat mir Dr. Campbell auch schon gesagt und ich bin tatsächlich sehr glücklich über den guten Heilungsverlauf, andererseits auch wieder etwas traurig, denn ohne Krankenhaus gibt es keine vormittäglichen Plauderstunden mehr mit euch." Bei diesen Worten lässt sich James seufzend in sein Kissen fallen. „Was machst übrigens du um diese Zeit im Krankenhaus?", fährt er an seinen Vater gewandt fort. „Solltest du nicht in der Firma sein und Mutter zur Seite stehen?"

„Du hast ja recht, mein Sohn, aber Simone und Paul haben mir einen Vorschlag gemacht, der deinen baldigen Einsatz in der Firma erfordert. Daher haben wir gemeinsam versucht, deinen behandelnden Arzt zu erreichen, um eine exakte Auskunft zu diesem Thema zu bekommen. Dass sie derart positiv ausfallen wird, habe ich nicht zu hoffen gewagt. Alles Weitere sollen dir die beiden berichten, ich gehe nun wirklich ins Büro. Aber noch kurz zur Information, wir treffen uns abends mit Allen und Ines im Pub und ich bin schon gespannt, was er für Neuigkeiten aus Inverness bringt!" Damit ist Scott aus dem Krankenzimmer verschwunden und überlässt es Simone und Paul, seinen Sohn über des Vaters Zukunftspläne zu informieren. Und Simone redet auch nicht lange um den heißen Brei herum, sondern erklärt ihrem Bruder schlicht und einfach, was sie dazu veranlasst hat, Scott nach Österreich mitnehmen zu wollen. „Ich weiß, es ist im Moment vielleicht nicht ganz fair, da du ja noch nicht zu hundert Prozent einsatzfähig sein wirst. Aber nachdem wir mit Vater über das Beziehungsdilemma deiner Eltern gesprochen haben, glauben wir, dass eine längere Trennung der beiden vielleicht eine Möglichkeit für sie wäre, herauszufinden, ob sie sich miteinander oder getrennt besser fühlen. Es ist ja wirklich merkwürdig. Da lieben sich zwei Menschen und können diese Liebe nicht leben …", sinniert Simone weiter, ohne auf die Antwort ihres Bruders zu achten. Das Problem der beiden Eheleute scheint sie wirklich sehr zu beschäftigen, vielmehr ist es etwas, was sie nicht richtig begreifen kann.

„Merkwürdig, ich habe mit Mutter auch über dieses Problem gesprochen. Sie ist auch nicht viel klüger als Vater und weiß auch nicht, wie sie es lösen könnten. Vielleicht habt ihr recht, einen Versuch ist es in jedem Fall wert. Und warum soll Vater nicht auch das Umfeld seiner Tochter kennenlernen." Dabei nimmt er seine Schwester und den künftigen Schwager an der Hand und meint: „Ihr wisst ja gar nicht, was für ein Glück ihr habt, eine derart tolle Beziehung genießen zu können. Ich kenne nicht viele Paare, die so gut harmonieren wie ihr beiden. Und solltet ihr jemals heiraten, will ich zu eurer Hochzeit eingeladen werden!"

Nun ist Simone sprachlos, ist ihr Bruder denn ein Hellseher? James versteht sofort, als er die erstaunten Gesichter der beiden sieht. „Da habe ich euch wohl ertappt und es ist schon so weit", lachte er. „Aber das vorherzusehen ist bei eurer Verliebtheit wirklich kein Kunststück. Gibt es denn schon einen Termin?"

„Das werden wir wohl erst festlegen können, wenn wir wieder zu Hause sind. Dass du eingeladen bist, ist ja wohl selbstverständlich, und ich würde mich sogar sehr freuen, wenn du mein Trauzeuge wärst!" Das ist Simone erst in dem Moment in den Sinn gekommen, als sie es ausgesprochen hat. Überrascht über sich selbst ist sie doch auch froh über ihre Eingebung, als sie das strahlende Gesicht von James und das wohlwollende Lächeln von Paul sieht.

„Von Herzen gern, liebes Schwesterlein, aber zuerst sollte ich wohl halbwegs fit werden, damit ihr abreisen könnt, um alle Vorbereitungen für das Fest treffen zu können. Obwohl ich an eurer Stelle ja nicht in der kühlen Jahreszeit, sondern im Frühling heiraten würde."

„So schnell kann es wahrscheinlich nicht gehen", bringt sich nun auch Paul zu diesem Thema ein. „Da wir noch nicht einmal das Wofestgelegt haben. Außerdem müssen wir uns vorerst für eine gemeinsame Bleibe entscheiden und einrichten. Zudem beginnt Simone mit der Arbeit in ihrer Ordination, sie wird daher vorerst ihren Kopf ganz woanders haben, sodass sich die Dinge bestimmt nicht so rasch erledigen lassen. Aber sobald wir einen Termin haben, wirst du natürlich als Erster informiert, damit du auch bezüglich eines Urlaubs planen kannst."

„Dass ihr so ein Tempo vorlegt, hätte ich mir nicht gedacht. Aber andererseits", fährt James mit einem prüfenden Blick auf das Paar fort, „wenn man sich so sicher ist wie ihr beide, worauf soll man warten? Ich freue mich für euch und werde alles in meiner Macht Stehende dazu beitragen, dass ihr spätestens nächste Woche aufbrechen könnt!"

„Nur nichts überstürzen, lieber Schwager! Wenn du nicht wirklich einsatzfähig bist, reisen wir alleine ab und Scott kann nachkommen. Deine Gesundheit ist jetzt wohl wichtiger als alles andere."

Und so schmieden die drei weitere Pläne über das Wieund Wo der Hochzeit, womit der Vormittag wie im Flug vergeht, und Scott kommt auch schon wieder von der Firma zurück.

„Da habt ihr euch ja was Feines ausgedacht", begrüßt ihn James lachend. „Ich freue mich wirklich für euch! Sowohl für dich, lieber Vater, dass du mit den beiden verreisen willst, als auch für Paul und meine Schwester, deren Trauzeuge ich sein darf!" Nach kurzem Überlegen fügt er allerdings stirnrunzelnd hinzu: „Hast du deine Pläne eigentlich schon mit Mutter besprochen?"

„Nein, mein Lieber, diese Unterredung steht mir noch bevor!" Seufzend umarmt Scott seinen Sohn, der ihm alles Gute für sein Vorhaben und den dreien, die sich für heute verabschieden, noch einen schönen Nachmittag wünscht.

Ines hat bereits eine Kleinigkeit gegessen, als Allen das Lokal betritt. „Schade, dass du nicht erfolgreicher warst", bedauert sie Ross, nachdem er ihr von seinen Befragungen erzählt hat. „Aber wenn du bei dieser Kirsty ein gutes Gefühl hast, solltest du wirklich nicht locker lassen. Nachdem ich aus all den Erzählungen über Henderson heraushöre, dass er ein unangenehmer Mensch ist, könnte die Loyalität dieser Frau auch einmal ins Wanken geraten. Und da sie ihm nahesteht, würdest du dann sicherlich sehr viele Informationen von ihr bekommen."

„Das habe ich mir auch überlegt, also war der Tag gar nicht so erfolglos, wie es im ersten Moment aussieht. Was hast du in der Zwischenzeit gemacht, außer hoffentlich gut gegessen?"

Ines berichtet über ihren Stadtrundgang und die Sehenswürdigkeiten, die sie anhand ihres Führers aufgesucht hat. „Danach war ich müde, hungrig und durstig und ich bin dir daher sehr dankbar für das nette und gute Lokal, das du zu unserem Treffpunkt auserkoren hast. Willst du denn gar nichts essen?"

Allen scheint in sich hineinzuhorchen, meint dann aber: „Eigentlich nicht, ein Glas Bier kann nicht schaden, aber den Hunger hebe ich mir für Leslies gute Küche in Fort William auf. Dann können wir uns gemütlich auf den Weg machen, und haben ausreichend Zeit bis zu dem vereinbarten Treffen mit Scott, Simone und Paul. Ich bringe dich auch gerne vorher nach Hause, wenn du dich noch frisch machen willst. Vorausgesetzt du hast überhaupt Lust auf einen Abend mit den dreien?"

„Damit habe ich eigentlich kein Problem mehr, und frisch machen muss ich mich auch nicht. Wir gehen ja in kein Nobelrestaurant, sondern in das gemütliche Pub der Barclays, das ich heute hoffentlich genauer wahrnehmen werde als beim letzten Mal. Wie sich das Leben doch in kürzester Zeit verändern kann." Nach diesen Worten verlangt Ines gut gelaunt nach der Rechnung und lädt Allen auf sein Bier ein.

Die Autofahrt vergeht für die beiden positiv gestimmten Menschen sehr rasch, sie haben ja auch genug Gesprächsstoff, da sie einander kaum kennen. Ines findet Allens Job richtig spannend, und er hat auch einige lustige Anekdoten aus seinem Berufsleben zu erzählen. Ines' einstiger Schulalltag war nicht so unterhaltsam und er fehlt ihr daher auch nicht. Mit einem Mal wird ihr bewusst, dass sie vielleicht überhaupt den falschen Beruf gewählt hat. Den falschen Mann und den falschen Beruf, das ist ein bisschen viel auf einmal. Aber die Erfahrung der letzten Tage hat sie gelehrt, dass sich alles im Leben verändern lässt und ein neuer Weg auch positiv und spannend sein kann. Sie lauscht daher weiterhin gespannt Allens Geschichten, und schon sind sie bei Barclays Pub angelangt, wo Scott sie bereits erwartet.

„Das nenne ich aber ein Timing, Simone und Paul müssten auch gleich kommen. Sie hatten noch ein paar Besorgungen zu machen", meint der ebenfalls bestens gelaunte Scott lächelnd, was

Allen freudig zur Kenntnis nimmt. „Was ist dir denn Glückliches passiert, dass du in derart fröhlicher Stimmung bist?", kann er sich daher nicht verkneifen zu fragen.

„Das erzählen wir euch nach deinem Bericht über die Nachforschungen in Inverness. Hoffentlich ist der auch so positiv wie unsere Neuigkeit!", erklärt Scott.

In dem Moment kommen Simone und Paul mit einigen neuen Straßenkarten bepackt um die Ecke. „Es sieht ja fast so aus, als wolltet ihr eure Heimreise nach Österreich mit dem Auto zurücklegen, wenn ich die Straßenkarten von England, Frankreich, Belgien, den Niederlanden und Deutschland richtig erkannt habe", wundert sich Allen. Jetzt ist Scott richtig enttäuscht, dass die Kombiniergabe seines Freundes die Neuigkeit vorweggenommen hat.

„Du bist leider zu scharfsinnig, um überrascht zu werden", meint er und klopft Allen gutmütig auf die Schulter. „Die Kinder haben mir tatsächlich das Angebot gemacht, mit ihnen nach Österreich zu fahren!" Nun strahlt Scott übers ganze Gesicht.

„Und was sagt Brenda zu dieser Idee?", ist das Erste, was Allen dazu einfällt. „Du musst einem doch immer die gute Laune verderben. Sie weiß noch nichts davon, dieses Gespräch steht mir leider noch bevor. Aber lasst uns einmal hineingehen und das Essen bestellen, mein Hunger ist schon ganz schön groß!" Mit diesen Worten übernimmt Scott die Führung zu ihrem Stammplatz. Nachdem sie der Speisenaufzählung von Leslie aufmerksam gelauscht und auch sofort bestellt haben, ist es nun Simone, die Ines und Allen von dem Angebot, das sie ihrem Vater gemacht haben, erzählt. Im Zuge dessen berichtet sie natürlich auch von James' Fortschritten und den Informationen, die sie von Dr. Campbell bekommen haben. „Jetzt ist nur noch das alles entscheidende Gespräch mit Brenda offen, um den Plan in die Tat umzusetzen. Vorausgesetzt Dr. Campbell gibt Ende der Woche, also bereits übermorgen, grünes Licht für die ambulante Reha von James", beendet eine sichtlich aufgekratzte Simone ihren Bericht.

„Das ist ja heute wirklich ein Freudentag! Die allgemeine gute Laune sollten wir in irgendeiner Form feiern", meldet sich Paul zu

Wort. Als feinfühliger Mensch hat er auch das Stimmungshoch von Ines erkannt, und die vermutlich positiven Ergebnisse der Nachforschungen von Allens zufriedenem Gesicht abgelesen. Natürlich fallen ihm auch die freudestrahlenden Augen seiner geliebten Simone und ihres Vaters auf, wenn die beiden über ihren bevorstehenden Reiseplan ins Schwärmen geraten. Obwohl er weiß, dass Scott noch eine schwierige Aufgabe vor sich hat, bestellt er nach Allens Inverness-Schilderung eine Runde, um auf das Glück und die Zufriedenheit aller Anwesenden anzustoßen.

„Wenn das Gespräch mit Brenda positiv verläuft", kommt Paul nochmals auf ihr Vorhaben zurück, „und James entlassen wird, könnten wir also am Sonntag gemütlich aufbrechen und wären somit, bei einer Rückreisedauer von zwei bis drei Tagen, genau einen Monat unterwegs gewesen. Bei dem, was wir alles erlebt haben, kommt es mir vor wie ein halbes Jahr. Oder hast du, lieber Scott, noch andere Dinge abzuklären, wenn du dich für längere Zeit von Schottland verabschiedest?" „Eigentlich nicht", überlegt Scott. „Da man heutzutage so und so alles online erledigen kann. Das bisschen Wäsche ist schnell gepackt und ansonsten brauche ich nur meine Kamera. Aber das Problem Henderson liegt mir noch im Magen, obwohl ich Allens Gespür bezüglich dieser Kirsty voll und ganz vertraue. Vielleicht schafft es mein lieber Freund ja auch mehr aus ihr herauszubekommen, als es die Polizei vermocht hat. Und so lange Henderson in Österreich ist, wo wir ihn ja hoffentlich nicht treffen werden, passiert auch bezüglich meiner Anzeige nichts."

„Dann bleibt nur noch Ines über, deren Pläne wir noch gar nicht kennen. Hast du vor noch länger in Schottland zu bleiben?", ist Paul jetzt doch auch neugierig, wie das Leben seiner Ex-Freundin weitergehen wird. Bevor Ines antworten kann, setzt sich Leslie zu ihnen. Sie hat die Küche für heute geschlossen und gesellt sich mit einem Glas Wein zu der fröhlichen Runde.

„Ich werde übermorgen nach Glasgow übersiedeln. Finn hat mir in der Nähe seiner Wohnung ein Zimmer reserviert, da er in seiner Single-Wohnung kein Gästezimmer hat. In seiner Freizeit hat er vor, mir Glasgow näherzubringen, ansonsten werde ich die Stadt mit meinem Reiseführer erkunden. Und wie lange ich noch bleiben werde, weiß ich ehrlich gesagt selbst noch nicht." Leslie muss bei Ines' Worten in sich hineinlächeln. „Doch nicht so unsympathisch, diese Österreicherin." Dass sie nicht sofort bei ihrem Sohn einzieht und das, obwohl sie finanziell ja nicht sehr gut gestellt sein dürfte, gefällt ihr. „Dann hat sie also Anstand und Benehmen", denkt Leslie nun doch wieder etwas positiver bezüglich der Zuneigung ihres Sohnes.

„Und wie kommen Sie nach Glasgow?", wendet sie sich nun auch fürsorglich an die Frau, die ihren Sohn ziemlich beeindrucken dürfte.

„Ich werde mich wohl bezüglich einer Zugverbindung schlau machen müssen", lacht die gut gelaunte Ines, die sich offensichtlich schon auf Glasgow freut.

Nach einigem Überlegen scheint Leslie allerdings eine bessere Idee zu haben. „Unser Freund Connor Fergusson, ein Reisebürobesitzer, will am Freitag auf seiner Rückfahrt nach Glasgow bei uns vorbeikommen. Ich bin sicher, dass er Sie mitnehmen wird. Er ist ein hilfsbereiter und unterhaltsamer Mensch und hat seine Firma in der Nähe von Finns Wohnung. Dann könnten Sie sich die Zugfahrt und mühseliges Umsteigen mit den öffentlichen Verkehrsmitteln ersparen", ist Leslie sichtlich stolz auf ihren guten Einfall.

Und Ines ist froh darüber, dass die Mutter von Finn ihre anfängliche Skepsis ihr gegenüber abzulegen scheint. „Jetzt gilt es nur noch zu klären, ob wir morgen zum Abschied noch gemeinsam etwas unternehmen", überrascht nun Ines die Runde.

„Eine wirklich gute Idee", schließt sich Simone sofort diesem Vorschlag an. „Wer weiß, wann wir uns alle wiedersehen. Aber was könnten wir tun?"

„Lasst uns eine Nacht darüber schlafen, vielleicht fällt uns ja noch etwas Schönes ein. In jedem Fall würde ich vorschlagen, dass wir uns nachmittags treffen, nachdem mich Simone und Paul von der Firma abgeholt haben", begrüßt auch Scott den Vorschlag von Ines.

Langsam ebbt die euphorische Stimmung ab, der Alkohol tut seine Wirkung und eine allgemeine Müdigkeit macht sich breit. Allen macht sich erbötig, Ines in ihre Pension zu bringen und Scott verabschiedet sich auch, allerdings mit dem Wissen, dass er noch ein unangenehmes Gespräch vor sich hat. Leslie füllt Simone und Paul, die als einzige sitzen bleiben, nochmals die Gläser, verabschiedet sich dann aber auch. „Dreht das Licht ab und werft einfach die Tür zu, wenn ihr ausgetrunken habt. Nach mir ruft schon das Bett …"

Obwohl Simone auch sehr müde ist, wird ihr, je näher ihre Abreise rückt, immer mehr bewusst, dass in Österreich ein komplett neues Leben auf sie wartet.

„Hast du dir eigentlich schon überlegt, lieber Paul, in welchem unserer Häuser wir wohnen werden? Und wo sollen wir Vater unterbringen, wenn er tatsächlich gleich mit uns kommt? Da gibt es tatsächlich noch einiges zu klären, aber im Moment bin ich einfach nur froh, dass wir einander einmal alleine haben. So sehr mir die Gesellschaft der anderen gefällt, vermisse ich doch die traute Zweisamkeit, von der wir noch nicht allzu viel hatten. Weißt du eigentlich, wie sehr ich dich liebe?" Und schon ist Simone näher gerückt und kuschelt sich in seine Arme.

„Und ich dich erst", haucht Paul, gibt ihr einen Kuss aufs Haar und umfängt sie zärtlich. „Mir geht es ähnlich, und Gedanken über unsere Wohnsituation habe ich mir auch schon gemacht. Dein Vater hat die Wahl zwischen deinem Gästezimmer bei Dr. Marold oder dem Kellerappartement in meinem Haus. Und du kannst vorläufig einfach bei mir einziehen. Welches Haus wir uns schlussendlich auf Dauer herrichten, können wir ja dann immer noch entscheiden. Das einzige Problem sehe ich darin, dass wir für deinen Vater kein Fahrzeug haben, denn du brauchst dein Auto ja auch, um in die Ordination zu kommen."

„Ich glaube, in Dr. Marolds Haus einen Motorroller gesehen zu haben. Vielleicht kann er den ja zurücklassen, wenn er ins Waldviertel zieht, und wir bringen ihn nach, wenn wir eine andere Lösung gefunden haben. Apropos Dr. Marold, nicht nur ihm sollte ich Bescheid sagen, auch Mutter und Georg warten auf ein Rückreisedatum von uns. Und dein Freund Klaus wird deine Heimkehr auch schon herbeisehnen. So anstrengend und ereignisreich unsere Reise bisher war, zu Hause erwarten uns auch einige Aufgaben und Verpflichtungen. Da wird es wieder nichts mit dem Genießen der trauten Zweisamkeit!" Simone kann ein Gähnen nicht mehr unterdrücken und wäre fast friedlich in Pauls Armen entschlummert, wenn er sie nicht liebevoll geschubst hätte.

„Du wirst doch nicht den Wein übrig lassen?!", neckt er sie, indem er ihr das Glas unter die Nase hält.

„Na gut, wenn es unbedingt sein muss, trinke ich eben aus!" Das fällt ihr trotz der Müdigkeit nicht schwer, und so sind die beiden Verliebten schon bald auf dem Heimweg, nachdem sie die Tür zum Lokal der Barclays geschlossen haben.

Scott trifft Brenda nicht mehr an, als er nach Hause kommt, offensichtlich ist sie schon schlafen gegangen. Deshalb fürchtet er eine unruhige Nacht und überlegt sich beim Einschlafen, dass er seine Frau für das Gespräch zum Lunch einladen könnte. In jedem Fall sollten sie nicht in der Firma sein, da hätten sie keine Ruhe für eine derartige Unterhaltung. Er fühlt sich ganz und gar nicht fit am nächsten Morgen, was er mit einer ausgiebigen Dusche zu beheben versucht. Brenda ist schon im Büro als er in die Firma kommt und ihr den Vorschlag einer gemeinsamen Mittagspause in Franks Imbiss macht. „Bist du denn heute gar nicht mit Simone und Paul verabredet?", fragt Brenda erstaunt über die ungewöhnliche Einladung.

„Doch, aber die beiden planen schon ihre baldige Abreise und wollen noch einige Besorgungen machen und mich danach von der Firma abholen. Sie meinten, es könnte Nachmittag werden. – Wir hätten also Zeit für einen gemütlichen Lunch", fügt er mit schlechtem Gewissen hinzu, denn gemütlich kann dieser Lunch nicht werden. Aber Brenda kennt ihren Mann schon viel zu lange, um ihn nicht zu durchschauen. „Da musst du mir ja etwas ganz Wichtiges zu sagen haben, denn Lunch hatten wir schon lange nicht mehr gemeinsam. Am besten treffen wir uns gleich dort, denn ich habe vorher noch einen Termin bei der Bank." Ganz Geschäftsfrau und doch auch besorgt, was sie wohl zu hören bekommen wird, ist sie schon wieder in ihre Arbeit versunken. Scott kann sich hingegen nicht wirklich konzentrieren, zu nervös ist er bei dem Gedanken, wie Brenda wohl reagieren wird. Doch auch dieser Vormittag geht vorüber und Scott ist natürlich vor seiner Frau in Franks Imbiss. Aber kaum hat er sich mit Blick in Richtung Tür an einen Zweiertisch gesetzt, betritt Brenda, wie immer perfekt gekleidet, das Lokal. „Also, was gibt es für Neuigkeiten?", kommt sie auch gleich zur Sache.

Und Scott antwortet genauso direkt, ohne lange herumzureden. „Ich möchte Simone und Paul nach Österreich begleiten, und das bereits am Wochenende. Vorausgesetzt James wird am Freitag entlassen und die ambulante Rehabilitation wird genehmigt, was laut Dr. Campbell sehr wahrscheinlich ist. Denn ohne James zu deiner Unterstützung würde ich mich nicht auf diese Reise begeben."

Einen Moment lang ist Brenda irritiert, hat sich aber schnell wieder im Griff. Nach einem Schluck Wasser, den sie offensichtlich zum Nachdenken braucht, kommt sie zu einer ähnlichen Erkenntnis wie Simone und James. „Vielleicht ist so eine längere räumliche Trennung sogar gut für uns, um herauszufinden, ob wir einander vermissen oder getrennt voneinander besser leben. Irgendwann müssen wir uns diesem Problem stellen, und möglicherweise hilft uns diese Reise bei dessen Lösung. Es geht zwar alles ein bisschen rasch, aber wenn der Arzt James entlässt, werde ich dir kein Hindernis in den Weg legen. Schlimmstenfalls, sollte James tatsächlich noch nicht hundertprozentig einsatzfähig sein, würde ich jemanden anstellen. Das verträgt die Firma schon über einen gewissen Zeitraum", meint sie und fügt hinzu: „Dann wirst du auch deine damalige große Liebe wiedersehen?"

Beeindruckt von Brendas pragmatischer Antwort muss nun Scott kurz nachdenken, denn dass er Lotte wiedersehen wird, hat er noch gar nicht bedacht. „Laut Simones Erzählungen soll sie eine sehr glückliche Ehe führen mit dem Mann, von dem Simone annahm, dass er ihr Vater ist. Aber in erster Linie bin ich sehr neugierig, wie das Umfeld und die Heimat meiner Tochter aussehen."

„Das kann ich gut verstehen. Und was ist mit Henderson, ist dieser schreckliche Mensch nicht auch in Österreich?"

„Ja, das ist er", bestätigt Scott und berichtet Brenda von Allens Ausflug nach Inverness und dessen Gespür, von Daniels Assistentin eventuell noch wertvolle Informationen zu bekommen. „Es ist daher momentan diesbezüglich nichts zu tun. Ihr beide seid vor ihm sicher und in Österreich werden wir uns ja kaum über den Weg laufen", meint Scott überzeugt.

„Na dann ist ja nicht mehr viel zu sagen. Ich würde euch allerdings gerne noch zu einem Abschiedsessen einladen. Erstens hatte ich noch keine Gelegenheit deine Tochter und ihren Freund näher kennenzulernen und zweitens hatte sie auch noch keine Möglichkeit unser Haus, also auch deine Umgebung von innen zu sehen. Zudem möchte ich gerne wissen, mit welchen Menschen du diese lange Reise antrittst, obwohl mir Simone schon bei unserem ersten Aufeinandertreffen in der Firma sympathisch war. Ob am Freitag oder Samstag ist mir egal, aber James sollte in jedem Fall dabei sein, wenn ihn das Krankenhaus entlässt."

„Das ist eine tolle Idee, zu der du die Kinder gleich selbst befragen kannst, denn sie holen mich heute vom Büro ab." Tatsächlich warten Simone und Paul schon auf Scott und sind erstaunt über den harmonischen Eindruck, den das Paar, das eben seine Trennung auf unbestimmte Zeit beschlossen hat, auf sie macht. Brenda wiederholt ihre Einladung, die von den beiden überrascht, aber auch freudig angenommen wird. Man einigt sich auf den Freitag und schon ist die Geschäftsfrau wieder in der Firma verschwunden. Simone und Scott strahlen einander an. „Dann hat sie dir doch nicht den Kopf abgerissen", meint Simone erleichtert und muss grinsen über die positive Aufnahme der offensichtlich auch von Brenda für gut befundenen Reise.

„Was geschieht nun mit dem angebrochenen Nachmittag, hat sich schon jemand bezüglich eines gemeinschaftlichen Abschiedsprogramms gemeldet?" Simone ist ohnehin überzeugt, dass es keine zündenden Vorschläge gibt.

Unisono antworten die beiden Männer: „Bei mir noch nicht", und setzen einen nachdenklichen Blick auf, worüber Simone lachen muss. „Strengt eure grauen Gehirnzellen an!", fordert sie die beiden auf. „Wäre doch schade, wenn uns gar nichts einfallen würde. Mein Vorschlag ist die Gondelbahn von Nevis Range. Bei dem schönen Wetter heute haben wir laut Reiseführer auf einer Höhe von sechshundertfünfzig Metern eine tolle Fernsicht. Zudem gibt es ein nettes Kaffeehaus. Und wenn einer von uns nach mehr Bewegung verlangt, gibt es auch noch ebene Wanderwege, die jeweils an zwei markanten Aussichtspunkten enden."

Jetzt sind Scott und Paul sprachlos, denn dass Simone tatsächlich eine Idee hat, noch dazu eine ziemlich gute, ist den beiden nicht in den Sinn gekommen. „Na dann lasst uns die anderen verständigen und nachfragen, ob sie ein besseres Programm bieten können." Und schon wählt Scott die Nummer von Allen, während Paul versucht Ines zu erreichen. Und da es wie erwartet keine anderen Vorschläge gibt, vereinbaren sie einander an der Talstation der Gondelbahn zu treffen. Noch ist früher Nachmittag, und da Ines und Allen ebenfalls in einer halben Stunde dort sein können, lohnt sich der angedachte Ausflug allemal. Mit Sportschuhen ausgerüstet sind alle pünktlich zur Stelle und gleich darauf auch schon mit der Kabinenbahn unterwegs auf den Berg. Die gute Laune aller Beteiligten, der Sonnenschein und der wirklich sensationelle Ausblick machen diesen Nachmittag zu einem schönen Abschied von Menschen, die sich kurzzeitig auf einem gemeinsamen Weg befunden haben. Ines und Allen genießen schon den Kaffee, während Simone, Paul und Scott noch die Höhenwanderung machen. Ein letztes gemeinsames Glas Wein muss dann allerdings noch sein, bevor sie mit der Bahn wieder ins Tal fahren. Allen wird nochmals von Scott beauftragt, ein Auge auf seine Familie zu haben und Kirsty etwas zu bedrängen, während man sich von der total veränderten Ines mit allen guten Wünschen für Glasgow verabschiedet.

Scott macht sich auf den Weg nach Hause. Anscheinend ist ihm doch noch einiges eingefallen, das er vorzubereiten hat, wenn er sich für längere Zeit aus Schottland entfernt. Und Simone hat endlich wieder einmal ihren Paul für sich alleine, was die beiden mit einem schönen Essen im Crannog Restaurant direkt am Wasser zelebrieren. Simone bestellt sich zum Abschied noch einmal ihr heiß geliebtes Lamm, während Paul das wesentlich kostspieligere Aberdeen-Angus-Rind wählt. Der Ausblick auf das Wasser von Loch Linnhe ist wunderbar, und obwohl man trotz des sonnigen Tages nicht draußen sitzen kann, ist dieser Abend für die beiden Verliebten ein total schönes Abschiednehmen von einer Reise, die tatsächlich eine Achterbahn der Gefühle war.

„Bin schon gespannt auf den morgigen Abend", erinnert sich Simone daran, dass sie ja noch ein weiterer Abschied erwartet. „Ich finde es total nett von Brenda, diese Einladung ausgesprochen zu haben, noch dazu, wo wir ihr den Ehemann entführen. Trotz fehlender Wärme ist sie tatsächlich eine tolle und auch verständnisvolle Frau. Schade, dass das mit den beiden nicht funktioniert. Sie wirken nicht gerade herzlich im gemeinsamen Umgang, aber harmonisch allemal!"

„Wie immer hast du recht, mein Liebling", meint Paul, während er sich einen herzhaften Bissen Fleisch in den Mund steckt. „Vielleicht verändert sich ja doch etwas in dem Miteinander dieser beiden Menschen, wenn sie länger voneinander getrennt sind. Obwohl ich mir das, ganz ehrlich gesagt, nicht vorstellen kann. Da sich Brenda ihres Mankos ja bewusst ist und sie bereits des Öfteren versucht hat, mehr Herzlichkeit an den Tag zu legen, wird auch die Sehnsucht nach ihrem abwesenden Mann kaum eine Veränderung in ihrem Verhalten herbeiführen können. In jedem Fall bleibt es spannend, wie es mit der Ehe der beiden weitergeht."

„Und wie es mit uns beiden Hübschen weitergeht …", ist Simone bereits wieder bei ihren Plänen für zu Hause. Verliebt küsst sie Pauls Fleischsaft-Mund, der wiederum ihr Knoblauch-Lamm zu riechen bekommt. „Eigentlich weiß ich gar nicht mehr, wie die Räume in deinem Haus angeordnet sind, sodass ich auch keine Überlegungen bezüglich einer eventuellen Umgestaltung anstellen kann, falls wir bei dir bleiben sollten", versucht sie sich angestrengt an das Interieur seines Hauses zu erinnern.

„Vielleicht ist das auch gar nicht notwendig, da ich die Wohnräume ganz allein und nach meinem Geschmack eingerichtet habe. Aber das können wir ja alles vor Ort besprechen, zuerst müssen wir einmal nach Hause kommen. Immerhin haben wir über zweitausend Kilometer vor uns."

„Bis London müssen wir es am ersten Tag auf alle Fälle schaffen, vielleicht kommen wir auch bis Calais. Eventuell sollten wir uns von vornherein Etappen einteilen und gleich die Übernachtungen buchen, dass wir dann nicht unter Druck sind und die Reise auch genießen können?" Schon ist Simone wieder beim nächsten Projekt und Paul findet ihre Überlegungen eigentlich sehr gut.

„Das würde auch verhindern, dass wir trotz bereits auftretender Müdigkeit doch noch weiterfahren. Eine gute Idee, ich werde das gleich morgen Vormittag in Angriff nehmen, während du endlich die überfälligen Telefonate führen kannst. Aber vielleicht sollte ich deinen Vater in die Übernachtungsplanung miteinbeziehen, schließlich soll er sich auch wohlfühlen auf dieser Reise." Und schon hat er sein Handy gezückt, um sich mit Scott für 10 Uhr im „Barclays Pub" zu verabreden. „Du kannst ja dann nachkommen, falls du ausschlafen und vielleicht schon etwas einpacken willst, du Liebe meines Lebens!" Wie immer sind sich die beiden einig, was Organisation, Planung, Vorlieben und Abläufe anbelangt.

„Dann habe ich jetzt also nichts anderes mehr zu tun, als mir eine ganz tolle Nachspeise auszusuchen. Irgendwie ist in letzter Zeit mein Wunsch nach Süßem zu kurz gekommen", erinnert sich Simone plötzlich wieder an die wundervollen Kuchen von Katharina Mandl, der Sprechstundenhilfe von Dr. Marold. „Jetzt wird es schwierig, etwas Gleichwertiges zu finden, denn die Kuchen von Katharina sind wirklich einzigartig", muss Simone selbst über ihre Gedankensprünge lachen. Nach diesem entspannten Abend genießen die beiden auch eine wunderbare Liebesnacht. Schottland hat sie zusammengeführt, Schottland hat ihnen eine herrliche und aufregende Zeit beschert, und Schottland bereitet ihnen offensichtlich auch einen schönen Abschied.

Ein Vergnügen ganz anderer Art bereitet sich Henderson an diesem Abend. Vom Hotelportier hat sich Daniel die Adresse eines

Nobelpuffs geben lassen. Nach all den körperlichen Strapazen bei der Besichtigung des Jagdreviers will er sich nun verwöhnen lassen. Das Nickerchen hat ihm gutgetan und er fühlt sich wieder fit, unternehmungslustig und bereit, seinem Lieblingshobby zu frönen. Die empfohlene Lokalität lässt wirklich keine Wünsche offen. „Gott, was sind das nur für willige Künstlerinnen im Vergleich zu den Damen in Inverness", überlegt der Unersättliche. Ganz zu schweigen von seiner Kirsty und den damit verbundenen Verpflichtungen, denen er ohnehin nur leidlich nachkommt. Wie viel hemmungsloser, unverbindlicher und abwechslungsreicher doch der Sex in seinen geliebten Etablissements ist. Hoffentlich erfährt sie nie etwas davon, denn damit wäre ihre Loyalität wahrscheinlich verloren. Doch weiter denken kann er jetzt nicht mehr, zu sehr ist er mit seiner blonden, vollschlanken und äußerst findigen Gespielin beschäftigt. Natürlich hört er auch sein Handy nicht, das schon einige Male geläutet hat.

Darüber ist Kirsty schon langsam ungehalten. So wichtig kann ein Abendessen doch nicht sein, dass er dafür ein Gespräch von ihr nicht annimmt. Aber wahrscheinlich vergnügt er sich gerade derart, dass er nicht gestört werden will, vermutet sie richtig. Natürlich weiß Kirsty von seinen Bordellbesuchen, war aber immer so kulant und treu ergeben, dass sie da-rüber hinweggesehen hat. Manchmal dachte sie auch, dem Mann nicht so viel geben zu können wie die Damen vom Puff. Aber da ihre Liebe schon die längste Zeit bröckelt, will sie sich diese Dinge auch nicht mehr bieten lassen. Sie versucht daher über den Portier des Hotels, dem sie vorschwindelt, wichtige geschäftliche Informationen für ihren Chef zu haben, Näheres zu erfahren. Und obwohl der Mann natürlich keine detaillierte Auskunft gibt, versteht Kirsty sehr wohl, in welcher Art Etablissement sich Daniel wieder vergnügt. Ihr Gefühl, einen derartigen Testanruf starten zu müssen, hat sie also wieder einmal nicht getrogen. Was will sie sich eigentlich noch von diesem Mann, der nicht nur gefährlich, sondern auch gemein, falsch und hemmungslos ist, gefallen lassen? „Da wird es jetzt wohl Zeit, mein Leben neu zu überdenken und mich von dieser Firma mitsamt ihrem brutalen Chef zu verabschieden." Die

Vorstellung macht sie überraschenderweise glücklich, obwohl sie nicht weiß, wie sie das alles bewerkstelligen soll. Aber noch ist Daniel in Österreich und sie hat alle Zeit der Welt, sich auf seine Rückkehr vorzubereiten.

Während Scott und Paul eifrig bei der Reisplanung sind, hat Simone endlos lange geschlafen. Nach einer ausgiebigen Dusche genießt sie das immer noch üppige Frühstück von Roya Graham, die es schon sehr bedauert, dass ihre Langezeitgäste abreisen. Obwohl sie mittlerweile schon die Verbindung Simones zu den Watsons herausgefunden hat, kann sie der sympathischen jungen Frau doch nicht böse sein, dass Scott Watson, den Roya für die Verbrecherlaufbahn ihres Bruders Daniel Henderson verantwortlich macht, ihr Vater ist.

Nach dem Frühstück erledigt Simone endlich die anstehenden Telefonate. Zuerst meldet sie sich bei Dr. Marold, der nicht nur hocherfreut, sondern auch erleichtert darüber ist, endlich etwas von seiner Nachfolgerin zu hören. „Ich dachte schon, Sie kommen gar nicht mehr zurück. Und wenn ich mich erinnere, wie widerwillig Sie Ihre Reise angetreten haben, wundere ich mich schon sehr über Ihr langes Ausbleiben", meint er, wobei dem gespielten Vorwurf in seiner Stimme ein fröhliches Lachen folgt. „Dann werden Sie sicherlich gut ausgeruht und zufrieden Ihren neuen Job antreten, wenn es Ihnen derart gut gefallen hat", schlussfolgert der gutmütige Mann weiter.

Simone hat das runde Gesicht von Dr. Marold mit seinen verschmitzten Augen förmlich vor sich. „Ehrlich gesagt hätte ich auch nicht gedacht, dass es mir so gut gefallen wird, aber daran ist sicherlich auch mein Bruder Paul schuld." Von ihrer neuen Beziehung zu ihrem Bruder und ihrem schottischen Vater wird sie dem guten Mann erst nach ihrer Rückkehr erzählen, sie will ihn nicht unnötig mit dieser komplizierten Geschichte verwirren. „Aber obwohl wir Schottland lieben gelernt und wir wirklich sehr viel erlebt und gesehen haben, freuen wir uns jetzt beide schon wieder auf zu Hause. Wir werden am Sonntag aufbrechen und mit dem Auto über England, Belgien und Deutschland fahren.

Dafür werden wir mindestens drei Tage brauchen – und danach noch zwei, um uns wieder einzugewöhnen. Ich hoffe, Sie können noch so lange bleiben, denn eigentlich war ja ausgemacht, dass ich bereits am 1. Oktober beginne." Jetzt hat Simone wirklich ein schlechtes Gewissen, denn sie hatte tatsächlich nicht bedacht, dass sie durch die gemeinsame Heimfahrt mit Scott natürlich länger brauchen würden als mit der Fähre. Obwohl es ja gar nicht sicher ist, dass sie überhaupt einen Fährplatz bekommen hätten ...

„Machen Sie sich keine Sorgen, wir freuen uns auch dann noch auf Sie, wenn Sie sich um einige Tage verspäten. Katharina möchte allerdings wissen, wann genau Sie beginnen, damit der Begrüßungskuchen tatsächlich frisch ist. Und mein Haus im Waldviertel läuft mir auch nicht davon. Also, fahren Sie vorsichtig und haben Sie eine gute Reise!"

Simone ist erleichtert über die Großzügigkeit des Arztes. Wie hat sie diesen gutmütigen Menschen nur verdient? „Dann melde ich mich einfach noch einmal, wenn wir unterwegs sind, damit Katharina keinen Stress bezüglich meines Arbeitsbeginns hat", fügt sie lachend hinzu und bekommt tatsächlich schon wieder Hunger, als sie sich an die herrlichen Backwaren der Ordinationshilfe erinnert.

Auch Lotte ist erfreut, von ihrer Tochter zu hören. Sie macht sich allerdings sofort Gedanken über die Heimkehr der beiden, die ja noch gar kein gemeinsames Zuhause haben. „Wisst ihr eigentlich schon, wo ihr wohnen werdet?", ist daher die erste Frage der pragmatischen Mutter.

„So sicher sind wir uns auch noch nicht. Aber wir haben gedacht, dass ich einmal zu Paul ziehen werde, denn Dr. Marold wird ja auch noch einige Vorbereitungen treffen müssen, bevor er ins Waldviertel übersiedelt. Ob Scott mein Gästezimmer bei Dr. Marold oder das ‚Kellerappartement' in Pauls Haus bezieht, kann er sich selbst aussuchen. Platz haben wir ja genug zur Verfügung", antwortet Simone und wird sich erst jetzt ihres Luxus bewusst.

„Das kannst du laut sagen, eine derartige Auswahl hat wirklich nicht so bald jemand", stimmt Lotte ihrer Tochter zu. „Wann werdet ihr denn voraussichtlich ankommen? Ich könnte ja ein Begrüßungsessen organisieren, damit sich die beiden Väter kennenlernen. Oder wollt ihr euch erst einmal einrichten und zu arbeiten beginnen?"

„Einrichten ja, den Arbeitsbeginn schiebe ich aber in jedem Fall ein paar Tage hinaus, nachdem Dr. Marold mir noch Zeit gegeben hat. Wie sich das bei Paul verhält, weiß ich nicht. Aber ob Arbeit oder nicht, ein gemeinsames Abendessen wäre in jedem Fall fein, nachdem wir euch schon so lange nicht gesehen haben. Aber du musst nicht großartig aufkochen, vielleicht wäre das erste Aufeinandertreffen von euch beiden mit Scott auf neutralem Boden besser. Was meinst du?" Simone versucht, sich in ihre beiden Väter hineinzuversetzen und findet die Idee eigentlich ganz gut. Noch kennen sich die beiden nicht und wissen auch nicht, ob sie einander sympathisch finden. Wenn einer der beiden einen gewissen Heimvorteil hätte, wäre das nicht ganz fair.

„Dann wählt ihr einfach ein Lokal aus, von dem ihr annehmt, dass sich Scott dort wohlfühlen könnte", scheint Lotte Ähnliches zu denken wie ihre Tochter. „Ich werde einen Tisch reservieren, sobald ihr mir einen Termin genannt habt. Eigentlich bin ich jetzt auch schon ein bisschen aufgeregt, deinen Vater wiederzusehen", gesteht die ansonsten so resolute Person sich selbst und ihrer Tochter ein. „Und wie wird es Georg damit gehen?", fragt sie sich im Stillen weiter.

„Da mache ich mir eher Sorgen um die Gemütsverfassung von Georg", antwortet Simone, als hätte sie die Gedanken ihrer Mutter gelesen. Lotte muss lächelnd seufzen. „Das habe ich mir auch gerade überlegt. Wir dürften doch verwandt miteinander sein, meine Liebe. Ich denke, er ist schon sehr neugierig auf Scott und hat sich nicht sonderlich aufgeregt über seine Existenz, nachdem du ihn hast wissen lassen, dass sich an euer beider Verhältnis nichts ändern wird. Wie es dann bei dem tatsächlichen Aufeinandertreffen aussieht, wird sich zeigen. – Aber wie geht es euch beiden ‚Turteltäubchen', wie Scott am Telefon so schön sagte?! Seid ihr immer noch sicher, dass ihr heiraten wollt? Ich bin es gar nicht gewohnt von dir, dass du so schnelle Entscheidungen triffst."

„Ich auch nicht, aber das mit uns beiden bedarf keiner Entscheidung. Es ist alles einfach so schön und selbstverständlich, dass dieser Schritt nur die logische Krönung unseres Glücks ist! Einen Menschen wie Paul, den ich schon als Bruder über alles geliebt habe, nun auch mit ganz anderen Augen zu sehen und noch intensiver zu spüren als davor, ist einfach etwas Wunderbares. Und nachdem sich nun auch das Problem Ines erledigt hat, können wir unsere Liebe noch mehr genießen. Bin schon gespannt, ob Ines überhaupt wieder zurückkommt. Es scheint sich da etwas Ernsteres mit einem Freund von James anzubahnen, den sie im Moment in Glasgow besucht. In Wahrheit war unsere Reise mehr als ereignisreich und wird mir wohl ewig in Erinnerung bleiben!“

„Dass Schottland uns beiden derart schöne Erinnerungen beschert, ist schon eigenartig. Aber wie auch immer, liebe Tochter, ich freue mich schon sehr, dich wieder einmal umarmen zu können. Fahrt also bitte vorsichtig und meldet euch, so bald ihr eure Ankunft abschätzen könnt!“ Nicht nur Lotte scheint ihre Tochter zu vermissen, Simone ergeht es ähnlich. Sie freut sich wirklich schon wahnsinnig auf ihre Mutter und Georg.

Über die beiden Telefonate ist die Zeit sehr schnell vergangen und sie muss sich beeilen, um Paul und Scott noch bei der Reiseplanung im „Barclays Pub“, wo sie sich auch noch gebührend verabschieden müssen, zu erreichen. Aber ihre Sorge ist unbegründet, denn die beiden scheinen noch sehr vertieft in die Zusammenstellung einer schönen Route zu sein.

„Ich hoffe, ihr plant auch zwei bis drei Übernachtungen ein“, stört Simone die beiden. „Denn ich habe eben noch etwas Zeit für meinen Arbeitsbeginn herausgeschunden. Dr. Marold ist so nett und besteht nicht auf die Vereinbarung, sondern bleibt, solange es notwendig ist. Hoffentlich hast du, lieber Paul, mit deinem Freund Klaus auch so ein Glück!“ Dabei umarmt sie die Liebe ihres Lebens, um gleich darauf ihrem Vater einen Kuss auf die Wange zu drücken. „Es ist wirklich zu schön um wahr zu sein, dass es euch beide gibt!“

„Du kannst mir glauben, liebe Tochter, mir geht es genauso mit euch! Und ja, wir haben eben beschlossen, nicht zu hetzen und sogar dreimal zu übernachten. Offensichtlich macht sich Paul keine Sorgen darüber, dass sein Freund ihn im Stich lassen könnte."

„So ist es, Klaus müsste schon schwer krank sein, dass er meine Vertretung abgeben würde. Trotzdem werde ich mich noch kurz bei ihm melden, damit er weiß, wie lange er noch durchhalten muss." Mit diesen Worten geht Paul hinaus, um ungestört telefonieren zu können.

„Ich werde inzwischen bezahlen und dann heißt es Abschied nehmen, denn die Barclays werden wir wohl nicht mehr sehen, wenn wir am Sonntag zeitig aufbrechen wollen", meint Scott und geht zu Gordon an die Bar, der sich gerade mit einem alten Freund der Familie, dem Reisebürobesitzer Connor Fergusson, unterhält. „Ich will euch ja nicht stören", unterbricht Scott das Gespräch und klopft dem auch ihm gut bekannten Fergusson freundschaftlich auf die Schulter. „Aber wir werden am Sonntag nach Österreich aufbrechen, womit euer ,Wohnzimmer' vorläufig ausgedient hat!" Während Scott beide Männer und die eben dazukommende Leslie herzlich umarmt, spricht er die Hoffnung aus, dass das Ehepaar die Kneipe noch betreibt, wenn er wiederkommt.

Auch Simone verabschiedet sich mit einem warmen Händedruck bei Finns Eltern, dessen Lokal sie während ihres Aufenthalts in Fort William lieb gewonnen hat. Als auch noch Paul beim Hereinkommen Leslies Küche in den höchsten Tönen lobt, haben alle Anwesenden Tränen in den Augen.

„Nun wird es aber Zeit für das Krankenhaus", erinnert sich Scott als Erster wieder an James und das ärztliche Bulletin für dessen mögliche Entlassung. So schwer sich die drei von den Barclays trennen, so groß ist die Freude im Krankenhaus, als ihnen James bereits mit den Gehstützen entgegenkommt. „Wo bleibt ihr denn so lange? Dr. Campbell hat mich bereits entlassen. Er meint, ich sei ausgesprochen talentiert, was die Benutzung der Krücken anbelangt. Ich meine, ich werde Oberarme wie ein Ringer bekommen, bei dem Kraftaufwand, mein gesamtes Körpergewicht zu tragen!" James scheint ausgesprochen guter Laune ob seiner Entlassung zu sein, und er hat auch schon alle seine Sachen gepackt. „Von mir aus können wir gehen, ich freue mich schon auf den Familiennachmittag oder auch -abend. Hoffentlich sind wir nicht zu früh dran. Mutter hat es gar nicht gerne, wenn Gäste vor der vereinbarten Zeit auftauchen. Vielleicht solltest du sie vorwarnen, Vater …"

„Bin schon dabei", lächelt Scott, der bereits Ähnliches gedacht hat wie sein Sohn.

Ines hat bald nach dem Frühstück ihre Sachen gepackt, um die Abreise von Connor Fergusson nicht zu verzögern. Er will sie im Laufe des Vormittags abholen, wusste aber noch nicht genau, wie rasch er von den Barclays wegkommen würde. Aber Ines nimmt das Warten gerne in Kauf, wenn sie dadurch die Reise nach Glasgow mit den öffentlichen Verkehrsmitteln vermeiden kann. Obwohl sie ihr Zimmer bereits bezahlt hat, gestattet ihr die Vermieterin noch bis zum frühen Nachmittag zu bleiben, wodurch sich Ines in aller Ruhe Gedanken zu ihrem neuen Leben machen kann. Sie wird wohl Lisa mit einigen Erledigungen beauftragen müssen, wenn sie tatsächlich noch länger bleiben sollte. Da wären auch noch ihre wenigen persönlichen Dinge, die in Pauls Haus zurückgeblieben sind. So richtig eingerichtet hat sie sich nie bei ihm, als hätte sie geahnt, dass sie nicht dauerhaft einziehen würde. Unglaublich ist es für sie allerdings immer noch, dass sie diese Veränderung als derart schön und angenehm empfindet. Ines überlegt: „Hoffentlich ist Lisa nicht ungehalten, wenn ich sie darum bitte, Paul zu kontaktieren. Er könnte meine Sachen in meine Wohnung bringen, von wo er auch gleich seinen Hausschlüssel mitnehmen soll, den jetzt wohl Simone bekommen wird. Seltsam, das verursacht mir rein gar kein Wehmutsgefühl, sondern eher Erleichterung! Wie ist das nur möglich, nachdem ich mein Leben eigentlich nur mit Paul verbringen wollte? Aber wie mir bereits bewusst geworden ist, war das nicht die einzige Fehlentscheidung, die ich getroffen habe, denn mit dem Lehrberuf ergeht es mir genauso. Eigentlich muss ich froh sein, dass sich Simone und Paul derart ineinander verliebt haben, sonst hätte sich an meinem Leben nichts geändert und wir wären wahrscheinlich beide nicht sehr glücklich geworden. Nicht nur ich, sondern auch Paul, dem die Trennung von mir ja auch nicht schwergefallen ist. Wie auch immer, ich werde Lisa um diesen Gefallen bitten, damit Pauls Haus von meinen paar Habseligkeiten, die wahrscheinlich keinem auffallen, ‚befreit‘ wird."

„Wenn es sich tatsächlich so verhält, dass du glücklich bist durch die Trennung von deinem ehemals heiß geliebten Paul, mache ich das nur allzu gern. Aber mein schönes Bild von euch als das perfekte Paar schlechthin hast du damit ganz schön demontiert", lacht Lisa, über die fröhliche Stimmung der Freundin erfreut, gut gelaunt ins Telefon. „Hast du eine Liste der Dinge oder vertraust du Paul, dass er einfach alles zusammenpackt, was dir gehört?"

„Ich vertraue ihm, denn es ist ohnehin nicht viel. Richtig angekommen bin ich offensichtlich nie in seinem Haus. Anscheinend war ich immer auf dem Sprung und nie wirklich sesshaft, habe mir daher auch keinerlei Gedanken über Veränderungen in seinem Haus gemacht. Im Nachhinein fällt mir einiges auf, dass unsere Beziehung schon damals hätte infrage stellen müssen. Auch meinen anfänglichen Kinderwunsch habe ich mit der Zeit verloren, was ich auf den Stress mit den Kids in der Schule zurückgeführt habe, was aber wohl eine andere Ursache hatte. Du siehst also, liebe Lisa, diese Reise hat mir die Augen für ein neues Leben geöffnet und sich damit auch ausgezahlt. Ich danke dir nochmals, dass du mir dabei geholfen hast. Und die finanzielle Einbuße werde ich auch überleben. Vielleicht versuche ich hier in Glasgow eine Teilzeitbeschäftigung zu finden, denn ich denke, dass sich mein Aufenthalt verlängern wird. Wobei ich mich natürlich noch erkundigen muss, ob ich das während des Sabbaticals überhaupt darf." Nun folgen nur noch Erzählungen über Finn, seinen Job, seine aufmerksame Art sie zu behandeln und seine netten Eltern, sodass Lisa schon bald klar wird, dass ihre Freundin auf dem besten Weg ist, sich zu verlieben.

„Da kann ich ja in deinem Vertrag nachlesen, welche offiziellen Verdienstmöglichkeiten du hast. Abgesehen davon ist dein Glück aber schon enorm", seufzt Lisa etwas neidisch. „Da brichst du auf, um eine Beziehung zu retten, die du bereits verloren hast und triffst schon wieder auf den nächsten Mann. Das ist ja wirklich wie im Film! Aber mach dir keine Sorgen, ich kümmere mich um alles, und wenn dir noch etwas einfällt, das es zu erledigen gilt, meldest du dich einfach. Ich beneide dich etwas um die schöne Zeit, die dir jetzt bevorsteht. Eine neue Umgebung, ein aufmerksamer Mann, kein Stress mit dem Job und alle Zeit der Welt, das auch zu genießen!"

„Ich weiß, so schrecklich sich meine Abreise angefühlt hat, so gelöst und locker fühlt sich mein momentanes Leben an", kann Ines ihrer Freundin nur zustimmen. „Dazu hast natürlich auch du wesentlich beigetragen. Wenn ich nicht gefahren wäre, hätte ich Finn nicht kennengelernt und würde immer noch ängstlich auf die Rückkehr von Paul warten. Eine wirklich schreckliche Vorstellung! Du siehst also, es ist alles möglich im Leben und sicher wirst auch du noch dein Glück finden", versucht sie ihrer Freundin Mut zu machen. Mit den besten Wünschen verabschieden sich die beiden und Ines ist froh, dass sie das Schicksal ihrer Freundin, in einem Klassenzimmer lauter lärmende Kinder zu unterrichten, nicht mehr teilen muss – zumindest vorübergehend. „Aber wer weiß", überlegt sie weiter, „vielleicht bedarf auch dieser Teil meines Lebens einer genaueren Untersuchung!"

Kaum hatte sie aufgelegt, meldet sich Mr. Fergusson und kündigt an, in einer Viertelstunde bei ihr zu sein. „Nun denn", beendet Ines frohgemut den Rückblick in ihr altes Leben. „Ich bin bereit für ein neues!" Und das scheint sich mit dem Erscheinen des Reisebürobesitzers anzubahnen, denn nachdem sie die üblichen Höflichkeitsfloskeln ausgetauscht haben und Ines von ihrem Berufsleben und ihren momentan doch recht offenen Plänen erzählt hat, ist der sonst so gesprächige Freund der Familie Barclay plötzlich in Gedanken versunken.

„Wenn Sie Geschichtsprofessorin sind, werden Sie sicherlich auch etwas über die Entstehung unseres Landes wissen, oder interessiert Sie das eher weniger?"

„Ganz im Gegenteil, ich habe mich trotz – oder gerade wegen der turbulenten Ereignisse in den letzten Tagen bereits ziemlich ausgiebig mit der Geschichte Schottlands beschäftigt. Zudem hat auch Finn während unseres Ausfluges auf die Isle of Mull einiges erzählt, was ich sehr spannend gefunden habe. Außerdem werde ich mich in Glasgow sicherlich weiter mit der Historie des Landes beschäftigen, das ich übrigens immer mehr ins Herz schließe. Ich hätte nicht gedacht, dass mir Schottland so gefallen wird", antwortet Ines und ist in diesem Augenblick tatsächlich von sich und ihrem Interesse an dieser Insel überrascht. „Es hatte wohl tatsächlich einen Grund, dass ich Geschichte studiert habe", fügt sie lachend hinzu und ist froh darüber, wenigstens diesbezüglich die richtige Entscheidung getroffen zu haben.

„Das hört sich ja gut an.", scheint Mr. Fergusson total zufrieden mit Ines' Antwort. „Sollten Sie doch länger in Glasgow bleiben, könnten Sie nämlich mit diesem Wissen auch etwas Geld verdienen. Ich bin immer auf der Suche nach deutschsprachigen Fremden- oder einfach auch nur Stadtführerinnen. Ob als Reisebegleitung einer ein-bis zweiwöchigen Bustour durch unser schönes Land oder einfach nur für die Highlights von Glasgow, an Personal mit fachkundigem Wissen mangelt es ständig. Und da Ihr Englisch mit der Zeit sicherlich auch noch besser wird und ein längerer Aufenthalt bei uns Sie auch immer mehr mit den Gebräuchen des Landes vertraut machen wird, wäre das doch eine ideale Beschäftigung für Sie, falls Sie überhaupt eine suchen sollten und nicht menschenscheu sind."

Jetzt ist Ines sprachlos. Natürlich, daran hat sie noch gar nicht gedacht. Mit der Aussicht auf einen derartigen Job hätte sie schon jetzt ein Ziel vor Augen, das ihr Spaß und Geld bringen würde, vorausgesetzt sie bekommt von Lisa die Bewilligung dazu.

„Das ist ja ein tolles Angebot", antwortet sie nach einiger Überlegung mit einem prüfenden Seitenblick auf ihren Chauffeur. „Da stecken wohl die Barclays dahinter, oder?"

Mr. Fergusson muss lachen. „Das haben Sie aber sehr schnell durchschaut. Natürlich kam die Idee von Leslie, die Sie, nach anfänglichen Befürchtungen, ihren Sohn durch Sie womöglich ins Ausland zu verlieren, schon bald dermaßen sympathisch gefunden hat, dass sie Ihnen bezüglich Ihrer finanziellen Situation weiterhelfen wollte. Wenn Sie schon so anständig sind, ihren

Sohn nicht auszunutzen. Das hat ihr einfach dermaßen imponiert, dass sie mich auf diese Idee gebracht hat. Vielleicht steckt ja auch der langfristige Gedanke dahinter, Ihnen in Schottland eine berufliche Herausforderung zu bieten, damit Sie vielleicht überhaupt hierbleiben. Aber wie auch immer, es liegt an Ihnen, was Sie aus meinem Angebot machen. Wenn Sie geschichtsinteressiert sind, wären die Führungen zumindest ein netter Zeitvertreib, auch wenn es nur vorübergehend sein sollte."

„So viel Glück muss ein Mensch einmal haben. Kaum habe ich das alte Leben hinter mir gelassen, kann ich gleich mit einem dermaßen tollen Angebot in das neue starten. Ich bin Ihnen wirklich sehr dankbar und werde mich in jedem Fall sofort weiter mit dem Land vertraut machen. Wenn es Ihnen recht ist, melde ich mich bei Ihnen, sobald ich mich sattelfest und der Aufgabe gewachsen fühle."

„Tun Sie das", schmunzelt Fergusson bei dem Gedanken an Leslies freudiges Gesicht, wenn sie vom Ausgang dieses Gesprächs erfahren würde. „Wenn Sie sich meine Visitenkarte ansehen, werden Sie rasch erkennen, dass sowohl mein Büro als auch Finns Wohnung und Ihr Hotel in unmittelbarer Nähe liegen, dass Sie also alles zu Fuß erreichen können. Im Übrigen sind wir auch schon da." Bei diesen Worten deutet er auf ein familiär erscheinendes Hotel auf der gegenüberliegenden Straßenseite und parkt ein.

Kaum hat sich Ines von Mr. Fergusson verabschiedet und ihr kleines, aber wirklich sehr feines Zimmer bezogen, meldet sie sich freudestrahlend bei Finn, um ihm alles zu erzählen.

„Das ist ja wunderbar, dann habe ich tatsächlich eine Chance, dass du mir länger erhalten bleibst", freut sich auch Finn über die Entwicklung der Dinge. „Ich fliege in einer Stunde von London nach Glasgow zurück und melde mich dann, um das Wie und Wo des Abends zu besprechen, an dem wir ja einiges zu feiern haben. Ich freue mich schon sehr darauf und bin froh, dass ich morgen dienstfrei habe." Nachdem er aufgelegt hat, macht er sich auf den Weg zu seinem Gate und ist auf einmal ziemlich sicher, dass da seine Mutter ihre Finger im Spiel gehabt hat.

Henderson entdeckt erst am nächsten Morgen, dass Kirsty einige Male angerufen hat. „Hoffentlich ist sie jetzt nicht böse", überlegt Daniel etwas irritiert darüber, dass Kirsty derart hartnäckig versucht hat, ihn zu erreichen. Das ist sonst eigentlich nicht ihre Art und er kommt daher zu dem Schluss, dass etwas Wichtiges passiert sein muss. An weibliche Intuition und Misstrauen denkt der selbstgefällige und von sich überzeugte Mann dabei gar nicht.

„Das ist wieder typisch", erkennt auch Kirsty sofort den Gedankengang von Daniel bei dessen Anruf. „Dass ich wissen möchte, was er so treibt, kommt ihm nicht in den Sinn, sondern nur, dass er in Gefahr sein könnte." Trotzdem antwortet sie ihm freundlich, denn noch hat sie keinen Plan, wie sie sich, ohne Schaden zu nehmen, aus seinem Wirkungskreis entfernen kann. „Mein lieber Daniel, ich wollte eigentlich nur mit dir plaudern. Deine Anwesenheit fehlt mir einfach, schließlich bin ich gewohnt, täglich mit dir zusammen zu sein! Ansonsten gibt es keine Neuigkeiten, außer dass ich mich einsam fühle." „Hoffentlich war das jetzt nicht etwas übertrieben", fürchtet Kirsty, aber da sie Daniels Eitelkeit kennt, rechnet sie fest damit, dass er sich einfach nur sehr geschmeichelt fühlt.

„Du weißt, dass ich nicht aus freien Stücken so lange von zu Hause wegbleibe", bestätigt Daniel Kirstys Überlegungen. „Wir werden das schon beide überstehen. Aber du musst einsehen, dass es nur von Vorteil sein kann, je länger Gras über die ganze Sache wächst. Ich werde noch zwei bis drei Jagden besichtigen, was bei der gebirgigen Region anstrengend genug, also kein wirkliches Vergnügen ist. Du siehst also, mein Leben in Wien ist wahrlich kein Urlaub, sondern pure Anstrengung."

„Diese Art von Anstrengung hätte ich auch gerne", denkt Kirsty verärgert. Dennoch antwortet sie freundlich: „Ich weiß, mein Lieber, aber manchmal hätte ich dich eben gerne neben mir. Es ist mir schon klar, dass auch diese freudlose Zeit einmal vorübergehen wird." Insgeheim hofft sie natürlich, dass diese Zeit noch so lange dauert, bis ihr Plan, ihn zu verlassen, auch tatsächlich sinnvoll geschmiedet ist.

Brenda hat Gott sei Dank bereits in der Früh alles für das Familienessen vorbereitet und auch den Tisch mit viel Liebe und Sorgfalt gedeckt, was ihren beiden Männern sofort auffällt. Die Gäste sind tatsächlich früher zu Hause, als sich Brenda von der Firma loseisen kann, aber Scott versorgt erst einmal alle mit einem Aperitif und führt seine Tochter und Paul durch das Haus. James macht es sich mittlerweile in dem in Chrom und Grau gehaltenen Wohnzimmer mit einer weißen Sitzgarnitur gemütlich. Er ist einfach nur froh, wieder zu Hause zu sein. Seine Schwester hat ihm die Reisetasche abgenommen, um sie auf sein Zimmer zu bringen. „Jetzt werde ich wohl ständig irgendeine Hilfe benötigen", denkt James, der sich seiner Behinderung erst jetzt so richtig bewusst wird. Sein Zimmer wird er erst zum Schlafengehen aufsuchen, denn die Treppen mehrmals am Tag zu überwinden, braucht wahrscheinlich noch etwas Muskeltraining in den Armen. „Auch daran werde ich mich gewöhnen", seufzt James. „Hauptsache ich bin wieder zu Hause." Da er nicht einfach nur ruhig dasitzen kann, dirigiert er seine Krücken in die Küche, um herauszufinden, was seine Mutter gekocht hat. Doch bevor er noch an seinem Ziel angelangt ist, hört er Brenda kommen.

„Gut, dass du noch nicht so schnell bist, damit bleibt das Essen auch für dich noch eine Überraschung", ruft sie, wobei sie ihren Sohn umarmt und freudig begrüßt. „Solltest du dich nicht ruhig verhalten und noch schonen?", fügt sie besorgt hinzu.

„Nein, nein, liebe Mutter, ich muss meine Muskeln trainieren, da ich mich in nächster Zeit ständig durch die Gegend tragen werde. Es braucht bestimmt noch einige Wochen, bis ich mein Bein trotz Reha wieder voll und ganz belasten kann. Also muss ich meine Arme stärken, um nicht vollkommen von dir abhängig zu sein. Du hast ja schließlich anderes zu tun, als dich um mich zu kümmern, zudem sollte ich dich eigentlich unterstützen!"

„Du magst ja recht haben, James, aber am ersten Wochenende zu Hause werde ich dich doch ein wenig verwöhnen dürfen. Am Montag sieht dann ohnehin wieder alles anders aus. Wo sind denn eigentlich die anderen?", fragt Brenda, nun doch überrascht ihren Sohn alleine angetroffen zu haben.

„Vater dürfte mit seiner Führung durch das Haus schon weit fortgeschritten sein, ich höre sie auch nicht mehr." Mit diesen Worten setzt er sich doch auf die Bank, das einzige altmodische Möbel in der durchgestylten Küche, um seiner Mutter bei ihren letzten Vorbereitungen Gesellschaft zu leisten. Trotzdem kann er nicht erraten, was Brenda gekocht hat. Mittlerweile schleicht sich Scott herein, drückt seiner Frau einen Kuss auf die Wange und fragt, welchen Aperitif sie haben wolle.

„Ich nehme einen Gin Tonic mit viel Eis, vielen Dank. Und jetzt raus aus meinem Reich, ich komme gleich nach!", vertreibt sie ihre Männer aus der Küche.

Während Simone und James versuchen, es sich auf der ultraweißen Sitzgarnitur gemütlich zu machen und Paul sich noch mit Scott über die Vorteile seines ausgeklügelten Heizsystems unterhält, kommt Brenda herein, um mit Simone und Paul anzustoßen. „Ich freue mich wirklich, dass ihr es vor eurer Abreise noch einrichten konntet, unser Heim kennenzulernen. Nachdem euch Scott wahrscheinlich bereits alles gezeigt hat und James offensichtlich auch guter Dinge ist, mich ausreichend unterstützen zu können, bin ich schon sehr neugierig, wie ihr eure Reise anlegen wollt."

„So ganz sind wir uns auch noch nicht einig, vor allem, wo genau wir übernachten wollen ist noch nicht klar. Aber wir können ja noch einmal darüber schlafen oder aber auch erst während der Fahrt eine Entscheidung treffen, was unserem ursprünglichen Vorhaben, die Übernachtungen von vornherein zu fixieren, um nicht übermüdet weiterzufahren, allerdings widersprechen würde", meint Paul.

„Aber du hast doch gesagt, dass wir auch noch unterwegs buchen können, wenn abschätzbar ist, wie weit wir ohne größere Anstrengung noch kommen könnten", wirft Scott ein und schaut dabei Simone fragend an.

„Ich werde euch morgen früh sagen, wie wir es machen. Lasst uns doch diesen schönen Abend genießen und Brenda vorerst die Route erklären. – Warum fahren wir eigentlich erst am Sonntag, haben wir denn morgen noch etwas vor?", wird sich Simone plötzlich der Tatsache bewusst, dass sie eigentlich einen ganzen Tag verschenken.

Nach einem allgemeinen Schweigen findet James als Erster die Worte wieder. „Soviel ich weiß, war eure Abreise von meiner Entlassung abhängig, die ja bereits stattgefunden hat. Von mir aus seid ihr daher auch mit allen guten Wünschen entlassen, wenn Mutter nicht noch andere Pläne hat oder du, lieber Vater, nicht noch andere Vorkehrungen zu treffen hast." James betrachtet seine Eltern prüfend, kann aber wie immer keine Regung in dem Gesicht seiner Mutter erkennen, die wiederum fragend ihren Mann ansieht.

„Meiner Meinung nach spricht eigentlich nichts dagegen", antwortet Scott. „Vorbereitungen habe ich keine mehr, höchstens du, liebe Brenda, hast noch einen Auftrag für mich?"

„Nicht dass ich wüsste. Mein Auftrag lautet nur, auf euch aufzupassen. Zudem wäre ich natürlich glücklich, über den Verlauf eurer Reise Bescheid zu wissen und in Folge weiterhin hie und da von euch zu hören. Ihr könntet ja morgen noch ausschlafen und müsstet nicht, wie für Sonntag geplant war, zeitig in der Früh aufbrechen, damit der heutige Abend nicht bereits unter einer möglichen Reisenervosität leidet."

„Das ist ein guter Kompromiss", stimmt ihr Paul zu. „Jetzt, wo wir endlich die Chance haben, auch dich, liebe Brenda, etwas näher kennenzulernen, sollten wir nicht schon an den Wecker morgen in der Früh denken." Dann bittet er Scott um eine neuerliche Füllung seines Glases. Auch Simone lässt sich von ihrem Vater noch einen Gin Tonic einschenken, während James sich an den Whisky hält. Nach diesem einstimmigen Beschluss nimmt sich Brenda ihr frisch gefülltes Glas mit in die Küche, um kurz darauf wirklich alles zu kredenzen, was in Schottland zur guten Küche gehört. Als Vorspeise gibt es einen köstlichen, eindeutig nicht aus einer Zuchtfarm stammenden Lachs, dessen Herkunft an seiner satten orangen Farbe erkennbar ist. Danach verwöhnt sie ihre Familie und die Gäste mit einer wunderbaren, mit Fleisch und Gemüse gefüllten Pie, die zudem mit ordentlich viel Bratensaft getränkt ist. Für Simone zaubert sie einen eisgekühlten Pinot

Grigio auf den Tisch, während die Männer und sie das Bier genießen. Die Stimmung könnte besser und harmonischer nicht sein, wozu sicherlich das tolle Essen, der liebevoll gedeckte Tisch und eine sehr bemühte Hausherrin beitragen. Scott ist stolz auf seine Frau, zu lange hat es solche gemütlichen Abende nicht mehr bei ihnen gegeben.

„Da hast du dir aber wirklich viel Arbeit gemacht, liebe Brenda", spricht allerdings Simone zuerst aus, was sich Scott nur gedacht hat.

„Ich hoffe es schmeckt auch, denn ohne die Vorlieben seiner Gäste zu kennen, ist es oft schwierig, das Richtige auf den Tisch zu bringen", meint Brenda und freut sich über die anerkennenden Worte.

„Besser hättest du es gar nicht treffen können", stimmt nun auch Paul ein, der sich bereits die zweite Portion zu Gemüte führt. „Die Feuerprobe hast du aber erst bestanden, wenn Simone deine Nachspeise für gut befindet. Da ist sie eindeutig Spezialistin und hat einen empfindlichen Gaumen dafür." Das kostet wiederum Scott ein Lächeln, denn nichts kann Brenda besser als Süßspeisen, mit denen sie einst auch sein Herz gewonnen hat.

„Dann hast du das wohl von unserem Vater geerbt", stellt nun auch James amüsiert fest. „Ich kann hingegen sehr gut ohne Süßes auskommen."

Und obwohl in dieser Tonart weiter gescherzt wird, versucht Brenda mit gezielten Fragen sehr wohl Näheres über Scotts Tochter und deren Umfeld zu erfahren. Simone ist auch gerne bereit Auskunft zu geben, denn Brenda ist ihr nach wie vor sehr sympathisch. Es ist daher schon ziemlich spät, als sich Simone und Paul bei Brenda bedanken und aufbrechen. Da sie Scott erst gegen Mittag abholen wollen, hat die endgültige Verabschiedung noch Zeit bis zum nächsten Tag.

Gleich nach der Landung in Glasgow meldet sich Finn bei Ines. Er hat bereits ein romantisches Lokal ausgewählt, in dem er Ines in Glasgow und ihrem neuen Leben begrüßen möchte.

„Ich hoffe das Lokal bedarf keiner besonderen Kleidung, denn solche Dinge hatten in meinem kärglichen Reisegepäck keinen Platz", befürchtet Ines nicht ausreichend für den von Finn geplanten Abend gerüstet zu sein.

„Keine Sorge, meine Liebe, es ist zwar ein gutes, aber kein extrem gehobenes Lokal und verträgt daher normale Alltagskleidung. Der Reiz meiner Wahl besteht vielmehr in der Gemütlichkeit und dem stimmungsvollen Ambiente, mit dem ich dich in meiner beruflichen Heimat begrüßen möchte. Du sollst dich ja mit jeder Faser deines Herzens in Glasgow wohl fühlen." Seine Worte entlocken Ines ein Lachen, denn in Wahrheit hat sie Glasgow, ohne es zu kennen, bereits als ihre, vielleicht auch nur vorübergehende Heimat akzeptiert. Zu viele schöne Dinge sind hier bereits passiert. Das tolle Jobangebot, das heimelige Hotelzimmer und Finn, der sie nach Strich und Faden zu verwöhnen sucht.

„Ich freue mich sehr auf diesen Abend, lieber Finn, und danke dir schon jetzt für deine Einladung und deine Bemühungen, das passende Lokal für meine Ankunft in Glasgow zu finden!"

Und es wurde tatsächlich ein wunderschönes und auch romantisches Essen, während dem Finn sich über die Begeisterung, mit der Ines von Fergussons Angebot spricht, sehr wundert und natürlich auch freut. Denn sollte sie tatsächlich Gefallen an dieser Betätigung finden, ist die Chance, dass Ines tatsächlich noch länger in Schottland bleibt, natürlich größer. Insgeheim dankt er seiner Mutter für ihre glorreiche Idee und genießt das Zusammensein mit der hübschen Österreicherin, die ihm sehr viel bedeutet.

IV

REISE

Brendas Abschied fällt nun doch etwas herzlicher aus als erwartet. Vor allem scheint ihr Simone am gestrigen Abend um vieles nähergekommen zu sein, was die freundschaftliche Umarmung der beiden ungleichen Frauen zum Ausdruck bringt. Sowohl Scott als auch James freuen sich darüber, und beobachten diese Geste mit Wohlwollen. Der feinfühlige Paul hat das natürlich schon am Vorabend erkannt und das gute Einvernehmen zwischen den beiden Damen sofort registriert.

Etwas weniger herzlich läuft der Abschied zwischen Scott und Brenda ab, obwohl auch sie sich umarmen, und einander einen Kuss auf die Wange drücken. James wird von seinem Vater heftig gedrückt, sodass er fast seine Krücken verliert. Simone stützt den Bruder und beglückt ihn mit den Worten „Unser Hochzeitstermin hängt von deiner Genesung ab!" und mit einem schwesterlichen Schmatz auf die Wange. Nachdem sich auch Paul für die herzliche Aufnahme in der Familie bedankt hat, bringt Brenda sogar noch ein Lunchpaket aus der Küche. Als die drei nun endlich ins Auto steigen, ist allen etwas wehmütig ums Herz.

„Habt eine schöne Zeit, wir halten hier die Stellung", lächelt Brenda nun doch etwas liebevoller in Scotts Richtung und versucht dabei von den zwei Tränen abzulenken, die ihr über die Wange kullern. Aneinander gelehnt winken James und seine Mutter dem geräumigen Land Rover von Paul nach, bis er aus ihrem Sichtfeld verschwindet.

Im Auto wird es still. Keiner weiß, wann sie Brenda und James wiedersehen werden, denn außer dem vereinbarten Erscheinen von James zur Hochzeit ist alles ungewiss. Vor allem Scott ist im Moment etwas wehmütig und er hinterfragt auf einmal sein Tun. Ob es die richtige Entscheidung war, Brenda und James alleine zu lassen? Es wird sich zeigen! Er versucht mit einem Seufzer die trüben Gedanken zu verscheuchen und sich auf das Kommende zu freuen. Aber auch Simone und Paul brauchen etwas Zeit, bis sie ihre gewohnte fröhliche Stimmung wiedergefunden haben. Offensichtlich ist ihnen der Abschied doch sehr nahegegangen.

„Wer übernimmt das Kartenlesen?", versucht Paul die Stimmung im Auto etwas aufzulockern. „Und wer ist für die Sehenswürdigkeiten auf der Strecke zuständig?"

„Also Besichtigungstour wird das nun sicherlich keine", steigt Simone sofort auf die Scherzfrage ein. „Schließlich haben wir eine Strecke von über zweitausend Kilometern vor uns und wollen auch vorankommen. Was sagst du dazu, Vater?" Natürlich ist Scott durch die Abreise emotional am meisten betroffen, Simone versucht ihn daher aus seinen Gedanken zu reißen, was ihr auch rasch gelingt.

„Ich bin eigentlich nur Mitfahrer, obwohl ich mit Paul die grobe Planung gemacht habe. Für die Feinheiten der Reise seid ihr zuständig", antwortet er. „Aber ich bin auch deiner Meinung, dass wir für Besichtigungen keine Zeit haben. Schließlich müsst ihr endlich wieder etwas arbeiten", fügt er schmunzelnd hinzu.

„Das war jetzt gemein, aber du hast ja so recht, und in Wahrheit freue ich mich auch schon darauf. Aber noch mehr auf das Zusammenleben mit meinem lieben Paul, in seinem Haus, das erst noch zu unserem werden muss", entgegnet Simone, während sie ihren zukünftigen Ehemann verschmitzt von der Seite betrachtet.

„Na hoffentlich kriegt ihr euch dabei nicht in die Haare", kommt wieder eine Meldung von der Rückbank.

„Ich weiß nicht, warum, bin aber fest der Meinung, dass es da keine Probleme geben wird", meldet sich nun doch auch Paul zu Wort. „Abgesehen davon, dass mein Einrichtungsstil recht konventionell ist und ich Simone auch nicht als extrem modern in Sachen Einrichtung kenne, werden wir uns bestimmt einigen. Zudem gibt es ja auch noch einige Dinge von Ines im Haus.

Wahrscheinlich werde ich ihre Freundin Lisa kontaktieren, die sicherlich auf Ines' Wohnung aufpasst, damit ich die Sachen hinbringen kann. Ich habe nämlich nie einen Schlüssel von ihrer Wohnung gehabt, und wer weiß, wie lange Ines noch in Glasgow bleibt. Dann kann ich auch gleich meinen Hausschlüssel mitnehmen, damit jeder von uns einen hat, solltest du, lieber Scott, in mein Kellerappartement ziehen wollen."

„Hängt davon ab, was du unter Kellerappartement verstehst, aber natürlich wäre es schöner, wenn wir alle in einem Haus wohnen könnten." Scotts Stimmung hebt sich nun auch wieder und er gewinnt langsam die Freude zurück, die er bei der Planung für die bevorstehende Reise bereits gezeigt hat.

„Dann gilt es eigentlich nur noch die Sache mit dem Motorroller von Dr. Marold zu klären, damit du auch beweglich bist und zumindest kurze Distanzen zurücklegen kannst, bis wir eine andere und bessere Lösung gefunden haben." Und schon ist Simone wieder ganz in ihrem Element, was die Planung ihres gemeinsamen Lebens in Österreich betrifft.

„Woher willst du denn wissen, ob ich mit einem derartigen Gerät überhaupt fahren kann?", meldet sich nun Scott wieder von der Rückbank.

„Wenn nicht, wirst du es rasch lernen!" Überzeugt von dem Geschick ihres Vaters dreht sich Simone um und tätschelt ihm liebevoll die Wange.

Über all diesen Planungen haben sie mittlerweile schon ein ganz schönes Stück des Weges zurückgelegt und überlegen einen Fahrerwechsel. Da Simone wegen des Linksverkehrs ja momentan noch ausfällt, übernimmt Scott bei Carlisle, nach der Ausfahrt in Richtung Penrith, das Steuer. Nun ist es an Simone ein Zimmer in der Nähe von Doncaster zu suchen, denn da sie erst am späten Vormittag aufgebrochen sind, ist ihnen die ursprünglich angedachte Strecke bis London doch zu weit. Zudem verspüren sie trotz Brendas Lunchpaket schon Hungergefühle, sodass alle drei sehr froh sind über Simones Buchung im Holliday Inn Doncaster, das sich nur fünf Autominuten von ihrer Route auf der A1 entfernt befindet.

Allen Ross nimmt seinen Auftrag sehr ernst und überlegt, ob er Hendersons Sekretärin Kirsty einfach nur anrufen oder doch noch einmal persönlich aufsuchen soll. Da die momentane Auftragslage nicht sehr gut ist, beschließt er Inverness einen neuerlichen Besuch abzustatten. Er mag diese Stadt, ihre Lage am Fluss und die guten Lokale sind ihm irgendwie ans Herz gewachsen. Früher hat er einmal dort gelebt, bis ihn eine wunderbare Beziehung nach Fort William gebracht hat, wo er schlussendlich hängen geblieben ist. Nicht dass es diese Beziehung noch gäbe, sie ist leider sehr rasch abgekühlt, aber Allen liebt sein Büro mit der darüber liegenden Wohnung und hat auch sehr schnell Anschluss gefunden. Natürlich kann sich Fort William mit Inverness nicht messen, die beiden Städte sind von ihrer Größe und Lage total verschieden, aber Fort William hat etwas Heimeliges und auch eine Reihe netter Pubs, sodass es Allen vorgezogen hat hierzubleiben.

Da es noch früh am Vormittag ist, überlegt Allen sogar, Kirsty zum Lunch einzuladen. Erstens isst es sich zu zweit netter und zweitens weiß er aus Erfahrung, dass die Menschen in einer etwas privateren Atmosphäre auch redseliger werden. Zufrieden mit seinen Überlegungen macht er sich auf den Weg und denkt mit einem Lächeln an seine letzte Fahrt nach Inverness zurück, bei der er in Ines eine wirklich angenehme Reisebegleitung hatte. „Wie es ihr wohl geht? Ob sie sich in Glasgow schon eingelebt hat? Vielleicht bleibt sie Schottland auch ganz erhalten, wenn Finn ausreichend Überzeugungsarbeit leistet", fragt er sich und muss über seine Gedankengänge weiterhin schmunzeln. Obwohl die Fahrt alleine natürlich nicht so kurzweilig ist, genießt er sie trotzdem, denn die Aussicht auf einen guten Lunch beflügelt ihn zusätzlich. Bei Hendersons Firma angekommen, wirft er noch einen prüfenden Blick in den Spiegel, bevor er das Büro betritt. Kirsty sitzt ziemlich gelangweilt an ihrem Schreibtisch, sehr viel scheint sie in Abwesenheit ihres Chefs nicht zu tun zu haben. Sie ist daher erfreut über den eintretenden Kunden. Als sie in ihm allerdings den Privatdetektiv erkennt, legt sich ihre Freude rasch wieder.

„Was wollen Sie denn schon wieder?!", begrüßt sie Allen daher auch mehr als unhöflich, wobei sie gekonnt ihre festen, wenngleich auch sehr wohlgeformten Beine übereinanderschlägt.

Mit einem derart abweisenden Empfang hat Allen nicht gerade gerechnet, aber er versucht seinen Charme spielen zu lassen und Kirsty zu einem Lunch zu überreden. Sie ziert sich zwar etwas, aber Gesellschaft dürfte ihr in ihrer momentanen Lage doch recht sein. Zudem verwöhnt sie Daniel ja auch nicht so oft mit einer Einladung, und der Mann Allen Ross hat ihr ja schon bei seinem letzten Besuch ganz gut gefallen. Es ist daher nicht sehr schwierig, Kirsty zu überreden. Und tatsächlich entwickelt sich beim Essen ein sehr angenehmes Gespräch zwischen den beiden, das sich in erster Linie um das Kochen dreht. Offensichtlich ist es ein Hobby der beiden, was man ihnen auch ansieht. Bei Allen kommt natürlich auch noch der Whisky hinzu, dem Kirsty durchaus entsagen kann. Aber auch ohne die Wirkung von Alkohol hat sie schon bald ein derartiges Vertrauen zu Allen gefasst, dass sie ihm über ihre missliche Situation mit ihrem Chef, aus der sie sich gerne befreien würde, erzählt. „Wenn ich durch meinen Job bei ihm nicht in eine gewisse finanzielle Abhängigkeit geraten wäre, hätte ich mich schon lange von diesem skrupellosen Geschäftsmann getrennt", rutscht Kirsty nun doch etwas heraus, was sie eigentlich nicht sagen wollte.

„Wilddiebstahl ist zwar ein heikles Delikt, aber Ihren Chef deswegen als skrupellos zu bezeichnen, finde ich nicht ganz passend", versucht Allen noch mehr von ihr zu erfahren.

„Vielleicht habe ich das jetzt eher auf sein Privatleben bezogen, weil er sich mir gegenüber wirklich nicht sehr fein benimmt." Kirsty versucht ihren verbalen Ausrutscher zu retten und schildert ihr privates Unglück mit Henderson in den schillerndsten Farben. Vielleicht kann ihr ja dieser Allen helfen, aus ihrer misslichen Lage herauszukommen, wenn sie ihre Situation nur schrecklich genug darstellt.

„Das hört sich ja alles nicht sehr schön an. Aber wenn ich Sie richtig verstanden habe, ist es eigentlich nur ein neuer Job, den Sie brauchen, um Henderson zu entkommen?" Obwohl Allen tatsächlich Mitleid mit Kirsty hat, erkennt er natürlich sofort die Chance, die sich ihm bietet. Sollte er Kirsty zu einem neuen Job verhelfen, wäre sie vielleicht bereit dazu, nach Beweisen gegen ihren Chef zu suchen.

„Eigentlich ja, und wenn es geht nicht in Inverness, denn diesem unberechenbaren Menschen ständig zu begegnen wäre alles andere als wünschenswert." Kirsty freut sich, dass dieser Detektiv offensichtlich angebissen hat. „Aber tut er das wirklich nur aus Nächstenliebe, oder gefalle ich ihm vielleicht gar?" Doch dann kommt ihr die glasklare Erkenntnis, dass er mit Sicherheit eine Gegenleistung von ihr will. Jetzt ist die bauernschlaue Kirsty wieder auf der Hut, nur nicht in etwas hineinzugeraten, das ihre an sich schon blöde Situation noch verschlimmert.

Allen lässt sich Zeit mit seiner Antwort und die arme Kirsty zappeln. „Ich werde darüber nachdenken, vielleicht kann ich Ihnen in Fort William einen adäquaten Job verschaffen, wobei es dort natürlich keinen Handel mit seltenen Tiertrophäen gibt. Es könnte maximal ein Jagdveranstalter sein, der auf der Suche nach qualifiziertem Personal ist. Dabei habe ich eigentlich an die Watsons gedacht, die aber mit Sicherheit nicht die Sekretärin, Verkäuferin oder auch Geliebte von dem Mann einstellen wollen, der einen Mordversuch an James Watson beauftragt hat. Leider gibt es dafür immer noch keine Beweise. Sollten Sie da auf etwas stoßen, wären die Watsons sicher bereit, Ihnen entgegenzukommen." Allen beobachtet Kirsty genau und wartet gespannt auf ihre Reaktion.

„Selbst wenn dem so wäre, was ich Daniel trotz all seiner Gemeinheiten mir gegenüber nicht unterstellen möchte", noch ist Kirsty sich nicht im Klaren darüber, ob sie dieses Angebot annehmen soll, „sagen Sie ja selbst, dass es keine Beweise gibt. Wie könnte ich Ihnen da behilflich sein?"

„Ich denke, dass sich bei genauer Suche in seiner Korrespondenz sowie in seinem Mailverkehr bestimmt etwas finden lässt. Aber nun sprechen wir von etwas anderem, Sie können ja in Ruhe darüber nachdenken. Noch ist Ihr Boss ja nicht zurück aus Österreich, und wir sollten unser Essen genießen." Allen meint, den Köder gut ausgelegt zu haben, und will das arme Geschöpft nicht bedrängen. Kirsty muss von selbst anbeißen und zu der Erkenntnis kommen, dass sein Angebot das Beste für sie ist …

„Nun beginnt wohl auch für mich ein neues Leben", überlegt Brenda, die der Abschied von Scott doch sehr traurig gemacht hat. Die zeitliche Ungewissheit, wann er zurückkommen wird, hat es ja schon bei seinen bisherigen Ausflügen immer gegeben, aber heute ist ihr der Abschied von ihm so endgültig vorgekommen, und dieses Gefühl macht ihr Angst. James fällt die veränderte Stimmung seiner Mutter natürlich auch auf und er versucht, sie mit einer Essenseinladung abzulenken. „Aber fahren musst du", ist er um einen scherzhaften Ton bemüht, während er sich mit seinen Krücken zu Brendas Auto bemüht.

„Ich finde, das machst du wirklich schon sehr gut. Bei deinem Genesungstempo wirst du bald wieder voll einsatzfähig sein", freut sich Brenda über ihren Sohn, als er geschickt einsteigt. Gleichzeitig erfüllt sie dieser Fortschritt aber auch mit Wehmut, denn mit seiner Gesundung steht auch seiner Abreise zur geplanten Hochzeit von Simone und Paul nichts mehr im Weg. Trotzdem bedrückt sie dieser Gedanke nicht so sehr wie der Abschied von Scott. Dabei war sie immer der Meinung, dass ihr James in letzter Zeit viel nähersteht als Scott. Erstaunt über ihre Gefühle beschließt Brenda ihre Gedanken auf Positiveres zu richten.

Nachdem sie ihr Essen bestellt haben und James seine Mutter mit Geschichten über seine ersten Gehversuche mit den Krücken vergeblich zu erheitern versucht hat, kann er nicht umhin ihre eigenartige Stimmung anzusprechen.

„Ich weiß auch nicht, was mit mir los ist. Dein Vater hat sich ja schon öfter auf unbestimmte Zeit von mir verabschiedet, aber diesmal fühlt sich alles anders an." Brenda nimmt einen Schluck Bier und versucht in sich hineinzuhorchen. „Irgendwie endgültig", fügt sie nachdenklich hinzu, wobei sie die Stirn runzelt.

James ist leicht erschrocken über die Aussage seiner Mutter. „Wie meinst du das? Glaubst du etwa, dass er dich verlassen wird?"

„Nicht in der üblichen Art, keine einfache Trennung, aber irgendwie fühlt es sich an, als hätte ich ihn zum letzten Mal gesehen." Die Worte kommen Brenda einfach so über die Lippen, ohne dass sie darüber nachgedacht hat. „Verzeih mir, James, ich weiß auch nicht, wie ich auf so dumme Gedanken komme. Was hast du jetzt eigentlich zu essen bestellt?", lenkt sie das Gespräch daher in eine andere Richtung. Als ihr Blick während James' Antwort auf eine besonders hübsche junge Dame fällt, die sich mit ihren Eltern an einen der nahe gelegenen Tische setzt, kommt sie wieder einmal auf ihr Lieblingsthema zu sprechen, das James nun wiederum ganz und gar nicht gefällt. „Und was tut sich eigentlich in deinem Liebesleben? Ich habe keine weibliche Besucherin an deinem Krankenbett gesehen außer deiner Schwester und mir!"

„Du verstehst es wirklich perfekt, das Thema zu wechseln!" James muss über die rasche Reaktion seiner Mutter lachen, obwohl ihm bei ihrer Frage eigentlich nicht zum Lachen zumute ist. Hat er sich doch selbst in letzter Zeit bei all dem Liebesglück von Simone und Finns Euphorie für Ines schon manchmal eingestanden, dass er sich auch nach einer festen Beziehung und einer passenden Frau an seiner Seite sehnt. „Und was mein Liebesleben anbelangt, muss ich dich enttäuschen, es gibt nichts Neues zu berichten. Obwohl meine Schwester und Paul schon die Sehnsuchtl nach einer glücklichen Beziehung in mir geweckt haben. Aber erzwingen kann man so etwas nicht. Vorerst ist wichtig, dass ich wieder fit werde, um dich besser unterstützen zu können, und dann steht ja noch die Österreichreise mit meiner Funktion als Trauzeuge auf dem Programm. Wenn mich mein Gefühl nicht täuscht, wird das früher sein, als mir mit meinen Krücken vielleicht lieb ist. Aber du wirst mich doch zum Flughafen fahren – oder willst du überhaupt mitkommen?"

Auf diese Idee wäre Brenda nie im Leben gekommen, aber warum eigentlich nicht? Noch ist sie die Frau von Scott, und James wäre mit einer Reisebegleitung auch geholfen. „Keine schlechte Idee, wenngleich erst einmal die Hauptbeteiligten dazu befragt werden müssten. Und da ist auch noch die Firma, die ich eigentlich nicht ganz unbeaufsichtigt lassen möchte …"

„Nach deiner herzlichen Einladung wird das Brautpaar kaum etwas dagegen haben, und die Familie von Simone und Paul, also Lotte und Georg, sind nach deren Erzählungen auch sehr großzügige und nette Menschen. Mein Vater wird sich vielleicht freuen, eine derart hübsche Person wie dich als seine Frau präsentieren zu können, und das Firmenproblem ließe sich mit einer Tafel ‚wegen Urlaub geschlossen' lösen. Außerdem gäbe es ja noch deinen Bruder Duncan, der sich wieder einmal etwas nützlich machen könnte."

„Gut, dass du mich daran erinnerst, auch noch einen Bruder zu haben", greift Brenda seine Überlegung sofort auf. „Er hat sich in den letzten Jahren so rar gemacht, dass ich an seiner Existenz schon zu zweifeln begonnen habe. Aber als sie nach der Erkenntnis, dass Rose keine Kinder bekommen kann, auch das Thema Adoption abgehakt haben, waren die beiden, wie du ja auch weißt, sehr viel auf Reisen. Und da du nun einmal der erklärte Nachfolger bist, haben sie auch keinen Ehrgeiz mehr und lassen uns schalten und walten, ohne sich einzumischen. Aber vielleicht hätten sie ja sogar Spaß daran, sich wieder einmal für kurze Zeit um die Firma zu kümmern?!"

„Das weiß ich natürlich auch nicht, aber ich wollte dir nur einmal die verschiedenen Lösungsvarianten aufzeigen, die es für dein angebliches Problem, die Firma könne nicht unbeaufsichtigt bleiben, gibt. Du kannst es dir ja noch überlegen, etwas Zeit werden uns die beiden Turteltäubchen schon noch geben …"

Währen Scott und Paul im Holliday Inn Doncaster einchecken, reserviert Simone einen Tisch im Restaurant, wo sich die drei schon bald zum Essen einfinden.

„Ich denke, ich werde Ines anrufen, ob sie etwas dagegen hat, wenn ich ihre Sachen zusammenpacke und sie unter Aufsicht von Lisa in ihrer Wohnung deponiere", kommt Paul wieder auf den bevorstehenden gemeinsamen Einzug in sein Haus zurück. „Dann wäre alles erledigt und mein Reich für dich bereit, liebe Simone."

„Dann mach das doch gleich", ermuntert sie ihn. „Bis das Essen da ist, hast du sicherlich noch ausreichend Zeit." Während

Paul hinausgeht, denkt Simone wieder einmal über die totale Veränderung ihres Lebens nach. „Dass ich nach der Schottlandreise bei meinem einstigen Bruder einziehen werde, hätte ich mir auch nicht träumen lassen", seufzt sie an Scott gewandt. „Wo ich mir doch schon mein eigenes Haus im Geiste hergerichtet habe. Aber natürlich macht es mehr Sinn, sofort in das fertige Haus von Paul zu ziehen und zu warten, bis Dr. Marold ins Waldviertel übergesiedelt ist. Danach könnten wir immer noch eine andere Entscheidung treffen, sollte uns mein Haus doch besser gefallen."

„Ihr habt tatsächlich einen großen Luxus, was eure Wohnmöglichkeiten betrifft. Und ehrlich gesagt bin ich schon sehr neugierig, wie Pauls Reich aussieht", meint Scott und ist natürlich auch sehr froh darüber, mit den beiden wohnen zu können. Als Paul wiederkommt, sieht er ihn fragend an.

Paul berichtet sofort von dem Telefonat: „Interessanterweise hatte Ines ähnliche Gedanken wie ich und hat bereits mit Lisa bezüglich eines Treffens in ihrer Wohnung telefoniert. Ihre Freundin wird alles übernehmen und mir meinen Hausschlüssel zurückgeben, womit dann auch Scott unabhängig wäre. Mein Reserveschlüssel wartet ohnehin schon auf dich, liebe Simone. Ich finde es wirklich wunderschön, dass mit euch beiden nun endlich Leben in mein Haus kommt." Er küsst Simone glücklich und liebevoll auf die Nase, wird aber etwas unsanft durch den Kellner, der bereits das Essen servieren will, von ihr getrennt.

Henderson hat mittlerweile bereits das zweite Revier besichtigt und dabei schon etwas weniger Konditionsprobleme gehabt als beim ersten Rundgang mit seinem drahtigen Führer Markus Pichler, der im Gegensatz zu ihm nicht eine einzige Schweißperle verloren hat. Diesmal waren sie in der Region von Prein an der Rax unterwegs, in dem Revier Vorderer Kaltenberg, das sie in etwa eineinhalb Stunden Fahrzeit erreicht haben. Und tatsächlich hat sich Markus an sein Versprechen gehalten und eine Jagd mit gemäßigterem Gelände ausfindig gemacht, die sehr gut mit Forststraßen erschlossen ist und über alle notwendigen Reviereinrichtungen verfügt. Dadurch entspricht sie schon eher

Daniels Geschmack. Aber da er es mit seiner Abreise nicht eilig hat, hat er seinem Begleiter klargemacht, dass ihm die Jagdhütte ohne Strom und Wasser zu wenig Komfort bietet, um ein weiteres Treffen mit dem Beamten der Bundesforste zu rechtfertigen.

Obwohl die Anforderungen heute nicht so extrem waren, ist Daniel müde, vielleicht sollte er seine nächtlichen Vergnügungen etwas reduzieren und sich den kulturellen Möglichkeiten der Stadt widmen. Er hat zwar keine Ahnung, was ihn interessieren könnte, aber der Hotelportier kann ihm sicher etwas Unterhaltsames empfehlen. Noch bevor er zur Frage ansetzt, informiert ihn der Hotelbedienstete über einen Anruf von Kirsty, die ihn wieder einmal nicht erreicht hat, da sein Handy im Zuge der Revierbesichtigung auf lautlos gestellt war. Irgendwie beginnt ihn seine treue Freundin zu nerven, wenn er nicht immer die Angst im Hinterkopf hätte, dass vielleicht doch etwas Unerwartetes passiert ist. Also wählt er widerwillig ihre Nummer und ist erleichtert, dass es sich um etwas Geschäftliches und nicht nur um lästiges Geschwafel der einsamen Kirsty handelt.

„Lieber Daniel, ich würde dich ja nicht schon wieder stören, hätte sich nicht unser lieber Mr. Rutherford dermaßen darüber aufgeregt, eine falsche Lieferung bekommen zu haben. Da er dir die letzte Bestellung per Mail geschickt hat, kann ich seine Behauptung nur dann widerlegen, wenn du mir dein Passwort gibst." Kirsty hat lange nachgedacht, bis ihr eine halbwegs plausible Ausrede eingefallen ist, die Daniel glaubwürdig genug erscheinen würde, ihr sein Passwort zu geben.

Und tatsächlich ist Henderson erleichtert darüber, dass es sich um ein derart banales Anliegen handelt. Keine neuerlichen Erkenntnisse zu seinem Mordversuch und auch keine ins Telefon säuselnde allein gelassene Kirsty! Er atmet auf, bevor er ihr, ohne lange nachzudenken, die gewünschte Auskunft gibt.

„Dass das so einfach gehen wird, hätte ich mir nicht gedacht. Eigentlich habe ich mit einem gehörigen Widerstand des sonst so vorsichtigen und misstrauischen Mannes gerechnet", überlegt Kirsty erleichtert. „Da bin ich aber nun gespannt, ob wir uns geirrt haben oder ob Mr. Rutherford seinen Auftrag falsch in Erinnerung hat", meint sie in der Hoffnung, dass Daniel demnächst keinen Kontakt zu dem armen Rutherford hat, dessen Beschwerde sie natürlich nur erfunden hat. Sie versucht das weitere Gespräch belanglos zu halten und fragt: „Was gibt es bei deinen Jagdbesichtigungen Neues, und haben sich deine bisherigen Anstrengungen schon bezahlt gemacht?"

„Ich habe heute tatsächlich eine sehr schöne Waldjagd gesehen, die nicht so schwierig zu erkunden war wie die letzte. Allerdings habe ich mich auf den mangelnden Komfort der Jagdhütte herausgeredet, um noch weitere Besichtigungen machen zu können. Der arme Markus muss sich wohl noch etwas anstrengen, um all meinen Wünschen gerecht zu werden. Und da er seinen Beruf sehr ernst zu nehmen scheint, wird er das auch tun. Du siehst also, ich habe noch ausreichend Beschäftigung hier in Österreich, werde also noch ein Weilchen bleiben. Ich wollte gerade den Portier um einige kulturelle Tipps bitten, es kann ja nicht schaden, wenn ich mir diesbezüglich auch einmal ein Wissen aneigne."

Das überrascht Kirsty nun aber sehr, denn die einzige Kultur, die ihn bisher interessiert hat, war die Bordell-Kultur. Nicht dass sie besser bewandert gewesen wäre als er, aber zumindest hat sie schon einige Male versucht, sich klassische Musik im Radio anzuhören, und ist auch schon einmal in Inverness im Theater gewesen. „Vielleicht wird er auch schon zu alt für seine üblichen Vergnügungen", überlegt sie ziemlich schadenfroh, bevor sie ihm antwortet. „Wenn dich schon die Jagbesichtigungen derart anstrengen, solltest du keine großartige Stadtbesichtigung machen, sondern dich eher in ein schönes Konzert setzen und entspannen!"

„Wenn du wüsstest, was mich in Wirklichkeit ermüdet", denkt nun Daniel und lächelt spöttisch vor sich hin. „Ich werde deinen Rat befolgen, meine Liebe, und dir von meinen kulturellen Ausflügen berichten. Vielleicht werde ich ja noch zu einem totalen Musik- und Konzertfreak. In jedem Fall melde ich mich wieder bei dir, und stelle bitte diese Sache mit Rutherford richtig, wir wollen doch einen derart guten Kunden nicht verlieren!" Obwohl er die Falschheit gepachtet hat, fällt es Daniel schwer, der guten Kirsty ständig etwas vorzumachen. Er bestellt sich daher an der Hotelbar einen Drink und kommt mit dem Barmann ins Gespräch, der ihm von einigen musikalischen noch einige Broschüren-Highlights, die zurzeit in Wien auf dem Programm stehen, berichtet. Nachdem Henderson ausgetrunken hat, nimmt er sich von der Rezeption noch einige Broschüren mit, die er in seinem Zimmer studieren will, wenn er nicht vorher vor Ermüdung einschläft.

James' erster Arbeitstag nach dem Unfall verläuft ziemlich ruhig, seine Mutter hatte während seiner Abwesenheit tatsächlich alles im Griff gehabt. „Oder war es vielleicht auch Scott, der ihr derart viel abgenommen hat, dass alles in geregelten Bahnen läuft? Wie auch immer", überlegt James. „Vielleicht sollte ich einmal mit Duncan bezüglich meiner Idee, dass er für Mutter einspringen könnte, reden. Zuerst muss er erst einmal da sein, denn das Paar ist die meiste Zeit auf Reisen. Obwohl ihr Kinderwunsch unerfüllt geblieben ist, wirken die beiden rundum glücklich und harmonisch. Auch beneidenswert", kommt James auf einmal wieder sein eigener Wunsch in den Sinn, während er die Nummer seines Onkels wählt, der überraschenderweise sofort abhebt. „Was gibt es für Neuigkeiten, mein Junge? So ganz grundlos rufst du ja eigentlich nie an", fragt Duncan und ist sicher, dass etwas passiert ist. „Hoffentlich nur Gutes und keine Hiobsbotschaften", fügt er noch lachend hinzu.

„Neues gibt es einiges, was ich aber nicht als Hiobsbotschaft bezeichnen würde. Ich habe in der Zwischenzeit eine Schwester bekommen, mit der mein Vater auf dem Weg nach Österreich ist." James kann sich das sprachlose Gesicht von Duncan lebhaft vorstellen und versucht ihm die neue Situation kurz und bündig zu erklären, was natürlich trotz der knappen Zusammenfassung etwas länger dauert.

„Na, da tut sich ja allerhand bei euch. Wie hat Brenda die ganze Geschichte eigentlich aufgenommen?", ist Duncan auf einmal ein ganz fürsorglicher Bruder.

„Überraschend gut", beruhigt ihn James. „Sie hat Simone von Anfang an sehr sympathisch gefunden, was mir erst mit der Zeit gelungen ist. Aber der Grund, warum ich dir das alles erzähle, ist der, dass ich in Bälde nach Österreich fliegen werde, weil meine Halbschwester ihren Paul heiraten wird und mich gebeten hat, ihr Trauzeuge zu sein. Und da sich Brenda und Simone auch so gut verstanden haben, kam mir die Idee, dass sie mich vielleicht begleiten könnte. Da Simone und Paul derart verliebt sind, dass ich einen baldigen Termin befürchte, wäre mir mit Mutters Begleitung sicherlich auch geholfen, denn so sicher fühle ich mich mit meinen Krücken noch nicht. Das Brautpaar und Vater wissen noch nichts von meinen Überlegungen, und sie müssten meinem Plan natürlich erst zustimmen. Ich wollte vorerst einmal abklären, ob wir überhaupt mit eurem Einsatz rechnen könnten."

„Also eins nach dem anderen, wieso hast du Krücken?" Duncan ist sich auf einmal bewusst, wie wenig er eigentlich von seiner Familie weiß. Und als ihm James daraufhin auch noch die ganze Henderson-Geschichte sowie die Eheprobleme von Brenda und Scott erzählt, schämt er sich ein wenig, die Familie derart vernachlässigt zu haben. „Aber wenn ihr Scotts Reise aus dem Grund für gut befunden habt, dass er und Brenda durch die Trennung zu einer Erkenntnis für eine gemeinsame oder getrennte Zukunft kommen sollen, ist doch deine angedachte Reise von ihr ein Widerspruch", schlussfolgert er ganz richtig.

„Das ist mir auch schon bewusst geworden, aber vielleicht hat das harmonische Umfeld, in dem Simone und Paul groß geworden sind, einen positiven Einfluss auf die beiden. Wenn nicht, bekommt Brenda durch die Reise wenigstens einen Einblick davon, wie und wo sich Scott in Österreich aufhält, und kann nach der Hochzeit beruhigt wieder nach Hause fliegen. Ehrlich gesagt weiß ich auch nicht, ob diese Idee sinnvoll ist, aber es wäre gut zu wissen, ob ich mit euch beiden rechnen könnte, falls alle Beteiligten einverstanden sind."

„Prinzipiell haben wir in den nächsten zwei Monaten keine Reise geplant, wären also zu Hause und könnten tatsächlich einspringen. Da bräuchten wir aber eine ordentliche Einschulung, zu lange haben wir uns schon aus dem Geschäftsalltag zurückgezogen. Viel wichtiger erscheint mir allerdings, nachdem du Brenda schon ‚diesen Floh ins Ohr gesetzt hast', mit Scott, Simone und Paul abzuklären, ob ihnen das überhaupt recht ist. Schließlich ist es deren Fest, zu dem du deine Mutter ermuntert hast mitzukommen. Hoffentlich warst du da nicht zu voreilig", spricht Duncan die Befürchtung aus, die James im Laufe des Gespräches auch schon beschlichen hat.

„Du hast ja recht, lieber Onkel, aber bei der gemeinschaftlichen Planung der Reise und den Überlegungen, die wir alle dazu angestellt haben, hatte ich auf einmal Mitleid mit Mutter und ein schlechtes Gewissen, sie so alleine zurückzulassen. Noch dazu, wo wir einen wirklich schönen gemeinsamen Abend bei uns zu Hause verbracht haben, bevor die drei abgereist sind. Ich werde aber nochmals darüber schlafen, bevor ich diese Idee weiterverfolge. Ich halte dich in jedem Fall auf dem Laufenden und danke dir für deine Bereitschaft, meinen Plan zu unterstützen."

Nachdenklich legt James das Handy beiseite und versucht seine widersprüchlichen Überlegungen bezüglich seiner Eltern noch einmal logisch zu ordnen. Aus dem Alltagstrott der Firma und der damit verbundenen Verantwortung herausgerissen zu werden, würde seiner Mutter vielleicht weiterhelfen. Könnte das gemeinsame Erleben einer neuen Umgebung auch ein neuer Anfang für die beiden sein?

Das Essen und die Betten des Holliday Inn Doncaster haben sich als gute Wahl erwiesen, sodass die drei ausgeruht, frisch und munter beim Frühstück sitzen, und ihren zweiten Reisetag besprechen. Da es noch knappe vierhundert Kilometer bis Frankreich sind, wo Simone dann auch das Steuer übernehmen wird, ist es wieder an Scott und Paul zu fahren. So hat Simone nach wie vor Muße, ihren Gedanken die Zukunft betreffend nachzuhängen.

„Eigentlich möchte ich nicht im Winter heiraten, und bis zum Frühling dauert es mir noch zu lange", beginnt sie unvermittelt ihre Gedanken laut auszusprechen, wobei sie sich zu Paul umdreht, der es sich auf dem Rücksitz bequem gemacht hat, um seinen Gesichtsausdruck sehen zu können. Er streichelt ihr liebevoll über die Wange und kann sich einen gewissen ungläubigen Blick nicht verkneifen.

„Du hast es aber eilig, dafür besteht doch kein Grund, oder?"

„Vielleicht überlegst du es dir bis zum Frühling ja noch einmal anders! Du sollst erst gar nicht die Zeit dazu haben, auf dumme Gedanken zu kommen", scherzt sie ausgelassen weiter. „Aber die Wahrheit ist, dass ich dich so sehr liebe und einfach nicht länger warten will. Und wenn uns das Herbstwetter halbwegs gewogen bleibt, fände ich diese Jahreszeit wirklich sehr schön für unsere Hochzeit!"

Jetzt ist auch Scott sprachlos darüber, dass seine Tochter ein derartiges Tempo vorlegt. „Noch nicht einmal zu Hause, geschweige denn eingerichtet, und schon willst du vor den Traualtar!"

„Was hat das eine mit dem anderen zu tun?!", empört sich Simone spaßeshalber. „Ob eingerichtet oder nicht, wichtig sind die Kirche oder der Standesbeamte, die Einladungen, die Kleidung und die Tafel. Das lässt sich doch alles recht zügig organisieren, denn freie Termine wird es um diese Jahreszeit wahrscheinlich genug geben. Und da unser Freundeskreis und die Familie auch nicht so gewaltig groß sind, wird es bestimmt nicht schwer sein, ein Lokal zu finden. Ich könnte mich ja gleich an die Arbeit machen!"

Mit einem derartigen Energieschub bezüglich ihrer gemeinsamen Zukunft hat Paul nicht gerechnet, es bleibt ihm daher im wahrsten Sinne des Wortes der Mund vor Sprachlosigkeit offen. Nachdem er Simones Plan verdaut hat, steigt er mit einem kurzen Augenzwinkern sofort auf ihre Idee ein. „Na, dann mach dich ans Werk und frag' erst einmal beim Gemeindeamt nach einem freien Termin!"

Mit einer derart raschen Zustimmung hat nun wieder Simone nicht gerechnet und glaubt, dass er sie auf den Arm nehmen will. Aber wie dem auch sei, sie sucht die Telefonnummer, ruft sofort an und findet ihre Vermutung bestätigt. Es gibt tatsächlich an den nächsten Wochenenden noch einige Termine, die sie wahrnehmen könnten. Daher erkundigt sie sich auch gleich, welche Papiere für die Anmeldung auf dem Standesamt notwendig sind.

„Meint ihr das jetzt wirklich ernst?" Simones Eifer lässt keine Zweifel aufkommen, aber waren Pauls Worte nicht eher als Spaß zu verstehen gewesen? Prüfend betrachtet Scott seinen zukünftigen Schwiegersohn im Rückspiegel und erkennt, dass jeglicher Schalk aus seinem Gesicht gewichen ist.

„Warum eigentlich nicht?", bestätigt der Mann mit der Hornbrille Scotts Annahme. „Ich bin zwar der Meinung, dass wir alle Zeit der Welt haben, aber heiraten werden wir auf jeden Fall. Wenn sich alle Vorbereitungen halbwegs stressfrei abwickeln lassen, steht doch der Sache nichts im Weg!" Das war nicht als Frage, sondern als eindeutige Feststellung zu verstehen.

„Dann wird diese Heimreise wohl der Hochzeitsplanung dienen", springt nun auch Scott auf den Zug auf, der offensichtlich nicht mehr zu stoppen ist. „Aber vorerst buchst du uns noch ein Zimmer für heute Abend, denn trotz deines Planungstempos werden wir noch ein- bis zweimal übernachten müssen." Nun lacht auch Scott fröhlich bei dem Gedanken an das baldige große Ereignis.

Georg und Lotte sitzen am Mittagstisch und überlegen fieberhaft, welches Lokal wohl am ehesten für das Familientreffen geeignet wäre. Nachdem sie von Simone und Paul erfahren haben, dass Scott ein eher legerer Typ geblieben ist und daher auch das gemütliche Ambiente bevorzugt, scheiden die modernen Top-Restaurants der Umgebung schon einmal aus.

„Am einfachsten wird wahrscheinlich ein uriges Lokal mit Hausmannskost sein, das ihm die österreichische Küche in einer behaglichen Atmosphäre näherbringt." Lottes Erinnerungen an Scott halten sich tatsächlich in Grenzen, wodurch sie nicht sehr viel zu diesem Thema beitragen kann.

Georg schiebt sich ein Stück vom herrlichen Schweinsbraten in den Mund und versucht ihr Esszimmer mit den Augen eines Fremden zu betrachten. „Dazu fällt mir in erster Linie unser Haus und meine Küche ein, aber ich habe schon verstanden, warum ihr das Treffen auf neutralem Boden arrangieren wollt. Wobei sich dabei natürlich wieder die Frage nach dem Ort stellt. Sollte das Lokal eher in ihrer Nähe, also auf dem Land, oder eher bei uns in Hietzing sein?"

„Praktischer für die Kinder wird es sein, wenn wir hinausfahren, andererseits möchte Scott womöglich etwas von der Stadt sehen. Aber vielleicht sollten wir gar nicht so viele Überlegungen anstellen und ganz einfach im Gasthaus ‚Zum Goldenen Hahn‘, in der Nähe von Pauls Haus, wo wir schon einige Male sehr zufrieden mit dem Essen waren, das geschmackvolle und gemütliche Extrazimmer reservieren. Ich könnte mir ja für diesen Nachmittag freinehmen, damit das Wiedersehen nicht allzu spät stattfindet. Schließlich werden ja sowohl Paul als auch ich am nächsten Tag arbeiten müssen. Die schlaue Simone hat sich ja noch etwas Zeit herausgeschunden ..." Die Vorfreude auf das Wiedersehen mit ihrer Tochter ist Lotte anzusehen. Und auch Georg wird bei dem Gedanken, die Kinder wieder in die Arme schließen zu können, warm ums Herz. Wenngleich er natürlich auch eine gewisse Anspannung bezüglich Scott Watson verspürt. Dass er einmal einen anderen Menschen als sich selbst als Vater von Simone akzeptieren muss, wäre ihm auch nicht in den Sinn gekommen. Aber nachdem Simone sich bei all den Telefonaten während ihrer Reise ihm gegenüber genauso herzlich verhalten hat wie bisher in ihrem Leben, muss er sich da wohl keine Sorgen machen. Aber wie wird das Aufeinandertreffen von Lotte und Scott sein?

„Bist du eigentlich aufgeregt, deine große Jugendliebe wiederzusehen?", versucht er daher Lottes Gefühlsbarometer bezüglich Scott Watson zu erforschen.

„Aufgeregt ist wahrscheinlich sogar das richtige Wort, denn mehr kann da nach all den Jahren nicht mehr sein. Meine Liebe gehört ganz allein dir, lieber Georg, aber neugierig bin ich natürlich schon, was aus meinem Jugendschwarm geworden ist. Wie er sich als Mensch entwickelt hat und mit seiner neuen Funktion als Vater zurechtkommt, wird wohl das Spannendste sein. Ohne dabei deine Vaterfunktion infrage zu stellen, denn Simone liebt dich, wie aus allen Telefonaten herauszuhören war, wie eh und je, wird es sicherlich interessant sein zu sehen, wie der leibliche

Vater mit seiner Tochter umgeht. Dass die beiden jemals aufeinandertreffen würden, hätte ich auch nie zu träumen gewagt. Und dann auch noch diese bevorstehende Hochzeit. Dass es die Kinder nicht erwarten können, ist eigentlich für die beiden, die ansonsten so besonnene und überlegte Menschen sind, mehr als ungewöhnlich!" Mit dieser Entwicklung hat sich Lotte offensichtlich immer noch nicht ganz angefreundet.

„Ich weiß nicht, was du hast. Eben weil die beiden derart überlegte Menschen sind, müssen sie sich ihrer Sache ganz sicher sein, sonst würden sie diesen Schritt nie wagen. Und für uns ist es doch auch perfekt, wenn wir nicht wieder irgendeine unpassende Schwiegertochter oder einen humorlosen Schwiegersohn ertragen müssen. Das Leben kann genauso harmonisch weitergehen wie bisher, wir haben nach wie vor beide Kinder, und diese sind noch dazu durch den Bund der Ehe vereint. Ich finde das wunderschön und auch praktisch!"

„Na gut, wenn du es so siehst, hast du recht. Offensichtlich brauche ich noch etwas mehr Zeit, um mich an den Gedanken zu gewöhnen. Und da die beiden, oder wahrscheinlich alle drei, in Pauls Haus einziehen werden, haben wir doch tatsächlich nichts anderes für ihre Ankunft vorzubereiten, als im ‚Zum Goldenen Hahn' zu reservieren. Sie machen uns das Leben wirklich einfach", meint die praktische Lotte und ist nun doch auch wieder zufrieden mit dem Stand der Dinge.

„Da werden Mutter und Vater aber schauen, wenn wir ihnen schon einen Hochzeitstermin präsentieren." Simone hat vor lauter Eifer rote Wangen bekommen und noch immer kein Zimmer für die Nacht reserviert. Da Paul mittlerweile das Steuer übernommen hat, muss er über das strahlende Gesicht der glücklichen Hochzeitsplanerin lächeln. „Dass ihr diese Ehe so wichtig ist?!", wundert er sich im Stillen. Scott hat sich mittlerweile aus den Gesprächen ausgeklinkt und schlummert friedlich auf der Rückbank vor sich hin.

„Dass Scott bei meiner aufregenden Planung einfach einschläft, finde ich unerhört", muss Simone aber doch noch spaßeshalber erwähnen, bevor sie ein Appartement direkt an der Autobahn bei Gent bucht. „Viel weiter werden wir wohl heute nicht fahren, selbst wenn ich den letzten Teil der Strecke übernehme, was meinst du, mein Schatz?"

„Ich gebe dir für heute noch eine Galgenfrist, mein Liebling, damit du deine Planung fortsetzen kannst. Dafür bist du morgen in der Früh die Erste am Steuer. Aber vielleicht solltest du auch noch Lotte anrufen, bezüglich unserer Ankunft, damit sie wie besprochen einen Tisch für unser Treffen reserviert."

„Das ist eine gute Idee, danach werde ich mich aber gleich mit der Gästeliste beschäftigen. Unser beider Verwandte habe ich ja im Kopf, aber wie sieht es mit Freunden von dir aus? Außer deiner Urlaubsvertretung Klaus kenne ich ja niemanden. In jedem Fall müssen wir die von dir verschmähte, einstige beste Freundin von mir einladen. Bin schon gespannt, ob Doris Single ist oder zu zweit kommen will, falls sie unsere Hochzeit überhaupt interessiert." Während sich Simone mit Notizblock und Stift „bewaffnet", wählt sie die Nummer von Lotte, um ihre Ankunft für den übernächsten Tag anzukündigen, denn von Gent aus durchfahren werden sie wahrscheinlich nicht. Und sollten sie wider Erwarten doch nicht mehr übernachten, werden sie sicherlich spät ankommen, womit ein Treffen am nächsten Abend ohnehin keinen Sinn macht. Von ihrer Mutter erfährt Simone die angedachte Lokalwahl und ist nach kurzer Rücksprache mit Paul auch einverstanden. Und schon beschäftigt sie sich wieder mit ihrer Gästeliste, die außer Lotte und Georg, Dr. Marold und seiner Assistentin Katharina Mandl, Lottes bester Freundin Vera Schiller und eventuell der Nachbarin der Eltern, Frau Wagner, sowie Pauls Freund und Vertretung Klaus Stadler und seiner neuen Assistentin Sarah Bachler, die sich auf Ernährungsberatung spezialisiert hat, noch keine weiteren Namen aufweist.

„Das ist ja nicht gerade üppig, wenn wir Doris, Scott, James und uns noch dazurechnen, sind es gerade einmal dreizehn Personen. Wenn nicht Mutter und Georg noch jemanden einladen wollen und uns nicht irgendwelche vernachlässigten Freunde einfallen, können wir die Tafel ja auch in dem Gasthaus ‚Zum Goldenen

Hahn' bestellen, sollten wir mit der Küche und dem Service zufrieden sein. Dann hätten wir alles schön beisammen, und bräuchten nicht endlos herumzufahren. Aber bei dreizehn sollte es nicht bleiben, ich bin zwar nicht abergläubisch, aber man weiß ja nie …"

Paul scheint sich mittlerweile auch Gedanken zur Gästeliste gemacht zu haben. „Diese Sarah Bachler, die du ja auch noch nicht kennst, ist eine total nette Person, von deren Privatleben ich aber noch kaum etwas weiß. Vielleicht hat sie ja auch einen Partner. Sie pendelt übrigens zwischen Klaus und mir, hat also während unserer Abwesenheit gemeinsam mit ihm meine Patienten übernommen. Und Doris könnte ja auch zu zweit sein. Zudem sind mir eben noch Jack Fraser und seine Lebensgefährtin Allison eingefallen, die den Beginn unserer Liebe ja hautnah miterlebt haben. Und wenn wir schon dabei sind, kommt mir auch noch Allen Ross in den Sinn, den wir in Fort William täglich in unserem Barclay-Wohnzimmer getroffen haben, der also auch zur Schottland-Familie gehört. Natürlich immer vorausgesetzt, den lieben Menschen ist die Anreise nicht zu weit."

Simones gedankliche Anstrengungen sind zwar nicht so erfolgreich, aber es fällt ihr doch noch etwas Entscheidendes ein. „Sollten wir kirchlich heiraten, müssen wir den Pfarrer dazurechnen. Über dieses Thema haben wir uns nie unterhalten und ich kenne eigentlich auch deine Einstellung zur katholischen Kirche nicht, obwohl wir miteinander aufgewachsen sind. Ich für meinen Teil bin zwar ein gläubiger Mensch, aber von dem, was sich unter dem Deckmantel der Kirche so alles abspielt, ganz und gar nicht begeistert. Daher hält sich mein Wunsch, in der Kirche zu heiraten, auch in Grenzen. Aber wie sieht das bei dir aus?" Forschend betrachtet sie den Mann, von dem sie geglaubt hat, ihn in- und auswendig zu kennen.

„Offensichtlich ist uns beiden die Religion nicht so wichtig", schmunzelt Paul und rückt seine Brille zurecht. „Da wir ein und dieselbe Erziehung genossen haben, ist auch mir vermittelt worden, an etwas zu glauben. Aber ich bin deiner Meinung, dass das nicht die katholische Kirche sein muss. Eigentlich wollte ich schon einige Male austreten, habe es mir aber bei dem Gedanken an mögliche eigene Kinder doch wieder anders überlegt. Was natürlich nicht der richtige Zugang zu dem Thema ist, denn Kinder können sich ja später selbst für die eine oder andere Religion entscheiden. Vielleicht bin ich da doch zu konservativ und habe nicht den Mut, mich von der Religion, mit der ich aufgewachsen bin, abzunabeln. Du kannst also beruhigt sein, ich muss genauso wenig in der Kirche heiraten wie du. Und einen Frack oder Anzug brauche ich schon gar nicht, eigentlich wäre mir eine Trachtenhochzeit am liebsten!"

Bei dem Wort Trachtenhochzeit erwacht Scott aus seinem Schlummer. „Seid ihr immer noch bei der Hochzeitsplanung und was soll ich mir unter einer Trachtenhochzeit vorstellen?", meldet er sich total verschlafen vom Rücksitz. Simone muss lachen, als sie das ratlose Gesicht ihres Vaters sieht, und Paul, der in den Rückspiegel geschaut hat, stimmt fröhlich ein. „Eigentlich müsste dir so eine Hochzeit entgegenkommen", versucht Simone ihren Vater aufzuklären, „da du ja auch in der Jagdszene unterwegs warst. In Österreich hat sich zum Beispiel das Jägerleinen, also ein Material, aus dem Jagdanzüge gemacht werden, zu einem wesentlichen Bestandteil der Trachtenmode entwickelt. Es ist eine modische Kleidung, die sich in ihren Schnitten, Materialien und Stoffmustern der vielfältigen Formen der Tracht bedient, ohne selbst Tracht sein zu wollen. Kennzeichnend für den Unterschied zur überlieferten Tracht ist vor allem ihr saisonaler, also modischer Charakter. Fallweise können sich Kreationen der Trachtenmode aber auch dauerhaft durchsetzen, wie zum Beispiel die Kleidung aus Jägerleinen. Aber eigentlich handelt es sich bei der Tracht um eine weniger formelle und eher zwanglose Kleidung. Zudem hat wahrscheinlich fast jeder Österreicher ein zu allen Anlässen einsetzbares Trachtenteil im Schrank, was den Hochzeitsgästen oft den Kauf einer eleganten Garderobe erspart. Aber wie ich dich kenne, lieber Vater, hilft dir das auch nicht weiter, du wirst dir doch etwas Neues kaufen müssen", beendet Simone ihre Ausführungen.

Paul versucht das Gesagte kurz zusammenzufassen, denn er erkennt an Scotts Blick, dass der immer noch nicht weiß, was eine Trachtenhochzeit ausmacht. „Es ist nur eine bestimmte Form der Kleidung, die zwar auch elegant, aber in gewissem Sinn eher leger ist und daher der ganzen Hochzeit einen volkstümlichen Charakter verleiht. Und da Simone und ich nun wirklich keine Städter sind, ist eine derartige Hochzeit das perfekte Ambiente für uns. Ich hoffe, du hast es jetzt ein wenig besser verstanden. Aber in Wahrheit wirst du erst wissen, was wir meinen, wenn wir gemeinsam einkaufen gehen und dich trachtenmäßig einkleiden."

Über all diesen Ausführungen haben sie ihr heutiges Etappenziel erreicht. Während Simone noch unter der Dusche steht, gönnen sich Paul und Scott bereits einen Drink an der Bar.

„Verstehst du, warum es meine Tochter auf einmal so eilig mit dem Heiraten hat?", fragt Scott.

Paul nimmt einen kräftigen Schluck von seinem Cola Rum, zuckt mit den Schultern und scheint ebenso ratlos wie sein zukünftiger Schwiegervater zu sein. „Ich kann dir auch nur sagen, dass sie, genau wie ich, einfach überaus glücklich über unsere Beziehung ist, die für sie durch diese Hochzeit offensichtlich die absolute Krönung erfährt. Natürlich spielt da auch der bevorstehende Winter eine Rolle, obwohl es mir nichts ausmachen würde, bis zum Frühjahr zu warten. Aber mittlerweile hast du deine Tochter auch schon besser kennengelernt und weißt, dass sie einen einmal gefassten Gedanken bis zum Ende verfolgt. Sonst hätte sie dich wahrscheinlich nicht gefunden … Meine einzige Sorge gilt James, der für so eine Reise wahrscheinlich noch nicht fit genug sein wird. Auf der anderen Seite müsste er ja nur ins Flugzeug steigen, denn die Transporte zum Terminal und in Wien bis in die Ankunftshalle lassen sich bestimmt organisieren. Aber wenn Simone in dem Tempo weitermacht, wissen wir spätestens übermorgen, ob wir die Tafel zu dem angedachten Termin beim Standesamt im ‚Zum Goldenen Hahn' machen können. Danach sollte sie sofort ihren Trauzeugen informieren, dass der sich darauf einstellen kann – und natürlich auch Brenda, die ja dann wirklich jeglicher Unterstützung beraubt ist." Irgendwie tut ihm Brenda leid, die ihnen einen so schönen letzten Abend in Schottland beschert hat. Aber er wagt das Thema Scott gegenüber nicht anzusprechen.

„Wozu habt ihr mich gerade eingeteilt?", fragt eine gut gelaunte Simone, die Pauls letzte Worte offensichtlich mitbekommen hat, lachend. Mit ihrer unverkennbaren Bewegung, das nicht mehr vorhandene lange Haar hinters Ohr schieben zu wollen, wirkt sie heute besonders schön und strahlend. Es ist nicht zu übersehen, dass sie ihr Vorhaben tatsächlich mehr als glücklich macht, was den beiden Männern als Erklärung für ihre unverständliche Eile genügt.

Sie genießen ihr Essen, was Simones Gedanken natürlich wieder zur Hochzeit, das mögliche Menü und die Sitzordnung an der Tafel führt. Und wie sie so im Geiste die Einteilung trifft, fällt ihr auf, dass Paul noch gar keinen Trauzeugen hat. Da sie sich über all ihren Überlegungen auch gar nicht an Pauls Unterhaltung mit Scott beteiligt hat, fällt ihr natürlich nicht auf, dass ihre diesbezügliche Frage das angeregte Gespräch der beiden Männer stört und ziemlich zusammenhanglos im Raum steht. Trotzdem scheint Paul diese Frage erwartet zu haben, denn seine Antwort kommt rasch, wenngleich sie sehr knapp ausfällt.

„Ich bin mir dessen bewusst, mein Schatz, hatte aber noch keine zündende Idee", womit er sich wieder seinem Gespräch mit Scott zuwendet. Das ist nun wiederum für Simone total unbegreiflich, ein so wichtiger Punkt sollte doch so rasch wie möglich geklärt werden, womit sie sich für Paul Gedanken zu machen beginnt.

Am nächsten Tag geht Kirsty etwas zögerlich zu Daniels Computer, ja, sie umkreist ihn sogar richtig lauernd in dem Wissen, dass sie eine weitere Entscheidung treffen muss, sollte sie auf eine brisante Information stoßen. Sie hat bereits den ganzen Vormittag Dinge erledigt, die absolut unwichtig waren, denn noch ist sie sich nicht ganz sicher, ob ihr Vorhaben richtig ist. Bevor sie sich mit Daniels Passwort einloggt, holt sie sich noch eine Tasse Kaffee, um sich schlussendlich seufzend an seinem Schreitisch niederzulassen. Aber wo soll sie zu suchen beginnen? Nach kurzem Überlegen fällt ihr ein, dass die ganze Misere mit dem letzten Auftrag von Jakob Wilhelm begonnen hat, der Daniel mit dem Fang der europäischen Wildkatze beauftragt hat. Sie sucht also nach Mails von Wilhelm und hat schon bald den gesamten Mailverkehr zu dem Auftrag gefunden, der keine zwei Wochen zurückliegt. Nachdenklich runzelt Kirsty die Stirn, sie kann kaum glauben, dass dieses alles verändernde Ereignis erst so knapp zurückliegt. Für sie fühlt es sich schon so an, als würde sie ihre Beziehung zu Daniel bereits seit einem Monat überdenken. Und mit einem Mal ist sie ganz sicher, dass sie sich aus diesem Verhältnis ohne Zukunft befreien muss. Sie will nicht ewig die treue und quasi ergebene Geliebte dieses Mannes sein, der sie nur ausnutzt und betrügt. Also beginnt sie weiterzusuchen, denn der Wilddiebstahl ist ja bereits von diesem Watson bewiesen worden. Sie braucht vielmehr eine Spur zu Daniels Handlanger Baxter, um den Mordversuch an James Watson beweisen zu können. Sie durchforstet daher alle weiteren, nach Datum sortierten Mails in der Hoffnung, dass Daniel unvorsichtig genug war, dieses Verbrechen schriftlich zu beauftragen. Nach geraumer Zeit holt sie sich eine weitere Tasse Kaffee, offensichtlich ist Daniel doch gerissener als sie gedacht hatte. Sie entdeckt zwar eine Nachricht an einen gewissen Baxter Morrison, deren Inhalt aber verschlüsselt ist. Trotzdem kopiert sie diese Mail in einen separaten Ordner auf ihren Computer, vielleicht kann ja Allen Ross mehr damit anfangen. Und als sie wenig später noch eine Nachricht an Baxter Morrison mit ähnlich kryptischem Inhalt findet, ist sie sicher, dass es sich bei diesen Texten um irgendeinen Code handeln muss. Die Antwort von Baxter an ihren Boss hingegen, in der er schreibt, die bestellte Ware nicht komplett erhalten zu haben und um weitere Anweisungen bittet, ist sogar Kirsty verständlich. „Jetzt wird wohl gleich der Auftrag zur Sabotage kommen", ist sie plötzlich ziemlich aufgeregt und überzeugt, auf der richtigen Spur zu sein. Daniels Antwort ist natürlich gefinkelter als Baxters, und scheint sich wieder eines Codes zu bedienen, mit dem Kirsty leider nichts anfangen kann. Da sie keinen Baxter Morrison als Kunden in der Firma kennt und sich aufgrund der einen, leicht verständlichen Nachricht von ihm ziemlich sicher ist, auf der richtigen Spur zu sein, kopiert sie den gesamten Baxter-Mailverkehr auf ihren Computer. Und obwohl sie sonst nichts Verdächtiges mehr finden kann, sollte dieses Material Grund genug für den sympathischen Allen Ross sein, sie wieder in Inverness zu besuchen. Zufrieden lehnt sie sich in Daniels Stuhl zurück und fühlt sich irgendwie befreit, hat sie doch den ersten Schritt zu einem neuen Leben getan. Sie gönnt sich daher eine besonders lange Mittagspause, in der sie das Essen richtig genießt.

Tatsächlich hat sich Simone gleich in der Früh ans Steuer gesetzt, während Scott es nicht lassen kann, die schottische Familie über das zügige Vorgehen seiner Tochter zu unterrichten. Seinen Freund Jack Fraser verständigt er noch vor James, der ja die Eile seiner Schwester schon irgendwie gespürt hat, von dem bevorstehenden Hochzeitstermin. Jacks Freude ist tatsächlich groß, denn er hat das Paar während seines kurzen Aufenthalts in Inverness wirklich sehr ins Herz geschlossen. Er wird sich noch seinen Kalender ansehen und alle eventuellen Termine verschieben, muss sich allerdings auch noch mit Allison absprechen. „Aber da Österreich schon seit Längerem ein Wunschziel von ihr ist, wird sie sich bestimmt über diese Einladung freuen. Und wie sieht es mit deinem Liebesleben aus?", schneidet Jack sofort wieder das Thema an, das ihn mehr als Scott zu beschäftigen scheint.

„Ich bin mit Simone und Paul unterwegs nach Österreich. Brenda und ich haben beschlossen, uns durch eine längere Trennung als das gewöhnlich bei meinen Reisen der Fall war, darüber klar zu werden, ob wir mit oder ohne einander glücklicher sind. Ob das tatsächlich sinnvoll ist, wird sich zeigen. Im Moment bin ich aber schon sehr neugierig darauf, das Umfeld der beiden Hochzeiter kennenzulernen, und fürchte mich schon ein wenig vor dem nächsten glücklichen Paar Lotte und Georg", erzählt Scott. „Hoffentlich leide ich nicht darunter, von so viel Glück umgeben zu sein", fügt er noch spaßeshalber hinzu.

„Das wirst du schon aushalten, aber du solltest dabei das eigene Glück nicht vergessen, wie immer das auch aussehen mag!"

Damit verabschiedet sich der besorgte Freund und lässt einen nachdenklichen Scott zurück „Nun wird es aber Zeit, dass du James anrufst", reißt ihn Simone aus seinen Gedanken. „Denn ohne Trauzeugen gibt es keine Hochzeit."

Diese Bemerkung ist eigentlich für Paul bestimmt, der immer noch keine Idee zu diesem Thema hat. „Dein Tempo ist mir etwas zu schnell, mein Schatz. Jetzt habe ich mich gerade erst von Ines getrennt, von meiner Hochzeit erfahren und soll auch schon einen Trauzeugen parat haben. Da wirst du dich noch ein wenig gedulden müssen, denn so etwas will gut überlegt sein!"

„Apropos Ines", wechselt Simone das Thema, um ihren lieben Paul nicht zu sehr zu nerven, und bittet ihren Vater bei James nachzufragen, ob es bei Finn und Ines etwas Neues gibt. „Bei all unserem Glück würde ich es den beiden auch vergönnen, wenn sie sich nach wie vor so gut verstehen, wie es während unseres Aufenthaltes den Anschein gehabt hat."

Und da James der baldige Hochzeitstermin ganz und gar nicht überrascht, berichtet er Scott gleich ziemlich ausführlich über die immer intensiver werdende Freundschaft zwischen Ines und Finn, sowie von dem tollen Jobangebot für sie. Und dann scheint James eine Frage zu stellen, die seinen Vater wieder mehr als nachdenklich stimmt. „Ich werde das mit den beiden besprechen, und melde mich nochmal", beendet Scott das Gespräch und erzählt vorerst nur von den Neuigkeiten über Ines und Finn.

Allen Ross bleibt hartnäckig und kontaktiert Kirsty bereits nach einem Tag wieder, womit Hendersons Geliebte aber gerechnet hat. Sie weiß, dass Allen nicht aufgeben wird, zu groß ist die Chance, durch sie etwas über den Tathergang von James' Unfall zu erfahren. Und sie ist froh darüber, denn auch ihre Chance auf ein neues Leben vergrößert sich durch die Preisgabe der entdeckten Informationen. Trotzdem will sie nicht übereilt handeln und bittet Allen nach Inverness zu kommen, um ihre Entdeckungen bei einem netten Abendessen gemeinsam zu sichten. Ross packt daher ein paar Sachen zusammen, denn nach einem gemütlichen

Abend will er nicht nach Hause fahren müssen, bucht ein Zimmer und macht sich auf den Weg.

Kirsty hat sich wieder einmal ziemlich übertrieben herausgeputzt. Daniel hätte das mit Sicherheit nicht gefallen, aber Allen findet Kirsty diesmal besonders hübsch. Nachdem sie das Geschäft abgeschlossen und Allen in der nahe gelegenen Pension eingecheckt hat, machen sie sich auf den Weg zum Restaurant. Kirsty hat die gesamte Baxter-Konversation ausgedruckt und bereits beim Aperitif sitzen die beiden stirnrunzelnd über den zusammenhanglosen Buchstaben, aus denen sie ganz und gar nicht schlau werden.

„Da ist deinem Chef ja etwas Nettes eingefallen. Dass Baxter die Kamera ohne die erhofften Fotos gestohlen hat, ist aus seiner Nachricht eindeutig herauszulesen. Wie allerdings die darauffolgenden Anweisungen von Henderson aussehen, ist aus dieser wahllosen Aneinanderreihung von Buchstaben leider nicht erkennbar. Da werde ich mich wohl näher damit beschäftigen müssen. Aber das schöne Abendessen müssen wir uns damit nicht verderben lassen, vielleicht habe ich ja schon morgen früh ein Ergebnis."

Kirsty gefällt dieser Mann immer mehr und sie sucht seine Berührung, indem sie mit ihrem Stuhl immer näher rückt – natürlich nur um die Ausdrucke besser lesen zu können. Auch Allen fühlt sich zu dieser herzlichen Person hingezogen, wobei er sich nicht im Klaren darüber ist, ob ihre Avancen echt oder nur im Hinblick auf die von ihm in Aussicht gestellte neue Lebensperspektive vorgetäuscht sind. In Wahrheit kann sich Allen keinen Reim darauf machen, nimmt sich aber vor, diesen Abend mit allen seinen gebotenen Annehmlichkeiten zu genießen.

Henderson begibt sich am nächsten Tag tatsächlich auf einen Stadtrundgang, um all die Tipps, die er am Vorabend an der Bar bekommen hat, umzusetzen. Zudem hat er sich auch noch einige Sehenswürdigkeiten aus den Broschüren angekreuzt und Karten für ein Konzert bestellt, das er am Abend besuchen wird. Noch ist sein Interesse an dem Kulturangebot der Stadt nicht wirklich erwacht, aber vielleicht könnte er mit seinem neuen Wissen einen

Mann wie Wilhelm etwas beeindrucken. Es ist der Geschäftsbeziehung sicherlich nützlich, wenn er in den Augen dieses Mannes etwas niveauvoller erscheint. „Hoffentlich merke ich mir auch etwas davon, denn was einen nicht interessiert, bleibt einem normalerweise auch nicht im Gedächtnis", befürchtet er schon zu Beginn seines Unternehmens, dass seine Bemühungen nutzlos sein könnten. Aber ein Tag ohne Bordell scheint ihm auch angemessen, man muss ja nicht übertreiben. Das Wetter ist überraschend freundlich und warm, sodass er sich schon nach kurzer Zeit ins Kaffeehaus vor dem Palmenhaus in die Sonne setzt und eine köstliche Wiener Melange bestellt. Dabei studiert er das Ausstellungsprogramm der Albertina, die er zuerst besuchen will. Aber eigentlich hat er doch keine Lust, sich den Bildern einer Ausstellung zu widmen, also beginnt er mit einem Rundgang durch die Innenstadt, der ihm bei dem strahlenden Sonnenschein weit sinnvoller erscheint. Er schlendert daher vorbei an der Albertina in Richtung Kohlmarkt, wo er die tollen Geschäfte bewundert, die sich bis zum Graben erstrecken. Ob er Kirsty für ihre selbstlose Vertretung etwas mitbringen sollte? Verwundert über seine großzügige Überlegung, die er zu dem stets diensteifrigen Wesen anstellt, verwirft er den Gedanken gleich wieder. „Wozu soll ich sie verwöhnen, wenn sie so und so funktioniert wie ich mir das vorstelle?!", denkt er, verlässt die Auslage des tollen Taschengeschäfts und wendet seine Aufmerksamkeit gleich wieder den Herrenmoden-Shops zu. Ob er sich vielleicht etwas modischer einkleiden sollte? Unschlüssig schlendert er ziemlich planlos weiter, denn sein Kulturprogramm hat er schon wieder aus den Augen verloren, als er in einer Seitengasse ein Geschäft ganz nach seinem Geschmack entdeckt. Mit Freude betritt er dieses Eldorado, das Jagdfreunden jeglichen Wunsch erfüllt. Er braucht einige Zeit, um sich auf den zwei Etagen zurechtzufinden, bleibt aber dann in der Abteilung „Jagd und Funktionsbekleidung" mit leuchtenden Augen und der Erkenntnis stehen, etwas einkaufen zu müssen. Der Verkäufer ist sprachlich sehr versiert und weiß das Interesse des Kunden richtig einzuschätzen, sodass Daniel bald mit zwei Tragetaschen und um viel Geld erleichtert in Richtung Ausgang geht. „Das Geschäft hat mir mehr abgenommen als das Bordell", wundert sich Daniel, der sich in seinem Leben noch nie so viel Bekleidung auf einmal zugelegt hat, über sich selbst. Dabei wäre er fast mit Wilhelm zusammengestoßen, der ebenfalls ziemlich bepackt zum Ausgang geht. Erstaunt darüber, diesen schmierigen Menschen in einem seiner Lieblingsgeschäfte anzutreffen, reißt sich Wilhelm aber gleich wieder zusammen. „Nun, haben Sie schon ein passendes Jagdrevier entdeckt?", erinnert er sich auch wieder an das Anliegen von Henderson, der sich offensichtlich über diese Aufmerksamkeit des viel beschäftigten Mannes freut.

„Noch nicht ganz, aber der Beamte von den Bundesforsten bemüht sich redlich und hat mich auch schon ganz schön herumgeführt. Morgen haben wir ein weiteres Revier auf dem Programm, das mir vielleicht noch mehr entspricht als die bereits besichtigten."

„Das freut mich zu hören. Sollten Sie sich für eines entscheiden, sagen Sie mir Bescheid, vielleicht kann ich ja auch noch einmal Nachforschungen dazu anstellen, ob alles seine Richtigkeit hat und alle Angaben der Wahrheit entsprechen. Wie lange haben Sie eigentlich noch vor zu bleiben? Vielleicht haben Sie ja Lust zu einer meiner Jagdveranstaltungen zu kommen, wenn Sie sich schon so toll eingekleidet haben?!" Wilhelm ist nun über sich selbst überrascht, dass er diesen unsympathischen Menschen doch tatsächlich eingeladen hat. Aber in einer großen Jagdgesellschaft, überlegt er gleich darauf ganz richtig, muss er sich nicht die ganze Zeit mit ihm persönlich abgeben, kann ihn seinen Jägern überlassen und hat einem notwendigen Geschäftspartner eine Freude gemacht.

Henderson kann sein Glück tatsächlich kaum fassen, da er um seine mangelnde Beliebtheit bei Wilhelm Bescheid weiß. „Ehrlich gesagt steht mein Abreisedatum noch nicht fest, aber einige Zeit werde ich sicherlich noch bleiben. Meine Nummer haben Sie ja, es wäre mir wirklich eine Freude von Ihnen eingeladen zu werden", antwortet er und strahlt sein Gegenüber an.

„Nun gut, ich melde mich in den nächsten Tagen bei Ihnen." Wilhelm nickt dem verdutzten Schotten zum Abschied kurz zu und ist auch schon verschwunden.

Henderson glaubt eine Fata Morgana gesehen zu haben. „Dann hat es doch Sinn gemacht, so viel Geld auszugeben", überlegt er gut gelaunt und macht sich auf den Weg ins Hotel. Erst muss er seinen Einkauf abliefern, bevor er sich, angespornt durch die Einladung, doch wieder der Kultur widmen will.

Simone und Paul haben Scotts Erzählung über Ines und Finn gespannt verfolgt und freuen sich aufrichtig mit den beiden. Nachdem Simone bereits dreihundert Kilometer zurückgelegt und auch die Grenze nach Deutschland bereits passiert hat, übernimmt Scott nach einer kurzen Kaffeepause wieder das Steuer. Er ist froh seinen Blick auf die Straße richten zu müssen, denn er weiß wirklich nicht, wie die Kinder auf seine Frage, die er eigentlich im Namen von James stellt, reagieren werden.

„Was würdet ihr sagen, wenn Brenda James zu eurer Hochzeit begleitet?"

„Ehrlich gesagt hatten wir nach dem netten Abend bei euch bereits Mitleid mit Brenda, weil sie in Schottland bleiben muss, während Mann und Sohn auf unserer Hochzeit tanzen", ist Paul tatsächlich erleichtert, dass nicht nur Simone und er auf diesen Gedanken gekommen sind. „Aber in Anbetracht eurer speziellen Situation und eurem Vorhaben, euer Gefühlsleben einer Prüfung zu unterziehen, trauten wir uns dazu nichts mehr zu sagen. Simone und ich haben schon darüber gesprochen, dass wir Brenda gerne dabeihätten. In Wahrheit ist es also deine Entscheidung."

„Nachdem mir James mit seinem Mitgefühl für die allein gelassene Mutter ein schlechtes Gewissen gemacht und tatsächlich auch schon mit meinem Schwager Duncan über eine mögliche Vertretung gesprochen hat, kann ich mich eigentlich auch nicht mehr querlegen. Wobei ich ja auch nichts gegen ihre Anwesenheit bei dem Fest habe, da ich, vorausgesetzt ihr habt nichts dagegen, sicherlich noch länger bleiben werde. Und James könnte eine Reisebegleitung auch ganz gut gebrauchen. Offensichtlich hat sich in einem Mutter-Sohn-Gespräch doch eine gewisse Traurigkeit über unsere Abreise herausgestellt, die James mit seinem Vorschlag vertreiben wollte." Scott ist erleichtert, dass der

Wunsch seines Sohnes für das Hochzeitspaar kein Problem darstellt, sondern vielmehr erwünscht ist. Er selbst hat keine Sekunde lang ein schlechtes Gewissen gehabt, er hat aber auch nichts dagegen, wenn Brendas Anwesenheit von allen erwünscht ist. Nachdem auch dieser Punkt geklärt ist und sie sehr zügig vorankommen, macht sich bei allen dreien der Gedanke breit, vielleicht doch bis nach Hause durchzufahren. Simone spricht es als Erste aus, indem sie Paul vorschlägt, die nächsten 350 Kilometer nach Scott zu übernehmen, weil sie nicht gerne bei Dunkelheit fährt. „Soweit ich mich erinnere, macht dir das nicht so viel aus wie mir. Zudem wären es dann nur noch ungefähr zweihundertzwanzig Kilometer, die du uns bis nach Hause fahren müsstest. Was meint ihr dazu?"

Nachdem Scott nichts dagegen hat und Paul zustimmend nickt, beschließen sie, nach Simones Teilstrecke auf der Höhe von Wels eine Kleinigkeit zu essen, da sie ihren Reiseproviant bereits verzehrt haben. Bis dahin hat Paul Zeit sich auszuruhen und vielleicht auch ein Nickerchen zu machen.

Es ist ein launiger und sehr unterhaltsamer Abend, den sowohl Kirsty als auch Allen genießen. Das Interesse aneinander ist offensichtlich, und doch drängt Allen nach einiger Zeit zum Aufbruch. Die Neugierde bezüglich des Codes, den Daniel angewandt hat, wird immer größer und siegt schließlich auch über den Wunsch, Kirsty näherzukommen. Ein Verbrechen, das eigentlich auch erst durch Allens Unachtsamkeit passieren konnte, muss aufgeklärt werden. Er vertröstet Kirsty daher auf ein Wiedersehen am nächsten Tag, bei dem er vielleicht schon Resultate seiner nächtlichen Überlegungen vorweisen kann. Etwas enttäuscht, aber doch mit einem innigen Kuss, verabschiedet sich Kirsty an der Haustür von Allen, der sich schon bald darauf Hendersons Nachrichten widmet. Da er kein Spezialist für Geheimcodes ist, stöbert er die angeführten Beispiele bei Google durch, die eigentlich sehr einfach und leicht verständlich sind. Die ersten drei Geheimschriften führen zu keinem Ergebnis, bei der vierten wird es allerdings richtig spannend. Da er sich nur der letzten Antwort von Daniel widmet, die den Auftrag beinhalten sollte, gelingt es ihm tatsächlich diese nach einigen misslungenen Versuchen zu entziffern. Jeder dritte Buchstabe ist Bestandteil einer Nachricht, die folgendermaßen lautet:

Lieber Baxter,

IODFUEAZRPBNSREVOUXZEDCAZWUPL
FZSTNIRTBACAGHXFLRIAKBUVRT
XZEALTYCDÖUAKJSÄMAREUHG
TZKOJKJREAWSMBTEHLSCVWÜ
LABUTÖMSVXOQJNLMSK
LZIAUDASKPARTBZA
QJÖTXLIWAEVBRHZEMHNDABQWE
ILZÖHAPÜHMJLRSU
HGNHIGLÖWBNIMZEKJVANEÜL
RGBEMKIGJNUZBLIAPORVCT

„DER NEUE AUFTRAG LAUTET DAS AUTO JAMES WATSONS ZU SABOTIEREN BEZAHLUNG WIE VEREINBART"

„Dass es so leicht gehen würde, hätte ich nicht gedacht", wundert sich der etwas erschöpfte Allen, der mit einer so raschen Lösung nicht gerechnet hat. „Damit ist der Beweis endgültig vorhanden!", freut er sich, obwohl er seine Augen kaum noch offen halten kann. „Da werden sich die Watsons bestimmt sehr freuen", ist sein letzter Gedanke, bevor er in einen wohlverdienten Schlaf fällt.

HEIMKEHR

Lotte hat gerade ihren freien Nachmittag organisiert und sich zum Mittagstisch gesetzt, als Simone anruft. „Wir werden doch noch heute Nacht nach Hause kommen und den morgigen Vormittag dazu nutzen, uns auszuschlafen. Da es sicherlich spät wird, rufen wir nicht mehr an, aber eine SMS mit der Nachricht unserer Ankunft bekommt ihr in jedem Fall. Für welche Uhrzeit habt ihr denn den Tisch reserviert? Ich kann es schon gar nicht mehr erwarten euch wiederzusehen!" Obwohl sie noch eine ziemlich weite Strecke vor sich haben, ist Simone in Gedanken schon in den Armen ihrer Eltern.

„Mit geht es genauso, liebes Kind. Ich habe eben meine Aushilfe für morgen Nachmittag organisiert, da ich den Tisch für siebzehn Uhr reserviert habe. Damit können wir in aller Ruhe losfahren und den späten Nachmittag und Abend mit euch verbringen. Georg ist zwar immer noch etwas betrübt, dass er euch zu eurer Heimkehr nicht bekochen kann, versteht aber unsere Überlegungen sehr gut und wird das lukullische Highlight später nachholen. Wichtig ist aber, dass ihr euch oft genug abwechselt, nicht übermüdet weiterfahrt und somit gesund und wohlbehalten ankommt", kann sich die besorgte Mutter ihre Ratschläge nicht verkneifen.

„Alles gut, liebe Mutter, wir sind vorsichtig und freuen uns alle schon sehr auf morgen!"

Scott hat seine Strecke schon fast absolviert, und Simone hält nach einem Rastplatz Ausschau. Es ist früher Nachmittag, Paul schläft noch tief und fest und es ist Zeit für den Wechsel, ohne eine größere Pause einzulegen. Vater und Tochter tauschen den Platz und beschließen, dass sie bei ihrem geplanten Stopp zum Abendessen auf der Höhe von Wels auch einiges für das morgige Frühstück einkaufen werden. Denn selbst wenn Pauls Bedienstetedie Betten überzogen und das Haus sauber gemacht hat, ist sie von selbst wahrscheinlich nicht auf die Idee gekommen, etwas einzukaufen. „Da sie keinen Auftrag dazu hatte, kann man ihr das auch nicht verübeln." Simone wird sich gut stellen müssen mit der Frau, denn eine Bedienstete mit fahrbarem Untersatz, wie das für Pauls Haus notwendig ist, findet man nicht so schnell. Während sie den Wagen startet, erzählt sie ihrem Vater von der ländlichen Idylle, in der sich sowohl Pauls Haus als auch ihr zukünftiger Arbeitsplatz befinden, von der unmittelbaren Nähe des Gasthauses, das er morgen kennenlernen wird und in dem auch das Hochzeitsessen stattfinden soll und von dem Haus von Lotte und Georg in Hietzing. Zudem versucht sie Scott die Menschen vorzustellen, die sie geplant haben, zu ihrer Hochzeit einzuladen. Über all diesen Schilderungen vergeht die Zeit sehr schnell und sie erreichen ihren letzten Etappenstopp früher als geplant. Simone fällt es schwer, ihren Paul zu wecken, aber ohne etwas zu essen, wird er auch nicht weiterfahren wollen. Nachdem sie alles für das Frühstück am nächsten Tag eingekauft und nochmal aufgetankt haben, bestellen sie in der Raststätte eine Kleinigkeit zu essen, vertreten sich danach noch einmal ordentlich die Beine und setzen ihre Reise fort. Mittlerweile ist es dunkel geworden und Simone ist froh, dass Paul das Steuer übernimmt. Trotzdem kann sie es nicht lassen, ihn noch einmal mit dem Thema Trauzeuge zu nerven. „Damit du heute Nacht ruhig schlafen kannst, habe ich mir tatsächlich schon etwas überlegt, mein Schatz." Paul muss lachen über das verdutzte Gesicht von Simone, die mit einer derartigen Antwort nicht gerechnet hat. „Ich werde meinen langjährigen Freund Klaus fragen, ob er diesen verantwortungsvollen Auftrag übernehmen wird", scherzt er daher gut gelaunt weiter. „Er ist tatsächlich mein längster Wegbegleiter und sollte mir auch an diesem wichtigen Tag zur Seite stehen. Vielleicht animiert ihn diese Bitte ja auch dazu, seine langjährige Freundin Karoline, die wir übrigens noch gar nicht auf der Einladungsliste haben, zu heiraten."

„Dann sind wir ja mit Brenda bereits siebzehn, und sollte sich Jack Fraser mit seiner Allison freimachen können, sogar schon neunzehn Personen", ist Simone sichtlich erfreut über Pauls Vorhaben. „Vielleicht solltest du Klaus gleich anrufen. Es wäre ohnehin an der Zeit, dass du ihm das Ende der Vertretung ankündigst …"

„Eine gute Idee, dann wissen wir wenigstens auch, ob ich mir weitere Gedanken zum Thema Trauzeuge machen muss." Da Klaus sofort erreichbar ist, berichtet ihm Paul von seiner morgigen Rückkehr und in groben Zügen auch von den Ereignissen während seiner Schottlandreise.

„Da lässt man dich einmal alleine verreisen und schon kommst du zu zweit wieder zurück", freut sich der Freund lachend über die überraschende Entwicklung in Pauls Liebesleben. „Dass du allerdings so rasch heiraten willst, hätte ich mir nach deiner langjährigen Beziehung mit Ines, während der du diesen Gedanken offensichtlich nie hattest, nicht erwartet. Dann war sie wahrscheinlich nicht die Richtige und es freut mich, dass du die jetzt aber gefunden hast!"

„Womit ich gleich bei meinem nächsten Anliegen wäre", fährt nun wieder Paul fort. „Nicht nur, dass ich dich beruflich regelmäßig um einen Gefallen bitten muss, habe ich jetzt auch noch einen privaten Wunsch: Ich hätte dich gerne als Trauzeugen." Gespannt wartet Paul auf die Antwort seines Freundes, die nicht lange auf sich warten lässt.

„Es ist mir eine Freude und auch Ehre, dass du mich darum bittest. Natürlich mache ich das gerne, wenngleich eure Hochzeitspläne meine liebe Karoline wieder daran erinnern werden, was sie sich auch schon sehnlichst wünscht. Aber da muss ich durch, euer Fest dürfen wir in keinem Fall versäumen! Habt ihr denn schon Pläne, wann das große Ereignis stattfinden soll?"

„Simone hat während unserer Heimreise bereits mit dem Standesamt telefoniert und morgen werden wir uns bezüglich der Tafel schlau machen. Wenn sich alles so machen lässt, wie wir uns das vorstellen, sollten wir Ende Oktober den Bund fürs Leben schließen können."

Jetzt ist Klaus aber doch überrascht. „Ihr habt es aber eilig! Es wird doch hoffentlich keinen anderen Grund als eure Liebe für dieses Tempo geben?"

„Wissentlich nicht, aber wenn es so wäre, wäre es nicht ausschlaggebend. Wir sind vielmehr beide überzeugt, unseren Lebenspartner gefunden zu haben und wollen in jedem Fall heiraten.

Und da wir auch keinen Grund sehen, bis zum Frühjahr zu warten, soll die Hochzeit, falls es sich organisatorisch einrichten lässt, noch vor dem Winter stattfinden."

„Nun gut, meinen Segen habt ihr", meint Klaus spaßeshalber. „Als ob ihr den notwendig hättet. Ich freue mich in jedem Fall wahnsinnig für euch und auch darauf, dass du, lieber Paul, wieder zu arbeiten gedenkst. Wenn ich dich richtig verstanden habe, wirst du übermorgen wieder in deiner Praxis sein?"

„So ist es, lieber Klaus, vielen Dank nochmals für deine Vertretung! Ich bin natürlich auch jederzeit für dich da, solltest du einmal ausgiebig Urlaub machen wollen mit deiner Karoline!" Nachdem Paul erleichtert über die Zusage seines Freundes aufgelegt hat, wird ihm klar, dass sie sich nur mehr wenige Kilometer von der Autobahnabfahrt entfernt befinden, und somit in Bälde zu Hause ankommen werden. Dass Simone das auch nicht entgangen ist, merkt er an ihrer etwas unruhigen Art, auf ihrem Sitz hin und her zu rutschen. „Du wirst doch nicht nervös werden, weil wir heute in meinem und zukünftigen gemeinsamen Haus übernachten?"

„Ich weiß auch nicht, was mit mir los ist." Simone kann sich ihre Unruhe selbst nicht erklären. „Aber irgendwie bin ich tatsächlich nervös, schließlich geht es ja für mich um ein vollkommen neues Haus, das in Zukunft auch das meine werden soll. Zudem liegt dort sicher noch der Duft von Ines in der Luft. Ich habe es mir ehrlich gesagt leichter vorgestellt bei dir einzuziehen."

Paul legt ihr beruhigend die Hand aufs Knie und Scott streichelt seiner Tochter die Schultern. So kennen die beiden die sonst so toughe Simone gar nicht. Etwas verwundert meldet sich daher auch Scott zu Wort. „Da überraschst du mich aber jetzt, liebe Tochter. Du solltest dich doch freuen auf dein neues gemeinsames Zuhause mit dem Mann, den du liebst. Und da Ines dieses Haus offensichtlich nie als ihr Zuhause angesehen und dort nur wenige Dingen hinterlassen hat, besteht kein Grund dafür, dass du jetzt auf einmal Bedenken hast!"

„Es ist nicht Ines, einfach nur die Aufregung und die Frage, ob ich mich auch wohlfühlen werde in Räumen, die nicht von mir gestaltet worden sind", gesteht Simone nun ganz offen, dass sie Pauls Geschmack offensichtlich doch nicht ganz vertraut. „Aber wahrscheinlich bin ich nur übermüdet und werde heute ohnehin nichts mehr so genau registrieren. Wenn ich morgen ausgeschlafen bin, werde ich dein Heim aber genauestens inspizieren", kündigt Simone, die ihre gute Laune wiedergewonnen und ihre Unsicherheit verloren zu haben scheint, ihrem Paul an.

Der sieht sie prüfend von der Seite an, wohl wissend, dass dieses Thema noch nicht abgehakt ist. Aber er kann ihre Bedenken und ihre Nervosität sogar bis zu einem gewissen Grad verstehen. Er hätte auch ein komisches Gefühl bei Nacht in ein fremdes Haus einziehen zu müssen, in dem er zukünftig leben soll. Er lässt das Gespräch daher auf sich beruhen und sein Haus, dessen Garagentor sich gerade automatisch öffnet, auf die Neuankömmlinge wirken. Die Holzläden und das warme Licht in der Einfahrt erscheinen heimelig, und Scott kann nicht umhin, sich über das am Waldrand gelegene Haus seines Schwiegersohnes positiv zu äußern. „Noch könnt ihr nicht alles sehen, wartet mit eurem Urteil auf morgen. Heute sollten wir machen, dass wir ins Bett kommen. Aber wenn du willst, mein Schatz", fährt er zu Simone gewandt fort, „werde ich dich selbstverständlich über die Schwelle tragen."

Lächelnd schmiegt sie sich an ihn. „Heute noch nicht, erst nach der Hochzeit", erwidert sie und küsst ihn liebevoll auf die Wange. Scott schmunzelt und wartet darauf, von Paul sein Appartement zugewiesen zu bekommen. Alle drei machen sich auf in den Keller, wo Pauls Bedienstete bereits alles hergerichtet hat. Simone scheint zufrieden mit der Unterkunft für ihren Vater und will die weiteren Räumlichkeiten des Hauses in Augenschein nehmen. Im Wohnzimmer angelangt meint Paul, sie sollte damit bis morgen warten. „Ich denke wir könnten noch einen kleinen Begrüßungsschluck nehmen, bevor wir zu Bett gehen. Ihr habt den ganzen Vormittag Zeit euch einzurichten, während ich mich um das Frühstück kümmern werde", verspricht er, wobei er die schönen Schwenker mit einem besonders milden und dunklen Kognak füllt. „Auf unser neues Zuhause, das auch das deins sein soll, lieber Schwiegervater!"

Am nächsten Morgen machen Jack Fraser und seine Allison bereits Reisepläne, denn die Hochzeit dieses sympathischen Paares wollen sie sich nicht entgehen lassen. Zudem möchte Jack auch seinen Freund Scott wiedersehen und dem unglücklichen Ehemann zur Seite stehen. Er weiß zwar nicht wie, aber es muss auch für Scott die richtige Lebenspartnerin geben, davon ist Jack felsenfest überzeugt. Auch Allison ist dieser Meinung, wenngleich sie, im Gegensatz zu Jack, bereit ist, den Eheleuten noch eine Chance zu geben.

„Wenn wir doch nur endlich den Hochzeitstermin wüssten, dann würde ich sofort mit der Planung und Buchung beginnen!" Allison ist bereits voll und ganz im Reisefieber. „Wie freue ich mich auf die österreichische Küche, von der ich schon so viel Gutes gehört und gelesen habe. Und Wien muss ja auch eine ganz tolle Stadt sein", malt sie sich ihren Aufenthalt schon in den schönsten Farben aus. Jack muss über ihre Vorfreude lächeln, so aufgeräumt hat er Allison schon lange nicht gesehen. Eine derartige Euphorie hat bisher maximal ein feudales Essen bei ihr hervorgerufen, aber eine Reise … noch dazu nach Österreich? Wenn es die Malediven oder Südafrika, also eine etwas begehrtere Destination wäre, hätte er ja noch mehr Verständnis. Aber wie dem auch sei, er freut sich auch und wartet daher schon voller Ungeduld auf den Termin, um Geschäftliches, das der Reise hinderlich sein könnte, verschieben zu können.

„Da müssen wir uns wohl auch noch ein Hochzeitsgeschenk überlegen. In jedem Fall sollten wir Scott zu diesem Thema befragen, denn wenn er schon vor Ort ist, wird er vielleicht eine brauchbare Idee haben, obwohl er in solchen Dingen nie sehr einfallsreich war", resümiert der alte Freund gutmütig. „Was wohl aus dieser Wilddieb-Geschichte und dem Mordversuch an James geworden ist?", fragt er dann.

Die praktische Allison hat sofort eine Antwort bereit. „Wenn du nichts Neues gehört hast, wird Henderson wahrscheinlich noch in Österreich sein und die hiesige Polizei wird nach wie vor keine Spur haben."

„Aber da war doch noch dieser Privatdetektiv, den Scott weiterhin an dem Fall arbeiten lässt, um eine mögliche Spur zu den

Tätern und die vermutete Verbindung zu Henderson zu finden." Jack ist versucht nachzufragen, aber andererseits hat Allison recht, Scott hätte sich zu diesem Thema geäußert, wenn es etwas Neues gäbe. Der Polizei traut er allerdings keine Fortschritte zu …

Scott schläft tief und fest in dem gemütlichen Kellerappartement, als er ziemlich unsanft von seinem Handy aus der Welt der Träume gerissen wird. Er ist sofort hellwach, als er Allens Namen auf dem Display sieht.

„Wenn du dich meldest, muss es Neuigkeiten geben", begrüßt er Ross aufgeregt. „Du wirst doch von dieser Kirsty nicht tatsächlich etwas herausbekommen haben?"

„Zuerst einmal guten Morgen, lieber Scott, und ja, ich konnte diese Frau tatsächlich davon überzeugen, mit mir zusammenzuarbeiten. Allerdings haben wir so etwas wie ein Geschäft abgeschlossen, bei dem nun wieder du oder besser gesagt eure Firma ins Spiel kommt. Kirsty ist ziemlich unglücklich mit ihrem skrupellosen Chef und Geliebten, und sie sieht in unserer Abmachung die Chance, sich aus ihrer finanziellen Abhängigkeit von Henderson zu befreien. Ich habe ihr einen Job in Fort William in Aussicht gestellt, wenn sie kooperiert. Und sie hat tatsächlich die notwendigen Unterlagen gefunden, um Henderson wegen Anstiftung zum Mord vor Gericht zu bringen. Zudem hat sie mir den gesamten Mailverkehr ausgedruckt, den ich sofort zur Polizei bringen könnte. Da ich aber nicht eigenmächtig handeln will, möchte ich dein Einverständnis dazu haben."

Scott hat sich mittlerweile im Bett aufgesetzt und kann gar nicht fassen, welch gute Nachricht er eben gehört hat. „Das ist ja wirklich ein sensationeller Erfolg, den du da verbuchen kannst. Da hast du deinen Charme aber ordentlich spielen lassen! Ich danke dir vielmals, lieber Allen, und natürlich bin ich einverstanden, wenn du damit sofort zur Polizei gehst. Ich würde dich aber trotzdem bitten, den gesamten Schriftverkehr vorher zu kopieren, man weiß ja nie … Und nachdem Henderson noch immer in Österreich ist, wird die Polizei wahrscheinlich auf seine Rückkehr warten und im Moment auch keine weiteren Schritte in die Wege leiten. Wobei es natürlich auch ein Gesetz zur verpflichtenden Auslieferung von Verbrechern innerhalb der EU geben könnte, aber das erfährst du sicherlich bei der Polizei. Was allerdings diese Kirsty betrifft, werde ich sofort mit Brenda und James telefonieren. Irgendein Job wird sich schon finden für die Frau, die uns derart geholfen hat. Du kannst ihr mitteilen, dass wir so rasch wie möglich für Arbeit und Unterkunft in Fort William sorgen werden. Gott. bin ich erleichtert, dass sich endlich ein Beweis für meine Vermutung gefunden hat. Das heißt, du machst dich heute noch auf den Weg nach Hause? – Ach, übrigens noch etwas, unsere Turteltäubchen gedenken in den nächsten Wochen zu heiraten und sie fragen, ob du nicht auch Lust hättest, zu ihrer Hochzeit zu kommen? James ist ja Simones Trauzeuge und so wie es aussieht, wird Brenda voraussichtlich auch zur Hochzeit kommen, denn die Kinder haben sie dermaßen ins Herz geschlossen und sie nachträglich noch eingeladen. Also wenn dir die Reise nicht zu weit ist, kannst du dich den beiden ja anschließen."

„Da weiß ich jetzt nicht, wer von uns beiden die bessere Neuigkeit hatte. Vielen Dank für die Einladung, ich werde mich entscheiden, wenn das genaue Datum feststeht. Dass die beiden es allerdings derart eilig haben, hätte ich trotz ihrer Verliebtheit nicht gedacht. Dann werde ich also heute noch zur Polizei gehen und danach mit Brenda und James, die sich bestimmt auch sehr über diese Nachricht freuen werden, die Details bezüglich Kirsty besprechen. Seid ihr übrigens schon in Österreich oder noch unterwegs?"

„Du wirst es nicht glauben, lieber Allen, aber ich habe bereits die erste Nacht in Pauls Kellerappartement geschlafen und fühle mich schon sehr wohl in diesem Haus, das ich allerdings noch nicht bei Tageslicht gesehen habe, da wir sehr spät angekommen sind. Aber ich werde dich auf dem Laufenden halten, oder Brenda wird dir Näheres berichten. Also nochmals Gratulation zu deinem Erfolg und vielen Dank, lieber Freund! Ich wünsche dir weiterhin alles Gute!", antwortet Scott und sinkt glücklich in die Daunenkissen zurück, während er bereits die Nummer von Brenda wählt.

„Guten Morgen, liebe Brenda, ich wollte dir nur berichten, dass ich schon eine Nacht in dem äußert gemütlichen Kellerappartement von Paul verbracht habe. Viel wichtiger ist allerdings die Neuigkeit, dass Ross tatsächlich einen nicht widerlegbaren Beweis für Hendersons Anstiftung zur Sabotage an James' Auto gefunden hat. Er ist dafür allerdings einen Handel mit einer gewissen Kirsty, der Assistentin von Henderson, eingegangen, die sich offensichtlich von ihrem skrupellosen Chef und Geliebten trennen will. Dazu braucht sie einen neuen Job, der weit weg von Inverness sein sollte, damit sie Daniel nicht ständig über den Weg läuft und finanziell unabhängig ist. Natürlich hat Ross dabei an uns gedacht, was ich eigentlich auch richtig finde, denn die Hilfsbereitschaft von Hendersons Mitarbeiterin beschert uns ja hoffentlich wieder ein friedliches Leben, ohne Daniels Drohung ständig im Kopf zu haben. Denkst du, dass sich da etwas Passendes finden lässt?"

„Gott bin ich froh, dass wir diesen Henderson nun endlich loswerden, und natürlich wird sich da ein Job finden. Ich nehme an, Allen meldet sich bei uns, damit wir alles Weitere besprechen können?" Brendas Erleichterung ist auch am Telefon nicht zu überhören und wieder einmal ist Scott erstaunt darüber, dass sie sich doch große Sorgen gemacht zu haben scheint. „Aber wahrscheinlich war das eher die Angst um James", versucht er seine Überlegungen wieder zu relativieren. Was ihn an die nächste Neuigkeit erinnert, die er seiner Frau mitzuteilen hat, wenn das Thema Henderson abgehakt ist.

„Das habe ich mit ihm vereinbart. Zudem wird er, sobald er wieder aus Inverness zurück ist, alle Beweise bei der Polizei deponieren und die notwendige Anzeige gegen Henderson erstatten. Eine Kopie des Beweismaterials wird er bei dir deponieren. Dabei solltest du nicht Allens Bezahlung vergessen, denn reiner Freundschaftsdienst ist das schon lange keiner mehr. Er wird sicherlich genug Ausgaben gehabt haben. Und was Simones und Pauls Hochzeit anbelangt, bist du natürlich auch ganz herzlich eingeladen. Die Kinder waren richtig erleichtert über diesen Vorschlag, denn sie hätten sich nicht getraut, von sich aus eine

Einladung auszusprechen, nachdem wir beide diese Vereinbarung einer längeren Trennung getroffen haben. Aber nach dem schönen Abend, den du uns allen bereitet hast, waren die beiden richtig traurig darüber, dich alleine zurückzulassen. Also solltet ihr, James und du, deinen Bruder und Rose so rasch wie möglich einarbeiten, damit ihr auch beruhigt abreisen könnt. Ich denke der Hochzeitstermin wird nicht lange auf sich warten lassen."

„Das sind ja wirklich nur erfreuliche Nachrichten! Ich danke dir dafür und natürlich auch Simone und Paul, dass sie derart an mich dachten! Lass' sie bitte ganz herzlich grüßen, James und ich werden alles in die Wege leiten und die Reisevorbereitungen treffen."

Mittlerweile hat Paul sich um das Frühstück gekümmert und betrachtet verliebt seine Simone, die immer noch friedlich schlummert. So langsam wird er sich der Tatsache bewusst, dass er dieses wunderbare Wesen in Zukunft immer an seiner Seite haben wird. Lächelnd verlässt er das Schlafzimmer und schließt behutsam die Tür, um sie nicht zu wecken. In dem Moment kommt Scott die Kellertreppe herauf. „Guten Morgen, lieber Paul! Ich habe wirklich herrlich in deinem Keller geschlafen und wurde von einem wunderbaren Anruf geweckt. Stell' dir vor, Allen hat es doch tatsächlich geschafft, die Assistentin von Henderson für sich zu gewinnen. Ihre Nachforschungen haben uns den heiß ersehnten Beweis für unsere Vermutung bezüglich James' Unfall gebracht. Allen ist schon auf dem Weg nach Fort William zur Polizei und wird sich danach um die Erfüllung der Vereinbarung mit Kirsty Lennox kümmern. Wir werden sie wohl oder übel in der Firma beschäftigen müssen, denn ihre Bedingung war eine räumliche Distanz zu Henderson und finanzielle Unabhängigkeit von ihm!"

„Na das sind ja wirklich tolle Neuigkeiten", freut sich Paul aufrichtig, während er die Butter und diverse Marmeladen aus dem Kühlschrank holt. Den Tisch seiner praktisch angeordneten, modernen und ganz in Weiß gehaltenen Küche hat er liebevoll in zartem Grün gedeckt und sogar mit einer der letzten blassgelben

Rosen aus dem Garten geschmückt. Wäre er eine Frau, würde Scott seine Tochter um diesen Mann beneiden. Das Gebäck im Backrohr duftet auch schon verführerisch und die Pfanne mit dem angebratenen Speck wartet nur noch auf die Eier.

„So macht das Aufstehen tatsächlich Spaß, wobei meine Tochter offensichtlich nicht meiner Meinung ist. Schläft sie denn immer noch?"

„Tut sie, und ich wecke sie auch nicht, da wir ja heute keine Eile haben. Aber wenn ich die Tür einen Spalt öffne, wird sie der Geruch von Kaffee, Speck und Brot bestimmt bald aus dem Bett locken. Du brauchst dich aber an diesen Service gar nicht erst zu gewöhnen, denn wenn ich morgen wieder arbeite, gibt es von mir kein Frühstück mehr. Wie Simone das an einem normalen Arbeitstag handhabt, weiß ich eigentlich auch noch nicht. Da sie allerdings noch bis Anfang nächster Woche Urlaub hat, wirst du von ihr sicherlich ähnlich verwöhnt werden", fügt er augenzwinkernd hinzu. Kaum hat er die Schlafzimmertür leicht geöffnet und sich wieder dem Herd zugewandt, hören die beiden Männer schon ein herzhaftes Gähnen aus dem Zimmer über dem Flur. Simone ist tatsächlich durch den Geruch aus der Küche munter geworden und muss sich erst orientieren. Zu fremd ist die Umgebung, die ihr bei näherer Betrachtung aber durchaus sympathisch ist. Die Sonne blinzelt durch die Vorhänge, die mit einem türkis-gelben Blumen-Dekor versehen sind, und lässt sie die klassisch-schlichten Birnenholzschränke, das dazu passende breite Doppelbett und Regale erkennen, auf denen sich Bücher stapeln. Simone fühlt sich in diesem großen und trotzdem sehr heimeligen Zimmer sofort zu Hause und ist schon sehr neugierig auf die restlichen Räumlichkeiten. Voller Tatendrang schlägt sie die kuschelige Daunendecke zurück und geht barfüßig und in einem ziemlich großen Pyjama von Paul dem köstlichen Geruch nach, der sie zu dem wundervoll gedeckten Frühstückstisch führt. Ihren geliebten Paul, der sich am Herd um die Eier kümmert, von hinten stürmisch umarmend, gibt sie ein kräftiges „Guten Morgen" von sich, das die beiden Männer zusammenschrecken lässt. „Mit mir habt ihr offensichtlich noch nicht gerechnet, aber der himmlische Kaffeegeruch und der Duft des Gebäcks haben mich ziemlich rasch munter gemacht", meint sie und drückt dabei Paul derart kräftig an sich, dass er fast die Pfanne fallen lässt, mit der er sich bereits zum Tisch bewegen wollte.

„Das hätte jetzt aber ordentlich schiefgehen können", lacht er über die Art und Weise, mit der sie ihm ihre Liebe mehr als deutlich demonstriert hat. Und Scott hält einen Moment in der Betrachtung des liebevoll miteinander umgehenden Paares inne, bevor er für seine Tochter die positiven Nachrichten wiederholt.

Wie erwartet ist Simone total erleichtert, dass das Problem Henderson nun endlich gelöst scheint. „Aber belangen wird man ihn wohl erst, wenn er in Schottland zurück ist, oder kann er in Österreich auch verhaftet werden?" Bevor diese Frage nicht geklärt ist, bleibt bei der ähnlich wie ihre Mutter praktisch denkenden Simone wohl immer noch ein Rest von Angst um Scott und seine Familie zurück. Da die beiden Männer offensichtlich auch nicht der diesbezüglichen Gesetzeslage bewandert sind, fährt sie mit ihren Überlegungen fort: „Dann werden wir wohl abwarten, wie die Polizei in Fort William reagiert, bevor wir unnötig Erkundigungen einholen. Juristen haben wir ja keine in unserem Bekanntenkreis, die uns Auskunft geben könnten. Oder kennst du jemanden, lieber Vater?" Da Scott diese Frage verneinen muss, lassen sie das Thema vorerst auf sich beruhen. Nachdem Simone nun auch ihre Freude über das Kommen von Brenda kundgetan hat, überlegt sie, was als Nächstes zu tun ist, wenn sie ihren Plan mit der baldigen Hochzeit umsetzen will. „Zuerst werde ich Dr. Marold meine Heimkehr und den Arbeitsbeginn mit nächster Woche mitteilen und ihm auch die Einladung zu unserem möglichen Hochzeitstermin in drei Wochen ankündigen. Der Gute wird sicherlich sehr überrascht sein, er hat ja noch gar keine Ahnung von unserer Geschichte. Mit der Fixierung des Termins muss ich ja leider noch warten, bis wir heute Abend das Lokal noch einmal inspiziert, Service sowie Essen für gut befunden haben und den geplanten Termin auch tatsächlich bekommen. Dann kann ich jetzt in aller Ruhe mit Mutter telefonieren und habe heute noch richtig Urlaub sowie Zeit und Muße mich in deinem, eigentlich unserem Heim einzurichten, mein lieber zukünftiger Ehemann", meint Simone, wobei sie herzhaft in eine frische Buttersemmel beißt.

Kirsty hatte sich vom letzten Abend eigentlich noch mehr erwartet, ist aber doch froh, die Dinge nicht zu sehr überstürzt zu haben. Zudem ist es auch viel wichtiger, dass der Beweis gegen Henderson entschlüsselt ist, damit in dieser – und somit auch in ihrer Sache – endlich etwas weitergeht. Und Allen Ross läuft ihr ja schließlich auch nicht davon, zudem wird sie hoffentlich bald nach Fort William übersiedeln. Der Gedanke daran, dass sich ihr Leben in eine derart positive Richtung entwickelt, versetzt Kirsty in eine Art freudiger Erregung, und sie beginnt schon Umzugspläne zu schmieden. Aus ihrer Wohnung, die Henderson gehört, wird sie sicherlich nicht viel mitnehmen, denn sie hat sie möbliert übernommen und kaum etwas dazu gekauft. Die paar eigenen Stücke sind bestimmt keine große Sache und leicht zu transportieren. Um einiges mehr an Platz wird wohl ihre Garderobe benötigen, wobei sich bei der Gelegenheit bestimmt einiges aussortieren lässt. Zudem fühlt es sich sicherlich auch gut an, diverse Kleidungstücke, die mit Erinnerungen an ihr Leben in Inverness verbunden sind, einfach zurückzulassen. Soll Henderson doch damit machen, was er will. Jetzt heißen die Favoriten für ihr neues Leben Allen Ross und Fort William. Trotz aller Euphorie beschleicht sie aber auch das ungute Gefühl, dass Henderson vielleicht frühzeitig zurückkommen könnte. Anrufen will sie ihn aber auch nicht, da sie erst vor zwei Tagen mit ihm gesprochen hat. Andererseits ist die Wahrscheinlichkeit, dass er noch länger fortbleibt, umso größer, je mehr sie ihm auf die Nerven fällt. Und schon greift sie nach ihrem Handy, um weitere falsche Worte in Hendersons Ohr zu flüstern. Wie erwartet reagiert er mehr als abweisend. „Meine liebe Kirsty, wir haben doch erst kürzlich telefoniert, was willst du denn schon wieder von mir?"

„Sei doch nicht so ungehalten, mein Lieber, ich habe einfach Sehnsucht nach dir. Das ist doch nicht weiter schlimm, oder?"

Kirsty hat Angst, nicht den richtigen Tonfall zu erwischen und dadurch vielleicht die neue Situation zu verraten. Aber ihre Sorge ist unbegründet, Henderson ist sich seiner Sache einfach zu sicher.

„Natürlich ist das nicht schlimm! Zudem bin ich ja auch beruhigt, dass du deine Anrufe aus Liebe zu mir und nicht aus anderen Gründen tätigst." Obwohl Kirsty ihn tatsächlich nervt, besinnt sich Henderson wieder darauf, dass sie eine wichtige Verbündete ist. „Aber leider werde ich noch einige Zeit hierbleiben, denn Jakob Wilhelm hat mich tatsächlich zu einer seiner berühmten Jagden eingeladen, für die ich mich auch bereits neu eingekleidet habe", versucht er Kirsty mit persönlichen Informationen zu beschwichtigen. „Dabei habe ich auch schon einiges gesehen, was ich dir mitbringen könnte."

„Du alter Lügner du, das wäre ja das erste Mal, dass du an jemand anderen denkst als an dich!" Obwohl Kirsty mehr als erbost ist über seine Falschheit, sagt sie das nicht laut, denn sie weiß, dass ihr Leben ohne diesen Mistkerl schon bald viel angenehmer aussehen wird als seine Zukunft. Vor Schadenfreude grinsend sieht sie ihn schon hinter Gittern, um ihm gleichzeitig in ihrer bewährt scheinheiligen Art zu antworten: „Das ist wirklich sehr lieb von dir, und ich bin schon gespannt, womit du mich überraschen wirst. Trotzdem würde ich gerne ein ungefähres Datum bezüglich deiner Rückkehr wissen, damit ich mich darauf freuen und dir einen schönen Empfang bereiten kann." Dabei denkt sie: „Warte nur, dir werde ich schon noch zeigen, dass deine ach so dumme Kirsty auch ohne deine Hilfe lebensfähig ist." Was sie sagt, ist allerdings: „Denn kein Gedanke kann mich mehr erfreuen als der, bald wieder in deinen Armen zu liegen." „Hoffentlich habe ich es jetzt nicht zu sehr übertrieben", überlegt sie und ist froh darüber, nie mehr wieder in diese Situation zu kommen.

Henderson seinerseits ist gleich wieder der wohlwollende und berechnende Gönner, der seiner dummen Verbündeten rein gar nichts zutraut, was ihm, ohne es auch nur im Geringsten zu ahnen, bereits zum Verhängnis geworden ist. „Du kannst dir auch ein paar Tage freinehmen, wenn alle Aufträge und Anfragen erledigt sind. Ich denke nicht, dass die Firma großen Schaden nehmen wird, wenn du eine Woche schließt. Nachdem ich hier in Österreich die Kontakte zu Wilhelm, einem unserer wichtigsten Kunden, intensiviere, das heißt, dass mit weiteren großen Aufträgen von ihm zu rechnen ist, können wir uns das bestimmt leisten. Mach' dir also auch eine schöne Zeit und lass' es dir gut gehen", meint er und legt auf.

Kirsty ist sprachlos, denn so selbstlos hat sie Henderson noch nie erlebt. Aber ihr soll es recht sein, dann kann sie vielleicht auch persönlich nach Fort William fahren und sich ein Bild von den Watsons und deren Firma machen. Zudem könnte sie sich auch nach einer geeigneten Wohnung umsehen, sollte bei den möglichen neuen Arbeitgebern alles glattgehen. All diese Überlegungen machen sie derart froh, dass sie sich sofort an die Gestaltung der Tafel „Wegen Urlaub geschlossen" macht. Sie wird noch den Anruf von Allen Ross abwarten, um zu erfahren, wie es bei seiner Rückkehr in Fort William gelaufen ist, und mit ihm ihre Überlegungen besprechen, bevor sie das Geschäft schließt.

Nach dem ausgiebigen Frühstück begibt sich Simone auf Hauserkundigung, zu der sie Paul eigentlich begleiten will, was sie allerdings ablehnt. „Ich möchte jeden einzelnen Raum ohne deine Anwesenheit auf mich wirken lassen. Lasst mich also bitte alleine!", verlangt sie, was von den beiden Männern respektiert wird. Und so geht sie von der Küche in das angrenzende Wohnzimmer, das sie ja bereits am Abend davor bei ihrer Ankunft gesehen hat. Paul scheint eine Vorliebe für Blau- und Grüntöne zu haben, die sich in diesem Raum in dem floralen Muster der Vorhänge und dem Teppich widerspiegelt. Der Essbereich ist allerdings ganz neutral gehalten und wird nur von einem bunten Seidenteppich aufgelockert. Sie streicht über die Polsterung der beigen Ledergarnitur und bewundert das farbliche Zusammenspiel der Zierkissen mit den Vorhängen. Ob ihr Paul das alles selbst ausgesucht hat? Sie findet auch an seinem Wohnstil großen Gefallen und geht wieder hinaus auf den Flur in Richtung Schlafzimmer, wo sie am Bad vorbeikommt, das ihr in seinem neutralen Weiß mit einem dunkelblauen Dekorstreifen bereits gestern sehr einladend vorkam. Allerdings gibt es da noch weitere Türen, die in Zimmer führen, die sie noch nicht kennt. Neugierig darauf, was sie hier wohl erwartet, öffnet sie die Tür zu dem Zimmer, das an das Schlafzimmer grenzt. Zu ihrem Erstaunen ist dieser Raum bis auf den Parkettboden vollkommen leer. „Das könnte ein Kinderzimmer sein", überlegt Simone und beginnt es im Geiste schon einzurichten. Die Nähe zu ihrem Schlafzimmer und die ähnliche Größe sind für Simone die perfekten Voraussetzungen für ein Kinderzimmer. „Aber das hat wohl noch ein bisschen Zeit", beendet sie ihr geistiges Einrichten und schließt lächelnd die Tür hinter sich. Nun bleiben nur noch zwei Zimmer zu erkunden. Bedächtig öffnet sie die erste Tür und stößt beim Eintreten fast an den wuchtigen Schreibtisch, der den gesamten Raum mitsamt den Wandverbauten ringsherum beherrscht. Das wunderschöne Stilmöbel steht im effektvollen Kontrast zu den modernen, hellen Ikea-Regalen und dem stylischen Bürostuhl. „Da hat er sich aber ein schönes Refugium geschaffen, mein lieber Paul. Ob ein derartiger Rückzugsort für mich in diesem wunderbaren Haus auch noch vorhanden ist? Noch habe ich keinen gefunden, aber schlimmstenfalls ist das Schlafzimmer groß genug, um mir einen eigenen Bereich zu schaffen", überlegt Simone und hat dieses Problem auch schon wieder gelöst. Noch einmal die Atmosphäre von Pauls Büro einatmend, schließt sie die Tür, um den letzten Raum zu erkunden, der sich ungefähr auf gleicher Höhe mit dem Schlafzimmer, auf der gegenüberliegenden Seite des Flurs befindet. „Das ist ja wirklich gut durchdacht", überlegt Simone anerkennend, als sie sich in einem hellen und freundlichen Ankleidezimmer wiederfindet, in dessen Mitte auch ein ausziehbares Sitzmöbel steht. Die gelbgrünen Vorhänge flattern im Wind, offensichtlich hat Paul am Morgen alle Fenster des Hauses zum Lüften geöffnet. Da die Nächte doch schon etwas frisch sind, ist es bereits kühl in dem heimeligen Raum mit den blassgrünen Polstern auf dem kräftigen Gelb des Sitzmöbels. Sie schließt daher behutsam das Fenster, um dabei auch gleich die Umgebung des Hauses in Augenschein zu nehmen. Genauso hat sie es sich vorgestellt, ähnlich wie in Dr. Marolds Haus hat man auch hier von jedem Fenster einen wunderschönen Blick ins Grüne. Mit einem seligen Seufzer lässt sie sich auf dem Sofa nieder, um endlich ihre Mutter anzurufen.

„Na, das hat ja gedauert, bis du an deine ungeduldig auf Nachricht wartende Mutter denkst", sind die ersten etwas vorwurfsvollen Worte, die sie von Lotte zu hören bekommt.

„Ich weiß, aber ich musste vorher noch einen Streifzug durch Pauls Haus machen, um dir auch gleich meine ersten Eindrücke mitteilen zu können. Und es ist, wie ich es mir erhofft habe. Nicht nur der Mann ist zum Verlieben, sondern auch sein Haus. Es gibt tatsächlich nichts, das ich verändern möchte. Ich muss nur noch ein kleines Refugium für mich und meinen Computer finden, und in dem Ankleideraum, in dem ich gerade sitze, gibt es noch ausreichend Platz für meine Garderobe. Da ist Paul offensichtlich bescheidener als ich. Von Scott kam auch keine Klage bezüglich seines Kellerappartements, das mir bei unserer gestrigen Ankunft auch sehr gut gefallen hat. Allerdings sollte ich es mir noch bei Tageslicht ansehen, ob es nicht zu finster ist. Aber das Haus steht wie Dr. Marolds Haus, das ja mein zukünftiges Heim hätte werden sollen, an einem idyllischen Ort im Grünen und es ist noch dazu neu, modern, praktisch und geschmackvoll eingerichtet. Ich habe eigentlich nichts anderes zu tun, als meine Sachen aus dem Gästezimmer des guten Doktors zu holen, um den Schrankraum damit zu befüllen. Aber da fällt mir ein, einige Kartons habe ich ja schon vor unserer Abreise wegen Platzmangels bei Paul deponiert. Keine Ahnung, wo er die versteckt hat, aber ich denke, dass ich mich hier schon bald wie zu Hause fühlen werde. Jetzt aber zu euch, wann dürfen wir dich und Georg endlich umarmen und küssen? Es wird höchste Zeit dafür!"

„Der Raum im Gasthaus ist ab siebzehn Uhr reserviert, aber wir können ja vorher noch bei euch vorbeikommen, wenn ich meine Vertretung bitte, etwas früher zu kommen", kann es Lotte auch schon nicht mehr erwarten.

„Keine schlechte Idee, einen Aperitif wird Paul schon hervorzaubern können. Denn sonst ist wahrscheinlich noch nicht viel im Haus, obwohl er uns heute schon mit einem vorzüglichen

Frühstück verwöhnt hat. Sagt uns einfach Bescheid, wenn ihr wisst, wie ihr wegkommt! Schlimmstenfalls bin ich noch bei Dr. Marold, denn ich denke, ich fahre gleich einmal zu ihm, bevor ich lange telefoniere. Bei der Gelegenheit kann ich auch schon ein paar meiner Sachen mitnehmen. Einen dicken Kuss euch beiden, wir freuen uns schon sehr auf euch!" Simone beendet das Gespräch und kann den Blick nicht von dem fast leeren Teil des begehbaren Schranks wenden, in dem sie ein buntes Sommerkleid entdeckt hat. „Das wird wohl noch der guten Ines gehören, nach der Intensität der Farben zu schließen auf alle Fälle", überlegt Simone, die sofort wieder das Bild der vollkommen veränderten Ines vor Augen hat, lächelnd. „Wie es ihr und Finn wohl gehen mag?"

Mittlerweile hat Ines auch Finns Wohnung in Glasgow kennengelernt, und sie ist ähnlich zufrieden mit dem total modernen Ambiente der großzügig angelegten Dachterrassenwohnung wie Simone mit Pauls Haus. Es gibt zwar außer Bad, WC und Schlafzimmer keine abgeteilten Räume, aber für Finns Singledasein ist das ja auch nicht nötig. „Vielleicht könnte man noch einen Raum vom immens großen Wohnbereich abteilen", sind aber schon bald die Überlegungen von Ines, die sich scheinbar schon einzurichten scheint, obwohl sie immer noch in dem Zimmer in der Nähe seiner Wohnung schläft. Sie will es ihm nicht zu leicht machen, obwohl sie sehr wohl weiß, dass er nichts mehr herbeisehnt, als endlich mit ihr zu schlafen. Auch sie hat sich in den charmanten Schotten verliebt und schätzt seine quirlige und lebhafte Art, die ganz das Gegenteil von Pauls stoischer Ruhe ist. „Wie schnell man doch sein altes Leben abstreifen und seine Gefühle auf einen anderen Menschen fokussieren kann!" Ines ist nach wie vor erstaunt über die rasche Veränderung in ihrem Leben. Während Finn arbeitet, ist sie fleißig am Lernen und hat sich dafür schon einiges an Literatur zur Geschichte Schottlands besorgt. Außerdem hat sie auch sprachliche Fortschritte gemacht und sich im täglichen Leben sehr rasch zurechtgefunden. Zudem verwöhnt sie Finn bereits mit österreichischen Spezialitäten, die sie in seiner Wohnung zubereitet. Aber noch sind sie kein Paar. Es ist momentan eher noch Freundschaft, die aber schon gefährlich in Richtung Liebe zu kippen „droht". Ines legt lächelnd ihr Buch beiseite und freut sich schon auf das Wochenende, an dem sie nach Fort William fahren und Finns Eltern sowie James besuchen wollen. „Da werden wir sicherlich Neuigkeiten über Paul und Simone hören." Sie hofft wieder etwas aus der Heimat zu erfahren, denn die beiden müssten eigentlich schon in Österreich sein. „Komisch, dass ich über sie wie über Freunde denke und nie das geringste Gefühl des Neides oder der Missgunst habe ... Wie schön sich die Dinge alle gefügt haben, jetzt müsste nur noch Finns und meine Geschichte einen positiven Ausgang nehmen." Als hätte er ihre Gedanken gespürt, meldet sich Finn. „Wie wäre es heute Abend mit einem schönen Dinner, meine Liebe? Ich denke, dein fleißiges Studium der schottischen Historie und deine fortschreitenden Sprachkenntnisse müssen belohnt werden!"

„Das ist eine gute Idee! Wann kommst du in Glasgow an, damit ich zeitgerecht fertig bin?", antwortet Ines begeistert, denn Kochen gehört nicht unbedingt zu ihren Lieblingsbeschäftigungen. Sie hat Finn das eine Mal bewiesen, dass sie es sehr wohl kann, trotzdem geht sie gerne in ein Restaurant. Oder soll sie sich vielleicht gar von Finn bekochen lassen? Sie hat noch gar nicht herausgefunden, ob er das kann. Aber wenn er etwas von seiner Mutter geerbt hat ...

„Ich werde gegen siebzehn Uhr in meiner Wohnung sein, wir könnten also bereits eine Stunde später bei einem gemütlichen Aperitif sitzen. Oder noch besser, du kommst zu mir, dann könntest du uns schon einen Drink machen, während ich mich dusche und umziehe. Außerdem hat sich mein Dienstplan verändert, da der Kollege, für den ich eingesprungen bin, wieder gesund ist. Wir könnten also, falls du überhaupt Lust dazu hast, nicht nur das Wochenende, sondern auch noch bis Montag in Fort William bleiben. Ich für meinen Teil würde meine Eltern ganz gerne wieder besuchen und auch nach James sehen. Zudem bin ich auch schon gespannt, wie er mit den Krücken seinen Arbeitsalltag bewältigt. Aber das können wir ja noch später besprechen. Ich freue mich auf den Abend und lege den Wohnungsschlüssel in unser Versteck, damit du jederzeit hereinkannst."

„Bis dann, mein Lieber, dein Drink wird fertig sein, wenn du aus der Dusche kommst!" Ines lächelt bei dem Gedanken an den nackten Finn. Ob das die Gelegenheit wäre, das freundschaftliche Verhältnis zu beenden? Mit großer Sorgfalt beginnt sie sich zurechtzumachen und sucht unter ihren neu erstandenen Teilen nach dem geeigneten Outfit. Ihre Wahl fällt auf ein schlichtes Kleid, das aber sehr raffiniert geschnitten ist und ihre schlanke Figur sehr gut zur Geltung bringt. Also genau das Richtige, um einen Mann aus der Reserve zu locken. Ein dezenter Lidschatten und etwas Tusche sowie ein unaufdringlicher Lipgloss runden das Bild dieser neu gestylten Ines perfekt ab. Aus der schrillen und lauten Modepuppe ist eine elegant-raffinierte Erscheinung geworden, die ihre Reize sehr bewusst und gekonnt einzusetzen weiß. Somit ist Ines mit ihrem Spiegelbild auch komplett zufrieden, als sie ihr Zimmer verlässt und sich auf den Weg macht, um den neuen Mann in ihrem Leben zu verführen.

Paul und Scott sitzen immer noch beim Frühstück. Während Paul seine angesammelte Post sichtet, studiert Scott eine Zeitung, um sich wieder etwas mehr mit der österreichischen Sprache vertraut zu machen. Obwohl er durch das Zusammensein mit Simone und Paul bereits wieder fast perfekt österreichisch spricht, möchte er sich bei dem heutigen Zusammentreffen mit Lotte und Georg keine Blöße geben. Irgendwie ist er doch etwas nervös, obwohl es ja eigentlich gar keinen Grund dazu gibt. Und wieder gelingt es Simone mit ihrer Frohnatur die Ruhe der beiden Männer zu stören. „Ich werde Dr. Marold und seine Katharina gegen Mittag aufsuchen, dann haben die beiden vielleicht auch ein wenig Zeit, um mit mir zu plaudern. Unsere Geschichte dauert ja doch etwas länger und ich würde sie den beiden gerne persönlich erzählen. Zudem kann ich dann auch gleich ein paar von meinen Sachen mitnehmen. Außerdem habe ich mit Mutter telefoniert, sie kann es schon gar nicht mehr erwarten, uns wiederzusehen.

Ich habe ihr daher den Vorschlag gemacht, dass sie, falls es ihr gelingt früher wegzukommen, mit Georg vorab zu uns auf einen Aperitif kommt. Hoffentlich habe ich mit meiner eigenmächtigen Einladung euren Zeitplan nicht durcheinandergebracht, aber vor halb vier Uhr werden sie es bestimmt nicht schaffen." Ganz sicher ist sich Simone nicht, ob Paul nicht lieber noch einiges erledigt hätte, weil er ja am nächsten Tag schon zu arbeiten beginnt. Aber da er schwer aus der Ruhe zu bringen ist und sich zudem genauso auf seine Eltern freut wie Simone, nickt er zustimmend und drückt ihr noch einen Kuss auf die Wange, bevor er sich wieder seiner Post zuwendet.

„Ich werde noch rasch unter die Dusche springen und mich dann auf den Weg machen. Wenn du Lust hast, lieber Vater, kannst du gerne mitkommen und meinen gutmütigen Vorgänger sowie meine zukünftige Ordination kennenlernen. Außerdem könnte ich beim Einladen meiner Umzugskartons auch ein paar hilfreiche Hände gebrauchen. Du kannst es dir ja noch überlegen, ich bin in einer halben Stunde abfahrbereit", meint Simone, wobei sie ihrem Vater zuzwinkert und im Badezimmer verschwindet.

„Ich denke, meine Tochter wird dein ruhiges Leben ganz schön durcheinanderbringen", wendet sich Scott lächelnd seinem Schwiegersohn zu, bevor er im Keller verschwindet, um sich für die Begleitung von Simone fertig zu machen. Paul ist das alles sehr recht, somit hat er genug Zeit, seine Post durchzuarbeiten. Aber vielleicht sollte er noch seine Alkoholbestände überprüfen, um zu sehen, was er als Aperitif anbieten könnte. Da er die Vorlieben seiner Eltern kennt, ist er zufrieden, als er entdeckt, dass noch einige Flaschen Prosecco im Kühlschrank sind. Für Scott findet er eine Flasche Gin, allerdings fehlt das Tonic dazu. „Da werden die beiden wohl noch einkaufen müssen", stellt er fest und schreibt eine längere Liste für Simone zusammen, denn für das Frühstück am nächsten Tag, an dem er ja nicht mehr teilnimmt, weil er mit Sicherheit zeitiger aufsteht, werden die beiden auch noch etwas brauchen. Kaum hat er alles notiert, huscht auch Simone schon wieder herein, um sich liebevoll von Paul zu verabschieden. „Sag Vater, ich warte im Auto – und keine Angst, wir werden rechtzeitig wieder zurück sein, mein Liebling!" Als sich bald darauf auch Scott verabschiedet, wird es plötzlich still im Haus und Paul werden auf einmal die Worte seines Schwiegervaters mehr als bewusst. „Daran werde ich mich wohl erst gewöhnen müssen", überlegt er, während er sich in sein Büro zurückzieht und die Tür hinter sich schließt.

Allen hat seinen Besuch bei der Polizei etwas hinausgezögert und es sich erst einmal zu Hause gemütlich gemacht, um die ganze Situation zu überdenken. Ob er sich vorab bei einem Rechtsanwalt schlau machen sollte, welche Möglichkeiten einer Festnahme für die schottische Polizei bestehen, wenn der Verbrecher sich im Ausland aufhält? Ob es da so etwas wie eine Auslieferungsvereinbarung zwischen Österreich und Schottland gibt oder ob die Polizei erst aktiv werden kann, wenn Henderson wieder im Lande ist? Und dann beschäftigt ihn natürlich auch seine Beziehung zu Kirsty, die für ihn schon weit über die geschäftliche Notwendigkeit hinausgeht. Hat er sich tatsächlich in die dralle und herzliche Person, mit der ihn offensichtlich bereits mehr verbindet als das gute Essen, verliebt? In Wahrheit ist sie gar nicht sein Typ und er muss lächeln, als er die Bilder der herausgeputzten Kirsty im Geiste an sich vorüberziehen lässt. Ob das prinzipiell ihr Stil ist oder ob sie sich nur wegen ihres Fortkommens aus Inverness derart übertrieben hübsch gemacht hat? Was ihn natürlich wieder zu der bereits am Vortag gestellten Frage führt: Ist ihr Drängen, einander näherzukommen, Mittel zum Zweck oder ehrlich gemeint? Fragen über Fragen, auf die er eigentlich keine Antwort weiß. Abgesehen davon könnte sie seine Bemühungen um ihre Person genauso auslegen. „Aber was mache ich mir Gedanken? Zuerst muss sie einmal übersiedeln und den Job bei den Watsons bekommen, dann wird man weitersehen. In jedem Fall fühle ich mich sehr wohl in ihrer Nähe", beendet Allen seine Überlegungen zu Kirsty. Um den juristischen Kram bezüglich Henderson will er sich eigentlich auch nicht kümmern. In Wahrheit müsste die Polizei doch Bescheid wissen, was in diesem Fall zu tun ist. Womit er sich etwas widerwillig aus seinem bequemen Fauteuil erhebt, um Kopien von all dem Beweismaterial zu machen, das ihm Kirsty ausgehändigt hat. Mit den Originalen und den wohl verpackten Kopien macht er sich auf den Weg zur Polizei. Da sich die Beamten noch sehr genau an den Fall Henderson erinnern, bleibt es Allen erspart, die ganze Geschichte, die zu der damaligen Vermutung geführt hat, erneut zu erzählen. Er kann daher ohne Einleitung das wichtigste Beweisstück, nämlich den an Baxter erteilten Auftrag zur Sabotage, vorlegen. „Da haben Sie aber wirklich ganze Arbeit geleistet. Jetzt steht einem Haftbefehl nichts mehr im Weg. Damit können wir die österreichischen Kollegen um die Festnahme und Auslieferung dieses Verbrechers ersuchen, was durch den Europäischen Haftbefehl vereinfacht wurde. Jetzt fehlt uns nur noch das Hotel, in dem er abgestiegen ist." Anerkennend klopft der Beamte Allen auf die Schulter, denn dass sich der Verdacht von Scott Watson derart rasch bestätigen würde, hat auf dem Revier keiner gedacht.

„Den Namen des Hotels bekommen Sie auch noch, aber eigentlich müsste die Person Daniel Henderson auch so auffindbar sein. Meines Wissens nach ist er in der Innenstadt von Wien abgestiegen. Übrigens habe ich hier auch noch einiges an Beweismaterial bezüglich des Wilddiebstahls, zu dem Ihnen ja bereits die Fotos von Scott Watson und meine Aussage vorliegen. Zusammen ergibt das schon ein ordentliches Strafdossier für diesen Herrn. Und seinen Handlanger Baxter können Sie jetzt durch die Mailadresse ausforschen. " Allen ist wirklich sehr zufrieden mit seiner Arbeit und freut sich natürlich auch über die anerkennenden Worte der Polizeibeamten.

„Sehr schön, dann werde ich den Haftbefehl für Daniel Henderson nach Wien schicken und die Kollegen in Inverness um die Verhaftung von Baxter ersuchen. Nochmals vielen Dank für Ihre Unterstützung, Mister Ross, wir halten Sie auf dem Laufenden. Sollten Sie doch das Hotel herausfinden, würden Sie den Kollegen in Wien die Arbeit auch noch erleichtern", meint der Beamte abschließend und verabschiedet sich dabei mit einem kräftigen Händedruck und einem freundlichen Lächeln von Allen.

„Das ist ja rasch gegangen", freut sich Allen. „Jetzt habe ich noch ausreichend Zeit, das Problem Kirsty mit Brenda und James zu besprechen. Bin schon gespannt, welche Überlegungen die beiden bereits angestellt haben." Als er sein Auto auf dem Firmengelände abstellt, kommt ihm Brenda bereits entgegen. Freudig umarmt sie den Mann, der sie der Lösung des Problems Henderson ein gewaltiges Stück nähergebracht hat.

„Noch ist nicht alles ausgestanden und der Verbrecher läuft leider immer noch frei herum", dämpft Allen Brendas Hochgefühl wieder etwas ein. Als er ihren enttäuschten Gesichtsausdruck sieht, fügt er gleich beschwichtigend hinzu: „Aber dass die Polizei ihn findet, steht außer Zweifel. An uns ist es jetzt, die mutige Überläuferin zu unterstützen. Habt ihr schon eine Idee, wie ihr die gute Frau beschäftigen könnt?" Während die beiden zu James' Büro gehen, erzählt Allen schon über Kirsty: Was sie alles in Hendersons Firma macht, wofür sie verantwortlich ist und wie ihr Umgang mit den Kunden ist. Brenda und James sollen ein Bild von ihr bekommen, um besser einschätzen zu können, wofür sie in ihrer Firma am besten zu gebrauchen ist. James humpelt gerade von einem Aktenschrank zurück zum Schreibtisch, als die beiden eintreten, und hat tatsächlich schon eine Idee bezüglich Kirsty. „Ohne die Frau näher zu kennen, ist es ein wenig schwierig, die richtige Beschäftigung für sie zu finden. Ich habe mir daher überlegt, sie vorerst einmal ins Büro zu setzen – als Karenzvertretung von Sarah, die uns bereits Ende der Woche verlässt. Wenn Kirsty sich einmal eingearbeitet hat und wir ihre Fähigkeiten beurteilen können, fällt uns vielleicht noch etwas Besseres ein. Aber mit dieser Lösung ist momentan beiden Seiten geholfen. Findet ihr nicht?" Sowohl Brenda als auch Ross nicken zustimmend. „Und hast du das Wohnungsproblem vielleicht auch schon gelöst?", fragt Brenda und stützt ihren Sohn bei den letzten Schritten zu seinem Stuhl.

„Noch nicht ganz. Ich muss noch mit Mr. Hunter sprechen, dessen Tochter diesen Sommer aus Fort William weggezogen ist. Ich habe gehört, dass er ihre Wohnung, die in unmittelbarer Nähe unserer Firma liegt, vermieten will. Aber nachdem der gute Mann heute seinen freien Tag hat, kann ich das erst morgen tun. Sollte das jedoch klappen, bräuchte deine Kirsty auch gar kein Auto, um zur Arbeit zu kommen. Es wäre daher wirklich eine praktische Lösung", antwortet James, wobei er sich etwas erschöpft von dem langen Gehumpel auf seinen Stuhl fallen lässt.

Was Allen natürlich sofort auffällt und an die Hochzeitseinladung erinnert. „Tolle Ideen, mein Lieber, aber für deine Funktion als Trauzeuge scheinst du noch nicht fit genug zu sein. Wenn wir vor dem hoffentlich bald bekannten Termin noch die Übersiedelung von Kirsty schaffen, werde ich euch begleiten. Scott hat mich heute Morgen auch eingeladen, und wie ich sehe, könnt ihr jede Unterstützung für die Reise gebrauchen!"

„Danke dir, lieber Allen, ich habe mir den Muskelaufbau meiner Oberarme auch rascher vorgestellt. Noch bin ich nicht sehr ausdauernd mit meinen Krücken unterwegs, und bei der Trauung werde ich wohl etwas länger stehen müssen", gesteht sich James seine Unzufriedenheit mit seiner Kondition ein.

Brenda sieht das allerdings mit anderen Augen. „Da wirst du dich doch hoffentlich setzen können! So streng werden die beiden die Zeremonie schon nicht handhaben! Und was, lieber Allen, sind wir dir für deine Bemühungen nun schuldig? Abgesehen davon bist du natürlich auch herzlich zum Abendessen eingeladen."

„Danke für die Einladung, aber ich mache mir heute einmal einen gemütlichen Abend zu Hause. Zudem muss ich Kirsty auch noch bezüglich eures Jobangebotes Bescheid sagen. Und nachdem ich durch meine Unachtsamkeit die Sabotage an James' Auto erst ermöglicht habe, würde ich es in erster Linie als Freundschaftsdienst ansehen, dass ich die notwendigen Beweise zur Klärung des Falls gefunden habe. Aber wenn ihr unbedingt etwas auslegen wollt, dann vielleicht den Flug zur Hochzeit nach Österreich."

„Das machen wir natürlich sehr gerne." Nun ist es wieder James, der es sich nicht nehmen lässt, dem Mann, der sich derart schuldig fühlt, für seine Hartnäckigkeit bei Kirsty zu danken. „Dann übernehmen wir für dich einfach die gesamte Reiseplanung und du brauchst dich um nichts zu kümmern."

„Sehr gerne, wenn Kirsty einmal aus der Gefahrenzone ist!" Mit diesen Worten umarmt Allen die beiden und macht sich auf den Heimweg, wo er wieder in seinem gemütlichen Fauteuil landet. Mit einer Flasche Bier in der Hand wählt er gleich darauf die Nummer von Kirsty, die ihm sofort von dem Urlaub, den ihr Henderson gewährt hat, berichtet.

„Das ergibt sich ja günstig, dann kannst du morgen gleich in den Bus nach Fort William steigen und dich bei den Watsons vorstellen. Vielleicht kannst du sogar die Wohnung, von der James annimmt, dass sie zur Verfügung steht, besichtigen. Soll ich dir ein Zimmer besorgen?" Allen ist richtig euphorisch und muss sich eingestehen, dass Kirstys Erscheinen in Fort William ihn tatsächlich freuen würde.

„Das ist wirklich eine gute Idee, ich kann es so und so schon nicht mehr erwarten, von hier fortzukommen. Ich versuche den Bus um halb elf Uhr zu erreichen. Dann bin ich um halb eins in Fort William und wir können eine Kleinigkeit essen gehen, bevor ich mich bei den Watsons vorstelle. Und es wäre tatsächlich sehr nett, wenn du mir ein Zimmer besorgen könntest." Insgeheim hat Kirsty gehofft, bei Allen nächtigen zu können. „Aber was nicht ist, kann ja noch werden", denkt sie hoffnungsfroh und konzentriert sich wieder auf ihren Gesprächspartner.

„Mache ich gerne! Übrigens habe ich dir noch gar nicht von meinem Besuch bei der Polizei erzählt. Es gibt tatsächlich einen EU-Haftbefehl, womit die österreichische Polizei Henderson festnehmen und nach Schottland ausliefern kann. Ihre Arbeit würde sich allerdings vereinfachen, wenn ich ihnen noch den Namen des Hotels mitteilen könnte." Allen gönnt sich einen kräftigen Schluck Bier, während er auf Kirstys Antwort wartet.

„Den suche ich dir gerne heraus. Das heißt, Henderson wird wahrscheinlich gar nicht mehr nach Inverness zurück, sondern sofort ins Gefängnis kommen? Das sind wirklich fantastische Aussichten, mein Lieber! Da freue ich mich nun umso mehr auf die morgige Reise – ohne die Angst im Nacken, dass Daniel vielleicht unverhofft nach Hause kommen könnte."

Auf der kurzen Fahrt zu ihrer künftigen Arbeitsstätte erzählt Simone ihrem Vater von der Beziehung mit Ulrich, von der Trennung und ihrer raschen Annahme von Dr. Marolds Angebot, von den herrlichen Kuchen der Assistentin Katharina und der Herzlichkeit der beiden Menschen, die ihr den Arbeitsbeginn sicherlich sehr leicht machen werden. Als sie vor Dr. Marolds Ordination einparken, ist sich Scott nicht sicher, welches der beiden Häuser, dieses oder das von Paul, das hübschere ist. In jedem Fall findet Scott auch hier die hellen, wenngleich weniger modernen Räumlichkeiten sehr einladend, in denen ein freudig überraschter, etwas rundlicher Mann im weißen Mantel mit ausgebreiteten Armen auf Simone zukommt. „Bin ich froh, dass Sie gesund zurück sind, und wie erholt und glücklich Sie aussehen! Ganz anders als bei Ihrer Abreise, da muss sich ja einiges zugetragen haben …" Ohne auf eine Antwort zu warten, drückt er Simone dermaßen an sich, dass sie kaum mehr Luft bekommt. Und schon ist auch Katharina zur Stelle, zieht den Doktor mit den Worten „Das arme Kind bekommt ja gar keine Luft!" zurück, um nun ihrerseits Simone zu umarmen. „Warum haben Sie sich denn nicht angemeldet? Jetzt habe ich keinen frischen Kuchen für Sie!" Die gute Seele ist nahezu beleidigt wegen des überraschenden Auftauchens von Simone. Dr. Marold wird als Erstem bewusst, dass sie nicht alleine gekommen ist, und stellt Katharina und sich höflich vor. Scott tut es ihm gleich, kann aber nicht verschweigen, dass er Simones Vater ist. Dass der etwas verfrühten Heimkehr Simones jetzt noch eine weitere, viel größere Überraschung folgt, können die beiden kaum fassen. Und so bittet Simone, nachdem sie sich vergewissert hat, dass keine Patienten mehr auf den Doktor warten, ihnen kurz ihre Geschichte erzählen zu dürfen. „Natürlich", ist der gutmütige Doktor sofort bereit dazu. „Wir haben jetzt ohnehin Mittagspause und Katharina kann uns eine Tasse Kaffee machen", womit er die beiden in seine Wohnung in den ersten Stock bittet. Katharina folgt ihnen schmollend. „Und ich habe keinen Kuchen!", murmelt sie vor sich hin. Aber auch ohne den Genuss von Katharinas Backkünsten wird es eine gemütliche und intensive Plauderstunde, während der Simone in Kürze über alle Geschehnisse der Reise berichtet. „Und nun, da wir wieder zu Hause sind, wird geheiratet, und da wollte ich natürlich meinen Vater dabeihaben. Zudem darf ich Sie beide natürlich auch zu unserer Hochzeit einladen, deren genaues Datum wir diese Woche noch festsetzen. Sie sehen also, wie viel ich jetzt noch zu tun habe. Deshalb bin ich Ihnen mehr als dankbar, dass Sie mich diese Woche noch entbehren können", beendet Simone ihre Erzählung.

„Meine liebe Simone, da haben Sie ja Dinge in einem Tempo abgewickelt, für die manch anderer ein ganzes Leben braucht. Ich freue mich wahnsinnig über euer Glück und komme natürlich sehr gerne zu der Hochzeit. Und wenn Sie noch mehr Zeit für die Vorbereitungen brauchen, können Sie sich diese gerne nehmen. Aber nachdem wir uns so angeregt unterhalten haben, ist unsere Mittagspause auch schon wieder vorüber. Das heißt, Katharina und ich sollten wieder an die Arbeit gehen."

„Sie sind wahrlich ein Schatz!" Simone ist gerührt über die Großzügigkeit dieses Mannes. „Aber ich hoffe, diese Woche alles erledigt zu haben. Und nachdem ich ja noch einige Umzugskartons in Ihrem Gästezimmer deponiert habe, würde ich diese gerne mitnehmen."

„Natürlich, tun Sie das nur! Das heißt, Sie werden die Wohnung wahrscheinlich gar nicht benötigen?"

„So wie es jetzt aussieht eher nicht, aber das Gästezimmer können wir eventuell für Hochzeitsgäste aus Schottland noch gebrauchen, wenn es Sie nicht stört. Zudem ist mir auch Ihr Motorroller wieder in den Sinn gekommen, da mein Vater vorübergehend ja ohne fahrbaren Untersatz ist. Sollte er länger bleiben, was wir sehr hoffen, müssten wir uns ohnehin nach einem Auto umsehen. Aber wäre es für den Anfang vielleicht möglich, Ihren Roller zu mieten?"

„Also von mieten kann natürlich keine Rede sein! Selbstverständlich borge ich Ihnen das treue und alte Gefährt. Aber Vorsicht, die Bremsen sind nicht mehr das, was sie einmal waren. Sie können also alles einladen, was Sie zu Ihrem Glück benötigen. Katharina und ich harren der Dinge, was ihren Hochzeitstermin anbelangt, und ansonsten sehen wir uns nächsten Montag bei der Arbeit, und da mit frischem Kuchen." Dr. Marold zwinkert Simone noch einmal zu, nickt in Richtung Scott und ist mit Katharina bereits unterwegs in die Praxis.

„So ein feiner und herzlicher Mensch!" Scott ist total begeistert von so viel Hilfsbereitschaft und Herzenswärme, die der gute Doktor verbreitet, und folgt seiner Tochter in das Gästezimmer. „Und hier hast du tatsächlich schon gewohnt?" Über diesen vollgeräumten und unordentlichen Raum kann sich Scott nur wundern. „Wenn ich Pauls Haus mit dieser Bleibe vergleiche, fürchte ich um seine Ordnung und euer Zusammenleben." Der ungläubige Blick ihres entsetzten Vaters über das Chaos in Simones Zimmer lässt sie laut auflachen. „Du glaubst doch nicht im Ernst, dass ich auf Dauer in so einem Durcheinander leben könnte? Aber mein Auszug aus Ulrichs Wohnung und die Abreise nach Schottland geschahen in großer Eile. Zudem wusste ich ja, dass ich danach in Dr. Marolds Wohnung ziehen würde, also jegliches Einrichten in diesem Gästezimmer ohnedies nicht von Dauer sein würde. Und wie man sieht, hatte ich recht damit, denn jetzt brauche ich gar nicht mehr auszupacken, sondern kann die Kartons, wie sie sind, einfach mitnehmen. Den Rest werde ich dann mit einem Koffer holen, den ich in Pauls Keller deponiert habe. Also schau bitte nicht so verstört! Deine Tochter ist nicht so schlampig, wie es hier aussieht. Hilf mir bitte lieber beim Hinuntertragen, wir müssen schließlich noch den Roller mitnehmen und einkaufen gehen. Wenn wir pünktlich zurück sein wollen, sollten wir uns sputen!" Sie küsst ihren immer noch ungläubig schauenden Vater vergnügt auf die Wange, bevor sie den ersten von fünf Kartons zu ihrem Auto hinunterträgt.

„Da wirst du wohl noch einmal kommen müssen, denn alles passt in dein Auto sicherlich nicht hinein. Und wie willst du den Roller transportieren?"

Wieder muss Simone lachen. „Gar nicht, du wirst einfach hinter mir herfahren und dabei auch gleich den Weg zum Supermarkt kennenlernen. Aber bitte sei wirklich vorsichtig und denk an die Bremsen!" Im Konvoi erledigen sie ihren Einkauf und sind keine zehn Minuten später zu Hause, als Lotte und Georg vor dem Haus einparken. Und dieses Wiedersehen kann sich sehen lassen! Simone und Lotte fallen einander in die Arme und können beide ihre Freudentränen nicht zurückhalten. Auch Georg und Paul haben feuchte Augen und Scott, der die Szene etwas abseits stehend verfolgt, bewundert das innige Verhältnis dieser vier Menschen. „Wie müssen diese herzlichen Leute einander lieben und wie schön, dass sie das auch dermaßen euphorisch zeigen können", schießen ihm die Gedanken durch den Kopf. Er beneidet sie ein wenig darum. Aber er darf sich nicht lange an dieser Begrüßung erfreuen, denn Simone hat ihn schon am Arm genommen, um ihn mit Georg bekannt zu machen. „Jetzt habe ich also zwei Väter und hoffe sehr, dass ihr euch genauso gut versteht, wie ich das mit jedem von euch tue. Und Mutter brauche ich dir ja wohl nicht vorzustellen." Simone lacht spitzbübisch bei diesen Worten und nimmt Georg bei der Hand, um Lotte und Scott einen kurzen Augenblick des Wiedersehens zu gönnen. „Und wir drei kümmern uns einmal um den Aperitif", meint sie, hakt sich bei Paul und seinem Vater unter und dirigiert die beiden, vor Freude über die Anwesenheit aller von ihr geliebten Menschen fröhlich hüpfend, in die Küche. Bereits kurz nach ihrem Eintreten ins Wohnzimmer ist zu erkennen, dass Lotte und Scott die anfängliche Beklommenheit abgelegt haben und sich bereits ziemlich ungezwungen unterhalten. Natürlich kann Simone nicht umhin, Georgs Reaktion darauf zu beobachten, als er mit einem Gin Tonic für Scott und einem Glas Prosecco aus der Küche kommt. Aber ihre Sorge ist unbegründet, denn Vater und Sohn, der die restlichen Getränke übernommen hat, sind auch dermaßen glücklich einander wiederzusehen, dass Georg gar keine Zeit hat, sich um seine Lotte und Scott zu kümmern. Nun ist es Simone, die etwas im Abseits die Gespräche verfolgt und sich bemüßigt fühlt, ihr Glas auf das Wiedersehen zu erheben. Der Alkohol trägt natürlich auch seinen Teil dazu bei, dass die Stimmung binnen kürzester Zeit ziemlich gelockert ist und es auch schon wieder Zeit für den Aufbruch wird. Georg nimmt Paul und Scott in seinem Wagen mit, während Lotte bei ihrer

Tochter einsteigt und natürlich sofort das Gespräch auf Scott und Paul bringt. „Die beiden scheinen sich ja auch schon sehr gut zu verstehen, und Scott hat sich wirklich kaum verändert. Es ist, als hätte ich ihn gestern erst gesehen. Komisch, dass man nach so langer Zeit gleich wieder so vertraut sein kann. Es ist wirklich toll, dass ihr es geschafft habt, ihn zu finden, und dass ihr euch dabei auch gleich ineinander verliebt habt. Obwohl ich das ja zuerst nicht ganz verstanden habe, wie ihr beide euch Hals über Kopf in eine Beziehung stürzen könnt, wo Paul doch noch mit Ines zusammen war. Aber wenn man euch beide zusammen sieht, denkt man, ihr seid schon ewig ein Paar. Ich fühle, dass alles seine Richtigkeit hat, und freue mich auch Scott wiederzusehen. Jetzt müssen sich nur noch deine beiden Väter miteinander verstehen!" Lotte lehnt sich seufzend zurück und betrachtet ihre verliebte Tochter verstohlen von der Seite. „So strahlend habe ich dich schon lange nicht mehr gesehen", meint sie und ist mit sich und der Welt voll und ganz zufrieden.

Nach ein paar Minuten Fahrzeit macht es sich die Familie in dem separaten Gastraum gemütlich, denn es gibt ja so viel zu erzählen. Trotzdem sind sich alle der Aufgabe bewusst, dass eine Entscheidung bezüglich der Hochzeitstafel gefällt werden sollte. Jeder bestellt daher ein anderes Gericht, damit sie sich einen Eindruck von der Qualität der Küche machen können. Und schon bald wird allen Anwesenden klar, dass sie das schönste Fest im Leben von Simone und Paul nicht in diesem Lokal feiern wollen. „Da müssen wir wohl einen weiteren Familienabend machen, und ich weiß auch schon wo", hat Lotte eine geniale Idee. „Erinnert ihr euch noch an das romantische Hotel auf dem Weg nach Mödling? Es ist neu übernommen worden und hat einen ausgezeichneten Ruf, sowohl das Hotel als auch das Restaurant. Es ist zwar etwas weiter von euch entfernt, aber da könnte man auch gleich die Hochzeitsgäste unterbringen, und im Übrigen kann man dort auch heiraten, wenn ihr nur einen Standesbeamten und keinen Pfarrer braucht. Warum ist mir das nicht gleich eingefallen?"

„Ich kann mich zwar nicht mehr an das Haus an sich, sondern nur mehr an den Namen erinnern, aber wenn du sagst, liebe

Mutter, dass ‚Die Blaue Gans‘ die notwendigen Räumlichkeiten und auch die Qualität hat, dann wollen wir doch gleich den nächsten Verkostungstermin für übermorgen festlegen. Ich werde mittlerweile im Gemeindeamt, wo ich ohnehin unsere Papiere hinbringen muss, nachfragen, ob sie überhaupt einen ‚reisenden‘ Standesbeamten haben. Denn kirchlich heiraten wollen wir sowieso nicht.“ Simone ist erleichtert über Lottes Vorschlag, jetzt können sie den Abend doch noch genießen und müssen ihn nicht mit langem Grübeln über ein geeignetes Lokal verbringen.

Mittlerweile hat die Polizei in Inverness Morrison Baxter ausfindig gemacht. Der arbeitslose Mann ist alleine in seiner Wohnung und lässt sich ohne Widerstand und ziemlich teilnahmslos abführen, nachdem ihm die Polizei die Mails vorgelegt hat. Was die Polizei allerdings nicht sieht, ist die Nachbarin, die den ganzen Vorgang genauestens beobachtet. Als Baxters Lebensgefährtin Teresa nach Hause kommt, wartet diese Nachbarin schon auf sie, um ihr das Geschehen in allen Einzelheiten zu schildern.

„Ich danke Ihnen“, seufzt die etwas verwahrloste junge Frau. „Dann weiß ich, was ich zu tun habe“, und verschwindet in Baxters Wohnung. Sie sucht nach dem Kuvert, das sie laut Auftrag von Morrison sofort zu öffnen habe, sollte ihm etwas passieren. Sie findet darin die Telefonnummer eines gewissen Daniel Henderson mit dem Hinweis, diesen sofort zu kontaktieren. Für etwaige weitere Unterstützung soll sie Henderson noch die Nummer eines Mannes geben, der ihm sowohl im In- als auch im Ausland behilflich sein kann. „Wozu, lieber Morrison, soll ich das eigentlich tun?“, versteht die entmutigte Frau nicht, warum sie einem Fremden helfen soll, während ihr Lebenspartner Morrison Baxter ins Gefängnis wandert. Wahrscheinlich ist er diesem Henderson etwas schuldig, und es geht vielleicht um einen sogenannten Ehrenkodex, wie man das aus den Filmen im Fernsehen kennt. Aber wie Verbrecher miteinander umgehen, hat sie ohnehin nie verstanden, da sie auch immer wieder versucht hat, ihren Morrison zu einem normalen Leben zu bewegen. Tja, nun wird es wohl keine Bemühungen ihrerseits mehr geben, denn warten wird sie nicht auf den Mann, der ihre Vorstellungen vom Leben sowieso nie respektiert hat. Sie packt ihre Sachen und ruft zuerst eine Freundin an, die sie bittet, vorübergehend bei ihr wohnen zu können. Danach tätigt sie den beauftragten Anruf und ist erstaunt darüber, wie betroffen und sprachlos sich Henderson über ihre Nachricht zeigt. Erst nach einigen Sekunden Stille entfährt dem Mann ein ordentlicher Fluch, bevor er sich wieder im Griff hat und sich für die Information bedankt. „Soll mir auch recht sein", überlegt sie dann doch wieder ziemlich gleichgültig. „Mit all den Dingen will ich nichts mehr zu tun haben." Sie nimmt ihre beiden Reisetaschen und verlässt Morrisons Wohnung für immer.

Finn ist tatsächlich schon unter der Dusche, als Ines seine Wohnung betritt. Bei dem Gedanken an sein baldiges nacktes Erscheinen ist sie freudig erregt und bereitet mit großer Sorgfalt die versprochenen Drinks vor. Kaum hat sie die Eiswürfel in die Gläser gegeben, umfassen sie die starken Arme Finns von hinten und ziehen sie zärtlich an seinen nackten Oberkörper. Sein immer noch nasser Bart hinterlässt kleine Wassertropfen auf ihren Schultern, die er mit flüchtigen Küssen bedeckt. Es ist, als wollte er erst ihre Zustimmung für sein Vorhaben bekommen. Und Ines, die sich Ähnliches für den heutigen Abend vorgenommen hat wie Finn, gibt sie ihm rasch. Die Drinks können warten, die beiden offensichtlich nicht, denn Ines hat noch die Gläser in der Hand, als sie sich nach Finn umdreht, um ihn zu küssen. Und sie beginnen einander ausgiebig zu erkunden und zu lieben, sodass das Abendessen erst einige Zeit später stattfindet als geplant. Dafür ist ihr Hunger umso größer. Trotzdem haben sie Mühe, sich auf das Essen zu konzentrieren, denn sie können nach wie vor die Finger nicht voneinander lassen. Und so kommt die Frage Finns an Ines, ob sie nicht endlich zu ihm ziehen will, auch nicht überraschend. „Natürlich will ich das", antwortet Ines, wobei sie ihrem Finn aber verschweigt, dass sie sich schon über die Umgestaltung seiner Wohnung Gedanken gemacht hat. „Kommt Zeit, kommt Rat, man muss ja nichts überstürzen", denkt sie. Laut fügt sie nachdenklich hinzu: „Obwohl ich mir eigentlich einen ganz normalen Alltag mit dir nicht vorstellen kann, zu aufregend und neu ist dieses körperliche Näherkommen noch für mich!"

„Eigentlich weiß ich auch noch nicht, wie ich in Zukunft aus dem Bett und zur Arbeit kommen soll. Du bleibst doch hoffentlich heute Nacht schon bei mir?" Finn denkt mit Schrecken daran, dass Ines nach dem Essen vielleicht in ihrem Zimmer übernachten will, aber seine Sorge ist unbegründet.

„Wie kannst du nur fragen? Ich denke, dass ich dich keine Nacht meines Lebens mehr missen möchte!" Und schon fasst Ines wieder nach Finns Hand und kann den verliebten Blick nicht von ihm wenden.

Und wegen der schönen neuen Nähe, den intensiven Gefühlen und Ines' Liebesbekenntnis macht Finn bereits Pläne für die Zukunft. „Könntest du dir denn vorstellen, für immer in Schottland zu leben? Deine neue Betätigung, vorausgesetzt sie gefällt dir tatsächlich, könntest du ja dann ausbauen und ein erfülltes Leben sowohl in Glasgow als auch im übrigen Schottland als Reiseleiterin haben. Und die Abwesenheit durch unser beider Jobs ließe sich vielleicht auch koordinieren, sodass wir nicht allzu lange getrennt sein müssten."

„Du kannst es wohl gar nicht erwarten, gemeinsame Zukunftspläne zu machen?! Jetzt lass mich erst einmal zu dir ziehen. Ich werde morgen mein Zimmer kündigen, und dann sehen wir weiter. Auch ein Zusammenleben muss erst einmal getestet werden, obwohl ich mir nicht vorstellen kann, dass das bei uns nicht funktioniert", erklärt Ines und lächelt vielsagend. „Wie schön doch das Leben geworden ist!", überlegt sie bei der Betrachtung des neuen Mannes in ihrem Leben. Und das wunderbare Essen auf ihrem Teller trägt auch dazu bei, dass sie vor lauter Wohlbehagen schnurren könnte wie ein Kätzchen.

Wie konnte Watson nur an belastendes Beweismaterial gelangen? Daniel Hendersons Kaltblütigkeit hat sich bei der Nachricht über Baxters Verhaftung schlagartig verflüchtigt. Ohne Näheres dazu zu wissen, ist ihm allerdings klar, dass er schnellstens untertauchen muss. Er darf nirgends mehr namentlich aufscheinen und muss somit jedes Hotel meiden. Also wählt er sofort die Notfallnummer, die ihm Baxter zukommen hat lassen. Gut, dass ihm der arbeitslose Mann noch einen Gefallen schuldet, obwohl Baxter das egal sein könnte, wenn er einmal im Gefängnis sitzt. Aber vielleicht denkt er ja an die Zeit danach, wenn er seine Strafe abgesessen hat und dann wieder auf ihn angewiesen sein wird. „Falls ich dann nicht auch hinter Gittern bin!" Allein bei dem Gedanken wird Daniel schon ganz schlecht, und er ist froh über die Ablenkung durch die Stimme am anderen Ende der Leitung. „Ich kann Ihnen eine Einzimmerwohnung im Zentrum der Stadt zur Verfügung stellen, wo kein Mensch nach Ihrem Namen fragen wird. Lebensmittel sind für eine Woche vorhanden, Sie müssten also nicht auf die Straße", erklärt ihm die namenlose Stimme ziemlich gleichmütig. „Ich kann mich ja inzwischen umhören, worum es genau geht und Ihnen, falls Sie per Foto gesucht werden, auch einiges zur Typveränderung vorbeibringen. In jedem Fall sollten Sie sich beeilen, die Adresse der Wohnung und das Versteck des dazugehörigen Schlüssels schicke ich Ihnen per SMS."

„So einfach geht es also abzutauchen", überlegt Henderson und packt bereits seine Koffer. Der Mann hat ihm zusätzliche Angst gemacht, denn von der Polizei ist er tatsächlich noch nie gesucht worden. „Eigentlich sollte ich Kirsty Bescheid sagen, aber andererseits ruft sie mich ohnehin auf dem Handy an, wodurch sie gar nichts von meiner Umsiedelung wissen muss. Wo sie wohl ihre freie Woche verbringt?" Daniel ist auf einmal bewusst, dass er erstmals keine Ahnung hat, wo sich seine, ihm derart hörige Geliebte aufhält. „Noch einen letzten Drink, bevor ich mich auf den Weg mache! Denn wer weiß, was in der Wohnung alles nicht vorhanden ist, das ich zu meinem Wohlbefinden brauche." Etwas später im Hotellift betrachtet er sich im Spiegel und kommt zu dem Entschluss, dass ihn eine blonde Haarfarbe wahrscheinlich am meisten verändern würde. „Ob mir die aber auch steht?", ist die erste Überlegung des mehr als eitlen und selbstgefälligen Menschen dazu. Der Portier ist ziemlich überrascht über die plötzliche Abreise des Mannes, der eigentlich vorgehabt hat, länger in Wien zu bleiben. Aber in Wahrheit wundert er sich schon über nichts mehr, zu launenhaft sind die heutigen Touristen, und fixe Vereinbarungen werden ohnehin immer wieder umgestoßen. Nachdem Henderson die Rechnung bezahlt hat, steigt er in ein Taxi und verschwindet in der Dunkelheit der Stadt.

Paul ist schon in aller Früh aufgestanden, ohne Simone wecken zu wollen. Aber da sie zumindest eine gemeinsame Tasse Kaffee mit ihm trinken will, bevor er sich zu Klaus auf den Weg macht, um alle wichtigen Ereignisse bezüglich seiner Patienten in den letzten vier Wochen zu besprechen, macht sich Simone gleich in ihrem Laufgewand an der Nespresso-Maschine in der Küche zu schaffen. Ausgiebiger frühstücken wird sie dann mit ihrem Vater. Noch ist sie nicht ganz munter, aber während sie verträumt aus dem Fenster hinaussieht, wird ihr auf einmal bewusst, dass es ab heute keine gemeinsamen Tage mehr mit ihrem Paul geben wird, außer natürlich am Wochenende. Und das stimmt sie eigentlich sehr traurig, zu sehr hat sie sich schon an die ständige Zweisamkeit gewöhnt.

„Was hast du denn für Sorgen, mein Schatz?", erkennt Paul sofort wieder ihren Gemütszustand, als er die Küche betritt. „Stört dich etwas in unserem Haus, das du verändern möchtest, oder bist du mit dem Garten nicht zufrieden?"

Lächelnd stellt sich Simone auf die Zehenspitzen, um ihm einen Gutenmorgenkuss zu geben. „Nein, mein Lieber, das ist alles in Ordnung! Ich fühle mich wirklich sehr wohl in dem Haus, als würde ich schon ewig hier wohnen. Es ist vielmehr die Tatsache, dass ich dich ab nun nicht mehr rund um die Uhr um mich haben werde, so wie ich es in den letzten vier Wochen genossen habe. Unser Tagesprogramm wird ab heute getrennt verlaufen, und das stimmt mich traurig. Aber so ist nun einmal das Leben, und ich muss die Zeit mit dir eben noch mehr genießen. Übrigens habe ich heute ohnehin volles Programm. Ich möchte mich schon ein wenig einrichten, bevor ich mit unseren Dokumenten zum Gemeindeamt fahre. Vielleicht kannst du mir auch die Nummer von Ines' Freundin Lisa geben, dann könnte ich gleich ihre Sachen packen, wenn du mir sagst, was außer den Kleidern im Schrankraum noch von Ines ist."

Paul muss über ihren Tatendrang lächeln, nimmt seine Tasse in eine Hand, während er Simone mit der anderen durchs Haus zieht und die Dinge benennt, die Ines gehören.

„Na, viel ist das ja nicht gerade. Das passt in eine Reisetasche, abgesehen natürlich von der hübschen Stehlampe. So wirklich eingerichtet hat sie sich in diesem Haus wohl nie", stellt Simone ungläubig fest. „Obwohl ihr doch so viele Jahre zusammen wart."

„Das stimmt, das hätte mich eigentlich auch schon früher wundern können, aber ich habe mir nichts dabei gedacht. Aber egal, umso leichter fällt es uns jetzt, das Haus ganz nach deinen Wünschen zu gestalten. Denn von Ines ist nun wirklich nichts mehr hier." Womit Paul seinen Kaffee austrinkt, Simone die Nummer von Lisa notiert und sich mit einem liebevollen Kuss von seiner baldigen Ehefrau verabschiedet.

Verliebt schaut sie ihm nach, bevor sie die Gegend rund um das Haus laufend erkundet, indem sie vorerst einmal einem kleinen Waldweg mit weichem Nadelboden folgt. „Wie schön doch mein Leben ist", überlegt sie dankbar darüber, in einer so wundervollen Umgebung mit einem derart liebevollen Mann leben zu dürfen.

Nach etwa vierzig Minuten kommt sie gut gelaunt zurück und hört bereits ihren Vater in der Küche hantieren. „Guten Morgen, lieber Scott! Jetzt bist du mir aber zuvorgekommen. Eigentlich wollte ich dich mit einem Frühstück verwöhnen. Aber die Gegend ist so herrlich, dass ich doch etwas länger draußen geblieben bin als geplant. Dann springe ich auch gleich unter die Dusche und übernehme dafür morgen den Küchendienst. Beim Frühstück erzähle ich dir dann mein Tagesprogramm und du kannst entscheiden, ob du Lust hast mich zu begleiten." Nachdem der Vater, der gerade mit den Spiegeleiern beschäftigt ist, noch einen Kuss auf die Wange bekommen hat, ist Simone bereits im Badezimmer verschwunden. Das Zusammenleben mit einer derart unternehmungslustigen und gut gelaunten Tochter hat schon was", schmunzelt Scott in sich hinein, während er die frisch gebackenen Brötchen aus dem Backrohr holt. Es sind noch keine fünf Minuten vergangen, da sitzt Simone bereits am Küchentisch und verzehrt mit Genuss und sichtlich hungrig nicht nur die Eier, sondern auch Käse und Wurst.

„Da werden wir wohl heute noch einmal einkaufen gehen müssen, wenn du ständig einen derartigen Appetit an den Tag legst. Aber das kann ja ich übernehmen, während du deine Kartons auspackst, denn den Weg zum Supermarkt kenne ich ja jetzt schon. Danach können wir uns gemeinsam auf den Weg machen, was immer du zu erledigen hast. Und wenn das neu angedachte Lokal für eure Hochzeit irgendwie auf dem Weg liegt, könnten wir dort vorbeischauen, einen Tisch für das morgige Abendessen reservieren und einen ersten Eindruck gewinnen, ob das Lokal überhaupt infrage kommt."

„Gute Idee, dann müsste ich nur noch zum Gemeindeamt nach Mödling und auf einen Sprung nach Wien zu Ines' Wohnung, wobei ich davor herausfinden sollte, wann Lisa überhaupt Zeit hat. Da das wahrscheinlich erst am Nachmittag sein wird, können wir in Mödling noch ein bisschen herumflanieren. Du wirst sehen, es ist eine wirklich nette Stadt." Simone überlegt bereits, wo sie mittags einkehren könnten. „Nachdem wir beide ordentlich zugegriffen haben, werden wir wahrscheinlich nicht so bald etwas zu essen brauchen", meint sie, während sie schon die Teller in den Geschirrspüler räumt und gemeinsam mit Scott eine Einkaufsliste erstellt. Den Vater noch einmal wegen der Bremsen bei dem Motorroller warnend, macht sie sich über den Schrankraum her, und verstaut Ines' geringes Hab und Gut in große Plastiktaschen, die sie auch gleich im Kofferraum ihres Autos deponiert. Danach beginnt sie systematisch den Schrankraum zu füllen. Paul wird Augen machen, wenn er nach Hause kommt. Dass sie so viele Kleider hat, ist ihr bisher gar nicht bewusst gewesen. Glücklich darüber, wieder etwas anderes anziehen zu können, verpackt sie nun auch noch sorgfältig die hübsche Stehlampe von Ines und ist bereits fertig, als Scott vom Einkaufen zurückkommt. Nachdem sie gemeinsam den Kühlschrank befüllt haben und Lisa Jäger angeboten hat, ab vierzehn Uhr dreißig in der Wohnung von Ines auf sie zu warten, machen sie sich auf den Weg nach Mödling, wo Simone bei der Gemeinde bezüglich des Hochzeitstermins vorstellig wird. Scott schlendert einstweilen durch die Fußgängerzone und ist pünktlich in dem nahe gelegenen Bistro, in dem sie sich wieder verabredet haben. Simone kommt freudestrahlend herein und berichtet von der netten Standesbeamtin, die natürlich auch in ein Lokal zur Trauung kommt und an dem Wochenende in zwei sowie auch an dem in drei Wochen, jeweils einen Samstagtermin am Nachmittag frei hat. „Jetzt muss nur noch das Lokal passen und vor allem auch Platz haben. Vielleicht sollten wir wirklich gleich dorthin fahren, um die Dinge fixieren zu können. Die Beamtin war so nett, beide Termine bis nach unserer geplanten Essensverkostung zu blockieren. Jetzt werde ich schon langsam nervös, ob wir das wirklich alles noch schaffen. Aber da es keine Notwendigkeit ist, sondern einfach nur schön wäre, so bald zu heiraten, müssen wir auch nichts erzwingen. Immerhin ist die erste Hürde genommen!"

„Na, dann lass uns fahren, Töchterlein, damit du dich entspannen kannst", lacht Scott und leert sein Bierglas auf einen Zug. Zu groß ist die Nervosität in Simones Gesicht, als dass er genüsslich hätte trinken können. Und schon sitzen sie wieder im Auto, sind in Kürze bei der tollen Hotelanlage der „Blauen Gans", deren erster Eindruck schon sehr überzeugend wirkt. Mittlerweile ist es bereits Mittag geworden und die beiden beschließen, eine Kleinigkeit zu essen, ohne ihr Anliegen preiszugeben. Und siehe da, die Speisekarte bietet alles, was sich ein feiner Gaumen wünschen kann, die Bedienung ist sehr freundlich und zuvorkommend und auf die Frage, wie es mit Veranstaltungsräumen bestellt ist, werden ihnen auch sofort alle Unterlagen dazu an den Tisch gebracht. Während sie ihren Snack serviert bekommen, bemüht sich der Geschäftsführer zu ihnen, um nach der Größenordnung bezüglich eines eventuellen Festes oder einer anderen Veranstaltung in seinem Haus zu fragen. Zudem wäre natürlich auch das Datum interessant, denn sie seien diesbezüglich immer sehr gut gebucht. Simone ist derart euphorisch über das Gesehene, dass sie sofort die beiden möglichen Daten, für die sie eine Hochzeit mit anschließendem Essen angedacht haben, nennt. Nun ist der Geschäftsführer einigermaßen sprachlos, denn so knapp hat sich noch niemand um einen Hochzeitstermin bei ihnen bemüht. „Aber Sie haben Glück, die Hochsaison ist vorbei und der Herbst nicht unbedingt die beliebteste Zeit, um zu heiraten. Und da es sich bei Ihnen ja nicht um eine Riesengesellschaft handelt, ist der Raum, in dem eine Trauung plus Essen auch wirklich stilvoll veranstaltet werden kann, an beiden Terminen noch frei."

Simone fällt ein Stein vom Herzen. „Jetzt bringen Sie uns bitte einmal zwei Gläser Sekt, das muss gefeiert werden, bevor wir Näheres besprechen." Sie umarmt ihren Vater vor lauter Freude, denn sie ist sich sicher, dass ihr Paul und die restliche Familie auch begeistert sein werden von dem schönen Ambiente. Als der Geschäftsführer die beiden Gläser bringt, reserviert Simone für den nächsten Abend sofort einen Tisch, damit die Familie alles begutachten und auch das Essen verkosten kann. Dermaßen erleichtert müssen sie sich nun aber doch beeilen, um Lisa Jäger nicht zu lange in Ines' Wohnung warten zu lassen. „Mein Gott ist das ein aufregender Tag!", seufzt Simone, als sie sich wieder hinter das Steuer ihres Wagens klemmt.

In kurzer Zeit sind sie bei der Wohnung von Ines angelangt, wo Lisa Jäger bereits wartet. Die beiden Frauen haben einander noch nie gesehen. Dementsprechend neugierig begutachtet Lisa die Nachfolgerin ihrer Freundin, deren Typ nicht wirklich mit dem von Ines vergleichbar ist. Simone scheint die Gedankengänge ihres Gegenübers zu erahnen und berichtet: „Ihre Freundin würden Sie wahrscheinlich nicht wiedererkennen, so sehr hat sie sich verändert. Keine grellen Farben mehr, weder in der Kleidung noch im Gesicht. Sie hat sich zu einer wirklich dezenten Schönheit entwickelt. Selbst ihr Wesen und die Stimme wirken im Gegensatz zu früher total zurückgenommen. Ob das die neue Lebenssituation oder Finn bewirkt hat, kann ich Ihnen nicht sagen. Denn in Schottland ist sie ja bereits in seiner Begleitung angekommen, worüber wir alle sehr froh waren. Daher hat es keinen Streit, sondern nur eine kurze Aussprache gegeben, die auch sehr friedlich verlaufen ist. Wie auch immer, ich denke, dass jetzt jeder von uns den richtigen Partner an seiner Seite hat."

„Trotzdem finde ich es nicht alltäglich, dass Sie die Sachen Ihrer Vorgängerin vorbeibringen", ist Lisa angenehm überrascht von der sympathischen Person. „Aber ehrlich gesagt wollte ich Sie auch kennenlernen. Denn dass Ines und Paul, für mich übrigens immer das ideale Paar, sich ausgerechnet durch Pauls Schwester entzweien, ist für mich nun wirklich nie im Bereich des Möglichen gelegen."

„In unserem auch nicht", meint Simone lachend. „Und dass Ines so rasch darüber hinweggekommen ist, fanden wir alle sehr erstaunlich. Es war offensichtlich ein Zeichen dafür, dass die Beziehung nicht mehr funktioniert hat." Sie übergibt Lisa die Reisetasche sowie die Stehlampe und verabschiedet sich. „Auf Wiedersehen, mein Vater wartet im Auto und wir haben noch einiges zu erledigen. Trotzdem war es nett, Sie kennengelernt zu haben." Die beiden Frauen schütteln einander die Hände und Simone eilt auch schon wieder das Stiegenhaus hinunter.

Es ist bereits später Nachmittag als die beiden nach Hause kommen und bei einer gemütlichen Tasse Kaffee auf Paul warten, um ihm all die Neuigkeiten zu berichten. „Da ist ja heute einiges weitergegangen. Hoffentlich sind Paul und der Rest der Familie auch so angetan von der ‚Blauen Gans‘ wie wir beide. Wobei ich mir noch gar nicht die Preise angesehen habe. Ob wir mit diesem schönen Ambiente vielleicht doch den angedachten Rahmen sprengen?" Simone wirkt jetzt etwas unsicher.

„Gibt es den denn überhaupt? Darüber sollte ich als Brautvater eigentlich auch Bescheid wissen", fragt Scott irritiert darüber, dass es solche Überlegungen bereits gibt. „Ich bin zwar schon seit einiger Zeit Rentenbezieher, habe aber mein Leben lang gut genug gewirtschaftet, um meinen Beitrag zu diesem wunderbaren Ereignis zu leisten."

„Eigentlich haben Paul und ich daran gedacht, unsere Hochzeit selbst zu finanzieren, und uns daher auch schon einen gewissen Rahmen überlegt. Wenn du dich nun auch beteiligst, wovon ich allerdings auch bei Georg ausgehe, können wir ja etwas stilvoller feiern als ursprünglich angedacht." Simone ist erleichtert, glücklich und kann es schon gar nicht mehr erwarten, ihrem Paul all die positiven Neuigkeiten zu berichten.

Und wieder wird es Scott einerseits warm ums Herz, als Simone den eben hereinkommenden Paul stürmisch umarmt, andererseits wird er sich seiner eigenen privaten Unzufriedenheit bewusst. „Warum nur schaffen Brenda und ich diese Herzlichkeit nicht?!", sinniert er wieder einmal über den wunden Punkt in seinem Leben, wird aber schon bald von den aufgeregten Erzählungen seiner Tochter aus den trüben Gedanken gerissen. Und obwohl Paul seiner Simone sehr viel zutraut, ist er doch überrascht, wie viel sie an dem heutigen Tag bereits erledigt hat – und das auch noch zu seiner vollsten Zufriedenheit. „Wenn die ‚Blaue Gans' wirklich so toll ist, wie ihr sagt, hätten wir natürlich auch das Übernachtungsproblem unserer schottischen Gäste gelöst, denn alle lassen sich sicher nicht bei Dr. Marold unterbringen. Wenn uns das morgige Abendessen überzeugt, können wir die Termine fixieren und die Einladungen verschicken. Das habt ihr wirklich toll gemacht und euch somit einen gemütlichen Abend zu Hause verdient, an dem wir uns vielleicht schon über das Hochzeitsmenü Gedanken machen können. Von dir, lieber Scott, brauchen wir natürlich die Informationen, ob einer unserer schottischen Gäste an irgendwelchen Unverträglichkeiten leidet, damit das Menü auch für alle ein Genuss wird!"

Kirsty hat, wie mit Allen besprochen, den Bus am späten Vormittag genommen und wird von ihm bereits erwartet, als sie eine Stunde später in Fort William ankommt. Gemeinsam gehen sie das kurze Stück zu dem B&B, wo Allen ein Zimmer für sie besorgt hat, um ihre Reisetasche abzuliefern. Danach genießen die beiden Feinspitze den gemeinsamen Lunch, bei dem Kirsty sich sehr intensiv über die Watsons erkundigt. Schließlich möchte auch sie wissen, mit wem sie es zu tun hat. Da Allen bestimmt schon über Kirsty Auskunft gegeben hat, möchte sie ihren möglichen Arbeitgebern gegenüber nicht im Nachteil sein. „Wenn das alles der Wahrheit entspricht, was du mir über diese Familie erzählst, könnte mein neues Leben wirklich sehr angenehm werden", malt sich Kirsty bereits sehr euphorisch ihre Zukunft aus. Sich aber gleich wieder an den unangenehmen Teil ihres Lebens erinnernd, fragt sie Allen, ob es in der Sache Henderson Neuigkeiten gibt. „Da ich der Polizei den Namen des Hotels noch nicht genannt habe, werden sie ihn noch nicht gefunden haben. Aber wir können ja auf dem Weg zu den Watsons bei der Polizei vorbeifahren. Danach würde ich dir auch das Haus zeigen, wo sich die Wohnung befindet, die du eventuell beziehen könntest. Hoffentlich hat James diesbezüglich auch schon alle Informationen, damit du dich bereits im Geiste damit vertraut machen kannst." Allen schiebt sich genüsslich das letzte Stück seines Steaks in den Mund und beobachtet Kirstys Reaktion darauf, dass Henderson nach wie vor frei herumläuft.

„Dann sollten wir uns beeilen, damit die Polizei rasch zu der fehlenden Information kommt, denn erst, wenn Henderson hinter Gittern ist, werde ich mich wieder wohl und sicher fühlen", meint Kirsty. „Aber trotzdem bin ich natürlich auf die Firma der Watsons und auch auf die Wohnmöglichkeit gespannt", versucht sie sich selbst wieder auf andere Gedanken zu bringen.

„Gott sei Dank belastet sie die Geschichte nicht allzu sehr", registriert Allen erfreut. „Den Appetit hat sie wegen Henderson noch nicht verloren." Danach bestellen sich die beiden eine üppige Nachspeise, bevor sie zum Polizeirevier fahren, wo die Beamten den Namen des Hotels, in dem Henderson abgestiegen ist, sofort an ihre Kollegen in Wien weitergeben. Kurze Zeit später kommen Allen und Kirsty an dem Haus von Mr. Hunter vorbei, das trotz aufkommender Gewitterwolken von den letzten Sonnenstrahlen beschienen wird und mit seinen weißen Fensterläden und den letzten blühenden Rosen an der Hausmauer einen sehr freundlichen und idyllischen Eindruck macht. Am Firmengelände der Watsons erwartet sie bereits Brenda, die von Allen bezüglich ihres Kommens verständigt wurde. Sie macht auf Kirsty einen strengen und sehr geschäftsmäßigen Eindruck, von dem sie sich aber, durch Allen schon vorgewarnt, nicht einschüchtern lässt. „Vielleicht ist sie ja wirklich freundlicher, als sie aussieht", denkt Kirsty und geht sofort in die Offensive, indem sie Brenda mit einem herzlichen Lächeln die Hand reicht.

Auch Brenda ist vorgewarnt und muss über Allens authentische Schilderung lächeln. Diese Frau ist wirklich unheimlich herausgeputzt, strahlt aber eine herzliche Wärme aus, der Brenda irgendwie zu erliegen scheint.

„Es freut mich wirklich sehr, Sie kennenzulernen. Zudem danke ich Ihnen zuallererst dafür, dass Sie all die Unannehmlichkeiten auf sich genommen haben, um die Wahrheit ans Licht und unsere Familie in Sicherheit zu bringen. Wir werden alles Erdenkliche tun, damit Sie sich hier in Fort William wohlfühlen und auch einer interessanten Beschäftigung nachgehen können!"

Mit einem derart freundlichen Empfang hat Kirsty nicht gerechnet, aber sie ist sehr froh darüber, es hier mit einer so netten möglichen Chefin zu tun zu haben. Also erwidert sie: „Es ist mir ein Vergnügen, Ihnen geholfen zu haben, aber noch ist der Verbrecher ja nicht verhaftet. Ich für meinen Teil wünsche mir auch nichts sehnlicher, als diesen Mann endlich hinter Gittern zu wissen und ein neues, von ihm unabhängiges Leben führen zu können. Wofür ich nun Ihnen wiederum sehr dankbar bin, denn ohne Ihre Hilfe würde ich das nicht schaffen."

Nach all den Begrüßungsfloskeln führt Brenda die angehende neue Mitarbeiterin durch die Firma, stellt sie James vor und macht sie mit der von ihr erwarteten Arbeit vertraut. Allen folgt den beiden Damen, die unterschiedlicher nicht sein könnten, sich aber trotzdem ganz gut zu verstehen scheinen. „Na ja", überlegt er, „beide sind praktisch veranlagte und geschäftstüchtige Personen, wobei Kirsty dem Intellekt von Brenda wahrscheinlich nicht das Wasser reichen kann, aber dem dafür eine ordentliche Bauernschläue entgegenzusetzen hat. Zudem ist sie im Umgang mit Kunden auch perfekt und eine begnadete Verkäuferin. – Ich habe das Gefühl", beendet er die Einschätzung der Situation, „dass sich hier ein gutes Arbeitsverhältnis anbahnt."

Nach dem Rundgang kehren sie in James' Büro zurück, wo bereits die Unterlagen zur Wohnung von Mr. Hunter liegen. „Wenn Sie wollen, können Sie nachher mit Mr. Hunter einen

Sprung hinübergehen und die Räumlichkeiten besichtigen. Ich denke, mit der Miete werden Sie sich schon einigen. Dann sollten Sie unser Angebot überschlafen und im Laufe der Woche zu einer Entscheidung kommen. Die Arbeit im Büro ist vorerst einmal ein Einstieg, damit wir sehen, wo Ihre Fähigkeiten liegen. Zudem wäre uns natürlich auch wegen der schwangeren Mitarbeiterin sehr geholfen, wenn Sie kurzfristig einspringen könnten. Nun sollten Sie aber Fort William kennenlernen, vielleicht ist unsere nette Stadt noch eine zusätzliche Entscheidungshilfe." Mit diesen Worten wird Kirsty von den Watsons verabschiedet.

Mr. Hunter ist ein ruhiger Mann, aus dessen Erzählungen Kirsty entnimmt, dass er froh wäre über etwas Leben in seinem Haus, nachdem die Tochter den Heimatort verlassen hat. Und die Wohnung ist wirklich genau richtig für sie, nicht zu groß und doch mit allen notwendigen Räumlichkeiten ausgestattet, um nicht beengend zu wirken. Zudem ist sie hübsch und behaglich eingerichtet und könnte auf der Stelle bezogen werden. Die Preisgestaltung Hunters ist auch akzeptabel, sodass Kirsty schon fast eine fixe Zusage machen will. Doch der freundliche Mann hält sie ab davon. „Eine solche Entscheidung sollte zumindest eine Nacht überschlafen werden. Die Wohnung ist morgen auch noch zu haben, Sie müssen nicht übereilt oder unüberlegt handeln."

Kirsty bedankt sich, verspricht sich am nächsten Tag zu melden und macht sich mit Allen auf den Weg, ihre neue Heimat zu erkunden.

JAGD

Am nächsten Morgen wacht Henderson mit furchtbaren Kopfschmerzen auf. Die Verhaftung Baxters hat ihm derart zugesetzt, dass er sich, kaum in seiner neuen Bleibe angekommen, fürchterlich betrunken hat. Die Wohnung ist tatsächlich ein Segen, erkennt Henderson trotz seines Zustandes. Nicht nur, dass er bei seiner gestrigen Ankunft ausreichend zu trinken vorgefunden hat, verfügt seine neue Bleibe auch über ein wunderbar großes Bett, einen bequemen Ledersessel, in dem er es sich gestern bereits richtig gemütlich gemacht hat, und eine Küchenzeile mit allen notwendigen Geräten sowie ein kleines, aber hell und freundlich gefliestes Bad. Zudem entsprechen sogar die eingelagerten Lebensmittel seinem Geschmack, sodass er momentan wirklich nicht außer Haus gehen muss. Die Dachterrassenwohnung hat sogar einen kleinen Balkon, wo er die Morgensonne genießen könnte, wenn ihm nicht derart der Schädel brummen würde. Sogar ein DVD-Player mit einigen Actionfilmen ist vorhanden, sodass er sich die Langeweile vertreiben kann, die sich sicherlich bald einstellen wird. „Vielleicht sollte ich doch einmal mit Kirsty telefonieren", überlegt der schwer angeschlagene Daniel, als er versucht, sich aus seinem Bett zu erheben. Nun verspürt er zu seinen Kopfschmerzen noch einen ordentlichen Schwindel und furchtbare Übelkeit. Mit dem Aufstehen wird es wohl vorerst nichts, er bräuchte aber dringend ein Getränk, das ihm wieder auf die Beine hilft. Mühsam nimmt er einen neuerlichen Anlauf und schafft es tatsächlich bis zum Kühlschrank, wo er zu seiner Freude sowohl ein Bier als auch eine Cola vorfindet. Eines dieser beiden Getränke wirkt bei einem derartigen Zustand immer Wunder. Er nimmt einen ordentlichen Schluck kalte Cola und erblickt mit Schaudern die leere Whiskyflasche, die Ursache allen Übels. Daniel kommt zu dem Entschluss, dass ihm nur noch eine ausgiebige Dusche helfen kann. Danach fühlt er sich wirklich wieder etwas besser und ist neuerlich versucht, Kirstys Nummer zu wählen, als sein Handy läutet. „Hallo Mister Henderson", vernimmt er Wilhelms gut gelaunte Stimme. „Wie versprochen melde ich mich, um Sie zu einer Fuchsstreibjagd auf einer meiner Jagden in Niederösterreich einzuladen. Wenn Sie Lust dazu haben, holt sie mein Jäger morgen früh von ihrem Hotel ab."

„Jagd ja, abholen nein", schießt es Henderson durch den Kopf. „Ich danke Ihnen vielmals für die Einladung, die ich natürlich gerne annehme, Mister Wilhelm. Abholen müssen Sie mich allerdings nicht. Es reicht, wenn Sie mir die Adresse zukommen lassen, dann werde ich pünktlich vor Ort sein." „Eine glaubwürdige Begründung, warum ich sein Entgegenkommen ablehne, habe ich allerdings keine. Hoffentlich fragt er mich nicht danach", überlegt Henderson. Aber seine Sorge ist unbegründet, denn so wichtig ist er seinem Gastgeber nun auch wieder nicht.

„Nun gut, die Adresse schicke ich Ihnen, und Treffpunkt ist um acht Uhr." Und schon hat Wilhelm wieder aufgelegt.

Henderson überlegt seufzend: „Eine Ablenkung wird mir sicherlich guttun, und bis morgen bin ich auch bestimmt wieder fit. Die Frage ist nur, wie ich zu dem Treffpunkt kommen soll …" Wieder reißt ihn das Handy aus seinen Überlegungen. Es ist der namenlose Helfer, der ihm vom Ergebnis seiner Erkundigungen berichtet: „Die Suche nach Ihnen hat sich bereits auf alle Hotels und Pensionen der Stadt ausgedehnt. Ich würde an Ihrer Stelle Ihr Aussehen verändern und mich nicht auf die Straße wagen. Vielleicht lassen Sie sich auch einen Bart wachsen, ein Paket mit verschiedenen Haarfarben steht bereits vor Ihrer Tür. Zudem habe ich eine Rechnung beigelegt, die meine bisherigen Auslagen und die Miete für eine Woche auflistet. Wenn Sie meine Hilfe weiter in Anspruch nehmen wollen, würde ich mich über eine rasche Überweisung freuen." Ohne eine Antwort abzuwarten, legt Mister Noname auch schon wieder auf. „Eine optische Veränderung wäre wahrscheinlich wirklich sinnvoll, aber wie soll ich die Wilhelm erklären?", grübelt Henderson. „Oder mache ich das erst nach der Jagdveranstaltung, um meinem Gastgeber nicht verdächtig zu erscheinen? Solange sich die Suchaktion auf die Unterkünfte in Wien konzentriert, besteht bei der Jagd in Niederösterreich vielleicht auch nicht so große Gefahr erkannt zu werden." Mit diesen Überlegungen geht er zur Eingangstür, um den Inhalt des Paketes zu inspizieren. „Die Rechnung werde ich wohl sofort überweisen müssen, denn meinen namenlosen Helfer darf ich nicht verärgern. Für die Haarfarbe entscheide ich mich übermorgen, und einen Oberlippenbart werde ich mir auch wachsen lassen. Bin schon gespannt, wie mir der stehen wird." Er ist wieder ganz der eitle und selbstgefällige Daniel Henderson …

Nach all den wunderbaren Erledigungen des Vortages konzentriert sich Simone wieder darauf, Pauls Heim auch zu ihrem zu machen. Sofort nach dem gemeinsamen Kaffee und einem intensiven Abschiedskuss von Paul widmet sie sich noch einmal dem Ankleidezimmer. Der Raum ist ja fast zu schade, um nur als Kleideraufbewahrung zu dienen. Simone fühlt sich derart wohl in diesem hellen Zimmer, dass sie überlegt, auch ihr persönliches Refugium, wie Schreibtisch und kleinen Büroschrank, an dem Fenster mit den gelben Vorhängen zu installieren. Begeistert von ihrer Idee, beginnt sie sofort auszumessen, wie viel Platz ihr tatsächlich zur Verfügung steht. Wenn Paul ihren Überlegungen zustimmt, könnte sie mit Scott vielleicht zu IKEA fahren, alles Notwendige besorgen und die Möbel gemeinsam mit ihm zusammenbauen. Und dann müssten sie ja auch noch das Kleidungsproblem für die Hochzeit lösen, da ein fixer Termin schon immer realistischer wird. Während sie eine Skizze auf ein Blatt Papier zeichnet, und die genauen Abmessungen des Fensters und der daneben liegenden leeren Wand einträgt, versucht sie sich zu erinnern, wo das nächste namhafte Trachtengeschäft zu finden ist. Da ihr dazu allerdings nichts einfällt, wird sie wohl das Internet „befragen" müssen. Während sie die Skizze in die Hosentasche steckt, leert sie einen weiteren Karton, der in Pauls Keller deponiert war und mit Pullovern vollgepackt ist. Sie studiert noch, ob die Anordnung im Schrank praktisch und übersichtlich ist, als sich Scott bemerkbar macht, der sie schon einige Zeit beobachtet hat.

„Guten Morgen, meine Liebe, du bist ja schon ganz schön fleißig, so zeitig am Tag. Ich will deinen Tatendrang nicht unterbrechen, aber ein Frühstück wäre jetzt auch nicht zu verachten!" Lächelnd drückt er seiner Tochter einen Gutenmorgenkuss auf die Wange. „Wenn es dir recht ist, übernehme ich das, damit du hier endlich fertig wirst und wir gemeinsam etwas unternehmen können."

„Unternehmen ist gut, wir müssen noch etliche Besorgungen machen, bevor wir uns dem Vergnügen zuwenden. Aber es wäre wirklich sehr nett von dir, wenn du dich der Küche widmen könntest. Hunger habe ich auch schon …", meint Simone und wendet sich wieder ihrer Arbeit zu. Bereits nach kurzer Zeit steigt ihr der Geruch von frisch gebackenen Brötchen und Kaffee in die Nase, und nachdem sie zufrieden die ordentlich eingeräumten Fächer und Laden betrachtet hat, freut sie sich auf Vaters schottisches Frühstück. Scott hat wieder Eier, Speck und Bohnen gemacht, offensichtlich eine Notwendigkeit, um seinen Tag glücklich beginnen zu lassen, und Simone hat sich auch schon sehr mit dem deftigen Frühstück angefreundet.

Noch während Simone genüsslich ihre Eier verdrückt, teilt sie ihrem Vater ihre Pläne mit und bittet ihn um Hilfe beim Zusammenbau der Möbel. „Hast du Paul schon von deinem Vorhaben berichtet?", fragt Scott, der bemüht ist, ein voreiliges Handeln seiner Tochter zu verhindern.

„Nein, die Idee habe ich ja eben erst geboren. Aber vielleicht hast du recht. Wir können ja heute einmal schauen, was passen würde, und Paul dann den fertigen Plan vorlegen. Aber nachdem ich schon einige Adressen von Trachtenmoden herausgesucht habe, die in der SCS, dem Einkaufszentrum Shopping City Süd in Vösendorf, neben der Firma Ikea sind, sollten wir uns da einmal umsehen. Denn nicht nur du, sondern auch mein lieber Paul wird ein neues Trachtensakko oder vielleicht gar einen Anzug brauchen. Und ich möchte mir eigentlich auch ein neues Dirndl kaufen, vielleicht finde ich ja ein nicht allzu teures …"

„Diese Rechnung könnte ich übernehmen, dann hätte ich auch gleich ein Hochzeitsgeschenk für euch, denn einen Hausstand braucht ihr ja nicht mehr zu gründen. Und zu Ikea gehe ich auch gerne mit dir, Hauptsache wir unternehmen etwas gemeinsam!"

Simone strahlt Scott über ihren inzwischen leeren Teller an. „An dein Frühstück und deine wunderbare Gesellschaft könnte ich mich gewöhnen, lieber Vater. Es wäre wirklich sehr schön, dich noch längere Zeit bei uns zu haben …"

Kirsty erwacht gut gelaunt und hungrig. Nach dem schönen Abend mit Allen ist sie sich vollkommen sicher, dass alle Angebote in Fort William wunderbar sind. Sie hätte es sich schöner nicht ausmalen können. Eine Wohnung in unmittelbarer Nähe zur Arbeit, freundliche Chefs, die sich offensichtlich bemühen, ihr einen ordentlichen Job zu geben. Die Bezahlung passt, Fort William gefällt ihr auch und natürlich gibt es da noch Allen, der ihr alles andere als unsympathisch ist. Da Mr. Hunter bei den Watsons beschäftigt ist, kann sie beide Zusagen, zu Job und Wohnung, mit einem Weg erledigen. „Das werde ich aber jetzt ohne Allen machen. Es wird allmählich Zeit, dass ich mich auf die eigenen Beine stelle und nicht wieder in ein ähnliches Fahrwasser wie mit Henderson gerate. Nicht dass Allen mit Henderson vergleichbar wäre, aber eine gewisse Selbstständigkeit kann mir in meinem Alter wirklich nicht schaden", überlegt Kirsty. Nach einem ausgiebigen Frühstück macht sie sich zu Fuß auf den Weg in der Hoffnung, die Distanz zu den Watsons nicht unterschätzt zu haben. Am Vortag hat sie ja Allen mit dem Auto hingeführt, aber etwas Bewegung wird ihr auch nicht schaden. Zudem scheint die Sonne, und sie kann auf diese Art und Weise ihre neue Heimat besser kennenlernen.

Natürlich ist der Weg weiter, als Kirsty gedacht hat, und sie ist schon etwas erschöpft, als sie endlich bei den Watsons ankommt. Der freundliche Empfang von James lässt sie ihre Müdigkeit aber vergessen, und Mr. Hunters Angebot, sie nach Arbeitsschluss abzuholen und in ihre neue Wohnung zu fahren, nimmt sie auch gerne an. „Jetzt muss ich mich nur noch endgültig von Inverness trennen und meine paar Habseligkeiten übersiedeln", denkt Kirsty schon einen Schritt weiter. Und wie immer ruft Allen zum richtigen Zeitpunkt an. „Hast du dich schon entschieden?", fragt er und kann es offensichtlich schon gar nicht mehr erwarten, zu hören, dass sie hierbleibt, was Kirsty natürlich auch bewusst ist.

„Keine Sorge", beruhigt sie ihn daher lachend. „So schnell wirst du mich nicht mehr los. Es ist ja auch wirklich alles perfekt vorbereitet von dir! Vielen Dank nochmals für all deine Bemühungen! Einfacher kann man einem den Start in ein neues Leben wohl kaum machen. Ich werde morgen bereits nach Inverness zurückfahren, um meine Sachen zu packen. Ob du mir wohl beim Übersiedeln helfen könntest? Möbel habe ich ja keine, nur Kleinkram, Kleidung, etwas Geschirr und Bettwäsche, also alles

Dinge, die sich leicht im Auto transportieren lassen. Aber das können wir ja abends besprechen, falls du Zeit hast?!"

„Für dich nehme ich mir immer gerne Zeit, und natürlich helfe ich dir beim Übersiedeln. Von wo darf ich dich heute abholen?"

„Mr. Hunter bringt mich nach seinem Dienstschluss in die Wohnung, wo wir vielleicht schon einen Mietvertrag aufsetzen. In jedem Fall kann ich heute schon dort nächtigen, es ist noch Bettwäsche von seiner Tochter da. Du kannst also jederzeit in mein neues Heim kommen, um alles Weitere zu besprechen. Aber gleich vorab: Du weißt, wie eilig ich es habe, von Inverness wegzukommen. Ich werde nicht länger als einen Tag brauchen, um alles zu packen. Nur damit du dir deine Zeit einteilen kannst …" Mit diesen Worten versucht sie jetzt doch, ihn nicht zu sehr zu drängen.

„Alles gut, meine Liebe, dann überlege ich mir für heute Abend noch ein nettes Pub, damit du morgen gestärkt auf Reisen gehen kannst. Ich freue mich wirklich, dass du mit allem einverstanden und zufrieden bist!"

Ines erwacht in Finns Armen und beginnt sich genüsslich zu räkeln, wobei sie ihn natürlich weckt und zu neuerlichen Liebesspielen animiert. „Wenn wir heute noch nach Fort William kommen wollen, sollten wir so langsam aufstehen", scherzt Finn, der offensichtlich doch nicht den ganzen Tag im Bett verbringen will. „Schließlich musst du ja auch noch dein Zimmer kündigen und deine Sachen übersiedeln, wenn du das nach dieser Nacht überhaupt noch willst", meint er, wobei er Ines prüfend betrachtet.

„Du wirst es nicht glauben, aber ich will immer noch." Ines lächelt ihn bei diesen Worten zufrieden und glücklich an. „Und wenn wir nicht schon einiges für heute vorhätten, würde ich das Bett nicht so schnell verlassen. Aber da dieses Programm sicherlich eine Fortsetzung finden wird, lasse ich mich ausnahmsweise zum Aufstehen überreden", setzt sie fort. Unerwartet rasch schlüpft sie aus dem Bett unter die Dusche, von wo schon bald eine fröhliche Melodie zu hören ist, die Finn zum Mitsingen animieren würde, hätte er eine schönere Stimme. Also beschließt er, sich damit zu begnügen, das Frühstück zuzubereiten. „Irgendwo muss ich wohl auch Platz machen", überlegt er, „damit Ines ihre Sachen unterbringen kann." Und da er erst kürzlich den Schrank mit den Sportklamotten entrümpelt hat, bietet sich dort eine vorübergehende Lösung an. Für einen dauerhaften Einzug von Ines wird er wohl einiges in seiner Single-Wohnung ändern müssen. Zu weiteren Überlegungen kommt er allerdings nicht, da eine bezaubernde Ines in seinem viel zu großen Bademantel und mit tropfnassen Haaren aus dem Badezimmer kommt, sich an den Tisch setzt und sich hungrig über das Frühstück hermacht. „Hast du dir schon überlegt, wo ich in deiner großzügigen Wohnung meine paar Habseligkeiten unterbringen kann?", fragt Ines, denn sie hat sich auch schon Gedanken über den mangelnden Stauraum in Finns Studio gemacht hat.

Ohne seinen Blick von der entzückenden nassen Erscheinung abwenden zu können, zeigt Finn Ines das momentane Platzangebot mit dem Wissen, dass ein größerer Umbau bezüglich mehr Stauraum folgen muss.

„Noch habe ich ja nicht so viele Klamotten, und wenn du mir ein wenig Zeit gibst, wird mir schon eine sinnvolle Lösung einfallen!" Sie verschweigt vorerst, dass sie sich diesbezüglich natürlich bereits Gedanken gemacht hat, aber so eilig ist es ja nicht, nachdem ihr immerhin ein kleiner Schrank zur Verfügung steht. Sie genießt es, von Finn verwöhnt zu werden, der selbst in seinem Schlafanzug ihr Traummann ist. Verliebt lächelt sie ihn an, um sich dann doch von seinem Anblick loszureißen, denn ihr Zimmer sollte sie noch am Vormittag räumen. So schlüpft sie schlussendlich in das Erfolgskleid des gestrigen Abends, um sich widerwillig auf den Weg zu machen.

„Du kannst mich ja anrufen, wenn du fertig gepackt hast, dann komme ich dich mit dem Wagen abholen. Eigentlich könnten wir dann auch gleich nach Fort William weiterfahren, wenn du dich nicht vorerst hier einrichten willst?"

Ines überlegt nicht lange. „Wenn du mir eine Stunde gibst, habe ich bestimmt alles erledigt. Ich hoffe nur, dass ich all meine Bücher und Lernutensilien verstauen kann, oder hättest du vielleicht noch eine Reisetasche für mich? Wie du ja bei meiner Ankunft gesehen hast, war mein Gepäck nicht sehr groß, und es hat sich auch nicht besonders vermehrt. Allerdings weiß ich nicht, wo ich meine neuen Wegbegleiter, wie Reiseführer und Geschichtsbücher, unterbringen soll, um sie hierher zu transportieren."

Kaum hat Ines den Satz vollendet, drückt ihr Finn schon eine sehr robuste Reisetasche in die Hand. „Dann ist es wahrscheinlich doch sinnvoller, einmal alles hier abzuladen und nur mit kleinem Gepäck nach Fort William zu fahren. Deine Bücher wirst du an diesem verlängerten Wochenende wohl nicht brauchen", meint Finn jetzt spitzbübisch schmunzelnd. „Schließlich müssen wir ja auch noch dort fortfahren, wo wir vor Kurzem aufgehört haben!"

Nach einem liebevollen Kuss macht sich Ines auf den Weg, nicht mehr ganz so widerwillig, wo ihr doch ein so schönes Leben mit Finn bevorsteht.

Simone und Scott kommen sichtlich erschöpft von ihrer Einkaufstour zurück, wobei von Einkaufen ja noch gar keine Rede war. Allein das Überlegen und Abwägen, welche Kleidungsstücke für die Hochzeit passend wären, hat sie derart ermüdet, dass sie schlussendlich von allen infrage kommenden Modellen Fotos gemacht haben, um mit Paul nochmals zu beratschlagen. Viel einfacher war da schon das Vorgehen bei Ikea, weil Simone zu diesem Thema ganz genaue Vorstellungen hat. Mit den notwendigen Maßen gerüstet, haben sie sofort genau geplant und die erforderlichen Einzelteile auch schon zusammengestellt, sodass Simone nach Rücksprache mit Paul sofort eine Online-Bestellung machen kann, die von Ikea zum Abholen vorbereitet wird.

Aber nicht nur Simones und Scotts Tag war anstrengend, auch Paul kommt ziemlich erledigt nach Hause. „Anscheinend gibt es doch einige Menschen, die ihre Lieblinge nur von mir behandeln lassen wollen. Bei manchen der Patienten wäre es sinnvoll gewesen, den lieben Klaus aufzusuchen, denn Verzögerungen in der Behandlung führen manchmal zu irreparablen Schäden. Aber Gott sei Dank ist nichts passiert, abgesehen von meinem mehr als heftigen Arbeitstag. Wenn ich mir vorstelle, dass ich jetzt noch ein Pferd zu reiten hätte ..." Nicht einmal einen Begrüßungskuss bekommt Simone von Paul, als er sich in seinen Fauteuil im Wohnzimmer fallen lässt. Vater und Tochter schauen sich vielsagend an, sie verstehen ihn, denn vor einer halben Stunde haben sie es sich ähnlich erschöpft auf dem Sofa bequem gemacht. Allerdings waren sie noch imstande sich einen Drink zu mixen. Das übernimmt nun Simone für ihren Mann und holt sich dafür einen zarten Kuss von ihrem Liebsten.

„Wenn du immer so viel zu tun hättest, wäre das Pferd keine gute Idee. Ansonsten könnten wir uns, wie bereits in Schottland dazu überlegt, beim Bereiten abwechseln. Und wenn du dich halbwegs erholt hast, kannst du uns deine Wünsche für das Abendessen bekannt geben. Danach stehen noch einige Entscheidungen bezüglich kleiner Veränderungen im Ankleidezimmer und natürlich die Hochzeitskleidung betreffend an, die wir beide nicht alleine treffen wollten." Liebevoll streicht sie Paul das wirre Haar aus dem Gesicht, derart aufgelöst hat sie ihn noch nie gesehen.

„Am liebsten hätte ich ein schönes Stück Fleisch mit Bohnen und Bratkartoffeln, aber das werden wir wohl nicht zu Hause haben?!" Paul hat sich nach einem kräftigen Schluck von seinem Drink wieder so weit erholt, dass er bereits ans Essen denken kann.

„Ich finde es ganz toll, lieber Paul, dass du ähnliche Gelüste hast wie ich. Da Simone ja eher auf der süßen Seite ist, habe ich den Fleischeinkauf übernommen, und deshalb kann dein Wunsch erfüllt werden. Und Bohnen sind auch kein Problem, da ich sie ja auch gerne zum Frühstück esse, bei dem du ja leider bereits außer Haus bist. Dann werde ich mich einmal um das Essen kümmern, während dir Simone die Ergebnisse unseres heutigen Shopping-Marathons unterbreitet. Bin gespannt, wie du dich bezüglich der Kleidung, die übrigens mein Hochzeitsgeschenk an euch ist, entscheiden wirst. Meine Tochter und ich waren uns jedenfalls nicht ganz einig!" Mit einem verschmitzten Lächeln und nicht sehr schwungvoll entfernt sich Scott in die Küche, wo er sich noch einen kleinen Gin Tonic gönnt. Der heutige Tag hat ihn offensichtlich auch ganz schön mitgenommen.

„Schön, dass Vater auch kochen kann, ich genieße es wirklich ihn hier zu haben. Auch bei Ikea war er sehr hilfreich mit seinen praktischen Einwänden, nur bei der Kleidung haben wir einen ziemlich unterschiedlichen Geschmack. In jedem Fall haben wir schon Wetten abgeschlossen, in welche Richtung du tendierst, wenn wir dir die Fotos vorlegen. Glaubst du, mein Schatz, dass du dich schon so weit erholt hast, um es bis zum Sofa ins Ankleidezimmer zu schaffen? Dann könnte ich dir die Pläne für mein Refugium unterbreiten", fragt Simone, wobei sie Paul mit einem auffordernden Lächeln bei der Hand nimmt.

Gespielt seufzend erhebt sich Paul, um seiner zukünftigen, bereits wieder vor Energie strotzenden Frau in ihr zukünftiges Reich zu folgen, wo sie bereits alles so hergerichtet hat, dass sich Paul anhand der Pläne und Fotos ein anschauliches Bild von ihrem Vorhaben machen kann.

„Die Anordnung der Regale und des Schreibtisches ist wirklich gut durchdacht, sehr praktisch und fügt sich perfekt in diesen Raum ein, der meiner Meinung nach dadurch auch noch optisch an Größe gewinnt. Und wie ich sehe, bist du auch sehr glücklich, einen derart schönen und zweckdienlichen Platz in unserem Haus gefunden zu haben", meint Paul, wobei er die immer noch heftig gestikulierende und ihre Pläne erklärende Simone zu sich herunterzieht und liebevoll küsst. So sehr dieser Wirbelwind sein bisher recht beschauliches Leben durcheinanderbringt, wie Scott ja bereits vorhergesagt hat, so sehr liebt er dieses temperament- und liebevolle Energiebündel auch! Sie wären wahrscheinlich im Bett gelandet, wenn nicht der verführerische Geruch und Scotts Meldung aus der Küche, dass das Essen fertig sei, sie davon abgehalten hätte. Und beide sind voll des Lobes für Scotts Kochkünste. Nachdem sich Simone nach dem Essen um das Aufräumen der Küche gekümmert hat, beratschlagen die drei mithilfe der Fotos über ihrer aller Hochzeitsoutfits. Satt und zufrieden nehmen sie jeden einzelnen Vorschlag noch einmal genau unter die Lupe, wobei Simone ja bereits genau weiß, was sie will. Gott sei Dank ist Paul bei der Wahl ihres Hochzeitsdirndls, eines weich fallenden langen Rocks mit einem hellgrauen Mieder zum Knöpfen mit schmeichelndem Kelchkragen und zartem Rosenmuster sowie einer edel schimmernden blassgrünen Schürze, ganz auf ihrer Seite. Und ob Anzug oder nur Sakko, diese Frage klärt sich bei den beiden Herren schlussendlich auch sehr rasch. Scott will ja eigentlich keinen Anzug kaufen, lässt sich aber dann doch von den beiden davon überzeugen, dass der Anlass danach verlangt. Auch über diese Modelle werden sie sich rasch einig, da Pauls Anzug farblich natürlich zu Simones Dirndl passen soll. Die Wahl für Paul fällt auf einen traditionellen grauen Anzug mit grünem Revers und einer grauen Seidenweste, die mit ihrer blassgrünen Musterung perfekt zu Simones Dirndlschürze passt. „Jetzt müssen wir nur noch die richtige Größe für dich finden. Aber ich denke, es wird sich machen lassen, dass wir den Anzug umtauschen oder noch eine Änderung vornehmen können, falls etwas nicht passt. Denn wie ich deinen momentanen Arbeitsalltag einschätze, wirst du wohl nicht zum Mitkommen zu bewegen sein", meint Simone. Für sie ist das Thema Anprobe eigentlich schon abgehakt, denn Scott hat seinen Anzug in einem schmeichelnden Braunton bereits probiert und nur noch die Wahl des Bräutigams abgewartet, damit er ihm farblich nicht in die Quere kommt. Bevor es am nächsten Abend zu einer neuerlichen Verkostung mit Lotte und Georg für das Hochzeitsmenü geht, haben Simone und Scott also noch den Weg in die Shopping City zu absolvieren.

„Eigentlich haben wir schon fast alles erledigt", freut sich Simone. „Obwohl nach der Terminfixierung ja auch noch die Einladungen hinausmüssen. Es wäre zwar etwas stillos, aber aus Zeitmangel denke ich da eher an Mails als an Briefe. Was meint ihr?"

„Besonders schön finde ich es nicht, aber es macht sicher Sinn, denn unsere schottischen Freunde brauchen wohl noch etwas mehr Vorlauf bezüglich der Anreise als die österreichischen Gäste", pflichtet ihr Paul bei.

Scott scheint sich auch schon Gedanken dazu gemacht zu haben. „Solltet ihr lieber stilvoll agieren wollen, könnt ihr ja vorab eine ‚save the date'-SMS abschicken und eine schöne Einladung mit Adresse und Programm per Post nachsenden."

„Dann werde ich wohl die Gestaltung einer Hochzeitsanzeige übernehmen und mich mit einer Druckerei in Verbindung setzen", plant Simone bereits weiter, nachdem sie Scotts Vorschlag einstimmig angenommen haben.

Zufrieden mit den Erledigungen des Tages und auch etwas müde zieht sich Scott als Erster in sein Kellerappartement zurück. Simone und Paul überlegen noch einmal in Ruhe, ob sie auch an alles gedacht haben, und genießen danach noch ein schönes Glas Wein, mit dem sie auf ihre gemeinsame Zukunft anstoßen.

„Du weißt gar nicht wie glücklich ich darüber bin, dass sich nun doch noch alles auszugehen scheint!" Simone strahlt ihren Paul an. „Etwas Sorge habe ich wegen Mutter, weil ich sie beim Kauf des Hochzeitskleides nicht einbezogen habe."

„Aber das kannst du ja noch. Vielleicht hat sie die Möglichkeit eine Vertretung für den Nachmittag zu finden, dann könnt ihre ja alle gemeinsam vor dem Abendessen in die Shopping City fahren. Und damit Vater nicht beleidigt ist, kann Mutter ihm, obwohl er ausreichend Jagd- und Trachtenbekleidung besitzt, sicher einreden, dass er auch ein neues Teil für die Hochzeit braucht. Damit wären alle beisammen und ihr könntet euch gemeinsam für das Fest einkleiden. Bei Mutter bin ich mir ja ohnehin nicht sicher, dass sie sich auch etwas Neues kaufen will."

„Was für einen klugen und umsichtigen Mann ich doch bekommen werde!" Simone umarmt Paul dankbar für diese gute Idee, mit der sie alle Elternteile zufriedenstellen können und sich keiner benachteiligt fühlen muss. Zudem ist es nun auch an der Zeit, ihren zärtlich verlangenden Gefühlen nachzugeben.

Daniel braucht etwas, bis er sich klar wird, wie er zu dieser Jagdveranstaltung kommen kann. Schlussendlich muss er wieder seinen anonymen Helfer kontaktieren, der sich allerdings erst nach langem Zureden bereit erklärt, ein Leihauto für ihn zu mieten. Seiner Meinung nach ist das Risiko, erkannt zu werden, auch in Niederösterreich sehr groß. Sollte Daniel der Polizei in die Hände fallen, kann auch er nichts mehr für Henderson tun. Und da der gesuchte Verbrecher seine optische Veränderung auch erst am Tag nach der Jagd in Angriff nehmen will, ist die Gefahr, gefasst zu werden, noch um vieles größer. Daniel seufzt, als er am nächsten Morgen in den geliehenen Jeep steigt und die Adresse ins Navi eingibt. Er weiß, was er aufs Spiel setzt, will aber seinem renommierten Kunden keinen Korb geben. Zu sehr ist sein Geschäft von dem guten Einvernehmen mit Wilhelm abhängig. „Aber werde ich überhaupt noch ein Geschäft haben?", fragt er sich sorgenvoll, als ihm seine missliche Lage immer mehr bewusst wird. Wenn er schon von der österreichischen Polizei gesucht wird, muss es eine gesetzliche Vereinbarung mit Schottland geben, denn wie sollten die hiesigen Beamten von seinem Verbrechen in Fort William wissen? Und woher hat die schottische Polizei überhaupt die Beweise, um Baxter verhaften zu können? Belastendes Material ist nur auf seinem Computer, wo außer Kirsty niemand Zugriff hat. Ist ihm seine ach so dumme Geliebte vielleicht in den Rücken gefallen? Vielleicht hat er sie ja auch unterschätzt, schließlich hat sie ihm mit ihrer Bauernschläue zur Flucht geraten. Aber warum sollte sie ihn verraten? Sie hat doch alles, was sie braucht, von ihm bekommen! Der von sich und seiner Großzügigkeit überzeugte Henderson ist ziemlich ratlos. Zudem wird ihm über all sein Grübeln mit Schrecken bewusst, dass er in Europa wohl überhaupt keine Zukunft mehr hat, sollte er sich nicht stellen. Bei dem Gedanken tritt ihm der kalte Schweiß auf die Stirn, denn ins Gefängnis wird er sicherlich nicht gehen. Und wieder fällt ihm der Verursacher all dieses Übels ein, wobei der kalte Schweiß zugunsten von rasender Wut, die in ihm aufsteigt, als er an Scott Watson denkt, verschwindet! Schon einmal hat dieser unsägliche Mensch sein Leben zerstört, und nun scheint es ihm wieder zu gelingen. Henderson versucht sich zu beruhigen und auf die bevorstehende Jagd zu konzentrieren. „Meinem Kunden zu gefallen ist eigentlich auch nicht mehr nötig", fällt ihm siedend heiß ein. „Wenn ich nicht mehr nach Schottland zurückkomme. Macht es dann überhaupt noch Sinn, dass ich an der Veranstaltung teilnehme?" Und dann auch noch eine Fuchsjagd, von der er, Henderson, so gut wie gar keine Ahnung hat. Er wird verdammt aufpassen müssen, um ja keinen Fehler zu machen. Das fehlte ihm noch, durch falsches jagdliches Verhalten die Aufmerksamkeit der anderen Gäste auf sich zu ziehen. Hoffentlich hat Wilhelm auch an einen Übersetzer gedacht, denn sonst ist Daniel ziemlich aufgeschmissen. Doch all seine Sorgen sind unbegründet, denn sofort nach der Begrüßung seines Gastgebers bekommt er einen persönlichen Betreuer zugeteilt, der ihm nicht nur sprachlich, sondern auch in Bezug auf richtiges Verhalten während der Treibjagd zur Seite steht. „Dieser Wilhelm hat doch wirklich an alles gedacht", bewundert Henderson seinen erfolgreichen Geschäftspartner. Und in Begleitung von Herrn Franz, der ihm in allen Dingen behilflich ist, kann Henderson dieses jagdliche Ereignis sogar etwas genießen. Obwohl er nach dem alkoholischen Absturz am Vortag immer noch nicht ganz fit ist, wird er doch etwas von seiner aussichtslosen Zukunft abgelenkt. Bereits am späten Vormittag ist Henderson ziemlich müde und froh darüber, dass Franz ihm die baldige Mittagspause ankündigt. Nicht nur die gesamte Veranstaltung, sondern auch die Verköstigung in freier Natur ist perfekt organisiert. Die Jäger sitzen gemütlich beisammen und lassen sich die harten Würste und das Bier beim Jägerlatein gut schmecken. Obwohl Daniel kaum etwas versteht, fühlt er sich gut aufgehoben und beginnt den Tag zu genießen. Seine aufkommende gute Laune verflüchtigt sich aber sofort wieder, als er aus Wilhelms Mund den Namen Scott Watson vernimmt. Ohne zu viel Aufmerksamkeit auf sich zu lenken versucht er, von Franz zu erfahren, worüber gerade gesprochen wird. „Da geht es um irgendeine Hochzeit, bei der auch der schottische Vater der Braut anwesend sein wird, ein gewisser Watson, der offensichtlich einmal Jagdreisen veranstaltet hat. Also das ist diesmal kein Jägerlatein", erklärt der hilfsbereite Franz und lächelt den Fragenden an. „Aber vielleicht kennen Sie diesen Landsmann ja?"

Henderson bleibt der Bissen im Mund stecken, er fängt sich aber sofort, um sehr geschickt zu antworten. „Ja, ich kenne tatsächlich einen Scott Watson, aber der Name ist in Schottland sehr gebräuchlich. Wann und wo ist denn diese Hochzeit? Vielleicht kann ich ja durch dieses Wissen einen Zusammenhang zu dem mir bekannten Watson herstellen."

„Das lässt sich leicht eruieren, denn mein Chef wurde soeben von seinem Freund Georg Haller, den ich persönlich von diversen Jagden auch recht gut kenne, zu diesem bevorstehenden Großereignis eingeladen. Ich kann den netten Mann gerne dazu befragen."

Henderson denkt fieberhaft nach, wie er Franz zu einer möglichst unauffälligen Nachforschung motivieren könnte. „Das wäre total nett von Ihnen. Ich möchte aber nicht, dass Herr Haller glaubt, ich wollte mich durch eine mögliche Bekanntschaft mit einem seiner Gäste wichtigmachen. Vielleicht können Sie ihn ja beiläufig fragen, ohne mich zu erwähnen?"

„Natürlich, so machen wir das!" Franz ist sofort Feuer und Flamme, sein diplomatisches Geschick unter Beweis stellen zu können, und wendet sich gleich darauf an Georg Haller, der nur allzu bereitwillig Auskunft über das geplante Hochzeitsfest gibt.

„Aber was fange ich nun mit diesem Wissen an?", fragt sich Henderson. „Denn selbst wenn ich den Zeugen meines Wilddiebstahls eliminieren könnte, was sich bei dem geringen Strafausmaß bestimmt nicht rentiert, bleiben die Beweise, die Baxter hinter Gitter gebracht haben, bestehen. Und dann hat dieser Watson auch noch eine Tochter in Österreich!" Wieder steigt Wut in ihm hoch. Nicht nur, dass Watson ihm seine Familie genommen hat, ist er auch noch stolzer Vater einer Tochter, wie dieser Haller erzählt. Henderson hat große Mühe, sich wieder zu beruhigen, und diesen perfekt organisierten Tag unauffällig bis zum Ende durchzuhalten. Obwohl sich Herr Franz wirklich bemüht, kann er leider nichts über das Wann und Wo der Hochzeit erfahren, weil Zeitpunkt und Ort noch nicht feststehen, wie ihm Haller erläutert. „Das werde ich wohl noch herausfinden müssen", überlegt der wütende Henderson. Denn in seiner perfiden Gedankenwelt reift, trotz der vorhandenen Beweise, der ziemlich sinnlose Plan, Scott Watson an diesem für ihn besonderen Tag zur Rechenschaft zu ziehen …

Die erste Nacht in ihrer zukünftigen Wohnung hat Kirsty ganz bewusst noch alleine verbracht. Sie hat sich vorgenommen, die Räumlichkeiten nach ihrer Rückkehr aus Inverness etwas persönlicher einzurichten, bevor sie Allen, der sie am Vorabend wieder in ein sehr nettes Pub geführt hat, zum Bleiben animieren will. „So hat alles seine Richtigkeit, zuerst das eine abschließen, bevor man mit dem Nächsten beginnt", denkt sie. Zufrieden mit sich und der Welt macht Kirsty sich auf den Weg zur Busstation und ist gedanklich schon in Inverness, wo sie noch einige Behördenwege bezüglich ihrer Übersiedelung zu erledigen hat. Während der Fahrt macht sie sich eine Liste, damit sie ja nichts vergisst, und nicht noch einmal nach Inverness reisen muss. Ganz entscheidend ist die Bank, wo sie ihrer Betreuerin eine Vollmacht geben wird, damit die Kirstys Konto auflösen kann, wenn sie in Fort William ein neues eröffnet hat. Um die Daueraufträge wird sich dann die neue Bank kümmern, wobei es eigentlich in erster Linie um ihr Gehaltskonto in Hendersons Firma geht. „Bin schon sehr gespannt, wie lange da noch Geld kommen wird", überlegt sie stirnrunzelnd. „Und was passiert mit der Fima, wenn Henderson verhaftet wird? Aber eigentlich ist mir das auch egal, Hauptsache ich habe nichts mehr damit zu tun", versucht sie dieses Kapitel ihres Lebens gedanklich nicht mehr zuzulassen. „Das wird aber erst dann funktionieren, wenn ich wieder auf dem Rückweg nach Fort William bin. Also muss ich mich wohl noch bis morgen gedulden." Kirsty freut sich bereits auf ihr neues Leben. Über all diese Überlegungen ist sie bereits in ihrer – eigentlich Hendersons – Wohnung angekommen und begibt sich sofort ins Schlafzimmer, wo sie ziemlich rasch ihr Gewand aussortiert hat. Sie trennt sich sehr leicht von all den Teilen, die sie an ihr Zusammensein mit Daniel erinnern. Bettwäsche und Geschirr sind auch schnell durchgeschaut, und von den Handtüchern legt sie nur die zum Einpacken auf die Seite, die farblich zu ihrem neuen Badezimmer mit einer bordeauxroten Fliesenreihe passen. „Der Abschied von meinem alten Leben fällt mir offensichtlich gar nicht schwer", schmunzelt Kirsty in sich hinein. „Mit den paar Kleidungsstücken und der Wäsche fülle ich ja gerade einmal zwei Koffer. Für das Geschirr werde ich mir noch Umzugskartons besorgen müssen und meinen mit zartem Rosenmuster bezogenen Lieblingsfauteuil sowie die dazu passende Stehlampe werde ich in dicke Plastikfolie verpacken, damit die Dinge unbeschadet in meinem neuen Heim ankommen." Sie dreht gut gelaunt das Radio der Stereoanlage, die leider auch Daniel gehört, auf und singt in voller Lautstärke mit. Obwohl es ihr auch um den schönen großen Fernseher von Henderson leidtut, ist sie bester Laune, als sie die Tür zur ihrer einstigen Wohnung absperrt, um sich zur Bank zu begeben. „Eigentlich habe ich mich in Inverness immer sehr wohlgefühlt", wird ihr bei dem leisen Abschiednehmen von ihrer gewohnten Umgebung bewusst. Nicht nur die Nähe von Arbeitsplatz, Wohnung und den diversen Lieblingslokalen, auch ihr Supermarkt ums Eck, mit dessen Angestellten sie bereits ein ziemlich vertrautes Verhältnis hat, haben ihr ein angenehmes Leben beschert. „Aber in Fort William werde ich es ähnlich komfortabel haben, und das alles ohne diesen Henderson!"; denkt Kirsty zufrieden.

Nachdem sie alles Notwendige auf dem Meldeamt und auf der Bank erledigt hat, sucht sie noch in Daniels Firma nach geeignetem Verpackungsmaterial für ihr Geschirr und die beiden Möbelstücke. Auch hier macht sie einen letzten Rundgang und überlegt, ob sie die Schlüssel vielleicht gleich zur Polizei bringen soll, denn Daniel wird wohl nicht mehr hierher zurückkommen. Wieder in der Wohnung und nachdem sie den Rest verpackt hat, ruft sie Allen an, um ihm mitzuteilen, dass sie eigentlich schon am nächsten Vormittag abholbereit ist.

„Das heißt, du hast tatsächlich schon alles erledigt?" Allen ist hocherfreut darüber, dass Kirsty sich so rasch von ihrem alten Leben trennt.

„Alles erledigt und alles eingepackt", bestätigt Kirsty. „Eigentlich könnte ich sofort losfahren. Aber meine zwei Koffer und die Umzugskartons sowie meinen Fauteuil kann ich ja wohl nicht mit dem Bus transportieren. Ich bin dir daher sehr dankbar, wenn du mich morgen abholst und in mein neues Zuhause bringst. Ich werde heute noch von meinem Lieblingspub Abschied nehmen und eventuell die Schlüssel von Daniels Haus bei der Polizei vorbeibringen. Was meinst du dazu?"

„Ja, warum nicht, alles andere macht ohnehin keinen Sinn. Du wirst nicht mehr hinfahren, und Daniel wird so rasch auch nicht nach Hause kommen. Dann ist es wohl besser, wenn vorerst die Polizei die Schlüssel in Verwahrung nimmt, denn Erben sind ja wohl auch keine da, die sich um alles kümmern, wenn Daniel im Gefängnis ist, oder?"

„Nicht, dass ich wüsste", bestätigt Kirsty. „Obwohl man bei Daniels Umtriebigkeit nicht so sicher sein kann, dass es nicht doch irgendwo Nachkommen von ihm gibt."

„Na gut, meine Liebe, dann werde ich dich morgen gegen zehn Uhr abholen und in dein neues Leben fahren."

Obwohl der Hochzeitstermin noch nicht fixiert ist und daher noch gar nicht klar ist, ob es sich überhaupt lohnt, Hochzeitsanzeigen drucken zu lassen, macht sich Simone während ihres morgendlichen Waldlaufes bereits Gedanken über den möglichen Text und die optische Gestaltung. Sie will einfach vorbereitet sein, falls sie noch länger als eine Woche auf das wunderbare Ereignis warten muss. Nach ihrer ersten Tasse Kaffee, die sie wieder mit ihrem lieben Paul genossen hat, hat sie sich bei ihrer Mutter gemeldet, um ihr den gemeinsamen Einkauf in der Shopping City vorzuschlagen. Lotte ist sofort begeistert von der Idee gewesen und will sich um eine Vertretung für den Nachmittag kümmern. Kaum ist Simone zurück, geduscht und bereit für das gemeinsame Frühstück mit Scott, schickt Lotte auch schon eine SMS, dass sie bereits um vierzehn Uhr in dem Trachtengeschäft sein könnte.

„Das ist ja fein, dann haben wir Zeit, in Ruhe zu überlegen und vielleicht auch euch neu einzukleiden oder bereits Bestehendes mit einem neuen Teil zu ergänzen", meint Simone, die sofort bei ihrer Mutter angerufen hat. „Obwohl ich dir gestehen muss, dass Paul und ich unsere Wahl schon getroffen haben. Hoffentlich bist du von unserem Hochzeitsoutfit genauso begeistert wie wir!"

„Mein liebes Kind, es ist eure Hochzeit und eure Wahl, die bestimmt geschmackvoll ausgefallen ist, wie ich euch beide kenne. Ich für meinen Teil habe auch schon überlegt, Georg ein neues Sakko und für mein Dirndl eventuell eine neue Schürze zu kaufen. Du siehst also, dass wir uns auch schon vorbereitet haben für das kommende Ereignis. Trotzdem finde ich die Idee, dass wir uns gemeinsam einkleiden, sehr originell und auch insofern sehr gut, um eine gewisse farbliche Harmonie für die Hochzeitsfotos herzustellen." Lotte hat schon wieder einen Schritt weitergedacht als die Brautleute selbst.

„Das bist wieder typisch du, liebe Mutter, alles muss zusammenpassen und perfekt sein. Wie ich dich dafür liebe, obwohl es manchmal auch ganz schön anstrengend ist, diesen Ansprüchen gerecht zu werden", antwortet Simone, über diese Marotte ihrer Mutter lachend. „Scott und ich sitzen noch beim Frühstück, haben aber nichts mehr weiter für heute vor, können also pünktlich vor Ort sein. Da wir wahrscheinlich zu früh mit unseren Einkäufen fertig sein werden, um gleich anschließend zum Abendessen zu fahren, könnten wir ja bei Kaffee und Kuchen oder auch bei einem Aperitif unsere Gästeliste durchgehen. Vielleicht habt ihr ja noch Freunde, die ihr gerne einladen möchtet. An ein paar von ihnen haben wir ja bereits gedacht, aber ob das auch alle sind, wissen wir natürlich nicht. In jedem Fall freuen wir uns auf euch!"

„Ich mich auch, mein Kind, aber Georg ist heute auf einer Jagd bei seinem Freund Wilhelm eingeladen und wird erst zum Abendessen dazustoßen. Da er aber sowieso nicht gerne einkaufen geht, werde ich mit eurer Hilfe etwas Passendes für ihn aussuchen!"

Ines ist überrascht, dass sich doch bereits einiges an Kleidung angesammelt hat. Da war sie wohl schon öfter shoppen, als sie in Erinnerung hat. „Eigentlich sollte ich nicht so verschwenderisch sein, wo ich doch mit der Hälfte meines Gehaltes auskommen muss", rügt sie sich selbst. „Aber bald werde ich ja dazuverdienen", wischt sie diesen Spargedanken wieder zur Seite. „Außerdem lebe ich ja auch kostengünstiger, wenn ich bei Finn einziehe." Ines lächelt versonnen und verliebt vor sich hin. Sorgfältig legt sie ihre neuen und alten Kleidungsstücke zusammen, besonders liebevoll das Kleid des Vorabends, das sie bereits gegen Jeans und einen Pullover getauscht hat. Neben ihrem eigenen Gepäckstück ist auch Finns Reisetasche bald voll, ohne dass sie noch ihre Bücher und Lernutensilien eingepackt hätte.

Seufzend greift sie zum Handy. „Lieber Finn, ich denke es wird doch nichts mit dem heutigen Aufbruch nach Fort William. Ich bringe gerade einmal meine Wäsche und Kleidung unter, für den Transport der anderen Dinge werde ich noch eine Tasche brauchen. Da habe ich mich wohl total verschätzt, was meine Neuzugänge anbelangt!"

„Kein Problem, meine Liebe, wenn ich von etwas genug habe, dann sind das Koffer und Reisetaschen. Ich ziehe mich nur rasch an, dann komme ich zu dir und wir packen den Rest gemeinsam ein. Vielleicht finden wir ja auch heute noch eine Lösung, wie wir in meiner Wohnung Stauraum für dich schaffen können", antwortet Finn. Er ist gar nicht so unglücklich, nicht sofort nach Fort William aufbrechen zu können. Wenn dieses Thema einmal erledigt ist, werden sie das Wochenende sicherlich noch mehr genießen und kommen am Sonntag dann in ihr gemeinsames Heim zurück.

Ines hat bereits ihre Rechnung bezahlt und die fertig gepackten Teile in das Foyer ihres Quartiers gebracht, als Finn mit zwei weiteren Taschen hereinkommt. Gemeinsam ist der Rest rasch erledigt und Ines ist froh, dass sie Hilfe beim Tragen der schweren Bücher hat. Nun ist es wohl an der Zeit, Finn mit ihren Gedanken für die Umplanung der Wohnung vertraut zu machen. Während sie die zwei Straßen zu Finns Wohnung mit dem Auto fahren, alles ausladen und mit dem Lift in das Dachgeschoss transportieren, erklärt sie Finn ihren Plan: „Wir könnten doch den Wohnraum mit einer doppelten kurzen Schrankwand, die auf einer Seite ein Kleiderkasten und auf der anderen das momentan an der Wand befestigte Bücherregal ist, abteilen. Dann hätten wir nicht nur mehr Platz im Wohnraum, sondern auch einen kleinen abgetrennten Rückzugsort mit einem Schreibtisch gewonnen.

Und dein Sportschrank würde dir auch erhalten bleiben." Ines strahlt über ihre als neu verkaufte, aber bereits seit Längerem durchdachte Idee.

„Gar nicht schlecht", gibt ihr Finn recht. „Das mit dem Bücherregal können wir sofort ausprobieren, dann wissen wir gleich, wie breit der anschließende Schrank sein sollte und ob wir tatsächlich auch die ganze Breite verbauen wollen."

Voller Eifer stürzen sich die beiden auf die Umsetzung der Neugestaltung von Finns Wohnung, und schon bald ragt das geräumte Bücherregal in die Raummitte. Aber erst nachdem sie die leeren Zwischenräume wieder mit Büchern befüllt haben, gefällt ihnen diese neue Raumlösung wirklich. Auch Ines' Bücher haben Platz gefunden und die beiden Verliebten diskutieren bereits über die möglichen Ausmaße des Kastens. Als sie sich auf die komplette Breite des Regales geeinigt haben, messen sie sofort alles aus und überlegen, tatsächlich sofort einkaufen zu gehen.

„Was erledigt ist, ist erledigt", meint Finn schließlich lachend und zieht sich bereits die Jacke an. Ines folgt seinem Beispiel und schon sind die beiden voller Tatendrang unterwegs. „Wenn wir tatsächlich heute noch alles schaffen wollen, werden wir uns einen Wagen mieten müssen. Mein Jaguar ist für einen Möbeltransport wohl nicht geeignet", scherzt Finn, der tatsächlich Freude an dem bevorstehen Zusammenbau des Schranks haben dürfte. Mit so viel Enthusiasmus hat Ines nicht gerechnet. „Es scheint ihm tatsächlich wichtig zu sein, dass ich mich bei ihm wohlfühle", stellt sie ganz angetan fest. Und tatsächlich haben sie schon bald die passenden Teile in dem Möbelhaus zusammengesucht, um sie auch gleich in den Transporter einzuladen.

„Bist du eigentlich immer so entschlussfreudig?", fragt Ines. Sie ist wirklich überrascht von dem Tempo, mit dem Finn an die Sache herangeht.

„Nicht immer, nur bei den Dingen, die mir wichtig sind!" Er küsst sie auf die Nasenspitze und startet gleich darauf das Auto. Zu Hause laden sie rasch aus, Finn hilft noch beim Transport ins Dachgeschoss, und schon ist er wieder auf dem Retourweg, um das Auto zurückzugeben. Ines hat inzwischen Muße die Einzelteile auszupacken und sich mit dem Plan zum Zusammenbau vertraut zu machen. Inzwischen hat sie auch schon wieder Hunger bekommen und inspiziert Finns Kühlschrank, ob sie etwas Brauchbares finden kann. Da das Ergebnis nicht zufriedenstellend ist, macht sie sich vorerst an die Arbeit. „Vielleicht können wir uns ja später etwas kommen lassen", überlegt sie und positioniert die Schrankrückwand mit den Seitenwänden für das Verschrauben.

Erschöpft, aber doch guter Dinge, weil sie alles erledigt haben, stehen Lotte, Simone und Scott an der Kasse des Trachtengeschäftes. Als es ans Zahlen geht, übernimmt Scott tatsächlich die Kosten für das wunderschöne Dirndl von Simone und den Anzug mit der zu Simones Stoff passenden Weste von Paul. Dazu kommt noch sein eigener brauner Trachtenanzug. Damit hat er eine ganz schöne Rechnung zu begleichen. Auf Lottes fragenden Blick antwortet er lächelnd: „Mein Hochzeitsgeschenk an die beiden", und reicht Simone die Tragetasche mit ihren Sachen. Lotte hat für Georg ein elegantes Trachtensakko in Braun gekauft, farblich abgestimmt zu Scotts Anzug. Für sich hat sie eine grüne Schürze erstanden, allerdings eine kräftigere Farbe, die trotzdem sehr gut mit Simones Kleid harmoniert.

„Jetzt können wir nur noch hoffen, dass wir für unsere Herren die richtigen Größen gewählt haben", stöhnt Simone. „Denn sonst müssen wir wohl oder übel wiederkommen. Im Übrigen könnt ihr euch jetzt ein Lokal zum Ausruhen suchen, denn ich fahre noch rasch hinüber zu Ikea, um die Bestellung und die Lieferung für unser Ankleidezimmer fix zu machen. Danach sollten wir uns noch der Gästeliste für die Hochzeit widmen." In diesem Moment entdeckt sie ein nettes Bistro mit gepolsterten Korbsesseln, die sehr einladend aussehen. Da Lotte und Scott zustimmend nicken, geht Simone mit ihrer Einkaufstüte schon zum Auto, und ihre Eltern lassen sich erschöpft in die komfortablen Stühle fallen.

„Also das Tempo ist mir etwas zu rasant", spricht Scott aus, was sich Lotte auch gerade gedacht hat. „Von mir hat sie das nun wirklich nicht", fügt er lächelnd hinzu.

„Na ja, wenn ich weiß, was ich will, kann es bei mir auch so schnell gehen. Und unsere Tochter scheint eine ganz genaue Vorstellung von ihrem Leben zu haben. Wenn ich bedenke, wie unglücklich sie noch kurz vor ihrer Abreise war ... als allerdings ihr Bruder sich bereit erklärte sie zu begleiten, sah die Sache schon ganz anders aus. Dass sie sich aber auch noch als Mann und Frau gefunden haben, ist schon eine merkwürdige Geschichte“, resümiert Lotte. „Und nachdem sie ja nun auch noch ihren Vater ausfindig gemacht hat, ist ihr Glück wohl komplett. Ich freue mich wirklich, dass ihr euch so gut versteht. Was meinst du, wollen wir darauf ein Gläschen trinken?“

Scott ist auch sehr zufrieden und glücklich mit der gesamten Situation. „Natürlich machen wir das“, antwortet er und winkt auch schon der Kellnerin. „Sie hat schon sehr viel von dir geerbt, aber du musst zugeben, auch so manches von mir. Und Paul finde ich auch total sympathisch. Es war tatsächlich eine schöne Zeit mit den beiden, in der wir uns auch wirklich kennenlernen konnten. Ich hoffe, es stört euch nicht – ich denke da eher an Georg –, wenn ich nach der Hochzeit noch etwas hierbleibe. Ich fühle mich einfach total wohl in eurer aller Nähe. Ich habe sogar schon überlegt mir eine kleine Bleibe zuzulegen, um niemanden zu belästigen, wenn ich vielleicht öfter komme.“

„Ich denke, wir freuen uns alle, Georg einbezogen, dass du gerne hier bist. Aber was wird deine Frau dazu sagen, nachdem, was wir von den Kindern über eure Ehe gehört haben?“ Diese Frage brennt Lotte schon seit Längerem auf der Zunge, nachdem sie von Simone über die unglückliche Ehe ihrer einstigen Liebe erfahren hat.

Scott kann sich einen Seufzer zu diesem Problemthema nicht verkneifen. „So schön wie eure ist sie in jedem Fall nicht, obwohl wir einander immer noch lieben. Aber Brendas Kälte und Gefühlsarmut haben uns entfremdet, und wir wissen beide nicht, ob wir das jemals wieder in den Griff kriegen. Und obwohl wir uns eine Auszeit genommen haben, wird Brenda auch zur Hochzeit kommen. Sie hat uns einen wirklich netten Abschiedsabend bereitet und vorzüglich bekocht. Die Kinder waren sehr angetan von ihrem

Bemühen und haben Mitleid mit ihr, sie wollen sie nicht alleine zurücklassen. Brenda hat sich über die Einladung gefreut und ist glücklich, unseren Sohn James, der nach seinem Unfall immer noch auf Krücken gehen muss, begleiten zu können. Dann lass uns gleich die Gästeliste durchgehen, wenn ich schon beim Vorstellen der schottischen Gäste bin. Erinnerst du dich noch an Jack Fraser? Er war derjenige, der Simones Vermutung bestätigt hat, dass ich ihr Vater bin, nachdem unsere Tochter ihm von der Österreicherin namens Lotte erzählt hat. Und dann hat er sich gar nicht mehr beruhigt vor lauter Begeisterung, dass ich eine so sympathische Tochter habe. Er wird mit seiner Lebensgefährtin Allison, einer begnadeten Köchin, die sich schon sehr auf die österreichische Küche freut, anreisen. Und auch Allen Ross, ein von Brenda engagierter Privatdetektiv, der mittlerweile zu einem Freund der Familie geworden ist, möchte das Ereignis nicht verpassen. Jetzt bist aber du dran, denn für mich sind die anderen Gäste ja alle Unbekannte!"

Und so versucht Lotte für ihre einstige große Liebe all die aufgelisteten Personen mit einer Eigenheit zu verbinden, damit Scott sich bei dem Fest etwas leichter tut.

„Jetzt habe ich aber genug." Scott ist schon ein wenig ins Schwitzen gekommen ob der vielen neuen Namen und meint: „Ich wollte ja noch ganz etwas anderes mit dir besprechen, bevor Simone zurückkommt. Ich habe mir nämlich gedacht, dass wir den Kindern das Hochzeitsessen bezahlen sollten. Und damit es vor Ort keine Diskussionen gibt, wollte ich das vorab mit dir klären. – Vorausgesetzt du kannst das auch für Georg entscheiden", fügt er einfühlsam hinzu.

„Das wollte ich dir auch schon vorschlagen, denn Georg und ich haben uns das bereits fest vorgenommen, als ihr noch in Schottland wart", antwortet Lotte lächelnd und erfreut über die Übereinstimmung zwischen ihnen.

„Na, da bin ich aber beruhigt, dass wir einer Meinung sind. Vielleicht können wir das heute Abend gleich beim Chef des Hauses deponieren, sollten sich die Kinder tatsächlich für dieses Lokal entscheiden", überlegt Scott, der gleich Nägel mit Köpfen machen will.

„Auch da stimme ich mit dir überein, aber Vorsicht: Simone ist im Anmarsch!", warnt ihn die glückliche Mutter der Braut, die nun scheinbar sehr interessiert die Gästeliste begutachtet.

„Nun, ihr beiden Hübschen, wisst ihr schon, welche Person zu welchem Namen gehört und haben wir jemanden von euren Bekannten oder Freunden vergessen?" Simone scheint erfolgreich alles erledigt zu haben, so aufgeräumt und guter Dinge wie sie ist. Sofort sprudelt es aus ihr heraus: „Ich habe tatsächlich alles gekauft und die Lieferung für Montag zugesichert bekommen. Da ich ja dann schon arbeite, wird sich das Zusammenbauen für mich aber nicht mehr ausgehen. Und falls wir uns heute Abend schon für das Lokal entscheiden, hat mir das Standesamt eine telefonische Zusage gestattet, also muss ich dafür meinen Arbeitsbeginn auch nicht verschieben. Aber vielleicht hast du, lieber Vater, Zeit dafür? – Natürlich nur, wenn dir das auch Spaß macht", fügt sie mit einem verschmitzten Lächeln hinzu und macht Scott schöne Augen dabei, denen er nicht widerstehen kann.

„Was für eine Frage, natürlich mache ich das für dich! Und soweit ich das beurteilen kann, hat mich deine Mutter bereits sehr intensiv zu den Personen auf eurer Gästeliste vorbereitet. Ob ich mir allerdings alles gemerkt habe, wage ich zu bezweifeln. Lotte hat es ja mit den Schotten etwas leichter, da es deutlich weniger sind. Aber über all die Anstrengungen habe ich bereits einen ordentlichen Hunger. Wie sieht das bei euch aus, oder willst du, liebe Tochter, hier noch etwas trinken?"

„Nein, das kann ich in der ‚Blauen Gans' genauso gut tun. Ich denke, wir sollten uns auf den Weg machen." Bei diesen Worten hakt sie sich bei ihren Eltern ein und zieht sie, nachdem Scott gerade noch hat bezahlen könnten, mit sich fort.

In der „Blauen Gans" warten tatsächlich Paul und Georg schon auf sie. „Ihr müsst ja ordentlich Geld ausgegeben haben, wenn ihr erst jetzt fertig geworden seid mit eurem Einkauf", werden die drei daher auch gleich von Paul geneckt.

„Mein lieber Mann!", ergreift Simone nun als Erste empört das Wort. „Wir haben wirklich viel erledigt. Nicht nur, dass wir für uns alle das Hochzeitsoutfit ausgewählt haben, wurde unter

Mutters strenger Aufsicht auch noch darauf geachtet, dass wir farblich ein harmonisches Bild abgeben. Ganz wichtig für die Hochzeitsfotos!"

„Wir waren wirklich eifrig", bestätigt Scott, der noch Simones Ikea-Bestellung erwähnt, die natürlich auch Zeit gekostet hat. „Während Simone für ihre Regale und den Schreibtisch einen Liefertermin ausgemacht hat, sind Lotte und ich die Gästeliste durchgegangen, um zu kotrollieren, dass keiner unserer Freunde vergessen wurde. Zudem habe ich die notwendigsten Informationen zu euren Freunden und Bekannten bekommen, die bei der Hochzeit anwesend sein werden. Hoffentlich habe ich mir auch etwas davon gemerkt! In jedem Fall sind wir derart erschöpft, dass wir dringend einen Drink brauchen", erklärt Scott und lächelt gespielt erschöpft in die Runde.

„Das kann man wohl sagen!" Lotte unterstreicht die Ausführungen von Scott, und unterbricht dafür kurz ihr Gespräch mit Georg, dem sie sein neues Sakko in allen Details geschildert hat. Nun berichtet sie ihm auch leise von der Vereinbarung mit Scott bezüglich der Bezahlung des Hochzeitsessens. Daraufhin nickt ihr Mann Scott zustimmend zu, also ist auch diese Frage endgültig beantwortet.

Simone küsst ihren Paul liebevoll auf die Wange und meint dabei: „Du wirst sensationell gut aussehen in deinem neuen Anzug!" Bei diesen Worten fällt ihr siedend heiß ein: „Wir haben unsere Trauzeugen vergessen! Was machen wir, liebe Mutter, wenn die beiden farblich nicht ins Bild passen?"

„Scott wird James von der ,Bekleidungsvorschrift' berichten. Da ich mir nicht vorstellen kann, dass der einen Trachtenanzug hat, werdet ihr ohnehin noch mit ihm einkaufen gehen müssen. Zudem ist ja auch fraglich, ob Brenda nicht auch noch ein Dirndl kaufen will. Aber Klaus könnte so ein Kleidungsstück bereits haben. Was meinst du, Paul?" Lotte hat anscheinend schon alles überlegt und nimmt einen kräftigen Schluck von ihrem herrlich kühlen Prosecco.

Nachdem auch dieses Thema abgehandelt ist, begibt sich die Gesellschaft zu Tisch, um sich ein Bild vom Service, der Qualität der Küche und dem Angebot der Speisen und Getränke zu machen. Bereits nach der Vorspeise sind sich alle einig, dass die „Blaue Gans" die geeignete Hochzeits-Location ist und eigentlich nur die gehobenen Preise für Simone und Paul ein Hindernis sein könnten. Weil Lotte das Zögern der beiden richtig deutet, eröffnet sie ihnen den Entschluss ihrer Eltern, die Kosten dafür zu übernehmen. Nun ist das Brautpaar sprachlos, fängt sich aber rasch wieder, da die Freude darüber, den schönsten Tag ihres Lebens derart stilvoll feiern zu können, unbeschreiblich ist. Sowohl Simone als auch Paul umarmen Lotte, Georg und Scott dankbar, dass sie dieses Fest für sie ausrichten wollen. Noch vor der Nachspeise setzt sich der Chef des Hauses zu ihnen an den Tisch, um die Details für die Hochzeit, die schon eine Woche später stattfinden soll, und das Menü zu besprechen.

Henderson hat sehr schlecht geschlafen, zu sehr beschäftigen ihn die Neuigkeiten über Scott Watson. Auch die Frage, wer für die Verhaftung Baxters und die Ausschreibung seiner Person zur Fahndung verantwortlich ist, will er endlich geklärt haben. In Wahrheit hat ja nur seine Kirsty Zugang zu den belastenden Informationen, also ruft er gleich einmal bei ihr an.

„Guten Morgen, meine Liebe, hattest du eine schöne freie Woche?", beginnt er einschmeichelnd das Gespräch. „Bist nun gut erholt für die neue Geschäftswoche?"

Kirsty hat kurz gezögert, ob sie Daniels Anruf überhaupt annehmen soll, aber schlussendlich hat die aufkommende Schadenfreude, diesem Menschen endlich seine Gemeinheiten heimzahlen zu können, gesiegt. Denn die Wahrheit, dass sie ihn verraten hat, wird ihn bestimmt treffen, selbst wenn er es bereits vermutet hat.

„Lieber Daniel, ich habe die freie Woche dazu genutzt, mir ein neues Leben aufzubauen, fernab von dir und deinen miesen Geschäften. Du hast Glück, dass du mich überhaupt noch erreichst, denn neben meiner neuen Existenz werde ich mir auch eine neue Handynummer zulegen. – Ich hoffe für dich, dass du dein Vermögen bereits abgezogen hast und in ein Land geflüchtet bist, das nicht zur EU gehört, denn sonst wirst du über kurz oder lang hinter Gittern landen", fügt sie noch genüsslich hinzu.

Daran hatte Daniel noch gar nicht gedacht. Natürlich muss er an sein Geld kommen, wenn er sich nicht der Polizei stellen will. „Du bist tatsächlich über alles im Bilde und ich nehme an, auch verantwortlich für die ganze Misere. Dabei habe ich doch alles für dich getan!" Der Mann ist tatsächlich überzeugt davon, dass er Kirsty ein schönes Leben ermöglicht hat.

„Du glaubst doch nicht im Ernst, ich hätte über deine Bordellbesuche nicht Bescheid gewusst?! Einmal im Monat von dir zum Essen ausgeführt zu werden und dich dafür in deiner Firma bei deinen schmutzigen Geschäften zu unterstützen, kann man doch wirklich nicht als erstrebenswertes Dasein bezeichnen. Ich habe daher den gesamten belastenden Mailverkehr der Polizei zukommen lassen und werde den Beamten noch heute die Schlüssel zur Firma und auch zur Wohnung vorbeibringen, denn ich verlasse Inverness für immer."

Jetzt ist Daniel tatsächlich sprachlos, so viel Courage hat er seiner dümmlichen Kirsty nicht zugetraut. Dass seine ehemalige Geliebte über einen gesunden Hausverstand verfügt, war ihm immer schon bewusst, aber diesen furchtbaren Verrat an ihm, ihrem geliebten Daniel, hätte er ihr nie zugetraut. Und dann auch noch einfach fortzugehen und Inverness sang- und klanglos zu verlassen, das hat sie bestimmt nicht alleine geschafft. Eigentlich muss er sich selbst dafür rügen, dass er Kirstys Fähigkeiten derart unterschätzt hat. Der Mensch Kirsty ist ihm aber ziemlich egal, er muss vielmehr versuchen zu retten, was zu retten ist.

„Und wie sieht es mit meinen Bankkonten aus, da ich offensichtlich den Ernst der Lage verkannt habe? Ist mit der Schlüsselabgabe auch mein Vermögen beschlagnahmt oder habe ich noch Zugriff darauf?"

Kirsty überlegt, ob sie ihn belügen und vollends demotivieren soll, besinnt sich dann aber eines Besseren. Eigentlich ist er schon bestraft genug, soll er doch ihretwegen das bisschen Bares, das er nach ihrem Wissen noch auf der Bank hat, für ein neues Leben im Ausland nutzen. „Deine Konten sind unangetastet, und da die Polizei bis jetzt nicht reagiert hat, wird das vielleicht auch noch so bleiben. Trotzdem solltest du dich beeilen. Ich wünsche dir, trotz all deiner Gemeinheiten und Verbrechen, einen guten Neustart – in der Hoffnung, dass du durch diese Erfahrung zu einem besseren Menschen wirst. Das aber hoffentlich weit weg von mir …!" Nach diesen Worten legt sie auf. Eigentlich will sie nicht einmal mehr seine Stimme hören.

Nun ist Daniel aber doch ein wenig betroffen. Obwohl ihm Kirsty nichts bedeutet, ist er in seiner Eitelkeit gekränkt, weil er von ihr verlassen worden ist. Aber gut, nun weiß er wenigstens, was er zu tun hat. Seine Telefonliste wird immer länger. Neben seinem Bankbetreuer wird er seinen Anwaltsfreund Archie kontaktieren, um bezüglich seiner rechtlichen Situation und der Notwendigkeit, die EU verlassen zu müssen, genau informiert zu werden. Und dann sollte er es irgendwie schaffen, Wilhelm die genauen Daten der bevorstehen Hochzeit zu entlocken. Als er sich endlich daran macht, sein Äußeres durch eine neue Haarfarbe und vielleicht auch eine andere Frisur zu verändern, kommt ihm die Idee, Wilhelm um die Begutachtung eines Pachtvertrages zu bitten. Bei dem dafür notwendigen Treffen müsste er diplomatisch vorgehen, um den Ort und das Datum der Hochzeit der Tochter des Schotten herauszufinden. Mit dem Hinweis, dass er mit Scott Watson bekannt sei, würde sich vielleicht Genaueres erfahren lassen. Daniel seufzt und überlegt: „Dazu brauche ich aber wieder Markus Pichler, der mir den Vertrag zu der Jagd in Prein an der Rax zuschicken soll. Mein Argument für die ursprüngliche Ablehnung, die Jagdhütte hätte zu wenig Komfort, lässt sich durch die Nähe zu Wien und das wunderschöne, nicht zu steile Gelände der Jagd leicht entkräften." Über all diese Überlegungen hat er auch schon die neue Haarfarbe aufgetragen. Die schwarzen fettigen Locken verwandeln sich, dank zusätzlichem Einsatz der Schere, in braunes Kurzhaar. „Schaut gar nicht so schlecht aus", ist er wirklich zufrieden mit seiner Veränderung. „Wenn jetzt noch der Oberlippenbart stärker wird, den ich dann auch färben muss, bin ich ja kaum zu erkennen", freut sich der Gauner über sein neues Aussehen.

Finn und Ines haben es am Abend tatsächlich noch geschafft, die Kästen zusammenzubauen. Die notwendige Stärkung dazu ist vom Pizzadienst gekommen – und von einer Flasche Rotwein, die sie nach vollbrachter Tat erschöpft und glücklich am Boden sitzend und ihr Werk stolz betrachtend geleert haben. Dementsprechend lange haben sie auch geschlafen. Aber da heute Sonntag ist und Finn ja noch bis Montagabend frei hat, gönnen sie sich ein gutes Frühstück, bevor sie nach Fort William aufbrechen. Als sie am frühen Nachmittag ankommen, sind die Mittagsgäste im Lokal von Finns Eltern bereits am Aufbrechen. Nach der freudigen Begrüßung vereinbaren sie trotzdem erst für den Abend ein gemütliches Treffen, wenn das Lokal geschlossen hat. Am Nachmittag sind Finn und Ines bei Brenda und James zum Kaffee eingeladen. Und James kann natürlich nicht umhin, sofort von der Hochzeit in Österreich zu berichten. „In Wahrheit sitzen wir alle schon wie auf heißen Kohlen, denn Vater hat durchblicken lassen, dass der Termin schon nächste Woche sein könnte. Es hängt offensichtlich nur noch von der Lokalzusage ab, denn das Standesamt hat Simone zwei Termine reserviert. Ich hoffe nur, dass wir noch Flüge bekommen, denn Mutter und Allen begleiten mich nach Österreich, wofür ich natürlich sehr dankbar bin. Wie ihr seht, bin ich nämlich noch nicht wirklich geschickt mit den Krücken, obwohl die Ärzte mit meinem Heilungsprozess sehr zufrieden sind. Wahrscheinlich trainiere ich meine Oberarme zu wenig, sodass ich nicht wirklich ausdauernd bin und mir längere Strecken zu Fuß immer noch Mühe bereiten. Aber jetzt erzählt einmal, wie es euch beiden, die ihr mir sehr verliebt ausseht, inzwischen ergangen ist?!"

Brenda hat mittlerweile einen Kuchen gebracht und zu Kaffee und Tee noch Milch und Zucker auf den Tisch gestellt. Finn lässt seinen Freund noch etwas zappeln, bevor er antwortet. Genüsslich macht er sich über Brendas Kuchen her und reagiert erst auf James' Frage, als er den strafenden Blick von Ines verspürt.

„Da du uns wieder einmal sofort durchschaut hast, müssen wir dir ja gar nicht mehr sehr viel berichten", gibt Finn nun endlich mit vollem Mund von sich. „Was du aber nicht wissen kannst, ist, dass Ines gestern bei mir eingezogen ist. Wir haben auch schon meine Singlewohnung verändert, und für sie und ihre Sachen ausreichend Platz geschaffen. Dafür haben wir mit dem Bücherregal, das früher an der Wand war, ein Drittel des Wohnbereiches abgetrennt, und die Rückseite der Regale mit zwei Schränken versehen. So hat Ines einen eigenen kleinen Bereich und Stauraum in Form von zwei Kästen bekommen", erzählt er und strahlt über die gelungene Raumlösung. „Wenn du wieder mobil bist, musst du uns unbedingt besuchen kommen", fügt Finn, den Kuchen endlich hinunterschluckend, hinzu. „So langsam komme ich ins Grübeln, dass bei mir etwas nicht stimmen könnte", erwidert James fröhlich lachend. „Rings um mich sind fast alle Menschen verliebt."

„Mach dir nichts draus mein Sohn", mischt sich jetzt auch Brenda in das Gespräch ein. „Den richtigen Partner zu finden ist nicht immer einfach, wie du ja auch an deinen Eltern siehst. Also lass' dir ruhig Zeit, die passende Frau wird sich auch für dich finden!" An Finn und Ines gewandt fährt sie fort: „Kennt ihr vielleicht ein Geschäft in Glasgow, das Trachtenmoden verkauft? Wie wir gehört haben, wird es nämlich eine Trachtenhochzeit, für die wir uns erst einkleiden müssen. Wenn wir also schon hier fündig werden, müssten wir nicht noch früher anreisen, um in Wien noch einkaufen zu gehen."

„Ehrlich gesagt habe ich diesbezüglich keine Ahnung, aber ich werde meine Eltern dazu befragen. Ein guter Tipp könnte auch noch Connor Fergusson sein, der vielleicht dem einen oder anderen Touristen schon eine derartige Frage beantworten musste. Aber das lässt sich auch bei meinen Eltern eruieren, die mit ihm ja sehr gut befreundet sind", antwortet Finn. „Und wer wird in eurer Abwesenheit in der Firma sein?", fragt er, als ihm auf einmal bewusst wird, dass zu der Hochzeit alle Familienmitglieder anreisen werden.

Nachdem Brenda über den Einsatz ihres Bruders Duncan und dessen Frau Rose berichtet hat, wendet sich das Gespräch wieder James' Bein zu. „Da der Unfall erst zwei Wochen her ist, kann es noch bis zu einem Monat dauern, bis ich das Bein wieder belasten darf. Wahrscheinlich sollte ich doch noch etwas Hanteltraining machen oder einfach mehr unterwegs sein", schließt James dieses Thema endgültig ab.

„Na dann machen wir vielleicht gleich einen Spaziergang, das Wetter ist ja heute wirklich herrlich!" Ines ist voller Tatendrang. „Ihr könntet uns zu Finns Eltern begleiten, bei denen wir zum Abendessen eingeladen sind. Ich bin davon überzeugt, dass sie sich freuen würden, euch zu sehen, und Leslie hat bestimmt ausreichend gekocht. Das wäre ein netter Weg, den wir dann auch wieder gemeinsam zurückgehen würden, wenn wir das Auto hier stehen lassen."

James überlegt nicht lange, er findet Ines' Idee wunderbar. Brenda hat indes schon etwas anderes vor. „Ich habe heute noch einen weiteren Einschulungstermin mit meinem Bruder und seiner Frau, aber für James wäre es wirklich gut, etwas Bewegung zu haben, und erfreulich, Finns Eltern wieder einmal zu sehen. Ich muss jetzt leider aufbrechen, Duncan und Rose warten bestimmt schon auf mich!" Damit verabschiedet sie sich von den Gästen, und drückt ihrem Sohn einen Kuss auf die Wange, bevor sie das Haus verlässt. Ines und Finn machen sich mit James auf den Weg, wobei er ihnen die ganze Geschichte von ihrer neuen Mitarbeiterin Kirsty erzählt, an deren zukünftiger Wohnung sie gerade vorbeikommen.

„Dann hat sich euer Henderson-Problem also bereits in Wohlgefallen aufgelöst." Finn ist froh darüber, dass das Thema anscheinend endlich erledigt ist.

„Leider nicht ganz", bedauert James. „Noch ist der Mann nicht verhaftet. Aber er ist zumindest nicht mehr in Schottland, sondern hält sich irgendwo in Wien versteckt. Schon komisch, dass wir in Bälde alle in Österreich sein werden. Hoffentlich treffen wir nicht auf diesen Gauner …"

Während des angeregten Gesprächs über all die Neuigkeiten sind die drei Freunde bei Finns Elternhaus angelangt, wo sie bereits von Leslie und Gordon erwartet werden. Die Freude, ihren „zweiten Sohn" wieder einmalumarmen zu dürfen, ist den beiden anzusehen, und natürlich muss James zum Essen bleiben.

Und trotz ihrer anfänglichen Skepsis der Ausländerin gegenüber freut es Leslie mittlerweile aufrichtig, dass Ines und Finn ein Paar geworden sind. Es dauert einige Stunden, bis alle Neuigkeiten und die Frage nach einem Trachtengeschäft in Glasgow ausführlich besprochen sind. Als sich Leslies üppiges Abendessen zu Ende neigt, sind Ines und Finn froh, dass sie James noch nach Hause begleiten und sich etwas bewegen können, zu gut hat es Leslie mit ihnen gemeint. James bringt es auf den Punkt: „Deine Mutter ist einfach die beste Köchin, lieber Finn!"

„Das werde ich ihr wohl ausrichten müssen", meint Finn lachend. „Ich bin übrigens ganz deiner Meinung!" Finn und Ines wünschen dem Freund einen schönen Österreichaufenthalt und schicken beste Grüße an das Brautpaar mit. „Vielleicht sollten wir ihnen eine Glückwunschkarte schicken, ihre Adresse haben wir ja", überlegt Ines, als sie mit dem Auto zurück zu Finns Eltern fahren. Nach einem gemütlichen Glas Wein mit Leslie und Gordon ziehen sich alle zurück, nicht ohne sich vorher zum gemeinsamen Frühstück zu verabreden. Das Bett in Finns Jugendzimmer ist zwar etwas schmal, was die beiden Verliebten aber in keiner Weise stört. Am nächsten Tag machen sich Ines und Finn nach einem reichhaltigen schottischen Frühstück zum ersten Mal auf den Weg in ihr gemeinsames Zuhause.

Simone verbringt den ganzen Sonntagvormittag damit, die richtigen Worte für die Einladung zur Hochzeit zu finden und diese auch noch, so schön und stilvoll man das eben per Mail machen kann, zu „Papier zu bringen". Paul ist schon nahe am Verzweifeln, da sie ihm immer wieder neue Sprüche und Verzierungen vorlegt, um seine Meinung dazu zu hören. Gegen Mittag ist es dann so weit, sie sind sich endlich über Inhalt und Form einig, sodass Simone sich sofort wieder an Pauls Schreibtisch setzt, um alle Gäste mit der Einladung zu beglücken.

„Jetzt müssen wir nur noch wissen, wie viele Zimmer in der ‚Blauen Gans' zu buchen sind, dann haben wir bis auf die Mitteilung an das Standesamt, für welchen der beiden Termine wir uns nun entschieden haben, tatsächlich alles erledigt!" Simone ist stolz und glücklich, dass sie es tatsächlich geschafft hat, und Paul nimmt sie liebevoll in den Arm. „Jetzt sind wir wirklich bald Mann und Frau! Es ist unglaublich, aber was du dir in den Kopf setzt, schaffst du offensichtlich auch", meint der zukünftige Ehemann und muss über die Zielstrebigkeit seiner zukünftigen Frau lächeln.

In dem Moment kommt Scott vom Keller herauf, sieht irgendwie hungrig aus und fragt daher sofort: „Was habt ihr denn heute noch vor? Darf ich euch zu einem eurer Heurigen einladen, wenn einer von euch beiden uns fährt? Der Naturliebhaber scheint aber auch Sehnsucht nach frischer Luft zu haben. „Vielleicht sollten wir vorher noch eine Runde gehen, sonst werden wir ja noch vollends zu Stubenhockern. Du, liebe Tochter, warst heute noch nicht einmal laufen, so wichtig ist die Erledigung der Einladungen für dich gewesen!"

„Gute Idee", meint Paul. „Wir können bei dem Reitstall, wo ich eines der Schulpferde kaufen will, eine schöne Runde gehen. Zudem treffen wir vielleicht heute schon eine gemeinsame Entscheidung, welches Pferd uns am geeignetsten erscheint. Denn irgendwie habe ich das Gefühl, dass auch du, lieber Scott, zu einem der Bereiter werden könntest!"

Scott ist ganz und gar nicht abgeneigt, und so machen sich die drei in Pauls Auto auf den Weg ...

Allen ist pünktlich vor Ort, um Kirstys Hab und Gut einzuladen. Es fällt ihm nicht sofort auf, aber nachdem er alle Koffer, Kisten und den Fauteuil verstaut hat, wird ihm bewusst, dass Kirsty anders ist als sonst. Ohne näher danach zu fragen, beobachtet er, wie die Frau Abschied von ihrem früheren Leben, dem Arbeitsplatz und ihrer Wohnung nimmt, das Gebäude versperrt und sichtlich erleichtert in sein Auto steigt. „Nur noch schnell bei der Polizei vorbei und dann weg aus Inverness", sind seit der Begrüßung ihre ersten Worte. „Ich weiß, du musst hungrig und durstig sein, und wir können auch gerne in der nächsten Ortschaft anhalten. Aber vorerst will ich nichts anderes, als Inverness so rasch wie möglich verlassen", setzt sie fort, wobei sie sich anschnallt und Allen flehentlich ansieht.

„Aber natürlich, meine Liebe, wir suchen uns auf der Fahrt ein nettes Lokal, wo wir eine Kleinigkeit essen, trinken und über alles plaudern können, was dich offensichtlich so sehr bedrückt. Du musst bei der Polizei auch nicht aussteigen, ich erledige das mit den Schlüsseln schon." Allen ist nun doch etwas besorgt über Kirstys fahrigen Zustand, dessen Ursache wahrscheinlich wieder mit Henderson zu tun hat. Nach geraumer Fahrzeit finden sie ein Pub mit einladenden Holzläden, und sie beschließen anzuhalten. Allen bestellt in der Annahme, dass Kirsty genauso hungrig ist wie er, eine herzhafte Kartoffel-Pie mit einem großen Bier. Doch seiner ansonsten so gerne zugreifenden Begleiterin dürfte der Appetit vergangen sein. „Was ist dir nur über die Leber gelaufen, meine Liebe? So appetitlos kenne ich dich ja gar nicht", fragt Allen daher besorgt, als er Kirsty ziemlich teilnahmslos vor der köstlich duftenden Pie sitzen sieht.

„Es wird schon wieder. Aber kurz bevor du geläutet hast, rief mich Henderson an. Und nachdem sich mein erster Schreck gelegt hat, habe ich ihm voller Genugtuung meinen Verrat eingestanden. Er hat erst nach einigen Sekunden begriffen, dass ich, seine ach so hörige Geliebte, tatsächlich zu so etwas fähig war. Aber natürlich hatte er schon vermutet, dass ich dahinterstecke, denn sonst hat ja niemand Zugang zu seinem Computer. Danach ging es ihm nur mehr darum, ob seine Konten gesperrt sind. Denn offensichtlich habe ich ihm erst die Augen geöffnet, dass er fliehen muss, wenn er sich nicht der Polizei stellen will. Und dazu braucht er nun einmal Geld, das er immer noch nicht außer Landes gebracht haben dürfte. Mein Triumph war daher nur sehr kurz und ich beginne zu zweifeln, ob es klug war, ihm die ganze Wahrheit zu sagen. Andererseits kann er nicht zurückkommen, wodurch ich mich eigentlich sicher fühlen kann." Sie nimmt einen kräftigen Schluck Bier, kostet von der Pie und beruhigt sich wieder.

„Dass dir dieser Mann immer noch so zusetzt, wo er sich doch wirklich außer Reichweite befindet und dir kein einziges Haar mehr krümmen kann", wundert sich Allen über die normalerweise so starke Frau. „Henderson muss ja ein wahres Ungeheuer sein, so wie du auf ihn reagierst."

„Kann sein, dass das die richtige Bezeichnung für diesen Menschen ist. Aber nun ist er fort und ich kann endlich die Gegend verlassen, wo ich immer wieder an ihn erinnert werde. Und das alles verdanke ich dir, lieber Allen!" Nun ist Kirsty wieder ganz die Alte, ergreift dankbar die Hand ihres Retters und macht sich genüsslich über das Essen her. Erleichtert darüber, dass sich die dunklen Stimmungswolken bei seiner Begleiterin wieder verzogen haben, beginnt Allen über ihre rosige Zukunft zu plaudern, womit er sie wieder auf andere Gedanken bringt. Und so setzen sie ihre Fahrt nach Fort William in erheblich besserer Laune fort. Gemeinsam tragen sie das Gepäck in die neue Wohnung, die von Kirsty sofort in Besitz genommen wird und mit ihren mitgebrachten kuscheligen Polstern und dem geliebten Fauteuil auch sofort eine ganz persönliche Note bekommt. Kirsty ist angekommen in ihrem neuen Leben. Und nachdem die Betten überzogen sind und sie eine Flasche guten schottischen Whisky geöffnet hat, ist es für beide selbstverständlich, dass Allen diese Nacht bei ihr verbringt …

Henderson kann hingegen keine Ruhe finden, bevor er nicht mit seinem Freund gesprochen hat. Er möchte endlich wieder einmal gut schlafen können und wählt daher die Nummer des Rechtsanwaltes Archie Cameron. „Hoffentlich nimmt er es mir nicht übel, dass ich ihn an einem Sonntag kontaktiere, aber schließlich waren wir ja einmal sehr gute Freunde, bevor er mit seiner zweiten Frau in Edinburgh einen Neuanfang gemacht und Inverness den Rücken gekehrt hat", überlegt er dabei.

„Lange nichts von dir gehört, mein Freund", meldet sich Archie offensichtlich erfreut über Daniels Anruf. „Du wirst doch nicht etwa in Schwierigkeiten sein, wenn du dich an einem Sonntag bei mir meldest?! Oder bist du vielleicht in Edinburgh, und wir können uns wieder einmal auf ein Glas Bier treffen?"

„Leider nein, lieber Archie, obwohl ich ganz ehrlich vorhatte, dich zu besuchen. Und ja, du vermutest richtig, ich stecke in Schwierigkeiten, und diesmal ganz ordentlich!", seufzt der doch recht angeschlagene Daniel, und erzählt dem Freund in Kürze die wesentlichen Ereignisse der letzten Wochen. „Ich brauche ganz dringend deinen juristischen Rat bezüglich des Geldtransfers und in welches Land ich mich absetzen soll, denn ins Gefängnis werde ich auf keinen Fall gehen", schließt David seinen Bericht.

„Da sitzt du ja wirklich ganz schön in der Patsche, denn selbst der versuchte Totschlag wird meistens mit drei Viertel der fünfzehnjährigen Höchststrafe geahndet. Und wenn du dich tatsächlich zur Flucht entschließt, muss dir klar sein, dass du deine Heimat wahrscheinlich nicht wiedersehen wirst. Denn die Verjährung von Straftaten, die mit Freiheitsstrafen von mehr als zehn Jahren geahndet werden, beläuft sich auf zwanzig Jahre. Da wirst du zwar noch leben, aber nach einer derart langen Abwesenheit kaum mehr zurückkommen. Außer du hast es in deiner neuen Heimat zu etwas gebracht, und genießt dann in Schottland deine Pension. Das sieht alles nicht sehr gut aus, mein Lieber!"

Daniel seufzt, der Ernst seiner Lage war ihm tatsächlich nicht bewusst gewesen! „Und welches Land würdest du wählen?", fragt er.

Archie überlegt nicht lange. „Da ein Land der EU wegen der Auslieferung nicht infrage kommt, würde ich an deiner Stelle in die USA gehen. Hast du die Einreise einmal geschafft, kannst du dir dort immer noch ein schönes Leben erwirtschaften. Du wirst ja hoffentlich ein paar stille Reserven haben?"

„Habe ich, aber um diese außer Land zu schaffen, brauche ich auch deine Hilfe. Zudem weiß ich nicht, ob meine Konten nicht schon längst gesperrt wurden." Daniel wird immer verzweifelter, je länger das Telefonat dauert.

„Nicht den Mut verlieren, lieber Daniel", beruhigt ihn Archie, der den Zustand seines Freundes erkannt zu haben scheint. „Vorerst musst du einmal ein Online-Konto eröffnen, auf das du dein Barvermögen von deinem schottischen Konto überweisen kannst. Was deine Aktien oder Wertpapiere betrifft, wirst du deinen Bankbetreuer um Auflösung des Kontos bitten, sofern dieser nicht schon von der Polizei instruiert worden ist. Und solltest du Immobilien besitzen, kannst du mir eine Vollmacht für deren Verkauf ausstellen. Wobei ich bezweifle, dass wir das noch vor dem Eingreifen der Polizei schaffen. Noch dazu, wenn sie bereits im Besitz aller Schlüssel ist – außer du hast neben deinem Geschäft und den dazugehörigen Wohnräumen noch andere Immobilien, die der Polizei noch nicht bekannt sind. Bezüglich der Einreise in die USA wirst du eine elektronische Einreiseerlaubnis, genannt ESTA, aus dem Internet ausfüllen, wobei du mich als Notfallkontakt angeben kannst. Sobald du die Einreiseerlaubnis bekommst und dein Geld hast, wirst du den nächsten Flieger nehmen müssen, denn Eile ist tatsächlich geboten. Und wenn dir die Einreiseerlaubnis verweigert wird, muss ich mich nach einer anderen Möglichkeit umsehen, aber da fällt mir bestimmt noch etwas ein. Du siehst, mein Freund, um dein neues Leben beginnen zu können, hast du noch einiges zu tun. Und du solltest sofort damit beginnen, wobei du mich jederzeit kontaktieren kannst, falls dir das eine oder andere nicht sofort gelingt. Ich weiß ja nicht, wie bewandert du in der Verwendung des Internets bist …"

Ohne lange zu überlegen macht sich Daniel an die Arbeit, nachdem er seinem Freund für die raschen und präzisen Anweisungen gedankt hat. Offensichtlich hat der liebe Archie die Klientel, das diese Auskünfte öfter benötigt. Und obwohl ihm die bevorstehenden Schwierigkeiten und der gänzliche Verlust seiner Heimat schon zu schaffen machen, ist sich Daniel ganz sicher, dass er niemals ins Gefängnis gehen wird.

Nach dem geruhsamen Wochenendausklang beim Heurigen und im Reitstall, wo sie immer noch keine Kaufentscheidung getroffen haben, ist Simone frisch und munter, als am Montag der Wecker läutet. Trotzdem hat sie es eilig, vor Paul ins Badezimmer zu kommen, um an ihrem ersten Arbeitstag pünktlich zu sein. Kein ausgiebiges Frühstück mehr mit ihrem Vater, nur ein schneller Stehkaffee mit ihrem heiß geliebten Paul, der sich ein wenig über ihre Nervosität lustig zu machen scheint.

„Du wirst dich doch nicht vor deinen Patienten fürchten?", neckt er Simone, die über diesen Scherz nicht lachen kann. Es ist ihr tatsächlich etwas mulmig zumute, denn sie weiß, dass der erste Eindruck eines Menschen immer entscheidend ist. Und da ihre

Patienten ein positives und kompetentes Erscheinungsbild von ihr haben sollen, ist es ganz natürlich, dass sie etwas aufgeregt ist.

„Bei deinen vierbeinigen Patienten ist Sympathie wohl kein Kriterium. Aber bei den Menschen verhält sich das anders, und sollte das erste Urteil über mich nicht so positiv ausfallen, wird sich das hier auf dem Land sehr schnell verbreiten. Also mach keine dummen Scherze über meine Nervosität, sondern halte mir vielmehr die Daumen, dass ich bei meinen ersten Patienten gut ankomme."

„Du schaffst das schon, mein Liebling. Im Umgang mit Menschen warst du schon immer sehr talentiert. Du wirst sehen, sie werden dich mögen!", beruhigt Paul Simone, wobei er sie liebevoll auf die Nasenspitze küsst.

Noch etwas verschlafen öffnet Scott die Küchentür. „Ich wollte euch den romantischen Morgen nicht verderben, nur noch etwas zur Planung des Ankleidezimmers fragen, bevor ihr beide das Haus verlasst. Ich werde die Ikea-Lieferung übernehmen und versuchen, alles sofort zusammenzubauen. Mir ist aber eingefallen, dass mir die Anordnung der Regale nicht ganz klar ist. Könnt ihr mir das anhand der Skizze noch einmal erklären, nicht dass ich etwas verkehrt mache und danach wieder alles umbauen muss?!"

„Natürlich, lieber Scott", ergreift Paul als Erster das Wort und zieht seinen Schwiegervater auch schon mit der Skizze „bewaffnet" in besagtes Zimmer. Simone lächelt. „Da ist er wohl wieder zu sehr um mich besorgt, mein lieber Paul, dass er mich heute nicht mit derartigen Dingen belasten will", überlegt sie und wirft ihren ersten Blick auf das Handy, das unglaublich viele Mail-Eingänge anzeigt. Simone kann es kaum glauben, es haben doch tatsächlich schon fast alle geladenen Hochzeitsgäste zugesagt. Sogar Doris, ihre langjährige Freundin, lässt es sich also nicht nehmen, bei ihrem Fest dabei zu sein. „Jetzt sollte ich den guten Leuten wohl noch das Angebot machen, bei Bedarf Zimmer zu reservieren. Die ‚Blaue Gans' wird unseren Hochzeitsgästen doch hoffentlich Sonderkonditionen machen", überlegt sie, während sie sich von ihren beiden Männern verabschiedet. „Danke, lieber Vater, dass du mir diese Arbeit abnimmst. Im Übrigen haben alle eingeladenen

Freunde zugesagt, bis auf die Nachbarin Frau Wagner und Mutters Freundin Vera Schiller. Ich werde jetzt nochmal eine Anfrage starten, wie viele der Gäste eventuell übernachten wollen. Dann könnte ich auf dem Nachhauseweg gleich bei der ‚Blauen Gans‘ vorbeifahren und günstigere Zimmerpreise aushandeln. Oder wollt ihr da dabei sein?"

Nachdem beide dankend verneinen, bekommt Paul einen zärtlichen Kuss und Scott einen Schmatz auf die Wange, bevor sich Simone nun ganz und gar nicht mehr zögerlich, sondern wieder voller Tatendrang auf den Weg in ihr neues Arbeitsleben macht. Ihr neuerliches organisatorisches Engagement für die bevorstehende Hochzeit hat ihre Nervosität komplett vertrieben, und sie singt sich bereits wieder bester Laune ein Liedchen. Obwohl es relativ kühl geworden ist für die Jahreszeit, hüllt die aufgehende Sonne das Haus von Dr. Marold in ein freundliches und wärmendes Licht. „Ein schöner Empfang", denkt Simone, während sie aus dem Auto steigt und ihre zukünftige Arbeitsstätte, wie mit Dr. Marold vereinbart, noch vor Ordinationsbeginn betritt. Die Begrüßung von Katharina und ihrem Chef ist herzlich, und nachdem sich die beiden nochmals für die Einladung zur Hochzeit bedankt haben, gehen die beiden Ärzte anhand der Anmeldungen bei Katharina die Patientenliste durch. Es wird ein anstrengender Tag für Simone mit den vielen neuen Namen, zu denen sie sich auch die Krankheitssymptome zu merken versucht. Dafür gibt es in der Mittagspause den versprochenen Begrüßungskuchen von Katharina, bei dem Simone natürlich ordentlich zugreift. „Noch dazu ein Mohnkuchen, eine größere Freude hätten Sie mir nicht machen können!", bedankt sie sich herzlich bei ihrer zukünftigen Mitarbeiterin. Und so vergeht dieser erste Arbeitstag wie im Flug und Simone hat das Gefühl, bei den Patienten gut angekommen zu sein. Auch Dr. Marold ist dieser Meinung und entlässt sie voll des Lobes in den wohlverdienten Feierabend. Kaum ist Simone wieder in ihrem Auto, macht sie sich eine Liste bezüglich der eingegangenen Zimmerwünsche ihrer Gäste, mit der sie sich zur „Blauen Gans" begibt, um einen guten Preis zu verhandeln.

Auch Kirstys erster Arbeitstag verläuft erfolgreich. Es dürfte unter den Kolleginnen die Runde gemacht haben, dass sie nicht nur Mr. Hunters Wohnung gemietet, sondern auch etwas zur Entschärfung der gefährlichen Situation für ihre Arbeitgeber, die mittlerweile allgemein bekannt ist, beigetragen hat, denn es sind alle sehr zuvorkommend und hilfsbereit. Kirsty fühlt sich daher gleich von Anfang an sehr wohl in der Firma und ist sicher, die Arbeit der schwangeren Sarah rasch intus zu haben. Außerdem ist sie wissbegierig und neugierig, auch die Abläufe der anderen Aufgabenbereiche in dem Betrieb kennenzulernen. Sowohl Brenda als auch James sind von der neuen Mitarbeiterin positiv überrascht, denn jemandem zu helfen, der einem selbst geholfen hat, ist umso schöner, wenn dieser Jemand auch tatsächlich gut einsetzbar ist.

„Allen hat tatsächlich nicht übertrieben", spricht Brenda aus, was James eben auch gedacht hat. „Da haben wir ja richtig Glück gehabt mit Kirsty. Nicht nur, dass sie uns Henderson geliefert hat, ist sie auch noch eine wirklich tüchtige Person. Ich denke, wir sollten sie am Ende des Tages loben und ihr sagen, wie zufrieden wir mit ihr sind!"

James stimmt ihr zu: „Da hast du recht, liebe Mutter. Im Übrigen habe ich Simone, die eine Abfrage bezüglich Zimmerreservierung gemacht hat, um drei Einzelzimmer für drei Nächte, also von Freitag bis Montag, gebeten. Dann können wir noch in Ruhe das Trachtengeschäft in Glasgow aufsuchen, das uns Finn genannt hat. Es ist eine Empfehlung von Ines' Chef und dem Freund der Familie Barclay, Connor Fergusson, der versichert, dass wir da in jedem Fall etwas Passendes finden werden. – Wie weit bist du übrigens mit der Einschulung von Onkel und Tante, und wann können wir sie das erste Mal alleine lassen?", fügt er scherzhaft hinzu.

„Ich würde sagen, wir versuchen es gleich morgen, denn dann könnten wir auch den Flug für Freitag buchen, wenn klar ist, dass wir in Österreich nichts mehr besorgen müssen. Allen sollten wir auch Bescheid sagen, damit er sich die Zeit einteilen kann. Dass es Simone tatsächlich gelungen ist, derart kurzfristig ihre

Hochzeit auf die Beine zu stellen, setzt uns wirklich ganz schön unter Druck!", stöhnt Brenda, lacht dann aber doch anerkennend.

Brenda setzt ihren Bruder und seine Frau von ihrem ersten Probetag in Kenntnis und ruft Allen an, um ihm die voraussichtliche gemeinsame Abreise mitzuteilen. Nachdem sie Kirsty bezüglich ihres Einsatzes und Interesses für die Firma gelobt hat, geht sie an diesem Tag etwas früher nach Hause. Sie will ihre Kleider durchschauen, ob sich nicht doch noch etwas Brauchbares für die Hochzeit finden lässt. „Aber wahrscheinlich werde ich mir ein neues Outfit zulegen müssen", seufzt sie. „Und James braucht zumindest ein Trachtensakko, wenn nicht sogar einen kompletten Anzug."

Kirsty sieht ihrer neuen Chefin freudestrahlend nach. Mit einem derartigen Lob hat sie am ersten Tag nun wirklich nicht gerechnet. Dass sich ihr Leben so positiv verändern würde, hätte sie nicht im Entferntesten zu träumen gewagt. Gut gelaunt und glücklich freut sie sich schon darauf, ihrem Allen von dem erfolgreichen Tag berichten zu können.

Henderson hat es am Abend tatsächlich noch geschafft, ein Online-Konto zu eröffnen und seine gesamte Barschaft von seinem schottischen Konto darauf zu transferieren. Nun fehlen nur noch die Wertpapiere. „Dafür werde ich wohl meinen Bankberater kontaktieren müssen", überlegt Daniel. „Hoffentlich macht der keine Schwierigkeiten." Überraschenderweise erklärt sich der Beamte, nachdem er offensichtlich einen Blick auf Daniels Depot geworfen hat, ohne Umschweife dazu bereit.

„Bei dem Verkauf Ihrer Aktien und Wertpapiere wird eine ganz schöne Summe zusammenkommen, wobei Sie durch ein derart rasches Abstoßen allerdings mit einigen Verlusten rechnen müssen. Und da ich sehe, dass Sie bereits Ihr Konto geleert haben, nehme ich an, dass Sie Ihr Depot auch so rasch wie möglich auflösen wollen. Dafür brauche ich allerdings einen schriftlichen Auftrag von Ihnen, wofür es ein vorgefertigtes Formular gibt, das ich Ihnen gerne zuschicke. Wenn ich das unterschrieben zurückbekomme, steht der ganzen Transaktion nichts mehr im

Wege, Mr. Henderson", erklärt Daniels Berater ohne weitere Fragen zu stellen.

„Dann tun Sie das bitte, ich werde Ihnen das Formular so rasch wie möglich unterfertigt zurückschicken. Vielen Dank einstweilen für Ihre Bemühungen." Daniel ist froh über die relativ unkomplizierte Abwicklung, obwohl er noch keine Ahnung hat, wie er zu einem Drucker und einem Scanner kommen soll. „Es gibt nur meinen unbekannten Helfer und Wilhelm, die ich mit einer derartigen Bitte konfrontieren kann. Aber vielleicht wäre das eine Gelegenheit, um etwas über die Hochzeit von Watsons Tochter herauszubekommen, wenn ich zufällig in Wilhelms Firma vorbeikomme?!" Ganz sicher ist sich Daniel nicht, ob das der richtige Weg ist, er wird wohl noch eine Nacht darüber schlafen und wendet sich seiner zweiten Aufgabe, der Einreiseerlaubnis ESTA für die USA, zu. „Dass ich mich einmal mit solchen Dingen herumschlagen muss", überlegt er ärgerlich. „Das hatte früher alles meine brave Kirsty erledigt." Dabei denkt er ein wenig wehmütig an die gute Seele, die ihm sein Leben schon sehr erleichtert hat. Wo sie jetzt wohl sein mag? Mit einem Seufzer wendet er sich wieder dem Ausfüllen des Dokumentes zu. Dass eine Flucht mit derart viel Arbeit verbunden ist, hätte er sich im Traum nicht gedacht. Aber alles noch besser als im Gefängnis zu landen, wobei er wieder bei Wilhelm und dessen Hochzeitseinladung ist. „Ich könnte bei einem zufälligen Besuch in seiner Firma um einen Termin zur Besprechung und Begutachtung eines Jagdpachtvertrages bitten. Dazu müsste ich vortäuschen, bereits die Entscheidung für eine Jagd getroffen zu haben, um von Markus einen derartigen Entwurf zu bekommen. Vielleicht fühlt sich Wilhelm ja geschmeichelt, wenn ich ihn um die Durchsicht und den Rat dazu bitte. Das wird wohl ein paar Tage dauern, bis ich alles beisammenhabe, daher könnte ein solcher Termin wahrscheinlich erst Ende der Woche sein. Es ist zwar eine Zeitverzögerung, aber vielleicht erfahre ich, wenn Wilhelm seinen Terminkalender nach einem geeigneten Zeitpunkt für das Treffen durchblättert, etwas über den Hochzeitstermin. Ja, so könnte es gehen!" Daniel ist auf einmal wieder voller Zuversicht, seine Rachepläne doch noch in die Tat umsetzen zu können. Und plötzlich geht ihm auch diese unangenehme Arbeit mit dem ESTA-Formular ganz leicht von der Hand, sodass er sich nach kurzer Zeit bereit macht, in die Stadt zu fahren. Es ist zwar ein Risiko, aber eines, das sich hoffentlich lohnen wird. Immerhin erhofft er sich bei dem Besuch gleich zwei Probleme lösen zu können. Bald steht er auch schon vor den Büroräumlichkeiten der Firma Wilhelm. Überrascht über das unangemeldete Auftauchen von Henderson und dessen optische Veränderung, die er allerdings nicht zu kommentieren gedenkt, versucht Wilhelm den ungebetenen Gast so rasch wie möglich wieder zu verabschieden. Er beauftragt daher sofort einen Mitarbeiter mit dem Ausdruck des Formulars, das der Mann nach Hendersons Unterzeichnung sofort wieder einscannt und an seinen Besitzer zurückschickt. In der Zwischenzeit hat Wilhelm einen Blick in seinen Terminkalender geworfen und versucht so rasch wie möglich einen Termin zu finden, was sich als ziemlich schwierig herausstellt. „Ich weiß zwar nicht, wann Sie den Vertragsentwurf bekommen, aber diese Woche bin ich ab morgen bis Freitag geschäftlich im Westen Österreichs unterwegs. Ich kann Ihnen nicht einmal das Wochenende anbieten, denn Samstag sind wir bei einer Hochzeit im Wienerwald eingeladen, zu der wir noch am Freitag anreisen und bis Sonntag bleiben. Aber sollten Sie es sehr eilig haben und mit dem Vertrag auch Ihren Aufenthalt in Österreich beenden wollen, können Sie am Samstag oder Sonntag am späteren Vormittag in unserem Hotel vorbeikommen. Länger als eine Stunde werden wir für die Durchsicht sicherlich nicht benötigen. Ich schreibe Ihnen die Adresse auf, und Sie rufen einfach an, wenn Sie das Dokument noch vor dem Wochenende bekommen." Wilhelm ist zufrieden, dass ihm ein Treffen bei der Hochzeit eingefallen ist. Da wird er Henderson rasch abfertigen, sodass der unsympathische Geschäftspartner noch am Sonntag oder Montag abreisen kann.

„Ich danke Ihnen vielmals, dass Sie sogar Ihre Freizeit für mein Anliegen opfern", antwortet Henderson und kann sein Glück kaum fassen. „Ich werde mich auf jeden Fall am Freitag bei Ihnen melden, um Sie über den Stand der Dinge zu informieren.

Bis dahin wünsche ich Ihnen eine angenehme und erfolgreiche Geschäftsreise." Henderson verabschiedet sich eilig und muss sich zusammenreißen, um die Freude über den großartigen Erfolg seines Besuches nicht allzu offensichtlich zu zeigen. Wilhelm ist erfreut, aber auch etwas verwundert über die rasche Verabschiedung. Er kann ja auch nicht wissen, welch großen Gefallen er Henderson getan hat, der ihn dermaßen beflügelt …

Zufrieden macht sich Simone von der „Blauen Gans" auf den Heimweg. Sie hat einen guten Zimmerpreis für ihre Gäste verhandelt und freut sich schon auf einen gemütlichen Abend. Die IKEA-Lieferung hat sie über all die Aufregungen des Tages völlig vergessen. Umso größer ist die Überraschung, als sie von Scott in das komplett eingerichtete Zimmer geführt wird. Stürmisch umarmt sie ihren Vater. „Jetzt verschwinden endlich auch die letzten Kartons mit meinen Büchern und Büroutensilien aus dem Keller. Vielen Dank, lieber Vater, da hast du mir wirklich sehr geholfen und mir eine unglaubliche Freude gemacht! Genau so habe ich mir meinen persönlichen Bereich vorgestellt", jubelt sie, wobei sie liebevoll über die Arbeitsfläche des Schreibtisches aus hellem Naturholz streicht und den Abstand der einzelnen Fächer des Bücherregals prüft. Danach setzt sie sich auf den gelben Bürosessel, der perfekt zu den ebenfalls gelben Vorhängen passt, und lässt die wunderbare Arbeit ihres Vaters nochmal in Ruhe auf sich wirken. Scott ist auch ganz versonnen in den Anblick seiner glücklichen Tochter und erschrickt richtig, als sie plötzlich aufspringt. „Was riecht denn da so verlockend? Mein Magen knurrt und mir fällt auf einmal ein, dass ich außer Katharinas Kuchen in unserer Mittagspause heute noch gar nichts gegessen habe."

„Für den köstlichen Duft ist wohl dein fürsorglicher Mann verantwortlich, der dich nicht verhungern lassen will. Ich habe dich beim Nachhausekommen von der Küche ferngehalten, damit seine Überraschung auch gelingt." Scott freut sich, dass alles planmäßig abgelaufen ist. „Wir wollten dir beide nach deinem ersten Arbeitstag einen schönen Abend bereiten."

Simone ist sichtlich gerührt über den liebevollen Empfang ihrer Männer und eilt nun auch zu Paul in die Küche, der noch mit dem Decken des Tisches beschäftigt ist und gerade die letzten Servietten faltet. Er kommt nicht mehr dazu, sein Werk zu betrachten, denn Simone umarmt ihn derart stürmisch, dass er ins Wanken gerät und sich setzen muss. „Eine Minute zu früh, mein Schatz, ich habe den Sekt noch nicht geöffnet. Wir wollen doch auf deinen ersten erfolgreichen Arbeitstag anstoßen, oder nicht?", beschwert sich Paul, wobei er sich behutsam aus der Umarmung seiner zukünftigen Frau löst, um die vorbereiteten Gläser zu füllen. Dazu reicht er eine Platte mit kleinen Lachshäppchen, von denen sich die hungrige Simone sofort eines in den Mund schiebt.

„Gott, ist das köstlich! Womit habe ich dich und deine liebevolle Überraschung nur verdient? Ich fühle mich wie im Paradies, ihr Lieben! Diese Begrüßung ist euch wirklich mehr als gelungen, daran könnte ich mich direkt gewöhnen." Simone lächelt glücklich.

Paul reicht Simone und Scott je ein Glas zum Anstoßen. „Das solltest du lieber nicht, denn den ersten Arbeitstag gibt es schließlich nur einmal. Also lass' uns auf deine erfolgreiche Zukunft als praktische Ärztin im Wienerwald trinken. Ich denke, du wirst dem Namen Haller alle Ehre machen!", verkündet er, wobei er Simone liebevoll küsst.

„Ich bin sehr stolz auf dich, liebe Tochter, und solange ich hier bin und ihr nicht ausgeht, werde ich versuchen, euch beide nach eurer Arbeit mit meinen Kochkünsten zu verwöhnen. Apropos, du solltest einen Blick in das Backrohr werfen, lieber Paul. Ich denke, dein Braten riecht schon etwas zu intensiv", ist Scott um das Abendessen besorgt.

Widerwillig löst sich Paul von Simone und kann die Speckstreifen, mit denen er den faschierten Braten umwickelt hat, gerade noch rechtzeitig vor dem Verbrennen retten. „Danke dir, Scott, das war wirklich knapp", meint er, wobei er den Braten mit einer Folie abdeckt und wieder ins heiße Rohr zurückschiebt. „Das ist aber ein sehr großzügiges und auch verlockendes Angebot, was meinst du, Simone?", sagt er danach, auf Scotts Angebot eingehend.

„Da kann ich dir nur beipflichten! Solltest du dir das nicht noch einmal überlegen, Vater?"

„Das habe ich, meine Liebe. Lasst' euch doch ein bisschen verwöhnen. Wenn es mir zu viel wird, höre ich sowieso wieder auf damit. Aber keine Angst, ich bin ein ausdauernder, wenngleich vielleicht ein nicht ganz so guter Koch wie du, lieber Paul. Wo hast du denn so gut kochen gelernt?"

„Von meinem Vater, der dieses Hobby mit großer Leidenschaft, die ich offensichtlich von ihm geerbt habe, betreibt. Unsere liebe Simone hat von diesem Talent allerdings nichts mitbekommen, wie mir scheint. Oder täusche ich mich da?"

„Ganz und gar nicht", antwortet Simone lächelnd. „Ich bin froh, dass wenigstens einer von uns beiden kochen kann. Ich habe mich schon die längste Zeit gefragt, wann du dieses hausfrauliche Manko entdecken wirst. Willst du mich trotzdem noch heiraten, denn außer mit Süßspeisen wirst du von mir kulinarisch nicht sehr verwöhnt werden?!"

„Ich liebe dich so, wie du bist, mein Schatz, ob du nun kochen kannst oder nicht! Und wenn du das letzte Lachshäppchen verdrückt hast, wollen wir endlich was Ordentliches essen. Was trinkt ihr zum Braten?"

Scott hat sich schon ein Bier geholt und Simone ein Weinglas hingestellt, wobei er ein zweites mit fragendem Blick zu Paul hält, der es dankend annimmt. Nachdem der erste Hunger gestillt ist, erzählt Simone von ihren erfolgreichen Preisverhandlungen bei der Zimmerbuchung in der „Blauen Gans" sowie von der endgültigen telefonischen Terminfixierung beim Standesamt. „Wenn ich allen unseren Gästen die Zimmerreservierungen bestätigt habe, wobei Brenda, James und Allen ja erst morgen bekannt geben werden, ob sie am Donnerstag oder am Freitag anreisen, sind wir mit allen Vorbereitungen fertig. Jetzt bleibt uns nur noch das Fest zu genießen!"

LETZTE VORBEREITUNGEN

Brenda und James machen sich am nächsten Morgen schon sehr früh auf den Weg nach Glasgow. Sie wollen Simone und Paul so rasch wie möglich Bescheid geben können, für welchen Tag sie ihren Flug buchen werden. Allen wird sich seine Zeit ja auch einteilen wollen. „Ob Allen etwas Geeignetes anzuziehen hat, und wie sieht es diesbezüglich wohl mit den Frasers aus?", macht sich James über die Garderobe der anderen schottischen Hochzeitsgäste Gedanken. „Vielleicht sollten wir Allen anrufen und ihm anbieten, zumindest ein Sakko für ihn mitzunehmen?"

Brenda überlegt kurz, um gleich darauf die Nummer von Allen zu wählen, der die beiden aber beruhigen kann. „Ich war tatsächlich schon einmal in Österreich und habe mir damals ein wunderschönes Trachtensakko gekauft, weil ich von dieser österreichischen Mode sehr angetan war. Und da ich nicht allzu viel zugenommen habe in den letzten Jahren, dürfte mir das Teil auch noch passen. Vielen Dank, dass ihr an mich gedacht habt, aber ich bin so weit versorgt. Viel Spaß beim Einkaufen euch beiden!" Damit beendet er das Gespräch auch schon.

„Da habe ich mir wieder einmal unnötig Gedanken gemacht. Die Frasers haben hoffentlich die Einladung genau gelesen und sind dementsprechend ausgerüstet. Vorausgesetzt sie haben überhaupt eine Ahnung, was das Wort ‚Tracht' bedeutet. Vater sollte in jedem Fall noch einmal telefonisch nachtfragen", überlegt James, der den Bekanntheitsgrad der österreichischen Tracht offensichtlich unterschätzt. „Und was werden wir beide heute Schönes kaufen, hast du dir schon etwas überlegt?", wendet er sich nun wieder seiner Mutter und dem Programm des heutigen Tages zu.

„Eigentlich nicht wirklich, ich lasse mich einfach in dem Geschäft inspirieren. Aber wahrscheinlich wird das Einfachste ein schönes Dirndl sein, so etwas habe ich ja überhaupt noch nie angehabt. Bin schon gespannt, ob mir so etwas passt", antwortet Brenda noch etwas zweifelnd.

James betrachtet seine attraktive Mutter von der Seite und antwortet mit voller Überzeugung: „Einer so gut aussehenden Person wie dir passt doch alles!"

Brenda lacht über dieses Kompliment, ist aber doch auch gerührt, dass sie ihr Sohn mit derartigen Augen betrachtet. „Du Schmeichler, du! Jetzt werden wir ja gleich sehen, ob das auch stimmt. Da vorne ist schon der Parkplatz von dem Fergusson den Barkleys erzählt hat."

Und da das Angebot nicht so wahnsinnig groß ist, und die beiden rasch von Entschluss sind, halten sie sich nicht allzu lange in dem Geschäft auf. Brenda hat tatsächlich ein sehr hübsches braunes Dirndl mit einer pastellfarbenen rosa Schürze erstanden, und auch James hat bei einem eleganten graubraunen Trachtenanzug voll zugeschlagen.

„Was machen wir nun mit dem angebrochenen Tag?", fragt James seine Mutter. „Hast du noch etwas in der Stadt zu besorgen, oder machen wir uns auf den Heimweg?"

„Von mir aus können wir nach Hause fahren und auf dem Rückweg irgendwo eine Kleinigkeit essen. Dann wären wir gegen vier Uhr wieder in der Firma und könnten prüfen, wie es Duncan und Rose an ihrem ersten Arbeitstag ergangen ist", meint Brenda und muss über ihre eigenen Worte lachen, denn ihr Bruder hat die Firma schließlich mit Scott aufgebaut …

Markus Pichler ist überrascht, dass sich Henderson nun doch relativ rasch für die Jagd im Bezirk Raneck entschieden hat – und noch dazu für ein Revier, dessen alpines Gelände Daniel bei der Besichtigung sehr zu schaffen gemacht hat. „Aber das ist ja nicht meine Sache", überlegt Markus. „Wenn er einen Vertragsentwurf haben will, bekommt er ihn auch." Da der freundliche Naturbursche ein gewissenhafter Mensch ist, beeilt er sich, Hendersons Wunsch nach einer raschen Abwicklung nachzukommen. Die beiden Männer vereinbaren ein Treffen für Donnerstag, also den übernächsten Tag, bis dahin müsste Markus den Pachtvertragsentwurf in Händen haben. Und da Hendersons Ortskenntnisse sehr bescheiden sind, ruft er wieder einmal seinen unbekannten Helfer an, um ihn nach einem geeigneten Treffpunkt zu fragen. „Wenn Sie sich unbedingt in Gefahr begeben wollen, statt in der Wohnung versteckt zu bleiben, rate ich Ihnen in den Zoo von Schönbrunn oder in den Wiener Prater, den bekannten und weitläufigen Vergnügungspark, zu gehen. Je größer die Menschenansammlung, desto kleiner die Gefahr, erkannt zu werden. Trotzdem bin ich der Meinung, dass Sie ein sehr großes Risiko eingehen und eigentlich schon längst außer Landes sein sollten."

Henderson seufzt, er ist sich dessen durchaus bewusst, aber er hat ja noch so viel zu tun. „Ich weiß Ihren Rat wirklich zu schätzen, aber ich habe tatsächlich noch eine sehr wichtige Sache zu erledigen, die keinen Aufschub erlaubt. Zumindest bis zum Wochenende werde ich noch bleiben. Und für Samstag früh bräuchte ich außerdem ein Auto. Wenn Sie das wieder so reibungslos erledigen könnten wie beim letzten Mal, wäre ich Ihnen sehr dankbar."

„Kein Problem, dann bekommen Sie aber auch gleich die Miete für die Wohnung bis Sonntag und die Kosten für das Auto in Rechnung gestellt. Danach können Sie jederzeit abreisen, ohne mir noch etwas schuldig zu sein."

„Das hört sich gut an." Henderson ist immer wieder überrascht, wie einfach sich die Dinge organisieren lassen. „Genau so machen wir das. Und wenn ich abreise, liegt der Wohnungsschlüssel wieder dort, wo ich ihn vorgefunden habe. Auf jeden Fall nochmals danke für die perfekte Unterstützung, falls wir uns nicht mehr hören!" Wieder einmal ist Henderson sehr zufrieden mit sich. „Jetzt habe ich tatsächlich schon alles erledigt und muss nur noch überlegen, wie ich mit Scott Watson verfahre. Dass ich mich nach Amerika absetze, ist beschlossene Sache. Also kann mich ein weiteres Verbrechen auch nicht mehr tangieren, denn ich habe sowieso nichts mehr zu verlieren. Ich hätte wirklich große Lust, diesem Watson gehörig wehzutun, nachdem er mein Leben derart verpfuscht hat."

Hendersons wütende Rachegedanken haben sich in eine gefährliche Besonnenheit verwandelt, mit der er sein nächstes Verbrechen zu planen beginnt ...

Als Simone nach der Arbeit nach Hause fährt, hat sie gleich drei neue Nachrichten in ihrer Mailbox. Erstens hat James die Anreise für Freitag bestätigt und ihre Freundin Doris und auch Lotte haben sich mit der Bitte um Rückruf gemeldet. „Da werde ich wohl zuerst Mutter anrufen, denn das Gespräch mit Doris könnte länger dauern", überlegt Simone und vernimmt auch schon die freudige Stimme von Lotte. „Georg und ich wollen euch drei noch vor der Hochzeit zum Essen einladen. Scott soll sich voll und ganz dazugehörig fühlen, und dazu ist ein Besuch in unserem Zuhause unumgänglich. Da aber ab Donnerstag die Hochzeitsgäste eintrudeln werden, bleibt nur mehr der morgige Mittwoch. Ich hoffe ihr habt noch nichts anderes vor, sonst wäre mein lieber Georg tatsächlich beleidigt!"

„Das können wir natürlich nicht verantworten", antwortet Simone lachend. „Wir haben auch noch nichts anderes vor. Ich fände es ohnehin ganz gut, wenn wir uns einen Plan zurechtlegen, wer sich wann um welche Gäste kümmert. Das können wir dann in Ruhe bei Vaters köstlichem Essen machen. Übrigens kocht auch Scott ganz gut, er hat uns sogar angeboten, die Küche zu übernehmen, solange er bei uns ist."

„Da hast du aber wieder einmal großes Glück, liebe Tochter, dass du deine Kochkünste nicht unter Beweis stellen musst und gleich von zwei Männern verwöhnt wirst!"

„Du sagst es, Mutter, du kannst dir gar nicht vorstellen, wie mich die beiden gestern Abend überrascht haben. Aber das erzählen wir euch dann morgen. Welche Uhrzeit wäre euch recht?"

Nachdem sie sich auf achtzehn Uhr dreißig geeinigt haben, wählt Simone die Nummer ihrer langjährigen Freundin Doris. „Schön, dass du mich zurückrufst, meine Liebe, wenngleich ich dir natürlich bitterböse bin, dass du meine große Jugendliebe Paul heiratest! Ich hatte immer noch gehofft, dass er auf mich wartet", scherzt Doris. Sie unterhalten sich, als hätten sie einander erst gestern zum letzten Mal gesehen, obwohl es wohl schon gute fünfzehn Jahre her sein muss, dass sie sich aus den Augen verloren haben. „Und wie wichtig mir dieses Ereignis ist, kannst du daran ermessen, dass ich mir tatsächlich ein Dirndl gekauft habe, das ich wahrscheinlich nie mehr wieder in meinem Leben anziehen werde. Ich bin ja mittlerweile selbständige Privatdetektivin und trage daher eher saloppe und vor allem auch bequeme Kleidung. Aber was tut man nicht alles alten Freunden zuliebe!"

Simone erwidert: „Wir wissen das beide sehr zu schätzen und freuen uns riesig, dass wir dich wiedersehen werden. Und wir haben uns auch vorgenommen, unsere Freundschaft mit dir wieder zu intensivieren, da es ja jetzt keinen eifersüchtigen Ulrich mehr gibt. Vor der Hochzeit werden wir wohl keine Zeit mehr für ein Treffen haben, aber vielleicht machen wir am Samstagvormittag eine Zusammenkunft in unserem Haus, damit sich alle etwas besser kennenlernen. Dazu wärst du dann natürlich auch eingeladen. Wir werden das alles aber erst morgen mit unseren Eltern besprechen, danach sage ich dir auf alle Fälle Bescheid!"

Mittlerweile ist Simone zu Hause angekommen und überlegt, ob Brenda nicht eigentlich in Scotts Kellerappartement übernachten sollte. James hätte in Allen ausreichend Hilfe, dafür müsste Brenda nicht im Hotel wohnen. „Dieses Thema werde ich wohl beim Abendessen anschneiden, bevor ich die Zimmer im Hotel endgültig buche", überlegt Simone, wobei sie ihren Mann mit einem Kuss begrüßt. „Was hast du uns heute gekocht, mein Schatz?", ist die erste Frage der stets hungrigen jungen Ärztin.

„Schon vergessen, mein Schatz, das war nur nach dem ersten Arbeitstag. Ab heute übernimmt Scott die Küche. Wenn du Hunger hast, solltest du ihm sagen, dass du schon da bist."

Lächelnd verschwindet Simone aus Pauls Arbeitszimmer in den Keller, um ihren Vater zu begrüßen. Während Scott sich sofort seines Versprechens besinnt und seinen Platz in der Küche einnimmt, nutzt Simone die Zeit bis zum Abendessen, um ihre restlichen Sachen aus dem Keller in ihr neues Zimmer zu übersiedeln. Bereits nach kurzer Zeit sitzt sie in ihrem gelben Bürostuhl und betrachtet zufrieden ihr Werk. Als hätten sie sich abgesprochen, ruft auch schon Scott zum Essen. Er hat einen schottischen Eintopf aus Bratwürsten, Kartoffeln, Karotten und grünen Bohnen gezaubert, den sie zu dritt genießen. Nur die beiden essen?

„Morgen gibt es dann zum Vergleich Georgs Küche", erzählt Simone nun von Lottes Einladung und ihren Überlegungen, die Organisation bezüglich Abholung und Eintreffen der Hochzeitsgäste zu besprechen.

„Das wird wirklich notwendig sein, vor allem sollten wir unsere Schotten vom Flughafen abholen", bestätigt Scott, dem anscheinend noch etwas anderes auf dem Herzen zu liegen scheint. „Sind die Zimmer für Brenda und James jetzt auch schon gebucht?", erkundigt er sich. „Ich denke, dass Brenda bei mir im Keller übernachten kann, das Bett ist groß genug und Platz ist auch ausreichend vorhanden. Schließlich ist sie doch meine Frau, wenn es auch nicht immer so aussieht, und James hat ohnedies Allen zur Unterstützung."

„Gut, dass du das ansprichst, lieber Vater, denn ich wollte auch schon mit dir darüber sprechen, nachdem James mir ihre Ankunft für Freitag mitgeteilt hat. Ich habe daher die Zimmer noch nicht fix gebucht. Dann sind wir ja wieder einer Meinung und wir freuen uns, deine Frau auch in unserem Haus ‚beherbergen' zu dürfen", antwortet Simone, wobei sie ihren Vater liebevoll umarmt. Ein vorsichtiger Blick zu Paul sagt ihr, dass sie richtig gehandelt hat. Trotzdem wird sie sich immer mehr bewusst, dass es noch länger dauern wird, bis sie mit ihrem Paul wieder einmal alleine sein kann. Nachdem Scott schlafen gegangen ist, spricht sie dieses Thema auch an, und Paul hatte sich natürlich schon ähnliche Gedanken gemacht.

„Ich weiß, seit wir deinen Vater gefunden haben, bleiben uns eigentlich nur die Nächte für unsere Zweisamkeit, die wir vorher nahezu im Überfluss hatten, aber aus Angst vor unseren Gefühlen noch nicht so richtig genießen konnten. Komm her, mein Schatz!", fordert er Simone auf und zieht sie auf seinen Schoß. „Es wird bestimmt wieder anders werden, aber mir geht es ähnlich wie dir. Trotzdem solltest du nicht vergessen, dass du diese rasche Hochzeit wolltest, und ich freue mich auch darüber, aber ein Fest ist nun einmal das Zusammenkommen von Menschen, die miteinander feiern wollen. Und wenn sie dann auch noch eine weite Reise auf sich nehmen, um auf unser Glück anzustoßen, muss man sich auch um sie kümmern", fügt er hinzu und lächelt Simone liebevoll an.

„Bin ich froh, dass es dir genauso geht! Du hast recht, es wird wieder anders werden. Aber ich liebe dich einfach so sehr, dass ich dich am liebsten für mich alleine habe."

Die beiden sind derart mit sich und ihrem „Kummer" beschäftigt, dass sie Scott nicht hören, der sich etwas aus der Küche holen will, es aber dann doch bleiben lässt …

Ganz selbstverständlich, als hätte sie das schon ihr Leben lang gemacht, bereitet Ines das Frühstück für Finn, der bereits zeitig zur Arbeit muss. Er hat die ganze Woche nur Inlandflüge zu bestreiten und wird daher jeden Abend zu Hause sein, was Ines natürlich freut.

„Nächste Woche habe ich wieder einmal einen Flug nach Dublin, worauf ich mich schon sehr freue. Etwas Abwechslung ist auch in meinem Job ganz schön", meint er, wobei er in seinen Toast mit Butter und Marmelade beißt. „Vielleicht möchtest du ja einmal mitfliegen? Wobei die Aufenthalte nie besonders lang sind, du kannst also kaum etwas besichtigen. Aber sollte ich, was leider nicht sehr oft passiert, einmal auswärts übernachten, wie zum Beispiel bei dem Flug nach Bergen in Norwegen, musst du unbedingt mitkommen. Noch sind deine Einsätze im Reisebüro ja nicht so häufig, dass du dir das nicht einteilen könntest", überlegt der verliebte Mann, seinen Beruf auch für gemeinsame Aktivitäten zu nutzen.

„Ja, leider, oder auch Gott sei Dank! Einerseits bin ich froh, noch ausreichend Freizeit zu haben, um mir weiteres Wissen anzueignen und vielleicht auch einmal mit dir unterwegs sein zu können. Andererseits würde ich natürlich gern mehr verdienen. Es ist eben wie immer im Leben, jedes Ding hat zwei Seiten", antwortet Ines, wobei sie Finn liebevoll verträumt durch die Haare fährt. „Außer unser Zusammensein! Ich hätte nie gedacht, dass ich mich so rasch wieder an ein Leben zu zweit gewöhnen könnte. Unsere Vertrautheit fühlt sich für mich an, als würden wir uns schon ewig kennen. Das betrifft allerdings nicht das Verlangen nach dir. Das ist neu, prickelnd und leidenschaftlich. Somit hat unsere Beziehung für mich nur eine positive Seite." Jetzt lässt ihre Hand von seinem roten Haarschopf ab, und Finn verdrückt in Ruhe den letzten Bissen seines Toasts.

„Du glaubst doch nicht, dass es mir anders ergeht!" Er strahlt Ines mit einem bubenhaften und verschmitzten Lächeln an. „Ich kann mich nicht erinnern, dass ich jemals eine Frau gebeten hätte, zu mir zu ziehen. Das ist meist auf Anfrage oder Drängen der Frauen passiert. Aber dich wollte ich von Anfang an um mich haben. Nicht nur wegen deiner körperlichen Reize. Ich fühle mich einfach extrem wohl in deiner Nähe und leide daher, wenn ich dich jetzt verlassen muss! Wie sieht übrigens dein heutiger Tag aus, mein Schatz?"

„Ich werde den Stadtrundgang noch einmal durchgehen und mich dabei selbst prüfen, ob ich alle wichtigen Informationen dazu auch tatsächlich intus habe. Für morgen hat mich Mr. Fergusson wieder eingeteilt und er hat mir angekündigt, dass er selbst teilnehmen will, um sich ein Bild von meinem Können zu machen. Also muss ich ihn davon überzeugen, dass er die richtige Wahl getroffen hat, was mir wohl nicht schwerfallen wird, sofern ihn auch mein Englisch überzeugt. Obwohl ich tatsächlich schon sehr viel dazugelernt habe, fühle ich mich nämlich da noch nicht so sattelfest wie in der Geschichte Schottlands. Also mach, dass du wegkommst, mein Schatz, damit ich mich auf meine Tour begeben kann", antwortet Ines, nimmt die Teller vom Tisch und küsst Finn liebevoll auf den Mund.

„Es scheint ja tatsächlich so, als wolltest du mich loswerden", meint Finn, der bereits in sein Sakko geschlüpft ist und den Inhalt seiner Pilotentasche prüft, lächelnd. Ines hat sich mittlerweile von ihrem Schreibtisch alle Unterlagen zusammengesucht und aus ihrem Schrank eine warme Regenjacke geholt, denn der Tag dürfte wieder einmal typisch schottisch werden. Gemeinsam verlässt das verliebte Paar sein behagliches Nest, um sich den Verpflichtungen des Tages zuzuwenden.

Georg hat sich für ein typisch österreichisches Essen, nämlich Schweinsbraten und Knödel, entschieden. Er weiß, dass Simone und Paul dem köstlichen Braten mit seiner resch gebratenen Kruste sehr zugetan sind und hofft, dass er Scott damit auch eine Freude macht.

„Das wird Scott bestimmt auch schmecken!" Seine Lotte hat wieder einmal Georgs Gedanken gelesen. „Aber in Wahrheit scheint er ein anspruchsloser Esser zu sein. Simone hat mir berichtet, dass er in ihrem Haushalt die Küche übernommen hat, und dass sie dadurch weiß, was ihm mundet. In jedem Fall ist bei seinen Gerichten immer Fleisch dabei, also wird er gegen deinen köstlichen Schweinsbraten nichts einzuwenden haben", meint sie lächelnd.

„Inwieweit stehst du eigentlich Wilhelm gegenüber in der Schuld, bezüglich seiner ständigen Jagdeinladungen? Sollten wir uns nicht um ihn und seine Frau kümmern, wenn sie das Wochenende zur Hochzeit im Wienerwald bleiben, und uns auch im Hotel einquartieren?"

Georg ist gerade dabei den Braten zu übergießen und hält mitten in der Bewegung inne. „Daran habe ich noch gar nicht gedacht! Gar keine schlechte Idee, dann könnten wir sie am Freitagabend in der ‚Blauen Gans' zum Essen einladen und uns auch ein schönes Wochenende machen", überlegt er laut weiter und schließt das Backrohr, nachdem er mit dem Begießen fertig ist. „Was habe ich nur für eine kluge Frau! Natürlich stehe ich bereits ziemlich in seiner Schuld, denn meine Jagdeinladungen sind tatsächlich nicht so häufig und vor allem auch bescheidener in der Bewirtung als die seinen. Ich habe allerdings keine Ahnung, was für ein Mensch seine Frau ist. Vielleicht liegt sie ja nicht auf unserer Wellenlänge. Aber wie ich dich kenne, würdest du auch dann einen netten Abend daraus machen, wenn uns Frau Wilhelm nicht ganz entspricht", meint Georg, wobei er Lottes Nasenspitze mit einem vom Bratenfett etwas fettigen Kuss versieht.

„Na gut, dann bestelle ich ein Zimmer in der ‚Blauen Gans' und du rufst Wilhelm an, um ihn zum Essen einzuladen. Den Kindern berichten wir heute Abend, dass wir erst am Samstagvormittag zum Familientreffen in ihrem Haus dazustoßen werden. Ich denke, die beiden haben sowieso genug mit den schottischen Gästen zu tun. Bin schon gespannt, wie sie das alles organisieren werden. Das werden ganz schön anstrengende Tage für die beiden", resümiert Lotte. „Wobei sie sich das ja alles selbst so gewünscht haben. Und wenn es ein schönes Fest wird, wovon ich ausgehe, dann lohnt sich ja ein derartiger Aufwand auch. Ich bin schon sehr gespannt auf Brenda und James."

„Ich auch, meine Liebe, denn Scott hat noch nicht sehr viel über seine Familie erzählt. Aber vielleicht tut er das ja heute, wenn wir uns endlich in privater Atmosphäre zusammensetzen. Was wir von Simone über seine Ehe wissen, könnte natürlich auch der Grund dafür sein, dass er nicht viele Worte darüber verliert. Na ja, wir werden sehen. Jetzt muss ich aber noch die Nachspeise machen, wobei ich an eine Mousse au Chocolat gedacht habe. Das kann ich schön vorbereiten und werde dann nicht zu lange in der Küche festgehalten. Stell' dir vor, ich würde dadurch etwas Wichtiges von der Unterhaltung verpassen", scherzt Georg gutmütig und holt bereits die Eier aus dem Kühlschrank, um sich mit Freude an die Arbeit zu machen.

Lotte betrachtet ihren geschäftigen Mann liebevoll und freut sich im Stillen, wie gut sie es doch mit ihm getroffen hat.

Nachdem Allen auch in der Nacht bei Kirsty geblieben ist, um mit ihr den erfolgreichen ersten Arbeitstag zu begießen, überlegt sie tatsächlich bereits, mit ihm zusammenzuziehen. Er ist ein angenehmer Zeitgenosse, mit dem sie sich mehr als gut versteht und der sich auch im Haushalt nützlich macht. Kochen kann er zwar nicht, das ist aber ohnehin ihre große Leidenschaft. Und für zwei kocht es sich auch schöner als für eine Person, noch dazu, wenn der Bekochte ein derartiger Genussmensch wie Allen ist. Das Zusammensein mit diesem Mann ist nicht nur in der Nacht, sondern sogar am Morgen eine Wohltat, denn abgesehen davon, dass er ein einfühlsamer Liebhaber ist, hat er auch immer gute Laune. Natürlich hat Kirsty die Wohnung mit Blumenstöcken, pastellfarbenen Kissen, dazu passenden flauschigen Decken auf dem Sofa und hübschen Vorhängen in zartem Rosa noch etwas behaglicher gemacht, als sie ohnehin schon war, sodass der Wohlfühlfaktor bereits dadurch gegeben ist, abgesehen von ihr und ihren Kochkünsten. Trotzdem findet sie es merkwürdig, dass er ihr seine Wohnung noch nicht gezeigt hat. Sie weiß, dass er der Liebe wegen von Inverness nach Fort William gezogen ist. Sie hat allerdings keine Ahnung, ob seine jetzige Wohnung auch die gemeinsame war, und warum die Beziehung auseinandergegangen ist. „Vielleicht sollte ich das alles erst in Erfahrung bringen, bevor ich Allen das Angebot mache", überlegt Kirsty in ihrer Kaffeepause während der Arbeit. Und da Allen ja bereits am übernächsten Tag mit den Chefs nach Österreich fliegt, wird sie damit noch bis nach dem Wochenende warten. Zufrieden mit dem gefassten Entschluss kehrt sie an den Schreibtisch zurück und wendet sich wieder ihrer Arbeit zu. Sie ist mit einer Auflistung der Jagdreviere und den dazugehörigen Wohnmöglichkeiten beschäftigt, die von den Watsons als Reiseveranstalter angeboten werden. Rose MacLeod, die Schwägerin der Chefin, hatte sie am Vortag darum gebeten, um wieder mehr Einblick in die Firma und ihre Angebote zu bekommen. Die sympathische und herzliche Rose wird mit ihrem Mann Duncan für Brenda und James einspringen, wenn die beiden in Österreich sind. Da sich die MacLeods schon seit einiger Zeit aus der Firma zurückgezogen haben und ihr kinderloses Leben vermehrt auf Reisen verbringen, sind sie mit den täglichen Abläufen nicht mehr so vertraut. Allerdings haben sie sich an dem Tag, an dem Brenda und James in Glasgow waren, rasch wieder in das Geschäftsleben eingefunden. „Es wird mit Sicherheit alles reibungslos laufen", ist Kirsty von der Fähigkeit der beiden Menschen überzeugt, die ja auch ihr ganzes Berufsleben in dieser Firma verbracht haben. Außerdem sind es ja nicht einmal drei Tage, für die das Ehepaar die Verantwortung übernimmt. Zudem gibt es auch langjährige Mitarbeiter, die eventuell hilfreich zur Seite stehen, wenn es notwendig wäre. Die dunkelhaarige und etwas mollige Rose ist genau das Gegenteil der kühlen Brenda. Nicht ganz so hübsch wie ihre blonde Schwägerin, trägt sie das Herz auf der Zunge und ist bei allen Mitarbeitern sehr beliebt. Ihr Mann Duncan hat nicht so viele persönliche Worte für die Angestellten wie seine Rose, scheint aber ein gerechter und verständnisvoller Chef zu sein.

„Das haben überhaupt alle Menschen, die in dieser Firma etwas zu sagen haben, gemeinsam", freut sich Kirsty über das positive Arbeitsklima. Und so vergeht auch dieser angenehme Tag so rasch, dass Kirsty erst durch das Knurren ihres Magens bewusst wird, wie spät es eigentlich schon ist. Und sofort fokussieren sich ihre Gedanken auf den Inhalt des Kühlschrankes in ihrer Wohnung und sie überlegt, was sie damit auf den Tisch zaubern könnte. Da es weder für Allen noch für sie irgendwelche Einschränkungen beim Essen gibt, hat sie auch schon eine Idee für das Abendessen. „Vielleicht holt mich ja Allen von der Arbeit ab, das wäre sehr angenehm bei dem scheußlichen Regenwetter", hofft Kirsty. Nachdem sie die letzten Informationen in ihre Liste eingearbeitet hat, schließt sie ihren Computer und räumt ihren Arbeitsplatz auf.

„Da bin ich ja gerade rechtzeitig gekommen!" Allen freut sich, seine Kirsty noch im Büro anzutreffen. „Ich dachte mir, dass du bei diesem Wetter nicht so gerne zu Fuß gehst", meint er, schmunzelt wissend über ihr Unbehagen nasse Schuhe zu bekommen und hilft ihr in den Mantel, während er ihr einen Kuss auf die Wange drückt.

„Ich danke dir, mein Lieber, dass du daran gedacht hast und mich vor der furchtbaren Nässe bewahrst. Dafür koche ich dir auch etwas Gutes", bedankt sich Kirsty und erzählt ihm schon in den schillerndsten Farben von ihrem Kochvorhaben. Kaum sind sie in ihrer Wohnung angekommen, macht sich auch bei Allen schon ein derartiger Heißhunger breit, dass er seine Kirsty sofort in die Küche bugsiert.

„Bin schon gespannt auf die österreichische Küche", überlegt der hungrige Allen. „Ob sie einem Vergleich mit deiner standhalten wird? Aber abgesehen von deiner Kochkunst, du wirst mir natürlich fehlen!"

„Das ist schön zu hören, mein Schatz, mir wird es ähnlich ergehen. Abgesehen davon, dass es sich alleine nicht so schön isst wie zu zweit, graut mir schon vor den drei einsamen und kalten Nächten!" Für einen Moment unterbricht Kirsty ihre Tätigkeit am Herd, um sich an ihren Allen zu kuscheln, der sie an sich zieht und liebevoll umfängt.

„Es ist wirklich wunderbar, dass es dich gibt!" Diese Worte kommen ihnen fast gleichzeitig über die Lippen. Herzlich lachend über diese Übereinstimmung widmen sich beide wieder den Vorbereitungen für einen schönen Abend …

Scott hat Brenda noch nicht Bescheid gesagt, dass er sie nicht im Hotel, sondern bei sich einquartiert hat. „Hoffentlich ist ihr das auch recht", überlegt er stirnrunzelnd. „Zu Hause schlafen wir ja schon die längste Zeit in getrennten Zimmern, aber vor Lotte und Georg will ich eigentlich mehr Zusammengehörigkeit demonstrieren, obwohl die beiden sicherlich von Simone und Paul bereits von unserer Auszeit-Vereinbarung gehört haben. Natürlich wäre es leichter, wenn ich eine eigene Wohnung hätte, da ich Simone und Paul mit Sicherheit öfter besuchen werde und sie nicht ständig in ihrem Reich stören will. Dr. Marolds Wohnung wäre eine Möglichkeit. Die wird natürlich erst frei, wenn er Simone alleine schalten und walten lässt und sich in sein Haus ins Waldviertel zurückzieht. Aber ich könnte ihn einmal fragen, ob überhaupt die Möglichkeit besteht, sein Reich zu übernehmen, oder er schon andere Pläne damit hat." Da Scott das unfreiwillig belauschte Gespräch der Kinder am gestrigen Abend nicht mehr aus dem Kopf geht, hat er es auf einmal sehr eilig, mit Dr. Marold darüber zu sprechen. Er überlegt daher, ihn am Abend, bevor sie zu den Hallers nach Wien aufbrechen, zu besuchen. „Simone wird mit ihrem täglichen Waldlauf und dem anschließenden Zurechtmachen noch einige Zeit brauchen, wenn sie von der Arbeit nach Hause kommt. Die kann ich für einen Besuch bei Dr. Marold nutzen, bei dem ich mich allerdings anmelden sollte." Kurz entschlossen ruft er in der Ordination an und erklärt Katharina seine Überlegungen.

„Ich werde Dr. Marold fragen, ob ihm das heute passt, und rufe Sie sofort zurück." Die patente Frau hat sofort verstanden, dass Scott sein Vorhaben noch nicht mit Simone besprochen hat.

„Dann kann ich ja mittlerweile Brenda anrufen", denkt Scott, der schon sehr gespannt auf die Reaktion seiner Frau bezüglich der gemeinsamen Unterbringung ist.

„Da willst du wohl vor der Mutter, deiner Tochter und ihrem Mann besser dastehen und nicht zeigen, wie es um uns bestellt ist?!", meint Brenda, die über das kindische Verhalten von Scott lachen muss. „Aber keine Angst, ich habe kein Problem damit und verstehe dich bis zu einem gewissen Grad auch. Zudem sind es ja nur drei Nächte, die wir in trauter Zweisamkeit überstehen müssen. Das werden wir schon ohne Auseinandersetzungen, die wir ja ohnehin nie haben, schaffen. Und sollten wir einander zu nahekommen, wäre das auch kein Unglück, schließlich sind wir ja verheiratet!" Erst als sie den Satz ausgesprochen hat, wird ihr bewusst, was sie gesagt hat. Könnte es sein, dass sie sich eine derartige Annäherung vielleicht sogar wünscht?

Scott ist auch leicht irritiert, fängt sich aber rasch wieder, ohne lange über ihre Worte nachzudenken. „Dann bin ich ja beruhigt, dass du es mit Fassung trägst, mit mir in einem Zimmer schlafen zu müssen. Ich habe von Simone gehört, dass ihr erst am Freitag anreist, weil ihr eure Hochzeitskleidung bereits in Glasgow gekauft habt. Was habt ihr euch ausgesucht? Ich kann mir gar nicht vorstellen, wie dir die Trachtenmode passt."

Brenda ist froh, dass Scott nicht näher auf ihren letzten Satz eingeht und schildert ihm dafür umso ausführlicher ihr tolles Dirndl und das neue Outfit von James. Dann fällt ihr allerdings ein, dass sie noch gar kein Hochzeitsgeschenk haben. Und da sie nun auch noch bei Simone und Paul wohnt, sollte sie wahrscheinlich auch an ein Gastgeschenk denken. Doch Scott beruhigt sie, erzählt von der Vereinbarung mit Lotte und Georg, die Kosten für das Fest zu übernehmen, und seiner großzügigen Bezahlung von Simones und Pauls Hochzeitskleidung. Womit sie wieder bei dem Dresscode des Festes sind. „Allen hat sich auch schon vor Jahren während einer Österreichreise ein Trachtensakko gekauft. Jetzt ist nur noch die Frage, ob die Frasers sich auch passend eingekleidet haben. Vielleicht solltest du da nochmals nachfragen, denn vielleicht haben sie ja den Dresscode auf der Einladung überlesen", bittet Brenda Scott.

„Ich werde Jack ohnehin noch anrufen müssen, nachdem wir heute bei den Hallers alles Organisatorische, also wer wen vom

Flughafen abholt und vieles mehr, besprochen haben. Aber da fällt mir ein, dass die beiden schon morgen anreisen, und dann käme diese Erinnerung zu spät. Also müsste ich das doch noch heute erledigen. Danke dir, dass du daran gedacht hast! Im Übrigen freuen sich schon alle darauf euch kennenzulernen beziehungsweise wiederzusehen! Habt ihr Simone schon eure Ankunftszeiten mitgeteilt?"

„Ja, das haben wir, wir kommen am späten Nachmittag an, die genaue Uhrzeit weiß ich nicht auswendig. Am Montag reisen wir gegen vierzehn Uhr wieder ab. Ich bin tatsächlich schon sehr neugierig auf Simones Mutter, ihren Mann und vor allem auch auf das gesamte Umfeld des Brautpaares, das ich während ihres kurzen Aufenthaltes bei uns bereits lieb gewonnen habe. Und nachdem du ja schon einige Zeit in Österreich bist, wirst du dich vielleicht auch verändert haben. In jedem Fall ist es spannend für mich, dieses Land, in dem du dich offensichtlich sehr wohlfühlst, kennenzulernen." Brenda ist sich bis jetzt noch gar nicht bewusst gewesen, dass es sich tatsächlich so verhält. „Das ist heute schon der zweite Satz", stellt sie überrascht fest, „dessen Inhalt mir erst, nachdem ich ihn ausgesprochen habe, bewusst wird."

„Ich hoffe es wird dir genauso ergehen wie mir", schließt Scott dieses Gespräch und ist in Gedanken schon bei seinem Besuch in Dr. Marolds Haus, obwohl sich Katharina noch nicht gemeldet hat. Da er heute nicht kochen muss, kann er sich wieder einmal der Tageszeitung widmen, um seine Sprachkenntnisse weiter zu verbessern. Aber er hat die Titelgeschichte noch nicht zu Ende gelesen, als auch schon sein Handy läutet und ihm Katharina mitteilt, dass sich Dr. Marold über einen Besuch von Herrn Watson sehr freuen würde. Er könne jederzeit nach Ordinationsende vorbeikommen. „Nun gut", überlegt Scott. „Dann werde ich die Zeitung fertig lesen, mich für den Abend umziehen und zu Dr. Marold fahren, wenn Simone nach Hause kommt."

Als seine Tochter ihn fragt, wohin er fährt, täuscht Scott Besorgungen vor. Er werde aber rechtzeitig zur gemeinsamen Abfahrt nach Wien zurück sein. Worauf sich Simone beruhigt auf ihren Waldlauf begibt und Scott nach kurzer Zeit beim Doktor läutet.

„Katharina hat mir ja schon angedeutet, dass es um meine Wohnung geht. Gedenken Sie denn ganz hierzubleiben?", kommt Marold ohne Umschweife zur Sache.

„Nicht ganz", antwortet Scott. „Aber ich habe vor, meine Tochter und ihren Mann öfter zu besuchen. Und obwohl das Zimmer im Keller für mich wirklich ausreichend groß ist, beschleicht mich doch das Gefühl, dass die Kinder gerne mehr alleine wären. Zudem könnte der Rest meiner Familie genauso begeistert von Österreich sein wie ich, dann würde es natürlich noch mehr Sinn machen, diese Wohnung zu mieten. Immer vorausgesetzt, Sie haben keine anderen Pläne."

„Nein, habe ich nicht, und ehrlich gesagt wäre ich sehr froh, Sie als Mieter zu haben. Selbst wenn Sie nicht ständig hier sind, wüsste ich die Wohnung trotzdem in guten Händen. Aber vielleicht sollte ich Sie erst einmal durch die Räumlichkeiten führen, bevor wir bei einem guten Glas Wein alles Nähere besprechen?", meint Dr. Marold, wobei sich der rundliche Mann äußerst flink von seinem gemütlichen Ohrensessel erhebt und Scott in Küche, Bad, WC, Gästezimmer und in das Schlafzimmer führt, neben dem es sogar einen begehbaren Schrank gibt. Von der Küche führt eine Tür in die Speisekammer, und neben der Garage, die sich eigentlich im Keller befindet, ist auch noch ein Abstellraum. „Sehr groß ist es ja nicht", beendet der Doktor die Führung, „aber mit dem ausziehbaren Sofa im Wohnraum können immerhin fünf Personen hier übernachten. Und wenn ich einmal alles geräumt habe, wird die Wohnung auch um etliches größer erscheinen. Jetzt trinken wir einmal einen Schluck auf ihr Vorhaben. Wollen Sie lieber Weiß- oder Rotwein?", fragt er Scott, lässt ihn im Wohnzimmer stehen und kommt mit zwei Flaschen Wein zurück.

„Ich nehme gerne ein Glas Weißwein und nennen Sie mich bitte Scott", beeilt sich Simones Vater, das gute Einvernehmen mit dem väterlichen Freund der Tochter noch zu intensivieren.

„Ich heiße Kurt und freue mich tatsächlich über deine Idee, meine Wohnung zu übernehmen. Ich finde sie hat eine ansprechende Größe und natürlich auch den Vorteil, in unmittelbarer

Nähe zum Haus deiner Tochter zu liegen", bestärkt Kurt seinen Gast in dessen Vorhaben.

Scott nickt zustimmend. „Ich hoffe du verstehst, lieber Kurt, dass ich Simone noch nichts von meinen Plänen erzählt habe. Ich denke, sie wäre erst einmal beleidigt, wenn ich ihre Gastfreundschaft nicht weiter in Anspruch nehmen würde. Obwohl ich gestern zufällig und auch unabsichtlich ein Gespräch zwischen den beiden belauscht habe, in dem es genau darum ging. In Wahrheit hätten sie gerne mehr Zeit füreinander, ohne die Verwandtschaft. Also habe ich mein Vorhaben, dich um diese Wohnung zu bitten, etwas vorgezogen. Wie lange wird es übrigens dauern, bis du meine Tochter alleine auf eure Patienten ‚loslässt'?"

Kurt hat seinem Gegenüber sehr interessiert zugehört und ist sehr froh da-rüber, dass Simones Vater ein derart feinfühliger Mensch ist. „Ich verstehe all deine Beweggründe und Simone wird von mir gar nichts erfahren. Da deine Tochter eine begabte junge Ärztin ist und im Umgang mit Menschen ohnehin ein goldenes Händchen hat, werde ich nicht mehr allzu lange hierbleiben. Sollten wir uns über einen Mietpreis einigen, werde ich schon bald mit dem Räumen beginnen. Du wirst die beiden Turteltäubchen also maximal noch bis zum Monatsende stören."

Scott ist froh, dass sich die Dinge so rasch erledigen lassen. „Das wäre ja ganz toll, lieber Kurt! Ich könnte dir auch dabei helfen, wenn es dadurch schneller gehen würde", meint er, wobei er Kurt verschmitzt zuzwinkert.

„Also hinauswerfen musst du mich nun auch wieder nicht", steigt Kurt sofort auf Scotts Spaß ein. Die beiden unterhalten sich noch über die Miete, als Scott endlich auf die Uhr schaut und erschrocken aufspringt. „Guter Gott, jetzt habe ich total die Zeit übersehen! Die Kinder warten bestimmt schon auf mich. Wir sind heute bei Simones Mutter und ihrem Mann zum Essen eingeladen. Verzeih meinen plötzlichen Aufbruch, aber wir haben spätestens bei der Hochzeit ausreichend Zeit, um dieses Thema abzuschließen. Einstweilen einmal vielen Dank und noch einen schönen Abend!" Mit diesen Worten verlässt Scott schnell das Haus und ist kurz darauf mit Kurts Motorroller unterwegs nach Hause.

Brenda ist nach dem Gespräch mit Scott etwas irritiert. Ganz gegen ihre Art macht sie während der Arbeit einen kurzen Spaziergang, um mit sich und ihren Gedanken ins Reine zu kommen. Irgendwie hatte sie das Gefühl, dass sie sich über die drei Nächte mit Scott in einem Zimmer, und noch dazu in einem Bett, tatsächlich freut. Oder ist es Anspannung und Nervosität gewesen, die sie derart scherzhaft antworten haben lassen? Immerhin hat sie mit ihrem Mann schon seit längerer Zeit kein Zimmer, geschweige denn ein Bett geteilt, was sicherlich auch zu der immer größer werdenden Entfremdung beigetragen hat. „Eigentlich weiß ich gar nicht mehr, wie es zu diesen getrennten Schlafzimmern gekommen ist", sinniert sie weiter. Denn abgesehen davon, dass er hin und wieder geschnarcht hat, haben sie einander ja nie gestört. Dass ihre Kühle Scott aus dem Schlafzimmer vertrieben hat, kann sie sich auch nicht vorstellen. Sie hat ihm ja schließlich nichts getan! Oder war das seine Strafe für die fehlende Nähe: keine Wärme durch Annäherung, kein gemeinsames Schlafzimmer. In Wahrheit weiß sie wirklich nicht mehr, wie diese Trennung passiert ist. Mit einem Seufzer und tief Luft holend macht sie sich auf den Weg zurück in die Firma, wo James bereits auf sie wartet.

„Hallo Mutter, ich habe dich schon überall gesucht. Geht es dir gut, du machst so ein sorgenvolles Gesicht?"

„Alles gut, mein Sohn, dein Vater hat mir nur eben mitgeteilt, dass er offensichtlich den Schein wahren und mit mir zusammenwohnen will. Er wollte nur sichergehen, dass das nicht meinen Unmut hervorruft. Und überraschenderweise stört es mich auch gar nicht, mit ihm bei Simone und Paul zu wohnen. Du wirst also auf die Hilfe von Allen und den Frasers angewiesen sein, die mit dir im Hotel logieren, falls du Unterstützung brauchst."

„Mach dir keine Sorgen, Mutter, ich komme schon zurecht. Sollte euch beiden diese ungewohnte Nähe weiterhelfen, würde mich das auch sehr freuen. Wichtig ist nur, dass dir dadurch der Aufenthalt in Österreich nicht vermiest wird!", meint James, wobei er Brenda herzlich umarmt. „Und der gestrige Arbeitstag von Rose und Duncan ist auch sehr gut gelaufen, wie mir die beiden berichtet haben. Zudem fühlten sich auch die Mitarbeiter sehr wohl mit ihren Ersatzchefs und erwähnten vor allem immer wieder die Herzlichkeit von Rose. Ich denke, es wird keine Schwierigkeiten während unserer Abwesenheit geben, und wir können beruhigt verreisen. In Wahrheit freue ich mich jetzt schon richtig auf die Hochzeit und bin schon sehr neugierig auf die Heimat meiner Stiefschwester."

„Mir geht es genauso James, und ich habe eben deinem Vater gesagt, wie gespannt ich schon auf all die Menschen bin, die zu Simones und Pauls Welt gehören. Natürlich freue ich mich auch darauf, das Land Österreich kennenzulernen. – Im Übrigen haben wir ein neues Liebespaar in unserem Umfeld, denn Allen hat sich offensichtlich nicht ganz selbstlos um Kirsty bemüht. Ich denke, er kennt ihre Wohnung schon ganz gut, nachdem er sie in der Früh herbringt und abends wieder abholt. Ich weiß, das sagt noch gar nichts, aber irgendwie verspüre ich eine gewisse Traurigkeit in ihrem Blick, wenn es um unsere Österreichreise geht. Aber das wird uns Allen während unserer Reise sicher noch genauer erzählen." Brenda lacht gut gelaunt und scheint sich auch schon auf ihre Abreise zu freuen. „Nur noch ein Arbeitstag, lieber Sohn, dann haben auch wir einmal Urlaub!"

Nun ist es James, der seiner Mutter überrascht nachsieht – und auch ein wenig nachdenklich darüber, dass ihr diese Reise eine so ungewöhnliche Freude bereitet. Er kann sich nicht erinnern, wann er sie zuletzt in einer dermaßen fröhlichen Stimmung erlebt hat. Auf wen oder worauf sie sich am meisten freut, ist James nicht ganz klar. Wirklich wichtig ist ohnehin nur, dass sie einmal Urlaub macht und glücklich ist …

Lottes Blicke auf die Uhr häufen sich. Sie kann einfach nicht verstehen, dass ihre Gäste noch immer nicht da sind. Bereits dreimal hat sie den Esstisch mitsamt seiner Deko, dem Besteck und den Gläsern geprüft und macht mit ihrer Ungeduld nun auch Georg in der Küche nervös. „So beruhige dich doch, sie werden sich wohl noch ein wenig verspäten dürfen. Wenn ich mich als Koch nicht aufrege, kann es dich schon gar nicht tangieren, meine Liebe! So kenne ich dich gar nicht, du wirst doch nicht wegen deinem Scott so dermaßen nervös sein?", zieht er Lotte auch noch auf. „Das habe ich jetzt wirklich verdient, so kopflos wie ich heute bin", gesteht Lotte ihren ungewohnten Zustand ein. „Ich kann mir aber auch nicht erklären, warum, denn die Kinder bringen mich normalerweise ebenso wenig wie Gäste aus der Ruhe. Dann wird es vielleicht doch an Scott liegen? Lieber Mann, ich weiß beim besten Willen nicht, was mit mir los ist. Versuche bitte darüber hinwegzusehen und ich bemühe mich wieder um meine gewohnte Fassung", meint sie und lächelt Georg etwas verkrampft an. Als gleich darauf die Türglocke läutet, entspannen sich ihre Züge, und sie eilt, wieder ganz perfekte Gastgeberin, zur Tür, um zu öffnen. Georg beobachtet amüsiert die Veränderung ihres Gesichtsausdruckes und geht in die Küche, um die Kochschürze abzulegen und den Aperitif vorzubereiten. Das Stimmengewirr der Gäste verlagert sich bereits vom Vorraum in das Wohnzimmer, als Georg die Gläser mit Winzersekt hereinbringt. – „Dass ihr auch immer so durstig sein müsst", scherzt er statt einer Begrüßung. „Ich hoffe die richtige Menüentscheidung getroffen zu haben. Lieber Scott, du wirst heute mit typisch österreichischer Küche konfrontiert", kündigt Georg an, verteilt die Gläser und zählt die Speisenabfolge auf.

„Nachdem mir schon von deinen außergewöhnlichen Kochkünsten berichtet worden ist, freue ich mich wirklich sehr darauf", erwidert Scott und erhebt sein Glas auf die Gastgeber. „Und natürlich vielen Dank für die Einladung in euer behagliches Haus!"

Nicht nur, dass Lotte den Tisch wirklich perfekt gedeckt und das Zimmer mit einem Strauß frischer cremefarbener Rosen dekoriert hat, harmonieren auch die Jugendstilmöbel mitsamt den farbintensiven Seidenteppichen wunderbar zu der Damast-Tischwäsche.

„Das sieht ja wirklich alles toll aus, Mutter", lobt auch Simone dieses festlich-geschmackvolle und trotzdem gemütliche Ambiente. „Und wie es wieder aus der Küche duftet …" Sie gibt Georg einen anerkennenden Begrüßungskuss. „Im Übrigen hast du in Scott einen Kochkonkurrenten bekommen, der uns an den Abenden, an denen wir alle zu Hause sind, mit seiner Küche verwöhnt. Da Paul mittlerweile über meine nicht vorhandenen Kochkenntnisse Bescheid weiß, ist er froh über diese Unterstützung. – Aber das wird sich auch wieder einmal ändern, mein Schatz", fügt sie an Paul gewandt hinzu. „Denn Scott bleibt wahrscheinlich nicht für immer in Österreich." Bei diesen Worten wirft sie ihrem Vater einen aufgesetzt traurigen Blick zu, aber ihre Augen lachen.

„Vielleicht geht mir ja auch einmal mein Repertoire aus und ihr seid froh, wenn ich euch nicht mehr mit meinen schottischen Eintöpfen behellige!", entgegnet der.

Über all dieses Kochgeplänkel hat die fröhliche Runde bereits am Tisch Platz genommen und Georg serviert die Rindsuppe mit Leberknödel. Danach kümmert sich Paul um die Getränke und Lotte bringt die Kartoffel- und Semmelknödel für den Schweinsbraten herein, den Georg bereits auf Tellern angerichtet an den Tisch bringt. Es ist wie immer, wenn Georg zum Kochlöffel greift, ein lukullisches Fest und für kurze Zeit ist es komplett still im Zimmer, da alle schweigen und genießen. Scott ist als Erster fertig mit dem Essen, obwohl er beide Knödel gegessen hat, und lehnt sich zufrieden in seinem Sessel zurück. Lotte lächelt ob seines zufriedenen Gesichtsausdruckes, der sie an ihre romantische Zeit mit ihm erinnert. Georg bekommt hingegen ein anerkennendes Nicken für das perfekte Essen von seiner Frau, und Simone kaut noch an der köstlich gebratenen Schwarte des Bratens herum.

Paul ist der Erste, der das wohlverdiente Lob für seinen Vater auch ausspricht. „Dein Schweinsbraten war schon immer sensationell, aber heute hast du dich selbst übertroffen. Das Essen war einfach himmlisch, aber auch üppig. Ich glaube, gegen einen Schnaps hat niemand etwas einzuwenden. Wie ist es mit dir Scott?"

„Ich pflichte dir in allem bei, lieber Paul. Es war alles sensationell und ich brauche dringend einen Schnaps, vielen Dank!"

„Na dann können wir ja gleich mit unserem Programm beginnen", erinnert Simone an ihr Vorhaben, während sie den Tisch abräumt und die Gästeliste aus ihrer Tasche holt. „Deine Nachspeise wird wohl noch etwas warten müssen, lieber Georg. Ich glaube wir brauchen alle eine kleine Pause. Kennst du übrigens schon die Ankunftszeit von deinem Freund Jack Fraser?", wendet sie sich nun wieder an ihren Vater.

„Ich habe vergessen ihn anzurufen, werde das aber sofort erledigen, da ich ihn auch noch einmal an den Dresscode erinnern will", antwortet Scott und verlässt den Raum, um mit seinem Freund zu telefonieren.

Da die Vorliebe von Jacks Freundin Allison für die Küche fremder Länder bekannt ist, beschließen die anderen mittlerweile für den Ankunftsabend der beiden einen Tisch im „Plachutta", einem Restaurant, das für seine österreichischen Traditionsgerichte und vor allem für seinen Tafelspitz berühmt ist, zu bestellen. „Da Brenda, James und Allen am Freitag erst am späten Nachmittag eintreffen, ist an diesem Abend ein Abendessen im Hotel wohl am sinnvollsten. Das können wir dann gemeinsam mit den Frasers machen, falls sie nichts anderes vorhaben", beschließt Simone. Dass Lotte und Georg separat mit den Wilhelms zu Abend essen wollen, stört niemanden, da man sich ja am nächsten Vormittag zum Umtrunk mit der Familie und den Freunden des Paares in deren Haus treffen wird. Den Flughafen-Shuttledienst für den nächsten Tag werden Simone, Paul und Scott gemeinsam übernehmen und gleich mit den Gästen zum Essen in Wien bleiben. Am Freitag fährt Simone alleine, um ihren Trauzeugen, Brenda und Allen abzuholen und sich danach mit Paul und Scott im Hotel zu treffen. Endlich hat auch Scott fertig telefoniert und stimmt mit dem Wissen um die genaue Ankunft von Jack dem Plan der anderen zu. Allerdings haben Jack und Allison für Freitag einen Besuch in der Oper, ein Ballett von Tschaikovsky gebucht, wofür sie auch schon mit der „Blauen Gans" den Hin- und Rücktransport abgesprochen haben. Somit gehört der Freitagabend der Familie, wenn man Allen auch dazuzählen will. Nach einem herrlichen Mousse au Chocolat und einigen Gläsern Wein löst sich die Gesellschaft mit etlichen Danksagungen an die Gastgeber auf. Und Scott kann nicht umhin, das Paar, das keinerlei indiskrete Fragen zu seiner Ehe stellt, um sein Glück zu beneiden …

Für die Übergabe des Vertragsentwurfes hat Henderson nun doch ein Treffen im Wurstelprater, dem Wiener Vergnügungspark, mit Markus arrangiert. Neben dem Riesenrad, einem Wahrzeichen von Wien, ist der Prater auch für seine Stelzen in der Gaststätte „Schweizerhaus" bekannt, zu denen das echte Budweiser Bier serviert wird. Henderson bestellt sich beides und beginnt, ohne auf Markus zu warten, mit dem Essen. „So ein unhöflicher Mensch", denkt Markus, als er das Lokal betritt und sich über die optische Veränderung von Daniel wundert. Aber da es ums Geschäft und nicht ums Benehmen geht, schluckt Markus seinen Ärger hinunter. Obwohl sich natürlich auch berufliche Angelegenheiten in höflicher Form schöner abwickeln lassen. Da sich Henderson durch sein Erscheinen nicht stören lässt, vergeht dem guten Markus gänzlich der Appetit. Er bestellt sich daher nur ein Bier und überreicht seinem Gegenüber ohne Kommentar den Vertragsentwurf. Daniel isst immer noch weiter und Markus ist nahe daran, aufzustehen und sofort wieder zu gehen, als der Ober seine Bestellung auf den Tisch stellt. „Na gut, dann trinke ich das Bier noch aus", überlegt der arme Mann, der sich durch Hendersons Verhalten mehr als gekränkt fühlt. Eigentlich hat der Beamte vor, den Meinungsumschwung seines Kunden, dem alle angebotenen Jagden bei ihrer Begehung zu anstrengend gewesen sind, zu hinterfragen, aber auch dazu ist ihm die Lust vergangen. „Kann mir doch egal sein, warum sich der ungehobelte und untrainierte Mensch nun doch zur Pacht einer Jagd mit derart schwierigem Gelände entschieden hat." Markus betrachtet sein Gegenüber mit einem gewissen Ekel. Denn nicht nur, dass Henderson unhöflich ist, rinnt ihm auch noch ein kleines Rinnsal seines Biers über das vom Stelzenfett triefende Kinn. „Komisch", denkt sich Markus, „so ekelhaft habe ich den Mann gar nicht in Erinnerung." Als hätte Daniel die Gedanken von Markus erraten, greift er nun zur Serviette, säubert seinen Mund, setzt ein freundliches Lächeln auf und meint: „Entschuldigen sie meine Unhöflichkeit, aber es hat einfach derart gut geschmeckt, dass ich die Welt um mich herum vergessen habe! Aber jetzt bin ich ganz bei ihnen. Wollen sie nicht auch so eine köstliche Stelze bestellen?"

„Deine Entschuldigung kommt definitiv zu spät, mein Lieber, du hast mir meinen Appetit bereits verdorben", ist Markus' erster Gedanke, er antwortet jedoch höflich: „Vielen Dank, aber ich habe noch keinen Hunger, zudem habe ich nicht so viel Zeit. Vielleicht sollten wir den Vertragsentwurf kurz gemeinsam durchschauen, bevor ich siewieder verlassen muss?"

„Schade, da entgeht ihnenwirklich etwas. Aber ich verstehe, dass sie noch andere Verpflichtungen hast. Dann sollten wir also rasch einen Blick in die Papiere werfen", meint Henderson, schiebt seinen Teller von sich und breitet den Vertrag vor sich aus. Da Daniel keine Ahnung hat, worauf er achten muss, und zudem auch nicht beabsichtigt, die Jagd tatsächlich zu pachten, haben die beiden Männer die Durchsicht schnell erledigt. „Dann will ich sie nicht länger aufhalten", erhebt sich Henderson nun sogar, um sich von Markus zu verabschieden. „Ich werde mich noch mit einem Freund besprechen und ihnen Anfang nächster Woche Bescheid geben. – Und das Bier übernehme selbstverständlich ich", fügt er bemüßigt, einen besseren Eindruck bei Markus zu hinterlassen, noch hinzu. Nachdem Markus gegangen ist, bestellt sich der unersättliche Daniel noch Böhmische Powidltascherl, die er sich von dem Kellner einreden lässt, da er ja keine Ahnung von den Süßspeisen des Landes hat. Ein Kaffee muss es auch noch sein, bevor er sich zufrieden zurücklehnt und überlegt, was er mit dem Rest des Tages anfangen soll. Es wird wohl am besten sein, hier im Prater zu bleiben und dessen Attraktionen, wie das Riesenrad oder das Spiegelkabinett, zu besuchen, und vielleicht auch mit der Liliputbahn zu fahren. Auch Madame Tussauds Museum mit lebensgroßen Wachsfiguren berühmter Amerikaner und historischer Persönlichkeiten hat Daniels Interesse bei der Durchsicht des Folders über die Attraktionen des Praters geweckt. Gut gelaunt und mit wirklicher Vorfreude auf sein bevorstehendes Nachmittagsprogramm bezahlt Daniel die Rechnung und gibt ein für ihn ungewohnt hohes Trinkgeld. „Vielleicht fahre ich ja auch noch mit der Geisterbahn", überlegt er gut gelaunt, als er das „Schweizerhaus" verlässt …

Simone und Scott können nach dem üppigen Abend in Wien Gott sei Dank ausschlafen, denn Dr. Marold hat seiner Nachfolgerin noch drei weitere freie Tage rund um das Hochzeitsfest gewährt. Der arme Paul muss als Einziger aufstehen, aber er genießt die Ruhe bei seinem Morgenkaffee, den er wie immer stehend in der Küche zu sich nimmt. Mit Blick auf die hügelige Landschaft des Wienerwaldes beginnt er sich erstmals tatsächlich der großen Veränderung in seinem Leben bewusst zu werden. So rasch haben sich die Dinge entwickelt, dass er noch gar keine Zeit und Muße gehabt hat, sich die gemeinsame Zukunft mit Simone vorzustellen. Er lächelt bei dem Gedanken, wie sich das Verhältnis zu seiner Schwester verändert hat. Eine Woge tiefen Gefühls für diese wunderbare Person umfängt ihn und verbreitet eine wohlige Wärme in seinem Inneren. Dafür nimmt er auch gerne die Anstrengungen des bevorstehenden Festes in Kauf. Denn abgesehen davon, dass sie bereits gestern üppig gegessen haben, werden sich der heutige und die nächsten beiden Abende in ihrer Intensität wahrscheinlich noch steigern. Und da die schottischen Besucher erst am Montag abreisen, werden sie auch den Sonntagabend in ihrer Gesellschaft verbringen. Paul liebt zwar gutes Essen, aber die Vorstellung der kommenden Abende lässt ihn doch leicht aufseufzen. Zudem ist er auch nicht der große Gesellschaftstiger, er wird sich also ordentlich zusammennehmen müssen, um seiner Rolle als strahlender und unterhaltsamer Bräutigam gerecht zu werden. Nicht dass er sich nicht auf die Hochzeit freuen würde, aber durch die Gäste aus Schottland, um die man sich natürlich auch davor und danach kümmern muss, wird sie zu einem mehrtägigen Event. Er ist daher sehr glücklich, diesen Tag noch in seiner Ordination bei seinen schweigenden Patienten verbringen zu können. Und irgendwo in seinem Hinterkopf taucht auch ein Bild der trauten Zweisamkeit mit seiner Simone auf, das allerdings noch sehr schemenhaft ist. Vorsichtig stellt er die Tasse in die Spüle, um keinen Lärm zu machen und Simone nicht zu wecken.

Und sie hat ihn tatsächlich nicht wegfahren gehört. Verschlafen sucht Simone in der anderen Betthälfte nach Paul, bis ihr bewusst wird, dass er bestimmt schon das Haus verlassen hat. Mit einem herzhaften Gähnen überdenkt sie noch mal die Programmpunkte des Tages, und nimmt sich vor, ihrem Schatz eine Erinnerungs-SMS zu schicken, damit er pünktlich um sechzehn Uhr zur geplanten Abfahrt nach Wien zurück ist. Und obwohl es ihr in Bezug auf ihren 5-Tages-Event ähnlich ergeht wie Paul, freut sie sich doch schon auf Jack Fraser und seine Allison, mit denen sie den Abend verbringen werden. „Dann gehe ich jetzt wohl noch eine Runde laufen", überlegt sie und schlüpft in ihr Sportgewand, will sich vor dem Sport aber noch einen Kaffee holen. Als hätten sie sich abgesprochen, treffen Vater und Tochter einander vor der Küchentür.

„Guten Morgen, Simone, wenn du im Laufdress bist, wirst du wohl noch nicht bereit für ein Frühstück sein. Soll ich damit auf dich warten?", fragt Scott und lässt sich schon einen Espresso ein.

„Das wäre sehr nett von dir, dann könnten wir auch gleich eine Einkaufsliste für den Familienempfang am Samstag machen. Ich habe keine Ahnung, was wir da zum Sekt servieren sollen. Am einfachsten wäre es wohl Brötchen zu bestellen, die am Samstag frisch geliefert werden. Aber vielleicht kommt mir ja beim Laufen noch eine andere Idee", antwortet Simone, wobei jetzt auch sie die Kaffeemaschine bedient. „Ich bin in einer halben Stunde zurück, und freue mich auf ein gemeinsames Frühstück mit dir!" Sie drückt ihm einen Kuss auf die Wange und ist auch schon verschwunden ist. Scott bleibt mit der Tageszeitung zurück und überlegt, ob Brenda nicht doch etwas mitbringen sollte, wenn sie hier wohnt. Die Frage ist nur, womit man den beiden eine Freude machen könnte. Am einfachsten wäre es wohl, für die Naschkatze Simone einen Dundee Cake, den traditionellen schottischen Früchtekuchen, und für Paul ein schönes Stück Lachs vom Flughafen mitzubringen. Diesmal ruft er James an, mit dem er schon länger nicht geredet hat, und teilt ihm seine

Überlegungen mit. „Ich weiß, mein Sohn, dass es eigentlich um das Gastgeschenk deiner Mutter geht, aber da wir beide schon länger nicht miteinander geplaudert haben, gebe ich dir meine Idee weiter. Ich denke es wäre eine nette Aufmerksamkeit für die beiden, denn in Wahrheit haben sie ja ohnehin alles. – Und wie geht es dir James, machst du Fortschritte?"

James freut sich, seinen Vater zu hören. „Mutter wird erleichtert sein, dass dir doch noch eine Kleinigkeit eingefallen ist, und meine Muskelkraft nimmt zwar beständig zu, ist aber noch nicht total überzeugend. Wahrscheinlich wird sie erst dann zufriedenstellend sein, wenn ich die Krücken nicht mehr brauche, was ich schon gar nicht mehr erwarten kann. Und wie geht es euch, laufen die Hochzeitsvorbereitungen zufriedenstellend?"

Scott hat sich noch einen Kaffee genommen und berichtet seinem Sohn in allen Einzelheiten, was sich hier in der letzten Woche abgespielt hat. Da- rüberhat er ganz die Zeit vergessen und Simone ist bereits vom Laufen zurück, während Vater und Sohn immer noch telefonieren.

„Von wegen Frauen sind die größten Tratschen", mischt sie sich lachend in das Gespräch. „Ich freue mich schon auf dich, lieber Trauzeuge, und bin bereits sehr gespannt, wie dir die Trachtenmode steht", neckt sie ihren Bruder weiter.

„Da wirst du Augen machen, Schwesterlein, Mutter und ich sehen wirklich gut aus in unseren neuen Klamotten. Wir haben diese schwierige Aufgabe tatsächlich in der mehr als kurzen Zeit bewältigt, die ihr euren Gästen eingeräumt habt. Bin schon gespannt, ob die Frasers das auch geschafft haben. Aber die Kleidung soll ja nicht das Entscheidende sein bei eurem Fest, wir werden gute Laune mitbringen und freuen uns wirklich schon sehr darauf." An seinen Vater gewandt fügt James dann etwas zaghafter hinzu. „Und dass ihr, Mutter und du, gemeinsam bei Simone und Paul übernachtet, finde ich auch sehr schön." Mehr getraut er sich offensichtlich nicht zu sagen, denn in Wahrheit weiß er ja auch nicht, was diese ungewohnte Zweisamkeit wirklich zu bedeuten hat. Auch Scott selbst hat keine Ahnung, was aus dieser impulsiven Entscheidung, die von Brenda überraschend freudig aufgenommen worden ist, werden soll. Da Simone auch keine kluge Bemerkung zu diesem Thema einfällt, lenkt sie das Gespräch auf die Abholung vom Flughafen am nächsten Tag:

„Übrigens werden Vater und ich euch mit Pauls Auto abholen, denn in meinem Mini haben wir nicht alle Platz. Mein fleißiger Paul wird auch am Tag vor der Hochzeit noch arbeiten und kommt etwas später zum Abendessen im Hotel dazu, wenn euch das so recht ist. Solltet ihr andere Programmwünsche haben, könnt ihr uns das ja noch mitteilen. Jack Fraser und seine Allison – Kennt ihr die überhaupt? – kommen allerdings schon heute. Mit ihnen bleiben wir abends gleich in der Stadt. – Du siehst also, lieber Bruder, wir haben alles im Griff!", beendet Simone gut gelaunt ihre Ausführungen.

„Na dann kann ja nichts schiefgehen", ist James überzeugt und beendet über Simones Eifer lachend das Gespräch.

Mit tropfnassen Haaren kommt Simone aus der Dusche und greift ordentlich bei Scotts Frühstück zu. „Übrigens ist mir beim Laufen der Name eines Partyservice eingefallen, das auch für kleinere Veranstaltungen Brötchen und süße Häppchen liefert."

„Glaubst du wirklich, dass das notwendig ist? Wenn ihr tatsächlich nur ein Familienzusammentreffen plant, sind wir maximal sieben Leutchen. Vielleicht können Lotte und Georg etwas aus dem Hotel mitnehmen, da sie ja auch schon von Freitag auf Samstag in der ‚Blauen Gans' übernachten", wendet Scott, der um einiges praktischer denkt als seine Tochter, ein.

„Was habe ich nur für einen intelligenten Vater! Warum bin eigentlich nicht ich auf diese einfache Lösung gekommen?" Stirnrunzelnd fängt Simone einen Wassertropfen aus ihrem Haar, der sich selbstständig gemacht hat, mit der Serviette ab und bemüht sich den voll beladenen Löffel aus dem Honigglas ohne Verluste in den Mund zu bekommen. Genüsslich verspeist sie den Honig ohne Brot und Butter, was Scott lächelnd beobachtet. „Dann haben wir nur die Sekt- und Saft-Bestände zu kontrollieren und ausreichend für das Frühstück zu viert einzukaufen, das wir am Wochenende ja hoffentlich in aller Ruhe genießen können. Das schaffen wir locker bis vier Uhr, was meinst du?", wendet sie sich scherzend an den Vater, nachdem sie den blank geschleckten Honiglöffel in ihre Kaffeetasse getaucht hat.

„Mach dich nicht lustig über mich, mein liebes Kind! Weißt du, was mich am meisten wundert, dass du bei deinem Zuckerkonsum nicht dicker bist. Es ist wirklich unglaublich, wie viel Süßes du verdrückst …"

„Offensichtlich brauche ich das zu meinem Wohlbefinden." Simone lächelt ihren Vater an und taucht ihren Löffel schon wieder in das Honigglas. Nachdem sie endlich mit dem Frühstück fertig ist, prüfen die beiden die Bestände und fahren zum Einkaufen, denn Sekt ist nicht mehr genügend im Haus. Danach gibt Simone in der „Blauen Gans" ihre Bestellung für Samstag mit der Bitte auf, dass das für den Transport verpackte Jour- und Laugengebäck sowie die Petits Fours ab zehn Uhr für das Ehepaar Haller bereitstehen mögen. Nachdem sich Vater und Tochter darüber geeinigt haben, dass die Kosten für das Familienzusammentreffen auch auf die Gesamtrechnung kommen, legen die beiden eine Pause ein. Sie haben genügend Zeit, um noch etwas zu lesen und sich für den Abend mit Jack Fraser und seiner Allison zurechtzumachen.

Dank Simones SMS ist Paul um Punkt vier Uhr tatsächlich wieder zu Hause und fünf Minuten später geduscht und umgezogen, sodass die drei nicht hetzen müssen, um rechtzeitig am Flughafen zu sein. Besonders Scott freut sich schon sehr auf seinen alten Freund, aber auch für Simone und Paul sind die schönen Stunden in Jacks Haus in Inverness noch sehr präsent. Die Begrüßung fällt dementsprechend herzlich aus, und der Abend vergeht wie im Flug. Allison hat bereits ganz rote Backen vor lauter Begeisterung über den köstlichen Tafelspitz, und die Stimmung könnte besser nicht sein, als es Zeit zum Aufbruch ist. Denn für Allison und Jack wird der nächste Tag mit ihrem Opernbesuch wieder ziemlich lang und auch Simone, Paul und Scott werden am Freitagabend nicht so bald ins Bett kommen …

Henderson macht sich in seiner Wohnung ein Frühstück mit Speck und Ei, wobei er die Erlebnisse des vorherigen Tages im Wurstelprater Revue passieren lässt. „Zu Markus war ich wirklich nicht sehr höflich", überlegt er, während er genüsslich den knusprigen Speck kaut. „Aber egal, ich werde nichts mehr mit ihm zu tun haben. Es war ja alles nur vorgetäuscht, um einen Grund für ein Treffen mit Wilhelm zu haben und in die Nähe von Scott zu kommen." Und wieder beschäftigt ihn die Frage, wie er sich wohl an seinem Feind rächen könnte, als Archie anruft.

„Wie stehen die Aktien, mein Lieber, hast du schon alles erledigt und vor allem schon deinen Flug gebucht?"

Henderson berichtet voller Stolz, dass es ihm tatsächlich gelungen ist, ein Online-Konto zu eröffnen, auf dem mittlerweile auch seine ganze Barschaft eingegangen ist, und sich das Einreisedokument für die Staaten zu besorgen.

„Dann ist es mir unerklärlich, dass du immer noch in Österreich bist", antwortet Archie mehr als verwundert. „Ich schicke dir eine Adresse in Seattle, wo du für den Anfang jede nur mögliche Hilfe bekommen wirst. Dein Geld kannst du auf dem Konto eines Freundes zwischenparken, bis du vor Ort ein eigenes eröffnest. Und zu deinen restlichen Immobilien, also nicht zum Firmensitz und deiner Wohnung, brauche ich noch eine Vollmacht von dir, damit ich sie verkaufen kann. Offensichtlich hat die Polizei nur das Firmengebäude im Visier, also besteht noch die Möglichkeit, die beiden vermieteten Eigentumswohnungen zu Geld zu machen. Ich werde mich um alles kümmern, verstehe aber nicht, dass du noch keinen Flug gebucht hast. Was um Himmels willen hält dich noch in Wien, dass du dich derart in Gefahr begibst?" Archie ist jetzt fast schon ärgerlich über den Freund, dessen sorgloses Verhalten er einfach nicht verstehen kann.

Henderson holt tief Luft, bevor er antwortet: „Ich muss mich noch an dem Mann rächen, der für meine missliche Lage verantwortlich ist, und dazu werde ich am Samstag Gelegenheit haben."

„Für deine Situation bist ganz allein du verantwortlich! Und wie bitte soll diese Rache aussehen, willst du den Mann etwa umbringen?" Archie ist fassungslos. Gleichzeitig erkennt er aber, dass ein derartiges Unterfangen Hendersons Lage auch nicht mehr verschlechtern würde. „Bringst du das denn auch fertig, ohne dein Leben lang von deinem Gewissen geplagt zu werden? Ich würde mir das an deiner Stelle noch einmal genau überlegen, wenn du jetzt schon die Möglichkeit hast, neu anzufangen. Es wäre doch schade, diesen Start in ein sauberes Leben unter einem derart schlechten Vorzeichen zu beginnen!"

Aber Hendersons Entschluss ist schon zu lange in ihm gereift, um sich durch die eindringlichen Worte des Freundes davon abbringen zu lassen. Er will allerdings nicht undankbar erscheinen und gibt daher keine eindeutige Antwort.

„Lieber Archie, ich weiß deine Freundschaft und alles, was du für mich getan hast, mehr als zu schätzen. Daher werde ich für Sonntag den Flug nach Seattle buchen und noch einmal über mein geplantes Vorhaben nachdenken. Ob ich nun nach begangener Tat oder einfach nur erleichtert da- rüber, den Kontinent verlassen zu können, abreise, steht also noch in den Sternen. Ich werde noch eine Nacht darüber schlafen und über deine Worte nachdenken!" Zu mehr lässt sich Henderson nicht hinreißen, aber Archie scheint mit der Antwort zufrieden zu sein.

„Nun gut, mein Freund, dann schickst du mir deine Flugdaten, sobald du gebucht hast, damit ich deine Kontaktperson in Seattle, deren Adresse, Telefon- und Kontonummer du sofort von mir bekommst, darüber informieren kann. Ich wünsche dir viel Glück, ganz gleich, für welchen Weg du dich auch entscheidest, wobei ich natürlich den gewaltlosen bevorzugen würde. Aber wie gesagt, du bist es, der damit leben muss!" Das sind Archies letzte eindringliche Worte, bevor er auflegt.

Henderson macht sich sofort daran, den Flug zu buchen, und muss sich eingestehen, dass es Archie tatsächlich geschafft hat, sein Gewissen zu aktivieren. Aber Henderson wäre nicht Henderson, wenn er die aufkommenden Überlegungen nicht sofort wieder mit einer wegwerfenden Handbewegung abgetan hätte. Als er die Ankunftszeit in Seattle und die Flugnummer an Archie weiterschickt, bekommt er postwendend alle anderen versprochenen Informationen. „Nun habe ich also wirklich alle Vorbereitungen abgeschlossen", überlegt er und erinnert sich dann an das versprochene Auto und an die Rechnung seines Wiener Helfers. Als könnte dieser Gedanken lesen, bekommt

Henderson in diesem Moment eine Mail mit der Rechnung und den Anweisungen für das Auto, das er für den nächsten Tag bestellt hat. Nun ist tatsächlich alles für sein geplantes Verbrechen vorbereitet …

Brenda, James und Allen sind etwas zu früh am Flughafen in Glasgow, aber sie wollten ohnehin noch für Simone und Paul einkaufen. Brenda beherzigt Scotts Geschenkidee, und Allen kauft einige schottische Spezialitäten, die er sich hübsch verpacken lässt, da er schließlich auch noch ein Hochzeitsgeschenk für Simone und Paul braucht. Um James bei Bedarf stützend zur Seite stehen zu können, hat Allen es sich im Flugzeug auf der Zweierbank neben James bequem gemacht, während Brenda auf der anderen Seite des Mittelganges sitzt. Unweigerlich ergibt sich zwischen den beiden Männern ein Gespräch über Frauen, was James dazu veranlasst, Allens Beziehung zu Kirsty zu hinterfragen.

„Was meinst du, werden wir einander heute Abend sehen?", fragt Simone ihre Mutter am Telefon, nachdem sie ihr von dem gelungenen Essen beim „Plachutta" berichtet hat. „Wir haben leider nur mehr einen Tisch in dem etwas größeren Teil des Restaurants bekommen, also nicht in dem rustikalen Stüberl, das uns beim letzten Besuch so gut gefallen hat."

„Da dürften wir früher dran oder durch unsere geringere Personenzahl bevorzugt gewesen sein, denn wir sitzen dort. Wenn du also Sehnsucht nach uns hast, musst du in das Stüberl kommen. Die Wilhelms würden sich sicher auch darüber freuen. Wir reisen alle nach Geschäftsschluss an und haben bereits für neunzehn Uhr reserviert. Wann werdet ihr da sein?" Lotte freut sich schon hörbar auf das ereignisreiche Wochenende im Hotel, fern jeglicher Hausarbeit. Nicht dass sie nicht gerne zu Hause wäre, aber sich einmal nur bedienen zu lassen, hat schon auch seine Reize.

„Wir haben für neunzehn Uhr dreißig reserviert, da man den Verkehr nie so genau einschätzen kann. Ob Paul allerdings schon früher dort ist, weiß ich nicht. Ich werde ihm aber sagen, ab wann ihr wo zu finden seid. Und für Samstag haben wir noch eine Bitte an euch. Scott und ich haben in eurem Hotel gefülltes Jour- und Laugengebäck sowie Petits Fours für das Familientreffen bestellt. Würdet ihr so nett sein und alles mitbringen? Die Kartons sind ab zehn Uhr für euch bereitgestellt. Zudem hat Vater mir auch erlaubt, die Bestellung noch zur Gesamtrechnung dazuzuschreiben. Ich hoffe, dass das auch in eurem Sinne ist?"

„Natürlich, mein Kind, wir freuen uns, wenn wir helfen können, in welcher Form auch immer", beendet Lotte das Gespräch, da eine Kundin nach einer Beratung verlangt.

„Dann wäre das also auch geklärt", überlegt Simone, während sie unschlüssig vor ihrem Kleiderschrank steht. Sie hat einfach gar keine Idee, was sie heute anziehen soll, und lässt sich unentschlossen auf dem gelben Bürostuhl nieder, um ihren Maileingang zu kontrollieren. Eine Nachricht von Doris sticht ihr ins Auge und sie hofft, dass es sich nicht um eine Absage zur Hochzeit handelt. Aber Gott sei Dank betrifft die Absage nur den Samstagvormittag, den Simone etwas voreilig erwähnt hat, obwohl sich nun alle für ein reines Familientreffen ausgesprochen haben. „Na gut, dann muss ich sie auch nicht mehr ausladen", denkt Simone und ist froh, dass sich diese Sache von selbst erledigt hat. Da sie sonst keine wichtigen Nachrichten entdecken kann, widmet sie sich wieder ihrem Kleiderproblem, um sich dann kurz entschlossen für ein schlichtes kariertes Minikleid zu entscheiden, zu dessen schwarz-weißem Muster sie schwarze Stiefel aus dem Schrank holt. Auch Scott hat sich fein gemacht und Simone muss gestehen, dass er immer noch ein sehr attraktiver Mann ist. Ob Brenda das wohl auch so sieht? In Pauls Jeep machen sie sich auf den Weg zum Flughafen und stellen mit Erleichterung fest, dass das Flugzeug pünktlich landen wird. Simone muss sich eingestehen, dass sie sich schon auf James freut. „Du weißt gar nicht, wie froh ich bin", erklärt sie daher auch ihrem Vater, „neben einem derart tollen Vater auch so einen super Bruder bekommen zu haben, nachdem mein ursprünglicher Bruder nun zu meinem Mann wird. Und dafür, dass James so ein patenter Kerl ist, muss ich natürlich auch Brenda dankbar sein. Das Leben kann schon ausgesprochen spannend sein. Findest du nicht auch?"

„In unserem Fall ist es jedenfalls so, und ich bin wirklich glücklich, dass ihr unser Leben dadurch, dass ihr uns in Schottland entdeckt habt, derart spannend gemacht habt", antwortet Scott, wobei er sich bei seiner Tochter unterhakt. Sie schlendern durch die Ankunftshalle und trinken dann noch einen Kaffee, denn das Flugzeug ist noch nicht gelandet. „Außerdem finde ich die Verwandtschaft in Österreich eine wirkliche Bereicherung. Ich habe in all den Jahren tatsächlich vergessen, wie schön dieses Land und wie freundlich seine Menschen sind. Ihr werdet euch also an meine Anwesenheit gewöhnen müssen, denn das war mit Sicherheit nicht mein letzter Besuch. Aber keine Angst, Simone, ich werde kein Dauergast in eurem Kellerappartement werden, obwohl es sich bei euch tatsächlich sehr komfortabel wohnt. Ich habe aber bereits mit Kurt gesprochen, dass ich seine Wohnung übernehme, wenn er sich ins Waldviertel zurückzieht", verkündet Scott bei dieser Gelegenheit seiner Tochter.

Jetzt ist Simone sprachlos und verschluckt sich fast an ihrem Kaffee. „Da ich nur einen Menschen kenne, der sich ins Waldviertel zurückziehen will, wird dieser Kurt wohl Dr. Marold sein. Da hast du aber verdammt schnell reagiert, und ich finde es wirklich toll, dass du tatsächlich vorhast, öfter in Österreich zu sein. Ich nehme an, Brenda weiß noch nichts davon?" Sie hat ihren Vater wieder einmal durchschaut.

„So ist es. Ich werde erst einmal abwarten, wie ihr das Land und die Leute gefallen, vielleicht gibt es ja in der Fremde die Möglichkeit eines Neuanfanges für uns. Weit weg von den geschäftlichen Verpflichtungen fällt es ihr möglicherweise leichter, wieder etwas weicher und gefühlvoller zu werden. Ich werde in jedem Fall mein Bestes geben, nachdem ich nicht nur bei euch, sondern auch bei Lotte und Georg gesehen habe, wie schön die Zweisamkeit sein kann. Zudem war Brenda auch gar nicht abgeneigt, in einem Zimmer mit mir zu übernachten, also ist vielleicht schon ein kleiner Anfang gemacht", gibt sich Scott hoffnungsvoll.

Simone drückt ihrem Vater lächelnd den Arm, sie würde es den beiden wirklich wünschen. Als auf der Anzeigetafel die Landung des Fluges aus Glasgow aufleuchtet, bezahlen sie ohne

Eile, da sie ihre Gäste wegen James' Behinderung nicht unter den ersten Ankommenden vermuten. Wie erwartet hat sich der Pulk der herausdrängenden Passagiere schon sehr gelichtet, als sie endlich die Krücken von James, der von Brenda und Allen flankiert wird, ausnehmen können. Ganz Gentleman müht sich Allen nicht nur mit James' Handgepäck, sondern auch mit dem von Brenda ab, was Vater und Tochter lächelnd beobachten. Dementsprechend verschwitzt ist der rothaarige Hüne auch, als sie einander zur Begrüßung umarmen. Scott nimmt dem armen Mann die Duty-free-Einkaufstaschen ab, in denen er die Geschenke Brendas für die Kinder vermutet, während Simone eins der drei Gepäckstücke übernimmt und registriert, dass sich die Eheleute mit Wohlgefallen betrachten. Obwohl Brenda immer sehr gut aussieht, scheint sie sich für diesen Österreichbesuch noch mehr zurechtgemacht zu haben, ohne allerdings herausgeputzt zu wirken. Im Gegenteil, die kühle Blonde hat weichere und natürlichere Gesichtszüge als sonst, was Simone sofort auf ihre neue Frisur zurückführt. „Du siehst wirklich toll aus", kann sie daher nicht umhin, das gelockte Haar von Brenda zu bewundern. Auch Scott nickt anerkennend, während er seiner Frau einen Kuss auf die Wange gibt und sich auf dem Weg zum Auto zwischen sie und seinen Sohn „drängt".Während Brenda und Scott auf der Rückbank Platz nehmen macht es sich James am Vordersitz bequem. Simone zählt den Gästen die bereits fixen Programmpunkte auf und entschuldigt sich, dass sie aus Zeitmangel nicht mehr zu Hause vorbeifahren,, „Ihr werdet euch also nicht mehr umziehen können", macht sie die Neuankömmlinge sofort mit der einzigen Schwachstelle ihrer Organisation vertraut.

„Wenn ich ehrlich bin, hatte ich das gar nicht vor, und ich fühle mich wohl, so wie ich bin", beruhigt Brenda Simone lächelnd. „Der Flug war ja nur sehr kurz, also haben wir uns bei der Anreise wirklich nicht angestrengt. Außer Allen, der ganz gentlemanlike fast alle Gepäckstücke getragen hat. Dabei war das ja nur für James abgemacht, aber er hat es sich nicht nehmen lassen, auch mir behilflich zu sein. Aber jetzt erzähle einmal weiter, wen werden wir heute noch kennenlernen?"

„Eigentlich niemanden, denn zum Abendessen kommt nur noch Paul dazu. Lotte und Georg wohnen zwar im Hotel, sind aber heute mit Freunden verabredet, die auch zur Hochzeit eingeladen sind. Die Frasers, mit denen wir gestern essen waren, verbringen den Abend in der Oper. Wir haben also für heute kein Treffen geplant, werden aber wahrscheinlich unseren Eltern über den Weg laufen, denn so groß ist der Restaurantbereich auch wieder nicht. Morgen um elf Uhr ist dann das Familien-Kennenlerntreffen bei Sekt und Brötchen bei uns zu Hause. Das heißt, da werden tatsächlich nur die drei Watsons und die vier Hallers anwesend sein. Danach haben wir dann alle noch ausreichend Zeit, um uns für die Trauung um fünfzehn Uhr fertig zu machen. Lotte und Georg fahren mit James wieder ins Hotel zurück, und wir vier folgen dann gemeinsam nach."

„Das hast du ja alles toll hinbekommen in der kurzen Zeit. Im Hotel zu heiraten, wo die Gäste auch gleich übernachten können, ist wirklich praktisch!", kann Brenda nicht umhin, Simone für ihr Organisationstalent zu loben.

„Die Idee mit dem Hotel hatte eigentlich meine Mutter, aber Scott und ich haben sie sofort aufgegriffen und nach einer Besichtigung des Lokals einen Tisch für ein Abendessen reserviert, um die Küche zu testen. Zum Glück waren die Räumlichkeiten und ein Termin beim Standesamt noch am selben Tag frei, sodass sich alles perfekt ausgegangen ist", berichtet Simone und freut sich immer noch, wie sich alles zeitlich gefügt hat. Über all die Programmausführungen sind sie auch schon im Hotel angekommen, wo James und Allen einchecken, während Simone mit Brenda und Scott an die Bar geht, die sie als Treffpunkt mit Paul ausgemacht hat. Kaum haben sie ihre Drinks bestellt, vernehmen sie auch schon seine Stimme.

„Wollt ihr nicht auf mich warten mit dem Begrüßungstrunk?", ruft er. Dann umarmt er lächelnd Brenda sowie seine Simone und klopft Scott freundschaftlich auf die Schulter. „Nachdem zumindest einer in der Familie Geld verdienen muss, habe ich mich leider etwas verspätet", fügt er noch spaßeshalber hinzu.

„Nicht der Rede wert, lieber Paul! James und Allen haben noch nicht ausgepackt, für die beiden werden wir wohl noch einen zweiten Aperitif brauchen. Aber auf dich können wir gerade noch warten!" Bei diesen Worten wendet sich Scott an den Barmann und bestellt einen Drink für Paul. Nach geraumer Zeit humpelt James an der Seite von Allen herein, und nachdem nun auch mit ihnen angestoßen worden ist, begibt sich die fröhliche Gesellschaft zu Tisch. Bereits nach der Vorspeise ist auch den Gästen klar, dass die Küche ausgezeichnet ist, und James erkundigt sich bei Simone nach seinen Aufgaben als Trauzeuge, die er offensichtlich sehr ernst nimmt. Simone lächelt, sie hätte nicht gedacht, ihren Bruder mit dieser spontanen Idee eine derartige Freude zu machen. Brenda berichtet Scott von der gelungenen Vertretung durch Duncan und Rose, während Paul mit Allen über die Hochzeitsgäste plaudert. Trotz der angeregten Unterhaltung entgeht Simone nicht, dass ihr Vater seine Frau anders ansieht als sonst. „Ob das an der neuen Frisur liegt?", überlegt Simone, während sie ein Gähnen unterdrückt. Ein Blick zu Paul sagt ihr, dass es ihm ähnlich geht und so legt sie der Gesellschaft den Aufbruch nahe. Das Brautpaar fährt mit Brenda und Scott nach Hause, während James und Allen noch die Bar ansteuern, um das Gespräch aus dem Flugzeug fortzusetzen. „Wenn ich dich richtig verstanden habe", hakt James nochmal nach, „hast du mit Kirsty tatsächlich ernste Absichten?"

„Ich bin eigentlich überrascht, mich derart rasch an das Zusammensein mit Kirsty gewöhnt zu haben", beginnt Allen selbst sein Liebesleben zu analysieren. „Aber ich muss gestehen, dass sie mir bereits jetzt, also am ersten Abend ohne sie, schon fehlt. Ihre herzliche Art, ihre Bauernschläue, die Kochkünste und nicht zuletzt die freudvollen Nächte mit ihr bereiten mir ein wunderbares Leben. Und wenn ich das richtig beurteile, dürfte es ihr genauso gehen. Ich denke bereits daran, mit ihr zusammenzuziehen …"

„Das ging aber rasch! Irgendwie fühle ich mich schon langsam wirklich mit einem Makel behaftet. Rund um mich kommt es ständig zu neuen Verbindungen, nur bei mir tut sich rein gar nichts", meint James nicht nur gespielt enttäuscht über sein fehlendes Liebesleben. „Selbst bei Mutter und Vater scheint sich wieder etwas anzubahnen, während ich offensichtlich zum Single verdammt bin!" Mutlos bestellt er sich einen weiteren Absacker, um sich zu trösten.

„Mach dir nichts draus, ich habe mich auch schon auf ein Singledasein eingerichtet gehabt, vor allem nach dem glücklosen Ende meiner letzten Beziehung. Und siehe da, plötzlich läuft mir Kirsty über den Weg. Bei unserer ersten Begegnung habe ich mir noch nichts gedacht, vor allem weil ich mich ja vorerst aus beruflichen Gründen an sie herangemacht habe. Aber während unserer geschäftlichen Treffen haben sich immer mehr Gemeinsamkeiten herauskristallisiert, die keiner von uns beiden übersehen konnte. Meist sind es die zufälligen Begegnungen, die von Erfolg gekrönt sind. Du solltest etwas geduldiger sein, mein Lieber", versucht Allen den Freund aufzumuntern.

„Wahrscheinlich hast du recht. Dann werden wir uns lieber zu Bett begeben, damit ich morgen einen ordentlichen Trauzeugen abgebe, und auch einen Beitrag zu einem gelungenen Hochzeitsfest leisten kann. Ich muss gestehen sehr froh darüber zu sein, dass es Simone gibt. Wenn ich da an unser erstes Zusammentreffen und meine Eifersucht auf sie denke … Aber Mutter hat sie gleich sympathisch gefunden. Sie hat halt doch eine gute Menschenkenntnis", räumt James ein und lässt die Getränke auf sein Zimmer schreiben, während Allen ihn beim Stiegensteigen, das alleine immer noch nicht so toll funktioniert, stützt.

Währenddessen sind Simone und Paul mit ihren Autos in die Garage gefahren und führen Brenda nun durch die einzelnen Räume ihres Zuhauses.

„Ich danke euch vielmals, dass auch ich bei euch übernachten darf", zeigt sich Brenda ehrlich erfreut über die Gastfreundschaft von Simone und Paul und überreicht den beiden ihre Mitbringsel vom Duty-free.

„Aber Brenda, das wäre doch nicht notwendig gewesen", meint Simone, ist aber freudig überrascht über den schottischen Kuchen. Auch Paul bedankt sich überschwänglich für den tollen

Lachs, dessen Qualität er sofort erkannt hat. „Wollen wir noch einen Gute-Nacht-Drink zu uns nehmen oder eher zu Bett gehen?" Simone ist zwar schon müde, will die Entscheidung aber den Gästen überlassen.

„Eher zu Bett gehen, liebes Töchterlein." Scott scheint es ähnlich zu gehen wie Simone. „Wir wollen doch alle fit und ausgeruht sein für euren morgigen großen Tag. In jedem Fall werde ich das Frühstück machen, und sollte es für den Sektempfang noch etwas vorzubereiten geben, helfen wir natürlich beide gerne."

„Sehr lieb von euch, aber da ich Mutter gebeten habe, die Snacks vom Hotel mitzunehmen, haben wir eigentlich nichts mehr zu tun und können bis elf Uhr faulenzen. Dann eine gute Nacht euch beiden", wünscht Simone, wobei sie ihren Vater liebevoll umarmt und auch Brenda herzlich drückt.

Nachdem auch Paul sich von den beiden mit dem Wunsch einer angenehmen Nachtruhe verabschiedet hat, fällt Simone siedend heiß ein, dass sie ganz vergessen hat, ihre Eltern und deren Freunde in dem anderen Bereich des Hotel-Restaurants aufzusuchen. „Hoffentlich ist mir Mutter nicht böse! Ich werde ihr noch rasch eine SMS mit der Erinnerung an die Snacks schicken und mich entschuldigen." Schon zückt sie ihr Handy und muss lächeln, denn ihre Mutter ist ihr zuvorgekommen. „Was haben wir doch für eine verständnisvolle und fürsorgliche Mutter! Lies mal, was sie geschrieben hat!", fordert sie Paul auf und hält ihm das Display hin.

„Hattest wahrscheinlich mit euren Gästen genug zu tun. Bei uns war es auch sehr unterhaltsam. Vergessen die Snacks nicht und freuen uns auf morgen. Schlaft gut, eure Mutter"

Paul knöpft sich beim Lesen sein Hemd auf und lächelt. „So ist sie eben, es gibt einfach keine Bessere!" Dann versieht er Simones Nasenspitze mit einem Kuss und ertappt sie wieder einmal dabei, wie sie ihr nicht mehr vorhandenes langes Haar hinters Ohr streichen will. Als sie sich dessen bewusst wird, müssen beide herzlich lachen über diese Angewohnheit, von der sie sich offensichtlich nicht trennen kann. Eng aneinander gekuschelt starten sie in die letzte Nacht ihrer wilden Ehe.

Und auch eine Etage tiefer, in dem behaglichen Kellerappartement, kuscheln sich zwei Menschen aneinander, wenn auch etwas zaghafter und nicht so selbstverständlich wie Simone und Paul. Scott kann es auch kaum glauben, was da gerade passiert. Er hält seine Frau seit Langem wieder einmal in den Armen, und es scheint ihr ganz und gar nicht unangenehm zu sein. Er hat sogar das Gefühl, dass sie es auch genießt. Eine Woge der Zärtlichkeit für seine einstige große Liebe ergreift von ihm Besitz und er traut sich kaum zu atmen, um diese wunderbare wiedergefundene Nähe nicht zu zerstören.

V

DAS FEST

Henderson hat die letzten Reste aus seinem Kühlschrank verspeist und den erfolgreichen Tag mit einem Drink ausklingen lassen. Dann ist er zeitig zu Bett gegangen, denn für sein heutiges Vorhaben muss er ausgeruht sein. Gleich in der Früh packt er seine Reisetasche, da er nicht weiß, wann er zurückkommen wird, um für den Abflug am nächsten Tag startklar zu sein. Für das Treffen mit Wilhelm wählt er seine neue Jagdkleidung, obwohl er dem Mann ja gar nicht mehr gefallen muss, denn der hat mit der heutigen Zusammenkunft seine Schuldigkeit getan. Henderson kann sich noch nicht ganz an den Gedanken eines neuen Lebens ohne seine Firma und die Kunden gewöhnen. Trotzdem versetzt ihn die Vorstellung, nach vollbrachter Tat in einem fremden Land ein Dasein ganz anderer Art zu beginnen, in freudige Erregung. „Frühstücken werde ich wohl bei dem Treffen mit Wilhelm", überlegt er und unterzieht die vertraut gewordene Bleibe der letzten Tage noch einmal einer Prüfung, ob er nichts vergessen hat. Vor dem Haus wartet bereits das Auto seines unbekannten Helfers, sodass er sich ohne Eile auf den Weg machen kann, nachdem er die Adresse von Wilhelms Hotel ins Navigationsgerät eingegeben hat. Ein Blick ins Handschuhfach, in dem auch die bestellte Schusswaffe bereitliegt, macht Henderson wieder einmal die Verlässlichkeit seines unbekannten Helfers bewusst. Bei der Selbstverständlichkeit, mit der er sich in den Rechtsverkehr einordnet, fällt ihm ein, dass er den Linksverkehr wohl für immer hinter sich lassen wird. Schlagartig erkennt der skrupellose Mensch, dass er seine Heimat sehr wohl vermissen wird. Zudem hat er es in seinem bisherigen Leben auch verabsäumt, näheren Kontakt zu seiner Tochter aufzubauen. „Das kann ich leider nicht mehr ändern!", seufzt Daniel bei dem Gedanken an das zierliche dunkelhaarige Mädchen, das er vor zwanzig Jahren das letzte Mal gesehen hat. Dass seine Frau ihn damals verlassen hat, war durchaus verständlich für den Frauenhelden, aber damit, dass sie ihm jeglichen Kontakt zu seiner Tochter untersagt hat, hat er sich nie so ganz abfinden können. „Und trotzdem habe ich nie versucht, mit meiner kleinen Klara wieder in Verbindung zu treten", überlegt Henderson irgendwie beschämt über sein Versäumnis. Umso mehr ärgert er sich über das Glück dieses Watsons, der neben seinem Sohn nun auch noch eine Tochter hat, die er zur Hochzeit führen darf. „Komisch", denkt er, „dieses Kind hat es zu meiner Zeit noch gar nicht gegeben. Vielleicht erklärt mir ja Wilhelm die Zusammenhänge, obwohl mir das bei meinem Vorhaben auch egal sein kann." Hendersons Rachedurst wächst bereits wieder. Und wie so oft in letzter Zeit spürt er diese unbändige Wut, die ihn jegliche Vernunft vergessen lässt, in sich aufsteigen. Schon allein der Gedanke an Rache erfüllt ihn mit unglaublicher Befriedigung und lässt ihn wie im Rausch das Gaspedal durchtreten. Fast hätte er die lang gezogene Kurve übersehen, die ihn von der Autobahn auf die Bundesstraße zu der Ortschaft führt, in der er mit Wilhelm verabredet ist. Einen Moment lang hat er das Gefühl, den Wagen nicht mehr halten zu können, was ihm aber nach einer Schrecksekunde dann doch noch gelingt. Auf seiner Stirn haben sich kleine Schweißperlen gebildet, wie er bei einem Blick in den Rückspiegel erkennen kann, und er ärgert sich über seine Unvorsichtigkeit. „Nicht dich selbst, sondern Watson sollst du Hornochse umbringen!", rügt er sich nicht nur in Gedanken, als er das Schild zur Hoteleinfahrt erspäht. „Das ging aber rasch", wundert er sich darüber, sein Ziel bereits erreicht zu haben. „Dann kann ich noch in Ruhe frühstücken, bevor Wilhelm auftaucht." An der Rezeption des Hotels hinterlässt er eine Nachricht für den einstigen Geschäftspartner und macht es sich danach auf der Sitzbank eines Erkertischchens im Kaffeehaus bequem. Bei Schinken und Ei studiert er selbst noch einmal den Vorschlag zu dem Jagdpachtvertrag, zu dessen vollständigem Verständnis es ihm aber an Kenntnis der deutschen Sprache mangelt. In Wahrheit macht er das ohnehin nur zum Zeitvertreib, denn der Inhalt dieser Papiere ist ihm ziemlich egal. Als er allerdings Wilhelm auf sich zukommen sieht, tut er total interessiert und scheint geradewegs in das Studium des Vertrages versunken zu sein. Wilhelm muss über die Einfalt des Mannes lächeln. Als wüsste Henderson nicht, dass er über dessen mangelnde Sprachkenntnisse bestens informiert ist. Nach einer kurzen Begrüßung und der Aufgabe einer Bestellung bei dem herbeieilenden Kellner widmet sich Wilhelm ohne lange Umschweife dem Vertrag. Schon rasch ist klar, dass es daran nichts auszusetzen gibt. Henderson beginnt zu schwitzen, denn er hatte noch gar keine Möglichkeit Wilhelm zu der bevorstehenden Hochzeit auszufragen. Er muss den Mann, der glaubt seine Schuldigkeit getan zu haben, noch etwas festnageln. „Ich würde mich gerne in irgendeiner Form erkenntlich zeigen dafür, dass Sie Ihre Freizeit für die Durchsicht der Papiere geopfert haben", beginnt er daher seine Strategie. Überraschenderweise ist Wilhelm heute etwas zugänglicher, wahrscheinlich bereits in Wochenend- und Feierlaune, lässt sich daher sogar sehr bereitwillig von Henderson auf ein Glas einladen. Und so entwickelt sich tatsächlich ein recht angenehmes Gespräch zwischen den beiden, in dessen Verlauf sie auf die ruhige Lage des Hotels und dessen gute Küche zu sprechen kommen. „Meine Frau und ich hatten gestern schon das Vergnügen hier zu speisen und waren von der Qualität und auch von der Kreativität des Gebotenen angenehm überrascht. Es ist daher wirklich eine gute Wahl des Brautpaares, das Fest hier auszurichten. Noch dazu, wo auch die räumlichen Gegebenheiten, nicht nur für die Tafel, sondern auch für die Trauung durch den Standesbeamten perfekt sind. Wir freuen uns in jedem Fall, dass wir nicht herumfahren müssen, sondern dass alles in einem Haus stattfindet. Zudem ist auch für die schottischen Angehörigen die Übernachtungsmöglichkeit gegeben. Ach, übrigens, ist Ihnen vielleicht der Name Watson bekannt?"

„Nicht das ich wüsste", lügt Henderson scheinheilig. „Aber wie kommen Ihre Freunde zu einer schottischen Verwandtschaft, wenn ich fragen darf?"

Irgendwie scheint Wilhelm das Interesse seines Gegenübers an der ungewöhnlichen Familienkonstellation zu freuen, und er beginnt bereitwillig über das Auffinden des eigentlichen Vaters der Braut zu berichten. „Ach, so verhält sich das alles." Henderson ist von der unglaublichen Geschichte über Vater und Tochter sowie Bruder und Schwester ziemlich überrascht. „Umso mehr gehört der Mann bestraft, er hat dieses Glück nicht verdient", denkt er und seine Wut auf Watson beginnt sich wieder breit zu machen. Mit einem freundlichen Lächeln wendet er sich hingegen an Wilhelm und fragt ihn:

„Und wie wird dieses wunderbare Fest ablaufen, bei dem sich Österreicher und Schotten gemeinsam zum Feiern einfinden?"

„Die Trauung findet um fünfzehn Uhr im kleinen Festsaal statt, wo es danach auch eine Agape geben wird. Ich weiß nicht, ob Sie diesen Brauch in Schottland kennen, bei dem die Bürger einer Gemeinde, die über eine Anschlagtafel von derartigen Anlässen erfahren, ‚Hochzeit schauen' kommen können. Es handelt sich dabei nicht um geladene Gäste, wahrscheinlich werden es im heutigen Fall eher Patienten der Brautleute sein. Soweit ich weiß, sind sämtliche Verwandte und Freunde zur Tafel geladen, und für die anderen Neugierigen, die auch mit dem Paar feiern wollen, gibt es diesen Brauch der Agape, wo Brot und Wein gereicht werden. Dafür sind meines Wissens ungefähr zwei Stunden eingeplant, bevor es dann ab achtzehn Uhr zur Tafel geht." Wilhelm hält einen Moment inne, um sicherzugehen, dass ihm Henderson auch noch zuhört. „Ich weiß nicht, warum ich Ihnen das alles erzähle, aber meine Frau und ich waren schon sehr lange bei keiner Hochzeit mehr und sind daher von diesem ländlichen Fest in relativ kleinem Rahmen sehr angetan. Und sollten Sie noch hier sein und Interesse an österreichischem Brauchtum haben, wird Sie keiner an der Teilnahme hindern."

„Das hört sich wirklich alles sehr schön an." Henderson findet tatsächlich Gefallen an der geschilderten Festlichkeit. „Ich werde mir das noch überlegen, denn Programm habe ich heute eigentlich keines mehr." – „Nur gut, dass die Hochzeitsgäste keine Ahnung haben, was ihnen heute noch widerfahren wird", denkt der Verbrecher und grinst schäbig bei dem Gedanken an sein Vorhaben. Die Zeit ist den Männern wie im Flug vergangen und Wilhelm erinnert sich daran, dass er mit seiner Frau verabredet ist. „Wie lange werden Sie noch in Österreich bleiben, wo doch jetzt Ihr Plan, eine Jagd zu pachten, nahezu umgesetzt ist?", fragt er seinen Gesprächspartner, nachdem er sich für die Einladung bedankt hat und sich vom Tisch erhebt.

„Ich gedenke mich am Montag mit dem Forstbeamten zu treffen und die Pacht endgültig zu fixieren. Danach werde ich nach Inverness zurückkehren, ich sollte mich wohl wieder um meine Firma kümmern", behauptet Henderson im Brustton der Überzeugung. „In jedem Fall danke ich Ihnen noch einmal ganz herzlich für Ihre Hilfe und die netten Ausführungen zu der heutigen österreichischen Hochzeit. Es war wirklich ein sehr angenehmer Vormittag und ich wünsche Ihnen und Ihrer Frau noch ein schönes Fest und ein erholsames Wochenende." – „Ich hätte nicht gedacht, dass mir dieser Wilhelm derart viele Informationen geben wird. Und so freundlich war er auch noch nie zu mir!", überlegt Henderson schmunzelnd, als er dem Mann nachsieht. „Aber es ist wohl auch ein Unterschied, ob man ihn in seiner Freizeit oder während der Arbeit trifft", versucht er eine Erklärung dafür zu finden.

Auch Wilhelm ist überrascht darüber, dass er mit einem Menschen, dem er normalerweise nichts abgewinnen kann, ein derart nettes Gespräch geführt hat. „Aber wahrscheinlich freue ich mich so für die Hallers, dass ich mich zu überschwänglichen Ausführungen habe hinreißen lassen", schlussfolgert er und hat Henderson bereits wieder vergessen.

Mittlerweile sind Lotte und Georg, die James und die Snacks vom Hotel mitgenommen haben, bei Simone und Paul eingetroffen. Die aufgeschlossene Lotte hat Scotts Sohn schon im Auto ins Herz geschlossen und fröhlich mit ihm drauflos geplaudert, während

Georg sich auf die Straße zu konzentrieren versucht hat. So sind Lotte und James bereits nach kurzer Zeit ein Herz und eine Seele, als würden sie sich schon ewig kennen, während Georg noch etwas Startschwierigkeiten mit dem jungen Schotten hat. Aber auch die legen sich in dem fröhlichen Durcheinander recht bald, da der Sekt zu wirken beginnt und für Simone, Paul und James zudem offensichtlich ist, dass Brenda und Scott heute irgendwie anders miteinander umgehen als sonst. Die vielsagenden Blicke der drei entgehen auch Lotte nicht. Da sie Brenda ohnehin näher kennenlernen will, verdrängt sie Scott von der Seite seiner Frau, um sich mit James' Mutter bekannt zu machen. „Sie scheint zwar etwas reservierter als ihr Sohn zu sein", überlegt die resolute Lotte, „aber unsympathisch ist sie ganz und gar nicht." Und schon nimmt sie Brenda mit einem Gespräch über ihren tollen Sohn derart intensiv in Beschlag, dass die beiden Damen darüber die Snacks vergessen. Erst als sich Simone lachend mit einer Vorlegeplatte zu ihnen gesellt, wird ihnen klar, dass sie doch auch hungrig sind, aber vor lauter Plaudern noch keine Zeit zum Essen hatten. „Ich weiß, ihr Lieben, dass das Trinken beim Reden leichter geht als das Essen", meint Simone, die um die Standfestigkeit der beiden Damen besorgt zu sein scheint. „Aber wir hätten euch beide ganz gern nüchtern bei unserer Hochzeit. Daher bitte ich euch, ein paar Häppchen zu euch zu nehmen."

Lotte ist verwundert. „Wir sind doch keine kleinen Kinder, liebe Tochter, aber wenn du meinst", entgegnet sie, wobei sie sich eins der mit Schinken gefüllten Gebäckstücke greift und genussvoll hineinbeißt. Brenda tut es ihr gleich, und schon plaudern die beiden Geschäftsfrauen weiter. Simone ist überrascht, dass Brenda derart aus sich herausgeht. So hat sie die kühle Blonde, bei der sich offensichtlich nicht nur eine optische Veränderung vollzogen hat, noch nicht erlebt. Und Paul, der mit der Sektflasche herumgeht, um die Gläser zu füllen, betrachtet auch erstaunt das intensive Gespräch der beiden Damen. Einzig Georg wundert sich über gar nichts, denn er kennt ja seine impulsive Lotte. Dass Brendas Naturell normalerweise ein ganz anderes ist, kann er ja nicht wissen. Trotzdem freut er sich da- rüber, dass sich die beiden so gut verstehen. „Schön, dass sich unsere Frauen derart gefunden haben", spricht nun Scott aus, was sich Georg gerade gedacht hat.

„Das kann man wohl sagen", stimmt Georg zu. „Bei so viel Harmonie kann es heute nur ein gelungenes Fest werden. Wenn ich das Grüppchen Menschen so betrachte, ist Simone und Paul eine wirklich tolle Familienzusammenführung gelungen. Dein Sohn hat meine Lotte auch sofort verzaubert, ich tue mich da ja immer etwas schwerer, finde ihn aber mittlerweile wirklich sehr sympathisch. Es war tatsächlich eine Königsidee einander vorab hier zu treffen. Stell' dir vor, wir hätten deine Frau und Simones Trauzeugen erst bei der Hochzeit kennengelernt. Nicht auszudenken!" Georg ist mit dem Stand der Dinge mehr als zufrieden und greift nach einem anscheinend vegan gefüllten Laugengebäck, aus dem ein Salatblatt mit Käse hervorlugen. Scott nimmt sich hingegen einen kleinen Punschkrapfen, denn diese rosaroten Köstlichkeiten haben es ihm angetan. „Wie war übrigens das gestrige Abendessen mit euren Freunden? Ich war ganz verwundert, dass wir uns nicht über den Weg gelaufen sind", fragt Scott und spült die Süßigkeit mit einem Schluck Sekt hinunter.

„Das hat uns im Nachhinein auch irritiert, aber die Unterhaltung war so angeregt, dass es uns wie gesagt erst danach aufgefallen ist. Die Wilhelms sind wirklich nette Leute. Er ist ein langjähriger Jagdfreund von mir, der mich immer zu seinen tollen Veranstaltungen einlädt. Da wir seine Frau überhaupt nicht kannten, traf es sich ganz gut, dass wir alle vier schon vor der Hochzeit eine Nacht hier verbracht haben und einander in gemütlicher Atmosphäre kennenlernen konnten. Gott sei Dank hat sich Jakobs Frau Kathrin auch als sehr angenehme Zeitgenossin herausgestellt, sodass wir einen vergnüglichen Abend hatten. Übrigens trifft Jakob jetzt gerade einen schottischen Geschäftspartner im Hotel, dem er bei einer Pachtvertragserstellung für eine Jagd in Österreich behilflich ist. Irgendwie ist das schon eigenartig, dass sich heute derart viele Schotten im Wienerwald befinden", erzählt Georg und schüttelt verwundert den Kopf. Nach einem weiteren Bissen von seinem Jourgebäck fällt ihm noch etwas zu diesem Thema ein. „Der Schotte, dessen Name ich allerdings vergessen habe, soll aus Inverness sein. Vielleicht kennst du ihn ja, er hat eine Firma, die Jagdtrophäen verkauft. Es wäre zwar ein merkwürdiger Zufall, aber die Welt ist manchmal sehr klein, wie wir wissen." Nun ist Georg bei den Süßigkeiten angelangt und nimmt sich ein kleines Cremetörtchen von der Vorlegeplatte.

Bei dem Namen Inverness ist Scott leicht erschrocken, und die Tatsache, dass Wilhelms Geschäftspartner Jagdtrophäen verkauft, trägt auch nicht gerade zu seiner Erleichterung bei. Im Gegenteil, wenn dieser Mann nun tatsächlich Henderson wäre? Außer Simone hat niemand gemerkt, dass Scott bleich geworden ist, aber sie bemüht sich, nicht gleich zu ihm zu stürmen und ihn nach der Ursache zu fragen. Sie will die schöne Stimmung nicht zerstören und wartet daher geduldig, bis Lotte, Georg und James sich verabschiedet haben. Während Brenda Paul in der Küche beim Aufräumen behilflich ist, hält Simone es nicht mehr aus und fragt Scott, was denn vorgefallen ist.

„Eigentlich nichts Wichtiges, Georg hat nur einen Geschäfts-partner seines Jagdfreundes Wilhelm erwähnt, den er hier getroffen hat und der aus Inverness stammt. Und da ist mir, offensichtlich leide ich schon unter Verfolgungswahn, wieder Henderson in den Sinn gekommen. Aber das wäre ja wirklich unglaublich, wenn der sich hierher verirrt hätte. Also, du siehst, es ist alles in Ordnung. Ich bin wahrscheinlich schon überempfindlich, was das Thema Henderson anbelangt. Und nun lass' uns den Tag weiter genießen und nicht mehr daran denken", beendet Scott das unschöne Thema, wobei er Simone in den Arm nimmt.

„Du hast sicher recht, lieber Vater, und da wir bis zur Trauung noch Zeit haben, könnt ihr euch noch etwas ausruhen", meint Simone. „Es scheint, als täte euch das Übernachten in einem Zimmer sehr gut, denn auf James, Paul und mich wirkt ihr beiden ziemlich verändert im Umgang miteinander. Ehrlich gesagt freuen wir uns alle drei sehr darüber. Und nachdem sich heute alle so gut verstanden haben, wird Brenda die Idee mit der Wohnung sicherlich auch gefallen", fügt sie mit einem Augenzwinkern hinzu. „Was für eine schöne Hochzeit das jetzt schon ist!", jubelt Simone überschwänglich.

Henderson bestellt sich noch ein weiteres Glas Frizzante, um in Ruhe zu überlegen, wie und wo er sein Vorhaben am besten in die Tat umsetzen könnte. „Ich denke, ich lasse die beiden einmal heiraten. Das darf Scott noch erleben, aber danach, vielleicht während der Tafel, wird sich hoffentlich eine Gelegenheit ergeben, ihn irgendwo alleine anzutreffen. Aber was mache ich bis dahin? Die Trauung beginnt erst in einer Stunde, und zu dieser Agape will ich auch nicht gehen, denn da kennen mich zu viele Menschen. Ich könnte aber das Terrain rund um das Restaurant erkunden, damit ich mich, wenn es finster ist, besser zurechtfinde. Nachdem er seine Rechnung bezahlt und ein ordentliches Trinkgeld gegeben hat, erkundigt er sich noch bei dem Kellner, in welchen der Räumlichkeiten die heutige Hochzeit stattfinden wird. Danach inspiziert er die Ein- und Ausgänge des kleinen Festsaales, indem der Tisch für den Standesbeamten sowie die Sessel für die Hochzeitsgäste schon hergerichtet sind. Jagdliche Gestecke zieren die Tafel, die mit grünen Servietten und Kerzen festlich gedeckt ist. Abgesehen von der Tür in den Vorraum, wo ein Garderobeständer und eine Ablage stehen und von wo es weiter in die anderen Restaurantbereiche, die Küche und zu den Toiletten geht, gibt es noch einen direkten Ausgang in den Garten, der allerdings verschlossen ist. Der Blick in den Garten ist sehr idyllisch, denn im hinteren Teil führt eine Steintreppe hinunter zu einem Teich. Henderson macht einen tiefen Seufzer und muss neidlos anerkennen, dass die Hochzeiter ein wirklich schönes Ambiente ausgewählt haben. „Diese Idylle werde ich mit meinem Vorhaben zerstören", überlegt der Verbrecher, während das gewohnt grimmige Lächeln seine Lippen umspielt.

„Was haben Sie hier verloren?", reißt ihn der barsche Tonfall eines Hotelangestellten aus seinen Gedanken. „Gehören Sie zu der Hochzeitsgesellschaft? Wenn nicht, muss ich Sie bitten, den Saal sofort zu verlassen", sagt er, wobei der junge Mann zur Seite tritt, um Henderson den Weg frei zu machen. Ohne ein Wort kommt dieser der Aufforderung nach und lässt den verdutzten Angestellten mit fragendem Gesicht zurück. „Da werde ich Scott wohl ins Freie locken müssen, denn die Räume sind dermaßen verschachtelt, dass eine Flucht im Inneren des Hauses nahezu unmöglich ist", legt sich Henderson seinen Plan weiter zurecht. „Aber womit lockt man den Vater der Braut von der Tafel weg? Dazu habe ich wohl noch auf zu wenig Hochzeiten getanzt", überlegt Henderson schmunzelnd und macht sich auf den Weg zu seinem Auto. „Vielleicht mache ich ein Nickerchen, denn mit ausgeruhtem Geist kommt mir noch am ehesten eine zündende Idee", denkt er. Dann steigt er ins Auto, stellt den Vordersitz in Liegeposition und den Wecker auf dem Handy auf sechzehn Uhr dreißig. Während der Agape hat er noch nichts bei der Hochzeit verloren, danach wird es allerdings interessant für ihn …

Währenddessen sind die Hallers mit James ins Hotel zurückgekommen und verabschieden sich, um einander in knappen eineinhalb Stunden zur Trauung wiederzusehen.

„Da geht sich ja fast noch ein Nickerchen aus", stellt Lotte auf dem Weg ins Zimmer gähnend fest. „Offensichtlich habe ich doch ein Gläschen Sekt zu viel getrunken, aber es war einfach so nett mit Brenda zu plaudern, dass wir beide das Essen ganz vergessen haben. Gott sei Dank hat Simone auf uns geschaut." Die vorher etwas brüskierte Mutter muss nun darüber lachen, dass es tatsächlich ihre Tochter war, die auf die beiden Damen achtgegeben hat.

„Und ich habe dafür zu viel gegessen." Georg hält sich seinen nicht vorhandenen Bauch. „Aber was soll's, die Kinder heiraten ja hoffentlich nur einmal, und wenn es so gemütlich ist wie in Pauls Haus, schmeckt einfach alles umso besser! Ich glaube, ich lege mich auch kurz hin, vielleicht sollten wir einen Weckruf organisieren, damit wir nicht zu spät kommen?"

„Eine gute Idee, mein Lieber, um welche Uhrzeit wollen wir uns wecken lassen?"

„Solltest du nicht länger brauchen als ich, mein Schatz, dann würde vierzehn Uhr dreißig reichen. Da haben wir zwar nur eine knappe Stunde, um uns zu erholen – es zahlt sich aber bestimmt aus, um wieder fit zu werden!"

Lotte greift sofort zum Telefon und organisiert den Weckruf, richtet für beide die Trachtenkleidung her und ist auch schon unter der Bettdecke verschwunden. Mit einem gemurmelten „Schlaf' gut, mein Schatz!" dreht sich Lotte auf die andere Seite und ist sofort eingenickt. Georg kämpft noch mit seinen Hemdknöpfen und betrachtet seine Lotte mit zärtlichen Blicken. Er ist wirklich froh diese Frau als die seine bezeichnen zu können. Zudem macht es ihn glücklich zu wissen, wie verliebt die Kinder sind und wie sehr sie sich auf diese Hochzeit freuen. „Das Leben kann schon wunderbar sein", sind seine letzten Gedanken, bevor auch er friedlich entschlummert.

James braucht hingegen nur eine Dusche, um sich wieder fit zu fühlen, offensichtlich hat er in weiser Voraussicht wegen seines Amts als Trauzeuge weniger getrunken als seine Mutter und Lotte. Nachdem er sich umgezogen hat, klopft er an Allens Tür, um ihn zu einem Kaffee zu überreden. Auch Allen hat schon sein mehr oder weniger elegantes Trachtensakko an, und so begeben sich die beiden sofort zur Bar, um einen Espresso zu bestellen. Bei einem Blick in das angrenzende Café erkennt James, dass auch die Frasers schon fertig für die Trauung sind. Nach einer freudigen Begrüßung der beiden setzen sich James und Allen zu ihnen.

„Jetzt hätte ich dich fast nicht wiedererkannt. Wir haben uns wirklich schon sehr lange nicht mehr gesehen", gibt Jack freimütig zu und lässt sich von James die Anwesenheit Allens' erklären.

„Dann muss man Ihnen ja ungeheuer dankbar sein, dass durch Ihre Hilfe die unsägliche Geschichte endlich beendet ist", kommentiert Jack die Erzählung von James.

„Leider noch nicht ganz, denn verhaftet ist Henderson ja noch nicht. Aber wir hoffen, dass die österreichische Polizei bald erfolgreich sein wird", fügt nun Allen hinzu. Nach dem Kaffee können es die vier schon gar nicht mehr erwarten, auf die Braut und den Bräutigam anzustoßen, und da es erst vierzehn Uhr dreißig ist – also noch Zeit genug – bestellt der Trauzeuge eine Runde.

Simone und Paul haben sich auch kurz hingelegt, können aber vor lauter Aufregung nicht schlafen. „Bis jetzt ist der heutige Tag genau so verlaufen, wie ich mir das vorgestellt habe", beginnt

Simone zu plaudern, anstatt zu schlafen. „Und dass sich Brenda und Mutter so gut verstehen, freut mich ganz besonders. Die beiden haben ja gar nicht mehr aufgehört miteinander zu reden, wodurch für alle anderen die zärtlichen Blicke, die Scott und Brenda ausgetauscht haben, nicht erkennbar waren. Für James und uns war es aber offensichtlich, dass sich die beiden wieder nähergekommen sind, nicht wahr?"

Paul bestätigt Simones Beobachtung lächelnd, auch er würde sich wahnsinnig freuen, wenn es für Brenda und Scott ein Happy End gäbe. „Was doch eine Ortsveränderung ausmachen kann", sinniert Paul. „Wenn ich mit allem gerechnet hätte, aber damit bestimmt nicht. Aber vielleicht haben unsere glückliche Beziehung und die unserer Eltern Schuld daran, dass sich sowohl Scott als auch Brenda nun mehr umeinander bemühen. Außerdem fällt ja hier auch die Firma weg, die Brenda zu dieser toughen und kühlen Geschäftsfrau gemacht hat. Wie auch immer, dass Wärme in die Beziehung der beiden gekommen ist, können wir, die sie in Schottland ganz anders erlebt haben, nun nicht mehr übersehen. Für Lotte und Georg wirken sie wahrscheinlich wie ein harmonisches und glückliches Paar, und sie werden unsere Geschichten über die Eheprobleme der beiden überhaupt nicht mehr verstehen. Aber vielleicht geraten unsere Erzählungen an einem so schönen Tag wie heute auch in Vergessenheit, was bestimmt nicht schaden kann. – Aber nun zu uns, mein Schatz", meint er plötzlich ganz ernst und zieht seine Simone an sich. „Bist du schon sehr aufgeregt und willst du es dir nicht nochmal überlegen meine Frau zu werden?"

„Aufgeregt ja, aber noch einmal überlegen – definitiv nein, lieber Paul", antwortet Simone. „Du glaubst doch nicht, dass du mich jemals wieder loswirst?", fügt sie dann lachend hinzu. „Es wird sich zwar nicht allzu viel für uns verändern durch diese Hochzeit, aber alleine das Bewusstsein, danach tatsächlich deine Ehefrau zu sein, erfüllt mich mit einem unglaublichen Glücksgefühl. Hoffentlich hält das noch lange an und wird nicht schon bald von einem routinierten Alltagstrott abgelöst. Ein grauslicher Gedanke." Simone schüttelt sich gespielt angeekelt. „Derartiges darf sich in unsere Beziehung einfach nicht einschleichen. Versprich mir, dass wir beide darauf achten werden!"

„Du weißt, wie sehr ich dich liebe, und dass ich daher immer um unsere Beziehung bemüht sein werde", beruhigt Paul seine Simone und drückt sie noch fester an sich. „Aber Schatz, ich weiß ja nicht, wie lange du mit deiner Toilette brauchst. Wir sollten in einer halben Stunde aufbrechen, um nicht zu spät zu unserer eigenen Trauung zu kommen." Einen zärtlichen Kuss bekommt Simone aber trotzdem noch, bevor Paul sie liebevoll aus dem Bett schubst und sie lachend im Bad verschwindet. „Das Leben ist tatsächlich wunderschön", überlegt Paul, der sich noch einen Moment im Bett vergönnt …

Im Untergeschoss ruhen sich auch zwei glückliche Menschen aus, die einander nach Jahren der Enthaltsamkeit erstmals wieder zärtlich und doch auch fordernd geliebt haben. Scott betrachtet den schlanken Körper seiner Brenda voller Zuneigung und Stolz, während sie sich in der offenen Dusche des Kellerappartements einseift. „Schau' nicht so verträumt, mein Liebling", weist ihn Brenda lächelnd zurecht. „Ich denke du solltest deinen Luxus-köper auch aus dem Bett bewegen, um unsere gemeinsame Abfahrt zur Trauung nicht zu verzögern!"

„Du hast ja recht", seufzt Scott, während er seinen Blick widerwillig von ihr losreißt. „Dabei wäre es jetzt noch so schön im Bett gewesen." Somit schlüpft er rasch zu Brenda unter die Dusche. Lachend flüchtet sie, sonst hätte sie nicht für ein pünktliches Fortkommen garantieren können. Als sie sich fertig angezogen gegenüberstehen, sind beide sehr zufrieden und nicken anerkennend, denn nicht nur Brenda sieht in ihrem Dirndl umwerfend aus, auch Scott macht eine gute Figur in seinem Trachtenanzug. „Da waren wir wohl beide gut beraten bei unserem Einkauf", bemerkt Brenda und lächelt ihren Scott glücklich an, während die beiden ihre Mäntel nehmen und hinauf ins Erdgeschoss gehen, wo sie bereits von dem strahlenden Brautpaar erwartet werden.

„Gott, seht ihr toll und glücklich aus!", entfährt es Brenda sofort, als sie das hübsche Paar sieht.

„Das kann ich nur zurückgeben", antwortet Simone lächelnd. „So wie ihr beide strahlt, könnte man meinen, dass ihr das Brautpaar seid!"

„Nun gut, meine Damen, wir wollen uns nicht streiten, wer das hübschere Paar ist", bringt sich Scott mit Humor ein. „Ich muss euch vielmehr bitten rasch einzusteigen, denn so schnell kann ich gar nicht fahren, um eine Verspätung durch eure Beweihräucherung wieder wettzumachen." Mit diesen Worten öffnet er die rückwärtige Tür auf der Fahrerseite für Paul, und Brenda tut es ihm auf ihrer Seite für Simone gleich. „Alle bereit für den großen Auftritt?", fragt der Brautvater mit einem Blick auf die Rückbank, bevor er Gas gibt und das Auto voll glücklicher Menschen zur „Blauen Gans" fährt.

Mittlerweile haben sich Lotte und Georg auch fein gemacht und sind ebenfalls sehr zufrieden mit sich und der Welt, als sie die Treppe hinunter ins Erdgeschoss gehen, wo sich schon eine ganze Menge Hochzeitsgäste, inklusive der beiden Trauzeugen, versammelt haben. Das aufgeregte Stimmengewirr ist ein deutliches Indiz für die allgemein aufkommende Nervosität der Gäste, die bereits mit einer Verzögerung rechnen, da das Paar immer noch nicht eingetroffen ist. Lotte ist bereits beim CD-Player in Position gegangen, um die Einzugsmusik abzuspielen, und der Standesbeamte hat auch schon Haltung angenommen, als endlich der Jeep von Paul vorfährt. Die Hochzeitsgäste bilden ein Spalier für das Brautpaar, das sich kurz vor dem Saaleingang trennt. Paul setzt seinen Weg alleine fort, während Scott seine Tochter hineinführt und Paul übergibt. Die beiden Trauzeugen haben sich auch schon eingefunden und harren mit feierlicher Miene der Zeremonie. Nachdem der Song „Up where we belong" von Joe Cocker und Jennifer Warnes verklungen ist, beginnt der Standesbeamte mit der Trauung, die kurz, aber trotzdem sehr stimmungsvoll ist. Bei Songs von Elton John und Louis Armstrong tauscht das Paar die Ringe und die beiden lächeln einander glücklich an. Nach der Unterzeichnung der Urkunde, Simones Schrift ist etwas zittrig vor Aufregung, geht die Zeremonie auch schon wieder zu

Ende. Bei Simone kullern Tränen des Glücks, während sie ihren Trauzeugen James umarmt. Auch Paul ist sichtlich gerührt, als er seinem Freund Klaus Stadler dankend die Hand drückt, um ihn danach noch herzlich zu umarmen. Nach dem anschließenden Herzen und Küssen aller Verwandten und Freunde wird bei der darauffolgenden Agape im Foyer des Hotels tatsächlich nur Wein und Brot für die nicht zur Tafel geladenen Zaungäste gereicht. In erster Linie sind es wirklich Patienten, die der neuen Ärztin und dem altbekannten Tierarzt gratulieren wollen. Auch die Hotelführung sowie das Personal lassen es sich nicht nehmen, alles Gute zu wünschen. „Das ist das Schöne am Landleben, hier ist man allen Menschen viel näher als in der Stadt", kommentiert Simone das zahlreiche Interesse an ihrer beider Glück, während sie sich weitere Freudentränen von der Wange wischt und freundliche Worte mit einigen ihrer anwesenden Patienten wechselt. Paul ergeht es ähnlich, wobei er die Menschen aus seinem beruflichen Umfeld ja eher an ihren Tieren erkennt, die sie heute zu seinem Leidwesen nicht dabeihaben, wodurch sich Paul ungleich schwerer mit dem Wiedererkennen tut als Simone. Schon langsam verabschieden sich die schaulustigen Landbewohner wieder von der Hochzeit, und Simone und Paul können sich nun ihren eigentlichen Gästen widmen. Besonders natürlich auch Dr. Marold und Katharina, die es sich nicht nehmen hat lassen, für die Hochzeitstorte zu sorgen. Nachdem sich Simone bei ihr bedankt hat, kommt sie gerade richtig zu einem sehr interessanten Gespräch zwischen Scott, Brenda und Kurt Marold. „Na, wenn Sie bereits jetzt schon so angetan sind von Land und Leuten, können wir uns ja morgen zu einer Wohnungsbesichtigung treffen", macht sich Dr. Marold erbötig, nachdem er von Scott gehört hat, dass Brenda ganz und gar nicht abgeneigt wäre, öfter nach Österreich zu kommen. Jetzt ist Brenda aber doch ein wenig perplex, denn von der Wohnung hat ihr Scott noch nichts erzählt. Ihre Unwissenheit überspielend, stimmt sie aber sofort zu, da sie tatsächlich an einer Wohnmöglichkeit in dieser schönen Gegend, wo sie ihren Mann wieder lieben gelernt hat, interessiert ist. „Das wäre wirklich ganz besonders nett von Ih-

nen, wenn Sie sich bereits morgen Zeit dafür nehmen könnten",
meint Brenda und vereinbart sofort einen Termin, wobei sie ihrem Mann zuzwinkert. Scott muss über seine schlagfertige Frau
lächeln und Simone strahlt auch vor Glück über die offensichtliche Absicht der beiden, ihr zukünftiges Leben auch in Österreich verbringen zu wollen. Auf der Suche nach ihrem Paul wird
Simone bei Lotte und Georg fündig, die sich gerade mit einem
Mann unterhalten, den Simone nicht kennt. Mit einem neuen
Weinglas „bewaffnet" will sie sich zu dem Grüppchen begeben,
als sie fast mit einem Hochzeitsgast zusammenstößt, der sich als
ihre Schulfreundin Doris entpuppt. Die Wiedersehensfreude der
beiden ist tatsächlich sehr groß, obwohl Simone die etwas üppig gewordene Freundin fast nicht wiedererkannt hätte. Da hat
es Doris mit Simone, die sich in den letzten Jahren kaum verändert hat, schon etwas leichter. „Dass du dir wirklich die Zeit genommen hast, zu unserer Hochzeit zu kommen, kann ich immer
noch nicht ganz glauben", meint Simone und umarmt die stattliche Person. „Wahrscheinlich wolltest du miterleben, wie deine
Jugendliebe Paul ins Unglück rennt", fügt sie noch lachend hinzu.

„Nachdem er mich nie erhört hat, hätte ich ihm das fast
gewünscht", gibt Doris scherzend zurück. „Aber da ich nicht
nachtragend bin, finde ich es umso schöner, dass ihr beide euch
gefunden habt. Und diese ganze Geschichte mit deinem schottischen
Vater ist ja wirklich auch abenteuerlich!"

„Du sagst es, liebe Doris, man könnte meinen, dass es sich dabei
um einen kitschigen Film handelt, aber es ist unglaublicherweise
tatsächlich Realität, und noch dazu eine sehr schöne!" Simone
zieht Doris mit sich zu Paul und ihren Eltern. „Entschuldigen
Sie bitte, wenn ich Ihre Unterhaltung störe", wendet sie sich an
Wilhelm. „Aber ich muss Lotte und Georg sowie meinen lieben
Mann mit der Anwesenheit unserer einstigen Schulfreundin Doris
konfrontieren, die sich hier ganz alleine in einer Menge fremder
Menschen ziemlich verloren fühlt."

„Nun, so schlimm ist es nicht", widerspricht die resolute und
keineswegs schüchterne Doris. „Unsere liebe Simone übertreibt
wieder einmal ein wenig. Aber ich freue mich trotzdem sehr, die

gesamte Familie Haller wiederzusehen, bei der ich als Jugendliche immer sehr willkommen war! – Wenngleich sich die Konstellationen irgendwie verändert haben", fügt sie noch lachend hinzu. „Mein Name ist übrigens Doris Grabner", stellt sie sich nun auch Wilhelm vor, der sich seinerseits sowohl mit Doris als auch mit der Braut bekannt macht, wozu er noch keine Gelegenheit gehabt hat.

„Was ist nur aus der kleinen, schüchternen Doris geworden?" Lotte betrachtet die stattliche Erscheinung der jungen Dame anerkennend. „Du hast dich ja ordentlich gemausert, meine Liebe. Während eurer Schulzeit hatte ich immer das Gefühl, dir zur Nachmittagsjause besonders viel Kuchen geben zu müssen, damit was wird aus dir. Offensichtlich hat das gefruchtet!" Lotte umarmt Doris herzlich und will natürlich sofort alles über sie wissen. Wilhelm kennt sie ja nach dem gemeinsamen Abendessen bereits ganz gut, aber die Entwicklung der Schulfreundin ihrer Kinder ist noch ein unbeschriebenes Blatt für sie und daher um vieles interessanter. Paul begrüßt Doris zwar freundlich, aber die Unterhaltung mit Georg und Wilhelm dürfte spannender für ihn sein als ihre Lebensgeschichte. Dafür sind Simone und Lotte umso neugieriger zu erfahren, was Doris aus ihrem Leben gemacht hat.

„Geheiratet habe ich noch nicht", schmunzelt sie. „Da seid Paul und du mir einen Schritt voraus. Aber beruflich habe ich meinen Traumjob gefunden. Es hat zwar etwas gedauert, denn im Gegensatz zu dir und Paul hatte ich nie eine Vorstellung davon, was ich werden könnte. Während der kurzen, aber umso intensiveren Beziehung zu dem Privatdetektiv Peter Fischer bekam ich einen Einblick in ein Metier, das mir zwar fremd war, mich aber immer mehr zu interessieren begann. Nach unserer Trennung war ich dann schon so weit, d. h. ich hatte ausreichend detektivische Praxis hinter mir, um mich für die Spezialausbildung beim Wifi anmelden zu können. Der Lehrgang endete mit einer mündlichen und einer schriftlichen Befähigungsprüfung, wonach ich mich dann im 23. Bezirk selbstständig machte. Momentan suche ich noch nach einer geeigneten Wohnung in der Nähe meines Büros, da ich durch Peter im 3. Bezirk gelandet bin und mir die tägliche

Fahrerei eigentlich zu weit ist. Viel mehr gibt es nicht zu erzählen, was bei dir und Paul sicherlich anders ausschaut", schließt Doris ihren grob skizzierten Lebenslauf ab.

„Das klingt ja mehr als spannend und interessanter als unser beider Lebenslauf. Bei uns stand bereits im Kindesalter fest, dass wir ein Medizinstudium anstreben würden und wir hatten mehr oder weniger funktionierende Beziehungen, vor der Auflösung unseres Verwandtschaftsverhältnisses. Danach ging alles furchtbar schnell, sodass Paul und ich unsere Liebe noch gar nicht so richtig genießen konnten. Dann fanden wir auch noch meinen leiblichen Vater Scott Watson in Schottland, der uns seither begleitet. Meinen Halbbruder James machte ich bereits in Schottland zum Trauzeugen, denn dass wir heiraten werden, stand für uns schon bald fest. Also sind Scotts Frau Brenda und James zur Hochzeit eingeflogen, und alle scheinen sich hier sehr wohlzufühlen. Jetzt überlasse ich dich aber Mutter, ich muss mich noch um die anderen Gäste kümmern. An der Tafel sitzt du übrigens zwischen Mutter und Dr. Marold, ein ganz besonders lieber Mensch, dessen Praxis ich eigentlich schon Anfang des Monats hätte übernehmen sollen. Wegen unserer Hochzeit hat er mir aber noch einen kurzen Aufschub gewährt, bevor er sich ganz in den Ruhestand ins Waldviertel zurückziehen wird. Seine Assistentin Katharina bleibt mir aber Gott sei Dank erhalten, denn ihr Wissen um die Patienten wird mir eine große Hilfe sein."
Mit einer kurzen Umarmung lässt Simone ihre Freundin tatsächlich in der Obhut von Lotte, die der jungen Frau sofort erklärt, wer alle anderen Hochzeitsgäste sind und sie ihr teilweise auch vorstellt. Nachdem Simone noch ein paar Worte mit Mutters bester Freundin Vera Schiller, die früher öfter Babysitterin bei Simone und Paul war, gewechselt hat, plaudert sie auch kurz mit der Nachbarin der Hallers in Hietzing. Simone erinnert sich wieder an Pauls Geschichte mit Frau Wagners Hund, durch die ihrem Mann klar geworden ist, dass er Tierarzt werden möchte. Die betagte Dame ist zwar leider keine Hundebesitzerin mehr, kann sich aber noch sehr genau an Pauls hilfreichen Einsatz erinnern. Nach ein paar scherzenden Worten mit Klaus

Stadler und seiner Freundin Karoline ist Simone bereits ziemlich erschöpft und sucht Paul, um mit seiner Hilfe die Gäste zur Tafel zu bitten. Deren Hunger dürfte ähnlich groß sein wie Simones, denn das Gebäck, das zur Vorspeise gereicht wurde, ist genauso rasch vertilgt worden wie die Vorspeisen selbst. „Nun gut, mein lieber Mann, wenn der Hunger bei allen so groß ist, sollten wir noch die Suppe servieren lassen, bevor unsere Väter ihre Ansprachen halten, was meinst du?" Paul verlangt selbst auch schon ziemlich stark nach Nahrungsaufnahme und kann Simone nur zustimmen, die ihre Entscheidung sofort an den Kellner weitergibt und alle auffordert, sich zu setzen. Während sie James, der an ihrer Seite sitzt, geduldig Auskunft über den einen oder anderen Gast gibt, wird auch schon die Suppe gebracht, über die sich alle genüsslich hermachen. „Offensichtlich ist Vater nervös", flüstert Simone Paul zu, als sie beobachtet, wie Scott, nachdem er die Suppe gegessen hat, den Raum in Richtung Toilette verlässt.

„Was du dem armen Mann schon wieder unterstellst! Es kann doch auch ein ganz normaler Drang sein, von dem er sich befreien will. Ich glaube nicht, dass dein souveräner Vater wegen einer kleinen Hochzeitsansprache aufgeregt ist", hält Paul Scott die Stange.

Scott geht nach der Toilette noch etwas an die frische Luft. Der Lärmpegel und die sich aufbauende Hitze in dem Saal haben ihn etwas schläfrig gemacht. Er tut einige kräftige Atemzüge in der herrlich kalten Waldluft, während er den Laubengang entlangschlendert, der den Festsaal mit dem idyllischen Garten des Lokals verbindet. Im rückwärtigen Teil der Anlage entdeckt er eine Steintreppe, die zu einem weiter unten gelegenen kleinen Teich führt, in dem sich sogar ein paar Enten tummeln. Ein Pavillon mit einem Tischchen und Korbsesseln lädt zum Verweilen ein, obwohl der Winter sich bereits ankündigt. „Ein wirklich romantisches Ambiente haben sich die Kinder hier ausgesucht", überlegt Scott, während er sich der Steintreppe zuwendet, um zum Teich hinunterzugehen. Plötzlich verspürt er einen Schlag auf den Kopf und ihm wird schwarz vor Augen.

Henderson hat das Geschehen während der Agape und das Übersiedeln der Gesellschaft in das Restaurant beobachtet und auf seine Chance gewartet. Die Kälte macht ihm allerdings zu schaffen und so hat er sein Auto mit Blick auf die Rückseite des Hotels, also die Gartenseite des Restaurants geparkt, um das Fest nicht im Freien, sondern aus dem Inneren des Autos verfolgen zu können. Und obwohl er immer noch vor Kälte zittert, ist auch er etwas müde geworden, aber sofort hellwach, als er Scott aus dem Hotelgebäude kommen sieht. Natürlich hätte er jetzt sofort schießen und davonfahren können, aber er will seine Rache auskosten, Scott Watson tot sehen und ihm noch in die sterbenden Augen schauen. „Ich muss diesen Mann schon sehr hassen", überlegt Henderson, während er vorsichtig aussteigt und versucht, die Autotür geräuschlos zu schließen. Dabei lässt er Watson nicht aus den Augen und sieht, wie der Mann in Richtung Steintreppe schlendert, die zu dem idyllischen Teich hinunterführt. „Da sucht er sich aber einen schönen Platz zum Sterben aus", denkt Henderson grimmig und fasst seine Schusswaffe am Lauf, um seinem Opfer einen Schlag damit zu verpassen. Der in Gedanken versunkene Scott hört seinen Feind tatsächlich nicht kommen, sackt schwer getroffen zusammen und schlägt mit dem Kopf auf die Steintreppe auf. „Du wirst mir doch nicht wegsterben, ohne dass ich dich leiden sehen kann!" Henderson ist richtig zornig auf sein Opfer, dass es derart ungünstig gefallen ist. Und tatsächlich fühlt er keinen Puls mehr an Scotts Halsschlagader, er dürfte sich das Genick gebrochen haben. „So leicht wollte ich dir das Sterben nicht machen, lieber Scott, du hättest sehen sollen, wer dir nach dem Leben trachtet!", sagt Henderson mehr zu sich selbst als zu dem Toten. „Nun kann ich es leider nicht mehr ändern. Zumindest aber weiß ich mit Sicherheit, dass er tot ist, wenngleich es ein viel zu gnädiger Tod für einen Feind ist, den man derart gehasst hat, wie ich es tat"; schließt er seine Überlegungen ab. Mit einem letzten bedauernden Blick auf sein Opfer zieht sich Henderson geräuschlos zurück, steigt in sein Auto und verschwindet in der Dunkelheit.

Nachdem sich alle an der kräftigen Rindsuppe delektiert haben, bittet Simone Georg mit der Ansprache zu beginnen. Schließlich ist Georg noch bis vor Kurzem der Vater der Braut gewesen und hat sie ihr Leben lang als solcher begleitet. Und da Scott noch immer nicht zurück ist, überlegt Simone nach Georgs Ansprache noch die Hauptspeise servieren zu lassen, um Scott, wo immer er auch sein mag, nicht unter Druck zu setzen. Brenda rutscht auch schon ganz nervös auf ihrem Sessel hin und her und sucht fragend Simones Blick, die zur Antwort ratlos mit den Schultern zuckt. Um die übrigen Gäste nicht auf ihre Unruhe aufmerksam zu machen, bittet Simone ihre Freundin Doris, deren Abwesenheit nur Lotte auffallen könnte, die aber darüber schweigen wird, sich auf die Suche nach Scott zu machen. Dann nickt sie Brenda, die sofort versteht, was Simone eben organisiert hat, beruhigend zu. Also verfolgen alle vorerst aufmerksam Georgs Ansprache, die unterhaltsam und humorvoll die Familienerweiterung durch Scott und James ins Visier nimmt, wodurch nun leider auch James darauf aufmerksam wird, dass sein Vater abwesend ist. Simone beruhigt ihren Stiefbruder mit der Erklärung, dass sich Doris bereits auf die Suche nach Scott begeben hat, um danach wieder amüsiert Georgs Rede zuzuhören. Allerdings weicht die gute Stimmung schon bald wieder der Sorge um Scott, der auch nach dem begeisterten Applaus für Georg nicht wiederauftaucht. Die Gäste werden mit der Hauptspeise abgelenkt, aber Simone, James und auch Brenda können ihre Nervosität nur schwer verbergen. Selbst der stoische Paul wird bereits etwas unruhig und macht sich nun besorgt auf die Suche nach seinem Schwiegervater, während die anderen krampfhaft versuchen weiterhin zur guten Stimmung der Gesellschaft beizutragen. Im Flur trifft Paul auf Doris, die mit der Überprüfung der Innenräume bereits durch ist, ohne Scott gefunden zu haben. „Jetzt kann er nur noch im Garten sein. Vielleicht hat er ja auch nur frische Luft gebraucht", versucht Doris ihre wachsende Sorge zu bagatellisieren. Gemeinsam machen sie sich auf den Weg zu der Steintreppe, um auch rund um den Teich nach Scott zu suchen, als Paul über etwas stolpert und fast gestürzt wäre.

„Mein Gott!", entfährt es dem Bräutigam, als er sich nach der Ursache seines Strauchelns bückt und das Bein eines Menschen ertastet. Doris ist sofort mit der Handytaschenlampe zur Stelle, und gemeinsam machen sie die fürchterliche Entdeckung. Das Bein, das Paul fast zu Fall gebracht hat, gehört zu Scotts leblosen Körper, der vornüber die Steinstufen hinuntergestürzt sein muss. Und der starre Blick des Mannes, der sich im Sturz scheinbar gedreht hat und mit dem Hinterkopf aufgefallen ist, schließt jede weitere Hoffnung aus. „Wahrscheinlich hat er sich das Genick gebrochen", versucht Doris sachlich zu bleiben und befühlt sicherheitshalber noch die Halsschlagader von Scott. Sie hat in ihrem Job zwar noch keine Leichen gesehen, aber in der Ausbildung gelernt, was zu tun ist und worauf man achten soll. Sie tastet daher die Leiche ab und findet eine Verletzung am Hinterkopf. „Ob die den Sturz verursacht oder erst durch den Sturz entstanden ist, kann man im Moment nicht feststellen. Aber es scheint möglich", überlegt die Privatdetektivin sofort, und schätzt die Wahrscheinlichkeit dafür ab, dass der Körper ohne Fremdverschulden in diese Lage gefallen ist. Eigentlich glaubt Doris nicht daran, sie hat vielmehr das eigentümliche Gefühl, dass Scott Opfer eines Verbrechens geworden ist.

„Ich kann mir wirklich nicht vorstellen, dass Scott ein derartiges Ungeschick passiert. – Vielleicht ist ihm ja schlecht geworden?", sucht auch der erschütterte Paul nach einer plausiblen Erklärung.

„Die Polizei muss in jedem Fall verständigt werden. Das werde ich übernehmen", beschließt Doris, die sich ihres Verdachts weiterhin nicht erwehren kann. „Und dir bleibt die furchtbare Aufgabe, die Hochzeitsgesellschaft über das Unglück zu informieren", sagt sie zu Paul, wobei sie bereits die Notrufnummer der Polizei in ihr Handy eingibt.

Der Schock sitzt Paul tief in den Knochen, es kostet ihn viel Mühe, gefasst zu erscheinen und der Aufforderung von Doris nachzukommen. Traurig denkt er an seine Simone, an Brenda und James, denen es das Herz zerreißen wird bei dieser unfassbaren Nachricht. Paul entschließt sich daher dazu, Brenda von ihrem Platz abzuholen und Simone und James zu bedeuten, dass sie ihnen folgen mögen. Nicht dass er sie zu Scotts Leiche führen will – er will sie nur so unauffällig wie möglich aus dem Saal hinausbringen, um ihnen so schonend wie möglich und natürlich ohne Beisein der ganzen Gesellschaft, das Geschehene mitzuteilen. In dem leeren separaten Gastraum, in den Paul sie führt, scheinen die drei nicht zu begreifen, was sie hören. Ungläubig und starr vor Schreck stehen sie da. Es herrscht entsetztes Schweigen zwischen den Unglücklichen. Brenda bricht als Erste die beklommene Stille: „Können wir ihn sehen?"

„Natürlich, er ist bis auf eine Verletzung am Hinterkopf unverletzt und liegt sonst nahezu friedlich da", antwortet Paul und hofft insgeheim, dass Doris der Leiche mittlerweile die starren Augen geschlossen hat. „Doris hat schon die Polizei angerufen, wenn ihr ihn also noch einmal alleine sehen wollt, dann sollten wir gehen", spricht er weiter, öffnet die Tür in den Laubengang und führt die traurigen Hinterbliebenen zu Scotts Leiche. Brenda und James stützen einander, während Paul die eisige Hand von Simone nimmt. Trotz der Kälte bleiben die geschockten Menschen eine ganze Weile schweigend bei dem Toten, den zumindest Brenda und Simone eben erst wiedergefunden haben, stehen, und hängen mit Tränen in den Augen ihren Gedanken nach. „Kann er denn aus eigener Ungeschicklichkeit derart gestürzt sein?", beginnt Simone als Erste die mögliche Todesursache ihres Vaters zu hinterfragen.

„Er könnte auf der Treppe ausgerutscht und sich im Sturz seitlich gedreht haben, sodass er mit dem Hinterkopf auf die Steintreppe gefallen ist und sich das Genick gebrochen hat", fasst Doris noch einmal ihre Überlegungen zusammen. „Aber ich persönlich glaube nicht daran. Irgendwie habe ich das Gefühl und den Verdacht, dass Scott nicht von alleine gestürzt ist."

Da fällt Simone wieder das bleiche Gesicht ihres Vaters während des Gesprächs mit Georg ein. „Mein Gott, dann ist Scott also zu Recht erschrocken, als Georg ihm von Wilhelms Treffen mit einem schottischen Geschäftspartner erzählt hat, der genau wie Henderson in Inverness eine Firma mit Jagdtrophäenhandel betreibt! Aber leider hat Vater diese unglaubliche Vermutung,

Henderson könnte in Wien sein, mit der Bemerkung, er leide wohl unter Verfolgungswahn, wieder abgetan. Deshalb habe auch ich mich wieder beruhigt und wir sind der Sache nicht mehr nachgegangen. Wenn ich gewusst hätte, welch fatalen Fehler wir da gemacht haben! Denn ich wüsste nicht, welche Feinde Scott sonst noch hätte …" Jetzt kann sich Simone gar nicht mehr beherrschen. Mit der Vermutung, durch die Bagatellisierung der Information von Georg ebenfalls schuld am Tod ihres Vaters zu sein, brechen aus ihr Tränen der Verzweiflung heraus, die nicht zu stoppen sind. Paul nimmt sie in den Arm und versucht sie zu trösten, was selbst ihm nicht gelingt.

„Dann hat dieser Verbrecher also doch noch sein Ziel erreicht", stellt Brenda mit großer Verbitterung fest. „Und wenn er seine Flucht genauso gut geplant hat wie alles andere, wird ihn die Polizei bestimmt nicht zu fassen bekommen." Nun kann auch sie die Tränen über den schmerzlichen Verlust nicht mehr zurückhalten.

„Bevor wir hier weitere Vermutungen anstellen und die Polizei vielleicht auch noch auf eine falsche Fährte locken, sollten wir Wilhelm befragen, ob es sich bei seinem Geschäftspartner tatsächlich um unseren Henderson handelt", wirft James nach einiger Zeit des Überlegens ein. „Zudem sollten wir die Hochzeitsgäste so langsam informieren und nach Hause schicken, sie werden sich bestimmt schon fragen, wo wir bleiben."

Als wäre das ein Stichwort für Lotte gewesen, erscheint sie am Unglücksort und kann einen Schrei des Entsetzens nicht unterdrücken. Doch die resolute Person fasst sich rasch wieder und sieht an den betroffenen Gesichtern der Verwandten des Toten, dass Handlungsbedarf geboten ist. „Ich übernehme die Hochzeitsgäste. Paul und Doris werden euch mit der Polizei behilflich sein, die ich sofort zu euch schicke, sobald sie eingetroffen ist."

„Danke dir, liebe Lotte!" James ist erleichtert, dass ihm diese undankbare Aufgabe abgenommen wird, gibt aber zu bedenken: „Aber mir fällt gerade noch ein, dass wir die Gäste nicht nach Hause schicken dürfen, denn sollte es sich tatsächlich um ein Verbrechen handeln, wie wir hier mittlerweile alle vermuten, müssen sie zur Einvernahme bleiben."

Nun meldet sich auch Paul wieder zu Wort. „Da gebe ich dir vollkommen recht, James. Also solltest du, liebe Mutter, die Gäste nur informieren. Lasst euch alles an Getränken und Essen weiter servieren, denn es darf sich keiner der Anwesenden entfernen!"

Lotte nickt und reißt sich mit einem letzten traurigen Blick auf ihre einstige große Liebe zusammen, um ihrer Aufgabe nachzukommen. Noch bevor sie bei den Gästen angelangt ist, hört sie schon die Polizei vorfahren, und sie schleust die Beamten am aufgeregten Personal des Hotels vorbei, um sie zum Unfallort zu dirigieren. Danach informiert sie die herbeieilende Geschäftsführung des Hauses, um sich danach endlich den Gästen zu widmen, die trotz Abwesenheit der Hauptpersonen des Festes, das Essen noch bei gutem Appetit zu genießen scheinen.

„Liebe Gäste und Freunde des Brautpaares! Ich habe die unerfreuliche Aufgabe, Ihnen mitzuteilen, dass sich im Garten des Hotels ein tragischer Unfall ereignet hat. Der Vater der Braut ist verstorben und die Polizei ist bereits eingetroffen, um die Unfallursache zu ermitteln. Ich möchte Sie bitten, ruhig zu bleiben und abzuwarten, ob die Polizei noch Fragen an Sie hat. Das Menü und die Getränke werden natürlich weiter serviert und wir werden Sie über alles Weitere selbstverständlich auf dem Laufenden halten. Wir bitten Sie nur darum, Ruhe zu bewahren und der Dinge zu harren, bis Klarheit über den tragischen Unfall herrscht. Ich danke Ihnen!" Lottes Worte haben die Gäste mehr als erschreckt und ein aufgeregtes Stimmengewirr zur Folge. Jeder versucht von seinem Tischnachbar nähere Informationen, die es aber erst nach der polizeilichen Untersuchung geben kann, zu bekommen. Lotte lässt sich neben Georg auf den Sessel fallen und ergreift erschüttert die Hand ihres Mannes. „Hast du eine Ahnung davon, was passiert sein könnte?", versucht der betroffene Mann mehr von Lotte zu erfahren

„Ehrlich gesagt weiß ich es auch nicht. Scott dürfte die Steintreppe hinuntergefallen sein, so wie seine Leiche dort liegt. Aber ob er durch seine eigene Unachtsam gestürzt ist oder vielleicht doch durch Fremdeinwirkung, ist noch nicht geklärt. Ich habe aber leider den Namen Henderson gehört, als ich in die Nähe des

Unfallortes gekommen bin. Also vielleicht ist der arme Scott doch Opfer eines Verbrechens geworden! Es ist einfach so furchtbar, dass dieser wunderbare Tag so tragisch endet." Nun verliert auch die vorerst so stark wirkende Lotte die Fassung.

Georg umarmt seine Frau und versucht sie mit dem Hinweis zu beruhigen, dass sie beide für ihre Kinder die Haltung bewahren und sie im Umgang mit den Gästen unterstützen müssen. „Ich weiß, es ist schwierig, aber den Kindern zuliebe sollten wir die Gäste weiterhin unterhalten. Also Kopf hoch, mein Schatz, du übernimmst die Seite der Tafel, wo der liebe Doktor Marold sitzt, und ich setze mich zu Wilhelm und den schottischen Freunden des Paares. Wir können im Moment nichts anderes tun, für Trauer ist auch noch später Zeit genug", teilt er seiner Lotte seinen Plan mit und entlässt sie mit einem Kuss.

Mittlerweile haben die Beamten im Garten ähnliche Überlegungen angestellt wie Doris. Auch für sie gibt es keinen offensichtlichen Beweis einer Fremdeinwirkung, da die Verletzung am Hinterkopf durchaus von dem Sturz stammen könnte. Einzig die Geschichte von der möglichen Anwesenheit des gesuchten Verbrechers Henderson würde eine andere Vermutung rechtfertigen. Also wird die Leiche, nachdem sich die Angehörigen verabschiedet haben, zu weiteren Untersuchungen abgeholt, denn an der Verletzung sollte erkennbar sein, ob sie durch einen Schlag auf den Kopf oder durch einen Sturz auf die Steintreppe verursacht worden ist. Die Beamten versuchen nun, von Wilhelm mehr über seinen Geschäftspartner zu erfahren, und bitten ihn zur Befragung in das Extrazimmer. Und als klar ist, dass es sich tatsächlich um den gesuchten Daniel Henderson handelt, der noch am Vormittag mit Wilhelm in der „Blauen Gans" gefrühstückt hat, liegt auch für die Polizeibeamten die Vermutung nahe, dass Scott Watson keines natürlichen Todes gestorben ist. Zu groß wären die Zufälle, die Henderson in den Wienerwald geführt haben könnten. Die Beamten werden sofort aktiv und lassen sämtliche Flughäfen und Bahnhöfe sperren, denn dass Henderson jetzt nur noch die Flucht in ein Land außerhalb der EU bleibt, ist klar.

Jakob Wilhelm ist mehr als betroffen, als er erkennt, mit welchem Verbrecher er sich abgegeben hat. „Und diesem Menschen war ich auch noch behilflich!", meint er und ist über seine Fehleinschätzung richtig geschockt. Sympathisch war ihm der Mann ja nie, und die gemeinsamen Geschäfte waren auch nicht immer ganz astrein. Dass er allerdings ein derart übler Verbrecher ist, hätte Wilhelm nicht gedacht. Nun ist es an ihm, ein schlechtes Gewissen deswegen zu haben, dass er Henderson dabei behilflich gewesen ist, in die Nähe seines Opfers zu kommen. „Ein Fehler, den ich wohl nie mehr wiedergutmachen kann", resümiert Jakob Wilhelm seinem Freund Georg gegenüber, als er wieder zurück im Saal ist. „Wirst du mir das jemals verzeihen können?"

„Da gibt es nichts zu verzeihen, mein Freund", beruhigt ihn Georg. „Dafür, dass du einem Geschäftspartner behilflich sein wolltest, kann dir wohl niemand böse sein. Und dass es sich bei Henderson um einen so üblen Verbrecher handelt, hättest du nur wissen können, wenn die Fahndung der Polizei in größerem Rahmen über die Bühne gegangen und sein Bild über die Medien verbreitet worden wäre. Nachdem Daniel Henderson aus dem Hotel ausgezogen und seine Spur im Sand verlaufen ist, ist die Polizei aber offensichtlich nicht sonderlich aktiv gewesen, um ihn wiederzufinden. Und das obwohl er wegen versuchten Mordes gesucht wurde! Das hat uns alles der schottische Privatdetektiv und Freund der Familie Watson erzählt, der nach wie vor mit der Polizei in Fort William zu diesem Fall in Kontakt ist. Aber natürlich können wir auch die Arbeit der Polizei nicht wirklich beurteilen, und dass sich Henderson tatsächlich sehr schlau an unseren lieben Scott herangemacht hat, ist nicht zu leugnen. Es ist daher müßig über mögliche Fehler nachzudenken. – Für die Aufträge zum Wilddiebstahl wird man dich allerdings zur Rechenschaft ziehen, mein Freund. Dass du dich auf derart schäbige Geschäfte einlässt, hätte ich dir nicht zugetraut", macht Georg nun doch seiner Entrüstung Luft. „Das Unglück an sich ist natürlich nicht mehr rückgängig zu machen und man kann nun nur noch alles daransetzen, den Mörder zu finden", schließt Georg seine Überlegungen und hofft, seinen Jagdfreund von den Schuldgefühlen Scott gegenüber befreit zu haben. Wegen der Wilddiebstähle kann Wilhelm seiner Meinung nach aber durchaus ein schlechtes Gewissen haben, denn diese unsäglichen Geschäfte mit geschützten Tierarten hätte er dem ansonsten so integer wirkenden Mann nicht zugetraut.

Da die Polizei keine weiteren Fragen mehr hat und der Fall auf einmal glasklar zu sein scheint, löst sich die Hochzeitsgesellschaft langsam auf. Zurück bleiben nur noch die Familie und die schottischen Freunde, die sich in ihrer Trauer noch nicht auf ihre Zimmer oder nach Hause begeben wollen. Gemeinsam lässt sich das Fehlen des geliebten Menschen leichter ertragen …

EPILOG

Nach der Hochzeit ist Simone beinahe am Ziel ihrer Wünsche. Sie liebt ihren Mann Paul, freut sich auf das gemeinsame Leben mit ihm, blickt voller Euphorie in ihre berufliche Zukunft und kann sich immer auf die Unterstützung ihrer tollen Eltern verlassen. Auch mit ihrem leiblichen Vater ist sie sehr zufrieden gewesen, es war quasi das „Tüpfelchen auf dem i", dass sie einander sofort sympathisch gefunden und sich wirklich gut verstanden haben. „Wie wäre sein Leben weiterverlaufen?", überlegt sie jetzt, fast einen Monat nach seinem Tod und der Verhaftung Hendersons am Wiener Flughafen. Hätte Scott tatsächlich zu Brenda zurückgefunden, und wenn nicht, wo wäre der unstete Geist zur Ruhe gekommen? Dass James die Firma in Schottland weiterführt, hätte sicherlich keinen Einfluss auf das zukünftige Zuhause ihres Vaters gehabt. Und durch sie, seine neue Tochter, war er in jedem Fall hin- und hergerissen zwischen seiner geliebten Heimat und Österreich. „All das werde ich leider nie erfahren", denkt Simone und wischt sich dabei die Tränen aus dem Gesicht. „Aber ich werde immer in seiner Nähe sein!" Es dämmert bereits, als Simone sich vor Kälte zitternd vom Grab ihres Vaters verabschiedet und auf dem kurzen Weg nach Hause trotz aller Trauer lächelt. Der Schnee knirscht unter ihren Schritten und die Ruhe der Winterlandschaft hat sich auch in ihrem Herzen eingefunden.

HERZ FÜR AUTOREN A HEART FOR AUTHORS À L'ÉCOUTE DES AUTEURS MIA KAPΔIA ΓIA ΣYΓ
HJÄRTA FÖR FÖRFATTARE UN CORAZÓN POR LOS AUTORES YAZARLARIMIZA GÖNÜL VERELIM S
COEUR PER AUTORI ET HJÄRTE FOR FORFATTERE EEN HART VOOR SCHRIJVERS TEMOS OS AU
SERCOINKÉRT SERCE DLA AUTORÓW EIN HERZ FÜR AUTOREN A HEART FOR AUTHORS À L'ÉCO
RAÇÃO BCEЙ ДУШОЙ K ABTOPAM ETT HJÄRTA FÖR FÖRFATTARE Á LA ESCUCHA DE LOS AUT
TEURS MIA KAPΔIA ΓIA ΣYΓΓPAΦEIΣ UN CUORE PER AUTORI ET HJÄRTE FOR FÖRFATTERE EE
YAZARLARIMIZA VERELIM ÖINKÉRT SERCE DLA AUTORÓW EIN HERZ F
VOR SCHRIJVERS OS AU ... ... RAÇÃO BCEЙ ДУШОЙ K ABTOPAM ETT HJÄRTA F

Die Autorin

Andrea Seyfried-Artner wurde 1957 in Wiener
Neustadt geboren. In Wien schloss sie das BRG III
Boerhaavegasse erfolgreich ab. Danach absolvierte
sie eine Kosmetikfachschule und begann ein Jahr
später das Studium der Theaterwissenschaften, um
nach dessen Abschluss doch das Familienunter-
nehmen in Wiener Neustadt, eine Feinparfümerie,
zu übernehmen. Mit der Ausbildung zur Farb- und
Typberaterin erweiterte sie das Angebot ihrer
Firma, die sie 1995 verkaufte. Danach war sie als
Redakteurin und freie Mitarbeiterin bei verschiedenen Zeitschriften beschäftigt. 1996 begann sie
beim ORF als Redakteurin in der Filmabteilung, wo
sie auch für Co-Produktionen und das Lektorieren
von Drehbüchern zuständig war. Seit 2017 ist Frau
Seyfried-Artner im Ruhestand, absolvierte jedoch
2018 das Fernstudium „Schule des Schreibens" in
Hamburg.